D1391071

MEESTERES VAN DE KUNST DES DOODS

ARIANA FRANKLIN

MEESTERES
van de
KUNST des DOODS

VAN HOLKEMA & WARENDORF
Unieboek BV, Houten/Antwerpen

Oorspronkelijke titel: *Mistress of the Art of Death*
Oorspronkelijke uitgave: G.P. Putnam's Sons, imprint of Penguin Group Ltd.
Copyright © 2007 by Ariana Franklin

Copyright © 2007 Nederlandstalige uitgave:
Uitgeverij Unieboek BV,
Postbus 97, 3990 DB Houten

www.unieboek.nl

Vertaling: Erica van Rijsewijk
Omslagontwerp: Wil Immink
Omslagillustratie: Imagestore/Hollandse Hoogte
Opmaak: ZetSpiegel, Best

ISBN 978 90 269 8553 9 / NUR 305

Proloog

Daar komen ze aan. Over de weg horen we gerinkel van harnassen naderen en we zien stof opwolken in de warme lentelucht. Pelgrims die terugkeren nadat ze Pasen in Canterbury hebben doorgebracht. Aandenkens aan de gemijterde martelaar St.-Thomas zijn op mantels en hoofddeksels gespeld; de monniken van Canterbury moeten wel goed hebben verdiend.

Ze vormen een aangename onderbreking van het verkeer van wagens waarvan zowel de menners als de ossen door al het ploegen en zaaien kribbig zijn van vermoeidheid. Deze mensen zijn weldoorvoed, lawaaiig, opgetogen door de genade die hun reis hun heeft opgeleverd.

Maar eentje van hen, even opgetogen als de rest, is een kindermoordenaar. Gods genade zal zich niet tot een kindermoordenaar uitstrekken.

De vrouw die vooropgaat in de stoet – een grote vrouw, op een grote, voskleurige merrie – heeft een zilveren penning op haar nonnenkap gespeld. We weten wie ze is: de priores van het klooster van St.-Radegunde in Cambridge. Ze is druk aan het praten, met luide stem. De non die haar als een gedweeë palfrenier vergezelt, zwijgt en heeft zich niet meer kunnen veroorloven dan een Thomas à Becket in tin.

De lange ridder die tussen hen in rijdt op een vakkundig gemend strijdros – hij draagt een tabbaard over zijn maliënkolder met een kruis dat duidelijk maakt dat hij op kruistocht is geweest, en evenals de priores heeft hij zich getooid met zilver – geeft *sotto voce* commentaar op wat de priores allemaal verkondigt. De priores verstaat hem niet, maar de jonge non moet glimlachen om wat hij zegt. Zenuwachtig.

Achter deze groep komt een platte kar, die wordt voortgetrokken door muilezels. De kar vervoert één enkel voorwerp – rechthoekig, een beetje klein voor alle ruimte die het ter beschikking heeft – dat de ridder en schildknaap lijken te bewaken. Het is bedekt met een doek met heraldieke voorstellingen. Door het geschommel van de kar verschuift de doek, zodat er een hoekje van bewerkt goud zichtbaar wordt – het is ofwel een grote reliekschrijn, ofwel een kleine doodskist. De schildknaap buigt zich vanaf zijn paard voorover en trekt de doek recht, zodat het voorwerp weer wordt bedekt.

En daar is een functionaris van de koning. Hij komt joviaal over, een grote man, te zwaar voor zijn leeftijd, en is gekleed als een burger, maar toch kun je aan hem zien wat hij is. Zijn bediende draagt, om maar iets te noemen, de koninklijke tabbaard geborduurd met de Angevijnse luipaarden, en bovendien steken uit zijn overvolle zadeltas een telraam en het scherpe uiteinde van een geldweegschaaltje.

Afgezien van zijn bediende rijdt hij alleen. Niemand moet veel van een belastinginner hebben.

En daar is een prior. Ook hem herkennen we, aan de violette rochet die hij draagt, die alle kanunniken van St.-Augustinus dragen.

Belangrijk. Prior Geoffrey van St.-Augustinus, Barnwell, het klooster dat uitkijkt op de grote bocht van de rivier de Cam, met St.-Radegunde, en dat klein doet lijken. Het is een welbekend feit dat de priores en hij niet met elkaar overweg kunnen. Hij heeft drie monniken bij zich, ook een ridder – eveneens een kruisridder, aan zijn tabbaard te zien – en een schildknaap.

O, wat is hij ziek. Hij zou vooraan moeten lopen in de processie, maar zo te zien heeft hij last van zijn ingewanden – die ruim bemeten zijn. Hij kreunt en negeert een getonsureerde geestelijke die zijn aandacht probeert te trekken. De arme man, hij hoeft op dit stuk geen hulp te verwachten, zelfs geen herberg, en zal geduld moeten hebben totdat hij bij zijn eigen ziekenboeg komt op het terrein van de priorij.

Een koopman met een vlezig gezicht en zijn echtgenote hebben allebei met de prior te doen en geven zijn monniken goede raad. Een minstreel, zingend bij de klanken van een luit. Achter hem volgt een jager, met speren en honden – jachthonden met de kleur van het Engelse weer.

Daar komen de bepakte muilezels en de overige dienaren. Het gebruikelijke zootje ongeregeld.

Ah, moet je nu zien. Helemaal aan het eind van de processie, nog ongeregelder dan het andere zootje: een overdekte kar met kleurige kabbalistische tekens op het zeildoek. Twee mannen op het bankje voor de menner, de ene groot, de andere klein, allebei met een donkere huid; de grootste met een Moorse hoofdtooi die om zijn hoofd en slapen is gewikkeld. Waarschijnlijk marskramers die kwakzalversmedicijnen aan de man proberen te brengen.

En op de achterklep, waar ze haar berokte benen vanaf laat bengelen als een boerin, zit een vrouw. Ze kijkt uiterst geïnteresseerd om zich heen. Haar ogen registreren een boom, een stukje gras, en vragen: hoe heet je? Waar dien je voor? Zo niet, waarom dan niet? Als een magister voor de rechtbank. Of als iemand die niet goed snik is.

Op de brede strook tussen ons en al deze mensen in (zelfs op de Great North Road mag, ook al schrijven we het jaar 1171, op minder dan een boogschot afstand van de weg geen boom groeien, om te voorkomen dat rovers zich daarachter verstoppen) staat een klein kapelletje langs de weg, het gebruikelijke zelfgetimmerde onderkomen voor de Maagd.

Sommige ruiters maken aanstalten het met een buiging en een Weesgegroetje te passeren, maar de priores laat zich omstandig door een knecht van haar paard helpen. Ze hobbelt er over het gras naartoe om er neer te knielen en te bidden. Hardop.

Een voor een, en met enige tegenzin, voegen alle anderen zich bij haar. Prior Geoffrey rolt met zijn ogen als hij van zijn paard wordt geholpen.

Zelfs het drietal in de kar is afgestegen en ligt op hun knieën, maar zonder dat de anderen het in de gaten hebben, richt de donkerste man achteraan zijn gebeden naar het oosten. God sta ons bij als het Saracenen en andere goddelozen zomaar is toegestaan over de hoofdwegen van Hendrik II te dwalen.

Lippen mompelen tot de heilige, handen beschrijven een onzichtbaar kruis. God moet wel wenen, maar toch staat Hij toe dat de handen die onschuldig vlees hebben verscheurd, onbezoedeld blijven.

Als ze weer zijn opgestegen, trekt de optocht verder en neemt de bocht naar Cambridge, en het wegstervende geklepper levert ons weer over aan het gerammel van de karren met de oogst en het gekwinkeleer van de vogels.

Maar we hebben nu een streng in onze handen, een draad die ons naar die kindermoordenaar zal voeren. Om die te ontrafelen, moeten we echter eerst twaalf maanden teruggaan in de tijd...

1

Engeland, 1170

En jaar vol gekrijs. Een koning krijste dat hij verlost wilde worden van zijn aartsbisschop. De monniken in Canterbury krijsten toen ridders de hersens van voornoemde aartsbisschop op de stenen van zijn kathedraal uiteen deden spatten.

De paus krijste om strafmaatregelen tegen voornoemde koning. De Engelse Kerk krijste in triomf – nu ze de voornoemde koning hadden waar ze hem hebben wilden.

En ver weg in Cambridgeshire krijste een kind. Een klein, blikkerig geluidje was het deze keer, maar het zou niettemin zijn plaats te midden van het andere gekrijs vinden.

Eerst klonk er hoop in het gekrijs door. Het was een kreet om aan te geven: kom me halen, ik ben bang. Tot dan toe hadden grote mensen het kind voor gevaar behoed, hem weggetrokken bij bijenkorven, borrelende potten en het vuur van de smid. Ze móéten wel in de buurt zijn, want dat zijn ze altijd geweest.

Bij het geluid hieven reeën die graasden op het maanverlichte gras, hun koppen en keken op – maar dit was niet een van hun eigen jongen die in het nauw zat, dus graasden ze weer verder. Een voorbijtrippelende vos hield zijn pas in, één poot geheven, om te luisteren en te beoordelen welk gevaar dit voor hemzelf betekende.

Het keeltje waaruit de kreet afkomstig was, was te klein en de plek waar hij vandaan kwam te afgelegen om mensen te hulp te kunnen roepen. Het gekrijs veranderde; het klonk nu ongelovig, zo hoog op de schaal van verbazing dat het de hoge toon kreeg als van een fluitje waarmee een jager zijn honden in het gareel houdt.

De reeën stoven ervandoor, verspreid tussen de bomen, en hun witte staartjes leken wel dobbelstenen die wegrolden in het donker.

Het gekrijs klonk nu smekend, misschien gericht tot de folteraar, misschien tot God – Alstublieft, alstublieft, doe dit niet – waarna het overging in een monotoon geluid vol doodsangst en hopeloosheid.

De lucht was dankbaar toen het lawaai uiteindelijk ophield en de gebruikelijke nachtgeluiden weer opklonken: een briesje dat ritselde door de struiken, het gegrom van een das, de honderden kreten van kleine zoogdieren en vogels die de dood vonden in de bek van natuurlijke roofdieren.

In Dover werd een oude man door het kasteel gejaagd in een tempo dat zijn reumatiek niet kon bijhouden. Het was een enorm kasteel, heel koud en vol echo's van woeste geluiden. Ondanks het tempo waarmee hij zich moest voortbewegen, had de oude man het nog steeds ijskoud – voornamelijk omdat hij doodsbang was. De hofwachtmeester bracht hem naar een man die door iedereen gevreesd werd.

Ze liepen door stenen gangen, af en toe langs open deuren waaruit licht en warmte, pratende stemmen en de klanken van een viool naar buiten kwamen, en langs andere die gesloten waren en waarachter de man zich goddeloze taferelen voorstelde.

Bij hun nadering drukten kasteelbedienden zich plat tegen de muur of maakten zich ijlings uit de voeten, zodat het tweetal een spoor achter zich liet van gevallen dienbladen, spetterende pispotten en onderdrukte pijnkreten.

Na een laatste wenteltrap kwamen ze uit op een lange galerij, met langs de dichtstbijzijnde kant rijen schrijftafels tegen de muren en een zware tafel met een blad van groen laken dat in vierkanten was verdeeld, waarop stapels muntjes van verschillende hoogte stonden. Een stuk of dertig klerken vulden het vertrek met het gekras van ganzenveren op perkament. Gekleurde balletjes flitsten en klikten heen en weer langs de draden van hun telramen, zodat het net leek alsof je een veld vol nijvere krekels betrad.

In de hele ruimte was de enige die niet druk bezig was een man die op een van de vensterbanken zat.

'Aaron van Lincoln, my lord,' kondigde de wachtmeester aan.

Aaron van Lincoln liet zich op één pijnlijke knie zakken en raakte met de vingers van zijn rechterhand zijn voorhoofd aan, waarna hij zijn handpalm in een gebaar van onderworpenheid uitstak naar de man op de vensterbank.

'Weet je wat dat is?'

Aaron keek onhandig achterom naar de grote tafel en gaf geen antwoord; hij wist wat het was, maar de vraag van Hendrik II was retorisch bedoeld geweest.

'Het is geen biljart, dat kan ik je wel vertellen,' zei de koning. 'Het is mijn schatkist. Die vierkanten staan voor mijn Engelse graafschappen en de muntjes die erop staan, geven aan hoeveel inkomsten ervan aan de koninklijke schatkist moeten worden betaald. Sta eens op.'

Hij pakte de oude man vast en voerde hem naar de tafel, wijzend naar een van de vierkanten. 'Dat is Cambridgeshire.' Hij liet Aaron los. 'Als je je niet-geringe financiële inzicht gebruikt, Aaron, hoeveel munten denk je dan dat erop staan?'

'Niet genoeg, my lord?'

'Inderdaad,' zei Hendrik. 'Cambridge levert in de regel aardig wat op. Het is er wat aan de vlakke kant, maar het brengt desondanks flink wat graan, vee en vis op, en het betaalt de schatkist goed – meestal. De aanzienlijke joodse bevolking betaalt de schatkist ook goed – meestal. Denk je niet dat het aantal munten dat je daar nu ziet een onjuist beeld geeft van zijn ware rijkdom?'

Weer gaf de oude man geen antwoord.

'En hoe komt dat?'

Op vermoeide toon zei Aaron: 'Ik denk dat het door de kinderen komt, my lord. De dood van kinderen is altijd te betreuren...'

'Inderdaad, ja.' Hendrik nam plaats op de rand van de tafel en liet zijn benen bungelen. 'En als die de economie gaat beïnvloeden, wordt het helemaal rampzalig. De boeren van Cambridge komen in opstand en de joden zijn... Waar zijn ze?'

'Ze hebben hun toevlucht gezocht in het kasteel, my lord.'

'Wat daar nog van over is,' beaamde Hendrik. 'Inderdaad, daar zijn ze. In míjn kasteel. En ze eten míjn voedsel op míjn kosten, en schijten het meteen weer uit omdat ze er niet weg durven. En dat alles betekent dat ze me geen geld in het laatje brengen, Aaron.'

'Nee, my lord.'

'En de opstandige boeren hebben de oostelijke toren in brand gestoken, waar alle schuldbekentenissen aan de joden en dus aan míj bewaard werden – om nog maar te zwijgen over de belastingpapieren – omdat zij denken dat de joden hun kinderen martelen en ombrengen.'

Voor het eerst klonk er in het hoofd van de oude man een fluitje van hoop te midden van de executietrommels. 'Maar u gelooft dat niet, my lord?'

'Wat geloof ik niet?'

'U gelooft niet dat de joden die kinderen ombrengen?'

'Ik weet het niet, Aaron,' zei de koning minzaam. Zonder zijn blik van de oude man af te wenden hief hij zijn hand. Er kwam een klerk aangerend om er een stuk perkament in te leggen. 'Dit is een verslag van een zekere Roger van Acton waarin te lezen staat dat jullie dat wel geloven. Volgens de brave beste Roger martelen joden met Pasen altijd ten minste één christenkind dood door het in een scharnierend vat te stoppen met spijkers aan de binnenkant. Dat hebben ze altijd zo gedaan en ze zullen het altijd blijven doen.'

Hij wierp een blik op het perkament. *Ze stoppen het kind in het vat en sluiten het, zodat de pennen zijn vlees doorboren. Die smeerlappen vangen vervolgens het bloed op in kommen om het door hun rituele baksels te mengen.*

Hendrik II keek op. 'Dat is niet zo mooi, Aaron.' Hij wendde zich weer naar het perkament. 'O ja, en jullie lachen je een kriek terwijl jullie daarmee bezig zijn.'

'U weet dat het niet waar is, my lord.'

De koning besteedde niet meer aandacht aan wat de man te berde bracht dan aan de zoveelste klik van een telraam.

'Maar deze Pasen, Aaron, déze Pasen, zijn jullie ertoe overgaan ze te kruisigen. Onze brave beste Roger van Acton beweert tenminste dat het kind dat dood is aangetroffen, gekruisigd was – hoe heette het ook weer?'

'Peter van Trumpington, my lord,' kwam de oplettende klerk hem te hulp.

'Die Peter van Trumpington was gekruisigd, en dus zou het best eens kunnen dat de twee andere kinderen die vermist worden, hetzelfde is overkomen: kruisiging, Aaron.' De koning sprak het machtige en verschrikkelijke woord zachtjes uit, maar het trok door de hele koude galerij en won gaandeweg aan kracht. 'Er gaan al stemmen op om de kleine Peter heilig te laten verklaren, alsof we niet al genoeg heiligen hebben. Tot nu toe worden in mijn veenlanden twee kinderen vermist en is er één bloedeloos gemangeld lichaampje aangetroffen, Aaron. Daar kun je heel wat pasteien mee maken.'

Hendrik kwam van de tafel af en liep de galerij op, met de oude man achter zich aan, waarbij ze het krekelveld achter zich lieten. De koning trok een krukje onder het raam vandaan en schoof met zijn voet een tweede in Aarons richting. 'Ga zitten.'

11

Aan deze kant was het rustiger; de vochtige, bittere lucht die omhoogkwam door de glasloze vensteropeningen deed de oude man huiveren. Aaron was het rijkst gekleed van de twee. Hendrik II kleedde zich als een jager met nonchalante gewoontes: de hovelingen van zijn koningin vetten hun haar in met zalven en parfumeerden zich met welriekende olie, maar Hendrik rook naar paarden en zweet. Zijn handen leken wel van leer, zijn rode haar was afgesneden tot dicht tegen zijn schedel, die zo rond was als een kanonskogel. Maar niemand, bedacht Aaron, zou hem voor iemand anders houden dan wie hij was: de heerser over een rijk dat zich uitstrekte van de grenzen van Schotland tot aan de Pyreneeën.

Aaron zou van hem gehouden kunnen hebben, en hield ook bijna van hem, als de man niet zo verschrikkelijk onvoorspelbaar was geweest. Als zijn koning de bokkenpruik op had, was hij niet mals en rolden er koppen.

'God heeft een hekel aan jullie joden, Aaron,' zei Hendrik. 'Jullie hebben Zijn Zoon vermoord.'

Aaron sloot zijn ogen en wachtte af.

'En God heeft ook een hekel aan mij.'

Aaron opende zijn ogen.

De stem van de koning steeg tot een jammerklacht die als wanhopig trompetgeschal de galerij vulde. 'Lieve God, vergeef deze ongelukkige en berouwvolle koning. U weet hoe Thomas Becket zich in alles tegen mij verzette, zodat ik hem in mijn woede ter dood liet brengen. *Peccavi, peccavi*, want zekere ridders interpreteerden mijn woede verkeerd en reden uit om hem te doden, in de veronderstelling dat ze me een genoegen deden, voor welke gruweldaad U in Uw rechtschapenheid Uw aangezicht van mij hebt afgekeerd. Ik ben een worm, *mea culpa, mea culpa, mea culpa*. Ik kronkel onder Uw toorn, terwijl aartsbisschop Thomas Uw glorie deelachtig wordt en ter rechter zijde zit van Uw Genadige Zoon Jezus Christus.'

Hoofden draaiden zich om. Ganzenveren bleven halverwege in de lucht hangen, telramen vielen stil.

Hendrik hield ermee op zich op de borst te slaan. Op gewone gesprekstoon zei hij: 'En als ik me niet vergis, zal de Heer hem net zo'n etterbak vinden als ik hem vond.' Hij boog zich voorover, legde zachtjes een vinger onder de onderkaak van Aaron van Lincoln en tilde die op. 'Sinds die schurken Becket aan mootjes hebben gehakt, ben ik kwetsbaar geworden. De Kerk wil wraak; die wil mijn lever, warm en dampend; ze hebben hun zinnen erop gezet genoegdoening te krijgen, en een van de dingen die ze willen, en altijd al hebben gewild, is dat jullie joden uit de christenwereld worden verdreven.'

De klerken hadden hun werk hervat.

De koning wapperde met het document in zijn hand onder de neus van de jood. 'Dit is een petitie, Aaron, waarin wordt verzocht om alle joden weg te sturen uit mijn rijk. Op dit moment is een afschrift, eveneens vervaardigd door heer Acton – en mogen de hellehonden hem zijn ballen afbijten – onderweg naar de paus. Het vermoorde kind in Cambridge en de kinderen die worden vermist, zijn het voorwendsel om om de verdrijving van jouw volk te verzoeken, en nu Becket dood is zal ik niet kunnen weigeren, want als ik dat doe zal dat Zijne Heiligheid ertoe zetten me te excommuniceren en over mijn hele koninkrijk een interdict uit te spreken. Weet je wat dat betekent? Dan wordt het in duisternis gehuld, mogen er geen baby's meer gedoopt worden, kunnen er geen huwelijken meer worden ingezegend, kunnen de doden niet worden begraven zonder de zegen van de Kerk. En iedere parvenu met stront aan z'n broek kan mij het recht om te heersen betwisten.'

Hendrik stond op en begon te ijsberen, waarbij hij even bleef staan om het hoekje van een opgewaaid wandtapijt weer recht te hangen. Over zijn schouder zei hij: 'Ben ik geen goede koning, Aaron?'

'Dat bent u zeker wel, my lord.' Het juiste antwoord. En ook de waarheid.

'Ben ik niet goed voor mijn joden, Aaron?'

'Dat bent u, my lord. Dat bent u zeker.' Wederom de waarheid. Hendrik legde zijn joden belastingen op zoals een boer zijn koeien molk, maar geen andere vorst ter wereld gaf hun een eerlijker behandeling, en geen enkele vorst handhaafde zo veel orde in zijn overvolle kleine koninkrijk, zodat de joden hier veiliger waren dan in vrijwel elk ander land in de bekende wereld. Vanuit Frankrijk, Spanje, de kruistochtlanden en uit Rusland kwamen ze hiernaartoe om de voorrechten en veiligheid te genieten die in Plantagenets Engeland te vinden waren.

Waar zouden we heen moeten? dacht Aaron. Heer, stuur ons niet terug naar de wildernis. Als we niet langer ons Beloofde Land kunnen hebben, laat ons dan ten minste leven onder deze farao die ons veiligheid biedt.

Hendrik knikte. 'Woekeren is een zonde, Aaron. De Kerk keurt het af en laat christenen er hun ziel niet mee bezoedelen. Ze laten het aan jullie joden over, die geen ziel hebben. Maar dat verhindert de Kerk natuurlijk niet om van jullie te lenen. Hoeveel kathedralen zijn er niet gebouwd met persoonlijke leningen van jullie?'

'Lincoln, my lord.' Aaron begon op zijn trillende reumatische vingers te tellen. 'Peterborough, St.-Albans, en er zijn maar liefst negen cisterciënzer abdijen, en er zijn...'

'Ja, ja. De waarheid is dat een zevende deel van mijn jaarlijkse inkomsten afkomstig is van belastingen aan jullie joden. En de Kerk wil dat ik me van jullie ontdoe.' De koning stond rechtop en weer schalden scherpe Angevijnse lettergrepen over de galerij. 'Handhaaf ik soms niet een vrede in dit koninkrijk, die het nooit heeft gekend? Wel verdomme, hoe dachten ze dat ik dat voor elkaar krijg?'

Zenuwachtige klerken lieten hun ganzenveren zakken om te knikken. 'Ja, my lord. Dat doet u inderdaad, my lord.'

'Dat doet u inderdaad, my lord,' zei Aaron.

'En niet door te bidden en te vasten, dat kan ik je wel vertellen.' Hendrik was weer tot bedaren gekomen. 'Ik heb geld nodig om mijn leger uit te rusten, om mijn rechters te betalen, om opstanden in het buitenland neer te slaan, en om mijn vrouw met haar helse kostbare gewoontes te onderhouden. Vrede is geld, Aaron, en geld is vrede.' Hij greep de oude man bij de voorkant van zijn mantel en sleurde hem naar zich toe. 'Wie brengt die kinderen om het leven?'

'Wij niet, my lord. My lord, we hebben geen idee.'

Eén intiem ogenblik lang boorden verbijsterend blauwe ogen met hun stoppelige, bijna onzichtbare wenkbrauwen zich diep in Aarons ziel.

'Nee, dat hebben we niet, hè?' zei de koning. De oude man werd losgelaten, weer op zijn voeten neergezet, zijn jas werd weer in model geklopt, hoewel het gezicht van de koning nog steeds dichtbij was en zijn stem klonk als een tedere fluistering: 'Maar ik dacht dat we dat maar eens uit moesten zoeken, nietwaar? En snel ook.'

Toen de wachtmeester Aaron van Lincoln naar de trap begeleidde, riep de stem van Hendrik II: 'Ik zal jullie joden missen, Aaron.'

De oude man draaide zich om. De koning glimlachte, of althans: hij ontblootte zijn ver uit elkaar staande, sterke kleine tanden in iets wat op een glimlach leek. 'Maar niet half zo erg als jullie joden míj zullen missen,' zei hij.

In Zuid-Italië, enkele weken later, knipperde Gordinus de Afrikaan vriendelijk met zijn ogen naar zijn bezoeker en zwaaide zijn vinger heen en weer. Hij wist de naam; die was met veel bombarie genoemd: 'Uit Palermo, als vertegenwoordiger van onze goedgunstige koning, de heer Mordecai fil Berachyah.' Hij kende zelfs het gezicht, maar Gordinus herinnerde zich mensen alleen aan hun kwalen.

'Aambeien,' zei hij ten slotte triomfantelijk. 'U had aambeien. Hoe staat het daarmee?'

Mordecai fil Berachyah liet zich niet makkelijk van de wijs brengen; als persoonlijk secretaris van de koning van Sicilië en hoeder van de koninklijke geheimen kon hij zich dat niet permitteren. Hij was beledigd, uiteraard – als je aambeien had was het niet prettig als dat in het openbaar breed werd uitgemeten – maar zijn grote gezicht bleef neutraal en zijn stem klonk koel: 'Ik kom eens horen of Simon van Napels goed is weggekomen.'

'Waar moest hij dan heen?' vroeg Gordinus belangstellend.

Een scherp verstand, bedacht Mordecai, was altijd lastig om mee om te gaan en als er, zoals hier het geval was, de klad in begon te komen, was dat vrijwel onmogelijk. Hij besloot zijn toevlucht te nemen tot het gewichtige koninklijke 'wij'. 'Naar Engeland, Gordinus. Simon Menahem van Napels. We hadden Simon van Napels naar Engeland gestuurd om zich daar bezig te gaan houden met een probleem dat de joden er ondervinden.'

Gordinus' secretaris kwam hun te hulp en liep naar een muur die was verdeeld in kleine vakjes, waaruit rollen perkament als pijpenstelen naar buiten staken. Hij sloeg een bemoedigende toon aan, alsof hij het tegen een kind had: 'U herinnert zich nog wel, mijn heer, dat we een koninklijk schrijven hebben ontvangen... O, goden, hij heeft hem verplaatst.'

Dit zou tijd gaan kosten. Lord Mordecai liep log de mozaïekvloer over met motieven van vissende cupido's – Romeins, minstens duizend jaar oud. Dit was een van de villa's van Hadrianus geweest.

Ze zorgden wel dat ze er warmpjes bij zaten, die dokters. Mordecai negeerde even het feit dat zijn eigen palazzo in Palermo een vloer had van marmer en goud.

Hij ging zitten op de stenen bank die langs een open balustrade liep met uitzicht op de stad eronder, met daarachter de turkooizen Thyrreense Zee.

Gordinus zei met de voor een dokter kenmerkende opmerkzaamheid: 'Mijnheer heeft behoefte aan een kussen, Gaius.'

Er werd een kussen gehaald. En ook dadels. En wijn, waarbij Gaius zenuwachtig vroeg: 'Is het zo naar wens, heer?' De entourage van de koning bestond, evenals het koninkrijk Sicilië en Zuid-Italië zelf, uit zo veel geloven en rassen – Arabieren, Lombarden, Grieken, Normandiërs, en in Mordecais geval joden – dat je door een verfrissing aan te bieden al snel een of andere spijswet overtrad.

De heer knikte; dit was beter. Het kussen was een verademing voor zijn rug, het briesje vanaf de zee schonk hem verkoeling, de wijn smaakte hem. Hij zou geen aanstoot moeten nemen aan de directheid van een oude man; als de zaken waar hij voor kwam besproken waren zou hij trouwens best nog even over zijn aambeien willen praten; Gordinus had die de vorige keer genezen. Dit was tenslotte de stad waar genezen werd, en als er iemand de nestor van zijn grote geneeskundige instituut genoemd kon worden, was het Gordinus de Afrikaan wel.

Hij zag dat de oude man was vergeten dat hij bezoek had en was teruggekeerd naar het manuscript dat hij had zitten lezen; de afhangende bruine huid van zijn arm trok strak toen zijn hand een ganzenveer in de inkt doopte om een wijziging aan te brengen. Wat was hij – Tunesisch, Moors?

Toen hij in de villa aankwam, had Mordecai de majordomus gevraagd of hij zijn schoenen moest uittrekken voor hij naar binnen ging. 'Ik ben even kwijt wat voor geloof uw meester aanhangt.'

'Hij zelf ook, heer.'

Alleen in Salerno, bedacht Mordecai nu, vergeten mannen hun manieren en hun God, omdat ze de zieken meer zijn toegewijd.

Hij wist niet goed wat hij daarvan moest vinden; het was allemaal natuurlijk prachtig, maar er werden wel eeuwige wetten mee overtreden; dode lichamen werden aan stukken gesneden; vrouwen werden ontlast van foetussen die een bedreiging betekenden; het vrouwelijk geslacht mocht een beroep uitoefenen; het menselijk lichaam werd geschonden door chirurgisch ingrijpen.

Ze stroomden met honderden toe: mensen die van de reputatie van Salerno hadden gehoord en erheen reisden, soms in hun eentje, soms met hun zieken bij zich; ze ploegden door woestijnen, steppes, moerassen en bergen om zich te laten genezen.

Nu hij nippend van zijn wijn omlaag keek naar een doolhof van daken, torentjes en koepels, verbaasde Mordecai zich er niet voor het eerst over dat van alle steden deze stad, en niet Rome, niet Parijs, niet Constantinopel, niet Jeruzalem, een medisch instituut had opgezet waardoor hij de dokter van de wereld was geworden.

Op dat moment klonken tegelijkertijd de klokken van het klooster voor de noen en de oproep tot gebed van de muezzins van moskeeën; ze probeerden zich allebei verstaanbaar te maken boven het geluid van de synagogecantors uit. Alle geluiden stegen op naar de heuvel om in een ongeregelde uitbarsting van majeur- en mineurtoonsoorten een aanslag te doen op de oren van de man op het balkon.

Dat was het, natuurlijk: die mix. De geharde, begerige Normandische avonturiers die Sicilië en Zuid-Italië tot een koninkrijk hadden gemaakt waren pragmatici geweest, maar wel pragmatici met een vooruitziende blik. Als een man hun goed van pas kwam, maakte het hun niet uit welke God hij aanbad. Als ze vrede wilden bewerkstelligen – en dus voorspoed – moesten de diverse volkeren die ze hadden overwonnen, worden geïntegreerd. Er mochten geen tweederangs Sicilianen bestaan. Arabisch, Grieks, Latijn en Frans als officiële talen. Iedereen, met welk geloof ook, kon vooruitkomen, zolang hij daartoe in staat was.

Maar ik mag ook niet klagen, dacht hij. Hij, als jood, werkte tenslotte met Grieks-orthodoxen en rooms-katholieken samen voor een Normandische koning. De galei waar hij uit was gestapt maakte deel uit van de Siciliaanse koninklijke marine onder bevel van een Arabische admiraal.

In de straten onder hem streek de djellaba langs ridderlijke maliën, de kaftan langs de monnikspij, en de mensen die daarin gekleed gingen, spogen elkaar niet alleen niet in het gezicht, maar wisselden zelfs begroetingen en nieuwtjes uit – en bovenal ideeën.

'Hier is hij, heer,' zei Gaius.

Gordinus pakte de brief aan. 'Ah, ja, natuurlijk. Nu weet ik het weer... *Simon Menahem van Napels zal uitvaren op een bijzondere missie... Nmm, nmm... De joden van Engeland hebben gevaar te duchten... Engelse kinderen worden gemarteld en ter dood gebracht...* O, hemeltje. *En de joden worden als schuldig hieraan beschouwd...* O hemeltje, hemeltje. *Bij dezen wordt u opgedragen iemand te zoeken en met voornoemde Simon mee te sturen die verstand heeft van doodsoorzaken, die zowel Engels als Jiddisch spreekt, maar in geen van beide talen roddelt.'*

Glimlachend keek hij op naar zijn secretaris. 'En die opdracht heb ik vervuld, of niet soms?'

Gaius schuifelde wat. 'We hadden er destijds enige moeite mee, heer, om...'

'Natuurlijk heb ik gedaan wat me werd gevraagd, ik weet het nog goed. En het was niet alleen maar een deskundige in kwesties des doods, maar iemand die Latijn, Frans en Grieks spreekt bovendien, buiten de genoemde talen. Een uitstekende leerling. Dat zei ik nog tegen Simon, want die leek zich zorgen te maken. Een beter iemand kun je niet krijgen, heb ik hem gezegd.'

'Mooi zo.' Mordecai stond op. 'Mooi zo.'

'Ja.' Gordinus was nog steeds triomfantelijk. 'Volgens mij hebben we precies aan de specificaties van de koning voldaan, nietwaar, Gaius?'

'Op één ding na, heer.'

De bediende deed een beetje vreemd – Mordecai was erin getraind dat soort dingen op te merken. En waarom, nu hij erover nadacht, had Simon van Napels zich zorgen gemaakt om de keuze van de man die hem zou vergezellen?

'Hoe is het trouwens met de koning?' vroeg Gordinus. 'Is dat probleempje nou verholpen?'

Zonder zich iets aan het probleempje van de koning gelegen te laten liggen, richtte Mordecai zich rechtstreeks tot Gaius. 'Wie heeft hij meegestuurd?'

Gaius wierp een blik op zijn meester, die zijn lectuur had hervat, en liet zijn stem dalen: 'In dit geval heeft hij een ongebruikelijke keuze gemaakt, en ik vraag me af...'

'Luister eens, beste man, deze missie ligt heel gevoelig. Hij heeft toch geen oosterling uitgekozen, wel? Een geelhuid? Iemand die in Engeland opvalt als een citroen?'

'Nee, dat heb ik niet gedaan.' Gordinus was weer met zijn aandacht bij hen.

'Nou, wie hebt u dan gezonden?'

Gordinus vertelde het hem.

Ongeloof gaf Mordecai de vraag in: 'Wíé hebt u gestuurd?!'

Gordinus herhaalde het.

Mordecais krijsende kreet was de zoveelste die zich bij alle andere van dat jaar voegde. 'Stommeling, stomme oude dwaas!'

18

2

Engeland, 1171

'Onze prior is stervende,' zei de monnik. Hij was jong en wanhopig. 'Prior Geoffrey is stervende en kan zijn hoofd nergens neervlijen. In naam van God, leen ons uw kar.'

De hele stoet had toegekeken hoe hij ruziede met zijn monnikenbroeders over waar hun prior zijn laatste minuten op deze aarde zou doorbrengen; de andere twee gaven de voorkeur aan de open reiskatafalk van de priores, of zelfs de grond, boven de overhuifde kar van de heidens uitziende marskramers.

Het gedrang op de weg van de in het zwart geklede mensen die voor de prior wilden zorgen, belemmerde hem zo in het zoeken naar een plek waar hij zijn pijn kon doorstaan, dat ze ondanks al hun goedbedoelde adviezen net kraaien leken die om een kadaver heen fladderden.

Het nonnetje van de priores drong hem een voorwerp op. 'Het eigenste vingerkootje van de heilige, my lord. Maar ik smeek u: wend het nogmaals aan. Deze keer zal het met zijn wonderbaarlijke eigenschappen...'

Haar zachte stem ging bijna geheel verloren in de luidere aanmaningen van de klerk die Roger van Acton heette, degene die de arme prior sinds Canterbury steeds aan zijn hoofd had gezeurd. 'Het eigenste vingerkootje van de gekruisigde in eigen persoon. Gelooft u maar...'

Zelfs de priores toonde op haar manier haar medeleven. 'Maar als u het aanbrengt op het aangedane lichaamsdeel moet u er wel gloedvoller bij bidden, prior Geoffrey, dán doet de Kleine St.-Petrus wat hij moet doen.'

Het vraagstuk werd opgelost door de prior zelf, die tussen de godslasteringen en pijnkreten door duidelijk wist te maken dat het hem echt niet uitmaakte waar hij werd neergelegd, al was het bij heidenen van het ergste soort, zolang hij maar uit de buurt kon blijven bij de priores, die drammerige geestelijken en al die andere ellendelingen die met open mond stonden toe te kijken bij zijn doodsstrijd. Hij was geen, wist hij nog vrij fel duidelijk te maken, kermisattractie. (Enkele passerende boeren hadden halt gehouden om zich bij de stoet te voegen en sloegen aandachtig het gekronkel van de prior gade.)

Het werd de kar van de marskramers. En dus richtte de jonge monnik zich in Normandisch Frans tot de mannelijke inzittenden, in de hoop dat ze hem zouden begrijpen; tot dan toe hadden ze hen en dat vrouwmens van ze horen kakelen in een vreemde taal.

Heel even leken ze er niets van te snappen. Toen zei de vrouw, een slonzig wijfie: 'Wat mankeert hem?'

De monnik wuifde haar weg. 'Bemoei je er niet mee, meisje, dit is geen onderwerp voor vrouwen.'

De kleinste van de twee mannen keek lichtelijk bezorgd toe hoe ze afdroop, maar hij zei: 'Natuurlijk, eh...?'

'Broeder Ninian,' zei broeder Ninian.

'Ik ben Simon van Napels. Deze heer is Mansur. Natuurlijk, broeder Ninian, natuurlijk staat onze kar tot je beschikking. Wat scheelt de arme heilige man?'

Broeder Ninian vertelde het hun.

De gezichtsuitdrukking van de Saraceen veranderde niet – misschien gebeurde dat wel nooit – maar Simon van Napels was een en al medeleven; hij kon zich niets ergers voorstellen. 'Misschien kunnen we nog wel wat meer hulp bieden,' zei hij. 'Mijn metgezel komt van het medisch instituut in Salerno...'

'Een dokter? Is hij dokter?' De monnik rende weg naar zijn prior en de menigte, uitroepend: 'Ze komen uit Salerno. Die bruine is dokter. Een dokter uit Salerno!'

De naam alleen al had een genezende uitwerking, want iedereen kende die. Dus daarom zagen ze er zo merkwaardig uit: ze kwamen uit Italië. Wie wist hoe Italianen eruitzagen?

De vrouw voegde zich bij de twee mannen op de kar.

Mansur schonk Simon een van zijn blikken, een langzame vorm van villen met de ogen. 'Kwekkebek hier zei dat ik een dokter was uit Salerno.'

'Heb ik dat gezegd? Heb ik dat gezegd?' Simon stak zijn armen op. 'Ik zei dat mijn metgezel...'

Mansur richtte zijn aandacht op de vrouw. 'De ongelovige kan niet pissen,' zei hij tegen haar.

'De arme ziel,' zei Simon. 'Al elf uur lang niet. Hij roept dat hij op knappen staat. Zie je het voor je, dokter: verdrinken in je eigen lichaamsvocht?'

Ze zag het voor zich; geen wonder dat de man van die rare capriolen maakte. En hij zou inderdaad uit elkaar knappen, of althans zijn blaas. Een mannenkwaal; ze had die vaak gezien op de snijtafels. Gordinus had een autopsie gedaan op zo iemand, maar hij had erbij gezegd dat de patiënt gered had kunnen worden als... als.. Ja, dat was het. En haar stiefvader had verteld dat hij hetzelfde in Egypte had zien doen.

'Hmm,' zei ze.

Simon sprong er meteen bovenop. 'Is hij te helpen? God, als hij genezen wordt, zou dat onze missie ontzettend ten goede komen. Hij is een man met invloed.'

De boom in met invloed. Adelia zag alleen maar een medemens lijden, en als er niemand iets ondernam, zou hij blijven lijden tot hij door zijn eigen urine werd vergiftigd. Maar stel nou dat ze zich in de diagnose vergiste? Er bestonden andere verklaringen voor vocht vasthouden. Als ze het nou eens verbruide?

'Hmm,' zei ze nogmaals, maar deze keer op een andere toon.

'Riskant?' Ook Simons houding was veranderd. 'Kan hij eraan doodgaan? Dokter, laten we goed beseffen in wat voor positie we verkeren...'

Ze besteedde geen aandacht aan hem. Ze had zich bijna omgedraaid om Margaret te vragen wat die ervan dacht, toen een verlammende eenzaamheid haar overviel. De ruimte die voorheen was ingenomen door de volumineuze gestalte van de min uit haar kinderjaren was leeg, en zou leeg blijven. Margaret was in Ouistreham gestorven.

Haar verdriet ging gepaard met schuldgevoel. Margaret had nooit uit Salerno moeten vertrekken, maar ze had het zo graag gewild. Adelia, die meer dan dol op haar was, en omwille van het decorum wel wat vrouwelijk gezelschap kon gebruiken, maar niemand anders mee durfde te nemen dan deze gewaardeerde bediende, had erin berust. Maar het was te zwaar gebleken. Bijna vijftienhonderd kilometer varen, terwijl de Golf van Biscaje op z'n ergst was, was te veel gebleken voor een oude vrouw. Een beroerte. De liefde die Adelia vijfentwintig jaar lang tot steun was geweest, had zich teruggetrokken in een graf op een klein kerkhof aan de oevers van de Orne, zodat ze de oversteek naar Engeland alleen zou moeten maken, als een Ruth tussen buitenlands koren.

Wat zou die dierbare ziel hierover gezegd hebben?

Ik weet niet waarom je dat aan mij vraagt, want naar mij luister je toch nooit. Je gaat proberen die arme man te helpen. Ik ken je, m'n bloempje, dus maak je maar niet druk om wat ik ervan vind, want dat doe je anders ook niet.

Nee, dat deed ik anders ook niet.

Adelia's mond verzachtte toen de ronde, met Devons accent uitgesproken lettergrepen weerklonken door haar herinnering; Margaret was altijd haar klankbord geweest. En haar troost.

'Misschien moeten we hem met rust laten, dokter,' zei Simon.

'De man is stervende,' zei ze. Ze was zich net zo scherp als Simon bewust van het gevaar dat het voor hen zou betekenen als de operatie mislukte; ze had sinds hun aankomst nog maar weinig anders dan een naar gevoel gehad in dit onbekende land. Doordat het zo vreemd was, kreeg zelfs het meest joviale gezelschap een schijn van vijandigheid. Maar in deze kwestie deed de mogelijke dreiging er even weinig toe als wat het hun zou kunnen opleveren als ze de prior konden genezen. Ze was arts; de man was stervende. Ze had geen keuze.

Ze keek om zich heen. De weg – waarschijnlijk Romeins – liep recht als een wijzende vinger. In het westen, aan haar linkerkant, begon het veenland van Cambridgeshire; donker weide- en moerasland ging over in een vermiljoengouden zonsondergang aan de einder. Aan haar rechterkant bevond zich de beboste flank van een niet al te hoge heuvel, met een pad dat zich omhoog kronkelde. Nergens een bewoonbare plek, geen huis, geen cottage, geen herdershut.

Haar ogen bleven rusten op de sloot, bijna een greppel, die tussen de weg en de glooiing van de heuvels liep; ze was zich al een tijdje bewust van wat zich daarin bevond, want ze was op de hoogte van alles wat de natuur te bieden had.

Ze zouden zich moeten kunnen afzonderen. En ook licht nodig hebben. En een beetje van wat zich in de slootkant bevond.

Ze gaf haar instructies.

De drie monniken kwamen naderbij, hun lijdende prior ondersteunend. Roger van Acton liep er protesterend naast en vroeg nog steeds aandacht voor de verdiensten van de reliek van de priores.

De oudste monnik richtte zich tot Mansur en Simon: 'Broeder Ninian zegt dat jullie dokters uit Salerno zijn.' Met zijn gezicht en neus had je vuursteen kunnen slijpen.

Simon keek over Adelia's hoofd heen naar Mansur, die tussen hen in stond. Zonder de waarheid ook maar enig geweld aan te doen zei hij: 'Onder ons, sir, is aanzienlijke medische kennis aanwezig.'

'Kunt u me helpen?' riep de prior Simon hakkelend toe.

Simon voelde een por in zijn ribben. Dapper zei hij: 'Jawel.'

Niettemin bleef broeder Gilbert zich vastklampen aan de arm van de zieke, niet van zins zijn superieur zomaar te laten gaan. 'My lord, we weten niet of deze mensen wel christenen zijn. U hebt het soelaas nodig van gebed, ik zal bij u blijven.'

Simon schudde zijn hoofd. 'Het mysterie dat straks gaat geschieden, dient zich in afzondering te voltrekken. Dokter en patiënt moeten privacy hebben.'

'In Jezus' naam, schenk mij verlichting.' Wederom kwam prior Geoffrey met een oplossing. Broeder Gilbert en zijn christensoelaas werden afgeschud, de andere twee monniken opzij geduwd, waar ze moesten blijven, en zijn ridder hield de wacht. Zwaaiend en wankelend bereikte de prior de neergeklapte achterklep van de wagen, waar hij door Simon en Mansur op werd gehesen.

Roger van Acton rende achter de kar aan: 'My lord, als u de wonderbaarlijke eigenschappen van het vingerkootje van de Kleine St.-Petrus eens zou proberen...'

Nijdig klonk het antwoord: 'Dat héb ik geprobeerd, en ik kan nog steeds niet pissen!'

De kar reed schommelend de helling op en verdween tussen de bomen. Adelia, die een greep in de sloot had gedaan, kwam erachteraan.

'Ik hou mijn hart vast,' zei broeder Gilbert, hoewel hij eerder jaloers dan bezorgd klonk.

'Hekserij!' Roger van Acton kon niet gewoon praten, maar alleen schreeuwen. 'Beter dood dan wederopstanding in de handen van Belial.'

Ze zouden allebei de kar achterna zijn gegaan als de ridder van de prior, sir Gervase, die de monniken altijd plaagde, hun niet de weg had versperd. 'Hij zei nee.'

Sir Joscelin, de ridder van de priores, was al even gedecideerd. 'Volgens mij moeten we hem met rust laten, broeder.'

De twee stonden zij aan zij, in maliën gehulde kruisvaarders die strijd hadden geleverd in het Heilige Land, vol verachting voor gerokte mannen van lager allooi die er genoegen mee namen God op veilige plaatsen te dienen.

Het pad leidde een merkwaardig soort heuvel op. De kar reed hotsend omhoog en kwam uiteindelijk uit op een grote, grazige open plek boven de bomen, beschenen door de laatste zonnestralen zodat hij glom als een kaal, groen, monsterlijk glad afgesneden hoofd.

Daarvandaan daalde een ongemakkelijk gevoel neer over de weg aan de voet, waar de rest van de stoet had besloten niet verder te gaan nu ze opgedeeld waren geraakt, maar een kamp op te slaan aan de rand, binnen roepafstand van de ridders.

'Waar gaan ze nou heen?' vroeg broeder Gilbert, die de kar nog na stond te staren toen hij hem allang niet meer kon zien.

Een van de schildknapen onderbrak het afzadelen van het paard van zijn meester. 'Daar boven is de Wandlebury Ring, heer. Dit zijn de Gog-Magog-heuvels.'

Gog en Magog, de Britse reuzen die even heidens waren als hun naam. Het christelijke gezelschap ging in een kring dicht om het vuur zitten – en nog een stukje dichter toen de stem van sir Gervase tussen de donkere bomen vandaan omlaag schalde naar de weg: 'Bloe-oe-oed-offer! De Wilde Meute waart hier rond, mijn meesters. O, gruwel!'

De jager van prior Geoffrey, die zijn honden voor de nacht installeerde, liet de lucht uit zijn wangen ontsnappen en knikte.

Mansur vond het hier ook niet bepaald prettig. Ongeveer halverwege de heuvel hield hij de teugels in om de kar neer te zetten op een breed, vlak stuk dat uit de helling was gegraven. Hij spande de muilezels uit – ze werden onrustig van het gekerm van de prior binnen in de kar – en lijnde ze zo aan dat ze konden grazen; daarna begon hij een vuurtje te maken.

Er werd een kom gehaald, waar het laatste gekookte water in werd gegoten. Adelia legde haar verzameling uit de sloot in het water en keek ernaar.

'Rietstengels?' zei Simon. 'Waar heb je die voor nodig?'

Ze vertelde het hem.

Hij trok wit weg. 'Hé, je... Dat staat hij vast niet toe... Hij is een monnik.'

'Hij is een patiënt.' Ze husselde de rietstengels om en koos er twee uit, waar ze het water af schudde. 'Maak hem klaar.'

'Klaar? Daar kun je niemand klaar voor maken. Dokter, ik heb alle vertrouwen in je, maar... mag ik vragen... heb je dit al eerder gedaan?'

'Nee. Waar is mijn tas?'

Hij liep achter haar aan over het gras. 'Je hebt toch tenminste weleens gekéken toen het gedaan werd?'

'Nee. Bij Gods ribben, het licht is niet best.' Ze verhief haar stem: 'Twee lantaarns, Mansur. Hang die maar binnen aan de hoepels van de huif. Zo, en waar zijn die doeken?' Ze begon in de geitenleren buidel te graven waarin ze haar spullen bewaarde.

'Even voor de duidelijkheid,' zei Simon, die probeerde kalm te blijven. 'Je hebt de operatie zelf niet eerder gedaan en je hebt die ook niet door anderen zien uitvoeren.'

'Nee, dat zei ik toch?' Ze keek op. 'Gordinus heeft het er één keer over gehad. En Gershom, mijn pleegvader, heeft me na een bezoek aan Egypte beschreven hoe het in zijn werk gaat. Hij had er een afbeelding van gezien op een of andere grafschildering.'

'Oude Egyptische grafschilderingen.' Simon legde op elk woord evenveel nadruk. 'Waren die in kleur?'

'Ik zie niet in waarom het niet zou lukken,' zei ze. 'Op grond van wat ik van mannelijke anatomie weet, is het een logische ingreep.'

Ze liep weg over het gras. Simon schoot naar voren en hield haar tegen. 'Mogen we deze logica nog een stukje verder doortrekken, dokter? Je staat op het punt een operatie uit te voeren, en dat kon weleens een gevaarlijke operatie worden...'

'Ja. Ja, dat denk ik ook.'

'... op een geestelijke van enige importantie. Zijn vrienden wachten hem daar op' – Simon van Napels wees omlaag langs de donker wordende heuvel – 'en die zijn niet allemaal even blij met onze tussenkomst in dezen. Voor hen zijn wij vreemdelingen, we hebben in hun ogen geen statuur.' Als hij verder wilde praten, moest hij zich voor haar voeten werpen, want ze vervolgde haar weg naar de kar. 'Het zou kunnen zijn – ik zeg niet dat het zo is, maar het zou kunnen – dat die vrienden er zo hun eigen logica op na houden en dat ze, als deze prior de dood vindt, ons drieën als wasgoed aan een lijn hangen. Nogmaals: moeten we de natuur haar gang niet laten gaan? Het is maar een vraag.'

'Die man is stervende, meester Simon.'

'Ik...' Toen viel het licht uit Mansurs lantaarns op haar gezicht en hij stapte verslagen achteruit. 'Ja, mijn Becca zou hetzelfde doen.' Rebecca was zijn vrouw, de norm waaraan hij menselijk mededogen afmat. 'Ga verder, dokter.'

'Ik heb je hulp nodig.'

Hij stak zijn handen omhoog en liet ze weer vallen. 'Die krijg je.' Zuchtend en mompelend ging hij met haar mee. 'Zou het dan zo erg zijn als de natuur zijn loop kon nemen, Heer? Dat is het enige wat ik wil weten.'

Mansur wachtte tot de twee in de kar geklommen waren en ging er vervolgens met zijn rug tegenaan zitten, vouwde zijn armen en hield de wacht.

De stervende zon wierp zijn laatste baan licht, maar er was nog geen maan voor in de plaats gekomen, zodat het veenland en de heuvel in duister werden gehuld.

Aan de rand van de weg maakte een forse gestalte zich los van het gezelschap rond het pelgrimsvuur, als om gehoor te geven aan de roep der natuur. Zonder dat iemand hem in het donker zag, stak hij de weg over en met een souplesse die verrassend was voor zo'n zwaar persoon, sprong hij over de sloot en verdween in de bosjes aan de zijkant van het pad. In stilte de braamstruiken vervloekend waaraan hij zijn mantel scheurde, klom de gestalte naar de richel waarop de kar stond, stak zijn neus in de lucht om zich te laten leiden door de stank van de muilezels, en werd af en toe geleid door een lichtje dat door de bomen scheen.

De gestalte bleef staan om te luisteren naar het gesprek van de twee ridders die als afschrikwekkende standbeelden op het pad uit het zicht van de kar stonden; door de neusbescherming van hun helmen waren ze niet van elkaar te onderscheiden.

Hij hoorde een van hen iets zeggen over de Wilde Meute.

'... de heuvel van de Duivel, geen twijfel mogelijk,' antwoordde zijn metgezel duidelijk verstaanbaar. 'Er komt hier geen boer in de buurt, en ik wou dat wij er ook waren weggebleven. Geef mij de Saracenen maar.'

De luistervink sloeg een kruis en klom hoger, zich behoedzaam een weg zoekend. Ongezien passeerde hij de Arabier, nog een standbeeld in het maanlicht. Ten slotte kwam hij op een punt van waaraf hij omlaag kon kijken naar de kar, die er in het licht van de lantaarns uitzag als een gloeiende opaal op zwart fluweel.

Hij installeerde zich. Om hem heen ritselde de ondergroei, door het komen en gaan van zorgeloze wezens die zich op de bosbodem ophielden. Boven zijn hoofd klonk de kreet van een jagende uil.

Plotseling klonken er stemmen uit de kar. Een lichte, heldere stem zei: 'Ga maar achteroverliggen, dit doet geen pijn. Meester Simon, als jij zijn rokken wilt optillen...'

26

Prior Geoffrey antwoordde scherp: 'Wat is ze daar beneden aan het doen? Wat heeft ze in haar hand?'

En de man die was aangesproken als meester Simon zei: 'Gaat u maar achteroverliggen, my lord. Sluit uw ogen; u kunt ervan op aan dat deze dame weet wat ze doet.'

En de prior, in paniek: 'Nou, dat weet ik helemaal niet. Ik ben in handen gevallen van een heks. God zij me genadig, deze vrouw ontrooft me mijn ziel door hem door mijn tampeloeres naar buiten te trekken.'

En de lichtere stem, strenger, geconcentreerd: 'Hou uw mond, alstublieft! Wilt u soms dat uw blaas scheurt? Hou de penis omhoog, meester Simon. Omhoog, zei ik! Ik moet er goed bij kunnen.'

De prior slaakte een kreetje.

'De kom, Simon. De kom, snel. Hou hem hier, hier!'

En toen een geluid, alsof er een waterval in een bekken stroomde, en een kreun van voldoening zoals een man slaakt die de liefde bedrijft, of wiens blaas wordt ontlast van de inhoud die hem hoge nood heeft bezorgd.

Op de richel erboven zette de belastinginner van de koning grote ogen op; hij kneep belangstellend zijn lippen op elkaar tot een tuitmondje, knikte bij zichzelf en begon aan zijn afdaling.

Hij vroeg zich af of de ridders hadden gehoord wat hij had gehoord. Waarschijnlijk niet, dacht hij; ze waren vrijwel buiten gehoorsafstand van de kar en de voering die hun hoofd beschermde tegen het ijzer van hun helm dempte geluiden. Dus alleen hij beschikte, naast de inzittenden van de kar en de Arabier, over een intrigerend stukje kennis.

Toen hij terugliep via de weg waarlangs hij gekomen was, moest hij diverse malen neerhurken in de schaduwen; je stond er nog van te kijken hoeveel pelgrims ondanks het donker vanavond de heuvel op kwamen.

Hij zag broeder Gilbert, die waarschijnlijk probeerde te achterhalen wat zich in de kar allemaal afspeelde. Hij zag Hugh, de jager van de priores, die ofwel hetzelfde ging doen, ofwel op zoek was naar schuilplaatsen van dieren, zoals jagers betaamt. En was die vage gestalte die tussen de bomen door glipte nou die van een vrouw? Zocht de vrouw van de marskramer een privéplekje om gehoor te geven aan de roep der natuur? Een non met dezelfde boodschap? Of een monnik?

Hij wist het niet.

3

e dageraad wierp zijn licht over de pelgrims aan de zijkant van
de weg en trof hen daar klam en geagiteerd aan. De priores gaf
haar ridder haar ongenoegen te kennen toen hij kwam vragen
hoe ze de nacht had doorgebracht: 'Waar was je nou, sir Joscelin?'

'Ik hield de wacht bij de prior, vrouwe. Hij was in de handen van
vreemdelingen en had misschien hulp nodig.'

De priores kon zich er niet druk om maken. 'Daar heeft hij zelf voor
gekozen. Ik had vannacht verder kunnen trekken als je bij ons was geweest om ons te beschermen. Het is nog maar zes kilometer naar Cambridge. De Kleine St.-Petrus popelt om zijn botten in deze schrijn te
rusten te leggen, en hij heeft lang genoeg gewacht.'

'U had het gebeente met u mee moeten nemen, vrouwe.'

De reis van de priores naar Canterbury was niet alleen een vrome pel-
grimage geweest, maar was ook bedoeld om er de schrijn op te halen
voor de vervaardiging waarvan twaalf maanden geleden opdracht was
gegeven aan de goudsmeden van St.-Thomas Becket. Als het skelet van
de nieuwe heilige van haar klooster, die nu in een onaanzienlijke kist in
Cambridge lag, daar eenmaal in zou rusten, verwachtte ze er grootse
dingen van.

'Ik heb zijn heilige vingerkootje met me meegenomen,' beet ze hem
toe, 'en als prior Geoffrey het ware geloof had, zou dat voldoende zijn
geweest om hem te genezen.'

'Maar toch, Moeder, we hadden de arme prior in zijn nood niet aan
vreemdelingen moeten overlaten, of wel soms?' vroeg de kleine non
vriendelijk.

De priores had daar geen moeite mee. Zij was net zomin op prior
Geoffrey gesteld als hij op haar. 'Hij heeft toch zijn eigen ridder?'

'Er zijn twee mensen nodig om de hele nacht de wacht te houden,
vrouwe,' zei sir Gervase. 'De een om op wacht te staan, terwijl de ander

slaapt.' Hij was niet in een beste bui. Beide ridders hadden dan ook roodomrande ogen, alsof ze geen van tweeën hadden gerust.

'Wat heb ik nou voor slaap gekregen? Het was een drukte van belang, met al die mensen die kwamen en gingen. En waarom moet híj dubbele bewaking krijgen?'

Een groot deel van de ongemakkelijke omgang tussen het klooster van St.-Radegunde en de kanunnikdij van Barnwell kwam voort uit het feit dat priores Joan de prior verdacht van jaloezie op de wonderen die de botten van Kleine St.-Petrus in het nonnenklooster al hadden verricht. Nu die een fatsoenlijk onderkomen zouden krijgen, zou hun faam zich verspreiden; mensen die ze wilden zien, zouden de kas van haar klooster spekken, de wonderen zouden toenemen. En ongetwijfeld tevens de na-ijver van prior Geoffrey. 'Laten we op weg gaan, voordat hij bijkomt.' Ze keek om zich heen. 'Waar is die Hugh met mijn honden? O, verduiveld, hij is er toch niet mee de heuvel op gegaan?'

Sir Joscelin maakte er onmiddellijk werk van achter de recalcitrante jager aan te gaan. Sir Gervase, die zelf honden had in Hughs meute, volgde hem.

De prior was na een goede nachtrust weer op krachten gekomen. Hij zat op een houtblok eieren te eten uit een pan die boven het vuur van de Salernitanen hing en wist niet welke vraag hij het eerst moest stellen. 'Ik sta versteld, meester Simon,' zei hij.

De kleine man tegenover hem knikte hem meelevend toe. 'Dat snap ik, my lord. *Certum est, quia impossibile.*'

Dat een groezelige koopman Tertillianus kon citeren, verbaasde de prior nog meer. Wie waren deze mensen? Hoe dan ook, de man sloeg de spijker op zijn kop: de situatie moest wel zo zijn als hij was omdat het onmogelijk was. Nou ja, eerst het belangrijkste. 'Waar is ze gebleven?'

'Ze wandelt graag door de heuvels, my lord, om de natuur te bestuderen en kruiden te verzamelen.'

'Daar mag ze wel mee oppassen; de plaatselijke bewoners blijven daar ver bij uit de buurt en laten ze aan de schapen over. Ze zeggen dat op de Wandlebury Ring de Wilde Meute en heksen rondspoken.'

'Mansur gaat altijd met haar mee.'

'De Saraceen?' Prior Geoffrey beschouwde zichzelf als iemand die ruim van opvattingen was. Hij was dankbaar, maar ook teleurgesteld. 'Is ze dan een heks?'

Simon kromp in elkaar. 'My lord, ik smeek u... Wilt u dat woord alstublieft niet in haar aanwezigheid gebruiken? Ze is volledig opgeleid tot arts.'

Hij zweeg even en voegde er toen aan toe: 'Min of meer'. Wederom hield hij zich aan de letterlijke waarheid. 'De School van Salerno staat het vrouwen toe te praktiseren.'

'Dat heb ik gehoord, ja,' zei de prior. 'Salerno, hè? Ik geloofde er niks van, net zomin als dat koeien kunnen vliegen. Maar kennelijk moet ik voortaan bedacht zijn op koeien boven mijn hoofd.'

'Dat is altijd het beste, my lord.'

De prior lepelde nog wat eieren in zijn mond en keek om zich heen, met zo veel waardering voor het groen van de lente en de kwinkelerende vogels als hij in lange tijd niet had gevoeld. Hij moest zijn oordeel herzien. Hoewel dit kleine gezelschap zonder twijfel onguur was, was het ook geleerd; in elk geval was het helemaal niet wat het leek. 'Ze heeft me gered, meester Simon. Heeft ze in Salerno geleerd hoe ze die operatie moet doen?'

'Van de beste Egyptische artsen, heb ik begrepen.'

'Wat apart. Zeg eens: hoeveel rekent ze ervoor?'

'Ze neemt vast geen betaling aan.'

'O nee?' Het werd met de minuut gekker; noch deze man, noch de vrouw leek ook maar een shilling op zak te hebben. 'Ze heeft me uitgevloekt, meester Simon.'

'My lord, excuus daarvoor. Ik vrees dat haar vaardigheden niet zo ver gaan dat ze weet hoe ze zich aan een ziekbed hoort te gedragen.'

'Nee, dat gaan ze zeker niet.' En ze omvatten ook geen vrouwelijke list en bedrog, zover de prior kon nagaan. 'Vergeef me de impertinentie van een oude man, maar als ik haar op correcte wijze wil aanspreken, zal ik moeten weten met wie van jullie ze... gelieerd is.'

'Met geen van ons tweeën, my lord.' De marskramer was eerder geamuseerd dan beledigd. 'Mansur is haar bediende, een eunuch – een onzalig lot dat hem is overkomen. Ik zelf ben mijn vrouw en kinderen in Napels toegewijd. In die zin is er geen relatie; we zijn slechts bondgenoten door omstandigheden.'

En de prior, die toch bepaald geen onnozel man was, geloofde hem, wat zijn nieuwsgierigheid nog aanwakkerde. Wat voor de duivel hadden deze drie hier te zoeken?

30

'Niettemin,' zei hij luid en streng, 'moet ik je zeggen dat, wat jullie ook in Cambridge komen doen, jullie vreemdsoortige *ménage* voor problemen zal zorgen. Mevrouw de dokter zou een vrouwelijke metgezel moeten hebben.'

Deze keer was Simon degene die verrast was, en prior Geoffrey merkte dat de man de vrouw inderdaad alleen maar als een collega beschouwde. 'Dat geloof ik graag,' zei Simon. 'Er wás ook een vrouw bij haar toen we aan deze missie begonnen, de min uit haar kinderjaren, maar die is onderweg gestorven.'

'Dan raad ik je aan iemand anders te zoeken.' De prior zweeg even en vroeg toen: 'Een missie, zei je? Mag ik vragen wat die inhoudt?'

Simon leek te aarzelen.

Prior Geoffrey zei: 'Meester Simon, ik neem aan dat je niet helemaal uit Salerno hiernaartoe bent gekomen om wondermiddeltjes te verkopen. Als de kwestie gevoelig ligt, kun je me er gerust over vertellen.' Toen de man nog steeds aarzelde, klakte de prior met zijn tong omdat hij met zoveel woorden moest zeggen wat voor hem al zonneklaar was. 'Figuurlijk gesproken, meester Simon, heb je me bij m'n ballen. Kan ik je vertrouwen beschamen wanneer jij in een positie verkeert om dergelijk verraad te wreken door de stadsomroeper te laten weten dat ik, kanunnik van St.- Augustinus, een belangrijk figuur in Cambridge, en – met die gedachte vlei ik mezelf althans – ook in de wijde omtrek daarvan, niet alleen mijn eigenste lid in de handen van een vrouw heb gelegd, maar haar er ook nog eens een plant in heb laten steken? Hoe, om de onsterfelijke Horatius maar eens te parafraseren, zou dat in Korinthe overkomen?'

'Aha,' zei Simon.

'Wat je zegt. Maak van je hart geen moordkuil, meester Simon. Bevredig de nieuwsgierigheid van een oude man.'

Dus vertelde Simon het hem. Ze waren hiernaartoe gekomen om uit te zoeken wie de kinderen van Cambridge vermoordde en ontvoerde, zei hij. Hun missie mocht niet, zei hij, worden aangezien voor een poging plaatselijke bestuurders uit hun ambt te stoten, '... maar onderzoek door het gezag kan soms meer tongen verlammen dan losmaken, terwijl wij nu we zo incognito en zonder uiterlijk vertoon rondreizen...' Omdat Simon nu eenmaal Simon was, legde hij daar veel nadruk op. Het was geen bemoeizucht. Maar aangezien ontmaskering van de moordenaar geboden was – blijkbaar een heel uitgekookt en sluw figuur – waren speciale maatregelen misschien op hun plaats...

31

'Onze superieuren, degenen die ons op pad hebben gestuurd, denken schijnbaar dat mevrouw de dokter en ik voor zo'n taak zijn toegerust...'

Door te luisteren naar het verhaal achter de missie kwam prior Geoffrey te weten dat Simon van Napels een jood was. Hij raakte onmiddellijk in paniek. Als leider van een aanzienlijke monastieke orde was hij verantwoordelijk voor de toestand in de wereld wanneer die op de Dag des Oordeels in handen zou moeten worden gegeven van God, en die dag kon weleens niet lang meer op zich laten wachten. Wat moest hij zeggen tegen een Almachtige die had geboden dat het enige ware geloof daar gevestigd moest worden? Hoe moest hij voor Gods troon uitleggen dat er in wat een ongeschonden en volmaakt lichaam moest zijn een infectiehaard school van niet-bekeerden? Waar hij helemaal geen werk van had gemaakt?

Zijn medemenselijkheid kwam in conflict met zijn opleiding aan het seminarie – en won het. Het was een aloude strijd. Maar wat kon hij eraan doen? Hij was niet iemand die voor uitroeiing was; hij voelde er niets voor dat zielen – als joden tenminste zielen hadden – werden opgesplitst en naar de hel werden gestuurd. Niet alleen gedoogde hij de joden van Cambridge, maar hij beschermde hen ook, hoewel hij sterk gekant was tegen andere geestelijken die de zonde van woekeren aanmoedigden door geld van hen te lenen.

Nu stond hij ook bij zo iemand in het krijt; hij had zijn leven aan hem te danken. Maar goed, als deze man, jood of niet, het raadsel zou weten op te lossen waarover heel Cambridge in rep en roer was, dan stond prior Geoffrey tot zijn beschikking. Maar waarom had hij dan een dokter bij zich – een vrouwelijke dokter nog wel?

Dus hoorde prior Geoffrey Simons verhaal aan, en terwijl hij eerst verbaasd was geweest, was hij nu helemaal van zijn à propos gebracht – niet in de laatste plaats door 's mans openheid, een eigenschap die hij tot dan toe niet bij mensen had mogen ontwaren. In plaats van uitgekookte vertelsels, om niet te zeggen gewiekste verhalen, kreeg hij de waarheid te horen.

Hij dacht: arme kerel, het kost maar weinig overreding om hem zijn geheimen te ontfutselen. Hij is te recht doorzee; hij is niet slinks genoeg. Wie heeft hem gestuurd, die arme ziel?

Toen Simon was uitgepraat, viel er een stilte, die alleen werd doorbroken door een merel die zat te zingen in een wilde kersenboom.

'Dus je bent op weg gestuurd door joden om de joden te redden?'

'Helemaal niet, my lord. Nee, dat niet. Het gaat in feite allemaal uit van de koning van Sicilië, een Normandiër, zoals u weet. Ik stond er zelf van te kijken; ik kan me niet aan de indruk onttrekken dat hier andere krachten aan het werk zijn; in elk geval hadden we in Dover geen problemen met paspoorten, waardoor ik zo'n vermoeden heb dat de Engelse ambtenarij misschien wel op de hoogte is van wat we komen doen. Maar mochten de joden van Cambridge zich schuldig maken aan deze afschuwelijke misdaad, dan ben ik van harte bereid een touw te pakken om ze op te knopen.'

Mooi zo. Daar kon de prior mee leven. 'Maar waarom was het nodig om bij deze onderneming een vrouwelijke dokter mee te nemen, als ik vragen mag? Zo'n *rara avis* trekt als ze ontdekt wordt toch zeker uiterst onwelkome aandacht?'

'Ik had eerst ook zo mijn twijfels,' zei Simon.

Wat heet twijfels. Hij had zijn oren niet kunnen geloven. De sekse van de dokter die hem zou vergezellen was hem pas onthuld toen zij en haar gevolg in de boot stapten die hen allemaal naar Engeland zou brengen, en toen was het al te laat om te protesteren, hoewel hij desondanks had geprotesteerd – Gordinus de Afrikaan, de beste van alle dokters en de naïefste man die er op twee benen rondliep, had zijn woeste gebaren aangezien voor een afscheidsgroet en had aanminnig teruggezwaaid naarmate de kloof tussen het gangboord en de kade zich verwijdde.

'Ik had mijn twijfels,' zei hij nogmaals, 'maar het is gebleken dat ze bescheiden en capabel is, en goed Engels spreekt. Bovendien...' Simon straalde en op zijn gerimpelde gezicht verschenen nog meer pretrimpels, wat de aandacht van de prior afleidde van een gevoelig punt; de tijd zou nog wel komen om te laten zien wat Adelia heel goed kon, en dat moment was nog niet aangebroken. '... Zoals mijn vrouw zou zeggen: Gods wegen zijn ondoorgrondelijk. Waarom zou ze u anders te hulp zijn gekomen in het uur van uw grootste nood?'

Prior Geoffrey knikte langzaam. Dat was een waar woord; hij had al op zijn knieën gelegen om de Almachtige God ervoor te bedanken dat Hij haar op zijn weg gezonden had.

'Voordat we in de stad aankomen, zou het handig zijn,' vervolgde Simon van Napels beminnelijk, 'om zo veel mogelijk te weten te komen over de dood van het vermoorde kind en hoe het zit met die twee andere kinderen die worden vermist...' Hij liet het einde van zijn zin in de lucht hangen.

'De kinderen...' zei prior Geoffrey uiteindelijk met een diepe zucht. 'Ik moet je zeggen, meester Simon, dat toen we naar Canterbury vertrokken er niet twee kinderen werden vermist, zoals jou is gezegd, maar drie. Als ik niet gezworen had om die pelgrimsreis te maken, zou ik niet uit Cambridge zijn vertrokken uit angst dat het aantal nog zou toenemen. God zij hun genadig, we zijn allemaal bang dat de kleintjes hetzelfde lot is overkomen als het eerste kind, Peter: de kruisdood.'

'Dat kunnen de joden nooit gedaan hebben, my lord. Wij kruisigen geen kinderen.'

Jullie hebben anders wel Gods Zoon gekruisigd, dacht de prior in stilte. Arme ziel, als je daar waar jij heen gaat zegt dat je een jood bent, word je aan stukken geschuurd. Samen met die dokter van je.

Verdorie, dacht hij, ik zal me hier tegenaan moeten bemoeien.

Hij zei: 'Ik moet je zeggen, meester Simon, dat ons volk niet veel op heeft met joden. De mensen zijn bang dat hun andere kinderen worden weggeroofd.'

'My lord, is dat dan onderzocht? Wat zijn er voor bewijzen dat joden daar schuld aan hebben?'

'De aanklacht werd vrijwel onmiddellijk ingediend,' zei prior Geoffrey, 'en ik vrees met recht...'

Het was te danken aan het talent van Simon Menahem van Napels als agent, onderzoeker, bemiddelaar, verkenner en spion – hij was in al die hoedanigheden bekend bij de machtigen die hem kenden – dat mensen nooit iets achter hem zochten. Ze zouden niet kunnen geloven dat dit miezerige mannetje met al zijn gretigheid, simpelheid zelfs, die met gulle hand informatie rondstrooide – allemaal betrouwbaar – hun te slim af zou kunnen zijn. Pas wanneer de overeenkomst was gesloten, het verbond was bezegeld, de onderste steen boven was gekomen, kregen ze door dat Simon precies had bereikt wat zijn meesters wilden. 'Maar hij is en blijft een onnozele hals,' hielden ze zichzelf voor.

En aan deze onnozele hals, die juist had ingeschat wat voor soort man de prior was, en die het feit dat deze bij hen in het krijt stond helemaal uitbuitte, vertelde de verfijnde prior toch maar mooi alles wat de onnozele hals wilde weten...

Het was ruim een jaar geleden begonnen. Op Goede Vrijdag. Peter, een achtjarige jongen uit Trumpington, een dorpje aan de zuidwestkant van Cambridge, werd er door zijn moeder op uitgestuurd om wilgenkatjes te zoeken 'die in Engeland worden gebruikt in plaats van palm-blad als versiering voor Palmzondag'.

Peter had de wilgen vlak bij zijn huis gelaten voor wat ze waren en was langs de Cam naar het noorden gelopen om takken te verzamelen van de boom op het gedeelte van de rivieroever bij het klooster van St.-Radegunde, die bijzonder heilig heette te zijn, omdat St.-Radegunde hem zelf zou hebben geplant.

'Alsof,' zei de prior, op bittere toon zijn verhaal onderbrekend, 'een vrouwelijke Duitse heilige uit de duistere middeleeuwen even naar Cambridgeshire zou zijn overgewipt om een boom te planten. Maar die harpij' – hiermee doelde hij op de priores van St.-Radegunde – 'praat wel vaker onzin.'

Het toeval wilde dat op dezelfde dag, Goede Vrijdag, een paar van de rijkste en aanzienlijkste joden van Engeland in Cambridge bij elkaar waren gekomen ten huize van Chaim Leonis, voor de bruiloft van Chaims dochter. Toen Peter op weg ging om wilgentakken te verzamelen, had hij vanaf de andere kant van de rivier de feestelijkheden kunnen gadeslaan.

Daarom was hij niet langs dezelfde weg naar huis teruggekeerd, maar had hij de snellere route naar de jodenwijk gekozen, door de brug over te lopen en de stad door te gaan, zodat hij de rijtuigen kon zien en de in sjabrakken gehulde paarden van de joden die op bezoek waren, die in Chaims stal stonden.

'Zijn oom, Peters oom, was de stalknecht van Chaim, snap je.'

'Mogen christenen hier voor joden werken?' vroeg Simon, alsof hij niet al wist wat het antwoord was. 'Goeie hemel!'

'O, jazeker. De joden hebben veel mensen in dienst. En Peter kwam regelmatig in de stallen op bezoek, zelfs in de keukens, waar de kokkin van Chaim – die wel joods was – hem soms snoepgoed gaf, iets wat de mensen later werd verweten, want daarmee zouden ze hem hebben gelokt.'

'Gaat u verder, my lord.'

'Nou, Peters oom, Godwin, had het te druk met de ongewone toestroom aan paarden om aandacht aan de jongen te kunnen besteden en zei hem dat hij naar huis moest gaan; zo herinnert hij het zich tenminste. Pas 's avonds laat, toen Peters moeder in de stad ging informeren, werd duidelijk dat het kind verdwenen was. De wacht werd gewaarschuwd en ook de mannen van de drost op de rivier; de kans was groot dat de jongen in de rivier de Cam was gevallen. Toen de dag aanbrak, werden de oevers afgezocht. Niets.'

Een hele week lang was er niets gevonden. Terwijl de stadsbewoners en de dorpelingen in parochiekerken op hun knieën naar het kruis van Goede Vrijdag kropen, werden er gebeden gezonden naar de Almachtige God voor de veilige terugkeer van Peter van Trumpington.

Op paasmaandag werd het gebed verhoord. Op afgrijselijke wijze. Peters lichaam werd ontdekt vlak bij Chaims huis; het was onder water vast komen te zitten aan een steiger.

De prior haalde zijn schouders op. 'Zelfs toen werden de joden nog niet als schuldigen aangewezen. Kinderen vallen wel vaker in rivieren, bronnen en sloten. Nee, we dachten dat het een ongeluk was, totdat Martha de wasvrouw naar voren trad. Martha woont in Bridge Street en Chaim Leonis is een van haar klanten. Op de avond van Peters verdwijning, zei ze, had ze een mand schoon wasgoed bij Chaims achterdeur afgeleverd. Omdat die openstond, was ze naar binnen gegaan...'

'Kwam ze zo laat nog wasgoed afleveren?' vroeg Simon verrast.

Prior Geoffrey boog zijn hoofd. 'We moeten er denk ik maar van uitgaan dat Martha nieuwsgierig was; ze had nog nooit een joodse bruiloft van dichtbij meegemaakt. En wij ook niet, natuurlijk. Maar goed, ze ging naar binnen. De achterkant van het huis was verlaten; de feestelijkheden hadden zich naar de voortuin verplaatst. De deur naar een kamer die uitkwam op de hal, stond een stukje open...'

'Alweer een open deur,' zei Simon, die kennelijk wederom verrast was.

De prior wierp hem een blik toe. 'Vertel ik je iets wat je al weet?'

'Neem me niet kwalijk, my lord. Vertel verder, alstublieft.'

'Goed dan. Martha keek de kamer in en zag – ze zégt dat ze dat zag – een kind bij zijn handen aan een kruis hangen. Ze kreeg geen kans om over de eerste schrik heen te komen, want op dat moment kwam Chaims vrouw de gang door en begon tegen haar te tieren, waarna ze ervandoor ging.'

'Zonder de wacht te waarschuwen?' vroeg Simon.

De prior knikte. 'Inderdaad, dat is het zwakke punt in haar verhaal. Als, áls Martha inderdaad toen een lichaam had zien hangen, liet ze toch na de wacht te alarmeren. Ze waarschuwde pas iemand nadát het lichaam van de kleine Peter was ontdekt. Pas toen vertrouwde ze een buur fluisterend toe wat ze had gezien, en die fluisterde het door aan een andere buur, die naar het kasteel ging en het aan de drost vertelde. Daarna stroomden de bewijzen binnen. Er werd een wilgentakje gevonden dat op de weg voor Chaims huis was neergevallen. Een man die turf bij het kasteel kwam afleveren, getuigde dat hij vanaf de overkant van de rivier op Goede Vrijdag twee mannen had gezien, waarvan eentje met een joods hoofddeksel, die een bundel van de Grote Brug neerlieten in de Cam. Anderen beweerden nu dat ze kreten uit Chaims huis hadden gehoord. Ik zelf kreeg het lichaam onder ogen nadat het uit de rivier was gehaald en heb de stigmata van de kruisiging erop gezien.' Hij fronste. 'Het lijfje van die arme jongen was uiteraard afschuwelijk opgezwollen, maar op de polsen zaten sporen en de buik was opengespleten, alsof er een speer in was gestoken en... er waren andere verwondingen.'

De hele stad was meteen in rep en roer geweest. Om alle mannen, vrouwen en kinderen in de jodenwijk voor een bloedbad te behoeden, was iedereen door de drost en zijn mannen naar Cambridge Castle gedreven; ze handelden uit naam van de koning, onder wiens bescherming de joden stonden.

'Maar Chaim werd onderweg gepakt door mensen die wraak wilden nemen en hij werd opgehangen aan de wilg van St.-Radegunde. Ze namen zijn vrouw gevangen toen ze hem probeerde te verdedigen en scheurden haar aan stukken.' Prior Geoffrey sloeg een kruis. 'De drost en ik deden wat we konden, maar we waren niet opgewassen tegen de razernij van het volk.' Hij fronste; de herinnering viel hem zwaar. 'Ik heb fatsoenlijke mensen in hellehonden zien veranderen, huismoeders in bacchanten.'

Hij tilde zijn hoofddeksel op en streek met zijn hand over zijn kalende hoofd. 'Maar, meester Simon, ondanks alles hadden we misschien toch de problemen wel in de hand kunnen houden. De drost slaagde erin de orde te herstellen en we hoopten dat, nu Chaim dood was, de overige joden weer naar hun huizen konden terugkeren. Maar dat was niet het geval. Want op dat moment verscheen Roger van Acton ten tonele, een nieuwe geestelijke in onze stad en een van onze pelgrims naar Canterbury. Ongetwijfeld is hij u opgevallen: een dwingerige, tanige man met scherpe trekken en een bleek gezicht, en niet al te proper. Het geval wil dat heer Roger...' De prior keek Simon dreigend aan, alsof die er iets aan kon doen. 'Het geval wil dat hij de neef is van de priores van St.-Radegunde, een man die ernaar streeft roem te vergaren door reli-

37

gieuze traktaten te schrijven waar je vooral aan kunt aflezen dat hij niet weet waar hij het over heeft.'

De twee mannen schudden het hoofd. De merel floot lustig verder.

Prior Geoffrey slaakte een zucht. 'Heer Roger ving iets op over een angstwekkende "kruisiging" en zette meteen als een fret zijn tanden erin. Dit was iets nieuws. Niet alleen maar een beschuldiging van marteling, die joden wel vaker in de schoenen is geschoven... Neem me niet kwalijk, meester Simon, maar zo is het altijd geweest.'

'Dat vrees ik inderdaad, my lord, dat vrees ik inderdaad.'

'Hier was het paasgebeuren opnieuw geënsceneerd. Een kind moest de pijnen van Gods Zoon doorstaan, en was zodoende ongetwijfeld zowel een heilige als een wonderdoener. Ik wilde de jongen een fatsoenlijke begrafenis geven, maar dat werd me door die feeks in mensengedaante die doorgaat voor een non van St.-Radegunde, onmogelijk gemaakt.'

De prior schudde zijn vuist in de richting van de weg. 'Ze liet het lichaam van de jongen ontvoeren en beweerde dat zij er rechten op kon doen gelden, omdat Peters ouders op land wonen dat bij St.-Radegunde hoort. *Mea culpa*, ik vrees dat we ruzie hebben gemaakt om het lichaam, maar die vrouw, meester Simon, die hellekat, beschouwt dat niet als het lichaam van een jongen die een christelijke begrafenis verdient, maar als een nieuwe aanwinst voor die troep *succubae* die zij een klooster noemt, een bron van inkomsten van pelgrims en van de kreupelen en de lammen die genezing komen zoeken. Zij wilde er een attractie van maken, meester Simon.' Hij leunde achterover. 'En dat is hij ook geworden. Roger van Acton heeft er reclame voor gemaakt. Onze priores is betrapt toen ze advies inwon bij de geldwisselaars van Canterbury over hoe ze het best aan de poort van het klooster souvenirs en aandenkens van de Kleine St.-Petrus kan verkopen. *Quid non mortalia pectoa cogis, auri sacra fames!* Waar zet je 's mensen hart niet allemaal toe aan, vervloekte dorst naar goud!'

'Ik sta perplex, my lord,' zei Simon.

'Dat is de enige gepaste reactie, meester Simon. Ze heeft een vingerkootje van de hand van de jongen af genomen dat zij en haar neef me opdrongen in mijn nood, en ze zeiden erbij dat het me in een ommezien genezing zou brengen. Roger van Acton, zie je, wil mij graag op de lijst van genezingen bijschrijven; hij wil dat mijn naam op de aanvraag aan het Vaticaan komt te staan om de Kleine St.-Petrus officieel heilig te laten verklaren.'

'Aha.'

'Maar het vingerkootje dat ik, omdat ik stierf van de pijn, zonder gewetensbezwaren aanraakte, richtte niets uit. Ik vond verlichting bij een veel onverwachtere bron.' De prior stond op. 'Wat me eraan herinnert: ik heb grote drang om te wateren.'

Simon stak een hand op om hem tegen te houden. 'En die andere kinderen dan, my lord? Degenen die nog steeds worden vermist?'

Prior Geoffrey bleef even staan, alsof hij luisterde naar de merel. 'Een tijdlang gebeurde er niets,' zei hij. 'De stad had zich uitgeleefd op Chaim en Miriam. De joden in het kasteel maakten zich op om daar weg te gaan. Maar toen verdween er een andere jongen en durfden we hen niet te laten vertrekken.'

De prior draaide zijn gezicht weg, zodat Simon het niet kon zien. 'Het was met Allerzielen. Hij was een jongen uit mijn eigen school.' Simon hoorde de stem van de prior overslaan. 'En vervolgens een klein meisje, de dochter van een vogeljager. Met Allerheiligen, God helpe ons. En toen, nog maar zo recent als het feest van St.-Edward, Koning en Martelaar, alweer een jongen.'

'Maar, my lord, wie kan de joden nou van die verdwijningen beschuldigen? Zitten die niet nog steeds opgesloten in het kasteel?'

'Inmiddels, meester Simon, wordt joden het vermogen toegeschreven om over de slotgracht heen te vliegen, kinderen weg te snaaien en ze op te eten, waarna ze hun afgekloven botten in het dichtstbijzijnde moeras gooien. Ik raad je sterk aan jezelf niet bekend te maken. Zie je...' De prior zweeg even. '... Er zijn tekenen geweest.'

'Tekenen?'

'Op de plekken waar de kinderen voor het laatst waren gezien. En nu' – prior Geoffrey sloeg zijn benen over elkaar – 'moet ik echt pissen. En dat gaat wel even duren.'

Simon keek hem na toen hij naar de bomen hobbelde. 'Veel succes, my lord.'

Ik heb er goed aan gedaan hem te vertellen wat ik hem verteld heb, bedacht hij. We hebben er een waardevolle bondgenoot mee gewonnen. Ik heb hem informatie gegeven in ruil voor andere informatie, al heb ik hem dan niet het achterste van mijn tong laten zien.

Het pad dat de glooiing van Wandlebury Hill op liep, bestond uit een strook land dat een bres sloeg in een deel van de brede greppels die door een of ander vroeger volk waren uitgegraven om hem te verdedigen. Door alle schapen die eroverheen waren gelopen, was de bodem ingeklonken en Adelia, met een mand aan haar arm, klom zonder buiten adem te raken in korte tijd naar de top, waar ze alleen was, op een immens rond grasveld dat bespikkeld was met schapenkeutels die aan bessen deden denken.

Van een afstandje had de top kaal geleken. De enige hoge bomen bevonden zich in elk geval aan de zijkant; ze stonden op een kluitje aan één rand die naar het oosten was gewend; de rest was overdekt met stekelige meidoorn en jeneverbesstruiken. In het vrij platte oppervlak zaten hier en daar merkwaardige kuilen, waarvan sommige wel een halve tot een hele meter diep waren en minstens twee meter in doorsnee. Echt iets om je enkel te verzwikken.

In het oosten, waar de zon opkwam, liep de helling flauwtjes af; in het westen ging de heuvel abrupt over in vlak land.

Ze sloeg haar mantel open, ging languit liggen met haar handen in haar nek, en liet het briesje blazen door de verachte tuniek van grove wol, gekocht in Dover, waarvan Simon haar had gesmeekt die te dragen

'Onze missie voert ons onder het gemene volk van Engeland, dokter. Als we ons daaronder willen mengen, erachter willen komen wat zij weten, moeten wij er net zo uitzien als zij.'

'Mansur ziet er anders van zichzelf al uit als een Angelsaksische schurk ten top,' had ze gezegd. 'En wat te denken van onze accenten?'

Maar Simon had volgehouden dat het een kwestie van gradatie was, dat drie buitenlandse medicijnenhandelaren, die altijd in trek waren bij het volk, meer geheimen te horen zouden krijgen dan duizend inquisiteurs. 'Zo zullen we geen klassenonderscheid scheppen tussen onszelf en diegenen die we ondervragen; we zijn uit op de waarheid, niet op respect.'

'In dit geval,' had ze met een blik op de tuniek gezegd, 'zal me zéker geen respect ten deel vallen.' Maar Simon, die meer ervaring had met vermommingen dan zij, was de leider van deze missie. Adelia had iets aangetrokken wat er in feite uitzag als een koker, die met spelden was vastgezet op de schouders, maar daaronder had ze haar zijden onderkleed aangehouden. Hoewel ze nooit de mode op de voet had gevolgd, vertikte ze het om, ook al was het voor de koning van Sicilië, zakkengoed direct op haar huid te dragen.

Ze sloot haar ogen tegen het licht, moe door een hele nacht waken bij haar patiënt om te kijken of die geen koorts kreeg. In de vroege ochtend had de huid van de prior koel aangevoeld en was zijn polsslag regelmatig geweest. Voorlopig had de ingreep succes gehad; nu moesten ze nog afwachten of hij zonder hulp en zonder pijn kon urineren. Tot dusver niets aan de hand, zoals Margaret altijd zei.

Ze stond op en liep weer verder, rondkijkend naar planten die ze kon gebruiken, waarbij het haar opviel dat haar goedkope laarzen – eveneens onderdeel van haar vermaledijde vermomming – bij elke stap zoete, onbekende geuren deden opstijgen. Tussen het gras hier groeide van allerlei bruikbaars: prille blaadjes ijzerhard, hondsdraf, kattenkruid, zenegroen, *Clinopodium vulgare*, die de Engelsen wilde basilicum noemden, hoewel de plant noch op echte basilicum leek, noch daarnaar rook. Ze had een keer een oud Engels kruidenboek gekocht waar de monniken van St.-Lucia de hand op hadden weten te leggen, maar ze kon niet lezen. Ze had het aan Margaret gegeven als een aandenken aan thuis, maar had het weer teruggevraagd om het zelf te bestuderen.

En hier had je ze nou, de planten die erin waren afgebeeld: hier groeiden ze in het echt aan haar voeten, en ze werd even enthousiast als wanneer ze op straat een beroemd gezicht voorbij zag komen.

De schrijver van het kruidenboek, die net als zijn meeste collega's zwaar op Galenus leunde, had de gebruikelijke beweringen gedaan: laurier zou beschermen tegen de bliksem, met wondkruid hield je de pest op afstand, majoraan hield de baarmoeder op zijn plaats – alsof de baarmoeder van een vrouw als een kers in een fles omhoog kon schieten naar de hals en weer terug; waarom gebruikten ze toch nooit eens hun ogen?

Ze begon te plukken.

Opeen kreeg ze een ongemakkelijk gevoel. Daar was niet echt een reden voor; de grote cirkel was nog even verlaten als toen ze hem had aangetroffen. Wolken zorgden voor een lichtspel terwijl hun schaduwen kwiek over het gras joegen, een gebogen meidoorn leek opeens wel een kromgegroeid oud vrouwtje, een plotselinge krassende kreet – een ekster – deed kleinere vogels opvliegen.

Wat het ook was, ze voelde ineens de drang om te midden van deze uitgestrekte vlakte minder rechtop te staan. Wat was ze dwaas geweest. In verleiding gebracht door de planten en het schijnbaar afgelegene van deze plek, moe van al het babbelende gezelschap dat haar sinds Canterbury had omringd, had ze de vergissing begaan, de dwaze daad, er alleen op uit te trekken en tegen Mansur te zeggen dat hij maar bij de prior moest blijven om voor hem te zorgen. Een misrekening. Daarmee had ze afstand gedaan van alle recht op bescherming tegen wie haar maar wilde lastigvallen. Zonder het gezelschap van Margaret en Mansur had ze voor eventuele mannen die in de buurt waren net zo goed een bord om haar nek kunnen dragen met de tekst VERKRACHT MIJ erop. Als die uitnodiging aanvaard zou worden, zou dat háár worden aangerekend, en niet de verkrachter.

Wat verwenste ze de kooi waarin mannen vrouwen gevangen hielden. Ze had de onzichtbare tralies vervloekt toen Mansur erop had aangedrongen haar te vergezellen door de lange, donkere gangen van de scholen van Salerno, waardoor het als ze van het ene college naar het andere ging leek alsof ze bepaalde voorrechten genoot en belachelijk overkwam, omdat ze zich daarmee onderscheidde. Maar ze had haar lesje wel geleerd – nou en of – die dag toen ze zich aan haar begeleider had weten te ontworstelen: de verontwaardiging, de vertwijfeling waarmee ze zich te weer moest stellen tegen een mannelijke medestudent, de onwaardigheid om om hulp te moeten roepen – een kreet die godzijdank was verhoord – de preek die ze vervolgens van haar professoren had gekregen, en van Mansur en Margaret uiteraard, over de zonden van de hoogmoed en zorgeloze omgang met haar reputatie.

Niemand had de jongeman iets verweten, hoewel Mansur naderhand zijn neus had gebroken om hem manieren bij te brengen.

Omdat ze nu eenmaal Adelia was, en nog steeds hoogmoedig, verstoutte ze zich nog iets verder te lopen, al was het dan in de richting van de bomen, en nog een paar planten te plukken, waarna ze om zich heen keek.

Niets te zien. Een warreling van meidoornbloesem in de wind, weer een plotselinge demping van het licht toen er een wolk voor de zon schoof.

Met veel gefladder en gekrakeel vloog er een fazant op. Ze draaide zich om.

Het leek wel alsof hij plotseling uit de grond was opgerezen. Hij kwam naar haar toe en een lange schaduw vergezelde hem. Geen puisterig studentje deze keer, maar een van de zwaargebouwde en zelfverzekerde kruisvaarders van het pelgrimsgezelschap. De metalen schakels van zijn maliënkolder rinkelden zachtjes onder zijn tabbaard; zijn mond glimlachte, maar zijn ogen stonden even hard als de ijzeren omhulling van zijn hoofd en neus. 'Kijk eens aan,' zei hij vol verwachting. 'Kijk nou eens aan, meesteres.'

Adelia voelde een diepe vermoeidheid – vanwege haar eigen stommiteit, vanwege wat er zou gaan gebeuren. Ze beschikte over enige hulpmiddelen. Eentje daarvan, een venijnige kleine dolk, zat in haar laars gestoken; ze had hem van haar Siciliaanse pleegmoeder gekregen, een rechtschapen vrouw, met de raad er aanvallers de ogen mee uit te steken. Haar joodse stiefvader had een subtielere verdediging voorgesteld: 'Zeg maar tegen ze dat je dokter bent en dat hun voorkomen je zorgen baart. Vraag dan of ze recentelijk met de pest in aanraking zijn geweest. Daar deinst iedere man voor terug.'

Maar ze betwijfelde of dergelijke trucs wel genoeg zouden zijn om het naderende geharnaste lichaam tegen te houden. En gezien de opdracht die ze had, wilde ze ook niet prijsgeven wat haar beroep was.

Ze ging rechtop staan en probeerde ontzagwekkend over te komen zolang hij nog op enige afstand was. 'Ja?' riep ze scherp. Wat misschien indruk had gemaakt als ze Vesuvia Adelia Rachel Ortese Aguilar in Salerno was geweest, maar wat op deze eenzame heuvel weinig effect had voor een armzalig gekleed buitenlands sletje van wie bekend was dat ze in een marskramerswagen met twee mannen rondreisde.

'Zo mag ik het graag horen,' riep de man terug. 'Een vrouw die "ja" zegt.'

Hij kwam naderbij. Er viel nu niet meer aan zijn bedoelingen te twijfelen; ze dook neer en graaide in haar laars.

Tegelijkertijd gebeurden er twee dingen – vanuit verschillende richtingen.

Vanuit het groepje bomen klonk het zoevende geluid van lucht die wordt verplaatst doordat er iets doorheen scheert. Een kleine bijl begroef zijn blad in het gras tussen Adelia en de ridder.

Het andere was een kreet vanaf de heuvel: 'In Gods naam, Gervase, roep die rothonden bij je en ga naar beneden. Die ouwe meid van me bijt haar bit aan flarden.'

Adelia zag de blik van de ridder veranderen. Ze boog zich voorover en met enige krachtsinspanning trok ze de bijl uit de grond en kwam met een glimlach weer overeind. 'Het moet haast wel tovenarij zijn,' zei ze in het Engels.

De andere kruisvaarder riep nog steeds naar zijn vriend dat hij zijn honden moest komen halen en omlaag moest gaan naar de weg.

De verwarring op het gezicht van de man voor haar sloeg om in iets als haat, en vervolgens in desinteresse toen hij zich op zijn hakken omdraaide en wegbeende om zich bij zijn kameraad te voegen.

Je hebt niet bepaald een vriend gemaakt, hield Adelia zichzelf voor. God, wat háát ik het om bang te zijn. De rotvent, de rotvent! En dit land kan me ook gestolen worden; ik wilde hier toch al helemaal niet heen.

Ontstemd omdat ze zo bibberde liep ze naar een schaduw onder de bomen. 'Ik zei toch dat je bij de kar moest blijven?' zei ze in het Arabisch.

'Dat heb je inderdaad gezegd, ja,' beaamde Mansur.

Ze gaf hem zijn bijl terug – hij noemde die *Parvaneh* (vlinder). Hij stak hem in de zijkant van zijn riem, onzichtbaar onder zijn mantel, en liet zijn traditionele dolk in zijn prachtige schede voorop in het zicht zitten. De werpbijl was een zeldzaam wapen onder Arabieren, maar de stammen wisten er wel weg mee, en Mansur behoorde tot degenen wier voorvaderen de Vikingen nog hadden gekend die Arabië waren binnengevallen, waar ze in ruil voor exotische goederen niet alleen wapens hadden verhandeld, maar ook het geheim om het voortreffelijke staal van hun bladen te maken.

Meesteres en bediende zochten zich samen tussen de bomen door een weg de heuvel af – Adelia struikelend, terwijl Mansur net zo gemakkelijk liep als over een gebaande weg.

'Welke geitenkeutel was dat?' wilde hij weten.

'Die vent die ze Gervase noemen. De andere heet Joscelin, geloof ik.'

'Kruisvaarders,' zei hij, en hij spoog op de grond.

Ook Adelia had kruisvaarders niet erg hoog zitten. Salerno was een van de routes naar het Heilige Land, en of ze daar nu heen gingen of ervan terugkeerden, de meeste soldaten uit het kruisvaardersleger waren onbehouwen kerels geweest. Even achterlijk stom als enthousiast voor Gods werken, hadden degenen die op weg gingen de harmonie verstoord waarin verschillende geloofsovertuigingen en rassen in het koninkrijk Sicilië samenleefden door te protesteren tegen de aanwezigheid van joden, Moren en zelfs christenen, wier gewoontes anders waren dan de hunne, en ze hadden hen vaak aangevallen. En als ze op de terugtocht waren, waren ze meestal verbitterd, ziek en verarmd – slechts enkelen hadden in het Heilig Land het fortuin of de genade gevonden waar ze op hadden gehoopt – en zodoende waren zij al niet minder hinderlijk.

Ze kende er een paar die helemaal niet naar Outremer waren vertrokken, maar gewoon in Salerno waren gebleven tot ze dat van zijn schatten hadden beroofd, waarna ze weer naar huis waren teruggekeerd om zich te laten bejubelen door hun stad of dorp, met een paar sterke verhalen en een kruisvaardersmantel die ze op de markt van Salerno voor een habbekrats hadden gekocht.

'Nou, je hebt hem flink de stuipen op het lijf gejaagd,' zei ze nu. 'Dat was een mooie worp.'

'Nee,' zei de Arabier. 'Het was niet raak.'

Adelia keek hem aan. 'Mansur, luister eens even naar me. We zijn hier niet om de bevolking af te slachten...'

Ze viel stil. Ze waren op een pad gekomen en vlak onder hen stond de andere kruisvaarder, degene die Joscelin heette, de beschermer van de priores. Hij had een van de honden gevonden en bukte zich om een riem aan zijn halsband vast te maken, terwijl hij ondertussen foeterde tegen de jager die bij hem was.

Toen zij aankwamen, hief hij met een glimlach zijn hoofd, knikte Mansur toe en wenste Adelia een goede dag. 'Ik ben blij u gechaperonneerd te zien, meesteres. Dit is geen plek waar knappe jongedames alleen moeten ronddwalen – en andere mensen trouwens ook niet.'

Hij zei niets over het incident boven op de heuvel, maar het was goed zo: een verontschuldiging voor zijn vriend zonder zich direct te verontschuldigen, en een berisping aan haar adres. Hoewel, waarom zou hij haar 'knap' noemen terwijl ze dat helemaal niet was, of – gezien haar huidige rol – van plan was dat te worden? Waren mannen het soms verplicht om te vleien? Als dat zo was, bedacht ze met tegenzin, dan had deze man waarschijnlijk meer succes dan de meeste andere mannen.

Hij had zijn helm en kap afgezet, zodat zijn dikke, donkere haardos in bezwete krullen om zijn hoofd viel. Zijn ogen waren opmerkelijk blauw. En zijn positie in aanmerking genomen was hij erg beleefd tegen een vrouw die geen enkele status bezat.

De jager stond een stukje opzij, zonder iets te zeggen, en sloeg hen allemaal gemelijk gade.

Sir Joscelin informeerde naar de prior. Voorzichtig antwoordde ze, op Mansur wijzend, dat de dokter meende dat zijn patiënt goed op de behandeling reageerde.

Sir Joscelin boog voor de Arabier en Adelia bedacht dat hij op zijn kruistocht dan toch in elk geval manieren had geleerd. 'Ah, ja, Arabische geneeskunde,' zei hij. 'Daar hebben we respect voor gekregen, degenen onder ons die naar het Heilige Land zijn geweest.'

'Zijn u en uw vriend daar samen naartoe gegaan?' Ze werd nieuwsgierig, omdat de mannen zo verschillend waren.

'Niet tegelijkertijd,' zei hij. 'Hoewel we allebei uit Cambridge komen, hebben we elkaar gek genoeg pas op de terugweg leren kennen. Outremer is groot.'

Hij had het er, aan zijn laarzen en de zware gouden ring om zijn vinger te zien, niet slecht af gebracht.

Ze knikte en liep verder, en pas toen Mansur en zij het groepje al waren gepasseerd, bedacht ze dat ze een buiginkje had moeten maken. Toen vergat ze hem; ze vergat zelfs de bruut die zijn vriend was. Zij was arts en haar hart ging uit naar haar patiënt.

Toen de prior triomfantelijk in het kamp terugkeerde, trof hij daar de teruggekeerde vrouw, die alleen bij de restanten van het vuur zat, terwijl de Saraceen de wagen vol pakte en de muilezels inspande.

Hij had tegen dit moment opgezien. Hij mocht dan nog zo'n verheven positie bekleden, hij had wél halfnaakt en kermend voor een vrouw gelegen – een vrouw! – en van al zijn ingetogenheid en waardigheid was niets overgebleven.

Alleen het gevoel haar iets verplicht te zijn, de wetenschap dat hij zonder haar ingrijpen dood zou zijn geweest, had hem ertoe gebracht haar niet te negeren, of weg te sluipen voor ze elkaar weer onder ogen konden komen.

Toen ze zijn voetstappen hoorde, keek ze op. 'Hebt u kunnen urineren?'

'Ja.' Kernachtig.

'Zonder pijn?'

'Ja.'

'Mooi zo,' zei ze.

Het was... Hij herinnerde zich het nu. Een zwerversvrouw was voor de poorten van de priorij plots moeizaam aan het bevallen geslagen, en broeder Theo, de ziekenbroeder van de priorij, was genoodzaakt geweest haar te helpen. De volgende ochtend, toen Theo en hij bij moeder en kind waren gaan kijken, had hij zich afgevraagd wie zich door hun ontmoeting het meest opgelaten zou voelen: de vrouw die tijdens de bevalling haar meest intieme delen aan een man had laten zien, of de monnik die zich daarmee bezig had moeten houden.

46

Maar geen van tweeën toonde zich gegeneerd. Ze hadden elkaar trots aangekeken.

En zo was het nu ook. Uit de heldere bruine ogen die hem opnamen sprak niks seksueels; het was de blik van een wapenbroeder. Hij was haar medestrijder en ook al was hij dan misschien onervaren, ze hadden samen de vijand bevochten, en overwonnen.

Hij was haar daar net zo dankbaar voor als voor de verlichting die ze hem had geboden. Hij schoot op haar toe en bracht haar hand naar zijn lippen. *'Puella mirabile.'*

Als Adelia iemand was geweest van spontane gebaren – wat ze niet was – had ze de man omhelsd. Dus het was gelukt! Omdat ze zo lang niet de reguliere geneeskunst had gepraktiseerd, was ze vergeten hoe onnoemelijk groot de vreugde was wanneer iemand uit zijn lijden was verlost. Maar hij moest wel bedacht zijn op de prognose.

'Helemaal niet zo *mirabile*,' zei ze tegen hem. 'Het kan namelijk weer gebeuren.'

'Verdorie,' zei de prior. 'Verdorie, verdorie!' Hij herstelde zich. 'Neem me niet kwalijk, meesteres.'

Ze klopte hem op zijn hand, liet hem plaatsnemen op het houtblok en ging zelf met haar benen onder zich getrokken op het gras zitten. 'Mannen bezitten een klier die deel uitmaakt van hun geslachtsdelen,' zei ze. 'Die loopt om de hals van de blaas en het begin van de pisbuis. In uw geval meen ik dat deze klier vergroot is. Gisteren drukte hij zo hard op de blaas dat die niet kon functioneren.'

'Wat moet ik eraan doen?' vroeg hij.

'Voor het geval zich zoiets voordoet, moet u leren uw blaas te legen zoals ik dat heb gedaan: met behulp van een rietje bij wijze van katheter.'

'Katheter?' Ze had het Griekse woord voor 'buis' gebruikt.

'U doet er goed aan te oefenen. Ik kan u laten zien hoe het moet.'

Goeie god, dacht hij, wat hangt me nu weer boven het hoofd? Maar voor haar zou het niets meer betekenen dan een medische procedure. Ik bespreek dit soort dingen met een vrouw; zij bespreekt ze met mij.

Op de tocht vanuit Canterbury had hij haar amper opgemerkt; hij had alleen gezien dat ze bij het zootje ongeregeld hoorde. Hoewel, nu hij er nog eens over nadacht: tijdens de overnachtingen in herbergen was ze met de nonnen naar de vrouwenvertrekken gegaan, in plaats van bij haar mannen in de kar te blijven. Afgelopen nacht, toen ze naar zijn edele delen had zitten turen, had ze wel een van zijn klerken geleken die een lastig manuscript onder handen had. Vanochtend deed haar professionalisme hen allebei boven de troebele wateren van hun beider sekse uitstijgen.

Maar ze was wel degelijk een vrouw, en was – de arme ziel – even simpel als haar manier van praten. Een vrouw die zo in de menigte kon opgaan dat ze erin leek te verdwijnen; een vrouw op de achtergrond, een muis onder de muizen. Omdat ze nu in het middelpunt van zijn aandacht stond, ergerde het prior Geoffrey dat dat zo was. Er was geen reden voor zo veel alledaagsheid: haar trekken waren fijntjes en regelmatig, evenals, zover hij kon zien, haar lichaam onder de mantel die haar omhulde. Ze had een mooie teint, met de donkere, donzige blondheid die je in Noord-Italië en Griekenland af en toe tegenkwam. Witte tanden. Waarschijnlijk zat er haar onder de kap met zijn opgerolde rand die ze over haar oren getrokken had. Hoe oud zou ze zijn? Jong nog.

De zon bescheen een gezicht dat je eerder intelligent dan knap zou kunnen noemen; haar scherpe verstand had het van zijn vrouwelijkheid ontdaan. Geen spoor van kunstmatige ingrepen; ze was geheel rein, moest hij haar nageven; geschrobd als een wasbord. Maar hoewel de prior de eerste zou zijn om opmaak bij vrouwen te veroordelen, was het bij deze vrouw bijna beledigend dat ze daar helemaal niets van had gebruikt. Een maagd nog, zou hij zweren.

Adelia zag een man die overvoed was, zoals zo veel leiders van monniken, hoewel de welgedaanheid in dit geval niet werd veroorzaakt doordat de man zo veel at ter compensatie van gebrek aan seks. Ze voelde zich veilig in zijn aanwezigheid. Vrouwen waren in zijn ogen natuurlijke wezens en geen harpijen, geen verleidsters; dat had ze meteen al doorgehad, omdat je het zo weinig tegenkwam. Hij had wel vleselijke verlangens, maar gaf daar niet aan toe, en die werden ook niet in bedwang gehouden door geseling. Aan zijn vriendelijke blik kon je aflezen dat hij lekker in z'n vel zat, dat besef van profane zaken bij hem hand in hand ging met goedheid. Hij was een man die niet moeilijk deed over kleine zonden, die van hemzelf incluis. Hij was nieuwsgierig naar haar, natuurlijk. Dat was iedereen die haar eenmaal had opgemerkt.

Maar hij mocht dan nog zo aardig zijn, toch raakte ze geprikkeld. Ze was bijna de hele nacht in de weer geweest om hem in de gaten te houden, dus het minste wat hij nu kon doen was wel naar haar raad luisteren.

'Luistert u naar me, my lord?'

'Neem me niet kwalijk, vrouwe.' Hij ging rechtop zitten.

'Ik zei dat ik u kan laten zien hoe u een katheter moet gebruiken. Als u eenmaal weet hoe dat moet, is het niet moeilijk.'

Hij zei: 'Ik had zo gedacht, vrouwe, dat we daar maar mee moesten wachten tot de noodzaak zich aandient.'

'Ook goed.' Dan moest hij het zelf maar weten. 'Maar ondertussen bent u veel te zwaar. U zou meer lichaamsbeweging moeten nemen en minder moeten eten.'

Als gestoken zei hij: 'Ik ga elke week op jacht.'

'Te paard, ja. U kunt beter te voet achter de honden aan gaan.'

Geen katje om zonder handschoenen aan te pakken, dacht prior Geoffrey. En ze komt uit Sicilië? Zijn ervaring met Siciliaanse vrouwen – die kort, maar onvergetelijk was geweest – had verband gehouden met de aantrekkingskracht van Arabië: donkere ogen die naar hem glimlachten boven een sluier, de aanraking van met henna beschilderde vingers, woorden zo zacht als de huid, de geur van...

Allemachtig, dacht Adelia, waarom hechten ze toch zo veel belang aan allerlei franje? 'Mij maakt het niet uit, hoor,' snauwde ze.

'Huh?'

Ongeduldig slaakte ze een zucht. 'Ik merk wel aan u dat u het jammer vindt dat de vrouw, evenals de dokter, niets van pralerij wil weten. Zo gaat het altijd.' Ze keek hem dreigend aan. 'U krijgt van beiden de waarheid, meester prior. Als u praalzucht wilt zien, moet u maar ergens anders heen gaan. U hoeft die steen maar om te keren' – ze wees naar een stuk rots vlakbij – 'of u vindt een charlatan die u de oren van het hoofd zal kletsen over een gunstige constellatie van Mercurius en Venus, die een geflatteerd beeld van uw toekomst zal schetsen en u voor een goudstuk gekleurd water zal aansmeren. Ik hou me met dat soort dingen niet bezig. Van mij hoort u waar het op staat.'

Hij wist even niets te zeggen. Hier sprak het zelfvertrouwen, de hoogmoed zelfs, van een vaardige vakvrouw. Ze leek wel een loodgieter op wie hij een beroep had gedaan om een gebroken leiding te repareren.

Alleen, herinnerde hij zich, had ze juist weten te voorkomen dat zijn pijp was gebarsten. Niettemin kon praktische zin ook heel wel samengaan met enige franje. 'Bent u tegen al uw patiënten zo direct?' vroeg hij.

'Ik heb niet vaak patiënten,' zei ze.

'Dat verbaast me nou niks.'

En ze lachte.

Meeslepend, dacht de prior, die werd meegesleept. Hij moest denken aan Horatius: *Dulce ridentem Lalagen amabo* – 'Ik zal houden van Lalage, die zo zoet lacht.' Maar als deze jonge vrouw lachte, maakte dat haar meteen kwetsbaar en onschuldig, wat helemaal niet paste bij de strenge berisping van daarnet, zodat zijn plotseling opwellende affectie geen Lalage gold, maar meer op die voor een dochter leek. Ik moet haar beschermen, bedacht hij.

Ze reikte hem iets aan. 'Ik heb een dieet voor u opgesteld.'

'Papier, bij God,' zei hij. 'Waar hebt u papier weten te bemachtigen?'

'Dat maken de Arabieren.'

Hij wierp een blik op de lijst. Haar handschrift was beneden alle peil, maar hij kon het nog net ontcijferen. 'Water? Gekookt water? Acht koppen per dag? Madam, wilt u me dood hebben? De dichter Horatius vertelt ons dat er uit water drinken niets goeds kan voortkomen.'

'Probeer Martialis dan maar eens,' zei ze. 'Hij leefde langer. *Non est vivere, sed valere vita est* – "In het leven gaat het er niet alleen maar om dat je leeft, maar ook dat je je goed voelt."'

Verbijsterd schudde hij zijn hoofd. Nederig zei hij: 'Ik smeek u, zeg me hoe u heet.'

'Vesuvia Adelia Rachel Ortese Aguilar,' zei Adelia. 'Oftewel dokter Trotula, als u dat liever hebt – dat is een titel die de school aan vrouwelijke professors geeft.'

Dat had hij niet liever. 'Vesuvia? Wat een mooie naam, hoogst ongebruikelijk.'

'Adelia,' zei ze. 'Ik werd alleen maar op de Vesuvius gevonden.' Ze stak haar hand uit alsof ze de zijne wilde beetpakken. Hij hield zijn adem in.

In plaats daarvan pakte ze zijn pols, haar duim erbovenop, de andere vingers tegen de zachte onderkant gedrukt. Haar vingernagels waren kort en schoon, evenals de rest van haar lichaam. 'Ik ben als baby te vondeling gelegd op de berg. In een kruik.' Ze vertelde het op terloopse toon en hij merkte dat ze niet echt bezig was hem op de hoogte te brengen, maar hem alleen maar rustig wilde houden om zijn pols te kunnen voelen. 'De twee dokters die me hebben gevonden en grootgebracht dachten dat ik misschien Grieks was, omdat het een Griekse gewoonte was om ongewenste dochters te vondeling te leggen.'

Ze liet zijn pols los en schudde haar hoofd. 'Te snel,' zei ze. 'Echt, u zou moeten afvallen.' Hij moest in leven blijven, dacht ze. Het zou jammer zijn als hij doodging.

Het duizelde de prior van de ene eigenaardigheid na de andere. En hoewel de Heer lagere wezens natuurlijk kon verheffen, was het nergens voor nodig dat ze het onedele begin van haar leven tegenover Jan en alleman breed uitmat. Mensenkinderen, als ze zich buiten haar eigen kring begaf, zou ze zo kwetsbaar zijn als een slak zonder huisje. Hij vroeg: 'Bent u grootgebracht door twee mannen?'

Ze nam daar aanstoot aan, alsof hij wilde suggereren dat haar opvoeding abnormaal was geweest. 'Ze waren getrouwd,' zei ze met een frons. 'Mijn pleegmoeder is ook een Trotula. Een Salernitaanse van christelijke geboorte.'

'En uw pleegvader?'

'Een jood.'

Daar had je het weer. Flapten deze mensen er dan zomaar ongegeneerd van alles uit? 'Dus u bent in dat geloof grootgebracht?' Het ging hem ter harte; ze was een paradepaardje, zíjn paradepaardje, een heel dierbaar paradepaardje, dat niet op de brandstapel mocht eindigen.

Ze zei: 'Ik geloof alleen maar in dingen die bewezen kunnen worden.'

Hij stond perplex. 'Erkent u de Schepping niet? Gods plan?'

'Er heeft zeer zeker een schepping plaatsgevonden. Of daar een plan achter zat, zou ik niet weten.'

Mijn God, mijn God, dacht hij, spaar haar Uw toorn. Ik heb haar nodig. Ze weet niet wat ze zegt.

Ze stond op. Haar eunuch had de wagen gekeerd, die nu klaar was om de weg weer af te dalen. Simon kwam naar hen toe gelopen.

De prior zei, omdat zelfs afvalligen nu eenmaal betaald moeten worden en hij ontzettend te doen had met deze ene: 'Meesteres Adelia, ik sta bij je in het krijt en ben bereid mijn kant van de balans te verzwaren. Zeg maar wat je wilt hebben, en als God het wil zal ik het je geven.'

Ze keerde zich om en keek hem peinzend aan. Ze zag de vriendelijke ogen, de scherpe geest, de goedheid; ze mocht hem wel. Maar beroepshalve moest ze zich bezighouden met zijn lichaam – nu nog niet, maar ergens in de toekomst. De klier die de blaas had belemmerd, die moest ze wegen, vergelijken met...

Simon zette het op een lopen; hij had die blik eerder in haar ogen ge-

51

zien. Behalve in medische kwesties kon ze nergens een zinnig oordeel over vellen; ze stond op het punt te vragen of ze het lijk van de prior mocht hebben als hij doodging. 'My lord, my lord!' Hij hijgde. 'My lord, als u ons een gunst wilt bewijzen, vraag de priores dan of dokter Trotula de overblijfselen van de Kleine St.-Petrus mag zien. Misschien kan ze enig licht werpen op de manier waarop hij is overleden.'

'O ja?' Prior Geoffrey keek naar Vesuvia Adelia Rachel Ortese. 'En hoe dacht u dat te gaan doen?'

'Ik ben een dodendokter,' zei ze.

4

Toen ze de grote poort van de Barnwell-abdij naderden, konden ze in de verte Cambridge Castle zien op de enige verheffing kilometers in de omtrek; het silhouet was kartelig en stekelig vanwege de restanten van de toren die het jaar tevoren was afgebrand en de steigers die er nu omheen stonden. Het was maar een klein fort vergeleken met de grote citadellen hoog in de Apennijnen die Adelia kende, maar het gaf het landschap niettemin een fiere charme.

'Oorspronkelijk was het Romeins,' zei prior Geoffrey. 'Het werd gebouwd om de rivierkruising te bewaken, maar net als zoveel andere forten wist het Vikingen of Noormannen niet te weerstaan – en evenmin hertog Willem de Noorman, trouwens. Nadat hij het had verwoest, moest hij het weer opbouwen.'

De stoet was nu kleiner. De priores had zich vooruit gehaast en had haar non, haar ridder en haar neef Roger van Acton met zich meegenomen. Het gemene volk was afgeslagen naar Cherry Hinton.

Prior Geoffrey, die weer de paard zat en in al zijn luister aan het hoofd van de stoet reed, moest zich bukken om het woord te richten tot zijn redders op de bok van de muilezelkar. Zijn ridder, sir Gervase, reed foeterend achteraan.

'Cambridge zal jullie verrassen,' zei de prior. 'We hebben een uitstekende School van Pythagoras die door studenten van heinde en verre wordt bezocht. En ook al ligt het landinwaarts, Cambridge is toch een haven, en ook nog eens een drukke, bijna zo druk als Dover – hoewel er godzijdank niet zoveel Fransen zijn. De wateren van de Cam mogen dan troebel zijn, maar ze zijn bevaarbaar tot ze uitkomen in de rivier de Ouse, die op zijn beurt uitstroomt in de Noordzee. Ik kan rustig stellen dat er maar weinig landen in het oosten van de wereld zijn die niet met goederen naar onze kades komen, die daarna door muilezelkonvooien naar alle delen van Engeland worden vervoerd over de Romeinse wegen die de stad in tweeën delen.'

'En wat stuurt u daarnaar terug, my lord?' vroeg Simon.

'Wol. Fijne Oost-Angelsaksische wol.' Prior Geoffrey trok de grijns van een hoge prelaat wiens weilanden daar een heleboel van opleverden. 'Gerookte vis, paling, oesters. O ja, meester Simon, je zult zien dat Cambridge voorspoedig handel drijft en, durf ik wel te zeggen, een kosmopolitische uitstraling heeft.'

Durfde hij dat inderdaad te zeggen? De moed zonk hem in de schoenen toen hij zijn blik liet gaan over het drietal in de kar; zelfs in een stad die gewend was aan besnorde Scandinaviërs, mannen uit de Lage Landen op klompen, spleetogige Russen, tempeliers, hospitaalridders uit de Heilige Landen, Magyaren met krullende hoofddeksels, en slangenbezweerders, zou dit trio misschien toch opzien baren. Hij keek om zich heen, boog zich toen nog wat verder naar omlaag en siste: 'Hoe hadden jullie gedacht jezelf te presenteren?'

Onschuldig zei Simon: 'Aangezien onze bovenste beste Mansur al uw genezing op zijn conto heeft staan, my lord, had ik zo gedacht de maskerade voort te zetten door hem te laten doorgaan voor een medicus, met dokter Trotula en mijzelf als zijn assistenten. Misschien de marktplaats? Een of ander centrum van waaruit we onze onderzoekingen kunnen voortzetten...'

'In die verrekte kar?' De verontwaardiging waar Simon van Napels naar had gesolliciteerd kwam nu naar buiten. 'Wil je soms dat vrouwe Adelia bespuwd wordt door handelaarsters? Wordt lastiggevallen door langslopende zwervers?' De prior maande zichzelf tot kalmte. 'Ik snap wel waarom haar professie geheim moet blijven, want vrouwelijke artsen zijn in Engeland onbekend. Ze zou zeker als excentriek worden aangemerkt.' Nog excentrieker dan ze al is, dacht hij. 'Maar we zullen haar niet degraderen tot het hulpje van de een of andere kwakzalver. Wij zijn een respectabele stad, meester Simon, we hebben je wel iets beters te bieden.'

'My lord...' Simons hand raakte dankbaar zijn voorhoofd aan. En bij zichzelf dacht hij: ik had niet anders van je verwacht.

'Het zou ook niet zo slim zijn als iemand van jullie vertelde welk geloof hij heeft – of waar hij niet in gelooft,' vervolgde de prior. 'Cambridge staat zo strak als een gespannen boog, en er hoeft maar iets afwijkends te gebeuren, of die gaat af.' Vooral, bedacht hij, aangezien deze drie afwijkingen in kwestie zich hadden voorgenomen eens goed in Cambridges wonden te gaan roeren.

Hij zweeg even. De belastinginner was naar hem toe gekomen en regelde de pas van zijn paard naar het sukkelgangetje van de muilezel, terwijl hij een buiging maakte naar de prior, Simon en Mansur een knikje schonk en zich richtte tot Adelia: 'Vrouwe, we hebben samen in konvooi gereisd, maar we zijn nog niet eens aan elkaar voorgesteld. Sir Rowley Picot, tot uw dienst. Ik wil u gelukwensen dat u het herstel van de prior hebt kunnen bewerkstelligen.'

Simon boog zich snel naar voren. 'Uw felicitaties komen deze heer toe, sir.' Hij wees naar Mansur, die de teugels in handen had. 'Hij is onze dokter.'

De belastinginner toonde zich belangstellend. 'O ja? Mij is verteld dat een vrouwelijke stem de operatie in goede banen zou hebben geleid.'

Zou dat waar wezen? En door wie is hem dat verteld? vroeg Simon zich af. Hij knikte naar Mansur. 'Zeg iets,' voegde hij hem in het Arabisch toe.

Mansur reageerde niet.

Zonder dat het opviel trapte Simon hem tegen zijn enkel. 'Zég iets tegen hem, hork!'

'Wat wil die dikke drol dat ik zeg?'

'De dokter is blij dat hij iets voor de heer prior heeft kunnen betekenen,' liet Simon de belastinginner weten. 'Hij zegt dat hij hoopt evenveel goed te kunnen doen voor wie hem in Cambridge maar wenst te raadplegen.'

'Zegt hij dat?' zei sir Rowley Picot, die hem niet aan zijn neus hing dat hij zelf Arabisch verstond. 'Hij heeft wel een erg hoge stem.'

'Precies, sir Rowley,' zei Simon. 'Als je op zijn stem afgaat, zou je hem voor een vrouw kunnen houden.' Hij sloeg een vertrouwelijke toon aan. 'Ik moet u bekennen dat heer Mansur toen hij nog een kleine jongen was werd meegenomen door monniken, en die vonden dat hij zo'n mooie zangstem had dat ze, eh... maatregelen troffen om die zo te houden.'

'Een castraat, bij God,' zei sir Rowley starend.

'Nu wijdt hij zich uiteraard aan de geneeskunst,' zei Simon, 'maar als hij Gods lof zingt, wenen de engelen van afgunst.'

Mansur had het woord 'castraat' opgevangen en begon te foeteren, waardoor hij nog meer engelentranen over zich afriep met zijn kritiek op christenen in het algemeen en de ongezonde genegenheid die bestond tussen kamelen en de moeders van de Byzantijnse monniken die hem hadden ontmand in het bijzonder – waarbij het geluid zijn mond verliet in een Arabische triller die zich kon meten met vogelgezang en met de lucht versmolt als zoete ijspegels.

'Ziet u nou, sir Rowley?' vroeg Simon. 'Dat was ongetwijfeld de stem die ze hoorden.'

Sir Rowley zei: 'Dat moet haast wel', en nogmaals, met een verontschuldigende glimlach: 'Dat moet haast wel.'

Hij bleef proberen Adelia tot een gesprek te verleiden, maar haar antwoorden waren kort en stuurs; ze had genoeg van Engelsen die haar lastigvielen. Ze had haar aandacht bij het platteland. Omdat ze tussen de heuvels had gewoond, had ze verwacht dat ze vlak land maar niks zou vinden, maar ze had niet gerekend met zulke weidse luchten, en ook niet op de betekenis die ze gaven aan een solitaire boom, hier en daar de hoek van een schoorsteen, een enkele kerktoren die zich ertegen aftekende. Al het groen om haar heen deed vermoeden dat er onbekende kruiden wachtten om te worden ontdekt. De kale velden vormden een schaakbordpatroon van smaragdgroen en zwart.

En wilgen. Het landschap stond er vol mee; ze omzoomden stroompjes, dijken en lanen. Kraakwilgen om de oevers te stabiliseren, gouden wilgen, witte wilgen, grauwe wilgen, boswilgen, wilgen om knuppels van te maken, om manden van te vlechten, laurierwilg, amandelwilg – prachtig met de zon door hun takken en nog mooier omdat je met een brouwsel van wilgenbast pijn kon verlichten...

Ze schoot naar voren toen Mansur aan de teugels van de muilezels trok. De stoet was abrupt tot stilstand gekomen, want prior Geoffrey had zijn hand opgestoken en was aan het bidden geslagen. De mannen namen hun hoofddeksels af en drukten ze tegen hun borst.

Een met modder bespatte brouwerswagen ging de poort binnen. Onder een vuil stuk zeildoek dat erop lag tekende de vorm van drie kleine lichamen zich af. De brouwersknecht mende met gebogen hoofd zijn paarden. Achter hem aan kwam een vrouw; ze gilde en trok haar kleren aan flarden.

De vermiste kinderen waren gevonden.

De kerk van St. Andreus de Mindere op het terrein van St. Augustinus, Barnwell, was tweehonderd voet lang, een eerbewijs aan God, vol snijwerk en schilderingen. Maar vandaag liet het grijzige lentezonlicht dat door de hoge ramen viel zich niets gelegen liggen aan het schitterende balkenplafond, de gezichten van liggende stenen priors rondom op de muren, het beeld van St.-Augustinus, de rijkversierde kansel, het geschitter van altaar en triptiek.

In plaats daarvan viel het in banen op drie kleine doodskisten in het schip, elk bedekt met een violette doek, en op de hoofden van de knielende mannen en vrouwen in werkkleding die zich eromheen hadden verzameld.

De stoffelijk overschotten van de kinderen, alle drie, waren die ochtend aangetroffen op een schapenpaadje bij Fleam Dyke. 's Ochtends vroeg was een schaapherder erover gestruikeld, en hij huiverde er nog van. 'Gisteravond lagen ze er nog niet, ik zweer het, prior. Dat had ook niet gekund, wel? De vossen hebben er niet aangezeten. Ze lagen keurig naast elkaar, God zegene ze. Of althans zo keurig als maar kon, in aanmerking genomen dat...' Hij onderbrak zichzelf omdat hij moest kokhalzen.

Op elk lichaam was een voorwerp neergelegd dat leek op de voorwerpen die waren achtergelaten op de plek waar elk kind was verdwenen. Ze waren gemaakt van riet en leken op een davidster.

Prior Geoffrey had opdracht gegeven de drie bundels naar de kerk te brengen; één moeder deed verwoede pogingen ze los te wikkelen, maar dat wist hij te verhinderen. Hij had iemand naar het kasteel gestuurd, de drost gewaarschuwd dat het misschien weer aangevallen zou worden, en had de baljuw verzocht in zijn hoedanigheid van lijkschouwer de stoffelijke overschotten onmiddellijk te komen bekijken en een onderzoek in te stellen. Hij had om kalmte verzocht, hoewel het onder de oppervlakte bleef rommelen.

Nu bracht zijn stem, waarin zijn vaste overtuiging doorklonk, de kreten van de moeder tot bedaren, zodat ze alleen nog zachtjes snikte toen hij de belofte voorlas dat de dood zou opgaan in overwinning: *'We zullen niet allen slapen, maar we zullen allen in een ogenblik worden veranderd, in een oogwenk, bij de laatste bazuin.'*

Bijna overstemden de geur die van de wilde hyacinten door de open deuren naar binnen kwam en die van de overvloedige wierook die binnen brandde, de stank van verrotting.

Bijna overstemde het heldere gezang van de kanunniken het gegons van vliegen die onder de violette mantels gevangenzaten.

De woorden van St.-Paulus verzachtten het verdriet van de prior enigszins, want voor zijn geestesoog zag hij de zielen van de kinderen over Gods weiden buitelen, maar verzachtten niet zijn woede om het feit dat ze een ontijdige dood waren gestorven. Twee van de kinderen kende hij niet, maar een van de jongens was Harold, de zoon van de palingverkoper, die leerling was geweest op St.-Augustinus' eigen school. Een kind met een helder verstand van zes jaar oud, dat eenmaal per week het ABC kwam leren. Te herkennen aan zijn rode haar. Een echt Saksenkind bovendien; afgelopen herfst had hij appels uit de boomgaard van de priorij gepikt. En ik heb hem er een pak slaag voor gegeven, dacht de prior.

Vanuit de schaduw van een pilaar achteraan keek Adelia toe hoe er op de gezichten rond de doodskisten enigermate vertroosting zichtbaar werd. Dat de priorij en de stad zo dicht bij elkaar lagen, bevreemdde haar; in Salerno namen de monniken, zelfs monniken die de wereld in gingen om hun taken te verrichten, een afstand tussen zichzelf en het lekendom in acht.

'Maar wij zijn geen monniken,' had prior Geoffrey haar verteld. 'Wij zijn kanunniken.' Het leek niet veel verschil te maken: beiden leefden in een gemeenschap en hadden de kuisheidsgelofte afgelegd, beiden dienden de christelijke God, maar hier in Cambridge werden ze toch duidelijk van elkaar onderscheiden. Toen de kerkklok had geluid om aan te kondigen dat de kinderen waren gevonden, waren de mensen uit de stad toegestroomd – om elkaar in gedeeld verdriet te omhelzen en zich te laten omhelzen.

'Onze orde is minder streng dan die van de benedictijnen of cisterciënzers,' had de prior uitgelegd. 'We besteden minder tijd aan gebed en gezang, en meer aan onderwijs, hulp aan de armen en zieken, biecht afnemen en algemeen parochiewerk.' Hij had geprobeerd te glimlachen. 'Je zult het vast waarderen, mijn beste dokter. Gematigdheid in alle dingen.'

Nu keek ze toe hoe hij afdaalde uit het koor nadat hij de menigte had heengezonden en met de ouders het zonlicht in liep, terwijl hij beloofde zelf bij de teraardebestellingen voor te gaan. '... en erachter komen welke onverlaat dit op zijn geweten heeft.'

'We weten wie het gedaan heeft, prior,' zei een van de vaders. De bijval die hij kreeg echode als het gegrom van honden.

'Het kunnen de joden niet zijn, mijn zoon. Die zitten nog steeds veilig en wel in het kasteel.'

'Ze komen er heus weleens uit.'

De lichamen, nog steeds onder hun violette doeken, werden op draagbaren eerbiedig via een zijdeur afgevoerd, vergezeld door de baljuw in zijn functie van lijkschouwer.

De kerk stroomde leeg. Simon en Mansur waren zo verstandig geweest niet ook te komen. Een jood en een Saraceen te midden van deze heilige stenen? Op een moment als dit?

Met haar geitenleren tas aan haar voeten wachtte Adelia in de schaduw van een van de laurieren naast het graf van Paulus, prior-kanunnik van St.-Augustinus, Barnwell, in het jaar des Heren 1151 tot God geroepen. Ze zette zich schrap voor wat komen ging.

Ze had zich nog nooit aan een lijkschouwing onttrokken, en dat zou ze ditmaal ook niet doen. Daarom was ze immers hier. Gordinus had gezegd: 'Ik stuur je niet alleen met Simon van Napels op deze missie omdat je de enige dodendokter bent die Engels spreekt, maar ook omdat je de beste bent.'

'Dat weet ik,' had ze gezegd. 'Maar ik wil niet gaan.'

Ze had er echter niet onderuit gekund. Het was bevolen door de koning van Sicilië.

In de koele stenen hal die het medisch instituut van Salerno als snijzaal gebruikte, had ze altijd over de juiste uitrusting beschikt en had Mansur haar altijd geholpen, en ze kon ervan op aan dat haar pleegvader, die hoofd van de afdeling was, haar bevindingen overbracht aan de autoriteiten. Want hoewel Adelia de dood beter kon lezen dan haar pleegvader, beter dan wie ook, diende de schijn te worden opgehouden dat het onderzoek van lichamen die de *Signoria* naar hen toe stuurde, werd verricht door dokter Gershom bin Aguilar. Zelfs in Salerno, waar vrouwelijke artsen mochten praktiseren, werd het ontleden dat de doodsoorzaak moest helpen verklaren – en vaak ook door wiens hand de persoon in kwestie de dood had gevonden – door de Kerk met afgrijzen bekeken.

Tot dusver had de wetenschap het geloof buiten de deur weten te houden; andere doktoren wisten hoe nuttig Adelia's werk was en onder de wereldlijk autoriteiten was het een publiek geheim. Maar als er een officiële klacht werd ingediend bij de paus, zou ze uit het mortuarium verbannen kunnen worden en mogelijk ook van het medisch instituut zelf. En dus streek Gershom, ook al kon hij zich maar moeilijk vinden in deze hypocrisie, alle eer op voor verrichtingen die niet de zijne waren.

Wat Adelia niet slecht uitkwam. Ze vond het prima zich op de achtergrond te houden; enerzijds kon ze zo aan het waakzaam oog van de Kerk ontkomen, anderzijds zou ze niet weten hoe ze over vrouwenonderwerpen zou moeten converseren, zoals van haar werd verwacht, en dat ging haar ook niet goed af, omdat het haar verveelde. Als een egel die zich verstopt achter herfstbladeren zette ze haar stekels op wanneer iemand haar naar het licht probeerde te brengen.

Als je ziek was, was het een ander verhaal. Voordat ze zich bezig ging houden met post mortemwerk, hadden de zieken een kant van Adelia mogen aanschouwen die maar weinig anderen zagen, en ze dachten nog steeds aan haar terug als aan een engel zonder vleugels. Mannelijke patiënten die aan de beterende hand waren werden vaak verliefd op haar, en de prior zou er nog van staan te kijken als hij wist dat zij meer huwelijksaanzoeken had gehad dan een rijke Salernitaanse schoonheid. Maar ze had iedereen afgewezen. In het mortuarium van het instituut heette het dat Adelia alleen belangstelling voor je had als je dood was.

Op de lange, marmeren tafels van het instituut kwamen lijken van allerlei leeftijden terecht uit heel Zuid-Italië en Sicilië, gestuurd door *signoria* en *praetori* die zo hun redenen hadden om te willen weten hoe en waarom ze waren gestorven. Meestal kon ze dat voor hen achterhalen. Lijken waren haar specialiteit; voor haar waren ze even normaal als een leest voor een schoenmaker. Ze benaderde de stoffelijk overschotten van kinderen op dezelfde manier, met de gedachte dat de waarheid omtrent hun dood niet met hen mee het graf in mocht verdwijnen, maar ze brachten haar niettemin van haar stuk. Ze had altijd met hen te doen, en als ze vermoord waren, was dat steevast choquerend. De drie die nu op haar lagen te wachten, waren waarschijnlijk zware gevallen. Niet alleen dat, maar ze moest ze ook nog eens in het geheim onderzoeken, zonder de instrumenten waar ze op het instituut de beschikking over had, zonder Mansur om haar te assisteren, en bovenal: zonder de bemoediging van haar pleegvader: 'Adelia, bibber maar niet. Op deze manier kun je onmenselijkheid tenietdoen.'

Hij zei haar nooit dat ze kwaad tenietdeed – althans, geen Kwaad met een grote K, want Gershom bin Aguilar geloofde dat de mens zijn eigen kwaad en zijn eigen goed met zich meebracht, en dat noch de duivel, noch God daar iets mee te maken had. Alleen op het medisch instituut van Salerno kon hij die overtuiging uitdragen, en zelfs daar moest hij nog oppassen.

Dat haar werd toegestaan dit speciale onderzoek te doen, in een achterlijk Engels stadje waar ze om die reden gestenigd kon worden, mocht wel een wonder op zichzelf heten, en eentje waar Simon van Napels zich heel sterk voor had gemaakt. De prior had node zijn toestemming gegeven, verbijsterd dat een vrouw tot iets dergelijks bereid was en bang voor wat er zou kunnen gebeuren als bekend werd dat een vreemdeling in die arme lijkjes had zitten turen en poeren: 'Cambridge zou het als ontheiliging beschouwen, en ik durf niet te zeggen dat het dat niet is.'

Simon had gezegd: 'My lord, laten we uitzoeken hoe de kinderen gestorven zijn, want het staat buiten kijf dat de opgesloten joden er niets mee te maken kunnen hebben. We zijn mensen van deze tijd, we wéten dat er aan menselijke schouders geen vleugels kunnen ontspruiten. Ergens moet er een moordenaar vrij rondlopen. Laat die arme lichaampjes ons vertellen wie dat is. De doden spreken tot dokter Trotula. Het is haar werk. Tegen haar zullen ze praten.'

Wat prior Geoffrey betrof, vielen sprekende doden in dezelfde categorie als mensen met vleugels. 'Het druist in tegen de leerstellingen van de Heilige Moederkerk om het heiligdom van het lichaam binnen te gaan.'

Uiteindelijk gaf hij toe, maar pas nadat Simon had beloofd dat er niet gesneden zou worden, maar alleen onderzocht.

Simon vermoedde dat de meegaandheid van de prior verder niet zozeer van doen had met het geloof dat de lichamen zouden spreken als wel met de angst dat Adelia, als ze geweigerd werd, zou terugkeren naar waar ze vandaan kwam, zodat hij zonder haar de volgende aanslag op zijn blaas zou moeten zien te doorstaan.

Dus nu, hier, in een land waar ze om te beginnen al helemaal niet naartoe had gewild, moest ze zich door de grootste onmenselijkheid van allemaal heen zien te slaan, in haar eentje.

Maar daarom, Vesuvia Adelia Rachel Ortese Aguilar, ben je ook hier, hield ze zichzelf voor. Als ze zich onzeker voelde, bracht ze zich graag de vele namen in herinnering die haar waren geschonken, alsmede de opleiding die ze had gekregen en de bijzondere eigen denkbeelden die het echtpaar dat haar had opgepakt van haar met lava bezaaide kribbe op de Vesuvius en haar mee naar huis had genomen, op haar had overgebracht. Alleen jij bent er geschikt voor, dus doe het nou maar.

In haar hand hield ze een van de drie voorwerpen die bij de lichamen van de dode kinderen waren aangetroffen. Het eerste was al ter hand gesteld aan de drost, het tweede was door een dolzinnige vader aan stukken gescheurd. Het derde was gered door de prior, die het stilletjes aan haar had overhandigd.

Voorzichtig, zodat ze geen aandacht zou trekken, hield ze het omhoog in het licht. Het was gemaakt van rietstengels, heel fraai en met grote vaardigheid tot een vijfpuntige ster gevlochten. Als het een davidster moest voorstellen, had de vlechter een van de punten weggelaten. Een boodschap? Een poging om de joden te beschuldigen door iemand die weinig van het jodendom af wist? Een handtekening?

In Salerno, dacht ze, zou het mogelijk zijn geweest het beperkte aantal mensen dat vaardig genoeg was om zoiets te maken, te isoleren, maar in Cambridge, waar het stikte van het riet langs de riviertjes en stroompjes, maakte iedereen van dit soort dingen; alleen al onderweg naar deze grote priorij had ze vrouwen in deuropeningen zien zitten die matten en manden vlochten die ware kunstwerken mochten heten, en mannen die van rieten daken rijke sculpturen maakten.

Nee, voorlopig werd ze niets wijzer van de ster.

Prior Geoffrey kwam weer binnenstormen. 'De lijkschouwer heeft naar de lichamen gekeken en een onderzoek ingesteld...'

'Wat had hij te melden?'

'Hij heeft geconstateerd dat ze dood zijn.' Toen Adelia haar ogen toe kneep, zei hij: 'Ja, ja, maar dat is ook zijn taak; lijkschouwers worden niet gekozen om hun medische kennis. Welnu, ik heb de stoffelijke overschotten naar het onderkomen van St.-Werbertha laten brengen. Daar is het rustig, en koel – en een beetje donker voor wat je er wilt gaan doen, maar ik heb voor lampen gezorgd. Er wordt uiteraard een wake gehouden, maar die stellen we uit tot je je onderzoek hebt afgerond. Officieel ga je daarheen om ze af te leggen.'

Weer die blik.

'Ja, ja, dat zullen de mensen wel vreemd vinden, maar ik ben de prior van dit klooster en alleen de Almachtige God staat boven mijn wet.' Hij ging haar voor naar de zijdeur van de kerk en wees haar de weg. Een novice die de kloostertuin aan het wieden was keek nieuwsgierig op, maar een vingerknip van zijn superieur deed hem zijn werk hervatten. 'Ik zou wel met je mee willen gaan, maar ik moet naar het kasteel om het een en ander met de drost te bespreken. Onder ons gezegd en gezwegen moeten we nieuwe ongeregeldheden zien te voorkomen.'

Toen hij de kleine, in het bruin geklede gestalte met haar geitenleren tas weg zag trippelen, bad de prior dat zijn wet en die van de Almachtige God ditmaal overeen mochten stemmen.

Hij draaide zich om, om een kort moment in gebed voor het altaar door te brengen, maar een lange schaduw maakte zich los van een van de pilaren van het schip, liet hem schrikken en maakte hem boos. De man had een rol velijn in zijn hand.

'Wat doe jij hier, sir Rowley?'

'Ik wilde u net verzoeken of ik de lichamen even in afzondering zou mogen zien, my lord,' zei de belastinginner, 'maar kennelijk is iemand me voor geweest.'

'Dat is de taak van de lijkschouwer, en hij is er klaar mee. Over een dag of twee komt er een officieel onderzoek.'

Sir Rowley knikte naar de zijdeur. 'Toch hoorde ik u die dame aanwijzingen geven voor een nader onderzoek. Hoopt u dat zij u meer kan vertellen?'

Prior Geoffrey keek om zich heen, maar vond nergens hulp.

De belastinginner vroeg met kennelijk oprechte belangstelling: 'Hoe zou ze dat voor elkaar kunnen krijgen? Door tovenarij? Bezweringen? Bedrijft ze zwarte magie? Is ze een heks?'

Hij was te ver gegaan. Bedaard zei de prior: 'Die kinderen zijn mij heilig, mijn zoon, en deze kerk ook. Je kunt vertrekken.'

'Mijn verontschuldigingen, my lord.' De belastinginner zag er echter helemaal niet uit alsof het hem speet. 'Maar mijn belang is hier ook mee gemoeid en ik heb hier een volmacht van de koning waarin dat beschreven staat.' Hij zwaaide met de rol zodat het koninklijk zegel heen en weer danste. 'Wat is zij voor vrouw?'

Een volmacht van de koning overtroefde het gezag van een prior van een kanunnikdij, zelfs eentje wiens woord direct na dat van God kwam. Ontstemd zei prior Geoffrey: 'Ze is een dokter die goed thuis is in de pathologische wetenschappen.'

'Aha. Salerno. Ik had het kunnen weten.' De belastinginner floot tevreden. 'Een vrouwelijke dokter uit de enige plek in de christenheid waar dat geen contradictio in terminis is.'

'Ken je Salerno?'

'Ik ben er ooit geweest.'

'Sir Rowley...' Waarschuwend hief de prior zijn hand. 'Omwille van de veiligheid van deze jonge vrouw, omwille van de vrede in deze gemeenschap en stad: wat ik je verteld hebt dient binnen deze muren te blijven.'

'*Vir sapit qui pauca loquitor*, my lord. Het eerste wat ze een belastinginner leren.'

Hij is niet zozeer wijs als wel uitgekookt, besloot de prior, maar waarschijnlijk houdt hij zijn mond wel. Wat wilde die man? In een opwelling stak hij zijn hand uit. 'Laat me die machtiging eens zien.' Hij bestudeerde het en gaf het terug. 'Dit is niet meer dan een machtiging voor belastinginners. Is de koning soms van plan belasting te heffen van de doden?'

'Natuurlijk niet, my lord.' Sir Rowley leek ontzet bij de gedachte alleen al. 'Of althans, niet meer dan anders. Maar als die dame een onofficieel onderzoek uitvoert, zouden de stad en de priorij weleens boetes opgelegd kunnen worden – ik zeg niet dát dat gaat gebeuren, maar de gebruikelijke beboetingen, inbeslagname van goederen enzovoort zouden van toepassing kunnen worden verklaard.' Zijn bolle wangen bolden zich in een meelevende glimlach. 'Tenzij ik er natuurlijk bij ben om erop toe te zien dat de correcte procedures worden gevolgd.'

De prior was verslagen. Tot dusver had Hendrik II zich ingehouden, maar het zat er dik in dat Cambridge bij het eerstvolgende assisenhof zou worden beboet, en niet zo zuinig ook, voor de dood van een van de joden waar de koning het meest profijt van had gehad.

Elke inbreuk op zijn wetten stelde de koning in de gelegenheid zijn schatkist te vullen ten koste van de overtreders. Hendrik luisterde naar zijn belastinginners, de meest gevreesde loopjongens van de koning. Als deze man een onregelmatigheid rapporteerde in verband met de dood van de kinderen, zouden de tanden van die roofzuchtige luipaard van een Plantagenet het hart weleens uit de stad kunnen scheuren.

'Wat wil je van ons, sir Rowley?' vroeg prior Geoffrey vermoeid.

'Ik wil die lichamen zien.' De woorden werden kalm uitgesproken, maar ze kletsten de prior in het gezicht als een zweepslag.

Hoewel het er door de drie voet dikke muren koel was en de ligging op een open plek helemaal aan het eind van het hertenpark van Barnwell geïsoleerd was, was de cel waarin de Angelsaksische St.-Werbertha haar volwassen leven had doorgebracht – dat wil zeggen, totdat het enigszins abrupt ten einde was gekomen door binnenvallende Noormannen – niet geschikt voor Adelia's doeleinden. Om te beginnen was hij klein. Verder was het er donker, ondanks de twee lampen waar de prior voor had gezorgd. Een smal venster was afgesloten door een houten luik.

Rond een kleine deur die in een boog gevat was, stond het fluitenkruid tot taillehoogte.

Die verdomde geheimzinnigdoenerij; ze zou de deur open moeten laten om genoeg licht te hebben – en het stikte nu al van de vliegen die naar binnen probeerden te komen. Hoe dachten ze nou dat ze onder zulke omstandigheden haar werk kon doen?

Adelia zette haar tas van geitenleer buiten op het gras, maakte hem open om de inhoud te controleren, controleerde die nog een keer – en besefte dat ze niets anders deed dan het moment uitstellen waarop ze de deur open zou moeten doen.

Dit was belachelijk; ze was geen amateur. Snel knielde ze neer en vroeg de doden aan de andere kant van de deur haar te vergeven omdat ze hun stoffelijk overschot zou betasten. Ze verzocht hun haar eraan te herinneren niet te vergeten welk respect ze hun verschuldigd was. 'Laat jullie vlees en botten me vertellen wat jullie stemmen me niet kunnen mededelen.'

Dit deed ze altijd; of de doden het hoorden wist ze niet zeker, maar ze was niet zo geheel en al van God los als haar pleegvader, hoewel ze vermoedde dat wat er vanmiddag voor haar lag, haar weleens zover zou kunnen brengen.

Ze stond op, haalde haar schort van oliedoek uit de tas, trok het aan, zette haar kap af, bond de gazen helm met zijn glazen oogstuk over haar hoofd. En opende de celdeur...

Sir Rowley Picot genoot van de wandeling en was erg met zichzelf ingenomen. Het zou makkelijker worden dan hij had gedacht. Een gek vrouwmens, een gek *buitenlands* vrouwmens, zou altijd moeten buigen voor zijn gezag, maar het was een onverwachte meevaller dat iemand van de statuur van prior Geoffrey ook aan hem was onderworpen doordat hij banden met dit vrouwmens onderhield.

Toen hij de cel naderde, bleef hij even staan. Het bouwseltje zag eruit als een overwoekerde bijenkorf – goeie god, wat waren die ouwe kluizenaars toch dol op ongemakken. En daar was ze dan: een gestalte die zich over iets heen boog op een tafel vlak achter de open deur.

Om haar op de proef te stellen riep hij: 'Dokter!'

'Ja?'

Aha! dacht sir Rowley. Een makkie. Alsof hij niet meer dan een mot hoefde te vangen.

Toen ze overeind kwam en zich naar hem toe wendde, begon hij: 'Weet u nog wie ik ben, vrouwe? Ik ben sir Rowley Picot, die de prior...'

'Het kan me niet schelen wie je bent,' snauwde de mot. 'Kom binnen en hou de vliegen op afstand.' Ze kwam tevoorschijn en hij zag een in een schort gehulde menselijke gedaante met het hoofd van een insect. De gedaante trok een pol fluitenkruid uit de grond en stak hem toen hij naderbij kwam de schermbloemige planten toe.

Het was niet wat sir Rowley in gedachten had gehad, maar hij volgde haar en wurmde zich met enige moeite door de opening van de bijenkorf.

En wurmde zich weer naar buiten. 'O mijn god.'

'Wat is er?' Ze klonk kwaaiig, geagiteerd.

Hij leunde tegen de boog van de deur en ademde diep in. 'Here Jezus, heb genade met ons allen.' De stank was niet te harden. Erger nog dan wat er op de tafel lag.

Ze maakte geërgerde geluidjes. 'Ga dan maar in de deuropening staan. Kun je schrijven?'

Met gesloten ogen knikte sir Rowley. 'Dat is het eerste wat ze belastinginners leren.'

Ze overhandigde hem een lei en krijt. 'Schrijf op wat ik dicteer. Hou intussen de vliegen weg.'

De woede verdween uit haar stem en ze begon monotoon te spreken. 'De overblijfselen van een onvolgroeid persoon, vrouwelijk. Nog wat haar op de schedel. Dus zij is' – ze onderbrak zichzelf om een lijstje te raadplegen dat ze op de rug van haar hand geschreven had – 'Mary.' De dochter van de vogeljager. Zes jaar oud. Verdwenen met St.-Ambrosius, dat wil zeggen, eh... een jaar geleden. Noteer je dat?'

'Ja, vrouwe.' Het krijt piepte over de lei, maar sir Rowley hield zijn gezicht naar de buitenlucht gekeerd.

'De botten zijn onbedekt. Het vlees is vrijwel geheel vergaan; wat er nog over is, is in aanraking geweest met kalk. Op de ruggengraat zit een dun laagje van wat kennelijk gedroogd slib is, en dat zit ook op de achterkant van het bekken. Is er slib in de buurt?'

'We zitten hier aan de rand van slibgronden. Ze zijn aan de rand daarvan gevonden.'

'Lagen de lichamen met het gezicht naar boven gekeerd?'

'God, ik zou het niet weten.'

'Hmm, dat zou de sporen op de rug kunnen verklaren. Die zijn maar licht; ze is niet in het slib begraven, maar eerder in kalk. Handen en voeten vastgebonden met repen zwarte stof.' Er viel een stilte. 'Er zit een pincet in mijn tas. Geef dat eens aan.'

Hij rommelde in de tas, reikte haar een houten pincet aan en keek toe hoe ze daarmee een strook van het een of ander oppakte en die in het licht hield.

'Moeder van God.' Hij ging weer naar de deuropening, waarbij hij met één arm naar binnen reikte om met het fluitenkruid te blijven zwaaien. Vanuit het bos verderop klonk de roep van een koekoek, die bevestigde dat het een warme dag was, en de geur van wilde hyacinten tussen de bomen dreef op hem toe. Welkom, dacht hij, o God, welkom. U bent laat dit jaar.

'Harder wapperen,' beet ze hem toe, waarna ze haar monotone relaas voortzette. 'Deze knevels zijn repen wol. Hmm. Geef me eens een fiool. Hier, híér. Waar zit je, verdomme?' Hij haalde een fiool uit haar tas, gaf hem haar aan, wachtte en pakte hem weer terug, nu met een strook van iets verschrikkelijks erin. 'Er zit kalkgruis in het haar. En er kleeft iets aan vast. Hmm. Ruitvormig, mogelijk een of ander soort snoepgoed dat in de haren is opgedroogd. Dit vergt nader onderzoek. Geef me nog eens een fiool.'

Hij kreeg de opdracht beide fiolen met rode klei uit de tas af te sluiten. 'Rood voor Mary, een andere kleur voor elk van de anderen. Maak het in orde, alsjeblieft.'

'Ja, dokter.'

Meestal ging prior Geoffrey in vol ornaat naar het kasteel, zoals ook drost Baldwin zijn bezoeken beantwoordde met niet minder pracht en praal; een stad diende zich altijd bewust te zijn van zijn twee belangrijkste mannen. Maar vandaag kon je aan het feit dat de bazuinspeler en het gevolg ontbraken, aflezen hoe moeilijk de prior het had; met alleen broeder Ninian bij zich reed hij over de Grote Brug naar de heuvel met daarop het kasteel.

Stadsbewoners kwamen achter hem aan en hingen aan zijn stijgbeugels. Hij gaf hun allen een negatief antwoord. Nee, het waren de joden niet. Hoe zou dat ook hebben gekund? Nee, kalm maar. Nee, de wreedaard was nog niet gevonden, maar dat zou, met Gods welnemen, wel gaan gebeuren. Nee, laat de joden met rust, zij hebben dit niet gedaan.

Hij maakte zich zorgen om joden en niet-joden. Als er weer relletjes uitbraken, zou de toorn van de koning over de stad neerdalen.

En alsof dat nog niet genoeg was, bedacht de prior verbeten, was daar ook de belastinginner nog, moge God hem en zijn nageslacht straffen. Nog los van het feit dat sir Rowleys onderzoekende vingers nu een zaak onderzochten waarvan de prior liever, veel liever, had gewild dat hij zich er niet mee zou bemoeien, maakte hij zich zorgen om Adelia – en om zichzelf.

Die parvenu gaat het aan de koning verklappen, dacht hij. Zij en ik zullen allebei worden weggestuurd. Hij vermoedt dat er zwarte magie wordt bedreven; zij zal daarvoor moeten hangen, terwijl ik... aan de paus word gerapporteerd en geëxcommuniceerd word. En als die belastingman dan zo graag de lichamen wilde zien, waarom vroeg hij dan niet of hij erbij mocht zijn toen de lijkschouwer ze onderzocht? Waarom ambtenarij uit de weg gaan terwijl de man zelf een ambtenaar was?

Al niet minder verontrustend was dat sir Rowleys ronde gezicht zo bekend was – let wel: *sir* Rowley; sinds wanneer sloeg de koning belastinginners tot ridder? Het had hem de hele weg vanuit Canterbury al gestoord.

Toen zijn paard de steile weg naar het kasteel op begon te zwoegen, zag de prior in gedachten het tafereel voor zich dat zich een jaar geleden op deze zelfde heuvel had afgespeeld. De medewerkers van de drost hadden geprobeerd een dolgedraaide menigte bange joden op afstand te houden, en hij zelf en de drost hadden vergeefs om orde geroepen.

Paniek en haat, onwetendheid en geweld... De duivel had die dag door Cambridge rondgewaard.

En de belastinginner ook. Een gezicht waarvan hij in de menigte een glimp had opgevangen en waar hij tot op dit moment niet meer aan had teruggedacht. Vertrokken als alle andere gezichten, en de man aan wie het toebehoorde worstelde... worstelde met wie? Tegen de mannen van de drost? Of vóór hen? In die afschuwelijke heksenketel van lawaai en ledematen was het onmogelijk uit te maken geweest.

De prior klakte met zijn tong om zijn paard aan te sporen.

Dat de man op die dag op die plek aanwezig was geweest, was niet per se ongerijmd, want de taken van drost en belastinginner lagen in elkaars verlengde. De drost haalde de inkomsten van de koning op, de belastinginner zorgde ervoor dat de drost er niet te veel van achterhield.

De prior hield de teugels in. Maar ik heb hem veel later nog gezien op het feest van St.-Radegunde. Hij applaudisseerde voor een steltloper. En sindsdien werd de kleine Mary vermist. God redde ons.

De prior drukte zijn hakken in de flanken van het paard. Opschieten nu. Het was nu meer dan ooit geboden de drost snel te spreken te krijgen.

'Hmm. Het bekken is van onderaf beschadigd, mogelijk toevallig letsel *post mortem*, maar aangezien de houwen zo te zien met aanzienlijke kracht zijn toegebracht en de andere botten niet zijn beschadigd, is hier waarschijnlijk een puntig voorwerp gebruikt om een aanval te doen op de vagina...'

Sir Rowley kon haar, met haar gelijkmatige, afgemeten stem, wel wat doen. Ze deed het vrouwelijk geslacht geweld aan alleen al door die woorden uit te spreken. Het zou verboden moeten zijn dat ze haar vrouwenlippen opende en zodanig vormde dat er een rotte geur uit opsteeg. Ze stelde zich op als spreekbuis voor de daad die was begaan en maakte zich daardoor medeplichtig. Een geweldspleger, een feeks. Haar ogen zouden niet mogen zien wat ze nu zag zonder dat er bloed uit stroomde.

Adelia hield zichzelf uit alle macht voor dat ze een varken voor zich had. Op varkens had ze het vak geleerd. Varkens – de dieren die het meest van allemaal op menselijk vlees en menselijke botten leken. In de heuvels, achter een hoge muur, had Gordinus dode varkens voor zijn studenten bewaard – sommige begraven, andere open en bloot, weer andere in een houten hut, en nog weer andere in een stenen stal.

De meeste studenten die met zijn dodenboerderij kennismaakten, hadden de vliegen en de stank verschrikkelijk gevonden en hadden zich uit de voeten gemaakt; alleen Adelia sloeg het wonder van het proces gade waardoor er van een kadaver uiteindelijk niets overbleef. 'Want zelfs een skelet houdt geen stand en zal uiteindelijk als je het laat liggen tot stof vergaan,' had Gordinus gezegd. 'Wat een wonderbaarlijke gang van zaken is het, mijn beste, dat we niet bedolven worden onder de verzamelde lijken van duizend jaar.'

Het was inderdaad wonderbaarlijk, een mechanisme dat in werking trad zodra de levensadem uit het lichaam was geweken en dat aan zijn lot overliet. Ontbinding fascineerde haar, want – en ze begreep nog steeds niet hoe dat precies kon – die zou zelfs zonder hulp van de vleesvliegen en de aasvliegen plaatsvinden, die er als ze bij het lichaam konden komen, op neerstreken.

Dus toen ze dokter was geworden, had ze haar nieuwe professie op varkens losgelaten. Op varkens in de lente, varkens in de zomer, varkens in de herfst en in de winter – elk seizoen met zijn eigen tempo van ontbinding. Hoe ze dood waren gegaan. Wanneer. Zittende varkens, varkens met hun kop omlaag, liggende varkens, geslachte varkens, varkens die door ziekte waren gestorven, begraven, niet-begraven, varkens in water, oude varkens, zeugen die hadden geworpen, beren, biggetjes.

Hét biggetje. Het beslissende moment. Nog maar net dood, nog maar een paar dagen oud. Ze had het meegenomen naar Gordinus' huis. 'Ik heb iets nieuws gezien,' had ze gezegd. 'Dat spul in de anus, ik kan het niet thuisbrengen.'

'Iets ouds,' had hij tegen haar gezegd. 'Zo oud als de zonde. Het is menselijk zaad.'

Hij had haar meegenomen naar zijn balkon, met uitzicht op de turkooizen zee, had haar laten plaatsnemen en haar een glas ingeschonken van zijn beste rode wijn. Toen had hij haar gevraagd of ze verder wilde gaan, of terug wilde naar de gewone artsenij. 'Wil je de waarheid zien of die uit de weg gaan?'

Hij had haar Vergilius voorgelezen, uit de *Georgica*, ze wist niet meer welk gedeelte, en de tekst had haar meegevoerd naar zonovergoten Toscaanse heuvels zonder wegen, waar lammeren, hun buikjes vol met bedwelmende melk, ronddartelden voor hun plezier, gehoed door schaapherders die dansten op het pijpen van Pan.

'En ze pakken allemaal van tijd tot tijd een schaap. Ze steken de achterpoten in hun laarzen en brengen hun lid in het achtereind van het dier,' had Gordinus gezegd.

'Nee!' had ze gezegd.

'Of ze nemen een kind.'

'Nee!'

'Of een baby.'

'Nee!'

'O, jazeker wel,' had hij gezegd. 'Ik heb het zien gebeuren. Vind je de *Georgica* nu minder mooi?'

'Het bederft alles.' Toen had ze gezegd: 'Ik kan niet doorgaan.'

'De mens slingert heen en weer tussen het paradijs en de hel,' deelde Gordinus haar opgewekt mede. 'Soms stijgt hij op naar het een, dan weer daalt hij af naar het ander. Als je zijn kwade neigingen negeert, is dat net zo dom als niet willen zien tot welke hoogten hij kan stijgen.

Misschien komen die twee dingen in het grote geheel van de kosmos wel op hetzelfde neer. Je hebt zelf gezien tot welke diepten de mens kan zinken, en ik heb je zojuist een paar regels voorgelezen over zijn opwaartse vlucht. Ga nu maar naar huis, dokter, om je blinddoek voor te binden. Ik neem het je niet kwalijk. Maar vergeet niet dan ook je oren dicht te stoppen voor de kreten van de doden. De waarheid is niet voor jou bestemd.'

Ze wás naar huis gegaan, naar de scholen en hospitalen om het applaus in ontvangst te nemen van degenen aan wie ze lesgaf en die ze bijstand gaf, maar haar ogen waren nu ongebonden en haar oren waren niet dicht gestopt, en de kreten van de doden hadden haar niet met rust gelaten. Dus had ze haar studie van varkens hervat, en toen ze daarmee klaar was, boog ze zich over menselijke lijken.

Maar in gevallen zoals die nu voor haar op tafel lagen, bond ze een figuurlijke blinddoek voor om te kunnen blijven functioneren; ze zette oogkleppen op om te voorkomen dat ze tot een nutteloze wanhoop zou vervallen – een noodzakelijke afscherming waardoor ze nog wel kon zien, maar die voorkwam dat ze het verscheurde, ooit zo ongeschonden lichaam van een kind zag. In plaats daarvan zag ze slechts het vertrouwde kadaver van een varken.

De steken rond het bekken hadden duidelijke sporen nagelaten. Ze had al wel eerder messteken gezien, maar nooit zulke zoals deze. Het lemmet van het instrument waarmee ze waren toegebracht, leek vele facetten te hebben. Ze had het bekken wel los willen halen om het eens op haar gemak te onderzoeken bij beter licht, maar ze had prior Geoffrey beloofd dat ze niet zou gaan snijden. Ze knipte met haar vingers omdat ze de lei en het krijt van de man wilde hebben.

Hij sloeg haar gade terwijl ze tekende. Banen zonlicht die tussen de tralies van St.-Werbertha's kleine venster door piepten, vielen op haar neer, evenals op een monsterlijke aasvlieg die boven het geval op de tafel gonsde. Het gaas vervlakte haar gelaatstrekken tot iets als van een schubvleugelig dier en lokken haar zaten tegen haar hoofd als platgedrukte voelsprieten. En met haar gehum gonsde ze net zo verwoed als de rondvliegende dichte wolk die met haar mee bewoog en zich volvrat.

Ze had haar schematische tekening af en stak de man de lei en het krijt weer toe. 'Pak aan,' snauwde ze. Ze miste Mansur. Toen sir Rowley niet in beweging kwam, draaide ze zich om en zag ze zijn gezicht.

Ze had anderen ook zo zien kijken. Vermoeid zei ze, bijna in zichzelf: 'Waarom stort iedereen zich toch altijd op de brenger van het slechte nieuws?'

Hij staarde naar haar terug. Was hij daarom nou zo kwaad?

Ze kwam naar buiten en sloeg de vliegen van zich af. 'Dit kind vertelt me wat haar is overkomen. Met een beetje geluk kan ze me zelfs vertellen waar het is gebeurd. En daaruit kunnen we, met nog een beetje meer geluk, opmaken wie de dader is. Als je dat allemaal niet wilt weten, ga dan maar terug naar de hel. Maar zoek dan eerst iemand voor me die wél op de hoogte wil worden gebracht.'

Ze tilde de helm van haar hoofd, harkte met haar vingers door haar haren – een glimp donkerblond – en keerde haar gezicht naar de zon.

Het waren haar ogen, bedacht hij. Als ze haar ogen dicht had, zag ze er weer zo oud uit als ze was – en dat was, zag hij nu, enkele jaren jonger dan hij zelf – en werd ze weer een beetje vrouw. Niet zijn type, overigens; hij hield meer van bevallige vrouwen, waar wat vlees aan zat. Als ze haar ogen open had, leek ze ouder. Ze waren koud en donker als kiezelstenen, en er stond al even weinig emotie in te lezen. Dat was ook niet zo gek, als je naging wat ze allemaal te zien kregen.

Maar als ze echt kon orakelen...

De ogen bleven op hem rusten. 'Nou?'

Hij graaide de lei en het krijt uit haar hand. 'Tot uw dienst, vrouwe.'

'Daar zit nog meer gaas in,' zei ze, wijzend naar de tas. 'Bedek je gezicht, kom mee naar binnen en maak jezelf nuttig.'

En manieren, bedacht hij. Hij zag graag dat ze manieren hadden. Maar toen ze haar masker weer over haar hoofd bond, haar magere schouders rechtte en terugliep naar het knekelhuisje, herkende hij in die gebaren de moed van een vermoeide soldaat die terugkeert naar het slagveld.

De tweede bundel bevatte Harold, de roodharige zoon van de palingverkoper, leerling van de priorijschool.

'Het vlees is beter geconserveerd dan dat van Mary, het is bijna gemummificeerd. De oogleden zijn afgesneden. Evenals de geslachtsdelen.'

Rowley legde de bloemenbos neer om een kruis te slaan.

De lei raakte overdekt met onuitspreekbare woorden, ware het niet dat ze ze toch uitsprak. Wurgkoord. Een scherp voorwerp. Anale insertie.

72

En, wederom, kalk.

Dat interesseerde haar. Hij hoorde het aan haar gehum. 'Kalkgrond.'

'De Icknield Way is hier vlakbij,' vertelde hij haar behulpzaam. 'De Gog-Magog-heuvels, waar we halt hebben gehouden voor de prior, bestaan uit kalk.'

'Beide kinderen hebben kalk in hun haar. Bij Harold zit er ook wat op zijn hielen.'

'Wat wil dat zeggen?'

'Hij is over kalkgrond gesleept.'

De derde bundel bevatte het stoffelijk overschot van Ulric, acht jaar oud, vermist vanaf St. Edwards van dit jaar, wat, omdat zijn verdwijning recenter was dan die van de anderen, de onderzoekster nog meer gehum ontlokte. Voor Rowley was dat een waarschuwingssignaal, want hij begon de tekenen te herkennen, dat ze meer en beter materiaal te onderzoeken had.

'Geen oogleden, geen geslachtsdelen. Dit kind is helemaal niet begraven geweest. Wat was het in deze contreien in maart voor weer?'

'Ik geloof dat het in heel East Anglia droog was, vrouwe. Iedereen klaagde dat de pasgeplante gewassen verdorden. Het was koud, maar droog.'

Koud, maar droog. In haar geheugen, dat befaamd was in Salerno, ging ze terug naar de dodenboerderij en daar trof ze het voorjaarsvarken nummer 78. Ongeveer even zwaar. Ook dat varken was iets langer dan een maand dood geweest bij koud en droog weer, maar de ontbinding was verder gevorderd. Ze had mogen verwachten dat dit lichaam er hetzelfde aan toe zou zijn. 'Ben je in leven gehouden nadat je vermist werd?' vroeg ze aan het lijk, waarbij ze vergat dat er een vreemde naar haar luisterde, en niet Mansur.

'Jezus, God, waarom zeg je dat?'

Ze haalde het boek Prediker aan, zoals ze tegenover haar studenten deed: *'Alles heeft zijn tijd... Er is een tijd om geboren te worden en een tijd om te sterven; een tijd om te planten en een tijd om te oogsten. Er bestaat ook een tijd om te verrotten.'*

'Dus de duivel heeft hem in leven gehouden? Hoe lang?'

'Ik zou het niet weten.'

Er waren duizend variaties mogelijk waardoor er zo'n verschil was tussen dit lichaam en varken nummer 78. Ze was prikkelbaar, omdat ze moe en van slag was. Mansur zou zoiets niet hebben gevraagd; die liet het wel uit zijn hoofd om haar observaties voor een gesprek aan te zien. 'Ik zou het niet durven zeggen.'

Ulric had ook kalk aan zijn hielen.

Tegen de tijd dat alle lichamen weer in doeken gewikkeld waren om in lijkkisten te worden gelegd, neigde de zon ter kimme. De vrouw liep naar buiten om haar schort en helm af te doen, terwijl sir Rowley de lampen oppakte en doofde, zodat de cel en zijn inhoud in gezegende duisternis achterbleven.

Bij de deur knielde hij neer zoals hij in Jeruzalem voor het Heilige Graf was neergeknield. Dat kleine vertrek was amper groter geweest dan dit hier. De tafel waarop de kinderen uit Cambridge lagen, was ongeveer even groot als het graf van Christus. Ook daar was het donker geweest. Erachter en eromheen hadden zich de vele altaren en kapellen bevonden waaruit de grote basiliek bestond die de eerste kruisvaarders op de heilige plaatsen hadden gebouwd, weergalmend van het geprevel van pelgrims en het gezang van Grieks-orthodoxe monniken die op de plek van Golgotha hun eindeloze hymnen zongen.

Hier hoorde je alleen maar vliegen gonzen.

Hij bad voor de zielen van hen die waren verscheiden, en om hulp en vergeving voor zichzelf.

Toen hij naar buiten kwam, stond de vrouw zich te wassen; ze reinigde haar gezicht en handen in de kom. Toen ze klaar was, deed hij hetzelfde – ze had zeepkruid in het water gedaan. Terwijl hij de stengels kneusde, waste hij zijn handen. Hij was moe, o Jezus, wat was hij moe.

'Waar verblijf je, dokter?' vroeg hij haar.

Ze keek hem aan alsof ze hem nog niet eerder had gezien. 'Hoe zei je ook weer dat je heette?'

Hij deed zijn best zijn ergernis te onderdrukken; zo te zien was zij nog vermoeider dan hij. 'Sir Rowley Picot, vrouwe. Rowley, voor mijn vrienden.'

Waartoe zij, zag hij, niet snel zou gaan behoren. Ze knikte. 'Bedankt voor je hulp.' Ze pakte haar tas in, tilde hem op en liep weg.

Hij haastte zich achter haar aan. 'Mag ik vragen welke conclusies je aan je onderzoek verbindt?'

Ze gaf geen antwoord.

Stom wijf. Omdat hij aantekeningen voor haar had gemaakt, ging ze er zeker van uit dat hij zijn eigen conclusies wel trok, maar Rowley, die anders geen nederig man was, besefte dat hij hier iemand tegenover

74

zich had met een mate van kennis die hij zich nooit eigen zou kunnen maken. Hij waagde nog een poging: 'Aan wie ga je verslag uitbrengen, dokter?'

Geen antwoord.

Ze liepen door de lange schaduwen van de eiken die over de muur van het hertenpark van de priorij vielen. Vanuit de priorijkapel klonk een klok voor de vespers en vóór hen, waar de bakkerij en de brouwerij zich aftekenden in het afnemende zonlicht, stroomden gestalten in violette rochetten uit de gebouwen de looppaden op als bloemblaadjes die één kant op werden geblazen.

'Zullen we naar de vespers gaan?' Als sir Rowley ooit behoefte had gehad aan de balsem van de avondlitanie, was het nu wel.

Ze schudde haar hoofd.

Nijdig zei hij: 'Ga je niet bidden voor die kinderen?'

Ze draaide zich om en hij zag een gezicht dat zo spookachtig was van vermoeidheid en woede dat het zijne erbij verbleekte. 'Ik ben hier niet om voor hen te bidden,' zei ze. 'Ik ben gekomen om hun een stem te geven.'

5

oen hij die middag van het kasteel terugkeerde naar de niet-onaanzienlijke woning die onderdak had geboden aan de opeenvolgende priesters van St.-Augustinus, had prior Geoffrey nog het een en ander te regelen.

'Ze wacht op u in de bibliotheek,' zei broeder Gilbert kortweg. Hij keurde een tête-à-tête tussen zijn superieur en een vrouw niet goed.

Prior Geoffrey ging naar binnen en nam plaats in de grote stoel achter zijn bureautafel. Hij verzocht de vrouw niet om plaats te nemen, omdat hij wist dat ze dat toch niet zou doen; hij begroette haar evenmin – daar bestond geen noodzaak toe. Hij legde alleen uit waar zijn verantwoordelijkheid tegenover de Salernitanen uit bestond, wat zijn probleem was en welke oplossing hij voorstelde.

De vrouw luisterde. Hoewel ze lang noch dik was, straalde ze met haar palingleren laarzen, haar over haar schort gevouwen gespierde armen en het grijze haar dat ontsnapt was uit de bezwete knot die om haar hoofd was gewonden, de pronte, vrouwelijke barbaarsheid uit van een *sheela-na-gig* die de comfortabele met boeken beklede kamer van de prior omtoverde tot een grot.

'Dus ik heb je nodig, Gyltha,' zei prior Geoffrey tot besluit. 'Zíj hebben je nodig.'

Er viel een stilte.

'De zomer zit eraan te komen,' zei Gyltha met haar donkere stem. 'In de zomer ben ik druk bezig met de paling.'

In het late voorjaar rolden Gyltha en haar kleinzoon vaten vol kronkelende zilveren palingen de veengronden uit en betrokken hun rietgedekte zomerresidentie aan de Carm. Daar kwamen, na enorme dampen, ingelegde palingen, gezouten palingen, gerookte palingen en palingen in gelei vandaan; allemaal dankzij hen, dankzij recepten die alleen Gyltha kende, beter dan wie dan ook, en door de wachtende en waarderende klanten werden ze onmiddellijk grif afgenomen.

'Dat weet ik wel,' zei prior Geoffrey geduldig. Hij leunde achterover in zijn grote stoel en zei, overschakelend op het accent van East Anglia: 'Je zult flink moeten aanpakken, wijfie, maar je redt het wel.'

'En jij ook, buur.'

Ze kenden elkaar goed. Beter dan de meeste mensen. Toen er vijfentwintig jaar geleden een jonge Normandische priester in Cambridge was gearriveerd om de parochie van de Heilige Maria over te nemen, was het huishouden voor hem gedaan door een stevig gebouwde jonge vrouw uit de veenlanden. Het feit dat hun betrekkingen misschien verder gingen dan die tussen werkgever en werknemer had niet tot opgetrokken wenkbrauwen geleid, want Engeland had een tolerante houding tegenover het celibaat van geestelijken – of stelde zich te slap op, het was maar hoe je het bekeek – en Rome schudde nog niet met z'n vuist naar 'priestervrouwen' zoals dat tegenwoordig gebeurde.

Hoewel de taille van de jonge eerwaarde Geoffrey was uitgedijd door Gyltha's kookkunst, en Gyltha's eigen taille eveneens, wist buiten hen tweeën niemand of dat door het eten kwam of door iets anders. Toen God vader Geoffrey naar de kanunnikdij van St.-Augustinus riep, was Gyltha verdwenen naar de veengronden waar ze vandaan gekomen was en had ze de toelage die haar was aangeboden, geweigerd.

'Als ik nou eens een dienstmeisje of twee aanneem,' zei de prior, innemend nu. 'Een beetje koken, een beetje organiseren, meer niet.'

'Buitenlanders,' zei Gyltha. 'Ik moet niets van buitenlanders hebben.'

Toen hij zijn blik op haar liet rusten, moest de prior denken aan Guthlacs beschrijving van de veenbewoners die deze waardige heilige had geprobeerd de christelijke beginselen bij te brengen: 'Grote hoofden, lange nekken, bleke gezichten en tanden als paarden. Behoed ons voor hen, o Heer.' Maar ze hadden over de middelen en de onafhankelijke geest beschikt om Willem de Veroveraar langer en krachtiger te weerstaan dan de rest van de Engelsen.

En aan verstand ontbrak het hun ook niet. Gyltha bezat dat zeker; ze was de ideale huishoudster die prior Geoffrey voor zijn *ménage* in gedachten had: een beetje apart, maar onder de bewoners van Cambridge genoot ze voldoende bekendheid en vertrouwen om een brug tussen hen en dat huishouden te slaan. Als ze nou maar wilde...

'Ben ik niet ook ooit een buitenlander geweest?' zei hij. 'En mij ben je ook gaan waarderen.'

Gyltha glimlachte en heel even deed haar verrassende charme prior Geoffrey terugdenken aan hun jaren in het priesterhuisje naast de kerk van de Heilige Maria.

Hij drukte door nu hij een ingang zag. 'Voor de kleine Ulf zou het goed zijn.'

'Die doet het aardig op school.'

'Als hij tenminste de moeite neemt ernaartoe te gaan.' Dat de jonge Ulf op de priorijschool was toegelaten, had minder te maken gehad met zijn vlugge verstand, dat aanzienlijk was ook al was het dan een beetje eigenaardig, dan met prior Geoffreys niet-bevestigde vermoeden dat de jongen, die Gyltha's kleinzoon was, ook zijn kleinzoon was. 'Maar hij kan best wel een beetje beschaving gebruiken, wijfie.'

Gyltha boog zich naar voren en legde een belittekende vinger op de schrijftafel van de prior. 'Wat voeren ze hier uit, buur? Ga je me dat nog vertellen?'

'Ik werd ziek, toch? Ze heeft m'n ouwe leven gered.'

'Zij? Ik dacht toch gehoord te hebben dat het die zwartjoekel was.'

'Zij. En niet met heksenkunsten. Ze is een echte dokter, alleen kan maar beter niemand daar lucht van krijgen.'

Het had geen zin het voor Gyltha te verzwijgen, want als ze in zee ging met de Salernitanen, zou ze er toch wel achter komen. Maar deze vrouw was tenminste net zo gesloten als de met zeewier bedekte oesters die ze hem elk jaar cadeau deed en waarvan een uitgelezen portie op dit moment in het koelhuis van de priorij lag.

'Ik weet niet precies wie hen drieën gestuurd heeft,' vervolgde hij, 'maar ze willen erachter zien te komen wie de kinderen heeft vermoord.'

'Harold.' Gyltha's gezicht toonde geen emotie, maar haar stem was zacht; ze deed zaken met Harolds vader.

'Harold, ja.'

Ze knikte. 'Het waren de joden, toch?'

'Nee.'

'Dat dacht ik al.'

Uit de richting van de kloostergangen die het huis van de prior verbonden met de kerk klonk de klok die de broederschap opriep tot de vespers.

Gyltha slaakte een zucht. 'Oké, twee meisjes, en ik doe alleen het eten.'

'*Benigne. Deo gratias.*' De prior stond op en begeleidde Gyltha naar de deur. 'Fokt die ouwe Tubs nog steeds die stinkende honden van 'm?'

'Stinkender dan ooit.'

'Neem er dan eentje met je mee. Zorg dat hij haar overal vergezelt. Als ze vragen gaat stellen, komen er misschien moeilijkheden van. Ze moet in de gaten gehouden worden. O, en ze eten geen van allen varkensvlees. Of schaaldieren.' Hij gaf Gyltha een klopje op haar billen om haar weg te sturen, sloeg zijn armen onder zijn voorschoot over elkaar en liep in zijn eentje naar de kapel voor de vespers.

Adelia zat op een bank in de paradijselijke priorij en snoof de rozemarijngeur op die opsteeg uit het lage heggetje dat het bloembed aan haar voeten omzoomde, luisterend naar de psalmen van de vespers die over de ommuurde moestuin, en vandaar naar het paradijs met zijn donker wordende bomen, door de avondlucht uit het klooster aandreven. Ze probeerde haar hoofd leeg te maken en de mannenstemmen zalvend de wond te laten verzachten die was toegebracht door een door mannen begane gruwel. 'Moge mijn gebed als wierook voor U dienen,' zongen ze, 'en het opheffen van mijn handen als een avondlijk offer.'

Ze zouden de avondmaaltijd gebruiken in het gastenverblijf van de priorij, waar prior Geoffrey haar, Simon en Mansur voor de nacht onderdak bood, maar daarbij zou ze met andere reizigers aan tafel moeten zitten en ze was niet zo goed in gesprekken over koetjes en kalfjes. De riemen van haar geitenleren tas zaten zo strak vastgegespt dat de informatie die de dode kinderen haar hadden gegeven, in de krappe ruimte goed opgesloten zat – gekrijte woorden op een lei. Als ze de riemen los zou maken, wat ze morgen zou doen, zouden hun smekende stemmen weer oorverdovend losbarsten. Maar vanavond moest ze nog even blijven zwijgen; ze kon nu niets anders verdragen dan de avondlijke stilte.

Pas toen het bijna te donker was geworden om nog iets te zien stond ze op, pakte haar tas en liep het pad over dat naar de lange banen kaarslicht leidde die uit de ramen van het gastenverblijf vielen.

Het was niet goed om zonder eten naar bed te gaan. Ze lag op een smalle krib in een kleine cel van de gang die voor vrouwelijke gasten was bestemd en vond het maar niets dat ze hiernaartoe was gestuurd. Ze nam het de koning van Sicilië kwalijk, en zijn land, en bijna ook de dode kinderen zelf, omdat die de last van hun doodsstrijd op haar afwentelden.

'Ik kan echt niet gaan,' had ze tegen Gordinus gezegd toen hij er voor het eerst over was begonnen. 'Ik heb mijn studenten, mijn werk.'

Maar ze had niets te kiezen gehad. De order dat er een deskundige op het gebied van de dood moest komen, was afkomstig van een koning tegen wie je niet in beroep kon gaan, omdat hij ook over Zuid-Italië heerste.

'Waarom hebt u mij uitgekozen?'

'Jij voldoet aan de eisen die de koning stelt,' had Gordinus gezegd. 'Ik ken niemand anders voor wie dat ook zou gelden. Meester Simon mag zijn handen dichtknijpen dat hij jou krijgt toegewezen.'

Simon had zichzelf niet zozeer gelukkig geprezen als wel bezwaard gevoeld; dat had ze meteen wel gezien. Ondanks haar geloofsbrieven had de aanwezigheid van een vrouwelijke arts, een Arabische dienaar en een vrouwelijke metgezel – Margaret, de gezegende Margaret, was toen nog in leven geweest – een Pelion van complicaties op de Ossa van een toch al niet eenvoudige opdracht gestapeld.

Maar een van Adelia's vaardigheden, die ze vervolmaakt had in alle ordeloosheid van de scholen, was dat ze haar vrouwelijkheid zo goed als onzichtbaar wist te maken, dat ze geen tegemoetkoming eiste, dat ze vrijwel naadloos kon opgaan in de grotendeels uit mannen bestaande gemeenschap. Alleen wanneer er vraagtekens werden gezet bij haar professionalisme, merkten haar medestudenten dat er een wel degelijk zichtbare Adelia bestond die niet op haar mondje gevallen was – door goed naar hen te luisteren had ze leren vloeken – en die ontzettend uit haar slof kon schieten.

Het was niet nodig geweest zich op die manier tegenover Simon te profileren; hij was beleefd geweest, en naarmate de reis vorderde ook opgelucht. Hij vond haar bescheiden – een kwalificatie, had Adelia al lang geleden geconcludeerd, die van toepassing werd verklaard op vrouwen die mannen geen moeilijkheden bezorgden. Kennelijk was Simons vrouw de joodse bescheidenheid ten top en mat hij alle andere vrouwen aan haar af. Mansur, Adelia's andere bondgenoot, bewees zich als een onschatbare hulp en totdat ze de kust van Frankrijk hadden bereikt, waar Margaret was overleden, hadden ze met zijn allen in harmonie gereisd.

Maar nu moest ze er door de regelmaat van haar maandstonden aan herinnerd worden dat ze geen geslachtsloos wezen was. Toen ze Engeland bereikten, hadden de overstap op een kar en de rollen die ze hadden aangenomen van een rondreizend groepje kwakzalvers, voor geen van hen meer betekend dan een beetje ongemak en vermaak.

Het bleef echter een raadsel waarom de koning van Sicilië Simon van Napels, een van zijn meest capabele onderzoekers, om maar te zwijgen van haarzelf, zou betrekken bij een probleem dat de joden van een nat, koud eilandje aan de rand van de wereld zichzelf op de hals hadden gehaald. Simon kon er geen antwoord op geven, en zij ook niet. Ze hadden de opdracht gekregen ervoor te zorgen dat de joden van alle blaam gezuiverd zouden worden, een doel dat alleen bereikt kon worden als het hun lukte te achterhalen wie de echte moordenaar was.

Maar wat ze wél wist, was dat ze Engeland niet leuk zou vinden, en dat vond ze ook niet. In Salerno was ze een gerespecteerd lid van het hoog in aanzien staande medisch instituut, waar niemand, behalve dan nieuwkomers, verrast was daar een vrouwelijke arts te treffen. Hier zouden ze haar in een vijver verdrinken. De lichamen die ze zojuist had onderzocht, hadden voor haar een donkere sluier over Cambridge geworpen. Ze had wel eerder gezien wat moord voor gevolgen had, maar zelden waren die zo verschrikkelijk geweest als hier. Ergens in dit land liep een kinderslachter vrij rond.

Het zou door haar onofficiële positie en het voorwendsel dat ze die positie helemaal niet bekleedde, een stuk moeilijker worden hem te pakken te krijgen. In Salerno werkte ze, hoezeer ze ook dan ook officieel niet werd erkend, samen met de autoriteiten; hier stond alleen de prior aan haar kant, en zelfs hij durfde niet te zeggen waar het op stond.

Nog steeds wrokkig viel ze in slaap en ze droomde duistere dromen.

Ze sliep lang uit, iets wat de andere gasten meestal niet werd toegestaan. 'De prior zei dat je de metten wel mocht overslaan, omdat je zo moe was,' zei broeder Swithin, de mollige, kleine gastheer, 'maar ik moest er wel voor zorgen dat je goed zou eten als je wakker werd.'

Ze ontbeet in de keuken met ham – een zeldzame luxe voor iemand die samenreisde met een jood en een moslim – kaas van de schapen van de priorij, brood dat vers uit de bakkerij van de priorij kwam, versgekarnde boter en een beetje van broeder Swithins eigen tafelzuur, een stuk palingpastei en melk die nog warm was van de koe.

'Je zag scheel, hè wijfie?' zei broeder Swithlin, die nog meer melk voor haar uit het vat lepelde. 'Zo beter?'

Met een witte snor op haar bovenlip glimlachte ze hem toe. 'Veel beter.' Ze zag zéker scheel, wat dat ook mocht betekenen, maar haar krachten waren teruggekeerd en haar wrok en zelfmedelijden waren verdwenen. Wat maakte het ook uit dat ze in een vreemd land moest werken? Kinderen waren overal hetzelfde; de wereld van kinderen oversteeg landsgrenzen en ze hadden er recht op door een eeuwige wet te worden beschermd. De wrede daden die waren begaan aan Mary, Harold en Ulric waren niet minder aanstootgevend omdat ze niet uit Salerno afkomstig waren. Zij waren ieders kinderen, ze waren háár kinderen.

Adelia voelde zich zo vastberaden als maar kon. De wereld moest van de moordenaar worden verlost. *Wie een van de geringen die in mij geloven van de goede weg afbrengt, die kan maar beter met een molensteen om zijn nek in zee geworpen worden en in de diepte verdrinken.*

Nu had deze dader, ook al wist hij dat zelf nog niet, Adelia, *Medica* Trotula van Salerno, dokter der doden, om zijn hals gehangen gekregen, en zij zou een beroep doen op al haar kennis en vaardigheden om hem te ontmaskeren.

Ze keerde terug naar haar cel om haar observaties van de lei op papier over te schrijven, zodat ze als ze naar Salerno zou terugkeren een verslag van haar bevindingen zou kunnen overhandigen – hoewel ze geen idee had wat de koning van Sicilië daarmee zou willen aanvangen.

Het was afschuwelijk werk, en het ging langzaam; meer dan eens moest ze haar ganzenveer neerleggen om haar handen over haar oren te slaan. De wanden van de cel weergalmden van de kreten der kinderen. *Stil toch, o, wees toch stil, zodat ik hem kan opsporen.* Maar ze hadden niet willen sterven en konden niet tot zwijgen worden gebracht.

Simon en Mansur waren al vertrokken om het onderkomen te betrekken dat de prior voor hen in de stad had gevonden, zodat het gezelschap wat privacy kreeg. Het was al na het middaguur toen Adelia hen achternaging.

Omdat ze meende dat het haar taak was om het arbeidsterrein van de moordenaar te onderzoeken en iets van de stad te zien, was ze verrast, hoewel niet onaangenaam, toen ze merkte dat broeder Swithin, die druk bezig was met nieuw toegestroomde reizigers, bereid was haar zonder een escorte te laten gaan en dat in de krioelende straten van Cambridge vrouwen uit alle lagen van de bevolking zonder begeleiding hun zaken afhandelden en niet gesluierd gingen.

Dit was een andere wereld. Zij kende alleen de studenten uit de School van Pythagoras, lawaaiig en met rode kappen op, maar studenten waren over de hele wereld hetzelfde.

In Salerno waren rijwegen omzoomd door hoger gelegen promenades en overhangend groen tegen de meedogenloze zon. Deze stad opende zich echter als een platte bloem om alle licht te absorberen dat de Engelse lucht maar vrijgaf.

Goed, er waren sinistere zijstraatjes met eenvoudige rietgedekte huizen die als paddenstoelen boven op elkaar stonden, maar Adelia bleef op de grotere wegen die nog steeds verlicht werden door een langdurige schemering, en vroeg de weg zonder bang te zijn voor haar reputatie of haar geldbuidel, zoals thuis het geval zou zijn.

Hier boog de stad zich voor water, in plaats van voor de zon. Het stroomde door goten aan weerskanten van de straten, zodat elk huis en elke winkel er een bruggetje overheen had. Cisternen, troggen en vijvers deden je bijna denken dat je dubbel zag: een varken aan de kant van de weg werd volmaakt weerspiegeld door de plas waar het in stond. Zwanen leken boven op hun evenbeeld te drijven. Eenden in een vijver zwommen over de gewelfde met chevrons versierde ingang van de kerk die erboven uittorende. Her en der vloeiende stroompjes weerspiegelden daken en ramen; wilgentakken leken omhoog te groeien uit de riviertjes die ze weerkaatsten – allemaal door de zon gehuld in een amberkleurig licht.

Adelia was zich ervan bewust dat Cambridge haar een melodie aanreikte, maar ze wilde er niet op dansen. Ze vatte de dubbele reflectie van alles op als een symptoom van een dieper liggende dubbelheid – als die van een stad met een Januskop, waar een wezen dat kinderen vermoordde net als willekeurig welk ander mens op twee benen rondliep. Totdat dat wezen was ontdekt, droeg heel Cambridge een masker waar ze niet naar kon kijken zonder zich af te vragen of er een wolfskop achter schuilging.

Het was onvermijdelijk dat ze verdwaalde.

'Kunt u me de weg wijzen naar het huis van de Oude Benjamin, alstublieft?'

'Wat heb je daar te zoeken, wijfie?'

Dit was al de derde die ze staande hield om inlichtingen te vragen en de derde die wilde weten waarom ze daar naartoe wilde. 'Ik overweeg een bordeel te beginnen' was het antwoord dat haar op de lippen lag, maar ze was er al achter dat met de nieuwsgierigheid van de Cambridgenaren niet te spotten viel, dus zei ze slechts: 'Ik wil graag weten waar dat is.'

'Een stukje verderop en dan linksaf Jesus Lane in, op de hoek tegenover de rivier.'

Toen ze de weg naar de rivier insloeg, zag ze dat zich daar een groepje mensen verzameld had om toe te kijken hoe Mansur de laatste spullen van de kar laadde om ze een trapje naar de voordeur op te dragen.

Prior Geoffrey had het niet meer dan passend gevonden, aangezien de drie hier waren omwille van de joden, dat de Salernitanen tijdens hun verblijf in een van de door de joden verlaten huizen zouden trekken.

Hij had het niet raadzaam gevonden om hen in het rijke herenhuis van Chaim onder te brengen, een stukje verderop langs de rivier.

'Maar de Oude Benjamin heeft, omdat hij pandjesbaas is, minder animositeit in de stad opgeroepen dan die arme Chaim met al zijn rijkdommen,' had hij gezegd, 'en zijn huis heeft mooi uitzicht op de rivier.'

Dat er een wijk bestond die de jodenwijk heette, aan de rand waarvan zich dit huis bevond, maakte Adelia duidelijk dat de joden van Cambridge waren buitengesloten, of zichzelf hadden buitengesloten van het leven in de stad – zoals dat het geval was geweest in bijna alle Engelse steden waar ze onderweg langs was gekomen.

Hoe bevoorrecht het ook was, dit was een getto, en nu was het verlaten. Het huis van de Oude Benjamin sprak van een beginnende angst. Het stond met zijn puntgevel naar de steeg gekeerd als om zo weinig mogelijk van zichzelf prijs te geven tegenover aanvallen van buitenaf. Het was opgetrokken uit steen in plaats van uit tenen en leem, en de deur zou een stormram kunnen weerstaan. De nis boven een van de deurposten was leeg, dus het busje waar de mezoeza in had gezeten, was weggehaald.

Boven aan het trapje was een vrouw verschenen om Mansur met hun bagage te helpen. Toen Adelia naderbij kwam, riep een toeschouwer: 'Ga je nu voor hen werken, Gyltha?'

'Dat is verdomme mijn zaak!' riep de vrouw op de trap terug. 'Bemoei je met je eigen sores.'

In de menigte werd onderdrukt gegicheld, maar de mensen gingen niet weg en ze bespraken de situatie in onvervalst East Anglia-Engels. Over wat de prior onderweg was overkomen deden al allerlei geruchten de ronde.

'Geen joden dus. Onze Gyltha zou heus niet voor goddelozen willen werken.'

'Saracenen, heb ik gehoord.'

'Die met die doek op z'n kop, dat zou de dokter zijn.'

'Hij lijkt anders meer op een duivel.'

'Saraceen of niet, hij heeft de prior beter gemaakt, zeggen ze.'

'Ik vraag me af wat voor tarieven ze rekenen.'

'Is dat hun lokkertje?' Deze woorden werden over Adelia's hoofd heen uitgesproken, met een knikje naar haar.

'Nee, dat ben ik niet,' zei ze.

Degene die de vraag had gesteld, een man, was uit het veld geslagen. 'Dus je praat Engels, wijfie?'

'Jazeker. U ook?' Hun accent – zangerige 'oy's', merkwaardige stembuigingen en een stijgende toon aan het einde van zinnen – klonk anders dan het West Country-Engels dat ze op Margarets knie had geleerd, maar ze kon het nog net volgen.

Ze leek hen eerder geamuseerd dan beledigd te hebben. 'Fel typetje, hè?' zei de man tegen de vergaderde menigte. En vervolgens tegen haar: 'Die zwartjanus, die kan zeker wel goeie medicijnen mengen, hè?'

'Niet slechter dan wat hier te krijgen is,' liet ze hem weten. Dat was waarschijnlijk waar, bedacht ze. De ziekenbroeder van de priorij was natuurlijk een kruidengenezer, die zijn kennis, die hij overigens vrijelijk interpreteerde, uit boeken had vergaard – waarvan de meeste als je het Adelia vroeg verschrikkelijk onnauwkeurig waren. Degenen die hij niet kon behandelen en die niet in staat waren zichzelf te behandelen, zouden overgeleverd zijn aan de genade van de kwakzalvers van de stad en er zouden hun allerlei ingewikkelde, nutteloze, kostbare en waarschijnlijk walgelijk smakende drankjes worden aangesmeerd, die meer bedoeld waren om indruk te maken dan om genezing te bewerkstelligen.

Haar nieuwe kennis vatte dat op als een aanbeveling: 'Dan moest ik maar eens langskomen. Broeder Theo van de priorij kan niks meer voor me doen.'

Een grijnzende vrouw stootte haar buurman aan: 'Vertel haar maar wat je mankeert, Wulf.'

'Hij denkt dat ik een zwaar geval van veinzerij heb,' zei Wulf gehoorzaam, 'en hij weet niet wat hij ermee aan moet.'

Het viel Adelia op dat er geen vragen werden gesteld over waarom Simon, Mansur en zij hiernaartoe waren gekomen. Voor de mannen en vrouwen van Cambridge was het iets heel gewoons dat buitenlanders zich in hun stad vestigden. Kwamen ze hier niet uit de hele wereld naartoe om zaken te doen? Waar kon je beter heen? Het buitenland was het land van de duivel.

Ze probeerde zich een weg naar de ingang te banen, maar een vrouw die een klein kind omhooghield versperde haar de weg. 'Zijn oortje doet zo'n pijn. Er moet een dokter naar kijken.' Niet iedereen in de menigte was uit nieuwsgierigheid toegestroomd.

'De dokter heeft het druk,' zei Adelia. Maar het kind kermde van de pijn. 'Ach, ik kijk er wel naar.'

Een van de omstanders hield behulpzaam een lantaarn omhoog terwijl zij het oor onderzocht, afkeurend mompelde, haar pincet uit haar tas haalde – 'Hou hem nu goed stil' – en er een kleine kraal uit haalde.

Het leek wel of ze een dijk had gedicht. 'Verdomd, wat een slimmerik,' zei iemand, en binnen een paar tellen werd van alle kanten haar aandacht gevraagd. Als er geen dokter beschikbaar was, was een slimmerik ook goed.

Ze kreeg hulp in de vorm van degene die Gyltha was genoemd. Ze kwam de treetjes af en baande zich een weg naar Adelia door met haar ellebogen iedereen die in de weg stond opzij te duwen. 'Opgerot,' gaf ze het publiek te verstaan. 'Ze is nog niet eens binnen geweest. Kom morgen maar terug.' Ze duwde Adelia het hek door. 'Snel, wijfie.' Vervolgens sloot ze het af door er haar omvangrijke lichaam tegenaan te duwen en ze siste: 'Ziezo, je bent binnen.'

Adelia negeerde haar. 'Die oude man daar,' zei ze, wijzend. 'Hij heeft koorts.' Het zag eruit als malaria en dat kwam onverwacht; ze had gedacht dat die ziekte alleen voorkwam in de Romeinse moerassen.

'Daar moet de dokter zich maar over ontfermen,' zei Gyltha zo hard dat de omstanders ervan mee konden genieten, en toen, tegen Adelia: 'Ga naar binnen, wijfie. Morgen heeft hij zijn kwaal ook nog wel.'

Ze zou er waarschijnlijk toch weinig aan kunnen doen. Toen Gyltha haar de trap op trok, riep Adelia: 'Leg hem in bed!' naar een vrouw die een trillende oude man ondersteunde. 'Probeer de koorts te verkoelen', en ze wist er nog aan toe te voegen: 'Met natte doeken', voordat de huishoudster haar naar binnen sleurde en de deur dichtdeed.

Gyltha schudde haar hoofd naar haar. En Simon ook, die had staan toekijken.

O ja: Mansur was nu de dokter; dat mocht ze niet vergeten.

'Maar als het malaria is, is het interessant,' zei ze tegen Simon. 'Cambridge en Rome – de overeenkomst is moerasland, volgens mij.' In

Rome werd de ziekte toegeschreven aan slechte lucht, vandaar de naam; anderen dachten dat hij werd veroorzaakt door te drinken van stilstaand water. Adelia, voor wie geen van beide aannames bewezen waren, stelde zich voor alle mogelijkheden open.

'Er komen heel wat koortsen in het veenland voor,' liet Gyltha haar weten. 'Wij behandelen die met opium. Dan tril je tenminste niet meer zo.'

'Opium? Kweken jullie hier dan papavers?' Goeie god, als ze opium tot haar beschikking had, zou ze heel wat lijden kunnen verlichten. Ze dacht weer terug aan het malariageval en mompelde tegen Simon: 'Ik vraag me af of ik de kans krijg om de milt van die oude man te bekijken als hij is overleden.'

'Daar kunnen we om vragen,' zei Simon, rollend met zijn ogen. 'Koorts, kindermoord – wat maakt het uit? We kunnen net zo goed zeggen wie we zijn.'

'Ik was de moordenaar heus niet vergeten,' zei Adelia scherp. 'Ik heb zijn werk onderzocht.'

Hij raakte haar hand aan. 'En, erg?'

'Ja, erg.'

Op het doorleefde gezicht voor haar verscheen een zorgelijke uitdrukking: een man die zelf kinderen had probeerde zich een beeld te vormen van het ergste wat hun zou kunnen overkomen. Simon toont niet vaak emotie, bedacht ze bij zichzelf, maar daarom was hij ook zo'n goede onderzoeker. Maar dat had wel zijn prijs.

Een groot deel van zijn medeleven gold haar. 'Kun je er wel tegen, dokter?'

'Daar ben ik voor opgeleid,' zei ze hem.

Hij schudde zijn hoofd. 'Niemand is opgeleid voor wat jij vandaag hebt moeten zien.' Hij haalde diep adem en zei in zijn moeizame Engels: 'Dit is Gyltha. Prior Geoffrey is zo vriendelijk geweest haar als huishoudster naar ons toe te sturen. Zij weet wat we hier komen doen.'

Kennelijk wist iemand die met een dier in een hoekje had gezeten dat ook. 'En dit is Ulf. Kleinzoon van Gyltha, geloof ik. En dit is... hoe heet hij ook weer?'

'Wachter,' zei Gyltha tegen hem. 'En zet voor de dame je pet verdorie af, Ulf.'

Adelia had nog nooit drie zulke lelijkerds gezien. De vrouw en de jongen hadden doodskistvormige hoofden, gezichten met grote botten en lange tanden, een combinatie die ze later zou herkennen als kenmerken van de veenbewoners. Als het kind Ulf er minder alarmerend uitzag dan zijn grootmoeder, kwam dat alleen maar doordat hij nog een kind was, acht of negen jaar oud, met minder scherpe trekken vanwege zijn jonge jaren.

Wachter was een overmaatse verklitte wolbaal waar vier poten uitstaken als breinaalden. Hij leek op een schaap, maar was waarschijnlijk een hond – schapen stonken niet zo.

'Een cadeautje van de prior,' zei Gyltha. 'Jullie moeten hem te eten geven.'

Het vertrek waarin ze bijeenstonden, nam hen al evenmin voor zich in. Het was er krap en armzalig, en het bevond zich vlak achter de voordeur; aan de overkant van de ruimte gaf een niet minder zware deur toegang tot de rest van het huis. Zelfs overdag moest het er donker zijn; vanavond werd het licht dat door twee schietgaten viel aangevuld door dat van een lantaarn, die kale en gebroken planken onthulde.

'Hier had de Oude Ben zijn pandjeshuis,' zei Gyltha, waarna ze er op krachtige toon aan toevoegde: 'Alleen heeft iemand alle spullen gestolen.'

Een andere dief, of misschien dezelfde, had de kamer ook als latrine gebruikt.

Er sloeg een golf van heimwee door Adelia heen. Ze verlangde vooral naar de liefdevolle aanwezigheid van Margaret. Maar ook, o god, naar Salerno. Naar sinaasappelbomen en zon en schaduw, naar aquaducten, naar de zee, naar het verzonken Romeinse bad in het huis waar ze met haar pleegouders woonde, naar mozaïekvloeren, naar opgeleid personeel, naar acceptatie van haar positie als *medica*, naar de faciliteiten van de school, naar salades – ze had sinds ze in dit godvergeten vleesetersland was aangekomen nog niks groens te eten gekregen.

Maar Gyltha had de binnendeur opengeduwd en ze keken nu de gang van de Oude Benjamin in, die er een stuk beter uitzag.

Het rook er naar water, loog en bijenwas. Toen ze binnenkwamen, maakten twee meisjes met emmers en dweilen zich door een deur aan de overkant uit de voeten. Vanaf het tongewelfde plafond hingen glanzend gepoetste synagogelampen aan kettingen; die wierpen hun schijnsel op frisgroen riet en de zachte glans van iepenhouten vloeren. Een stenen zuil ondersteunde een wenteltrap die omhoog naar een zolderverdieping en omlaag naar een crypte voerde.

Het was een lange kamer, die bijzonder was door de van glas voorziene vensters die schots en scheef aan de linkerkant waren aangebracht, waarbij hun verschillende formaten deden vermoeden dat Oude Benjamin om niets van het materiaal verloren te laten gaan de oorspronkelijke sponningen had vergroot dan wel verkleind om de glasplaten die hij in bezit had gekregen en die niet meer werden teruggehaald, een plaatsje te geven. Er waren een erker, twee glas-in-loodramen – allebei geopend om de geur van de rivier binnen te laten – één klein blank paneel en eentje met een rozet van glas-in-lood die alleen maar uit een christelijke kerk afkomstig kon zijn. Het effect was rommelig, maar het was weer eens iets anders dan de gebruikelijke kale luiken, en niet van charme ontbloot.

Maar voor Mansur en Simon was het *nec plus ultra* elders te vinden: in de keuken, een afzonderlijk gebouwtje los van het huis. Ze drongen erop aan dat Adelia er ging kijken. 'Gyltha is kokkin,' zei Simon als iemand die uit het stof van Egypte in Kanaän is beland. 'Onze prior...'

'Moge zijn schaduw nooit afnemen,' zei Mansur.

'... onze bovenste beste prior heeft ons een kokkin gezonden die zich kan meten met mijn eigen brave Becca.' Rebecca was zijn vrouw. 'Gyltha *superba*. Moet je kijken, dokter, wat ze aan het klaarmaken is.'

In een enorme haard draaide van alles rond aan het spit, en vet spetterde eruit neer op de gloeiende turf; uit ketels die aan haken hingen stegen kruidige visdampen op, en crèmekleurig deeg lag al klaar om uitgerold te worden op de grote met meel bestoven tafel. 'Eten, dokter, sappige vis, lampreien – lampréíen, God zij geloofd! – eend in een jasje van honing, zuiglam.'

Adelia had de twee mannen nog nooit enthousiaster gezien.

De rest van het daglicht benutten ze om uit te pakken. Er waren ruim voldoende kamers. Adelia had de bovenkamer toebedeeld gekregen, een aangenaam vertrek dat uitzag op de rivier – een luxe na alle gedeelde bedden in de herbergen. De kasten waren leeg – geplunderd door rovers – zodat ze op de planken gelukkig ruimte genoeg had voor al haar kruiden en drankjes.

Die avond was Gyltha, nadat ze had geroepen dat het eten klaar was, geërgerd omdat Mansur en Simon zo lang deden over hun rituele gebed, en omdat Adelia, die zeker dacht dat vuil giftig was, haar handen wilde wassen voordat ze aan tafel ging. 'Zo wordt het koud,' beet ze hun toe. 'Ik kook niet voor heidenen als het ze toch niet kan schelen of het koud wordt.'

'Zo zijn wij niet,' verzekerde Simon haar. 'Echt niet, hoor, Gyltha.'

De eettafel was beladen met alle rijkdommen van een feestmaal in de venen, met gevolgelte en vis; in Adelia's door heimwee vertroebelde blik ontbraken de groenten, maar toch was het allemaal erg lekker.

Simon zei: 'Gezegend zijt gij, *HaShem*, onze God, Koning der Hemelen die brood voortbrengt uit de aarde', en hij scheurde een stuk van het witte brood dat op tafel lag af en at het op.

Mansur riep de zegen aan van Salman de Perziër die Mohammed van voedsel had voorzien.

Adelia zei: 'Mogen we allemaal gezond blijven', en ze begonnen gezamenlijk te eten.

Op de boot vanuit Salerno had Mansur samen met de bemanning gegeten, maar het laatste stuk van de reis langs Engelse herbergen en rond kampvuren had een democratische situatie geschapen die ze geen van allen nog wilden opgeven. Nu Mansur doorging voor de heer des huizes, zou het in elk geval niet gepast zijn om hem weg te sturen om bij de dienstmeisjes in de keuken de maaltijd te gebruiken.

Adelia wilde onder het eten verslag uitbrengen van haar bevindingen, maar de mannen, die wisten wat voor soort verhalen dat waren, waren niet bereid hun maag door iets anders te laten verstoren dan door de voortbrengselen van Gyltha's kookkunst. En praten wilden ze ook al niet. Adelia stond ervan te kijken hoeveel tijd en lof twee mannen konden besteden aan zuiglam, custard en kaas.

Voor haar was voedsel net zoiets als de wind: nodig om boten, levende wezens en de zeilen van windmolens voorwaarts te stuwen, maar verder niets bijzonders.

Simon dronk wijn. Een vat van zijn favoriete Toscaanse wijngaard was met hen meegereisd, aangezien Engelse wijnen de naam hadden ondrinkbaar te zijn. Mansur en Adelia dronken gekookt en gezeefd water, omdat ze dat altijd dronken.

Simon spoorde Adelia telkens aan om wat wijn te nemen en nog iets te eten, ook al protesteerde ze nog zo hard dat ze in de priorij uitgebreid had ontbeten. Hij was bang dat haar onderzoek van de kinderlijkjes haar zo had aangegrepen dat ze er onwel van was geworden. Zo zou het hem zelf vergaan, maar zij beschouwde het als kritiek op haar professionaliteit en zei scherp: 'Het was mijn taak. Waarom ben ik anders hiernaartoe gekomen?'

Mansur zei dat hij haar met rust moest laten. 'De dokter eet altíjd als een musje.'

Voor de Arabier gold dat zeker niet. 'Je wordt nog dik,' waarschuwde Adelia hem. Het was zijn grote schrikbeeld; te veel eunuchen aten zichzelf moddervet.

Mansur zuchtte. 'Die vrouw is een Sirene in de keuken. Ze roept de ziel van een man via zijn maag.'

Adelia vond het beeld van Gyltha als Sirene wel geestig. 'Zal ik dat eens tegen haar zeggen?'

Tot haar verrassing haalde hij zijn schouders op en knikte.

'Ooo,' zei ze. In al die jaren sinds hij door haar pleegouders als lijfwacht aan haar was toegewezen, had ze nooit meegemaakt dat hij een vrouw een complimentje maakte. En dat het nu nota bene een vrouw was met een paardengezicht wier taal hij niet eens verstond, was wel héél onverwacht en intrigerend.

De twee meisjes die hen bedienden, die verwarrend genoeg allebei Matilda heetten en alleen uit elkaar te houden waren door de initialen van hun parochieheiligen, zodat ze Matilda B en Matilda W werden gedoopt, waren net zozeer op hun hoede voor Mansur als wanneer er een dansende beer aan tafel had plaatsgenomen. Ze kwamen door de open doorgang die van de keuken naar een deur achter de verhoging leidde, en namen schotel na schotel mee om ze te vervangen zonder zich in de buurt te wagen van zijn uiteinde van de tafel; ze giechelden nerveus en zetten het eten neer zodat het aan hem kon worden doorgegeven.

Tja, bedacht Adelia, ze moeten zeker nog aan hem wennen.

Uiteindelijk werd de tafel afgeruimd. Simon gordde zich in figuurlijke zin aan voor de strijd, slaakte een zucht en leunde achterover. 'En, dokter?'

Adelia zei: 'Het zijn natuurlijk allemaal nog maar hypotheses.' Dat was een onvermijdelijk voorbehoud.

Ze wachtte tot beide mannen er goed voor waren gaan zitten en haalde diep adem. 'Ik denk dat de kinderen naar kalkgronden zijn gebracht om daar vermoord te worden. Dat geldt misschien niet voor de Kleine St.-Petrus, die een apart geval lijkt te zijn, misschien omdat hij het eerste slachtoffer was en de moordenaar de slag nog te pakken moest krijgen. Maar bij de drie die ik heb onderzocht, zat er kalk op de hielen van beide jongens, wat aangeeft dat ze daardoorheen zijn gesleept, en bij allemaal trof ik kalksporen op hun lichaam aan. Hun handen en voeten waren vastgebonden met repen stof.'

Ze keek naar Simon. 'Fijne, zwarte wol. Ik heb monsters genomen.'

'Ik doe wel navraag bij de wolhandelaren.'

'Hij heeft een van de lichamen niet begraven, maar hield dat bij zich, ook op een droge en koele plek.' Ze zorgde dat haar stem vast bleef. 'Verder vermoed ik dat het meisje herhaaldelijk in de schaamstreek is gestoken, en de jongens ook. Bij het best geconserveerde jongenslichaam waren de geslachtsdelen verwijderd en ik zou zeggen dat de anderen door hetzelfde lot zijn getroffen.'

Simon had zijn handen voor zijn gezicht geslagen. Mansur zat doodstil.

Adelia zei: 'In alle gevallen heeft hij volgens mij hun oogleden weggesneden, maar ik kan niet zeggen of dat voor of na hun dood is gebeurd.'

Kalm zei Simon: 'Er waren schurken onder ons rond. Waarom, Heer, laat U de beulen van Gehenna in menselijke lichamen wonen?'

Adelia wilde hem erop wijzen dat als hij de moordenaar satanische krachten toedichtte, hij hem daarmee deels vergeving schonk, namelijk door hem het slachtoffer te maken van een macht buiten hemzelf. In haar optiek was de man hondsdol, als een hond. Maar ja, bedacht ze, als je hem een ziekte toeschrijft, geef je hem misschien wel net zo hard een excuus voor zijn onvergeeflijke daden.

'Mary...' Ze zweeg even; een lijk een naam geven was een fout die ze meestal niet maakte. Daardoor ging de objectiviteit eraf, kwam er emotie bij, terwijl het van het grootste belang was onpersoonlijk te blijven. Ze wist niet waarom ze het had gedaan.

Ze begon opnieuw: 'Het meisje had iets in haar haren. Eerst dacht ik dat het zaad was...' Simons hand greep de tafel vast en ze herinnerde zich ineens dat ze het niet tegen haar studenten had. 'Maar het voorwerp had zijn langgerekte vorm behouden. Waarschijnlijk was het snoepgoed.'

Ziezo.

Kalm zei ze: 'We moeten met name aandacht besteden aan het tijdstip en de plek waarop de lichamen zijn ontdekt. Ze zijn gevonden in het slib; er zat stof op hen allemaal, maar de schaapherder die ze heeft gevonden, heeft prior Geoffrey verzekerd dat ze daar de dag tevoren nog niet lagen. Ze moeten dus van de plek waar ze bewaard werden, op kalkgrond, naar de plaats zijn gebracht waar de schaapherder ze vanochtend aantrof, op slib.'

Het leek wel een jaar geleden.

Simon keek haar in de ogen en las wat daarin te lezen stond. 'We zijn vanochtend in Cambridge aangekomen,' zei hij. 'Afgelopen nacht waren we in... hoe heet het daar ook alweer?'

'Een gedeelte van de Gog-Magog-heuvels.' Adelia knikte. 'Op kalkgrond.'

Mansur begreep wat ze daarmee wilde zeggen. 'Dus vannacht heeft die hond ze verplaatst. Vanwege ons?'

Ze haalde haar schouders op. Zij deed alleen maar uitspraken over dingen die te bewijzen waren; anderen moesten daar maar conclusies uit trekken. Ze wachtte af wat Simon van Napels ervan zou denken. Door de reis die ze samen hadden gemaakt, had ze respect voor hem gekregen; de prikkelbaarheid en onnozelheid die hij in het openbaar tentoonspreidde waren geen opzettelijke dekmantel, maar een reactie op het in het openbaar 'zijn', en ze representeerden in geen geval een geest die briljant en snel te werk ging. Ze beschouwde het als een compliment aan haarzelf en aan Mansur dat ze als ze onder elkaar waren getuige mochten zijn van zijn manier van denken.

'Vast en zeker.' Simons vuisten roffelden zachtjes op de tafel. 'Het is wel érg toevallig. Hoe lang worden die kleintjes al vermist? Een jaar, in één geval? Maar toen onze stoet pelgrims gisteravond onderweg halt hield en onze kar de heuvel op ging... toen werden ze ineens teruggevonden.'

Mansur zei: 'Hij houdt ons in de gaten.'

'Hij heeft ons in de gaten gehouden.'

'En hij verplaatst de lichamen.'

'Hij verplaatste de lichamen.' Simon spreidde zijn handen. 'En waarom? Hij was bang dat we zouden ontdekken waar hij ze op de heuvel bewaarde.'

Adelia, die voor advocaat van de duivel speelde, zei: 'Waarom zou hij bang zijn dat wíj ze ontdekten? De afgelopen maanden moeten er toch ook andere mensen op die heuvels hebben gelopen, en zij hebben ze ook niet gevonden.'

'Misschien waren dat er niet zoveel. Hoe heette die heuvel waar we waren ook weer... De prior heeft het me gezegd...' Hij tikte tegen zijn voorhoofd en keek vervolgens op toen er een meid binnenkwam om de kaarsen te snuiten. 'Ah. Matilda.'

'Ja, meester?'

Simon boog zich voorover. 'Wand-le-bury Ring.'

De ogen van het meisje werden groot, ze sloeg een kruis en trok zich terug langs dezelfde weg als waarlangs ze gekomen was.

Simon keek om zich heen. 'Wandlebury Ring,' zei hij. 'Wat zei ik? Onze prior had gelijk; die plek is omgeven met bijgeloof. Niemand gaat erheen, er komen alleen schapen. Maar wíj zijn er gisteravond wel geweest. Hij heeft ons gezien. Waarom waren we gekomen? Hij heeft geen idee. Om onze tenten er op te slaan? Om er te blijven? Om er rond te wandelen? Hij kan niet weten wat we komen doen en hij is bang omdat de lichamen daar zijn en we die misschien wel vinden. Hij verplaatst ze.' Hij leunde achterover in zijn stoel. 'Zijn hol bevindt zich op Wandlebury Ring.'

Hij heeft ons in de gaten gehouden. Adelia kreeg een beeld voor ogen van vleermuisachtige vleugels die rondcirkelden boven een stapel botten, een snuit die snuffelde of hij indringers rook, van plotseling grijpende klauwen.

'Dus graaft hij de lichamen op? Hij vervoert ze over enige afstand? Hij legt ze neer zodat ze gevonden kunnen worden?' zei Mansur, en zijn stem klonk door zijn ongeloof hoger dan anders. 'Zou hij zo dwaas kunnen zijn?'

'Hij probeerde ons weg te leiden, zodat we er niet achter zouden komen dat de lichamen eerst op krijtgrond hadden gelegen,' zei Simon. 'Maar hij had niet met dokter Trotula hier gerekend.'

'Of wíl hij soms dat ze gevonden worden?' opperde Adelia. 'Lacht hij ons soms uit?'

Gyltha kwam binnen. 'Wie jaagt hier mijn Matilda's de stuipen op het lijf?' Ze was agressief en had een kaarsensnuiter zodanig vast dat Simon zijn handen in zijn schoot vouwde.

'Wand-le-bury Ring, Gyltha,' zei Simon.

'Wat is daarmee? Geloof al die praatjes die over de Ring de ronde doen maar niet. De Wilde Meute? Het zou me wat!' Ze haalde een lantaarn naar beneden en begon de pit te snuiten. 'Wandlebury is gewoon een heuvel. En ik moet niets van heuvels hebben.'

'De Wilde Meute?' vroeg Simon. 'Wat is dat?'

'Een troep rothonden met rode ogen die wordt aangevoerd door de prins der Duisternis. Maar ik geloof er geen woord van. Volgens mij zijn het gewoon ordinaire schapendoders. En kom jij nou maar eens tevoorschijn, Ulf, kleine smeerpijp, voordat ik dat hele zootje achter jou aan stuur.'

Aan de andere kant van het vertrek was een galerij, waarvan de trap aan het zicht was onttrokken door een deur in de lambrisering, waaruit nu de kleine, onaantrekkelijke gestalte van Gyltha's kleinzoon naar buiten kwam. Hij mompelde iets en keek hen vuil aan.

'Wat zegt hij?'

'Niets.' Met een draai om de oren stuurde ze het kind naar de keukens. 'Vraag die leegloper van 'n Wulf maar eens naar de Wilde Meute, hij kan er heel wat onzin over vertellen. Hij denkt dat hij ze een keer heeft gezien, en als je hem een biertje geeft, komt hij wel los.'

Toen ze weg was, zei Simon: 'Wilde Meute, *Benandanti*, de *Chasse Sauvage. Das Woden here.* Het is een bijgeloof dat je door heel Europa tegenkomt en dat verschilt van plaats tot plaats maar weinig: altijd gaat het om honden met vurige ogen, altijd om een zwarte en schrikwekkende ruiter, altijd wordt wie hen ziet getroffen door de dood.'

Er daalde een stilte over de kamer neer. Adelia was zich sterker dan tevoren bewust van de twee open glas-in-loodramen waarachter dingen ritselden in het lange gras. Vanuit het riet aan de rivier had de lenteroep van een roerdomp hun maal begeleid; nu leek het geluid de resonantie te krijgen van een trommel die een nabije begrafenis aankondigde.

Ze wreef over het kippenvel op haar armen. 'Dus we moeten ervan uitgaan dat de moordenaar op de heuvel woont?' vroeg ze.

Simon zei: 'Misschien wel, misschien niet. Zover ik heb begrepen, waren de vermiste kinderen afkomstig uit de omgeving van de stad. Het is onwaarschijnlijk dat ze alle drie op verschillende momenten uit vrije wil helemaal naar de heuvel zouden zijn gegaan. De kans is klein dat iemand zich voortdurend in zo'n omgeving ophoudt om zijn hol te bewaken en mensen te bespioneren die het naderen. Ofwel ze zijn erheen gelokt, wat ook niet waarschijnlijk is – het is een afstand van enkele kilometers – ofwel ze zijn ernaartoe gebracht. We mogen er daarom van uitgaan dat onze man op zoek gaat naar slachtoffers in Cambridge en de heuvel gebruikt als plek om ze te doden.'

Hij keek ingespannen naar zijn wijnbeker, alsof hij die voor het eerst zag. 'Wat zou mijn Becca hier allemaal van zeggen?' Hij nam een slok.

Adelia en Mansur bleven zwijgen. Er was meer; iets wat buiten op de loer had gelegen, kwam nu naar binnen.

'Nee...' Simon sprak nu langzaam. 'Nee, er is nog een andere verklaring. Niet eentje die me aanstaat, maar we moeten hem wel in overweging nemen. Het is bijna zeker dat onze aanwezigheid op de heuvel tot de verwijdering van de lichamen heeft geleid. Stel nou dat, in plaats van dat we gezien zijn door een moordenaar die al *in situ* was – wat wel heel toevallig zou zijn – we hem *onder ons* hadden?'

Het bevond zich nu in de kamer.

Simon zei: 'Toen wij ons om prior Geoffrey bekommerden, hoe bracht de rest van ons gezelschap toen die lange nacht door? Nou? Vrienden, we moeten de mogelijkheid onder ogen zien dat onze moordenaar een van de pelgrims is bij wie we ons in Canterbury hebben aangesloten.'

De nacht achter de glas-in-loodramen verdiepte zich.

6

en zacht bed was iets waar Gyltha niet in geloofde. Adelia had graag een matras met ganzendons gewild, zoals waar ze in Salerno op had geslapen, en zei dat ook. De lucht boven Cambridge zag tenslotte zwart van de ganzen.

'Ganzenveren zijn verdomde moeilijk te wassen,' zei Gyltha. 'Stro is schoner, dat kun je elke dag verversen.'

Er was onwillekeurig een gespannen sfeer tussen hen ontstaan. Adelia had om meer salade gevraagd bij het eten, een verzoek waar Gyltha als *lèse majesté* op reageerde. Nu was dit weer een moment van beproeving; het antwoord zou bepalen wie in de toekomst het gezag zou hebben.

Aan de ene kant was de taak om zelfs zo'n bescheiden huishouden als het hunne te regelen, voor Adelia te veel, want zij was daar slecht voor toegerust en wist maar weinig van voorraadbeheer of van de omgang met andere kooplieden dan apothekers. Ze kon spinnen noch weven, en haar kennis van kruiden en specerijen gold eerder medische toepassingen dan culinaire. Naaien beheerste ze voor zover er vleeswonden moesten worden gehecht of lijken die ze had ontleed weer in elkaar moesten worden gezet.

In Salerno had dat er allemaal niet toe gedaan. De gezegende man die haar peetvader was, had al vroeg onderkend dat ze een geest bezat die zich met de zijne kon meten, en omdat dit Salerno was had hij haar dokter laten worden, net als hijzelf en zijn vrouw. Het reilen en zeilen van hun grote villa werd overgelaten aan zijn schoonzuster, een vrouw die het huishouden op rolletjes had laten lopen zonder ooit haar stem te verheffen.

Bij dit alles voegde Adelia het feit dat haar verblijf in Engeland tijdelijk zou zijn en haar niet de tijd zou geven een huishoudelijke inslag te ontwikkelen.

Anderzijds voelde ze er weinig voor zich door een bediende de wet te laten voorschrijven. Dus zei ze scherp: 'Zorg dan maar dat het stro inderdaad elke dag wordt ververst.'

Een compromis, waarmee Gyltha voorlopig als winnaar uit de bus kwam; de einduitkomst zou nog moeten worden bepaald. Maar niet nu, want ze had hoofdpijn.

Afgelopen nacht had Wachter de bovenkamer met haar gedeeld – alweer een strijd die ze had verloren. Op Adelia's protesten dat de hond te erg stonk om ergens anders dan buiten te mogen slapen, had Gyltha gezegd: 'Orders van de prior. Die hond gaat overal met jou mee.' En dus had het gesnurk van het beest zich vermengd met de roepen en kreten vanaf de rivier waar ze niet aan gewend was, precies op het moment dat haar droom in een nachtmerrie was veranderd door de mogelijkheid die Simon had geopperd dat de moordenaar een bekend gezicht zou kunnen hebben.

Voordat hij naar bed was gegaan, was hij er nog wat op doorgegaan: 'Wie sliepen er bij dat kampvuur aan de weg en wie heeft dat verlaten? Een monnik? Een ridder? Een jager? De belastinginner? Is een van hen weggeslopen om die arme botten bij elkaar te rapen – ze waren niet zwaar, natuurlijk, en misschien heeft hij wel een van de paarden gebruikt die er stonden. De koopman? Een van de schildknapen? Minstreel? Bedienden? We moeten met alle mogelijkheden rekening houden.'

Wie het ook was, hij was die nacht haar bovenkamer binnen gekomen in de gedaante van een ekster. Hij had een levend kind in zijn klauwen. Nadat hij was neergestreken op Adelia's borst, had hij het lichaam aan stukken gescheurd, en een lidloos oog had haar brutaal aangestaard terwijl de vogel de lever van het kind uitpikte.

Het droombeeld was zo levendig geweest dat ze happend naar adem wakker was geworden, ervan overtuigd dat een vogel de kinderen had gedood.

'Waar is meester Simon?' vroeg ze Gyltha. Het was nog vroeg; de ramen aan de westkant van de kamer zagen uit op een weiland dat nog was overschaduwd door het huis, tot waar de schuinte ervan bij de rivier kwam, waar het zonlicht scheen op een Cam die zo opgepoetst, zo diep en vlak tussen de wilgen door kabbelde dat Adelia een plotselinge impuls om op te staan en zich er als een eend in te baden, moest onderdrukken.

'Die is de deur uit. Kijken of hij wolhandelaren kon vinden.'

Geërgerd zei Adelia: 'We zouden vandaag naar Wandlebury Hill gaan.' De vorige avond hadden ze afgesproken dat ze allereerst zouden onderzoeken waar de moordenaar zich ophield.

'Dat zei hij ook, maar omdat meester Roetmop niet mee kon, wil hij er morgen heen.'

'Mansur,' snauwde Adelia. 'Hij heet Mansur. Waarom kan hij niet mee?'

Gyltha wenkte haar naar de andere kant van het vertrek en wees naar de winkel van de Oude Benjamin. 'Daarom niet.'

Adelia ging op haar tenen staan en keek door een van de schietopeningen.

Er stond een menigte mensen bij het hek, sommigen alsof ze er al heel lang zaten.

'Ze wachten om dókter Mansur te zien te krijgen,' zei Gyltha met nadruk. 'Dus jullie kunnen niet naar de heuvels.'

Dit was een complicatie. Ze hadden het kunnen weten, maar toen ze Mansur hadden laten doorgaan voor dokter, een buitenlandse dokter in een drukke stad die ze nog niet hadden beproefd, was het geen moment bij hen opgekomen dat de patiënten weleens konden toestromen. Het nieuws van hun treffen met de prior had zich verspreid: in Jesus Lane konden zieken genezing vinden.

Adelia wist zich geen raad. 'Maar hoe kan ik hen allemaal helpen?'

Gyltha haalde haar schouders op. 'Zo te zien gaan de meesten toch dood. De Kleine St.-Petrus heeft blijkbaar niets voor ze kunnen doen.'

De Kleine St.-Petrus: het wonderbaarlijke kleine skelet waar de priores de hele reis vanaf Canterbury als een kermisklant zo hoog van had opgegeven.

Adelia slaakte een zucht om de kleine jongen, om de wanhoop die de mensen in hun nood naar hem toe had gestuurd, de teleurstelling die hen nu naar haar dreef. De waarheid was dat zij, op een paar uitzonderingen na, ook niet veel voor hen zou kunnen doen. Kruiden, bloedzuigers, drankjes, en zelfs geloof, konden de golf van ziekte waarvan de meeste mensen het slachtoffer waren, niet tegenhouden. Ze zou willen dat het anders was. God, wat zou ze dat graag willen.

Het was in elk geval lang geleden dat ze met levende patiënten te maken had gehad – anders dan die *in extremis* wanneer er geen gewone dokter beschikbaar was, zoals in het geval van de prior.

Maar voor haar deur was een hoeveelheid leed samengekomen die ze niet kon negeren; er moest iets aan gedaan worden. Echter, als men zag dat zij de geneeskunde praktiseerde, zou elke dokter in Cambridge naar zijn bisschop rennen. De Kerk had menselijke tussenkomst bij ziekte nooit goedgekeurd, want al eeuwenlang meende men dat gebeden en heilige relieken Gods methode waren om te genezen en dat al het andere het werk van Satan was. In kloosters was behandeling wel toegestaan, en ook lekendokters konden nog door de beugel zolang ze hun nek niet te ver uitstaken, maar vrouwen, die van zichzelf al zondig waren, moesten koste wat het kost worden geweerd, behalve dan erkende vroedvrouwen, en ze moesten nog oppassen dat ze niet van hekserij werden beschuldigd.

Zelfs in Salerno, dat gerespecteerde centrum der geneeskunst, had de Kerk getracht de regel op te leggen dat artsen zich aan het celibaat zouden houden. Dat was mislukt, zoals de Kerk ook niet had weten te voorkomen dat vrouwen arts werden. Maar dat was Salerno, de uitzondering die de regel bevestigde...

'Wat moeten we doen?' zei ze. Margaret, de meest praktische aller vrouwen, zou een oplossing hebben geweten. *Er is overal een oplossing voor. Laat dat maar aan je oude Margaret over.*

Gyltha maakte afkeurende geluidjes. 'Wat jammer je nou? Het is zo simpel als wat. Je doet net alsof je de assistent van de dokter bent, degene die zijn drankjes mengt of zoiets. Ze vertellen je in klare taal wat ze mankeren. Dat vertel je aan de dokter in dat brabbeltaaltje van jullie, hij brabbelt iets terug en jij zegt wat ze moeten doen.'

Het klonk eenvoudig, en dat was het ook. Als er een behandeling nodig was, zou het op die manier kunnen lijken alsof dokter Mansur zijn assistente instructies gaf. Adelia zei: 'Dat is slim bedacht.'

Gyltha haalde haar schouders op. 'Op die manier roepen we geen problemen over ons af.'

Toen Mansur over het plan werd ingelicht, nam hij het kalm op, zoals hij alles kalm opnam. Maar Gyltha was niet tevreden over zijn uiterlijk. 'Dokter Braose, die verderop op de markt staat, die heeft een mantel met sterren erop, en er staat een schedel op zijn tafel en iets waaraan hij de stand van de sterren kan aflezen.'

Adelia verstrakte, zoals altijd bij toespelingen op tovenarij. 'Déze dokter beoefent de geneeskunst, hij is geen tovenaar.' Cambridge zou het maar moeten doen met een tulband die een gezicht omlijstte als van een donkere adelaar en een stem met een hoge klank. Magie genoeg voor iedereen!

Ulf werd met een lijst benodigdheden naar de apothekers gestuurd. In de ruimte die als pandjeshuis had gefungeerd, werd een wachtruimte ingericht.

De zeer rijken hadden hun eigen dokters, de zeer armen behandelden zichzelf. Degenen die naar Jesus Lane gekomen waren, waren het een noch het ander: handwerkslieden, loonarbeiders die als de nood aan de man kwam wel een munt of wat konden missen, of zelfs een kip, om voor een doktersbehandeling te betalen.

De meesten waren inderdaad noodgevallen; huismiddeltjes hadden niet gewerkt, evenmin als overhandiging van hun geld en gevogelte aan het klooster van St.-Radegunde. Zoals Gyltha al had gezegd, waren dit de gevallen waarin de Kleine St.-Petrus tekort was geschoten.

'Hoe is dit zo gekomen?' vroeg Adelia aan de vrouw van een smid, terwijl ze voorzichtig haar ogen bette die helemaal dichtzaten door de gele korsten. Ze vergat niet eraan toe te voegen: 'Dat wil de dokter graag weten.'

Blijkbaar was de vrouw er door de priores van St.-Radegunde toe gezet een doek te dopen in het vocht dat uit het rottende vlees liep dat het lichaam van de Kleine St.-Petrus had gevormd nadat het uit de rivier was gehaald, waarmee ze haar ogen had moeten bewerken om haar toenemende blindheid te genezen.

'Iemand zou die priores de nek moeten omdraaien,' zei Adelia in het Arabisch tegen Mansur.

Ook al verstond de vrouw van de smid haar niet, ze begreep wel de strekking, en ze schoot in de verdediging. 'De Kleine St.-Petrus kon er niets aan doen. De priores zei dat ik niet hard genoeg heb gebeden.'

'*Ik* draai haar de nek wel om,' zei Adelia. Ze kon niets aan de blindheid van de vrouw doen, maar stuurde haar weg met een oogspoelmiddel van zwakke gezeefde agrimonie; als ze dat regelmatig gebruikte, zou de ontsteking overgaan.

De rest van de ochtend gaf Adelia weinig reden om haar woede in te tomen. Gebroken botten waren te lang onbehandeld gebleven en waren scheef gezet. Een baby, die dood in zijn moeders armen lag, had niet aan stuipen hoeven sterven als hij een aftreksel van wilgenbast had gekregen. In drie gekneusde tenen was koudvuur ontstaan – door een doek gedrenkt in opium een halve minuut over de neus van de jongeman te houden en snel het mes te hanteren kon de voet worden gespaard, maar de amputatie zou niet nodig zijn geweest als de patiënt geen tijd verloren had laten gaan door een beroep te doen op de Kleine St.-Petrus.

Tegen de tijd dat de geamputeerde was gehecht, verbonden, had kunnen rusten en naar huis was gebracht, en de wachtkamer leeg was gestroomd, was Adelia in alle staten. 'Vervloekt zij die St.-Radegunde en al die botten. Heb je die baby gezien? Heb je hem gezien?' In haar razernij richtte ze zich tot Mansur. 'En wat deed jij nou: suiker aanbevelen voor dat hoestende kind?!'

Mansur had de smaak van de macht geproefd; hij was ertoe overgegaan kabbalistische armbewegingen te maken boven de hoofden van de patiënten, die een buiging voor hem maakten. Hij keek Adelia strak aan. 'Suiker tegen de hoest,' zei hij.

'Ben jij nu de dokter? Suiker mag dan het Arabische middel zijn, maar in dit land wordt het niet geteeld en het is hier verschrikkelijk duur, en in dit geval zou het toch helemaal niets hebben uitgericht.'

Ze beende nijdig naar de keuken om iets te gaan drinken uit het watervat en gooide toen ze klaar was de tinnen beker er weer in. 'Vervloekt zijn ze, met hun onwetendheid!'

Gyltha keek op van het deeg dat ze stond uit te rollen. Ze had assistentie verleend om een paar van de moeilijker toegankelijke East Angliaanse symptomen te helpen verklaren – 'zwabberig' bleek te duiden op onvast ter been zijn. 'Maar je hebt anders wel mooi Cokers voet weten te sparen.'

'Hij is rietdekker,' zei Adelia. 'Hoe kan hij nou een ladder op met maar twee tenen aan z'n voet?'

'Beter dat dan helemaal geen voet.'

Er was een verandering over Gyltha gekomen, maar Adelia was te somber gestemd om het op te merken. Vanochtend waren er eenentwintig wanhopige mensen naar haar toe gekomen – of liever gezegd: naar dokter Mansur – en ze had acht van hen kunnen helpen als ze er eerder bij was geweest. Nu had ze er maar drie gered – nou ja, vier eigenlijk; het hoestende kind zou als zijn longen niet al te erg waren aangedaan, baat kunnen hebben bij het inhaleren van dennenextract.

Het ging langs haar heen dat ze tot nu toe nooit officieel patiënten aan huis had ontvangen; de mensen hadden in nood verkeerd.

Afwezig kauwde Adelia op een koek die Gyltha haar in de hand had gestopt. Bovendien, bedacht ze, als er in dit tempo patiënten bleven toestromen, zou ze haar eigen keuken moeten opzetten. Het vergde ruimte om tincturen, aftreksels, zalven en poeders te bereiden.

Apothekers die een winkel hadden, hadden de neiging daarop te beknibbelen; ze kon ze nooit meer vertrouwen sinds was ontdekt dat segnor d'Amelia zijn duurdere poeders met kalk aanlengde.

Kalk. Daar zouden Simon, Mansur en zij zich op dit moment mee bezig moeten houden; ze zouden de kalkgronden moeten onderzoeken van Wandlebury Hill, hoewel ze aannam dat Simon er goed aan had gedaan niet in zijn eentje naar die onheilsplek te gaan, al was het alleen maar omdat één man te weinig was om in al die merkwaardige kuilen in de grond te turen, nog los van de mogelijkheid dat de moordenaar terug zou turen, in welk geval Mansur nog goede diensten zou kunnen bewijzen.

'Zei je nou dat meester Simon wolhandelaren is gaan bezoeken?'

Gyltha knikte. 'Hij heeft de repen meegenomen waarmee die duivel de kinderen had vastgebonden. Hij wilde kijken wie van hen die had verkocht, en aan wie.'

O ja. Adelia had twee van de stroken gewassen en gedroogd voor hem klaargelegd. Nu Wandlebury Hill moest wachten, gebruikte Simon zijn tijd om in een andere richting te zoeken, hoewel het haar verbaasde dat hij Gyltha op de hoogte had gebracht. Nou ja, de huishoudster genoot immers hun vertrouwen...

'Kom eens mee naar boven,' zei Adelia tegen haar, en ze ging haar voor. Na een korte stilte voegde ze eraan toe: 'Die koek...'

'Mijn honing-haverkoek.'

'Heel voedzaam is die.'

Ze voerde Gyltha naar de tafel in de bovenkamer, waarop de inhoud van haar geitenleren tas stond uitgestald. Ze wees. 'Heb je weleens eerder zoiets gezien?'

'Wat is het?'

'Ik geloof dat het snoepgoed is.'

Het ding had een ruitvorm en was keihard en grauw opgedroogd. Ze had haar scherpste mes moeten gebruiken om er een stukje vanaf te snijden, waardoor het rozige binnenste tevoorschijn was gekomen en er een zwakke geur te bespeuren was geweest, als van een dierbare herinnering, een beetje zoals van parfum. Ze zei: 'Dit zat verward in Mary's haar.'

Gyltha kneep haar ogen dicht terwijl ze een kruis sloeg, en deed ze toen weer voorzichtig open.

'Gelatine, zou ik zeggen,' spoorde Adelia haar aan. 'Met een bloemensmaak, of een fruitsmaak. Gezoet met honing.'

'Konfijtsel van een rijk man,' zei Gyltha onmiddellijk. 'Ik heb nog nooit zoiets gezien. Ulf!'

Haar kleinzoon kwam meteen de kamer in nadat ze hem geroepen had, waardoor Adelia het vermoeden kreeg dat hij buiten had staan wachten.

'Heb jij weleens zoiets gezien?' vroeg Gyltha hem.

'Snoep,' grauwde de jongen – dus hij had inderdaad voor de deur gestaan. 'Ik koop zo vaak snoepgoed. Zeker weten, het geld brandt me in de zak, ik...'

Al mompelend namen zijn scherpe kleine oogjes de ruitvorm op, de fiolen, de resterende stroken wol die te drogen lagen bij het raam, alle uitgestalde voorwerpen die ze van de cel van St.-Werbertha had meegenomen.

Adelia wierp er een doek overheen. 'Ja, en?'

Ulf schudde met dwingend gezag zijn hoofd. 'Dat snoep heeft niet zo'n vorm als dit. In dit land zie je alleen krullen en balletjes.'

'Maak dan maar dat je wegkomt,' liet Gyltha hem weten. Toen de jongen weg was, spreidde ze haar vingers. 'Als hij het niet kent, is het niet iets van hier.'

Het was teleurstellend. De vorige avond hadden ze besloten de bewerkelijke mogelijkheid dat iedereen in Cambridge een verdachte was, terug te brengen door hun aandacht te bepalen tot de pelgrims. Maar dan nog kwam, als je vrouwen, nonnen en vrouwelijke bedienden buiten beschouwing liet, het aantal kandidaten voor onderzoek op zevenenveertig. 'We kunnen toch ook de koopman van Cherry Hinton wel schrappen? Hij leek onschuldig.' Maar toen ze navraag deden bij Gyltha, had die hun laten weten dat Cherry Hinton in het westen van Cambridge woonde, en dus op één lijn met Wandlebury Hill.

'We laten niemand buiten beschouwing,' had Simon gezegd.

Met de bedoeling om, voordat ze aan en over zevenenveertig mensen vragen gingen stellen, het aantal terug te brengen aan de hand van de bewijzen die ze hadden vergaard, had Simon de taak op zich genomen de herkomst van de repen wol te achterhalen. Adelia zou zich met het ruitvormige voorwerp bezighouden.

En waar dat vandaan kwam bleek onduidelijk te zijn.

'Toch moeten we ervan uitgaan dat het feit dat het zo zeldzaam is een des te sterker verband met de moordenaar zal leggen als we hem eenmaal hebben gevonden,' zei Adelia nu.

Gyltha hield haar hoofd scheef. 'Denk je dat hij Mary ermee heeft verlokt?'

'Ja, dat denk ik.'

'Die arme schat was bang voor haar vader; die gaf haar en haar moeder nog weleens een mep. Alles maakte haar bang. Ze ging nooit ver van huis.' Gyltha keek nog eens naar de ruitvorm. 'Heb je haar daarmee gelokt, smeerlap?'

De twee vrouwen bleven even staan peinzen: een wenkende hand, in de andere exotisch snoepgoed dat naar haar wordt uitgestoken, het kind dat steeds dichterbij komt, dichterbij, als een vogel die wordt aangetrokken door een wegschietende wezel...

Gyltha haastte zich de trap af om Ulf een preek te geven over de gevaren van mannen die je snoepgoed aanbieden.

Zes jaar oud, dacht Adelia. Overal bang voor, zes jaar, met een bruut van een vader, en dan een verschrikkelijke dood. Wat kan ik doen? Wat moet ik doen?

Ze ging naar beneden. 'Mag ik Ulf lenen? Misschien is het zinvol als hij me laat zien waarvandaan al de kinderen verdwenen zijn. Ook zou ik graag de botten van de Kleine St.-Petrus onderzoeken.'

'Daar zul je niet veel wijzer van worden, meissie. De nonnen hebben hem gekookt.'

'Dat weet ik.' Zo ging dat altijd met het stoffelijk overschot van een vermeende heilige. 'Maar botten vertellen een verhaal.'

Peter was de *primus inter pares* van de vermoorde kinderen, de eerste die was verdwenen en die was gestorven. Zover ze konden nagaan, was hij de enige wiens dood afweek van die van de anderen, want die had – daar ging men althans van uit – in Cambridge plaatsgevonden.

Bovendien was hij de enige van wie men meende dat hij de kruisdood was gestorven, en als Simon en zij er niet in slaagden te bewijzen dat dat niet zo was, zouden ze falen in hun missie om de naam van de joden te zuiveren, hoeveel moordenaars er ook in de kalkheuvels mochten rondlopen.

Ze legde dit aan Gyltha uit. 'Misschien zijn Peters ouders ertoe te bewegen met me te praten. Zij moeten zijn lichaam hebben gezien voordat het werd gekookt.'

'Walter en z'n vrouw? Ze hadden spijkers in zijn kleine handjes gezien en een doornenkroon op dat arme hoofdje, en ze zullen nu heus geen ander verhaal gaan vertellen, want dan lopen ze een bom duiten mis.'

'Verdienen ze geld aan hun zoon?'

Gyltha wees naar de plek waar de rivier stroomopwaarts ging. 'Ga maar eens kijken in Trumpington, bij hun cottage, maar die is helemaal niet meer te zien omdat het er sterft van de mensen die naar binnen willen om de lucht in te ademen die de Kleine St.-Petrus heeft ingeademd, en om het hemd van de Kleine St.-Petrus aan te raken, wat niet zal lukken, omdat hij het enige hemd dat hij bezat, aanhad. Walter en Ethy zitten voor hun deur en rekenen een penny per bezoek.'

'Schandelijk.'

Gyltha hing een ketel boven het vuur en draaide zich om. 'Jij bent zeker nooit veel tekort gekomen, meesteres?' Het 'meesteres' voorspelde niet veel goeds. Door wat er die ochtend allemaal was gebeurd, was het soort verhouding dat ze hadden veranderd.

Adelia gaf toe dat ze inderdaad niets tekort was gekomen.

'Wacht dan maar eens tot je zes monden te eten moet geven, het ene kind dat dood is niet meegerekend, en tot je vier dagen in de week moet ploegen en oogsten op de akkers van de nonnen en die van je zelf om een dak boven je hoofd te hebben, om er nog maar over te zwijgen dat Agnes ook nog eens alles schoon moet zien te houden. Je vindt het misschien maar niks wat ze doen, maar schandelijk is het niet. Dat heet overleven.'

Adelia was effectief tot zwijgen gebracht. Na een poosje zei ze: 'Dan ga ik maar naar St.-Radegunde om te vragen of ik de botten in hun reliekschrijn mag zien.'

'Huh.'

'Ik zal in elk geval goed rondkijken,' zei Adelia gepikeerd. 'Mag Ulf nou met me mee of niet?'

Dat mocht, maar hij ging niet van harte mee. Ook de hond ging mee, hoewel die er net zo weinig zin in leek te hebben als de jongen.

'Jij blijft uit de buurt,' zei ze nadrukkelijk tegen Mansur toen hij zich klaarmaakte om haar te vergezellen. 'Je kunt niet mee. Dan zou ik net zoveel aandacht trekken als met een groep acrobaten.'

Hij protesteerde, maar ze legde uit dat het klaarlichte dag was, dat er een heleboel mensen rondliepen, en dat ze haar dolk bij zich had, en een hond die zo stonk dat een eventuele aanvaller al op twintig passen afstand bedwelmd zou raken. Ten slotte meende ze te bespeuren dat hij er geen bezwaar tegen had om bij Gyltha in de keuken achter te blijven.

Ze ging op weg.

Achter een boomgaard liep een verhoogd pad langs de rand van een stuk gemeenschapsgrond omlaag naar de rivier, die werd omzoomd door akkertjes. Mannen en vrouwen waren aan het schoffelen tussen de lentegewassen. Een paar tikten tegen hun voorhoofd om haar te groeten. Verderop blies de wind wasgoed bol dat was vastgezet met knijpers.

De Cam, zag Adelia, was een grens. Aan de overkant van de rivier zag ze een landschap van zacht glooiende heuvels, sommige met bossen begroeid en andere parkachtig, een landgoed als een speelgoedje in de verte. Achter haar nam de drukke stad met zijn lawaaiige kades de rechteroever in beslag als om te genieten van het onbelemmerde uitzicht.

'Waar ligt Trumpington?' vroeg ze aan Ulf.

'Trumpington,' mompelde de jongen tegen de hond. Ze gingen naar links. De stand van de zon maakte duidelijk dat ze naar het zuiden waren afgebogen. Platte rivierschuiten voeren langs hen heen; zowel mannen als vrouwen boomden zich voort, met de rivier als hun weg. Sommigen zwaaiden naar Ulf; de jongen knikte dan terug en noemde ieders naam tegen de hond. 'Sawney op weg om de huur te innen, de ouwe viezerd... Gammer White met het wasgoed voor de Chenies... Zuster Dikkie met eten voor de kluizenaars, hijgend als een karrenpaard... De Ouwe Moggy die vroeg klaar is op de markt...'

Ze liepen op een verhoogd weggetje dat voorkwam dat Adelia's laarzen, de blote voeten van de jongen en de poten van Wachter wegzonken in het grasland waar koeien graasden in hoog gras en boterbloemen bloeiden tussen de wilgen en vlieren. Hun hoeven maakten een zuigend geluid als ze naar een vers stukje liepen.

Ze had nog nooit zo veel groen in zo veel soorten gezien. Of zo veel vogels. Of zulk goed doorvoed vee. Weidegrond was in Salerno dun begroeid en alleen goed voor geiten.

De jongen bleef staan en wees naar een groepje daken met een kerktoren in de verte. 'Trumpington,' liet hij de hond weten.

Adelia knikte. 'En nu, waar is de boom van St.-Radegunde?'

De jongen rolde met zijn ogen, intoneerde: 'St.-Raddy', en sloeg de weg weer in waarlangs ze gekomen waren.

Terwijl Wachter mismoedig achter hen aan sjokte, staken ze de rivier over via een voetbrug, zodat ze ditmaal de linkeroever van de Cam volgden, naar het noorden. Bij elke stap deed de jongen zijn beklag tegen de hond. Voor zover Adelia er iets van begreep, vond hij de nieuwe werkkring van Gyltha maar niks. Als boodschappenjongen voor de palinghandel van zijn oma streek hij af en toe een fooitje op van de klanten, een bron van inkomsten die nu was afgesloten.

Adelia trok zich niets van hem aan.

In de heuvels ten westen van hen klonk het muzikale geluid van een jachthoorn. Wachter en Ulf hieven hun onaanzienlijke hoofden en bleven staan. 'Wolf,' zei Ulf tegen de hond. De echo stierf weg en ze liepen verder.

Nu kon Adelia over het water naar de stad Cambridge kijken. Zo afgetekend tegen de heldere lucht, met z'n schots en scheve daken waar hier en daar kerktorens bovenuit rezen, zag de stad er belangwekkend uit, en zelfs mooi.

In de verte was de Grote Brug te zien, een enorme, ambachtelijk uitziende boog waar druk verkeer overheen reed. Erachter, waar de rivier een diep bassin vormde onder het kasteel op de heuvel – bijna een berg op dit terrein – lagen zo veel schepen aan de kades dat het van hieraf onmogelijk leek de kluwen ooit nog te ontwarren. Houten kranen doken neer en rezen weer op als reigers. Er klonken kreten en aanwijzingen in diverse talen. De middelen van vervoer waren al even verschillend als de talen: wherry's, trekschuiten, platte rivierschuiten die geboomd moesten worden, vlotten, schepen die eruitzagen als arken, en zelfs, tot Adelia's verbazing, een dhow. Ze zag mannen met blonde vlechten, behangen met dierenhuiden zodat ze eruitzagen als beren, die dansend heen en weer sprongen tussen de vaartuigen om de havenwerkers te amuseren.

Het lawaai en de bedrijvige geluiden die door de wind werden meegevoerd, benadrukten de stilte aan de oever waar zij liep met de jongen en de hond. Ze hoorde Ulf de hond vertellen dat ze in de buurt kwamen van de boom van St.-Radegunde. Dat had ze zelf ook al bedacht.

Om de boom was een hek heen gezet. Vlak buiten de omheining stond een stalletje met een stapel takken erop. Twee nonnen braken er twijgjes af, knoopten aan elke tak een lintje en verkochten ze aan reliekzoekers.

Dus hier was de Kleine St.-Petrus zijn paastakken gaan halen en was Chaim de jood vervolgens opgehangen.

Het drietal bleef staan buiten het kloosterterrein, dat was omgeven door een muur, die aan de rivierkant omlaag voerde naar hekken naast een boothuis en een steiger, maar die zich naar het westen toe uitstrekte in het beboste platteland zo ver het oog reikte.

Binnen de open hekken waren andere nonnen druk in de weer, als zwart-witte bijen die honingverzamelaars naar hun korf dirigeren. Toen Adelia de entreeboog door stapte, zei een non achter een tafel op de zonnige hof net tegen een man en een vrouw die voor haar stonden: 'Een penny om de tombe van de Kleine St.-Petrus te bezoeken', waarna ze eraan toevoegde: 'Of een dozijn eieren, want daar hebben we gebrek aan, omdat de kippen niet willen leggen.'

'Een pot honing?' opperde de vrouw.

De non maakte haar afkeuring kenbaar, maar ze mochten toch naar binnen. Adelia betaalde twee penny's, want de non wilde Wachter anders niet doorlaten, en Ulf wilde liever niet naar binnen zonder de hond. Haar munten vielen rinkelend in een al bijna volle schaal. Hun gesprekje had de rij mensen die zich achter haar vormde opgehouden en een van de nonnen die de zaak in goede banen trachtten te leiden maakte zich kwaad om de vertraging en duwde haar bijna de hekken door.

Onwillekeurig vergeleek Adelia dit, het eerste Engelse nonnenklooster dat ze bezocht, met het St.-Giorgio, het grootste van de drie vrouwenkloosters in Salerno en ook het klooster dat ze het best kende. Het was geen eerlijke vergelijking, besefte ze; het St.-Giorgio was rijk, er waren een heleboel marmer en mozaïeken te zien, bronzen deuren kwamen uit op hoven waar fonteinen de lucht verkoelden; het was een plek, zoals moeder Ambrosius altijd zei, 'waar hongerige zielen die naar ons toe komen, zich kunnen voeden met schoonheid'.

Als de zielen in Cambridge ook dergelijk voedsel zochten in het St.-Radegunde, zouden ze met een lege maag weer moeten vertrekken. Slechts weinigen hadden dit vrouwenklooster giften geschonken, wat deed vermoeden dat de rijken van Engeland nonnen niet erg hoog aansloegen. De verzameling langgerekte bijgebouwen van kaal steen had weliswaar een aangenaam eenvoudige belijning, hoewel geen enkel bouwsel groter of rijker versierd was dan de schuur waarin het St.-Giorgio zijn graan bewaarde, maar schoonheid was er niet te vinden. Net zomin als goede werken. Hier hielden de nonnen zich meer bezig met verkopen dan met schenken.

Er waren kraampjes opgezet langs het pad naar de kerk, waar talismannen, penningen, vlaggetjes, beeldjes, plaquettes en wilgenvlechtsels van de wilg van de Kleine St.-Petrus te koop waren, en ampullen met bloed van de Kleine St.-Petrus, dat als het echt mensenbloed was zo was verdund dat het maar een heel lichtroze kleur bezat.

Mensen verdrongen zich voor de koopwaar. 'Wat helpt goed tegen jicht? ... Tegen buikloop? ... Voor vruchtbaarheid? ... Kan dit de kolder genezen bij koeien?'

Het St.-Radegunde nam niet de moeite al die jaren te wachten tot de kleine martelaar door het Vaticaan heilig zou zijn verklaard. Maar dat was in Canterbury ook niet gebeurd, waar de industrie die was gebaseerd op het martelaarschap van St.-Thomas à Becket, heel veel groter en beter georganiseerd was.

Nadat Gyltha haar vermanend had toegesproken over 'niets tekort gekomen' kon Adelia het zo'n arm klooster niet kwalijk nemen dat ze Petrus' heiligheid uitbuitten, maar ze stoorde zich wel aan de vulgariteit waarmee dat werd gedaan. Ze zag Roger van Acton, die langs de rijen pelgrims heen en weer beende en ampullen aan de man probeerde te brengen: 'Wie zich eenmaal met het bloed van deze kleine heeft ingesmeerd, hoeft zich nooit meer te wassen.' De zure geur die haar neusgaten binnen drong toen hij langs haar liep, deed vermoeden dat hij zijn eigen raad had opgevolgd.

De man had zich de hele reis vanuit Canterbury mal gedragen; als een zwakzinnige aap liep hij aan één stuk door te brullen. Zijn muts met oorflappen was nog steeds te groot voor hem en zijn groen met zwarte mantel zat nog steeds onder de modder- en etensvlekken.

Op een pelgrimstocht die voornamelijk uit geschoolde mensen had bestaan, had de man een malloot geleken. Maar hier, te midden van de wanhopigen, wist hij met zijn kraakstem mensen vaardig te bewerken. Roger van Acton zei: 'Dit moet je kopen', en ze kochten het.

Er werd niet anders verwacht dan dat Gods vinger diegenen die Hij aanraakte aanstak met heilige gekte; Acton dwong het respect af dat was voorbehouden aan graatmagere mannen die wegkwijnden in grotten in het Oosten, of aan een pilaarheilige balancerend op zijn pilaar. Verwelkomden heiligen niet alle ongemak? Was het lichaam van St.-Thomas à Becket niet gehuld geweest in een haren hemd dat wemelde van de luizen? Vuil, vervoering en een vermogen om uit de Bijbel te citeren waren tekenen van heiligheid.

Hij was het soort man dat Adelia altijd gevaarlijk had gevonden;

mannen als hij beweerden dat excentrieke oude vrouwen heksen waren en sleepten overspeligen voor het gerecht, en ze gaven luidkeels te kennen dat ze andere rassen en andere geloven vijandig gezind waren.

De vraag was alleen hóé gevaarlijk hij precies was.

Was jij het, vroeg Adelia zich af, terwijl ze hem gadesloeg. Sjouw jij rond op Wandlebury Ring? Was jij je echt met kinderbloed?

Nou, ze zou het hem nu nog niet gaan vragen, niet voordat ze daar een goede reden toe had, al bleef hij ondertussen wel iemand die in aanmerking kwam.

Hij herkende haar niet. Ook priores Joan niet, die langs hen liep op weg naar de poort. Ze was gekleed om uit rijden te gaan en had een giervalk op haar vuist zitten; in het voorbijgaan spoorde ze de klanten aan met een 'Halali!'

De zelfverzekerde, intimiderende manier van doen van de vrouw had Adelia doen vermoeden dat het huis waarvan zij aan het hoofd stond weleens het toppunt van georganiseerdheid kon zijn. Maar in plaats daarvan bleek dat de nonnen het zo nauw niet namen; het onkruid schoot op rondom de kerk, op het dak ontbraken pannen. De habijten van de nonnen waren versteld, het witte linnen onder de zwarte kappen zag er groezelig uit, en hun manier van doen was weinig gepolijst.

Terwijl ze achteraan in de rij de kerk binnen schuifelde, vroeg ze zich af waar het geld dat aan de Kleine St.-Petrus werd verdiend, naartoe ging. Het diende in elk geval niet ter meerdere glorie van God. En het werd ook niet besteed aan comfort voor de pelgrims; niemand hielp de zieken, er waren geen bankjes waar de lammen konden wachten, er werden geen verfrissingen aangeboden. De enige suggestie die werd gedaan om te overnachten, bestond uit een omkrullende lijst van de herbergen in de stad die tegen de kerkdeur was gespijkerd.

Niet dat de smekelingen die met haar naar binnen schuifelden zich daar ook maar iets aan gelegen lieten liggen. Een vrouw op krukken verkondigde trots dat ze zowel Canterbury, Winchester, Walsingham, Bury St. Edmunds als St. Albans had bezocht, en ze liet trots haar penningen zien aan de mensen om haar heen, maar ze maakte geen bezwaar tegen de sjofelheid hier: 'Ik verwacht hier veel van,' zei ze. 'Hij is nog maar een jonge heilige, maar hij werd gekruisigd door de joden; Jezus zal vast naar hem luisteren, dat weet ik zeker.'

Een Engelse heilige, eentje die getroffen was door hetzelfde lot, en toegebracht door dezelfde handen, als de Zoon van God. Die dezelfde lucht had ingeademd als zij nu inademden. Adelia merkte dat ze ondanks zichzelf bad dat Jezus inderdaad zou luisteren.

Ze was nu binnen in de kerk. Bij de deuren zat een klerk aan een tafeltje, die aantekeningen maakte toen de vrouw met het bleke gezicht hem vertelde dat ze zich veel beter voelde nu ze de reliekschrijn had aangeraakt.

Voor Roger van Acton, die op haar af schoot, was dit allemaal te tam. 'Heb je kracht gekregen? Heb je de Heilige Geest gevoeld? Zijn je zonden weggewassen? Is je kwaal over?'

'Ja,' zei de vrouw, en toen, enthousiaster: 'Ja!'

'Alweer een wonder!' Ze werd naar buiten getrokken om aan de rij wachtenden getoond te worden. 'Een genezing, mensen! Laten we God en zijn kleine heilige loven!'

De kerk rook naar hout en stro. De gekrijte omtrek van een doolhof in het middenschip deed vermoeden dat iemand een poging had ondernomen het labyrint van Jeruzalem op de stenen te tekenen, maar slechts een paar pelgrims gaven gehoor aan de non die haar best deed hen erin binnen te leiden. De rest drong op naar de zijkapel, waar de relikwie aan Adelia's zicht onttrokken werd door degenen die voor haar stonden.

Terwijl ze wachtte, keek ze om zich heen. Op een fraaie stenen plaquette aan een muur stond te lezen: IN HET JAAR ONZES HEREN 1138 RATIFICEERDE KONING STEPHEN HET GESCHENK VAN WILLIAM LE MOYNE, GOUDSMID, AAN DE NONNEN VAN HET PASGESTICHTE DOCHTERKLOOSTER IN DE STAD CAMBRIDGE VOOR DE ZIEL VAN WIJLEN KONING HENDRIK.

Dat verklaarde misschien de armoede, bedacht Adelia. Stephens oorlog met zijn nicht Matilda was geëindigd met een overwinning voor Matilda, of liever gezegd: voor Hendrik II, haar zoon. De huidige koning zou niet graag schenkingen doen aan een klooster dat was geratificeerd door de man tegen wie zijn moeder dertien jaar lang had gestreden.

Een overzicht van prioressen maakte duidelijk dat Joan twee jaar tevoren haar positie had ingenomen. Aan de algehele staat van onderhoud van de kerk was te zien hoe weinig enthousiasme ze daarvoor aan den dag legde. Haar meer profane belangstelling werd aangeduid door een schilderij van een paard met het onderschrift: BRAVEHEART. AD1151-1169. GOED GEDAAN, BRAVE EN TROUWE DIENAAR. Aan de houten vingertoppen van een Mariabeeld hingen een teugel en een bit,

Het stel voor haar was nu bij de reliekschrijn gekomen. Ze lieten zich op hun knieën vallen, zodat Adelia er een eerste blik op kon werpen.

Ze hield haar adem in. Hier, in een witte gloed van kaarsen, was een transcendentie te vinden die alle eerdere grofheid goedmaakte. Niet alleen de gloeiende schrijn, maar ook de jonge non aan het hoofdeinde, die neerknielde, stil als steen, haar gezicht tragisch, haar handen gevouwen in gebed, bracht een scène uit een van de evangeliën tot leven: een moeder met haar dode kind. Samen boden ze een aanblik van tedere gratie.

Adelia's nek prikte. Het leek haar opeens heerlijk om gelovig te zijn. Hier, op deze plek, veegde de stralende waarheid in elk geval alle twijfel weg, opwaarts naar God, zodat Hij erom kon lachen.

De twee voor haar waren in gebed verzonken. Hun zoon was in Syrië; ze had hen over hem horen praten. Samen, alsof ze het hadden geoefend, fluisterden ze: 'O heilig kind, we zouden eeuwig dankbaar zijn als je onze jongen in Gods genade aanbeveelt en hem veilig huiswaarts laat keren.'

Laat me geloven, God, dacht Adelia. Een smeekbede die zo puur en simpel is als deze moet zegevieren. Laat me toch geloven. Ik ben eenzaam zonder geloof.

De man en de vrouw verwijderden zich, steun zoekend bij elkaar. Adelia knielde neer. De non glimlachte haar toe. Het was het verlegen nonnetje dat de priores had vergezeld heen en weer naar Canterbury, maar nu was haar schuchterheid overgegaan in compassie. Haar ogen straalden liefde uit. 'De Kleine St.-Petrus zal je verhoren, zuster.'

De reliekschrijn had de vorm van een doodskist en was boven op een bewerkte stenen tombe gezet, zodat hij zich op ooghoogte bevond met degenen die ervoor neerknielden. Dus hier was het geld van het klooster aan uitgegeven: aan een langgerekte, met edelstenen bezette schrijn waarop een meestergoudsmid huiselijke en landelijke taferelen uit een jongensleven had aangebracht, scènes van zijn martelaarschap in de handen van schurken en zijn hemelvaart naar het paradijs, ondersteund door de Maagd Maria.

Aan één kant was de schrijn ingelegd met parelmoer dat zo dun was dat het als een doorkijkvenster fungeerde. Toen Adelia naar binnen tuurde, zag ze alleen maar de botjes van een hand die in een zegenende pose op een fluwelen kussentje waren gelegd.

'Je mag zijn vingerbotje kussen, als je wilt.' De non wees naar een monstrans die op een kussen boven op de schrijn lag. Het leek op een

Saksische sierspeld en er was een knobbelig klein botje op te zien dat in goud was gevat, omringd door edelstenen.

Het was het trapeziumbotje van de rechterhand. De glorie ervan verbleekte. Adelia werd weer zichzelf. 'Nog twee penny om het hele skelet te mogen zien,' zei ze.

Het blanke voorhoofd van de non – ze was een knappe vrouw – fronste. Toen boog ze zich naar voren, verwijderde de monstrans en tilde het deksel van de schrijn op. Daarbij schoof haar mouw een stukje op, waaronder een arm tevoorschijn kwam die onder de blauwe plekken zat.

Adelia keek haar geschrokken aan: dit zachtaardige, lieve wezen werd geslagen. De non glimlachte en streek haar mouw glad. 'God is goed,' zei ze.

Dat mocht Adelia hopen. Zonder toestemming te vragen pakte ze een van de kaarsen en richtte de vlam naar de botten.

Ach, wat waren die klein. Priores Joan had in haar gedachten haar heilige uitvergroot. De schrijn was te ruim bemeten; het skelet verdronk erin. Ze moest denken aan een kleine jongen die kleren droeg die te groot voor hem waren.

Tranen prikten in Adelia's ogen, al registreerde ze niettemin dat de enige onregelmatigheid aan de handen en voeten het ontbrekende trapeziumbotje was. Er waren in die extremiteiten geen spijkers geslagen, en evenmin was de ribbenkast of ruggengraat doorboord. De wond van een speer die prior Geoffrey Simon had beschreven moest eerder te wijten zijn geweest aan het afstervingsproces, waardoor het lichaam zo ver opgezwollen was dat de huid was gebarsten. De maag was opengespleten.

Maar daar, rond de botten van het bekken, waren de scherpe, onregelmatige kerven zichtbaar die ze bij de andere kinderen ook had gezien. Ze moest zichzelf ervan weerhouden haar hand in de schrijn te steken om ze eruit te pakken voor nader onderzoek, maar ze wist het bijna zeker: de jongen was herhaaldelijk gestoken met een steekwapen van een soort dat ze nog nooit eerder had gezien.

'Zeg, dame...' De rij achter haar begon ongedurig te worden.

Adelia sloeg een kruis en liep weg; bij de deur legde ze haar penny op de tafel van de klerk. 'Bent u genezen, vrouwe?' vroeg hij haar. 'Wonderen moet ik noteren.'

'U kunt opschrijven dat ik me beter voel,' zei ze.

'Tevreden' zou een beter woord zijn; ze wist nu waar ze aan toe was.

De Kleine St.-Petrus was niet gekruisigd; hij was op een veel obscenere manier gestorven. Net als de anderen.

Maar hoe kon ze dit in vredesnaam het onderzoek van een lijkschouwer noemen? bedacht ze wrang. Ik, dokter Trotula, beschik over fysiek bewijs dat deze jongen niet aan een kruis is gestorven, maar in de handen van een slachter die nog steeds vrij tussen jullie rondloopt.

Daar kon je als buitenlandse moeilijk mee aankomen bij rechters die niets van anatomie wisten, en daar ook geen enkel heil in zagen.

Pas toen ze buiten in de frisse lucht stond, drong tot haar door dat Ulf niet met haar was meegekomen. Ze trof hem aan zittend op de grond bij de poort, met zijn armen om zijn knieën.

Adelia besefte ineens dat ze niet goed had nagedacht. 'Kende jij de Kleine St.-Petrus?'

Wachter kreeg met onverholen sarcasme te verstaan: 'Alsof ik 's winters niet met hem naar school ben geweest, ja toch? Niet dan?'

'Aha. Neem me niet kwalijk.' Ze was inderdaad onberaden te werk gegaan: het skelet dat in de kerk lag was ooit een schoolkameraadje en een vriendje van deze jongen geweest, die waarschijnlijk verdriet om hem zou hebben. Beleefd zei ze: 'Maar er zijn niet veel mensen die kunnen zeggen dat ze met een heilige op school hebben gezeten.'

De jongen haalde zijn schouders op.

Adelia wist niet veel van kinderen; meestal kreeg ze daar alleen mee te maken als ze dood waren. Ze zag geen reden hen anders aan te spreken dan als mensen met verstand, en als ze daar niet op reageerden, zoals dit jongetje, wist ze niet wat ze verder moest doen.

'Laten we teruggaan naar de boom van St.-Radegunde,' zei ze. Ze wilde met de nonnen daar praten.

Ze keerden terug. Adelia kreeg een ingeving: 'Trouwens, had je je schoolkameraadje misschien nog gezien op de dag dat hij verdween?'

De jongen rolde geërgerd met zijn ogen naar de hond. 'Het was met Pasen. Met Pasen waren oma en ik nog op het veen.'

'O.' Ze liep verder. Het was het proberen waard geweest.

Achter haar zei de jongen tegen de hond: 'Maar Will wel. Will was bij hem, toch?'

Adelia draaide zich om. 'Will?'

Ulf maakte afkeurende geluidjes; de hond was traag van begrip. 'Will en hij gingen allebei wilgenkatjes plukken.'

In het verslag dat prior Geoffrey Simon had gegeven over de laatste dag uit het leven van de Kleine St.-Petrus, en dat Simon aan haar had overgebracht, was geen Will ter sprake gekomen. 'Wie is Will?'

Toen de jongen aanstalten maakte om zich tot de hond te richten, legde Adelia haar hand op zijn hoofd en draaide het naar zich toe. 'Ik zou het fijn vinden als je direct tegen mij praatte.'

Ulf draaide zijn hoofd weer om, zodat hij naar Wachter achterom kon kijken. 'Wij mogen haar niet,' zei hij tegen het dier.

'Ik mag jou ook niet,' gaf Adelia terug, 'maar waar het hier om gaat is wie jouw schoolkameraadje vermoord heeft, en hoe en waarom. Ik heb me erin bekwaamd dat soort dingen te onderzoeken, en in dit geval zit ik verlegen om jouw kennis van de situatie hier ter plaatse – waar ik, aangezien je grootmoeder en jij bij mij in dienst zijn, recht op heb. Of we elkaar nu mogen of niet doet er niet toe.'

'Die rotjoden hebben het gedaan.'

'Weet je dat zeker?'

Voor de eerste keer keek Ulf haar recht aan. Als de belastinginner op dat moment bij hen was geweest, zou hij hebben kunnen constateren dat, net als bij Adelia zelf gebeurde als ze aan het werk was, de blik van de jongen zijn gezicht ouder maakte. Adelia zag er een bijna verbijsterende slimheid in.

'Kom maar mee,' zei Ulf.

Adelia veegde haar hand af aan haar rok – het haar van het kind dat onder zijn pet uitstak was vettig en zat hoogstwaarschijnlijk onder de luizen – en ging achter hem aan. Hij bleef staan.

Ze keken naar de overkant van de rivier, naar een groot en imposant landhuis met een grasveld dat omlaag liep naar een kleine steiger. Gesloten luiken voor alle ramen en onkruid dat in de goten groeide maakten duidelijk dat het verlaten was.

'Het huis van de opperjood,' zei Ulf.

'Het huis van Chaim? Waar Peter gekruisigd zou zijn?'

De jongen knikte. 'Alleen werd hij dat niet. Niet toen.'

'Voor zover ik weet had een vrouw het lichaam in een van de kamers zien hangen.'

'Martha,' zei de jongen, en zo te horen deelde hij die naam in bij dezelfde categorie als reumatiek: niet iets om bewondering voor te hebben, maar wel iets waar je mee moest zien te leren leven. 'Die kletst maar wat omdat ze op wil vallen.' Alsof hij te ver was gegaan in zijn veroordeling van een medebewoner van Cambridge, voegde hij eraan toe:

'Niet dat ze nooit gelijk heeft, maar ze heeft hem nooit gezien op het moment dat zij zegt. Net als ouwe Turfie. Kom maar kijken.'

Ze gingen weer verder, langs de wilg van St.-Radegunde en het stalletje met takken, naar de brug.

Hier had een man die turf bij het kasteel kwam afleveren, twee joden een bundel, waarvan werd aangenomen dat het het lichaam van de Kleine Petrus was, in de Cam zien gooien. Ze zei: 'Zat de turfverkoper er dan ook naast?'

De jongen knikte. 'Ouwe Turfie is halfblind en liegt zich te barsten. Hij kan helemaal niks hebben gezien. Want...'

Nu sloegen ze weer de weg in waarlangs ze gekomen waren, terug naar de plek tegenover Chaims huis.

'Want...' zei Ulf, wijzend naar de lege steiger die uitstak in het water. 'Want daar hebben ze z'n lichaam gevonden. Het zat vast onder die verrotte stutten. Dus niemand heeft iets vanaf een brug in het water gegooid, want...?'

Hij keek haar verwachtingsvol aan; dit was een test.

'Want,' zei Adelia, 'lijken drijven niet stroomopwaarts.'

In de wereldwijze ogen verscheen plots een geamuseerde blik, als die van een leraar wiens leerlingen onverwacht een goed antwoord gaven. Ze was geslaagd.

Maar als de getuigenis van de turfverkoper zo duidelijk niet klopte, waardoor gerede twijfel ontstond over die van de vrouw die beweerde dat ze nog maar kort tevoren het gekruisigde lichaam van het kind in Chaims huis had gezien, waarom was er dan meteen met een beschuldigende vinger naar de joden gewezen?

'Omdat zij het hebben gedaan,' zei de jongen. 'Maar alleen niet toen.' Hij gebaarde met een groezelige hand dat ze op het gras moest plaatsnemen en kwam toen naast haar zitten. Hij begon heel vlug te praten en liet haar kennismaken met een wereld van jonge mensen die hun theorieën opstelden door op een andere manier tegen de gegevens aan te kijken, die niet strookte met de conclusies van de grote mensen.

Adelia kon hem moeilijk volgen, niet alleen vanwege zijn accent, maar ook door het taaltje dat hij sprak; ze klampte zich vast aan frases die ze herkende alsof ze in een moeras van graspol naar graspol sprong.

Will, begreep ze uit zijn woorden, was een jongen van ongeveer Ulfs leeftijd en had dezelfde opdracht gekregen als Peter, namelijk wilgenkatjes te gaan verzamelen als versiering voor Palmzondag. Will woonde

in de stad, maar hij en de jongen uit Trumpington hadden elkaar getroffen onder de boom van St.-Radegunde, waar ze allebei werden aangetrokken door de feestelijke bruiloftstaferelen op het grasveld van
Chaim aan de overkant van de rivier. Will was daarop met Peter de brug
overgestoken en de stad door gelopen om eens een kijkje te nemen in
de stallen achter Chaims huis.

Daarna had Will zijn vriendje alleen gelaten om de benodigde wilgentakken naar zijn moeder thuis te brengen.

Het verhaal stokte, maar Adelia wist dat het nog niet uit was – Ulf
was een geboren verteller. De zon was warm en het was helemaal zo onaangenaam nog niet om in de vlekkerige schaduw van de wilgen te zitten, hoewel er tijdens de wandeling iets stinkends in de vacht van
Wachter was achtergebleven, dat doordringender rook nu die opdroog-
de. Ulf, die zijn kleine grijpvoeten in de rivier liet bungelen, klaagde dat
hij honger had. 'Geef me 'n penny en dan ga ik een pastei voor ons halen bij de bakker.'

'Straks,' spoorde Adelia hem aan. 'Even recapituleren: Will ging naar
huis en Peter ging bij Chaim naar binnen en werd nooit meer teruggezien.'

Het kind snoof spottend. 'Behalve dan door Will.'

'Heeft Will hem teruggezien?'

Het was later op de dag geweest, en het werd al donker. Will was teruggekomen naar de Cam om zijn vader zijn emmertje met avondeten
te brengen; hij moest tot laat doorwerken om een van de rivierschuiten
voor de volgende ochtend te breeuwen.

En Will had vanaf de Cambridge-kant Peter aan de overkant gezien,
die op de linkeroever stond – 'Hij stond hier, precies hier. Waar wij nu
zitten.' Will had naar Peter geroepen dat hij naar huis moest gaan.

'En dat hattie ook moeten doen,' voegde Ulf er met een heilig gezicht
aan toe. ''s Avonds laat kom je vast te zitten in de Trumpingtonse moerassen en dwaallichten leiden je naar de hel.'

Adelia liet de dwaallichten even voor wat ze waren, want die kende ze
niet en het kon haar ook niet schelen. 'Ga verder.'

'Dus Peter roept terug dat hij met iemand afgesproken heeft voor
jo-jodes.'

'Jojo's, zeg je?'

'Jo-jodes.' Ulf verloor zijn geduld en priemde twee keer met zijn vinger in de lucht in de richting van Chaims huis. 'Jo-jodes, zo zei hij het.

Hij zou iemand ontmoeten vóór jo-jodes, en of dat Will met hem mee-ging. Maar Will wou niet, en daar is-tie verrekte blij om, want dáárna heeft niemand Peter ooit nog gezien.'

Jo-jodes. Met iemand afspreken vóór de jo-jodes? Een boodschap voor de jo-jodes doen? En vanwaar dat infantiele woord? Er bestonden wel honderd denigrerende benamingen voor de joden; sinds ze in Engeland was had ze de meeste al wel gehoord, maar deze nog niet.

Ze liet haar gedachten erover gaan, zag voor haar geestesoog het tafereel aan de rivier van die avond. Zelfs vandaag, in de volle zon, zelfs met alle mensen rond de boom van St.-Radegunde verderop, was dit stukje rivier vredig, met achter hen bos- en parkland. Er moesten op dat moment wel veel schaduwen geweest zijn.

Peters karakter, dunkte haar, kwam uit het verhaal naar voren als geëxalteerd, romantisch; Ulf had een kind beschreven dat zich makkelijker liet afleiden dan de betrouwbare Will.

Ze zag hem voor zich: een kleine gestalte, zwaaiend naar zijn vriend, een bleke vlek te midden van de donkere bomen, waartussen hij daarna voorgoed was verdwenen.

'Heeft Will dat aan iemand verteld?'

Dat had Will niet, althans niet aan volwassenen. Hij was te bang dat die rotjoden hém dan te grazen zouden nemen. En volgens Ulf was dat niet meer dan terecht. Alleen aan zijn leeftijdgenoten, die kniehoge, verborgen, verwaarloosde geheime wereld van kinderkameraadschap, had Will zijn geheim toevertrouwd.

Dat had in elk geval het gewenste gevolg gehad: de joden waren schuldig verklaard en de dader en zijn vrouw waren gestraft.

Zodat de weg weer vrij was om nóg een moord te plegen, dacht Adelia.

Ulf sloeg haar gade. 'Wil je meer horen? Er is nog meer. Maar dan worden wel je laarzen nat.'

Hij toonde haar zijn laatste bewijs dat Peter later die avond was teruggekeerd naar Chaims huis. Omdat ze de oever af moest dalen naar de waterkant en zich diep moest bukken, kreeg ze inderdaad natte voeten. En de zoom van haar rok werd ook nat. Plus dat een aanzienlijk deel van het slib van Cambridge op de rest van haar lichaam terechtkwam. Wachter ging met hen mee.

Toen het drietal op de oever terugkeerde, vielen er donkerder schaduwen dan van de bomen over hen heen.

'Bij Gods ogen, daar heb je dat buitenlandse wijf,' zei sir Gervase.

'Als Aphrodite rijst ze op uit de rivier,' zei sir Joscelin.

Ze waren gekleed in lederen jachttenue en zaten als goden op hun bezwete paarden. Voor sir Joscelin lag een dode wolf met een mantel eroverheen geslagen, waaronder zijn druipende snuit omlaag hing, verstard in een grauw.

De jager die hen op de pelgrimstocht had vergezeld, hield zich op de achtergrond met drie wolfshonden aan een leiband; stuk voor stuk waren ze groot genoeg om Adelia op te pakken en weg te voeren. De ogen van de honden keken haar vriendelijk aan vanuit hun ruige, besnorhaarde snuiten.

Ze wilde weglopen, maar sir Gervase spoorde zijn paard aan, zodat Ulf, Wachter en zij in een driehoek kwamen te staan waarvan twee zijden bestonden uit paarden, met de rivier als basis achter hen.

'We zouden ons moeten afvragen waar onze bezoekster aan Cambridge mee bezig is, dat ze zo in de modder loopt te ploeteren, sir Gervase.' Sir Joscelin klonk geamuseerd.

'Dat zouden we zeker. We zouden ook de drost eens moeten vertellen over haar magische bijlen wanneer een heer zich verwaardigt haar op te merken.' Gervase, die nu een jovialere, maar nog steeds dreigende toon aansloeg, probeerde de touwtjes in handen te krijgen die hij bij zijn vorige ontmoeting met Adelia was kwijtgeraakt. 'Nou? Wat heb je daarop te zeggen, heks? Waar is je Saraceense minnaar ineens gebleven?' Bij elke vraag schroefde hij zijn stemvolume op. 'Wat dacht je ervan om maar weer eens een duik te nemen, hè? Nou? Is dat soms zijn jong? Hij lijkt me er smerig genoeg voor.'

Ditmaal was ze niet bang. Onnozel hondsvod, dacht ze. Waar haal je het lef vandaan om zo'n toon tegen me aan te slaan?!

Tegelijkertijd was ze gefascineerd; ze kon haar ogen niet van hem af houden. Daarin ontwaarde ze nog meer haat, genoeg om die van Roger van Acton te overstijgen. Hij zou haar op die heuvel alleen maar hebben verkracht om te laten zien dat hij dat kon – en hij zou het nu weer doen als zijn vriend er niet bij was. Macht over de machtelozen.

Heb jij het soms gedaan?

De jongen naast haar hield zich doodstil. De hond was achter haar benen gekropen, waar de wolfshonden hem niet konden zien.

'Gervase!' zei sir Joscelin scherp. En toen, tegen haar: 'Let maar niet op mijn vriend, meesteres. Hij is uit zijn hum omdat zijn speer de oude Lupus hier heeft gemist' – hij klopte op de kop van de wolf – 'en de mijne niet.' Hij glimlachte naar zijn metgezel, waarna hij zich weer omdraaide om omlaag te kijken naar Adelia. 'Ik heb gehoord dat die beste prior betere accommodatie voor jullie heeft gevonden dan een wagen.'

'Dank u,' zei ze, 'dat heeft hij inderdaad.'

'En die doktervriend van je – is hij zich daar aan het installeren?'

'Jawel.'

'Een Saraceense kwakzalver en een lichtekooi, dat zal mooi staan op een naambord.' Sir Gervase werd ongedurig en gooide er nog een schepje bovenop.

Dat krijg je nou als je zwak bent, dacht Adelia; dan mogen de sterken je straffeloos beledigen. Nou, we zullen zien.

Sir Joscelin trok zich niets van hem aan. 'Ik neem aan dat die dokter van je niks kan doen voor die arme Gelhert hier, hè? De wolf heeft hem in zijn been gebeten.' Hij gebaarde met zijn hoofd naar een van de honden. Het dier had zijn poot opgetrokken.

En ook dat is een belediging, dacht Adelia, hoewel je het misschien niet zo had bedoeld. Ze zei: 'Hij is er beter in mensen te behandelen. U zou uw vriend moeten aanraden hem zo snel mogelijk te raadplegen.'

'Hè? Wat zegt dat loeder?'

'Denk je dat hij ziek is?' vroeg Joscelin.

'Daar ziet het wel naar uit.'

'Waar zie je dat dan aan?' Gervase begon zich opeens zorgen te maken. 'Waar zie je dat aan, vrouw?'

'Ik verkeer niet in de positie om dat te zeggen,' liet ze Joscelin weten. Wat waar was, omdat er helemaal geen tekenen van ziekte te zien waren. 'Maar het zou geen kwaad kunnen als hij eens naar een dokter ging, en snel ook.'

Hun aanvankelijk lichte bezorgdheid sloeg nu om in paniek. 'O mijn god, ik heb vanochtend wel zeven keer achter elkaar moeten niezen.'

'Niezen,' merkte Adelia peinzend op. 'Daar heb je het al.'

'O mijn god.' Hij gaf een ruk aan de teugels, wendde zijn paard en gaf het de sporen, zodat hij Adelia onder de modderspatten, maar vergenoegd achter zich liet.

Met een glimlach lichtte Joscelin zijn hoofddeksel op. 'Een goede dag, meesteres.'

De jager maakte een buiging voor haar, verzamelde de honden en ging achter ze aan.

Het zou een van hen kunnen zijn, bedacht Adelia bij zichzelf toen ze hen nakeek. Dat Gervase een bruut is en die andere niet, zegt nog niks.

Sir Joscelin kwam, hoe aangenaam zijn manieren dan ook mochten zijn, evenzeer in aanmerking als verdachte als zijn afkeurenswaardige metgezel, op wie hij overduidelijk erg gesteld was. Hij was degene die die ochtend op de heuvel was geweest.

Maar ja, wie kwam er niet in aanmerking? Hugh, de jager, met een gezicht zo zacht als melk, was misschien wel net zo'n valserik als Roger van Acton, ook al was dat niet meteen aan hem te merken. De dik-wangige koopman van Cherry Hinton. En de minstreel, die ook. De monniken... Die ene die ze broeder Gilbert noemden, brandde van haat zoals ze nog nooit had meegemaakt. Ze hadden allemaal die avond toe-gang gehad tot Wandlebury Ring. En wat betreft de nieuwsgierige be-lastinginner, aan hem was ook alles verdacht.

En waarom denk ik alleen aan de mannen? De priores, de non, de vrouw van de koopman en de vrouwelijke bedienden zijn er ook nog.

Maar nee, alle vrouwen gingen vrijuit; dit was geen misdaad die een vrouw zou begaan. Niet dat vrouwen niet tot wreedheid jegens kinde-ren in staat waren – ze had menig slachtoffer van marteling en verwaar-lozing onder ogen gehad – maar in de paar gevallen die bij deze beest-achtige seksuele aanval in de buurt kwamen, was het altijd om mannen gegaan.

'Ze hebben tegen je gepráát.' Anders dan zij had Ulf alleen maar zijn mond gehouden omdat hij diep onder de indruk was. 'Het zijn kruis-vaarders, allebei. Ze zijn in het Heilige Land geweest.'

'Dat zal best,' zei ze vlak.

Maar het was echt zo, en ze waren rijk teruggekomen, als mannen die hun sporen hadden verdiend. Sir Gervase woonde op het leengoed Co-ton Manor van de priorij, Sir Joscelin op Grantchester van St.-Rade-gunde. Ze waren uitstekende jagers en leenden Hugh en zijn wolfshon-den van prior Geoffrey wanneer ze jacht maakten op duivels van het soort als het beest dat nu over sir Joscelins paard lag – de wolf had lam-meren gedood helemaal tot in Trumpington – want Hugh was de beste wolvenjager van Cambridge...

Mannen! dacht ze, terwijl ze luisterde hoe de jongen vol bewondering doorbabbelde. Ook al zijn ze nog zulke kleine jongens...

Maar deze man keek nu naar haar op, weer helemaal wereldwijs. 'En je hebt ze geen duimbreed toegegeven,' zei hij.

Ook zij had haar sporen verdiend.

Als dikke vrienden stapten ze samen terug naar het huis van de Oude Benjamin, met de vernederde Wachter achter hen aan.

Het was al donker tegen de tijd dat Simon thuiskwam, met een razende trek in de palingstoofschotel met noedels en vissenpastei die hem wachtten – het was vrijdag en Gyltha hield zich strikt aan de gebruiken – onder luid geklaag dat er in en om Cambridge zo veel wolhandelaren hun vak uitoefenen.

'Aimabele mensen. Ze legden me allemaal heel vriendelijk uit dat die stroken die ik bij me had afkomstig waren uit een oude partij wol... dat had kennelijk iets te maken met de vleug... Maar goeie mensen, nee, het zou niet onmogelijk moeten zijn om toch de baal in kwestie op te sporen, als ik per se de herkomst ervan wilde achterhalen.'

Hoe weinig indrukwekkend hij zelf en zijn kledij er ook uitzagen, Simon van Napels kwam uit een aanzienlijke familie en had er vóór deze reis nooit bij stilgestaan dat wol van schapen kwam en vervolgens tot textiel werd geweven.

Tijdens het eten gaf hij Mansur en Adelia een toelichting.

'Ze maken de ruwe wol schoon met urine, wisten jullie dat? Ze wassen hem in vaten met pis waar hele families aan bijdragen.' Kaarden, vollen, weven, verven, bijtmiddel... 'Hebben jullie enig idee hoe moeilijk het is om de kleur zwart te maken? *Experto credite.* Je moet uitgaan van donkerblauw, wede of een combinatie van tannine en ijzer. Ik kan je zeggen dat geel een stuk simpeler te maken is. Ik heb vandaag met ververs gesproken die graag zouden zien dat we ons allemaal in het geel kleedden, als nachtvlinders...'

Adelia begon met haar vingers te trommelen; Simons opgewektheid deed vermoeden dat zijn queeste succes had gehad, maar zij had ook een nieuwtje.

Hij merkte het op. 'Nou ja. Die repen zijn waarschijnlijk kamgaren, te oordelen naar hun dichte, compacte oppervlak, maar daar zouden we nooit achter zijn gekomen als deze strook niet...' Simon liet hem liefdevol door zijn hand gaan en Adelia zag dat hij in het vuur van zijn onderzoek heus niet vergeten was voor welk doel hij was gebruikt. '... als er aan deze strook niet een stukje zelfkant had gezeten, met een bepaalde schering om de stof te versterken, waaraan je kunt zien wie de wever is geweest...'

Hij ving haar blik en gaf zich gewonnen. 'De strook maakt deel uit van een partij die drie jaar geleden naar de abt van Ely is gestuurd. De abt is degene die alle geloofshuizen in Cambridgeshire voorziet van het textiel waarin ze hun kloosterlingen kleden.'

Mansur was de eerste die met een reactie kwam. 'Een habijt? Komt die stof van het habijt van een monnik?'

'Ja.'

Er daalde weer een van de vele bespiegelende stiltes neer die de eters geregeld overviel.

Adelia zei: 'Het enige klooster dat we buiten beschouwing kunnen laten, is dat van de prior die de hele nacht bij ons is geweest.'

Simon knikte. 'Zijn monniken dragen zwart onder hun rochet.'

Mansur zei: 'Dat geldt voor de heilige vrouwen ook.'

'Dat is waar.' Simon keek hem glimlachend aan. 'Maar in dit geval is dat van geen belang, want tijdens mijn onderzoek kwam ik weer in aanraking met de koopman van Cherry Hinton, die, zo wil het geval, in wol handelt. Hij verzekert me dat de nonnen en zijn vrouw en de vrouwelijke bedienden die nacht onder tentdoek hebben doorgebracht, helemaal omringd en bewaakt door de mannen uit het gezelschap. Als een van die dames onze moordenaar is, had ze niet onopgemerkt met lichamen over de heuvels kunnen gaan zeulen.'

En dus bleven alleen de drie monniken nog over die prior Geoffrey hadden vergezeld. Simon somde ze op.

De jonge broeder Ninian? Vast niet. Maar aan de andere kant: waaróm eigenlijk niet?

Broeder Gilbert? Geen prettige man, een mogelijke verdachte.

De andere?

Niemand kon zich het gezicht van de derde monnik herinneren, of hoe hij zich precies had gedragen.

'Speculeren heeft geen zin, we moeten eerst meer onderzoek doen,' zei Simon. 'Een habijt waar iets aan mankeerde, dat misschien op een mestvaalt terecht was gekomen – de moordenaar kan die stof wel overal vandaan hebben. We zetten ons onderzoek voort als we uitgerust zijn.'

Hij leunde achterover en reikte naar zijn wijnbeker. 'En nu, dokter, moet je me vergeven. Wij joden jagen zo zelden dat ik jullie net zo hard verveel als de eerste de beste jager met zijn verhalen over hoe hij zijn prooi heeft weten te strikken. En wat hebben jullie vandaag voor nieuws?'

Adelia gaf een chronologisch verslag en hield dat heel wat soberder; haar jacht had vandaag meer resultaat opgeleverd dan die van Simon, maar ze betwijfelde of hij dat leuk zou vinden. Zij vond het in elk geval zelf niet leuk.

Hij kreeg hoop toen ze vertelde dat ze de botten van de Kleine St.-Petrus had gezien. 'Ik wist het wel! Eén punt voor ons. Die jongen heeft helemaal nooit aan het kruis gehangen.'

'Nee, dat heeft hij zeker niet,' zei ze, en ze voerde haar toehoorders mee naar de andere kant van de rivier en haar gesprek met Ulf.

'We zijn eruit.' Simon proestte zijn wijn over tafel. 'Dokter, je hebt Israël gered. Is dat kind nog gezien nadát het uit Chaims huis was gekomen? Dan hoeven we alleen maar die Will zien te vinden en hem naar de drost te brengen. "Ziet u, meneer de drost, hier hebt u het levende bewijs dat de joden niets met de dood van de Kleine St.-Petrus te maken hebben gehad..."' Zijn woorden bleven in de lucht hangen toen hij Adelia's gezicht zag.

'Ik ben toch bang van wel,' zei ze.

7

In de loop van het jaar was de waakzaamheid van de stadsbewoners ten aanzien van Cambridge Castle, om te voorkomen dat de joden die er opgesloten zaten niet ontsnapten, geleidelijk aan verslapt, tot eigenlijk alleen Agnes er nog de wacht hield, de vrouw van de palingverkoper en de moeder van Harold, wiens stoffelijk overschot nog wachtte op een begrafenis.

Het hutje van twijgen dat ze voor zichzelf had gebouwd, tekende zich als een bijenkorf tegen de grote poorten af. Overdag zat ze bij de ingang te breien, met naast haar aan de ene kant een van de palingspiezen van haar man in de grond gestoken, en aan haar andere kant een grote handbel. 's Nachts bleef ze er slapen.

Die keer dat de drost in de winter had geprobeerd een paar joden in het donker naar buiten te smokkelen, omdat hij meende dat ze toch wel zou slapen, had ze beide wapens gehanteerd. De spies had bijna een van de mannen van de drost doorboord, de bel had de stad wakker geschud. De joden waren ijlings weer naar binnen gegaan.

De achteringang van het kasteel werd ook bewaakt, ditmaal door ganzen die daar werden gehouden speciaal met het doel om alarm te slaan als er iemand naar buiten probeerde te komen, ongeveer zoals de ganzen van Rome het Capitool hadden gewaarschuwd dat de Galliërs dreigden binnen te dringen. Een poging van de mannen van de drost om ze vanaf de kasteelmuren neer te schieten, was uitgelopen op zo'n oorverdovend gegak dat er, wederom, alarm was geslagen.

Toen Adelia de steile, kronkelende, versterkte weg naar het kasteel op liep, verraste het haar dat gewone burgers werd toegestaan zo lang het gezag te tarten. Op Sicilië zou een troep soldaten van de koning het probleem in een ommezien hebben opgelost.

'Met een bloedbad tot gevolg?' zei Simon. 'Waar zouden die de joden heen moeten brengen zonder dat er precies eenzelfde situatie zou ontstaan? Het hele land gelooft dat de joden van Cambridge kinderen kruisigen.'

'Dat zal dan wel.' Peinzend liet ze haar gedachten gaan over de terughoudendheid waarmee de koning van Engeland met deze kwestie omging. Ze zou denken dat een man zoals hij, een man van adellijken bloede, zich op een afschuwelijke manier op de inwoners van Cambridge zou wreken omdat die een van zijn meest profijtelijke joden hadden omgebracht. Hendrik was verantwoordelijk geweest voor de dood van Becket; hij was uiteindelijk een tiran, net als alle anderen. Maar tot dusver had hij zich ingehouden.

Toen haar was gevraagd wat zij dacht dat er zou kunnen gebeuren, had Gyltha gezegd dat de stad niet uitkeek naar de boete die hun zou worden opgelegd voor Chaims dood, maar dat ze het niet zag gebeuren dat er massaal mensen zouden worden opgehangen. De koning was een tolerante koning, zolang je maar niet zijn herten stroopte. Of hem het bloed onder de nagels vandaan haalde, zoals aartsbisschop Thomas had gedaan.

'Het is niet meer zoals vroeger, toen zijn moer en oom Stephen met elkaar in oorlog waren,' had ze gezegd. 'Ophangingen? Dan kwam er een baron aangalopperen, maakte niet uit van welke partij, maakte niet uit van welke partij jíj was, en dan hing je al voordat je de tijd had gekregen om aan je kont te krabben.'

'En zo hoort het ook,' had Adelia gezegd. 'Want dát is een akelige gewoonte.' Ze konden het inmiddels uitstekend met elkaar vinden.

De burgeroorlog tussen Matilda en Stephen, zei Gyltha, was zelfs tot in het veenland doorgedrongen. Het Isle of Ely, met zijn kathedraal, was zo vaak van eigenaar gewisseld dat je nooit precies wist wie bisschop was en wie niet. 'Alsof wij arme mensen een karkas zijn en de wolven ons aan stukken scheuren. En toen Geoffrey de Mandeville hier verscheen...' Na die woorden had Gyltha haar hoofd geschud en was ze stilgevallen. Toen zei ze: 'Dertien jaar heeft het geduurd. Dertien jaar lang lagen God en de heiligen te slapen, en niemand stak ene poot uit.'

Dertien jaar lang lagen God en zijn heiligen te slapen. Sinds haar aankomst in Engeland had Adelia mensen vele malen dat zinnetje horen zeggen met betrekking tot de burgeroorlog. Mensen trokken nog steeds wit weg als ze eraan terugdachten. Maar toen Hendrik II de troon had bestegen, was er een einde aan gekomen. In geen twintig jaar was er een nieuwe uitbraak geweest. Engeland was een vredig land geworden.

Plantagenet was een man die veel subtieler te werk ging dan ze aanvankelijk had gedacht. Misschien moest ze haar oordeel over hem herzien.

Ze sloegen de laatste hoek om naar de oprit en zetten voet op het voorterrein van het kasteel.

De eenvoudige aarden wal en de vestingmuur die de Veroveraar had gebouwd om de rivierkruising te bewaken, waren verdwenen; de houten palissade was vervangen door een gaanderij van verbonden zuilen en de hoofdtoren maakte nu deel uit van het geheel van kerk, schuren, stallen, barakken, vrouwenvertrekken, keukens, wasgelegenheid, groente- en kruidentuinen, melkschuur, toernooivelden, galgen en een gevangenis waar een drost van een welvarende stad van formaat niet buiten kon. Aan één kant stond de toren in aanbouw die in de plaats van de verbrande toren zou komen nog in de steigers.

Buiten de poorten leunden twee wachtposten op hun speren en kletsten met Agnes, die op een krukje voor haar bijenkorfje zat te breien. Er zat nog iemand anders op de grond, die zijn hoofd tegen de kasteelmuur liet rusten.

Adelia kreunde: 'Is die man dan overal?'

Toen hij de nieuwkomers zag, sprong Roger van Acton overeind, pakte een houten bord met een stok eraan dat naast hem had gelegen en begon te roepen. De in krijt genoteerde tekst luidde: BID VOOR DE KLEINE ST.-PETRUS DIE WERD GEKRUISIGD DOOR DE JODEN.

Gisteren had hij zich ingezet voor de pelgrims naar St.-Radegunde; vandaag, zo bleek, zou de bisschop op bezoek komen bij de drost, en Acton was er helemaal klaar voor om hem te belagen.

Weer liet hij niet blijken of hij Adelia herkende, evenmin als de twee mannen die haar vergezelden, ook al viel Mansur nog zo op. Hij ziet geen mensen, dacht ze, maar alleen voer voor de hel. Ze merkte op dat 's mans vuile soutane van kamgaren was gemaakt.

Als hij al teleurgesteld was dat hij de bisschop nog niet kon lastigvallen, wist hij toch aardig te roeien met de riemen die hij had. 'Ze hebben dat arme kind gegeseld tot hij bloedde!' riep hij hun toe. 'Ze bleven maar tandenknarsen en hem Jezus de valse profeet noemen. Ze martelden hem op allerlei manieren en hebben hem toen aan het kruis genageld...'

Simon stapte op de soldaten af en vroeg of ze de drost konden spreken. Ze kwamen uit Salerno, zei hij. Hij moest zijn stem verheffen om zich verstaanbaar te maken.

De oudste van de bewakers was niet onder de indruk. 'En waar mag dat dan wel liggen?' Hij wendde zich tot de blèrende klerk. 'Hou je waffel eens, wil je?'

'Prior Geoffrey heeft ons verzocht bij de drost op bezoek te gaan.'

'Watte?' Ik kan je door die malloot niet verstaan.'

De jongste bewaker was ineens een en al aandacht. 'Is dit dan die zwarte dokter die de prior beter heeft gemaakt?'

'Jazeker.'

Roger van Acton had Mansur nu opgemerkt en kwam naderbij; hij stonk uit zijn mond. 'Saraceen, erken je het bestaan van onze Heer Jezus Christus?'

De oudere bewaker gaf hem een oorvijg. 'Hou je mond.' Hij wendde zich weer tot Simon. 'En dat?'

'Dat is de hond van de vrouwe.'

Ulf hadden ze na enige moeite weten achter te laten, maar Gyltha had erop aangedrongen dat Wachter Adelia overal zou vergezellen. 'Hij biedt anders geen enkele bescherming,' had Adelia geprotesteerd. 'Toen ik tegenover die akelige kruisvaarders kwam te staan, kroop hij achter me weg. Hij is een bangeschijter.'

'Het is ook niet zijn taak om je te beschermen,' had Gyltha gezegd. 'Hij houdt alleen de wacht.'

'We kunnen ze wel doorlaten, hè Rob?' De bewaker knipoogde naar de vrouw bij de ingang in haar tenen hut. 'Vind jij het goed, Agnes?'

Niettemin werd de kapitein van de wacht gehaald om te controleren of de drie geen wapens mee smokkelden, waarna ze het poortje door mochten. Acton moest worden tegengehouden om met ze mee te gaan. 'Dood aan de joden!' riep hij. 'Dood aan de kruisigers!'

De reden voor al die voorzorg werd duidelijk toen ze de binnenhof op werden geleid: daar waren een stuk of vijftig joden lichaamsbeweging aan het nemen, genietend van de zon. De mannen liepen voornamelijk al pratend rond; de vrouwen zaten in een hoekje te kletsen of speelden spelletjes met hun kinderen. Zoals alle joden in een christelijk land waren ze heel gewoon gekleed, ook al droegen een paar mannen de kegelvormige *Judenhut* op hun hoofd.

Maar wat deze groep mensen echt tot joden maakte, was hun haveloosheid. Adelia schrok ervan. In Salerno waren arme joden, net zoals er arme Sicilianen, arme Grieken en arme moslims waren, maar hun armoede werd verhuld door de aalmoezen die ze ontvingen van hun rijkere broeders. In feite zeiden de christenen in Salerno, enigszins hoog-hartig, dat er 'onder de joden geen bedelaars voorkomen'. Naastenlief-de was een voorschrift in alle grote religies; in het judaïsme was het wet 'God te geven wat God toebehoort'. De gever viel een grotere genade ten deel dan de ontvanger.

Adelia herinnerde zich een oude man die de zus van haar pleegmoe-der telkens weer had verbijsterd met zijn weigering om te bedanken voor de maaltijden die hij in haar keuken had gebruikt. 'Eet ik soms wat van jou is?' vroeg hij altijd. 'Nee, ik eet wat aan God toebehoort.'

De drost was, zo bleek, tegenover zijn ongenode gasten heel wat min-der genereus. Ze waren mager. De keuken van het kasteel, bedacht Ade-lia, zou vast niet de spijswetten in acht nemen, zodat het eten natuur-lijk vaak niet opgegeten werd. En de kleren waarin deze mensen ijlings hun huis uit waren gerend, begonnen sleets te worden.

Een paar vrouwen keken verwachtingsvol op toen zij en de anderen de hof overstaken. Hun mannen waren te diep in gesprek om er aan-dacht aan te besteden.

Terwijl de jongste soldaat die aan de poort had gestaan hun voorging, passeerden de drie de brug over de gracht, gingen onder het valhek door en staken nog een hof over.

De ruimte was koel en groot, en het was er druk. Schragentafels wa-ren langs de volle lengte van de muren gezet, overdekt met documen-ten, rollen en telramen. Klerken die eroverheen zaten gebogen, onder-braken zo nu en dan hun werk om zich naar het podium te reppen, waar een forse man in een grote stoel zat aan een andere tafel met zo veel documenten, rollen en aantekeningen erop dat de stapel dreigde om te kukelen.

Adelia was niet bekend met de functie van drost, maar Simon had ge-zegd dat dit in elk graafschap de belangrijkste man was na de koning, het hoofd van de politie in het land, die met de bisschop van het dio-cees het recht handhaafde en die in zijn eentje verantwoordelijk was voor de belastinginning, het handhaven van de vrede en het oppakken van misdadigers. Verder moest hij erop toezien dat er op zondag geen handel gedreven werd, dat iedereen zijn tienden betaalde aan de Kerk en dat de Kerk zijn verplichtingen nakwam aan de Kroon, liet hij exe-cuties voltrekken, droeg hij de bezittingen van de gehangene over aan de koning, evenals die van wezen, vluchtelingen en vogelvrij verklaar-den, zorgde hij ervoor dat gevonden schatten in de koninklijke schatkist terechtkwamen – en stelde hij tweemaal per jaar het geld dat dit allemaal had opgeleverd en de administratie ervan ter hand aan de thesaurier van de koning in Winchester, waar, zei Simon, al een tekort van een penny hem zijn baan kon kosten.

'Waarom zou iemand die baan eigenlijk willen hebben als je er dat allemaal voor moet doen?' informeerde Adelia.

'Hij krijgt een percentage,' zei Simon.

Te oordelen naar de kwaliteit van de kleding die de drost van Hertfordshire droeg en de hoeveelheid goud en edelstenen om zijn vingers, was dat percentage niet gering, maar het was nog maar de vraag of drost Baldwin het op dat moment genoeg vond. Hij was niet zozeer een geplaagd man als wel volledig verdwaasd.

Met een manische lege blik in zijn ogen keek hij naar de soldaat die de bezoekers aankondigde. 'Zien ze dan niet dat ik druk bezig ben? Weten ze dan niet dat de reizende rechtbank eraan zit te komen?'

Een lange en omvangrijke man die naast de drost over enkele papieren gebogen had gezeten, rechtte zijn rug. 'Volgens mij, my lord, zouden deze mensen weleens behulpzaam kunnen zijn in de kwestie van de joden,' zei sir Rowley.

Hij knipoogde naar Adelia. Ze keek stoïcijns terug. Alweer iemand die je, net als Roger van Acton, overal tegenkwam. En misschien was hij nog wel boosaardiger.

De vorige dag was er een briefje gebracht voor Simon van prior Geoffrey om hem te waarschuwen voor de belastinginner van de koning: '...De man bevond zich in de stad bij ten minste twee gelegenheden waarbij er een kind verdween. Moge de goede God mij vergeven als ik twijfel zaai waar die niet op zijn plaats is, maar we kunnen niet voorzichtig genoeg zijn zolang we geen zekerheid hebben.'

Simon nam aan dat de prior reden had om hem te wantrouwen – maar niet meer dan een ander. Wat hij van de belastinginner had gezien, had hem wel aangestaan, zei hij. Voor Adelia, die had kennisgemaakt met wat er achter zijn aimabele buitenkant verborgen lag toen sir Rowley zich had opgedrongen bij haar onderzoek van de dode kinderen, gold dat niet. Zij vond hem verontrustend.

Het bleek dat hij het hele kasteel aan zich had onderworpen. De drost keek hulpzoekend in zijn richting, niet in staat zich met iets anders bezig te houden dan de kwesties die hemzelf direct aangingen. 'Weten ze dan niet dat er een rondreizende rechtbank aan zit te komen?'

Rowley wendde zich tot Simon. 'Mijn heer wenst te horen wat jullie hier komen doen.'

Simon zei: 'Met Gods welnemen zouden we graag Yehuda Gabirol te spreken krijgen.'

'Dat kan geen kwaad, toch, my lord? Zal ik ze maar voorgaan?' Hij maakte al aanstalten.

De drost greep hem vast. 'Laat me niet alleen, Picot.'

'Niet voor lang, my lord. Dat beloof ik.'

Hij ging het drietal voor de gang door en was onderweg steeds aan het woord. 'De drost heeft net te horen gekregen dat de rondreizende rechters van plan zijn om een assisenhof in Cambridge te houden. Hij moest al een bespreking voorbereiden met de thesaurier en nu komt dit er ook nog eens bij, dus heeft hij een heleboel extra werk; hij komt er zogezegd in om. En ik ook, natuurlijk.'

Hij glimlachte hen aanminnig toe; een man die minder onder zijn werk gebukt ging zou moeilijk te vinden zijn. 'Ik probeer te achterhalen wie er allemaal schulden bij de joden hebben, en zodoende ook aan de koning. Chaim was de belangrijkste geldschieter in deze contreien, maar zijn hele administratie is door de brand in de toren vernietigd. Het is heel lastig om nog te achterhalen wat er allemaal ontbreekt. Maar niettemin...'

Hij maakte een grappig bedoeld zijwaarts buiginkje naar Adelia. 'Ik hoor dat mevrouw de dokter een bad heeft genomen in de Cam. Dat is niet echt iets voor dokters, als je weet wat daar allemaal in uitstroomt. Maar misschien had je daar zo je redenen voor, vrouwe?'

Adelia zei: 'Wat is een assisenhof?'

Ze waren onder een boog door gegaan en volgden sir Rowley de wenteltrap van een toren op, terwijl Wachter achter hen aan dribbelde.

Over zijn schouder zei de belastinginner: 'Ah, een assisenhof. Daarbij wordt recht gesproken door rondreizende rechters van de koning. Een Dag des Oordeels – en zeker niet minder erg dan die van God voor degenen die terecht moeten staan. Ze beoordelen het bier en leggen straffen op als dat wordt verdund. Ze beoordelen het brood, en idem dito voor te lichte broden. Ze gaan na of de mensen die in de gevangenis zitten schuldig dan wel onschuldig zijn. Ze behandelen klachten over landeigendom, bekijken of er gerede grond is voor meningsverschillen... Enzovoort, enzovoort. Er moeten rechters worden benoemd. Het gebeurt niet elk jaar, maar als het zover is... Heilige Maria, wat is die trap steil.'

Hijgend ging hij hun voor. Banen zonlicht schenen door de smalle schietgaten in het steen en verlichtten de kleine overlopen, elk met een gewelfde deur.

'Probeer eens wat af te vallen,' zei Adelia tegen hem, haar ogen gericht op zijn stijgende rug.

'Ik ben één bonk spieren, vrouwe.'

'Vet, zul je bedoelen,' zei ze. Ze vertraagde haar pas, zodat hij om de volgende bocht uit haar zicht verdween, en ze kon Simon achter haar horen sissen: 'Hij luistert natuurlijk alles af wat we te zeggen hebben.'

Simon haalde zijn handen van de trapleuning en spreidde zijn vingers. 'Hij weet vast al... wat we hier komen doen. Hij weet... God, hij heeft gelijk wat die trap betreft... wie je bent. Wat maakt het nog uit?'

Wat het uitmaakte was dat de man conclusies zou trekken uit wat tegen de joden gezegd zou worden. Adelia wantrouwde conclusies voordat ze over alle bewijzen beschikte. En sir Rowley wantrouwde ze ook.

'Maar als hij nou de moordenaar is?'

'Dan weet hij het al.' Simon sloot zijn ogen en pakte de leuning weer vast.

Sir Rowley stond hen al boven aan de trap op te wachten, behoorlijk buiten adem. 'Vind je me dik, vrouwe? Ik kan je anders wel vertellen dat toen Nur ad-Din hoorde dat ik in aantocht was, hij al zijn tenten opbrak en niet wist hoe snel hij de woestijn in moest vluchten.'

'Ben je op kruistocht geweest?'

'De Heilige Plaatsen zouden het zonder mij niet hebben gered.'

Hij liet hen een kleine, ronde kamer in, waarin alleen een paar krukjes, een tafel en twee raamloze vensters met een weids uitzicht te zien waren, beloofde dat meester Gabirol zo bij hen zou komen en dat hij zijn schildknaap met verfrissingen naar boven zou sturen.

Terwijl Simon begon te ijsberen en Mansur zoals gebruikelijk als een standbeeld bleef staan, liep Adelia naar de vensters, het ene op het westen en het andere op het oosten gericht, om het uitzicht in zich op te nemen.

In het westen kon ze tussen de lage heuvels de kantelen zien waarop een vlag wapperde. Ook al leek het leengoed dat sir Gervase beheerde voor de priorij nu in de verte heel klein, het was toch groter dan Adelia had gedacht voor een ridderlijk leengoed. Als dat van sir Joscelin, dat hij beheerde voor de nonnen – dat in het zuidoosten lag en vanuit de vensters niet te zien was – net zo groot was, hadden beide heren goed geboerd met hun aanstellingen en kruistocht.

Er kwamen twee mannen binnen. Yehuda Gabirol was jong en zijn zwarte gebedslokken lagen als kurkentrekkers tegen holle wangen met een bleke Iberische teint.

De ongenode gast was oud en de klim was hem zwaar gevallen. Hij zocht steun bij de deurpost en stelde zich hijgend aan Simon voor: 'Benjamin ben Rav Mosche. En jij bent Simon van Napels, ik heb je vader gekend. Is de Oude Eli nog steeds levend en wel?'

Simons buiging was ongebruikelijk summier, evenals de wijze waarop hij Adelia en Mansur voorstelde: hij noemde alleen hun namen, zonder hun aanwezigheid nader te verklaren.

De oude man knikte hen toe, nog steeds happend naar adem. 'Wonen jullie in mijn huis?'

Aangezien Simon geen aanstalten maakte om antwoord te geven, zei Adelia: 'Ja. Ik hoop dat u daar geen bezwaar tegen hebt.'

'Heb ik daar dan reden toe?' zei de Oude Benjamin verdrietig. 'Alles is daar toch in orde?'

'Jazeker. En ik denk dat het beter is dat het bewoond wordt.'

'Vind je de ramen in de kamer mooi?'

'Heel mooi. Zeer bijzonder.'

Simon richtte zich tot de jongere man. 'Yehuda Gabirol, vlak voor Pascha ben je vorig jaar hier in Cambridge getrouwd met de dochter van Chaim ben Eliezer.'

'De bron van al mijn problemen,' zei Yehuda mismoedig.

'De jongen is er helemaal voor uit Spanje gekomen,' zei Benjamin. 'Dat had ik zo geregeld. Een goed huwelijk, had ik zo gedacht. Als het toch ongelukkig is gebleken, is dat dan de schuld van de *sjadchan*?'

Simon reageerde nog steeds niet op hem, zijn blik op Yehuda gevestigd. 'Er is die dag een kind uit deze stad verdwenen. Misschien dat meester Gabirol enig licht kan werpen op wat de jongen is overkomen.'

Adelia had Simon nog nooit zo meegemaakt. Hij was echt kwaad.

Beide mannen barstten los in het Jiddisch. De hoge stem van de jongste klonk boven Benjamins lagere stem uit. 'Hoe moet ik dat weten? Ben ik soms de hoeder van Engelse kinderen?'

Simon sloeg hem in het gezicht.

Er streek een sperwer neer op de vensterbank van het westelijke raam en hij vloog vervolgens weer op, verstoord door de vibraties in het vertrek toen het geluid van Simons klap tegen de muren weerkaatste. Op Yehuda's wang verschenen vingerafdrukken.

Mansur stapte naar voren voor het geval er een tegenaanval zou volgen, maar de jonge man had zijn gezicht met zijn handen bedekt en dook in elkaar. 'Wat konden we anders doen? Wat anders?'

Adelia bleef onopgemerkt bij het raam staan, terwijl de drie joden voldoende tot zichzelf kwamen om drie krukjes naar het midden van de kamer te trekken en erop te gaan zitten. Zelfs dit is een ceremonie voor hen, ging het door haar heen.

Benjamin was het meest aan het woord, terwijl de jongere Yehuda huilde en heen en weer wiegde.

Het was een mooie bruiloft geweest, zei de Oude Benjamin, een verbintenis tussen geld en cultuur, tussen de dochter van een rijk man en zijn jonge Spaanse geleerde van uitmuntende afkomst die Chaim van plan was aan te houden als *eidem afkest*, oftewel een inwonende schoonzoon die hij een bruidsschat van tien marken gaf...

'Ga verder,' zei Simon.

Het was een mooie vroege lentedag geweest, de choepa in de synagoge was versierd met sleutelbloemen. 'Ik brak zelf het glas...'

'Schiet op nou!'

Toen waren ze weer teruggegaan naar Chaims huis voor het bruiloftsbanket, dat gezien diens rijkdom wel een week zou gaan duren. Fluiten, trommels, violen, cimbalen, tafels beladen met schotels, wijnbekers die werden gevuld en nog eens gevuld, de bruid die onder wit brokaat op een troon was gezet, toespraken – en dat alles op het grasveld aan de rivier, omdat het huis te klein was voor zo veel gasten, van wie sommigen wel een reis van vijftienhonderd kilometer achter de rug hadden.

'Misschien, heel misschien dat Chaim een beetje tegenover de stad wilde pronken,' gaf Benjamin toe.

Vast en zeker, bedacht Adelia. Natuurlijk wilde hij zijn medeburgers de ogen uitsteken, die hem niet bij zich thuis uitnodigden, maar niet te beroerd waren om geld van hem te lenen.

'Vertel verder.' Simon wist van geen wijken, maar op dat moment stak Mansur een hand op en liep op zijn tenen naar de deur.

Hij. Adelia verstrakte. De belastinginner luisterde hen af.

Mansur rukte de deur zo hard open dat hij half uit zijn scharnieren vloog. Op de drempel knielde echter niet sir Rowley, met zijn oor op

135

sleutelgathoogte, maar trof hij zijn schildknaap aan. Naast hem op de grond stond een dienblad met een schenkkan en bekers.

In één vloeiende beweging pakte Mansur het blad op en schopte de luistervink de trap af. De man – hij was heel jong – tuimelde onderste-boven de wenteltrap. 'Au. Au!' Maar toen Mansur aanstalten maakte om achter hem aan te gaan en hem nóg een schop te geven, klauterde de jongen overeind en schuifelde hij weg verder naar beneden, met zijn hand op zijn rug.

Het gekke was, bedacht Adelia, dat de drie joden op de krukjes wei-nig aandacht aan het incident besteedden, alsof dat niet meer beroering betekende dan nog een vogel die op de vensterbank neerstreek.

Is die logge sir Rowley nou de moordenaar? Waarom houden de ver-moorde kinderen hem zo bezig?

Er waren mensen – dat wist ze, omdat ze hen had ontmoet – die op-gewonden raakten van de dood, die zich met steekpenningen probeer-den toegang te verschaffen tot de stenen kamer van de school als ze met een lijk bezig was. Gordinus had zich genoodzaakt gezien een bewaker op zijn dodenakker aan te stellen om mannen, of zelfs vrouwen, weg te jagen die zich wilden verlustigen aan de aanblik van rottende karkassen van varkens.

Dat soort wellustigheid had ze echter niet bij sir Rowley gezien tij-dens het onderzoek dat ze in de cel van St.-Werbertha had uitgevoerd; hij had juist ontzet geleken.

Maar hij had wel deze jongen gestuurd – Pipin, zo heette de schild-knaap – om zijn oor aan het sleutelgat te luisteren te leggen, wat deed vermoeden dat sir Rowley het onderzoek van Simon en haar een stap voor wilde blijven, ofwel omdat hij daar belang bij had – in welk geval hij ons er net zo goed direct naar zou kunnen vragen – ofwel omdat hij bang was dat het spoor naar hem zou leiden.

Wat ben je voor iemand?

Niet wat hij leek; dat was het enige antwoord. Adelia richtte haar aan-dacht weer op de drie mannen in hun kring.

Simon had Mansur nog niet de kans gegeven de inhoud van het dien-blad rond te delen; hij spoorde de twee joden aan te vertellen over de gebeurtenissen op de bruiloft van Chaims dochter.

Toen kwamen ze toe aan wat er die avond was gebeurd. Er was een kille schemering neergedaald. De gasten hadden zich teruggetrokken in het huis om te dansen, maar de lampen in de tuin waren aangelaten. 'En misschien dat de mannen een beetje dronken raakten,' zei Benjamin.

'Ga je het ons nou nog vertellen of niet?' Simon had nog nooit zo nijdig geleken.

'Ik bén aan het vertellen, ik vertel het nu. Dus de bruid en haar moeder, twee vrouwen die intiemer met elkaar waren vind je nergens, wandelden al pratend naar buiten...' Benjamin vertraagde het tempo; wat hij ook moest gaan vertellen, hij had er niet veel zin in.

'Daar lag een lijk.' Iedereen wendde zich naar Yehuda; hij was helemaal vergeten. 'Midden op het grasveld, alsof het uit een boot de rivier in gegooid was. De vrouwen zagen het. Er scheen een lamp precies op.'

'Een kleine jongen?'

'Wellicht.' Yehuda had er, als hij het al had gezien, met zijn benevelde kop maar de helft van opgevangen. 'Chaim zag het. De vrouwen gilden.'

'Heb jij het gezien, Benjamin?' Adelia mengde zich voor het eerst in het gesprek.

Benjamin keek haar aan, besloot haar geen antwoord te geven en zei tegen Simon, alsof dat het antwoord was: 'Ik was de *sjadchan*.' Degene die dit fantastische trouwfeest georganiseerd had, waar de wijn rijkelijk stroomde; had hij desondanks nuchter genoeg geweest moeten zijn om iets te zien?

'Wat deed Chaim?'

Yehuda zei: 'Hij doofde alle lampen.'

Adelia zag Simon knikken, alsof dat logisch was; het eerste wat je deed als je een lijk op je grasveld ontdekte was de lampen doven, zodat buren of voorbijgangers het niet zouden zien.

Daar keek ze van op. Maar ach, bedacht ze toen, zij was immers geen jodin. De beschuldiging dat joden met Pascha christenkinderen offerden, kleefde hun evenzeer aan als een extra schaduw die aan hun hielen was genaaid om hen overal te kunnen volgen. 'De legende is een instrument,' had haar stiefvader haar gezegd, 'dat tegen elke gevreesde en gehate religie in stelling wordt gebracht door degenen die hem vrezen en haten. In de eerste eeuw, onder Rome, werden de vroege christenen ervan beschuldigd het bloed te drinken en het vlees te eten van kinderen die ze voor rituele doeleinden hadden afgeslacht.

Nu waren – en dat al heel lang – de kindereters joden geworden. Dat geloof was zo diep in de christelijke mythologie verankerd, en de joden leden er zo veelvuldig onder, dat wanneer er een christenkind op een joods grasveld werd gevonden, de eerste reactie was om het te verbergen.

'Wat moesten we anders?' riep Benjamin uit. 'Vertel mij maar eens wat we dán hadden moeten doen. Iedere jood van enig belang in Engeland was die avond bij ons. Rabbi David was uit Parijs gekomen, rabbi Meir uit Duitsland – grote Bijbelcommentatoren; Sholem van Chester had zijn hele familie meegebracht. Wilden we soms dat heren als zij aan stukken werden gescheurd? We moesten de tijd krijgen om hen te laten vertrekken.'

Dus terwijl die belangrijke gasten te paard stegen en zich verspreidden door de nacht, wikkelde Chaim het lichaam in een tafelkleed en bracht het naar zijn kelder.

Hoe en waarom het kleine lijkje op zijn grasveld was verschenen, wie had gedaan wat het ook maar was aangedaan – aan die dingen maakten de overgebleven joden van Cambridge weinig woorden vuil. Het grootste probleem was hoe ze ervan af moesten komen.

Menselijkheid was hun niet vreemd, stelde Adelia zichzelf gerust, maar iedere jood voelde zich, en zijn familie incluis, nu zozeer met de dood bedreigd dat hij aan niets anders meer kon denken.

En ze hadden het verknoeid.

'De ochtend brak aan,' zei Benjamin. 'We hadden geen beslissing genomen – hoe konden we nou helder nadenken? De wijn, de angst... Chaim, God hebbe zijn ziel, nam voor ons, zijn buren, een beslissing. "Ga naar huis," zei hij tegen ons. "Ga naar huis en doe wat je anders ook doet en gedraag je alsof er niets is gebeurd. Ik los dit wel op, samen met mijn schoonzoon."' Benjamin lichtte zijn hoofddeksel op en klauwde met zijn vingers over zijn schedel alsof daar nog steeds haar op zat. 'Moge Jahweh ons vergeven, want dat hebben we gedaan.'

'En hoe losten Chaim en zijn schoonzoon het dan op?' Simon boog zich voorover naar Yehuda, die zijn gezicht achter zijn handen verborg. 'Het was inmiddels dag geworden, je kon het niet zonder dat iemand je zag het huis uit smokkelen.'

Er viel een stilte.

'Misschien,' vervolgde Simon, 'misschien dat Chaim zich toen ineens de leiding in zijn kelder herinnerde.'

Yehuda keek op.

'Wat is dat?' vroeg Simon bijna onverschillig. 'Een strontpijp, een ontsnappingsroute?'

'Een afvoer,' zei Yehuda gemelijk. 'Er stroomt een watertje door de kelder.'

Simon knikte. 'Dus er is een afvoer in de kelder? Een grote afvoer? Die op de rivier uitkomt?' Heel even schoot zijn blik naar Adelia, die naar hem terugknikte. 'Bevindt de monding zich op de plek onder de steiger waar Chaim zijn schuiten vastlegt?'

'Hoe wist u dat?'

'Dus,' zei Simon, nog steeds op milde toon, 'duwden jullie het lichaam erin.'

Yehuda wiegde, weer huilend, heen en weer. 'We hebben erbij gebeden. We stonden in het donker van de kelder en baden voor de doden.'

'Hebben jullie gebeden voor de doden gezegd? Goeie hemel, dat is fraai. Daar zal de Heer wel blij mee zijn. Maar jullie zijn niet gaan kijken of het lichaam wegdreef toen het in de rivier terechtkwam.'

Yehuda stopte verrast met huilen. 'Is dat dan niet gebeurd?'

Simon was overeind gekomen en hief zijn armen smekend op naar de Heer die dit soort dwazen op aarde liet rondlopen.

'De rivier is afgezocht,' kwam Adelia tussenbeide in Salernitaans patois, omdat het alleen voor de oren van Mansur en Simon bestemd was. 'De hele stad liep uit. Ook al zou het lichaam zijn vast blijven zitten achter een paal van een steiger, dan nog zou het op zo'n grondige zoektocht gevonden moeten zijn.'

Simon schudde zijn hoofd naar haar. 'Ze hadden erover gepraat,' zei hij vermoeid, in hetzelfde taaltje. 'Wij zijn joden, dokter. Wij praten. We denken na over de uitkomst, alle vertakkingen, we vragen ons af of de Heer die zal goedkeuren en of we het wel zo moeten doen. Tegen de tijd dat ze klaar waren met delibereren en een besluit hadden genomen, waren die onderzoekers natuurlijk al hoog en breed vertrokken.' Hij slaakte een zucht. 'Het zijn ezels, en erger nog dan ezels, maar zij hebben die jongen niet vermoord.'

'Dat weet ik.' Hoewel geen rechtbank hen zou geloven. Yehuda en zijn schoonvader, die met recht vreesden voor hun leven, hadden een wanhoopsdaad begaan, en nog gebrekkig ook, alleen maar om zichzelf een paar dagen respijt te gunnen, gedurende welke tijd het lichaam, dat onder water vastzat in de steiger, dusdanig opzwol dat het boven kwam drijven.

Ze wendde zich tot Yehuda, want ze kon niet langer wachten. 'Hebben jullie het lichaam voordat het de afvoerpijp in ging misschien onderzocht? Hoe was het eraan toe? Was het verminkt? Was het gekleed?'

Yehuda en Benjamin keken haar vol afschuw aan. 'Hebben jullie een vrouwelijke lijkenetende geest meegebracht?' wilde Benjamin van Simon weten.

'Hoezo lijkenetende geest?' Simon dreigde weer serieus iemand een opdoffer te geven en Mansur stak zijn hand uit om hem tegen te houden. 'Jullie douwen een arme jongen een afvoerpijp in en stellen mij vragen over lijkenetende geesten?'

Adelia ging de kamer uit en liet Simon uitrazen. Er was nog één iemand in het kasteel die haar zou kunnen vertellen wat ze wilde weten.

Toen ze onderweg naar de hof de gang door liep, merkte de belastinginner op dat ze vertrok. Hij liet de drost even alleen om zijn schildknaap instructies te geven.

'Die Saraceen is niet bij haar, toch?' Pipin was zenuwachtig; hij had nog steeds pijn aan zijn rug.

'Ga eens even kijken met wie ze gaat praten.'

Adelia liep over de zonovergoten hof naar de hoek waar de joodse vrouwen bij elkaar zaten. Degene die ze zocht kon ze er zo uit halen, doordat ze zo jong was en zij van alle vrouwen de enige was die een stoel had gekregen om op te zitten. En doordat ze een dikke buik had. Ze is al ten minste acht maanden heen, oordeelde Adelia.

Ze maakte een buiging voor Chaims dochter. 'Vrouwe Dina?'

Donkere ogen, groot en defensief, keken haar aan. 'Ja?'

Het meisje was veel magerder dan in deze toestand gezond voor haar was; haar bolle buik leek wel veroorzaakt door iets wat zich als een agressieve uitstulping had vastgehecht aan een tere plant. Rond haar diepliggende ogen en op haar holle wangen had haar huid de kleur van perkament.

De dokter in Adelia dacht: jij zou eens wat van Gyltha's kookkunst moeten proeven, meisje; en daar ga ik voor zorgen.

Ze stelde zichzelf voor als Adelia, dochter van Gershom uit Salerno. Haar stiefvader mocht dan een van zijn geloof gevallen jood zijn, maar dit was niet het moment om over zijn afvalligheid te beginnen, of over die van haarzelf. 'Kunnen we even praten?' Ze keek om zich heen naar de andere vrouwen, die dichterbij kwamen. 'Onder vier ogen?'

Dina bleef even roerloos zitten. Ze was met een bijna doorzichtig gaas gesluierd tegen de zon en haar ingewikkelde hoofdtooi was niet-alledaags. Onder de oude sjaal die ze om haar schouders had geslagen, piepte met parels bezette zijde vandaan. Adelia dacht vol medelijden: ze draagt nog de kledij van haar huwelijksdag.

Ten slotte zond ze de andere vrouwen met een handgebaar heen; Dina, vluchtelinge die ze was, weeskind dat ze was, gold onder de vrouwen nog altijd als de dochter van de man die de rijkste jood van Cambridgeshire was geweest. En ze verveelde zich; nu ze al een jaar met hen opgescheept zat, zou ze alle verhalen van haar metgezellen al wel kennen en die reeds diverse malen hebben gehoord.

'Ja?' Het meisje sloeg haar sluier op. Ze was zestien misschien, niet ouder, en zag er schattig uit. Maar op haar gezicht lag een bittere trek. Toen ze hoorde wat Adelia wilde, deed ze afstandelijk. 'Daar wil ik niet over praten.'

'De echte moordenaar moet worden gepakt.'

'Het zijn allemáál moordenaars.' Ze hield haar hoofd in luisterhouding schuin en stak een vinger op, zodat Adelia ook zou luisteren.

Vanachter de gaanderij klonken zwakjes kreten, die aangaven dat Roger van Acton in actie kwam nu de bisschop voor de kasteelpoorten stond. De woorden 'Dood aan de joden!' klonken boven alle tumult uit.

Dina zei: 'Weet je wat ze met mijn vader hebben gedaan? Wat ze met mijn moeder hebben gedaan?' Ze vertrok haar jonge gezicht en leek nog jonger. 'Ik mis mijn moeder. Ik mis haar.'

Adelia knielde naast haar neer, pakte de hand van het meisje en bracht die naar haar wang. 'Zij zou willen dat je dapper was.'

'Dat kan ik niet zijn.' Dina trok haar hoofd weg en liet haar tranen de vrije loop.

Adelia wierp een blik op de andere vrouwen, die zorgelijk heen en weer drentelden, en schudde haar hoofd om hen te waarschuwen dat ze niet dichterbij moesten komen. 'Jawel, dat kun je best,' zei ze. Ze legde Dina's hand op de hare, die op haar dikke buik rustte. 'Je moeder zou willen dat je dapper was omwille van haar kleinkind.'

Maar Dina's verdriet, dat nu tot uitbarsting gekomen was, was vermengd met grote vrees. 'Ze maken de baby natuurlijk óók dood.' Ze sperde haar ogen wijd open. 'Hoor je ze dan niet? Straks komen ze deze kant op. Straks komen ze hierheen!'

Wat was hun toestand benard. Adelia kon zich wel een voorstelling maken van het isolement, van de verveling zelfs, maar niet van het dag in dag uit wachten, als een dier dat met zijn poot in een val zit en wacht tot de wolven komen. Je kon moeilijk vergeten dat er buiten de poort een meute klaarstond; daar zorgde het gejank van Roger van Acton wel voor.

Ze probeerde Dina met zachte klopjes gerust te stellen. 'De koning laat ze heus niet binnen.' En: 'Je man is bij je om je te beschermen.'

'Ach, die!' Ze zei het met zo veel verachting dat haar tranen ervan opdroogden.

Gold die verachting nou de koning, of haar echtgenoot?' Het meisje zou de man met wie ze zou moeten trouwen niet te zien hebben gekregen voordat de bruiloft daar was; Adelia was nooit bijster van die gewoonte gecharmeerd geweest. De joodse wet stond niet toe dat een jonge vrouw tegen haar zin werd uitgehuwelijkt, maar al te vaak betekende dat alleen maar dat ze niet gedwongen kon worden te trouwen met een man die ze afschuwelijk vond. Adelia was zelf aan een huwelijk ontsnapt doordat haar stiefvader zo liberaal was dat hij zich had gevoegd naar haar wens om celibatair te blijven. 'Er lopen god zij dank genoeg goeie vrouwen rond,' had hij gezegd, 'maar slechts heel weinig goeie dokters. En een goeie vrouwelijke dokter is haar gewicht in goud waard.'

In Dina's geval hadden een trouwdag vol angsten en de opsluiting die daarop gevolgd was, bepaald niet aan haar huwelijksgeluk bijgedragen.

'Luister eens,' zei Adelia bruusk. 'Als je baby niet de rest van zijn leven in dit kasteel wil doorbrengen, als we willen voorkomen dat de moordenaar vrij rond blijft lopen om nog andere kinderen te vermoorden, dan moet je me vertellen wat ik weten wil.' In haar vertwijfeling voegde ze eraan toe: 'Neem me niet kwalijk, hoor, maar in zekere zin heeft hij ook je ouders vermoord.'

De mooie ogen omlijst door vochtige wimpers namen haar een poosje op alsof ze een onnozele was. 'Maar daarom hebben ze het juist gedaan. Weet je dat dan niet?'

'Wat weet ik niet?'

'Waarom ze die jongen hebben vermoord. Dat weten we wel. Ze hebben hem alleen maar gedood om ons de schuld in de schoenen te schuiven. Waarom zouden ze anders zijn lijk bij ons op het gras hebben gelegd?'

'Nee,' zei Adelia. 'Néé.'

'Natuurlijk wel.' Dina's mond was vertrokken in een hoon die haar er niet mooier op maakte. 'Het was van tevoren zo bekokstoofd. Toen hitsten ze iedereen op – Dood aan de joden, Dood aan Chaim de woekeraar! Dat riepen ze, en dat deden ze.'

'Dood aan de joden!' klonk de echo als een papegaai vanaf de poort.

'Er zijn sindsdien nog andere kinderen gedood,' zei Adelia. Ze was even van haar à propos gebracht door een nieuwe gedachte.

'Voor hen geldt hetzelfde. Zij werden vermoord om de massa een excuus te geven als ze de rest van ons kwamen ophangen.' Dina was niet tot andere gedachten te brengen. Maar toen zei ze: 'Wist je dat mijn moeder voor me is gaan staan? Wist je dat? Zodat ze háár aan stukken konden scheuren en mij zouden sparen?'

Plots sloeg ze haar handen voor haar gezicht en wiegde heen en weer, zoals haar echtgenoot even tevoren ook had gedaan, alleen bad Dina om haar dood: *'Osee sjalom bimromav hoe ja' asee sjalom aleenoe we'al kol Jisraeel we'imroe, ameen'.*

'Ameen.' Moge Hij die vrede brengt in Zijn verheven heilige rijk vrede voor ons brengen en voor heel Israël. Als U daar bent, God, bad Adelia, laat het dan zo zijn.

Natuurlijk dachten deze mensen dat wat hun was overkomen in scène was gezet, een plot van gojim om kinderen te vermoorden, om op die manier de joden te kunnen ombrengen. Dina vroeg niet naar het waarom; de geschiedenis was voor haar het antwoord.

Zachtjes, maar resoluut trok Adelia Dina's handen omlaag, zodat ze het meisje kon aankijken. 'Luister eens naar me, vrouwe. Eén iemand heeft deze kinderen vermoord, één iemand. Ik heb hun lijken gezien en hij brengt ze zulke afschuwelijke verwondingen toe dat ik je maar niet zal zeggen welke. Dat doet hij omdat hij wordt gedreven door een wellust waar wij geen voorstelling van hebben, omdat hij naar onze maatstaven niet menselijk is. Simon van Napels is nu naar Engeland gekomen om de joden van deze schuld te bevrijden, maar ik vraag je niet om hem te helpen omdat jij joods bent. Ik vraag het je omdat het tegen de wet van God en die van de mensen indruist om kinderen zo te laten lijden als die kinderen geleden hebben.'

De drukte waar het kasteel zich al de hele dag op had voorbereid zwol aan, zodat het getier van Roger van Acton te midden van het tumult dat losbarstte niet meer leek voor te stellen dan het gekwetter van een vogeltje.

Een stier die straks zou worden opgehitst, voegde zijn geloei toe aan het gerasp van een slijpsteen waarop schildknapen de zwaarden van hun meesters slepen. Soldaten marcheerden ter oefening in formatie rond. Kinderen, die net naar buiten waren gelaten om in de tuin van de drost te spelen, lachten en joelden.

Verderop op het toernooiveld was een belastinginner die had besloten dat hij maar eens wat moest afvallen, een kijkje komen nemen bij de ridders die oefenden met houten zwaarden.

'Wat wil je weten?' vroeg Dina.

Adelia klopte op haar wang. 'Je bent je dappere moeder waardig.' Ze hield haar adem in. 'Dina, jij hebt dat lichaam op het grasveld zien liggen voordat het licht uitging, voordat er een tafelkleed overheen werd gelegd, voordat het werd weggehaald. Hoe was het eraan toe?'

'Het arme kind.' Dit keer plengde Dina geen tranen om haarzelf, en ook niet om haar baby, noch om haar moeder. 'Die arme jongen. Iemand had zijn oogleden afgesneden.'

8

'Ik wilde het zeker weten,' zei Adelia. 'De jongen had door iemand anders omgebracht kunnen zijn dan onze moordenaar, of zelfs kunnen zijn verongelukt – de verwondingen zouden na de dood zichtbaar kunnen zijn gebleven.'

'Ja,' schamperde Simon, 'als mensen verongelukken, springen ze wel vaker op het dichtstbijzijnde grasveld van een jood.'

'Het was nodig om zeker te weten dat hij op dezelfde manier is gestorven als de anderen. Dat moest bewezen worden.' Adelia was al net zo moe als Simon, hoewel ze de manier waarop de joden met het lichaam op hun grasveld waren omgegaan, niet zo walgelijk vond als hij; ze had juist met hen te doen. 'Nu weten we zeker dat de joden hem niet hebben gedood.'

'En wie gaat dat geloven?' Simon zag er helemaal geen gat meer in.

Ze zaten aan het avondeten. De laatste zonnestralen die vrijwel recht door de belachelijke ramen vielen, verwarmden de kamer en zetten Simons tinnen schenkkan in een gouden gloed. Om wijn te sparen was hij overgestapt op Engels bier. Mansur dronk het gerstewater dat Gyltha voor hem maakte.

Mansur stelde nu de vraag: 'Waarom snijdt die hond hun oogleden af?'

'Ik heb geen idee.' Adelia wilde niet over de reden nadenken.

'Wil je weten wat ik denk?' zei Simon.

Dat wilde ze niet. In Salerno kreeg ze lijken te zien waarvan sommigen onder verdachte omstandigheden waren gestorven. Die onderzocht ze; vervolgens gaf ze de uitkomsten door aan haar stiefvader, die op zijn beurt het gezag op de hoogte stelde, waarna de lichamen werden weggehaald. Soms – altijd achteraf – kwam haar ter ore wat er met de dader was gebeurd, als hij of zij gevonden werd. Dit was voor het eerst dat ze te maken had met de daadwerkelijke jacht op een moordenaar, en dat beviel haar helemaal niet.

'Volgens mij sterven ze naar zijn zin te snel,' zei Simon. 'Ik denk dat hij hun aandacht wil, ook als ze al dood zijn.'

Adelia wendde haar hoofd af en keek naar de mugjes die dansten in een baan zonlicht.

'Ik weet wel welke lichaamsdelen ik zou willen afsnijden als we hem te pakken krijgen, *inshallah*,' zei Mansur.

'Dan wil ik je wel helpen,' stemde Simon met hem in.

De twee mannen zagen er heel verschillend uit. De Arabier, die met zijn lange lichaam in zijn stoel zat, zijn donkere gezicht bijna uitgevlakt tegen de witte plooien van zijn tulband; en dan de jood, wiens kaaklijn werd afgetekend in de zon, die naar voren boog, zijn vingers tastend om zijn kruik. Maar ze waren het met elkaar eens.

Waarom gingen mannen altijd van het ergste uit? Misschien wás het dat voor hen ook wel. Maar het was iets triviaals, net zoiets als een solitair levend dier castreren. De schade die dit bepaalde wezen had aangericht, was te veelomvattend om door mensen vergolden te kunnen worden, de pijn die het had veroorzaakt had zich te ver verspreid. Adelia dacht aan Agnes, de moeder van Harold, en haar wake. Ze dacht aan de ouders die om de kleine doodskisten heen waren komen staan in de kerk van St.-Augustinus. Aan de twee mannen in de kelder van Chaim, die gebeden prevelden terwijl ze zichzelf geweld aandeden door zich van een vreeswekkende last te bevrijden. Ze dacht aan Dina en de schaduw die over haar heen gevallen was en die nooit meer zou kunnen optrekken.

Je zou iemand voor de eeuwigheid vervloeken, bedacht ze, omdat er voor zo'n dood geen genoegdoening kan bestaan, en ook niet voor de levenden die moeten achterblijven. Niet in dit leven.

'Ben je het met me eens, dokter?'

'Wat?'

'Met mijn theorie over de verminkingen.'

'Daar hou ik me niet mee bezig. Ik ben hier niet om te begrijpen waarom een moordenaar doet wat hij doet, alleen maar om te bewijzen dat hij het heeft gedaan.'

Ze staarden haar aan.

'Sorry, hoor,' zei ze, kalmer nu. 'Maar ik wil me niet in hem verplaatsen.'

Simon zei: 'Dat zal anders misschien wel nodig zijn voordat we deze zaak hebben afgerond, dokter. Denk zoals hij denkt.'

'Doe jij dat maar,' zei ze. 'Jij bent de man van de subtiliteiten.'

Mistroostig zoog hij zijn longen vol lucht; ze waren vanavond allemaal in een sombere stemming. 'Laten we eens kijken wat we tot dusver van hem weten. Mansur?'

'Voordat de heilige jongen werd vermoord, hebben er geen moorden plaatsgevonden. Misschien was hij een jaar geleden net nieuw in de stad.'

'Aha, dus dan denk je dat hij eerder hetzelfde heeft gedaan, maar dan elders?'

'Een vos verliest wel zijn haren, maar niet zijn streken.'

'Dat is waar,' zei Simon. 'Of hij was een nieuwe rekruut in de legers van Beëlzebub, die nog maar net begon zijn verlangens te bevredigen.'

Adelia fronste; zij had niet het gevoel dat de moordenaar een bijster jonge man was.

Simon hief zijn hoofd op. 'Denk jij van niet, dokter?'

Ze zuchtte; ook al wilde ze niet, ze werd hier toch in betrokken. 'Gaan we van veronderstellingen uit?'

'We kunnen weinig anders.'

Met tegenzin, omdat haar vrees op niets meer berustte dan op een schim waarvan ze in de mist een glimp had opgevangen, zei ze: 'De slachtoffers zijn dolzinnig aangevallen, waardoor je vanzelf gaat denken aan een jong iemand. Maar het was wel van tevoren zo beraamd, wat weer een ouder iemand doet vermoeden. Hij lokt ze naar een speciale, afgelegen plek, zoals de heuvel; volgens mij moet dat haast wel, omdat niemand hoort hoe ze gemarteld worden. Mogelijk neemt hij er uitgebreid de tijd voor; niet in het geval van de Kleine Petrus – bij hem had hij meer haast – maar wel bij de kinderen na hem.'

Ze zweeg even, omdat de theorie afschuwelijk was en er maar weinig bewijs voor was. 'Het kán zijn dat ze na hun ontvoering een poosje levend en wel ergens opgesloten zijn gehouden. Dat wijst in de richting van een pervers geduld en een voorliefde voor een langdurige doodsnood. Ik had verwacht dat het lijk van het meest recente slachtoffer, de dag waarop hij werd ontvoerd in aanmerking genomen, tekenen van verdergaande ontbinding zou hebben vertoond dan het geval was.'

Ze keek hen dreigend aan. 'Maar dat kan zo veel oorzaken hebben dat het een hypothese van niks is.'

'Ach.' Simon schoof zijn beker van zich af alsof hij er aanstoot aan nam. 'We zijn geen steek verder. We zullen er toch niet onderuit kunnen zevenenveertig mensen naar hun beweegredenen te vragen, of ze nou zwart kamgaren dragen of niet. Ik zal mijn vrouw een brief moeten schrijven om haar te vertellen dat ik nog niet naar huis kom.'

'Eén ding nog,' zei Adelia. 'Toen ik vandaag een gesprek had met vrouwe Dina, moest ik eraan denken. Dat arme mens denkt dat alle moorden verband houden met een samenzwering om haar volk de schuld in de schoenen te schuiven...'

'Er is geen verband,' zei Simon. 'Ja, hij probeert met zijn davidsterren wel een relatie te leggen met de joden, maar dat is niet de reden waarom hij de moorden pleegt.'

'Dat denk ik ook niet. Wat het primaire motief voor deze moorden ook is, met ras heeft het niets te maken. Daarvoor zijn er te veel tekenen van seksuele agressie.'

Ze deed er het zwijgen toe. Ze had weliswaar gezegd dat ze zich niet in de geest van de moordenaar wenste te verplaatsen, maar ze voelde die geest naar haar uitreiken om haar erin te betrekken. 'Niettemin ziet hij geen reden waarom hij er niet zijn voordeel mee zou kunnen doen. Waarom heeft hij het lichaam van de Kleine Petrus op Chaims grasveld gelegd?'

Simon trok zijn wenkbrauwen op; het antwoord op die vraag sprak voor zichzelf. 'Chaim was een jood – de eeuwige zondebok.'

'Het heeft wel effect gehad,' zei Mansur. 'De moordenaar heeft zo alle verdenking afgewenteld. En' – hij gebaarde met een vinger langs zijn keel – 'de joden zijn verleden tijd.'

'Precies,' zei Adelia. 'De joden zijn verleden tijd. Nogmaals: ik ben het ermee eens dat de man de joden als schuldigen wilden doen voorkomen, maar waarom koos hij daar die ene jood voor uit? Waarom heeft hij het lichaam niet bij een van de andere huizen neergelegd? Die waren die avond donker en verlaten, omdat de hele wijk op Dina's bruiloft was. Als hij in een boot zat – en dat zit er dik in – dan ligt dit huis, dat van de Oude Benjamin, vlak bij de rivier; de moordenaar zou het lijk hier ook hebben kunnen neerleggen. In plaats daarvan nam hij een onnodig risico en koos voor het grasveld van Chaim, dat goed verlicht was.'

Simon boog zich nog verder naar voren, tot hij met zijn neus bijna een van de kandelaars op de tafel raakte. 'Ga verder.'

Adelia haalde haar schouders op. 'Ik kijk alleen maar naar het eindresultaat. De joden hebben de schuld gekregen; de mensen zijn helemaal opgehitst; Chaim, de grootste geldschieter in Cambridge, is opgehangen. De toren waar de administratie werd bewaard van wie er allemaal geld aan woekeraars schuldig was, is in vlammen opgegaan, met Chaims papieren erbij.'

'Zou hij bij Chaim in het krijt hebben gestaan? Zou onze moordenaar nadat hij zijn perverse lusten had bevredigd, ook nog eens hebben gewild dat zijn schulden werden kwijtgescholden?' Simon overwoog deze mogelijkheid. 'Maar hoe had hij kunnen weten dat het publiek de toren in brand zou steken? Of, nu we het er toch over hebben, dat de mensen zich tegen Chaim zouden keren en hem zouden ophangen?'

'Hij bevindt zich onder de mensen,' zei Mansur, en zijn jongensstem schoot uit toen hij zei: 'Dood aan de joden! Dood aan Chaim! Weg met dat smerige gewoeker! Weg met het kasteel, mensen. Hier met die fakkels!'

Ulf, die was geschrokken van het lawaai, stak zijn hoofd over de balustrade van de galerij – een witte en warrige paardenbloempluisbol in het zich verdichtende duister. Adelia zwaaide met haar vinger. 'Naar bed jij.'

'Waarom praten jullie in zo'n gek taaltje?'

'Om te voorkomen dat jij luistervink speelt. Ga naar bed.'

Boven de balustrade werd meer van Ulfs lichaam zichtbaar. 'Dus jullie denken dat de joden toch niets te maken hadden met Peter en de anderen?'

'Nee,' antwoordde Adelia hem, en omdat tenslotte Ulf degene was die de afvoerpijp had ontdekt en die aan haar had laten zien, voegde ze eraan toe: 'Peter was al dood toen ze hem op het grasveld vonden. Ze waren bang geworden en stopten hem in de pijp om de verdenking van zich af te wentelen.'

'Wel verrekte slim van ze, toch?' De jongen gromde vol walging. 'Maar wie heeft hem dán vermoord?'

'Dat weten we niet. Iemand die graag wilde dat Chaim de schuld kreeg, misschien iemand die hem geld schuldig was. En nu naar je bed.'

Simon hief zijn hand om de jongen tegen te houden. 'We weten het nog niet, mijn zoon, maar we proberen erachter te komen.' Tegen Adelia zei hij in het Salernitaans: 'Hij is een intelligent kind, hij heeft zich al nuttig gemaakt. Misschien kan hij voor ons rondneuzen.'

'Nee.' Ze stond zelf versteld van haar heftigheid.

'Ik kan wel helpen.' Ulf maakte zich van de balustrade los en kwam ijlings de trap af getrippeld. 'Ik kan goed spoorzoeken. Ik ken de stad als mijn broekzak.'

Gyltha kwam binnen om de kaarsen aan te steken. 'Ulf, naar bed jij, voordat ik je aan de katten voer.'

'Zeg het dan tegen ze, oma,' smeekte Ulf. 'Vertel ze dan dat ik heel goed kan spoorzoeken. En ik vang altijd van alles op, toch, oma? Ik kan dingen horen die niemand anders hoort, omdat niemand op mij let. Ik kan op plekken komen... Ik heb er recht op, oma. Harold en Peter waren tenslotte míjn vriendjes.'

Gyltha's blik kruiste die van Adelia, en de angst die daarin te lezen stond maakte Adelia duidelijk dat Gyltha wist wat zij wist: de moordenaar zou opnieuw toeslaan.

Een vos verliest wel zijn haren...

Simon zei: 'Ulf zou morgen met ons mee kunnen gaan om ons te laten zien waar de drie kinderen gevonden zijn.'

'Dat was aan de voet van de Ring,' zei Gyltha. 'Ik wil niet dat die jongen daar in de buurt komt.'

'Mansur gaat met ons mee. De moordenaar is niet op de heuvel, Gyltha, hij is in de stad; de kinderen werden vanuit de stad ontvoerd.'

Gyltha keek naar Adelia, die knikte. Ulf zou veiliger zijn met hen erbij dan wanneer hij in zijn eentje door Cambridge zwierf.

Gyltha dacht erover na. 'En de zieken dan?'

'De praktijk wordt een dag gesloten,' zei Simon resoluut.

Niet minder resoluut zei Adelia: 'Onderweg naar de heuvel zal de dokter bij de ernstigste patiënten langsgaan. Ik wil even kijken bij dat kind dat zo hoestte. En bij de man met de amputatie moet het verband worden verschoond.'

Simon zuchtte. 'We hadden ons als astrologen moeten voordoen. Of als juristen. Iets waar niemand iets aan heeft. Ik vrees dat de geest van Hippocrates een dure plicht op onze schouders heeft gelegd.'

'Inderdaad.' In Adelia's beperkte pantheon nam Hippocrates de allerhoogste plaats in.

Ze kregen Ulf zover dat hij naar het souterrain ging, waar de bedienden en hij sliepen. Gyltha trok zich terug in de keuken en de drie anderen hervatten hun discussie.

Simon trommelde peinzend met zijn vingers op de tafel. Toen hield hij daarmee op. 'Mansur, mijn goede, wijze vriend, ik geloof dat je gelijk hebt. Een jaar geleden bevond onze moordenaar zich onder de mensen, om de dood van Chaim te bewerkstelligen. Dokter, kun je je daarmee verenigen?'

'Wellicht,' zei Adelia behoedzaam. 'In elk geval denkt vrouwe Dina dat de mensen welbewust zijn opgehitst.'

Dood aan de joden!, dacht ze, was de favoriete kreet van Roger van Acton. Het zou wel mooi uitkomen als die kerel als mens even afschuwelijk was als zijn daden.

Ze sprak die gedachte hardop uit, maar begon toen weer te twijfelen. De kindermoordenaar wist wat overreding was, en ze kon zich niet voorstellen dat de schuchtere Mary zich had laten verlokken door Acton, hoeveel snoepgoed hij haar ook gaf. Daar was de man niet slinks genoeg voor; hij was een lelijke wauwelaar. En als hij echt zo'n hekel aan de joden had, was het niet waarschijnlijk dat hij geld van ze had geleend.

'Dat hóéft niet,' zei Simon tegen haar. 'Ik heb wel mannen bij mijn vader de deur uit zien stappen terwijl ze zijn gewoeker vervloekten, maar wel hun zakken vol hadden met zijn goud. Acton draagt anders wel kamgaren, en we moeten nagaan of hij op de tijdstippen in kwestie in Cambridge was.'

Zijn stemming was weer enigszins opgeklaard; al met al zou hij toch over niet al te lange tijd terugkeren naar zijn gezin. *'Au loup!'* Terwijl hij stralend naar hun verbaasde gezichten keek, zei hij: 'We hebben het geurspoor te pakken, vrienden. Wij zijn Nimrods. Goeie god, als ik van tevoren had geweten hoe opwindend deze jacht zou worden, had ik mijn studieboeken verruild voor het jachtveld. *Tyer-hillaut!* Dat hoor je toch te roepen?'

Vriendelijk zei Adelia: 'Volgens mij roepen de Engelsen "hallo" en "hailili".'

'O ja? Van fatsoenlijke taal blijft ook niks over. Nou ja, in elk geval hebben we onze prooi in het vizier. Morgen ga ik terug naar het kasteel en maak ik gebruik van dit voortreffelijke orgaan' – hij tikte tegen zijn neus, die tevreden krulde – 'om eens na te speuren welke man in de stad Chaim geld schuldig was dat hij niet wilde terugbetalen.'

'Niet morgen,' zei Adelia. 'Morgen gaan we naar Wandlebury Hill.' Voor een zoektocht daar zouden ze alle drie nodig zijn. Plus Ulf.

'Overmorgen dan.' Simon liet zich niet van de wijs brengen. Hij hief zijn kruik eerst naar Adelia en toen naar Mansur op. 'We hebben hem in de smiezen, meesters. Een man van rijpe leeftijd, drie nachten geleden aanwezig op Wandlebury Hill, op die en die dag in Cambridge, iemand die zwaar in de schuld staat bij Chaim en die het volk ophitst om het bloed van de geldschieter te eisen. Iemand die aan zwart kamgaren kan komen.' Hij nam een flinke slok en veegde zijn mond af. 'We weten al bijna welke maat laarzen hij draagt.'

Aan die lijst zou ze ook nog vindingrijkheid willen toevoegen, want als de kinderen, net als Peter, vrijwillig met hun moordenaar mee waren gegaan, hadden ze daar met charme, of zelfs humor, toe moeten zijn overreed.

Ze dacht aan de uit de kluiten gewassen belastinginner.

Gyltha vond het niet prettig als haar werkgevers tot laat opbleven en ze kwam binnen om de tafel af te ruimen terwijl zij daar nog zaten.

'Kom,' zei ze, 'laten we eens kijken naar dat snoepgoed van je. De oom van Matilda B zit in de keuken; hij doet in snoep. Misschien dat hij weet wat het is.'

In Salerno zou dit ondenkbaar zijn, bedacht Adelia terwijl ze de trap op liep. In de villa van haar ouders zorgde haar tante ervoor dat de bedienden niet alleen hun plaats wisten, maar daar bleven ook en alleen hun mond opendeden – en dan met respect – wanneer dat hun werd gevraagd.

Aan de andere kant, bedacht ze, kun je je afvragen wat de voorkeur verdient: eerbied of samenwerking?

Ze haalde het snoepgoed dat in Mary's haar verstrikt had gezeten en legde het samen met het vierkantje linnen op tafel. Simon deinsde ervoor terug. De oom van Matilda B porde er met een dikke bleke vinger tegen en knikte.

'Weet u het zeker?' Adelia hield een kaars schuin om hem beter bij te lichten.

'Het is een jujube,' zei Mansur.

'Gemaakt met suiker, zou ik zeggen,' zei de oom. 'Te kostbaar voor mijn handel; wij zoeten met honing.'

'Wat zei je nou?' vroeg Adelia aan Mansur.

'Het is een jujube. Mijn moeder maakte die ook, moge Allah haar genadig zijn.'

'Een jujube,' zei Adelia. 'Natuurlijk. Die maken ze ook in de Arabische wijk in Salerno. O, god...' Ze liet zich in een stoel vallen.

'Wat is er?' Simon sprong overeind. 'Nou?'

'Het waren geen jo-jodes, maar jujubes.' Ze kneep haar ogen dicht, omdat ze het beeld dat haar weer voor de geest kwam, bijna niet kon verdragen: een kleine jongen die achteromkeek voordat hij tussen de donkere bomen verdween.

Toen ze ze weer opendeed, had Gyltha Matilda B en haar oom de kamer uit gewerkt, waarna ze zelf terug was gekomen. Niet-begrijpende gezichten staarden haar aan.

In het Engels zei Adelia: 'Dát bedoelde de Kleine St.-Petrus. Ulf heeft het ons verteld. Hij zei dat Peter vanaf de overkant van de rivier naar zijn vriend Will riep dat hij met iemand afgesproken had voor jo-jodes. Maar zo was het niet. Hij zei dat hij iemand zou gaan zien die hem *jujubes* zou geven. Will kan dat woord nooit eerder hebben gehoord, dus vatte hij het op als jo-jodes.'

Niemand zei iets. Gyltha had een stoel gepakt en was bij hen komen zitten, met haar ellebogen op tafel en haar handen tegen haar voorhoofd.

Simon verbrak de stilte. 'Je hebt vast gelijk.'

Gyltha keek op. 'Daar zijn ze natuurlijk mee gelokt. Maar ik heb er nog nooit van gehoord.'

'Een Arabische handelaar kan ze meegenomen hebben,' legde Simon uit. 'Het is snoepgoed uit het Oosten. We moeten zoeken naar iemand die Arabische connecties heeft.'

'Misschien een kruisvaarder die van zoetigheid houdt,' zei Mansur. 'Kruisvaarders nemen die dingen mee terug naar Salerno, en misschien heeft er wel eentje wat meegenomen hiernaartoe.'

'Dat is het!' Simon raakte weer helemaal in vuur en vlam. 'Dat is het: onze moordenaar is naar het Heilige Land geweest!'

Wederom dacht Adelia niet aan sir Gervase of aan sir Joscelin, maar aan de belastinginner, die ook kruisvaarder was.

Schapen zullen, net als paarden, niet welbewust over mensen heen lopen die op de grond liggen. De schaapherder Oude Walt had toen hij zijn kudde die dag op Wandlebury Hill had geweid, een opening zien ontstaan in de massa wollige ruggen alsof een onzichtbare profeet die had geboden uiteen te wijken. Tegen de tijd dat hij bij het obstakel was aangekomen waar de dieren omheen waren gelopen, hadden de schapen zich alweer naadloos aaneengevoegd.

Maar zijn hond had het op een janken gezet.

De aanblik van de kinderlijkjes, met op elk van de borstkasjes een merkwaardig vlechtwerkje, had de teneur van een leven waarin de enige vijand uit slecht weer bestond, of vier poten had en kon worden weggejaagd, doorbroken.

Nu probeerde de Oude Walt voor herstel te zorgen. Zijn droge, gerimpelde handen lagen gevouwen op zijn staf, een zak hing over zijn gebogen hoofd en schouders, en zijn diepliggende kraaloogjes keken naar het gras waar de lichaampjes hadden gelegen, terwijl hij in zichzelf mompelde.

Ulf, die dicht bij hem zat, zei dat hij bad tot de Vrouwe. 'Om deze plek hier beter te maken, of zoiets.'

Adelia was een paar meter verderop gaan staan, ze had een rotsblok uitgezocht en daarop plaatsgenomen, met Wachter aan haar zijde. Ze had geprobeerd de schaapherder te ondervragen, maar ook al had zijn blik over haar heen gedwaald, hij had haar niet gezien. Zij had *gezien* dat hij haar niet zag, alsof een buitenlandse vrouw zo ver buiten zijn ervaringswereld lag dat ze onzichtbaar voor hem was.

Dit moest ze aan Ulf overlaten, die net als de schaapherder uit het veen afkomstig was en dus rechten kon doen gelden op het landschap.

Wat een landschap was dit toch. Links van haar liep het land af naar de vlakheid van de veengronden en de zee van vlieren en wilgen die de geheimen daarvan bewaakten. Aan haar rechterkant lag in de verte de kale heuveltop met zijn beboste flanken waar Simon, Mansur, Ulf en zij de afgelopen drie uur de merkwaardige kuilen in de bodem hadden onderzocht; ze hadden gebukt onder de struiken gekeken, zoekend naar een hol waar de moord kon zijn gepleegd – en ze hadden niets gevonden.

Een lichte regen kwam en ging toen wolken de zon verduisterden en die vervolgens weer lieten schijnen.

De wetenschap dat ze zich vlak bij een Golgotha bevonden, had invloed gehad op de natuurlijke geluiden: het lied van de woudzangers, blaadjes die trilden in de regen, het briesje dat door een krakende, oude appelboom blies, het gehijg van Simon de stadsmens terwijl hij voortploeterde, het droge geluid van schapen die mondenvol gras afscheurden... Voor haar had er over dat alles een stilte gelegen die nog steeds gonsde van de ongehoorde kreten.

Ze was blij geweest om een excuus te hebben toen ze in de verte de schaapherder had ontwaard – de schaapherder van de priorij, want dit waren schapen van St.-Augustinus – was met Ulf naar hem toe gegaan om een praatje met hem te maken en had de twee mannen achtergelaten om verder te zoeken.

Voor de tiende keer liet ze de gedachtegang de revue passeren die hen allen naar deze plek had gevoerd. De kinderen waren overleden op kalkgrond; dat stond buiten kijf.

Ze waren gevonden op slib – hier, op een modderig schapenpad dat uiteindelijk de heuvel op leidde. En bovendien uitgerekend op de ochtend dat de rust op de heuvel was verstoord door een plotselinge toevloed van vreemdelingen.

Ergo, de lichamen waren die nacht verplaatst. Vanuit hun kalkstenen graven. En het dichtstbijzijnde kalkgebied, de enig mogelijke kalklaag van waaruit ze binnen die tijd verplaatst konden zijn, was Wandlebury Hill.

Ze richtte haar blik ernaartoe, knipperend tegen de regendruppels van de laatste bui, en zag dat Simon en Mansur verdwenen waren.

Ze zouden wel rondneuzen door de diepe, donkere lanen, die nog donkerder waren door het overhangende gebladerte, die ooit de om de heuvel heen lopende greppels waren geweest.

Welk volk van vroeger had deze plek versterkt met die greppels, en waartoe? Ze vroeg zich af of hier alleen het bloed van de kinderen vergoten was, of nog meer. Kon het zijn dat een plek van zichzelf boosaardig was en de zwartheid in de ziel van mensen naar zich toe trok zoals hij die van de moordenaar naar zich toe had getrokken?

Of was Vesuvia Adelia Rachel Ortese Aguilar net zozeer ten prooi aan bijgeloof als een oude man die bezweringen stond te mompelen boven een stukje gras?

'Gaat hij nou nog met ons praten of niet?' siste ze Ulf toe. 'Hij zou toch moeten weten of er daar boven een grot is, of iets dergelijks.'

'Hij gaat niet meer naar boven,' siste Ulf terug. 'Hij zegt dat de duivel daar 's nachts ronddanst. Die kuilen zijn zijn voetafdrukken.'

'Hij laat er zijn schapen anders wel heen gaan.'

'In deze tijd van het jaar is daar de allerbeste weidegrond in de wijde omtrek. Zijn hond gaat met ze mee. Honden laten het altijd weten als er iets niet in de haak is.'

Het was een slimme hond, want alleen al door zijn lip op te trekken had hij Wachter de heuvel af weten te jagen, waar hij nu wachtte tot Adelia naar beneden kwam.

Ze vroeg zich af tot welke Vrouwe de schaapherder bad. Tot Maria, de moeder van Jezus? Of tot een oudere moeder?

De Kerk was er niet in geslaagd alle aardegoden uit te bannen; in de ogen van deze oude man moesten de kuilen op de heuveltop wel de hoefafdrukken zijn van een verschrikkelijk wezen dat duizenden jaren ouder was dan de Satan van de christenen.

Ze kreeg een beeld voor ogen van een gigantisch gehoornd beest dat de kinderen vertrapte. Dat maakte haar kwaad op zichzelf – wat had ze toch?

Ze begon ook nat te worden en ze kreeg het koud. 'Vraag hem eens of hij de duivel hier boven weleens heeft gezien.'

Ulf stelde de vraag op een zachte zangerige toon, zodat ze er niets van verstond. De oude man antwoordde op dezelfde manier.

'Hij komt er niet in de buurt, zegt hij. En dat snap ik best. Maar hij heeft wel 's nachts vuur zien branden.'

'Wat voor vuur?'

'Lichten. Duivelsvuur, denkt Walt. Waar hij omheen danst.'

'Wat voor soort vuur? Wanneer? Waar?'

Maar het staccato van vragen had de vrede verstoord die de schaapherder probeerde te sluiten met de geest die hier rondwaarde. Ulf gebaarde dat ze stil moest zijn en Adelia wendde zich weer tot haar bespiegelingen over de geestenwereld, zowel goed als kwaad.

Vandaag op de heuvel was ze blij geweest dat ze onder haar tuniek het kleine houten crucifix droeg dat Margaret haar had gegeven, hoewel ze het altijd alleen bij zich had om de geefster te plezieren.

Niet dat ze iets tegen had op het geloof van het Nieuwe Testament; op zichzelf was het vast een innige en hartstochtelijke geloofsovertuiging, en toen ze op haar knieën naast haar stervende voedster had gezeten, had ze Jezus verzocht of die haar wilde sparen. Dat had hij niet gedaan, maar Adelia vergaf Hem dat; Margarets liefhebbende oude hart was te moe geworden om nog door te gaan, en het einde was tenminste vredig geweest.

Nee, waar Adelia bezwaar tegen aantekende was de interpretatie die de Kerk gaf van God als een kleinzielige, domme, inhalige voorwereldlijke tiran, die nadat Hij een verbijsterend gevarieerde wereld had geschapen, alle onderzoekingen naar de complexiteit ervan had verboden, zodat Zijn volk in onwetendheid bleef.

En de leugens. Toen ze op haar zevende in het klooster van St.-Giorgio had leren lezen en schrijven, was Adelia bereid geweest te geloven wat de nonnen en de Bijbel haar vertelden, totdat moeder Ambrosius over de ribben was begonnen...

De schaapherder was klaar met zijn gebed en zei iets tegen Ulf.

'Wat zegt hij?'

'Hij heeft het over de lichamen, wat de duivel daarmee had gedaan.'

Het viel op dat de Oude Walt Ulf als een gelijke aansprak. Misschien, dacht Adelia, dat het feit dat de jongen kon lezen hem in de ogen van de schaapherder verhief tot een plan dat het leeftijdsverschil tussen hen deed wegvallen.

'Wat zegt hij nu?'

'Hij zegt dat hij nog nooit zoiets had gezien, niet sinds de duivel hier voor het laatst was en ook zoiets had gedaan met de schapen.'

'O.' Een wolf of zoiets, natuurlijk.

'Hij had gehoopt, zegt hij, dat hij die sodemieter niet meer terug hoefde te zien, maar hij is er nu dus weer.'

Wat de duivel had gedaan met de schapen. Scherp vroeg Adelia: 'Wat had hij dan gedaan?' En pas daarna vroeg ze: 'Welke schapen? Wanneer?'

Ulf stelde de vraag en kreeg antwoord. 'Dat was in het jaar van de grote storm.'

'O, nee! Ach, laat ook maar. Waar had hij de karkassen gelaten?'

Eerst gebruikten Adelia en Ulf drie takken als spaden, maar de kalkgrond was te brokkelig om er grote stukken van op te tillen en uiteindelijk moesten ze met hun handen graven. 'Waar zijn we naar op zoek?' luidde Ulfs niet-onredelijke vraag.

'Botten, jongen, botten. Iemand, niet een vos, en ook geen wolf of hond... íémand heeft die schapen aangevallen, zei hij toch?'

'De duivel, zei hij.'

'De duivel bestaat niet. De verwondingen kwamen overeen, zei hij toch?'

Ulf trok een suf gezicht, een teken – ze begon hem te kennen – dat hij de beschrijving die de schaapherder van de verwondingen had gegeven, niet prettig had gevonden.

En misschien had hij die ook helemaal niet moeten aanhoren, bedacht ze, maar daar was het nu te laat voor. 'Blijf graven. In welk jaar was die grote storm?'

'In het jaar dat St.-Ethels klokkentoren instortte.'

Adelia slaakte een zucht. In Ulfs wereld werden seizoenen niet bijgehouden. Verjaardagen gingen voorbij zonder dat er iets aan werd gedaan, maar de tijd werd alleen afgemeten aan bijzondere gebeurtenissen. 'Hoe lang geleden was dat?' Behulpzaam voegde ze eraan toe: 'Rond Kerstmis?'

'Het was niet met kerst, maar in het voorjaar.' Maar toen hij zag hoe streng Adelia's met kalk besmeurde gezicht stond, was Ulf wel gedwongen om er dieper over na te denken. 'Zes, zeven Kerstmissen geleden.'

'Graaf maar verder.'

Zes, zeven jaar geleden.

Toen was er dus een schapenstal op Wandlebury Ring geweest. De Oude Walt zei dat hij de kudde daar 's nachts altijd in opsloot. Maar nu niet meer, niet meer sinds de ochtend dat hij had gezien dat de deur was opengebroken en dat er op het gras eromheen een bloedbad was aangericht.

Prior Geoffrey had, toen hij het te horen had gekregen, geen geloof gehecht aan het verhaal van zijn schaapherder over de duivel. Het moet een wolf zijn geweest, had prior Geoffrey gezegd, en hij was ernaar op jacht gegaan.

Maar Walt wist zeker dat het geen wolf was; wolven deden dat soort dingen niet, niet zúlke dingen. Hij had onder aan de heuvel een kuil gegraven, uit de buurt van het graasland, en had de karkassen een voor een naar beneden gedragen om ze erin te begraven – 'om ze een fatsoenlijke begrafenis te geven', zoals hij tegen Ulf had gezegd.

Welke mensenziel kon nou zo gekweld zijn dat hij keer op keer met een mes op een schaap instak?

Dat kon er maar eentje zijn. Lieve god, slechts één.

'We zijn er.' Ulf had een langgerekte schedel blootgelegd.

'Goed gedaan.' Aan haar kant van de kuil stuitten Adelia's vingers ook op bot. 'We moeten de achterlijven zien te vinden.'

De Oude Walt had het hun makkelijk gemaakt; in zijn poging de geesten van zijn schapen vrede te geven, had hij de lijken in keurige rijen gerangschikt, als dode soldaten op een slagveld.

Adelia trok een van de skeletten uit de grond. Ze ging achteroverzitten en legde het achtereind over haar knieën, terwijl ze de kalk eraf veegde. Ze moest wachten tot er weer een bui was overgetrokken voordat er genoeg licht was om de botten te onderzoeken. Uiteindelijk kwam dat licht er.

Kalm zei ze: 'Ulf, ga meester Simon en Mansur eens halen.'

De botten waren schoon, er zat geen wol meer aan, waaraan te zien

was dat ze hier inderdaad al heel lang lagen. Er was afschuwelijke schade aangebracht aan wat bij een varken – het enige soort dierenskelet
waar ze vertrouwd mee was – het bekken en schaambeen zouden zijn
geweest. De Oude Walt had gelijk gehad: er waren geen tandafdrukken
op te zien. Dit waren steekwonden.

Toen de jongen was weggelopen, tastte ze naar haar tas, maakte het
koord los, haalde er de kleine lei uit die ze overal met zich meenam,
klapte hem open en begon te tekenen.

De inkepingen in deze botten kwamen overeen met die van de kinderen; ze waren misschien niet door hetzelfde lemmet toegebracht, maar
wel door een dat er erg veel op leek, met grove facetten zoals een tot een
punt gesneden stok.

Wat was dit in vredesnaam voor wapen? In elk geval geen hout. Geen
stalen blad, niet per se ijzer, want daar was de vorm te grof voor. Het
was in elk geval wel scherp, venijnig scherp – de ruggengraat van het
dier was ermee doorgesneden.

Had de moordenaar hier zijn choquerende seksuele razernij voor het
eerst uitgeleefd? Op dieren die zich niet konden verweren? Hij had
steeds voor weerlozen gekozen.

Maar waarom dan dat tijdsinterval tussen zes, zeven jaar geleden en
het afgelopen jaar? Dwangmatig gedrag zoals dit was vast niet zo lang te
beteugelen. Misschien was dat ook niet gebeurd; wellicht waren er
elders andere dieren omgebracht en was hun dood aan een wolf toegeschreven. Wanneer had hij zich niet meer aan dieren kunnen bevredigen? Wanneer was hij op kinderen overgestapt? Was de Kleine St.-Pe-
trus zijn eerste geweest?

Hij was weggetrokken, vermoedde ze. Een vos verliest wel zijn haren,
maar niet zijn streken. Op andere plekken waren andere sterfgevallen
geweest, maar deze heuvel was zijn favoriete moordplek. Het was de
grond waarop hij danste. Hij is weggeweest, en nu is hij terug.

Voorzichtig sloeg Adelia de lei dicht tegen de regen, legde het skelet
opzij en ging op haar buik liggen om in de kuil te reiken, zodat ze er
nog meer botten uit kon halen.

Iemand wenste haar goedemorgen.

Hij is teruggekomen.

Heel even bleef ze stil liggen; toen rolde ze zich om, onhandig en on-
beschut, met haar handen op de skeletten in de kuil achter haar om te
voorkomen dat haar bovenlichaam erbovenop viel.

'Weer met botten aan het praten?' vroeg de belastinginner belangstellend. 'En wat zeggen deze – bè-èh?'

Adelia werd zich ervan bewust dat haar rok was opgekropen, zodat er een aanzienlijke hoeveelheid bloot been te zien was, en ze zat niet in een goede houding om hem naar beneden te trekken.

Sir Rowley bukte zich om zijn handen onder haar oksels te steken en haar op te tillen als een pop. 'Een vrouwelijke Lazarus die herrijst uit het graf,' zei hij, 'met stof en al.' Hij begon haar te bekloppen, zodat de zuur ruikende kalk opwolkte.

Ze duwde zijn hand weg, niet langer geschrokken, maar boos, heel boos. 'Wat doe jij hier?'

'Ik maak een wandelingetje voor mijn gezondheid, dokter. Dat zou je moeten kunnen waarderen.'

Hij blaakte van gezondheid en opgewektheid; hij was het meest opvallende wat er in het landschap te zien was, met zijn blozende wangen en mantel – als een bovenmaatse roodborst. Hij nam zijn hoofddeksel af om een buiging voor haar te maken en pakte in een en dezelfde beweging haar lei op. Zogenaamd onhandig sloeg hij hem open, zodat hij de tekeningen kon bekijken.

Toen was het gedaan met zijn jovialiteit. Langzaam rechtte hij zijn rug. 'Wanneer is dit gebeurd?'

'Zes of zeven jaar geleden,' zei ze.

Ze dacht: heb jij het soms op je geweten? Schuilt er gekte achter die vrolijke blauwe ogen?

'Dus hij is met schapen begonnen,' zei hij.

'Ja.' Snel van begrip? Of nam hij het alleen maar aan omdat hij wist welke conclusie zij voor zichzelf had getrokken?

Zijn kaak verstrakte. Er stond ineens een heel andere, veel minder goedgehumeurde man voor haar. Hij leek slanker te zijn geworden.

Het ging harder regenen. Geen spoor van Simon of Mansur.

Plotseling greep hij haar bij de arm en sleurde haar met zich mee. Wachter, die geen waarschuwing had gegeven dat de man naderbij kwam, huppelde vrolijk achter hen aan. Adelia besefte dat ze bang zou moeten zijn, maar ze werd alleen maar witheet van woede.

Ze hielden halt in de beschutting van een beuk, waar Picot haar door elkaar schudde. 'Waarom ben je me elke keer voor? Wie bén je, vrouw?'

Ze was Vesuvia Adelia Rachel Ortese Aguilar en ze werd ruw behandeld. 'Ik ben een dokter uit Salerno. Je hoort me respect te betonen.'

Hij keek naar zijn grote handen die haar armen omvat hielden en liet haar los. 'Neem me niet kwalijk, dokter.' Hij glimlachte aarzelend. 'Dit heeft geen zin, hè?' Hij deed zijn mantel af, spreidde die zorgvuldig uit aan de voet van de boom en nodigde haar uit erop plaats te nemen. Dat deed ze maar al te graag, want haar knieën knikten.

Hij kwam naast haar zitten en zei op redelijke toon: 'Maar snap je, ik ben zelf ook naar die moordenaar op zoek en elke keer wanneer ik een draad volg die me dieper het labyrint in kan leiden, vind ik niet de Minotaurus, maar Ariadne.'

En Ariadne vindt jou, dacht ze. Ze zei: 'Mag ik vragen welke draad je vandaag hier heeft gebracht?'

Wachter tilde zijn poot op tegen de boomstam en installeerde zich vervolgens op een vrij plekje op de mantel.

'O, dat,' zei sir Rowley, 'is eenvoudig te verklaren. Jij was zo vriendelijk me in te schakelen om het verhaal op te schrijven dat die arme botten je in de kluizenaarshut vertelden, dat ze van kalk- naar slibgrond waren verplaatst. Als je even nadacht, kon je zó bedenken wanneer die verplaatsing zich moet hebben voltrokken.' Hij keek haar aan. 'Ik neem aan dat die mannen van je op de heuvel aan het zoeken zijn?'

Ze knikte.

'Daar zullen ze niks vinden. Daar ben ik heel zeker van, omdat ik er zelf de afgelopen twee avonden heb rondgesnuffeld, en geloof mij maar, dame: als het donker wordt kun je maar beter maken dat je er weg-komt.'

Hij sloeg met zijn vuist op de strook stof tussen hen in, zodat Adelia opsprong en Wachter zijn kop ophief. 'Maar hij is hier wel, verdomme. Het spoor van de Minotaurus leidt hierheen. Dat hebben die arme kleintjes ons wel duidelijk gemaakt.' Hij keek naar zijn hand alsof hij die nog nooit eerder had gezien en ontspande toen zijn vuist. 'Dus ik heb me geëxcuseerd bij meneer de drost en ben hiernaartoe gereden om nog eens een kijkje te nemen. En wat tref ik aan? Mevrouw de dokter die naar nog meer botten zit te luisteren. Ziezo, nu ben je helemaal op de hoogte.'

Zijn opgewektheid was teruggekeerd.

Terwijl hij aan het woord was geweest, was de regen overgegaan in gemiezer, en nu kwam de zon tevoorschijn. Hij is net als het weer, bedacht Adelia. En ik ben níet helemaal op de hoogte.

Ze zei: 'Hou je van jujubes?'

'Daar ben ik dol op. Hoezo? Wou je me die aanbieden?'

'Nee.'

'O.' Hij keek haar met half dichtgeknepen ogen aan, alsof ze iemand was die verder maar beter met rust gelaten kon worden, en zei toen langzaam en vriendelijk: 'Misschien zou jij mij willen vertellen wie jou en je metgezellen op dit onderzoek uit heeft gestuurd?'

'De koning van Sicilië,' zei ze.

Hij knikte bedachtzaam. 'Aha, de koning van Sicilië.'

Ze begon te lachen. Ze had net zo goed de koningin van Sheba kunnen noemen, of welke hooggeplaatste figuur ook; hij herkende de waarheid niet omdat hij daar zelf niet mee werkte. Hij denkt dat ik niet goed snik ben.

Terwijl ze zat te lachen, zond de zon zijn laatste stralen door de jonge beukenblaadjes, zodat het licht over haar heen viel als een stortvloed van pasgeslagen koperen muntjes.

Zijn gezichtsuitdrukking veranderde, waardoor ze tot bezinning kwam en van hem wegkeek.

'Ga naar huis,' zei hij. 'Ga terug naar Salerno.'

Ze zag dat uit de richting van de kuil met de schapen Ulf kwam aanlopen met Simon en Mansur.

De belastinginner was weer een en al redelijkheid. Goedendag, goedendag, heren. Ik was bij de dokter toen ze sectie verrichtte op die arme kinderen... Hij had, net als zij, het vermoeden gehad dat de heuvel de plek was waar... Had goed rondgekeken, maar niets gevonden... Zouden ze elkaar niet beter alle vier kunnen vertellen wat ze wisten, zodat deze schurk berecht kon worden...?

Adelia stond op om zich bij Ulf te voegen, die de regendruppels van zijn pet sloeg. Hij zwaaide in de richting van de belastinginner. 'Hem mag ik niet.'

'Ik ook niet,' zei Adelia. 'Maar Wachter lijkt hem wel aardig te vinden.'

Afwezig – en ze bedacht dat hij daar later vast spijt van zou krijgen – aaide sir Rowley de hond over zijn kop, die hij tegen zijn knie had gelegd.

Ulf gromde ontstemd. Toen zei hij: 'Denk je dat hij met de schapen hetzelfde heeft uitgevreten als met Harold en de anderen?'

'Ja,' zei ze. 'Het was een vergelijkbaar wapen.'

Daar dacht Ulf over na. 'Ik vraag me af waar hij in die tussentijd dan allemaal heeft lopen moorden.'

Dat was een intelligente opmerking; Adelia had zich dat zelf ook onmiddellijk afgevraagd. Het was ook een vraag die de belastinginner had moeten stellen. Maar dat had hij niet gedaan.

Omdat hij het antwoord weet, dacht ze.

Toen ze in de wagen terugreden naar de stad, zoals medicijnverkopers na een dag kruiden plukken betaamt, liet Simon van Napels weten hoe blij hij was dat hij de handen ineen had geslagen met sir Rowley Picot. 'Een vlug verstand. Al is hij nog zo'n lomperik, je kunt je niet vlugger wensen. Hij was heel geïnteresseerd in de betekenis die wij hechtten aan de verschijning van het lichaam van de Kleine St.-Petrus op het grasveld van Chaim, en omdat hij toegang heeft tot de stadsadministratie heeft hij beloofd me te helpen uitzoeken wie Chaim geld schuldig was. En bovendien gaan Mansur en hij op onderzoek uit naar Arabische schepen om te kijken wie in jujubes handelt.'

'Goeie god,' zei Adelia, 'heb je hem dan alles verteld?'

'Bijna alles.' Hij glimlachte toen hij haar ergernis zag. 'Mijn beste dokter, als hij de moordenaar is, weet hij alles al.'

'Als hij de moordenaar is, weet hij dat we hem insluiten. Hij weet genoeg om te wensen dat we op afstand blijven. Hij heeft tegen me gezegd dat ik terug moest gaan naar Salerno.'

'Ja, inderdaad. Hij maakt zich zorgen om je. "Dit is geen zaak om vrouwen bij te betrekken," zei hij tegen mij. "Wil je soms dat ze vermoord in haar bed wordt aangetroffen?"'

Simon gaf haar een knipoog; hij was in een opperbest humeur. 'Waarom worden we toch altijd vermoord in ons bed, vraag ik me af. We worden nooit vermoord aan het ontbijt. Of in ons bad.'

'O, hou toch op. Ik vertrouw die vent niet.'

'Ik wel, en ik heb aanzienlijke ervaring met mannen.'

'Hij maakt me onrustig.'

Simon knipoogde naar Mansur. 'En ook aanzienlijke ervaring met vrouwen. Ik zou zeggen dat ze hem wel ziet zitten.'

Nijdig zei Adelia: 'Heeft hij je al verteld dat hij een kruisvaarder is?'

'Nee.' Hij draaide zich om en keek haar aan, ernstig nu. 'Nee, dat heeft hij me niet verteld.'

'Maar het is wel zo.'

9

*H*et was in Cambridge de gewoonte dat wie op pelgrimstocht was geweest na terugkomst een feest gaf. Onderweg waren verbintenissen gesloten, zaken geregeld, huwelijken gearrangeerd, heiligheid en vervoering ervaren, horizonten verruimd, en het was prettig voor de mensen die deze dingen samen hadden meegemaakt om nog één keer samen te komen om erover te praten en hun dank uit te spreken voor hun behouden terugkeer.

Na deze pelgrimsreis was het de beurt van de priores van St.-Radegunde om het feest te geven. Maar aangezien St.-Radegunde een arm, klein klooster was – een situatie die snel zou veranderen als het aan priores Joan en de Kleine St.-Petrus lag – had haar ridder en leenheer sir Joscelin van Grantchester de honneurs van haar overgenomen, wiens feestzaal en landerijen stukken groter en rijker waren dan de hare, wat niet ongewoon was voor mensen die leengoederen beheerden voor kleinere kloosters.

Sir Joscelin wist hoe hij feesten moest geven. Men zei dat toen hij het afgelopen jaar de abt van Ramsay had ontvangen, dertig runderen, zestig varkens, honderdvijftig kapoenen, driehonderd leeuweriken (voor hun tongetjes) en twee ridders daarvoor de dood hadden moeten vinden – de laatste twee in een toernooi dat was georganiseerd om de abt te amuseren en dat volledig uit de hand was gelopen.

Uitnodigingen werden daarom graag ontvangen; degenen die niet zelf op pelgrimstocht waren geweest, maar er nauw mee te maken hadden gehad, vrouwen die waren thuisgebleven, dochters, zonen, de elite uit het graafschap, kanunniken en nonnen werden niet graag gepasseerd. Aangezien de meesten van hen dat ook niet werden, hadden de cateraars voor het feest in Cambridge het razend druk gehad en amper genoeg adem gekregen om over de namen van de priores van St.-Radegunde en haar trouwe ridder sir Joscelin de zegen af te smeken.

Pas op de ochtend van de feestdag zelf kwam een dienaar van Grantchester een uitnodiging brengen voor de drie buitenlanders in Jesus Lane. Hij was helemaal op de gelegenheid gekleed, compleet met een hoorn om op te blazen, en was van zijn à propos gebracht toen Gyltha hem via de achterdeur binnenliet.

'Je kunt maar beter niet de voordeur nemen, Matt, want de dokter is bezig.'

'Laat me alleen even blazen, Gylth. Mijn meester laat zijn uitnodigingen vergezeld gaan van hoorngeschal.'

Hij werd naar de keuken gebracht voor een kop zelfgemaakte soep; Gyltha wilde graag weten wat er zich allemaal afspeelde.

Adelia was in de hal aan het discussiëren met de laatste patiënt van dokter Mansur van die dag; Wulf bewaarde ze altijd tot het laatst.

'Wulf, er mankeert je niks, geen droes, geen koude koorts, geen hoest, geen mensen- of dierenziekte en geen slangenbeet, en je scheidt zeker geen melk af.'

'Zegt de dokter dat?'

Adelia wendde zich op haar hoede tot Mansur. 'Zeg eens iets, dokter.'

'Geef die lapzwans een trap onder zijn kont.'

'De dokter schrijft gestage arbeid in de frisse lucht voor,' zei Adelia.

'Met mijn rug?'

'Aan je rug mankeert niks.' Wulf was een fenomeen apart. In een feodale maatschappij waarin iedereen, behalve de groeiende klasse van kooplieden, zijn brood verdiende door voor anderen te werken, had Wulf daar onderuit weten te komen, waarschijnlijk door weg te lopen bij zijn meester en zeker door te trouwen met een wasvrouw uit Cambridge die bereid was voor hen allebei te zwoegen. Hij was, heel letterlijk, bang om te werken; daar werd hij ziek van. Maar om niet door de buitenwereld uitgelachen te worden, moest hij zien dat hij een officieel erkende ziekte kreeg.

Adelia was tegen hem even vriendelijk als tegen al haar andere patiënten – ze vroeg zich af of zijn hersenen *post mortem* ingelegd zouden kunnen worden en naar haar opgestuurd, zodat ze zou kunnen onderzoeken of er een onderdeel aan ontbrak – maar ze weigerde de hand te lichten met haar taak als arts door een lichamelijke klacht te diagnosticeren of medicijnen voor te schrijven wanneer er helemaal niets aan de hand was.

'En veinzerij dan? Daar lijd ik toch nog steeds aan?'

'Heel erg,' zei ze, en ze deed de deur voor zijn neus dicht.

Het regende nog steeds, waardoor het kil was, en aangezien Gyltha niet bereid was tussen eind maart en begin november een vuur aan te leggen in de hal, was de enige warmte in het huis van de Oude Benjamin te vinden in de keuken, vier overdekte meters verderop, een plek waar het gonsde van de activiteit en waar zulke angstwekkende apparaten stonden dat het wel een martelkamer had geleken als er niet zulke verrukkelijke geuren hadden gehangen.

Vandaag stond er iets nieuws: een houten vat, als de tobbe van een wasvrouw. Adelia's beste saffraangele zijden onderjurk, die ze in Engeland nog niet had gedragen, hing er aan een vleeshaak boven om de kreukels eruit te stomen. Ze had gedacht dat de jurk nog steeds boven in de kledingpers zat.

'Wat heeft dat te betekenen?'

'Bad. Jij,' zei Gyltha.

Daar had Adelia niets op tegen. Ze had niet meer gebaad sinds ze voor het laatst uit het betegelde en verwarmde bassin was gestapt bij de villa van haar stiefouders in Salerno, dat de Romeinen daar bijna vijftienhonderd jaar eerder hadden aangebracht.

De emmer water die Matilda W elke ochtend naar de bovenkamer bracht, kon daar niet tegenop. Maar het tafereel voor haar deed een grote gebeurtenis vermoeden, dus vroeg ze: 'Hoezo dat?'

'Ik wil me op dit feest door jou niet te schande laten maken,' zei Gyltha.

Sir Joscelin nodigde dokter Mansur en zijn twee helpers uit, zei Gyltha, nadat ze de boodschapper aan een spervuur van vragen had onderworpen, op instigatie van prior Geoffrey; ze waren dan misschien geen echte pelgrims, maar ze hadden wel de terugkerende stoet begeleid.

Gyltha zag het als een uitdaging; aan haar uitgestreken gezicht was te zien dat ze er enthousiast over was. Nu ze zich had ingelaten met deze drie malle kwanten, was ze het aan haar zelfrespect en maatschappelijke aanzien verplicht ervoor te zorgen dat ze goed voor den dag kwamen wanneer ze de notabelen van de stad onder ogen moesten komen. Haar beperkte kennis van wat bij een dergelijke gelegenheid vereist was, werd nog uitgebreid met die van Matilda B, wier moeder poetsvrouw was op het kasteel en getuige was geweest van de voorbereidingen die de vrouw van de drost trof om op feestdagen fraai uitgedost te verschijnen.

Adelia had een te groot deel van haar meisjesjaren doorgebracht met studeren om met andere jonge vrouwen feest te vieren; daar had ze het te druk voor gehad. En aangezien ze toch niet zou trouwen, hadden haar stiefouders geen moeite gedaan om haar te leren hoe ze zich in gezelschappen met enige standing diende te gedragen. Zodoende was ze slecht toegerust geweest om gemaskerde bals en andere festiviteiten in de paleizen van Salerno te bezoeken, en als het toch niet anders kon, had ze zich, zowel wrokkig als opgelaten, het grootste deel van de tijd schuilgehouden achter een pilaar.

Dus deze uitnodiging joeg haar een oude schrik aan. Haar eerste neiging was om een smoes te bedenken om niet te hoeven gaan. 'Ik moet meester Simon raadplegen.'

Maar Simon was in het kasteel en had zich afgezonderd met de joden om te proberen uit te zoeken wiens geldschuld aan Chaims dood ten grondslag zou kunnen liggen.

'Die zegt natuurlijk dat jullie allemaal moeten gaan,' deelde Gyltha haar mede.

Misschien zou hij dat inderdaad zeggen; als zo goed als iedereen die ze verdachten onder één dak bij elkaar zou zijn, de tongen losgemaakt door drank, zou dat een prachtgelegenheid zijn om uit te zoeken wie wat wist over wie.

'Stuur Ulf toch maar naar het kasteel om het hem te vragen.'

Eerlijk gezegd had Adelia, nu ze erover nadacht, eigenlijk best wel zin om te gaan. Sinds ze in Cambridge was, was ze voornamelijk met de dood bezig geweest: die van de vermoorde kinderen, en ook die van een paar van haar patiënten – het kleintje dat zo hoestte was aan longontsteking bezweken, de koortslijder was gestorven, en ook de niersteen-patiënt en een jonge moeder die te laat naar hen toe was gebracht. Adelia's successen – de amputatie, de koorts, de hernia – vielen helemaal weg tegen wat zij als haar falen beschouwde.

Daarom zou het voor de verandering weleens leuk zijn om levende, gezonde mensen te zien. Ze zou zich net als anders op de achtergrond kunnen houden; ze zou niet worden opgemerkt. Een feest in Cambridge zou in elk geval, bedacht ze, niet te vergelijken zijn met de verfijning van een vergelijkbare festiviteit in Salerno, in de paleizen van koningen en pausen. Ze hoefde echt niet op te zien tegen wat vast en zeker niet meer zou worden dan een boerenbraspartij.

En dat bad zag ze wel zitten. Als ze had geweten dat zoiets mogelijk was, had ze er al eerder om gevraagd; ze had aangenomen dat baden klaarmaken tot de vele dingen behoorde waar Gyltha geen boodschap aan had.

Ze had trouwens geen keuze; Gyltha en de twee Matilda's waren vastbesloten. Er was nog maar weinig tijd; een feest dat zes of zeven uren kon duren, begon rond het middaguur.

Ze werd uitgekleed en in de tobbe gedompeld. Toen ze erin zat, deden ze er loog en een handjevol kruidnagelen bij. Ze werd geschrobd met puimsteen tot haar huid bijna rauw was en ondergedompeld terwijl er met nog meer loog en een borstel een aanslag op haar haren werd gedaan, waarna het werd nagespoeld met lavendelwater.

Toen ze eruit mocht, werd ze in een deken gewikkeld en moest ze haar hoofd in de broodoven steken.

Haar haren waren een tegenvaller; ze hadden er meer van verwacht toen het onder de kap of huif vandaan kwam die ze altijd droeg; ze had de gewoonte het tot op schouderlengte af te snijden.

'De kleur is goed,' zei Gyltha knorrig.

'Maar het is te kort,' bracht Matilda B daartegen in. 'We moeten er netjes omheen doen.'

'Netjes kosten geld.'

'Ik weet nog niet of ik wel ga,' riep Adelia vanuit de oven.

'O jawel, jij gaat.'

Nou, vooruit dan maar. Terwijl ze nog steeds op haar knieën voor de oven zat, gaf ze haar kameniersters aanwijzingen om haar tas te gaan halen. Geld was er genoeg; Simon had een kredietbrief meegekregen van handelsbankiers in Lucca met agenten in Engeland en had daar voor hen allebei gebruik van gemaakt.

Ze voegde eraan toe: 'En als je toch naar de markt gaat, wordt het ook weleens tijd dat jullie alle drie een nieuwe lange rok krijgen. Koop maar een el van het beste kamelot voor jezelf.' Door hun inzet voelde ze zich beschaamd dat zij er zo haveloos bij liepen, terwijl zijzelf de chique dame uithing.

'Linnen is ook goed,' zei Gyltha kortweg, aangenaam getroffen.

Adelia werd uit de oven gehaald, kreeg haar hemd en onderjurk aan, en nam plaats op een kruk om haar haren te laten borstelen tot ze glommen als wit goud. Er was een zilveren netstof gekocht waarvan kleine zakjes waren genaaid die met spelden over de vlechten rond haar oren werden vastgezet. De vrouwen waren er nog steeds mee bezig toen Simon binnenkwam met Ulf.

Toen Simon haar zag, knipperde hij met zijn ogen. 'Zó. Zo, zo, zo...' Ulfs mond was opengevallen.

In verlegenheid gebracht zei Adelia nijdig: 'Al die drukte, en ik weet nog niet eens zeker of we wel moeten gaan.'

'Wou je niet gaan? Beste dokter, als Cambridge de aanblik van jou nu zou worden onthouden, zouden de hemelen wenen. Ik ken maar één vrouw die net zo mooi is, en die zit in Napels.'

Adelia keek hem glimlachend aan. Fijngevoelig als hij was, had hij geweten dat ze zich alleen door een complimentje zou laten vleien als dat vrij was van koketterie. Hij ging altijd zo zorgvuldig om met opmerkingen over zijn vrouw, die hij aanbad, niet alleen om duidelijk te maken dat híj verboden terrein was, maar ook om haar te verzekeren dat zij, Adelia, dat voor hem ook was. Als hij iets anders had gezegd, had hij daarmee een relatie in gevaar kunnen brengen die uit pure noodzaak zo intiem was. Op deze manier konden ze kameraden zijn: hij respecteerde haar professionalisme, en zij het zijne.

En het was aardig van hem, bedacht ze, om haar op één lijn te stellen met de vrouw aan wie hij nog steeds dacht als aan de slanke maagd met ivoorkleurige huid met wie hij twintig jaar geleden in Napels was getrouwd – hoewel ze, nadat ze hem negen kinderen had geschonken, vast zo slank niet meer zou zijn.

Hij was deze ochtend in een triomfantelijke stemming.

'We zijn snel weer thuis,' liet hij haar weten. 'Ik wil niet te veel zeggen voor ik de benodigde papieren boven tafel heb, maar er zíjn in elk geval afschriften van de verbrande administratie. Dat wist ik ook wel. Chaim had die bij zijn bankiers ondergebracht, en omdat het nogal veel papieren waren – het lijkt wel alsof hij iederéén in East Anglia geld heeft geleend – heb ik alles naar het kasteel gebracht, zodat sir Rowley me kan helpen ze door te vlooien.'

'Is dat wel verstandig?' vroeg Adelia.

'Volgens mij wel. Rowley is daar bedreven in en hij wil er net zo graag achter komen als wij wie wat aan Chaim schuldig was en wie daar zo veel moeite mee had dat hij hem dood wilde hebben.'

'Hmm.'

Hij had geen zin om Adelia's twijfels aan te horen; Simon meende te weten wat hij aan sir Rowley had, of hij nu een kruisvaarder was of niet. Hij trok haastig zijn beste kleren aan voor het feest op Grantchester en rende weer de deur uit, terug naar het kasteel.

Als ze het zelf voor het zeggen had gehad, zou Adelia haar grijze overjurk hebben aangetrokken om het felle saffraangeel van haar onderkleed te temperen, dat dan alleen bij haar boezem en mouwen te zien zou zijn geweest. 'Ik wil geen aandacht trekken.'

Maar de Matilda's kozen voor het enige andere opmerkenswaardige kledingstuk in haar kledingkast: brokaat met de kleuren van een herfsttapijt, en Gyltha stemde na een korte aarzeling met hen in. De japon werd voorzichtig over Adelia's gekapte haar getrokken. De gepunte muiltjes die Margaret had geborduurd met zilverdraad, werden gecombineerd met nieuwe witte kousen.

De drie scheidsrechters stapten achteruit om het resultaat te bewonderen.

De Matilda's knikten en sloegen hun handen ineen. Gyltha zei: 'Volgens mij kan ze er zo wel mee door', wat uit haar mond wel de hoogste lof was.

De korte glimp die Adelia van zichzelf opving in de geboende, maar bobbelige bodem van een vispan toonde haar iets wat leek op een kromme appelboom, maar de anderen vonden kennelijk dat ze de toets der kritiek kon doorstaan.

'Er zou op het feest een page achter de dokter moeten staan,' zei Matilda B. 'Bij de drost en zo staat altijd een page achter hun stoel. Windvangers noemt m'n ma die.'

'Eh... een page?'

Ulf, die Adelia had aangestaard zonder zijn mond dicht te doen, werd zich ervan bewust dat er vier paar ogen op hem rustten. Hij zette het op een lopen.

Daarop volgden een verschrikkelijke jacht en strijd. Op Ulfs gekrijs kwamen de buren aanlopen om te kijken of er soms alweer een kind in levensgevaar verkeerde. Adelia, die een beetje achteraf stond om zich niet te laten natspatten door het geworstel in de tobbe, lachte zich een kriek.

Er werd nog meer geld gespendeerd, en ditmaal in de winkel van Ma Mill, die in haar voddenbalen nog wel een oude tabbaard had zitten die nog prima dienst kon doen; het was bijna de goede maat en met een beetje azijn wisten ze hem nog aardig op te fleuren. Toen Ulf hem had aangetrokken en zijn vlashaar om zijn gezicht zat gekamd, dat wel een glimmende, verongelijkte ingelegde ui leek, kon ook hij de toets der kritiek doorstaan.

Mansur zag er nog mooier uit dan zij tweeën bij elkaar. Een vergulde speld hield de slip van zijn tulband op zijn plaats, zijde wapperde lang en luchtig om een schoon witwollen gewaad. Aan zijn riem fonkelde een met edelstenen ingelegde dolk.

'O Zoon van de Middag,' zei Adelia, en ze maakte een buiging. *'Eeh I-Halaawi di!'*

Mansur boog zijn hoofd, maar zijn blik was gevestigd op Gyltha, die met afgewend gezicht het vuur opporde. 'Godsammekraken,' zei ze.

O-ho! dacht Adelia.

Er viel veel te glimlachen om alle nabootsingen van verfijnde manieren, om het in ontvangst nemen van kappen, zwaarden en handschoenen van gasten wier laarzen en mantels onder de modder zaten door de wandeling vanaf de rivier – bijna iedereen was per boot uit de stad gekomen – om het stijf formele gebruik van titels door mensen die elkaar al jaren kenden, om de ringen aan de vingers van de vrouwen waar de kaas uit hun eigen kaasmakerij nog onder zat.

Maar er viel ook veel te bewonderen. Hoeveel vriendelijker deed het niet aan om bij de boogdoorgang met zijn uitgesneden Noorman-chevrons door sir Joscelin zelf begroet te worden, in plaats van door een majordomus met een ivoren stok en zijn kin fier geheven. Om op een koele dag warme kruidenwijn aangereikt te krijgen, in plaats van ijswijn. Om schapen-, rund- en varkensvlees te ruiken dat siste aan het spit in de hof, in plaats van tegenover je gastheer te doen, zoals in Zuid-Italië de gewoonte was, alsof je voedsel met een handgebaar tevoorschijn kon toveren.

In elk geval verkeerde Adelia, met de mokkende Ulf en Wachter in haar kielzog, in plaats van de schoothondjes die door pages achter sommige van de andere vrouwen aan werden gedragen, niet in een positie om laatdunkend te doen.

Mansur had blijkbaar aanzien verworven in de ogen van de Cambridgenaren en trok met zijn kledij en lichaamslengte de aandacht. Sir Joscelin verwelkomde hem met een gracieuze groet en een *As-salaamu-aleikum.*

De kwestie van zijn wapen werd eveneens elegant opgelost. 'Deze dolk is geen wapen,' liet sir Joscelin zijn bediende weten, die stond te worstelen om hem van Mansurs riem los te krijgen en bij de zwaarden van de gasten op te bergen. 'Het is een sieraard voor een heer als hij, zoals wij kruisvaarders weten.'

Hij wendde zich met een buiging tot Adelia en vroeg haar of ze in vertaling zijn verontschuldigingen aan de beste dokter wilde overbrengen voor het feit dat ze pas zo laat waren uitgenodigd. 'Ik was bang dat hij zich zou vervelen bij ons landelijk vermaak, maar prior Geoffrey verzekerde me dat dat niet zo was.'

Hoewel hij steeds beleefd tegen haar was geweest, ook al moest ze wel op hem overkomen als een buitenlandse sloerie, realiseerde Adelia zich dat Gyltha had rondverteld dat de dokter een uiterst deugdzame helpster had.

Omdat het haar niet bijster interesseerde, verwelkomde de priores haar slechts terloops en ze keek bevreemd op toen haar ridder zowel Mansur als Adelia begroette. 'Heb je iets met die mensen te maken gehad, sir Joscelin?'

'Die bovenste beste dokter heeft de voet van mijn rietdekker weten te redden, vrouwe, en misschien ook zijn leven wel.' Maar de blauwe ogen, die geamuseerd stonden, gingen in de richting van Adelia, die vreesde dat sir Joscelin heel goed wist wie de amputatie had verricht.

'Mijn beste, beste meidje.' Prior Geoffrey legde zijn hand op haar arm en voerde haar met zich mee. 'Wat zie je er mooi uit. *Nec me meminisse pigebit Adeliae dum memor ipse mei, dum spiritus hos regit artus.*'

Glimlachend keek ze naar hem op; ze had hem gemist. 'Gaat alles goed met u, my lord?'

'Ik kan weer pissen als een renpaard, dank je wel.' Hij boog zich naar haar over, zodat ze hem boven het geroezemoes uit kon verstaan: 'En hoe staat het met het onderzoek?'

Het was verkeerd geweest om hem niet op de hoogte te houden; dat ze al zo ver met hun onderzoek waren, was aan deze man te danken geweest, maar ze hadden het te druk gehad. 'We maken vorderingen en hopen er vanavond nog meer te maken,' liet ze hem weten. 'Is het goed als we morgen verslag komen uitbrengen? Ik zou u met name een paar vragen willen stellen over...'

Maar daar had je de belastinginner al in eigen persoon, op luttele meters afstand. Over de hoofden van de mensen heen keek hij in haar richting. Hij baande zich door de menigte een weg naar haar toe. Zijn gestalte leek minder zwaar dan eerst.

Hij maakte een buiging. 'Meesteres Adelia.'

Ze schonk hem een knikje. 'Is meester Simon bij u?'

'Hij is opgehouden op het kasteel.' Hij gaf haar een samenzweerderige knipoog. 'Omdat ik de drost en zijn echtgenote hiernaartoe moest begeleiden, zag ik me genoodzaakt hem aan zijn studie over te laten. Hij verzocht me u te melden dat hij later komt. Mag ik opmerken...'

Wat hij ook had willen opmerken, hij werd onderbroken door trompetgeschal. Ze gingen aan tafel.

Met haar vingers op zijn opgeheven hand sloot prior Geoffrey zich aan bij de stoet om Adelia naar de feestzaal te brengen, met Mansur aan zijn zijde. Daar scheidden hun wegen zich: hij ging naar de hoofdtafel op het platform aan de ene kant, en Mansur en zij naar een nederiger positie. Ze was benieuwd naar waar ze terecht zou komen; zowel gastheren als gasten lieten zich veel gelegen liggen aan de volgorde van belangrijkheid.

Adelia had meegemaakt dat haar tante in Salerno zich in alle mogelijke bochten wrong om te voorkomen dat hooggeborenen in een dusdanige volgorde aan tafel moesten plaatsnemen dat de een of de ander daar dodelijk door beledigd zou zijn. Theoretisch gesproken waren de regels duidelijk: een prins stond op één lijn met een aartsbisschop, een bisschop met een graaf, een baron met een leengoed ging vóór een baron die op bezoek was, en zo werkte je het hele rijtje af. Maar stel nou dat er een pauselijk gezant bij was, die gelijkstond aan een bezoekende baron, waar moest hij dan zitten? Wat als de aartsbisschop de prins had ontriefd, zoals geregeld gebeurde? Of andersom? Dat kwam nog veel vaker voor. Onopzettelijke beledigingen konden leiden tot vuistgevechten, vetes. En de arme gastheer of -vrouw kreeg altijd de schuld.

Het was een kwestie die zelfs Gyltha bezighield, wier eer indirect in het geding was, en die die avond eveneens was gevraagd naar Grantchester te komen om in de keukens interessante dingen met palingen te doen. 'Ik hou jullie in de gaten, en als sir Joscelin wie dan ook van jullie oneervol behandelt, is dat meteen het laatste vat paling dat hij ooit van me gekregen heeft.'

Toen ze binnenkwam, ving Adelia een glimp op van Gyltha's gezicht dat zorgelijk toekeek vanachter een deur.

Ze voelde een spanning, zag ogen naar links en naar rechts schieten toen de maarschalk van sir Joscelin de gasten naar hun plaatsen begeleidde. Degenen die lager stonden in de pikorde, met name mannen die zich hadden opgewerkt en die meer ambitie hadden dan hun afkomst rechtvaardigde, waren even gevoelig als de hoger geplaatsten, zo niet gevoeliger.

173

Ulf had zijn licht al opgestoken. 'Hij moet daar naar boven en jij hier naar beneden,' zei hij terwijl hij met een duim heen en weer zwaaide tussen Adelia en Mansur. Hij sprak op de langzame, zorgvuldige kinderlijke manier die hij altijd tegenover Mansur gebruikte. 'Jij. Zitten. Hier.'

Sir Joscelin was genereus geweest, bedacht Adelia, die opgelucht was omwille van Gyltha – en ook omwille van zichzelf. Mansur was gevoelig als het zijn waardigheid betrof, en of het nou een versiersel was of niet, hij had een dolk aan zijn riem hangen. Hoewel hij niet aan de hoofdtafel mocht zitten met de gastheer en gastvrouw, de prior, de drost enzovoort, en dat ook niet mocht verwachten, was hij daar wel dichtbij geplaatst aan een van de lange schragentafels die de volle lengte van de zaal besloegen. De lieftallige jonge non die Adelia had toegestaan naar de botten van de Kleine St.-Petrus te kijken, zat aan zijn linkerkant. Roger van Acton, die daar minder blij mee was, zat tegenover hem.

Het was vast een heel gepieker geweest om de belastinginner een plaats toe te wijzen, dacht ze. Hoewel hij vanwege zijn beroep niet erg geliefd was, was hij toch een medewerker van de koning en, op dit moment, de baljuw. Sir Joscelin had wat sir Rowley Picot betreft voor een veilige oplossing gekozen: hij zat naast de vrouw van de drost, en maakte haar aan het lachen.

Adelia, als ogenschijnlijk niet meer dan een doktersassistente die slechts drankjes mengde, en ook nog eens een buitenlandse, kwam terecht in het midden van de zaal aan een van de andere schragentafels in de buurt van de mindere kant, hoewel nog altijd enkele posities boven de rijk versierde zoutkelder die de scheiding markeerde tussen de gasten en de lijfeigenen die slechts aanwezig waren omdat Christus nu eenmaal had geboden dat de armen gevoed moesten worden. De nog armeren zaten bijeen in de hof rond een komfoor en wachtten op wat er over zou blijven.

Aan haar rechterkant zat de jager, Hugh, met net zo'n onaandoenlijk gezicht als altijd, hoewel hij een beleefde buiging voor haar maakte. Evenals een kleine, oudere man, die ze niet kende en die links van haar plaatsnam.

Ze was er niet blij mee dat broeder Gilbert recht tegenover haar was geplaatst. Dat gold omgekeerd ook voor hem.

Er werden snijplanken rondgedragen en ouders gaven hun jonge kinderen tersluiks een tik op de vingers als die probeerden een stukje af te breken, want er zou nog heel wat moeten gebeuren voordat het brood ergens mee belegd zou kunnen worden. Sir Joscelin moest eerst nog zijn trouw zweren aan zijn leenvrouwe priores Joan, wat hij op één knie deed, waarbij hij haar tegelijk zijn pacht aanbood: zes melkwitte duiven in een vergulde kooi.

Prior Geoffrey moest een gebed uitspreken voor het eten. De wijnbekers moesten worden gevuld voor een heildronk op Thomas van Canterbury en zijn nieuw verworven martelaar, de Kleine Peter van Trumpington, de aanleiding voor dit feest. Een merkwaardige gewoonte, bedacht Adelia, toen ze opstond om op de doden te klinken.

Tussen het eerbiedige gemompel door klonk een dissonante kreet. 'Die heiden beledigt onze heiligen!' Roger van Acton wees in triomfantelijke woede naar Mansur. 'Hij drinkt ze toe met water.'

Adelia sloot haar ogen. God, als hij dat zwijn maar niet aan zijn dolk reeg.

Maar Mansur bleef kalm nippen van zijn water. Sir Joscelin was degene die een antwoord gaf dat door de hele zaal te verstaan was. 'Om geloofsredenen wil deze heer geen alcohol drinken, meester Robert. En als jij daar zelf niet tegen kunt, stel ik voor dat je zijn voorbeeld volgt.'

Mooi gesproken. Acton zeeg neer op zijn bank. Haar gastheer steeg in Adelia's achting.

Maar ik mag me niet laten charmeren, hield ze zichzelf voor. *Memento mori.* Letterlijk: gedenk de dood. Misschien is hij de moordenaar wel; hij is een kruisvaarder. Evenals de belastinginner.

En hetzelfde gold voor nóg een man aan tafel: sir Gervase, die haar voortdurend in de gaten had gehouden sinds ze de zaal had betreden.

Ben jij het?

Adelia was er inmiddels zeker van dat de man die de kinderen had vermoord een kruistocht had gemaakt. Dat kwam niet alleen doordat het snoepgoed was geïdentificeerd als een Arabische jujube, maar ook doordat het hiaat tussen de aanval op de schapen en die op de kinderen precies overeenkwam met een periode waarin Cambridge gehoor had gegeven aan de roep van Outremer en daar een deel van de mannelijke inwoners op af had gestuurd.

Het probleem was dat er zo veel afwezig waren geweest...

'Wie is er in het jaar van de Grote Storm uit de stad vertrokken?' Toen ze het Gyltha had gevraagd, had die gezegd: 'Nou, je had de dochter van Ma Mill, die met jong was geschopt door de marskramer...'

'Mannen, Gyltha, mannen.'

'O, er gingen toen zo veel jonge mannen weg. Zie je, de abt van Ely had het land opgeroepen om het kruis op te nemen.' Met 'land' bedoelde Gyltha 'graafschap'. 'Het moeten er wel honderden zijn geweest die met lord Fitzgilbert naar de Heilige Plaatsen zijn getrokken.'

Het was een slecht jaar geweest, had Gyltha gezegd. De Grote Storm had de hele oogst platgeblazen, overstromingen hadden mensen en gebouwen weggevaagd, de veengronden waren ondergelopen en zelfs de zo vriendelijke Cam was tot grote hoogte gestegen. God was vertoornd geweest om de zonden van de Cambridgenaren. Alleen een kruistocht tegen Zijn vijanden zou Hem kunnen verzoenen.

Lord Fitzgilbert, die op zoek was naar land in Syrië ter vervanging van zijn eigen verdronken landerijen, had de banier van Christus op de markt van Cambridge neergepoot. Jonge mannen wier bronnen van inkomsten waren weggevallen door de storm kwamen eropaf, evenals ambitieuze, avontuurlijk ingestelde, afgewezen vrijers en mannen die thuis een vrouw hadden die hun aan het hoofd zeurde. Gerechtshoven gaven misdadigers de keuze tussen het gevang en op kruistocht gaan. Zonden die fluisterend aan priesters werden toevertrouwd tijdens de biecht werden vergeven, zolang de zondaar zich maar bij de kruistocht voegde.

Er was een klein leger weggemarcheerd.

Lord Fitzgilbert was in geconserveerde vorm teruggekeerd in een kist en lag nu in zijn eigen kapel onder een marmeren grafbeeld, zijn gepantserde benen gekruist in het teken der kruisvaarders. Sommigen waren naar huis gekomen en daar gestorven door ziektes die ze mee terug hadden genomen; ze belandden in minder verheven graven met in hun grafsteen alleen een zwaard gebeiteld. Van anderen was niet meer over dan een naam op een lijst gestorvenen die de overlevenden bij zich droegen. Weer anderen hadden in Syrië een rijker en droger leven gevonden en hadden ervoor gekozen daar te blijven.

Nog weer anderen keerden terug om hun oude bezigheden weer op te pakken. Adelia en Simon moesten volgens Gyltha maar eens goed kijken naar twee winkeliers, een paar lijfeigenen, een smid en dezelfde apotheker die de medicijnen van dokter Mansur leverde, om nog maar te zwijgen van broeder Gilbert en de stille kanunnik die prior Geoffrey onderweg had vergezeld.

'Is broeder Gilbert op kruistocht geweest?'

'Zeker weten. Je hoeft echt niet alleen degenen te verdenken die zo rijk zijn teruggekomen als sir Joscelin en sir Gervase,' was Gyltha door-gegaan. 'Heel wat mensen hebben bij de joden geleend – kleine bedra-gen misschien, maar voor hen groot genoeg, want de rente kunnen ze niet betalen. Degene die die kleintjes heeft vermoord hoeft ook niet per se iemand te zijn die zo hard roept dat hij de joden graag ziet hangen. Er zijn er genoeg die de joden om zeep zouden willen helpen, en dat noemt zich dan christen!'

Adelia, wie het duizelde bij de complexiteit van het probleem, had een grimas getrokken om de logica van haar huishoudster, ook al was er geen speld tussen te krijgen.

Dus nu ze om zich heen keek, moest ze geen duistere betekenis hech-ten aan de overduidelijke rijkdom van sir Joscelin. Die had hij net zo goed in Syrië kunnen verwerven, in plaats van door contact met Chaim de jood. In elk geval had hij er een Saksisch pachtgoed mee weten om te toveren tot een uit steen opgetrokken landhuis van aanzienlijke schoonheid. De enorme zaal waarin ze zaten te eten, bezat een pas be-werkt plafond zo mooi als ze nog niet in Engeland had gezien. Vanaf de galerij boven het podium klonk muziek die professioneel ten gehore werd gebracht op blokfluit, draailier en fluit. De gasten hadden niet, zo-als de gewoonte was, hun eigen eetgerei hoeven meebrengen, want bij elke plek lagen een mes en een lepel. De schalen en vingerkommetjes die op tafel stonden, waren van fraai zilver, de servetten van damast.

Ze sprak er haar bewondering over uit tegen haar metgezellen. Hugh de jager knikte alleen maar. De kleine man links van haar zei: 'U had het vroeger eens moeten zien, toen sir Tibault, de vader van Joscelin, hier nog woonde. Toen was dit een wormstekige schuur die op instor-ten stond. Een ouwe naarling was hij, God hebbe zijn ziel, toen hij zich-zelf op het laatst dooddronk. Heb ik gelijk of niet, Hugh?'

Hugh bromde: 'Zijn zoon zit anders in elkaar.'

'Dat kun je wel zeggen. Een verschil tussen kalk en kaas. Joscelin heeft het hier weer tot leven gebracht. Die heeft zijn goud goed ge-bruikt.'

'Goud?' vroeg Adelia.

De kleine man kwam nu op dreef. 'Dat heeft hij me tenminste ver-teld. "Er valt goud te halen in Outremer, meester Herbert," zei hij te-gen me. "Hoedenvol, meester Herbert." Ziet u, ik ben zijn laarzenma-ker, en tegen een laarzenmaker lieg je niet.'

'Is sir Gervase ook teruggekomen met goud?'

'Een ton of meer, zeggen ze. Alleen heeft hij er niet zoveel mee gedaan.'

'Hebben ze dat goud samen verworven?'

'Daar zou ik geen antwoord op kunnen geven. Wie weet. Ze zijn bijna altijd samen. Het zijn net David en Jonathan, die twee.'

Adelia wierp een blik op David en Jonathan aan de hoofdtafel. Ze zagen er goed uit, gedroegen zich zelfverzekerd, en gingen, pratend over het hoofd van de priores heen, vlot met elkaar om.

Als er nou eens *twee* moordenaars waren, die onder één hoedje speelden... Daar had ze nog niet aan gedacht, maar het zou kunnen. 'Hebben ze ook een echtgenote?'

'Gervase wel – een arm kneusje dat thuis is gebleven.' De laarzenmaker spreidde maar al te graag zijn kennis van verheven mannen tentoon. 'Sir Joscelin maakt momenteel werk van de dochter van de baron van Peterborough. Dat zou een goede partij zijn.'

Een schrille hoorn maakte een einde aan alle conversatie. De gasten verhieven zich. Het eten kwam eraan.

Aan de hoofdtafel wreef Rowley Picot met zijn knie tegen die van de echtgenote van de drost, om haar te plezieren. Hij knipoogde eveneens naar de jonge non die aan de schragentafel onder hem zat om haar aan het blozen te maken, maar merkte dat zijn blik vaker getrokken werd door de kleine mevrouw de dokter die ergens in de diepte tussen de zwoegers en ploeteraars zat. Ze had zich aardig opgeknapt, moest hij haar nageven. Haar romige, fluwelige huid die in dat saffraangele lijfje verdween vróég er gewoon om aangeraakt te worden. Zijn vingers jeukten. Maar er jeukte wel meer; dat glanzende haar deed vermoeden dat ze overal blond was...

Ach, die sloerie ook... Sir Rowley schudde zijn wellustige dromerijen van zich af. Ze dreigde te veel te ontdekken, en meester Simon met haar, terwijl ze erop vertrouwden dat die reus van een Arabier hen wel zou beschermen – een eunuch, godbetert.

Allemachtig, dacht Adelia, er komt nog meer.

Voor de tweede keer had hoorngeschal alwéér een gang uit de keuken aangekondigd, begeleid door de maarschalk. Nog meer en zelfs nog grotere schotels, opgestapeld tot kleine bergen, elk alleen te dragen door twee man, werden door de vrolijke gasten met gejuich begroet. Ze werden steeds uitgelatener.

De restanten van de eerste gang werden afgeruimd. Met vleessap bevlekte snijplanken werden op een kruiwagen geladen en naar buiten gereden, waar in lompen geklede mannen, vrouwen en kinderen zaten te wachten om erop aan te vallen. Er kwamen nieuwe voor in de plaats.

'*Et maintenant, milords, mesdames...*' Het was de opperkok weer. '*Venyson en furmety gely. Porcelle farce enforce. Pokokkye. Crans. Venyson roste. Conyn. Byttere truffée. Pulle endore. Braun freyes avec graunt tartez. Leche Lumbarde. A soltelle.*'

Normandisch Frans voor Normandisch eten.

'Dat is Frans,' legde meester Herbert, de laarzenmaker, Adelia vriendelijk uit, alsof hij dat de eerste keer nog niet had gezegd. 'Sir Joscelin heeft die kok uit Frankrijk gehaald.'

En ik wou maar dat hij daar weer naar terugging. Genoeg, genoeg.

Ze voelde zich heel raar.

Om te beginnen had ze de wijn geweigerd en om gekookt water gevraagd, een verzoek dat de bediende met de wijnkan had verrast en waaraan niet tegemoet was gekomen. Nadat ze zich er door meester Herbert van had laten overtuigen dat de mede die werd aangeboden als alternatief voor wijn en bier een onschuldige drank was, gemaakt van honing, had ze daar, omdat ze dorst had, verscheidene bekers van gedronken.

En ze had nog steeds dorst. Ze zwaaide verwoed naar Ulf om haar wat water te brengen uit Mansurs kan, maar hij zag haar niet.

Simon van Napels zwaaide naar haar terug. Hij was zojuist binnengekomen en maakte ter verontschuldiging van zijn late komst een diepe buiging voor priores Joan en sir Joscelin.

Hij is iets te weten gekomen, dacht Adelia terwijl ze haar rug rechtte. Ze kon aan zijn manier van lopen zien dat dit gesprek met de joden vrucht had afgeworpen. Ze sloeg hem gade toen hij aan het eind van de hoofdtafel nadrukkelijk met de belastinginner sprak, waarna hij uit haar zicht verdween om zijn plaats verderop aan de schragentafel in te nemen, aan dezelfde kant als zij.

Op de plank lagen gedode pauwen met hun staart nog steeds uitgespreid, en een heleboel knapperige biggetjes die mistroostig op de appel tussen hun kaken zogen. Het oog van een geroosterde roerdomp, die er stukken beter uit zou zien in ongeroosterde staat tussen het riet in het veen, waar hij thuishoorde, staarde Adelia beschuldigend aan.

In stilte bood ze de vogel haar excuses aan. Het spijt me. Het spijt me dat ze truffels in je kont hebben gestopt.

Weer ving ze een glimp op van Gyltha's gezicht dat om de keukendeur piepte. Adelia ging weer recht zitten. Ik maak je echt niet te schande, echt niet, echt niet.

Op haar schone eetplank werd wildbraad in gestoven maïs neergelegd. Daar kwam nog wat *gely* uit een schotel naast. Rode bessen, waarschijnlijk. 'Ik wil graag sla,' zei ze, zonder veel hoop.

De pacht van de priores was uit de kooi ontsnapt en voegde zich bij de mussen die vanaf de zolderbalken hun uitwerpselen op de tafels eronder lieten vallen.

Broeder Gilbert, die aan de nonnen aan weerskanten van hem geen aandacht had besteed en in plaats daarvan naar Adelia staarde, boog zich over de tafel. 'Ik vind het nogal gedurfd van u dat u uw haar toont, meesteres.'

Ze keek hem in de ogen. 'Waarom?'

'U zou uw lokken beter kunnen verstoppen onder een sluier en beter rouwkledij kunnen dragen, uw uiterlijk verwaarlozen. O, dochter van Eva, hul u in het boetekleed dat vrouwen toekomt door Eva's schanddaad, want door die oneer is de mens ten val gebracht.'

'Zij kon er niks aan doen,' zei de non links van hem. 'Dat de mensheid ten val kwam was haar schuld niet. De mijne trouwens ook niet.'

Ze was een magere vrouw van middelbare leeftijd die flink had zitten hijsen, evenals broeder Gilbert. Adelia vond dat ze een prettig gezicht had.

De monnik wendde zich tot haar. 'Zwijg, vrouw. Wou je soms in discussie gaan met de grote St.-Tertullianus? Jij, uit dat huis van losse zeden van je?'

'Ja-ha,' zei de non met een uithaal. 'Wij hebben een betere heilige dan jullie. Wij hebben de Kleine St.-Petrus. Jullie komen niet verder dan de grote teen van St.-Etheldreda.'

'Wij bezitten een stukje van het Ware Kruis,' riep broeder Gilbert uit.

'Wie niet?' zei de non aan zijn andere kant.

Broeder Gilbert daalde van zijn hoge paard af in het bloed en stof van het slagveld. 'Van die Kleine St.-Petrus van jullie zal weinig overblijven als de aartsdiaken een onderzoek instelt in jullie klooster, sloerie. En dat gaat hij doen. O, ik weet heus wel hoe het er in het St.-Radegunde aan toegaat: de kantjes eraf lopen, de heilige mis verwaarlozen, mannen binnenlaten in jullie cellen, jachtfestijnen, pleziertochtjes over de rivier om jullie kluizenaars eten te gaan brengen... Ik dénk het niet eens, ik weet het zeker!'

'Ja, we brengen ze inderdaad eten.' Dit zei de non aan broeder Gilberts rechterkant, die even plomp was als haar zuster in God dun. 'Wat schuilt er voor kwaad in om voor mijn tantetje te zorgen?'

Adelia hoorde in gedachten weer Ulfs stem: *Zuster Dikkie met eten voor de kluizenaars, hijgend als een karrenpaard.* Met half dichtgeknepen ogen tuurde ze naar de non. 'Ik heb u gezien,' zei ze scherp. 'Ik heb u een bootje de rivier op zien bomen.'

'Dan hebt u haar vast niet terug zien bomen,' spuwde broeder Gilbert zijn gal. 'Ze blijven de hele nacht donderjagen. Ze geven zich over aan zonde en wellust. In een ordentelijk klooster zouden ze bont en blauw gegeseld worden, maar waar is de priores? Tja, die moest zo nodig uit jagen.'

Een man vol haat, dacht Adelia. Een hatelijk mens. En een kruisvaarder bovendien. Ze boog zich over de tafel. 'Houdt u van jujubes, broeder Gilbert?'

'Watte? Wát? Nee, ik heb een hekel aan gekonfijt snoepgoed.' Hij draaide zich van haar af om zijn tirade tegen het St.-Radegunde te vervolgen.

Een kalme, verdrietige stem rechts van Adelia zei: 'Onze Mary hield veel van gekonfijt snoepgoed.' Tot haar ontzetting drupten er tranen over de tanige wangen van Hugh de jager, die in zijn eten vielen.

'Niet huilen,' zei ze. 'Huil nou niet.'

Van de laarzenmaker links klonk een fluistering: 'Ze was zijn nichtje. De kleine Mary is vermoord. Het kind van zijn zuster.'

'Neem me niet kwalijk.' Adelia raakte de hand van de jager aan. 'Neem me niet kwalijk.'

Betraande, oneindig droeve blauwe ogen keken haar aan. 'Ik krijg hem nog wel. Ik ruk zijn lever uit zijn lijf.'

'We krijgen hem allebei nog wel,' zei ze, en het ergerde haar dat het getetter van broeder Gilbert het moment verstoorde. Ze stak haar arm over tafel uit om de monnik een por tegen zijn borst te geven. 'Niet *St.-Tertullianus.*'

'Watte?'

'Tertullianus. Die u net citeerde in verband met Eva. Hij wás geen heilige. Dacht u soms van wel? Nou, dat was hij niet. Hij had gebroken met de Kerk. Hij was...' zei ze behoedzaam, 'heterodox. Dát was hij. Hij sloot zich aan bij de montanisten, dus, eh... kan hij nooit heilig zijn verklaard.'

De nonnen vonden het prachtig. 'Dat wist je niet, hè?' zei de magere.

Het antwoord van broeder Gilbert ging verloren in alweer een stoot op de hoorn en alweer een gang die aan de hoofdtafel werd opgediend.

'*Blaundersorye, Quincys in comfyte, Curlews en miel, Pertyche, Eyround angels, Petyperneux...*'

'Wat is dat, petty-perno?' vroeg de jager, nog steeds met tranen in zijn ogen.

'Kleine verloren eitjes,' antwoordde Adelia hem, en vervolgens begon ze onbeheerst te snikken.

Het gedeelte van haar brein dat zijn gevecht met de mede nog niet geheel en al verloren had, deed haar opstaan en naar een zijtafel lopen, waar een kan water stond. Met het ding in haar handen ging ze op weg naar de deur, met Wachter achter zich aan.

De belastinginner zag haar weglopen.

Er waren al verscheidene gasten in de tuin. De mannen stonden peinzend naar de boomstammen te staren, de vrouwen verspreidden zich om een stil plekje te zoeken waar ze bij elkaar konden hurken. De bescheidener types vormden een geagiteerde rij voor de verhulde banken met openingen ter grootte van menselijke achterwerken die sir Joscelin over het stroompje dat uitkwam in de Cam had laten neerzetten.

Gulzig drinkend uit haar kan dwaalde Adelia verder, langs stallen en de vertroostende geur van paarden, langs donkere weilanden waar verkrachters met een kap over hun hoofd ervan droomden zich op hun prooi te storten en die te vermoorden. De maan scheen. Er was gras, een boomgaard...

De belastinginner trof haar slapend aan onder een appelboom. Toen hij zijn handen naar haar uitstak, hief een kleine, stinkende vorm naast haar zijn kop op, en een veel grotere gestalte, met een dolk aan zijn riem, kwam uit de schaduwen gestapt.

Sir Rowley liet hun allebei zien dat hij lege handen had. 'Zou ik haar iets willen aandoen?'

Adelia opende haar ogen. Ze ging rechtop zitten en bevoelde haar voorhoofd. 'Tertullianus was geen heilige, Picot,' zei ze tegen hem.

'Dat heb ik me altijd al afgevraagd.' Hij hurkte naast haar neer. Ze had zijn naam genoemd alsof ze oude vrienden waren; tot zijn ongenoegen deed dat hem plezier. 'Wat heb je gedronken?'

Ze dacht diep na. 'Het was geel.'

'Mede. Dat overleef je alleen als je een Saksische constitutie hebt.' Hij trok haar overeind. 'Kom mee, je moet het eruit dansen.'

'Ik dans niet. Zullen we broeder Gilbert een schop gaan geven?'

'Die verleiding is groot, maar dansen lijkt me een beter idee.'

De tafels waren uit de zaal weggeruimd. De muzikanten op de galerij die zo zoet hadden gespeeld, waren veranderd in drie zwetende, potige kerels op het podium, een tamboerspeler en twee vioolspelers; een van hen riep de figuren om met een stemgeluid dat uitklonk boven het gegier, gelach en gestamp van de wervelende menigte op wat nu een dansvloer was.

De belastinginner trok Adelia ernaartoe.

Hier werd niet op de gedisciplineerde, ingewikkelde manier gedanst als bij de elite van Salerno, waarbij je alleen elkaars vingertoppen vasthield en je tenen naar de ander toe draaide. Elegantie was hier ver te zoeken. De Cambridgenaren hadden geen tijd gehad om dansles te nemen, maar dansten er gewoon op los. Onvermoeibaar, niet-aflatend, met zweet en volharding, vol ijver, daartoe aangezet door heidense voorvaderlijke goden. Gestruikel hier of daar, een verkeerde beweging – wat maakte het uit? Gewoon doorgaan en dansen, dansen. 'En opzij!' Linkervoet naar links, rechtervoet bijhalen. 'Rug aan rug!' Je rokken bij elkaar graaien. Glimlachen. 'Rechterschouder tegen rechterschouder!' 'Linkercirkel, hé!' 'Recht, hé!' 'Hoek!' 'Weven, dames en heren, weven, luitjes!' 'En weer terug!'

De toortsen in hun houders flakkerden als offervuren. Het vertrapte stro op de grond gaf een groene wierookgeur in de ruimte af. Geen tijd om adem te halen, dit is de 'Paardentwist' – terug, cirkel, naar het midden, onder de boog door, keer op keer.

De mede in haar bloed vervluchtigde en maakte plaats voor de bedwelming van het gezamenlijk bewegen. Glimmende gezichten verschenen en verdwenen weer, glibberhanden grepen die van Adelia vast, zwaaiden haar rond: sir Gervase, een onbekende, meester Herbert, de drost, de prior, de belastinginner, nogmaals sir Gervase, die haar zo ruw rondzwaaide dat ze bang was dat hij haar zou loslaten en tegen de muur zou laten zeilen. Naar het midden, onder de boog door, in galop, weven.

Een flits van vignetten, toen waren ze weer weg. Simon beduidde haar dat hij zou vertrekken, maar zijn glimlach – ze werd op dat moment net heel snel door sir Rowley rondgedraaid – zei haar dat zij moest blijven en zich moest amuseren. Een lange priores en een kleine Ulf tolden rond het middelpunt van hun gekruiste armen. Sir Joscelin sprak de kleine non ernstig toe toen ze rug aan rug koers zetten naar een hoekje.

Een bewonderende kring rondom Mansur, zijn gezicht onaangedaan terwijl hij over gekruiste zwaarden een psalmodiërende *maqam* danste. Roger van Acton probeerde een cirkelende carola naar rechts te maken: 'Maak mij, Heer, met Uw wegen vertrouwd, leer mij uw paden te gaan. Psalm 125.' En hij werd onder de voet gelopen.

Goeie god, de kok en de vrouw van de drost. Geen tijd om verbijsterd te zijn. Rechterschouder tegen rechterschouder. Dansen, dansen. Haar armen en die van Picot vormden een boog, Gyltha en prior Geoffrey huppelden eronderdoor. De magere non met de apotheker. En daar Hugh de jager en Matilda B. Hoog en laag waren verenigd en dansten gezamenlijk voor een democratische God. O, wat een zaligheid. Genieten, genieten!

Adelia danste tot haar muiltjes doorgesleten waren en merkte dat pas toen haar voetzolen begonnen te gloeien door de wrijving met de vloer.

Ze maakte zich los uit de deinende menigte. Het was tijd om te gaan. Een paar gasten vertrokken, hoewel de meeste zich verzamelden rond de wandtafels, waar een souper werd aangericht.

Ze hinkte naar de deuropening. Mansur voegde zich bij haar. 'Heb ik meester Simon nou zien vertrekken?' vroeg ze hem.

Hij ging kijken en kwam terug uit de richting van de keuken met een slapende Ulf in zijn armen. 'De vrouw zegt dat hij vooruit is gegaan.' Mansur gebruikte nooit Gyltha's naam; ze was altijd 'de vrouw'.

'Blijven zij en de Matilda's nog?'

'Ze helpen met opruimen. Wij moeten de jongen meenemen.'

Het zag ernaar uit dat prior Geoffrey en zijn monniken al een tijd weg waren. Evenals de nonnen, op priores Joan na, die bij een wandtafel stond met in de ene hand een stuk wildpastei en in de andere een drinkkan; ze was dusdanig ontspannen geraakt dat ze naar Mansur glimlachte en met de pastei een zegenend gebaar maakte toen Adelia haar met een buiginkje bedankte.

Sir Joscelin troffen ze toen hij uit de hof kwam, waar door toortsen verlichte gedaantes aan botten zaten te knagen.

'U hebt ons grote eer bewezen, my lord,' liet Adelia hem weten. 'Dokter Mansur heeft me verzocht u zijn dank over te brengen.'

'Gaan jullie terug over de rivier? Ik kan mijn schuit laten komen...'

Nee, nee, ze waren in de punter van de Oude Benjamin gekomen, maar toch bedankt.

Ook al brandde er een toorts in een houder op een paal bij de rivieroever, toch was het bijna te donker om de boot van de Oude Benjamin te onderscheiden van alle andere die daar lagen te wachten, maar aangezien ze er allemaal, op die van drost Baldwin na, even simpel uitzagen, namen ze de eerste uit de rij.

Ulf, nog steeds in slaap, werd op Adelia's schoot in de boeg gelegd. Wachter stond ongelukkig met zijn poten in het ruimwater. Mansur pakte de vaarboom op...

De punter zwaaide vervaarlijk heen en weer toen sir Rowley Picot erin sprong. 'Naar het kasteel, bootsman.' Hij nam plaats op een roeibank. 'Is dit niet heerlijk?'

Van het water steeg een lichte mist op en een bolronde maan stond zwakjes aan de hemel; af en toe ging hij helemaal schuil als de rivier door overhangende takken vanaf de oever in een tunnel veranderde. Een vormeloze, spookachtig witte vlek nam met veel vleugelgeklepper de gedaante aan van een protesterende zwaan die voor hen uit de weg ging.

Zoals altijd als hij de vaarboom hanteerde, zong Mansur zachtjes bij zichzelf, een atonale reminiscentie aan water en riet in een ander land.

Sir Rowley complimenteerde Adelia met de vaardigheid van haar bootsman.

'Hij is een moeras-Arabier,' zei ze. 'Op veengrond voelt hij zich thuis.'

'O ja? Dat zou je niet denken van een eunuch.'

Onmiddellijk schoot ze in de verdediging. 'En wat verwacht je dan wél? Dikke kerels die maar wat rondhangen in een harem?'

Hij schrok ervan. 'Eh... ja, inderdaad. De enige eunuchen die ik ooit heb gezien deden dat.'

'Toen je op kruistocht was?' vroeg ze, nog steeds in de aanval.

'Ja, toen ik op kruistocht was,' gaf hij toe.

'Dan heb je maar beperkte ervaring met eunuchen, sir Rowley. Ik verwacht niet anders dan dat Mansur op een dag met Gyltha zal trouwen.' O, verdomme, ze was nog steeds loslippig door de mede. Had ze nou haar dierbare Arabier verraden? En Gyltha?

Maar ze zou niet toestaan dat deze... deze *vent*, deze mogelijke moordenaar, een man omlaaghaalde wiens laarzen hij nog niet eens waardig was te likken.

Rowley boog zich naar voren. 'O ja? Ik dacht dat er door, eh... zijn toestand van een huwelijk geen sprake meer zou kunnen zijn.'

Goeie hemel, nu had ze zichzelf zo in de nesten gewerkt dat ze moest uitleggen hoe het bij castraten werkte. Maar hoe moest ze dat verwoorden? 'Uit een dergelijke verbintenis zouden alleen geen kinderen voort kunnen komen. Maar aangezien Gyltha daar toch al te oud voor is, denk ik niet dat ze daar erg mee zullen zitten.'

'Aha. En de rest van het, eh... huwelijksleven?'

'Ze kunnen een erectie krijgen,' zei ze scherp. Ze had er genoeg van eromheen te draaien; waarom zou je fysieke feiten uit de weg gaan? Als hij het niet weten wilde, had hij er maar niet naar moeten vragen.

Ze had hem gechoqueerd, zag ze, maar ze was nog niet met hem klaar. 'Denk je dat Mansur er zelf voor heeft gekozen zo te zijn? Hij werd gevangengenomen door slavenhandelaars toen hij nog een kleine jongen was en werd om zijn stem verkocht aan Byzantijnse monniken, waar hij gecastreerd werd om zijn stem hoog te houden. Dat doen ze zo vaak. Hij was acht jaar oud en moest zingen voor de monniken – *christelijke* monniken, die hem martelden.'

'Mag ik vragen hoe je aan hem bent gekomen?'

'Hij was weggelopen. Mijn stiefvader vond hem op straat in Alexandrië en nam hem mee naar huis in Salerno. Mijn vader is gespecialiseerd in verlorenen en verlatenen.'

Ho, ho, zei ze tegen zichzelf. Vanwaar die wens om zo veel informatie prijs te geven? Hij betekent niets voor je, misschien is hij wel erger dan niets. Het heeft niets te betekenen dat je zojuist de tijd van je leven met hem hebt gehad.

In het riet spetterde en ritselde een waterhoentje. Er gleed iets, een waterrat, het water in en zwom weg met een spoor van maanverlichte rimpelingen achter zich aan. De punter voer alweer een tunnel in.

Daarbinnen klonk sir Rowleys stem: 'Adelia?'

Ze sloot haar ogen. 'Ja?'

'Jullie hebben aan de zaak gedaan wat je kon. Als we bij het huis van Oude Benjamin zijn, ga ik met je mee naar binnen om eens een hartig woordje te spreken met meester Simon. Hij moet toch een keer inzien dat het tijd wordt om terug te gaan naar Salerno.'

'Ik snap het niet,' zei ze. 'De moordenaar is nog niet gevonden.'

'We komen steeds dichter bij zijn schuilplek. Als we hem opjagen wordt hij gevaarlijk, totdat we hem kunnen inrekenen. Ik wil niet dat hij een van de drijvers aanvalt.'

De woede die de belastinginner telkens in haar opriep, maakte haar fel en scherp. 'Een van de drijvers? Ik ben hiertoe gekwalificeerd, ge-

kwalificéérd, en ik ben door de koning van Sicilië voor deze missie uitgekozen, niet door Simon, en zeker niet door jou!'

'Vrouwe, ik maak me slechts zorgen om je veiligheid.'

Maar het was al te laat. Als ze een man was geweest, zou hij niet hebben voorgesteld naar huis te gaan; hij had haar in haar beroepseer aan-
getast.

Adelia ging over op het Arabisch, de enige taal waarin ze vrijelijk kon
razen en tieren, omdat Margaret er toch niets van had begrepen. Ze gebruikte frases die ze had opgevangen van Mansurs veelvuldige ruzies
met de Marokkaanse kok van haar stiefouders, de enige taal die opgewassen was tegen de razernij die sir Rowley Picot telkens in haar opriep.
Ze zei iets over zieke ezels en de onnatuurlijke voorkeur die hij daarvoor
aan den dag legde, over zijn hondse attributen, zijn vlooien, zijn stoel-
gang en zijn eetgewoonten. Ze vertelde hem wat hij kon doen met zijn
zorgelijkheid, iets wat wederom met zijn ingewanden te maken had. Of
Picot nu begreep wat ze zei of niet deed er niet toe; de teneur was hem
maar al te duidelijk.

Mansur boomde hen grijnzend de tunnel uit.

De rest van de tocht werd in stilte volbracht.

Toen ze bij het huis van de Oude Benjamin kwamen, wilde Adelia
niet dat Picot haar daar naartoe vergezelde. 'Zal ik hem naar het kasteel
brengen?' wilde Mansur weten.

'Van mij mag je hem overal heen brengen waar je wilt,' zei ze.

Toen de volgende ochtend een medewerker van de waterbaljuw Gyltha
kwam vertellen dat Simons lijk naar het kasteel zou worden gebracht,
besefte Adelia dat zij had zitten schelden toen hun bootje langs zijn lichaam was gevaren, terwijl dat, met het gezicht omlaag, tussen het riet
van Trumpington had gedreven.

10

'Hoort ze me nou?' vroeg sir Rowley aan Gyltha.

'Je bent tot in Peterborough te horen,' zei Gyltha. De belastinginner had met stemverheffing gesproken. 'Maar ze luistert niet.'

Ze luisterde wel, alleen niet naar sir Rowley Picot. De stem die ze hoorde was die van Simon van Napels, zo helder als maar kon, die niets bijzonders zei, en alleen maar wat babbelde, zoals hij zo vaak had gedaan tijdens zijn leven, met zijn drukke tenorstem – op dit moment babbelde die, om precies te zijn, over wol en de vervaardiging daarvan. *Hebben jullie enig idee hoe moeilijk het is om de kleur zwart te maken?*

Ze wilde hem zeggen dat het haar probleem nu was om zich voor te stellen dat hij dood was, dat ze dat moment uitstelde omdat het verlies te groot zou zijn en daarom beter genegeerd kon worden. Er was met zijn dood een kloof ontstaan die zij niet had gezien omdat hij hem had gevuld.

Ze hadden zich vergist. Simon was er de man niet naar om dood te zijn.

Sir Rowley keek hulpzoekend om zich heen in Benjamins keuken. Waren alle vrouwen bewusteloos geslagen? En de jongen? Zou ze voor eeuwig en altijd in het vuur blijven staren?

Hij wendde zich tot de eunuch, die met zijn armen over elkaar in de deuropening over de rivier uitkeek.

'Mansur.' Hij moest dicht naar hem toe gaan, zodat hun gezichten op gelijke hoogte waren. 'Mansur. Het lichaam is in het kasteel. De joden kunnen elk moment ontdekken dat het daar is en het zelf begraven. Ze weten dat hij een van hen is. Luister naar me.' Hij bracht een hand naar 's mans schouder en schudde hem heen en weer. 'Ze heeft de tijd niet om te treuren. Ze moest eerst het lichaam onderzoeken. Hij is vermoord, snap je?'

'Spreekt u Arabisch?'

'Wat dénk je dat ik spreek, grote kameel? Breng haar bij haar positieven, zorg dat ze in beweging komt.'

Adelia hield haar hoofd schuin om na te denken over het evenwicht dat was gehandhaafd, de seksloze genegenheid en acceptatie, het humorvolle respect, een vriendschap die maar zo zelden voorkomt tussen man en vrouw dat ze waarschijnlijk nooit meer zo'n vriend zou vinden. Ze wist nu een beetje hoe het zou zijn om haar stiefvader te verliezen.

Ze voelde woede in zich opkomen en begon Simons schim verwijten te maken. Hoe kon je nou zo onnadenkend zijn? Jij was van waarde voor ons allemaal; dit is een groot verlies; omkomen in een modderige Engelse rivier is zó dom.

Die arme vrouw van wie hij zo veel had gehouden. Zijn kinderen.

Mansurs hand rustte op haar schouder. 'Deze man beweert dat Simon is vermoord.'

Het duurde even, maar toen kwam ze overeind. 'Nee.' Ze keek Picot recht aan. 'Het was een ongeluk. Die man, de waterman, heeft tegen Gyltha gezegd dat het een ongeluk was.'

'Hij had de schuldbekentenissen gevonden, mens, hij wist wie het was.' Sir Rowley klemde geërgerd zijn kaken op elkaar en zei toen langzaam: 'Luister naar me. Luister je?'

'Ja.'

'Hij kwam laat naar Joscelins feest. Hoor je me?'

'Ja,' zei ze. 'Ik heb hem gezien.'

'Hij ging naar de hoofdtafel om zijn excuses aan te bieden omdat hij zo laat was. De maarschalk bracht hem naar zijn plaats, maar toen hij langs mij liep, bleef hij even staan en klopte op een tasje aan zijn riem. En hij zei... Luister je nog? Hij zei: "We hebben hem, sir Rowley. Ik heb de aantekeningen gevonden." Hij praatte zachtjes, maar dat zei hij.'

'"We hebben hem, sir Rowley,"' herhaalde Adelia.

'Dat zei hij, ja. Ik heb net zijn lichaam gezien. Er zit geen tasje aan zijn riem. Daarom is hij vermoord.'

Adelia hoorde Matilda B een ontzette kreet slaken en Gyltha mompelde iets. Spraken Picot en zij Engels? Dat moest haast wel.

'Waarom zou hij zoiets tegen jou zeggen?' vroeg ze.

'Goeie hemel, mens, we waren er de hele dag samen mee bezig geweest. Het was ondenkbaar dat de enige schuldadministratie uit de aantekeningen zou bestaan die zijn verbrand. Die vermaledijde joden zouden er zó de hand op hebben kunnen leggen, ook al beseften ze dat niet; ze lagen bij Chaims bankier.'

'Dat mag je niet over ze zeggen.' Ze had een hand op zijn borst gelegd en duwde tegen hem aan. 'Zeg dat niet! Simon was een jood.'

'Precies!' Hij pakte haar handen. 'Omdat hij een jood was, moet jij nu met me meekomen en zijn lijk onderzoeken, voordat de joden het zich toe-eigenen.' Hij zag de uitdrukking op haar gezicht, maar liet zich niet vermurwen. 'Wat is hem overkomen? Wanneer? Als we dat weten, kunnen we daar met een beetje geluk uit opmaken wie het heeft gedaan. Dat heb jij me geleerd.'

'Hij was mijn vriend,' zei ze. 'Ik kan het niet.' Alles in haar kwam in opstand bij het idee alleen al, en dat zou voor Simon ook gelden – om er zo bloot bij te liggen, zo betast te worden, in stukken gesneden, en dan nog wel door haar. Autopsie druiste in elk geval tegen de joodse wet in. Ze was bereid de christelijke Kerk elk moment uit te dagen, maar omdat het nu om de zo dierbare Simon ging, wilde ze de joodse leer geen geweld aandoen.

Gyltha stapte tussen hen in om de belastinginner scherp aan te kijken. 'Wil je beweren dat meester Simon door dezelfde man is vermoord als die de kinderen vermoord heeft? Begrijp ik dat goed?'

'Ja. Ja!'

'En zij zou dat kunnen zien door zijn arme lichaam te bekijken?'

Sir Rowley herkende in haar een bondgenoot en knikte. 'Dat zou ze misschien kunnen, ja.'

Gyltha richtte zich tot Matilda B. 'Ga haar mantel halen.' En tegen Adelia zei ze: 'We gaan samen.' En tegen Ulf: 'Jij blijft hier, jongen. Je moet de Matilda's een handje helpen.'

Tussen hen in, met Mansur en Wachter in de achterhoede, werd Adelia door de straatjes naar de brug gebracht. Ze protesteerde nog steeds: 'Het kan de moordenaar niet geweest zijn. Die valt alleen weerloze slachtoffers aan. Dit is anders, dit is...' Ze vertraagde haar pas toen ze probeerde te bedenken waar het hier om ging. 'Dit is gewoon een alledaagse gruwelijke gebeurtenis.'

Voor de agent van de waterbaljuw die hen op de hoogte was komen brengen, waren in de rivier ronddrijvende lijken heel gewoon. Ze had ook geen vragen gesteld toen hij had geoordeeld dat Simon simpelweg verdronken was – zij die op de marmeren tafel in het mortuarium van Salerno zo veel door het water opgezwollen lijken had onderzocht.

Mensen verdronken in hun bad, zeelieden vielen overboord en konden net als de meeste zeelui niet zwemmen, plotselinge hoge golven sleurden slachtoffers de zee in. Kinderen, mannen en vrouwen, verdronken in rivieren, meren, fonteinen, plassen. Ze maakten een tragische misrekening, namen een onverhoedse stap. Het was een doodgewone manier om aan je eind te komen.

Ze hoorde de belastinginner snuiven van ongeduld toen hij haar gehaast weer meetrok. 'Onze man is een wilde hond. Wilde honden springen je naar de keel als ze zich bedreigd voelen. Simon was een bedreiging geworden.'

'Hij was ook niet al te groot,' zei Gyltha. 'Een aardig mannetje, maar voor hen niet meer dan een konijn.'

Tja, daar zat iets in. Maar om dan vermoord te worden... Adelia's geest kon zich er niet mee verenigen. Simon en zij waren hiernaartoe gekomen om een probleem op te lossen dat de inwoners van een bescheiden stadje in een vreemd land boven het hoofd was gegroeid, en niet om samen met hen aan hetzelfde probleem ten onder te gaan. Ze had gedacht dat zij tweeën erbuiten stonden dankzij een speciaal soort dispensatie die onderzoekers werd verleend. En zo had Simon er ook tegen aangekeken, wist ze.

Ze bleef plots staan. 'Hebben wij risico gelopen?'

De belastinginner bleef ook staan. 'Nou, ik ben blij dat je dat inziet. Dachten jullie soms dat je was vrijgesteld?'

Ze trokken haar weer verder en de twee praatten met elkaar over haar hoofd heen.

'Heb je hem zien weggaan, Gyltha?'

'Niet echt, nee. Hij kwam even in de keuken kijken om de kok een complimentje te geven en om mij gedag te zeggen.' Gyltha's stem haperde even. 'Hij was altijd heel beleefd.'

'Was dat voordat het dansen begon?'

Gyltha slaakte een zucht. Het was de vorige avond druk geweest in de keuken van sir Joscelin.

'Ik mag hangen als ik het nog weet. Het zou kunnen. Hij zei dat hij eerst nog wat te bestuderen had voordat hij naar bed zou gaan, zoveel weet ik nog wel. Daarom ging hij ook bijtijds weg.'

'Hij had nog iets te bestuderen, dus?'

'Zo zei hij het.'

'Hij wilde de administratie doornemen.'

Zoals gebruikelijk was het erg druk op de brug. Ze konden niet goed meer naast elkaar blijven lopen en terwijl sir Rowley haar stevig vasthield, botste Adelia tegen voorbijgangers aan, van wie de meeste klerken waren, allemaal gehaast, allemaal met een onderscheidende keten om hun hals – een heleboel. In Cambridge tierde de ambtenarij welig. Vagelijk vroeg ze zich af waarom eigenlijk.

Het vraag-en-antwoordspel over haar hoofd heen werd voortgezet.

'Zei hij dat hij lopend naar huis zou gaan? Of zou hij de boot nemen?'

'Zonder een spiertje licht? Hij zou vast nooit zijn gaan lopen.' Zoals de meeste Cambridgenaren beschouwde Gyltha de boot als het enige middel van vervoer. 'Misschien dat er iemand anders op hetzelfde moment wegging als hij en hem een lift heeft aangeboden.'

'Ik ben bang dat het zo weleens gegaan zou kunnen zijn.'

'O lieve God, sta ons bij.'

Nee, néé, dacht Adelia. Zo onvoorzichtig was Simon niet; hij was geen kind dat met jujubes te lijmen was. Als de stadsmens die hij was moest hij dwaas genoeg hebben geprobeerd langs de rivieroever terug te lopen. In het donker was hij uitgegleden, het was een ongeluk.

'Wie ging er om diezelfde tijd weg?' De stem van Picot.

Maar Gyltha kon het hem niet zeggen. Ze waren trouwens bij het kasteel aangekomen. Vandaag waren er geen joden te zien op de binnenhof; in plaats daarvan zag ze nog meer klerken – tientallen, als een sprinkhanenplaag.

De belastinginner gaf Gyltha antwoord. 'Koninklijke klerken, ze zijn hier om alles in orde te maken voor het assisenhof. Het duurt dagen om je voor te bereiden op de rondreizende rechtbank. Kom, deze kant op. Ze hebben hem naar de kapel gebracht.'

Dat hadden ze inderdaad, maar tegen de tijd dat het drietal daar aankwam, was de kapel verlaten, op de priester van het kasteel na, die in het middenschip verwoed met een wierookvat heen en weer slingerde om Gods huis opnieuw te zegenen. 'Wist u dat het lichaam dat van een jood was, sir Rowley? Moet je voorstellen. We dachten dat hij een christen was, maar toen we hem aflegden...' Vader Alcuin pakte de belastinginner bij de arm en leidde hem weg, zodat de vrouwen hem niet konden verstaan. 'Toen we hem uitkleedden, zagen we het bewijs. Hij was besneden.'

'Wat is er met hem gebeurd?'

'Hij kon hier niet blijven, in naam van God. Ik heb hem laten weghalen. Hier kan hij niet worden begraven, hoe graag de joden dat ook willen. Ik heb de prior laten halen, hoewel het eerder een kwestie voor de bisschop is, maar prior Geoffrey weet wel hoe hij de Israëlieten tot bedaren moet brengen.'

Vader Alcuin zag ineens dat Mansur bij hen was en trok wit weg. 'Brengt u nóg een heiden deze heilige ruimte binnen? Laat die man hier weggaan – weg!'

Sir Rowley zag de wanhoop op Adelia's gezicht, pakte de kleine priester bij de voorkant van zijn gewaad en tilde hem een paar centimeter van de grond. 'Waar hebt u het lichaam naartoe gebracht?'

'Ik zou het niet weten. Zet me neer, onmens.' Toen hij weer vaste grond onder zijn voeten had, zei hij tartend: 'En het kan me niet schelen ook.' Hij hervatte zijn gezwaai met het wierookvat en werd aan het zicht onttrokken door een wolk van dampen en ontstemdheid.

'Ze betuigen hem geen respect,' zei Adelia. 'O, Picot, zorg dat hij een gepaste joodse begrafenis krijgt.' Hij mocht dan een kosmopolitisch humanist hebben geleken, maar au fond was Simon van Napels een vrome jood geweest; het had hem altijd dwarsgezeten dat zij geen geloof praktiseerde. Ze vond het verschrikkelijk dat zijn lichaam alleen maar was opgeruimd, zonder dat de riten van zijn religie waren volvoerd.

'Het is niet goed,' stemde Gyltha met haar in. 'Het is net zoals de Heilige Schrift zegt: *'Ze hebben mijn Heer weggehaald en ik weet niet waar ze hem naartoe gebracht hebben.'*

Godslastering misschien, maar ze zei het vol verontwaardiging en verdriet.

'Dames,' zei sir Rowley Picot, 'al moet ik ervoor naar de Heilige Geest zelf gaan, meester Simon zal met gepaste eerbied worden begraven.' Hij liep weg en kwam weer terug. 'De joden hebben hem al meegenomen, schijnt het.'

Hij sloeg de richting in van de toren van de joden. Terwijl ze achter hem aan liepen, liet Adelia haar hand in die van de huishoudster glijden.

Prior Geoffrey stond bij de deur te praten met een man die Adelia niet kende, maar aan wie ze onmiddellijk zag dat het een rabbi was. Dat kwam niet door de gebedslokken of zijn ongeknipte baard, want hij was net zo gekleed, en even haveloos, als zijn medejoden. Het kwam door zijn ogen; daaruit sprak de blik van een geleerde. Ze stonden strenger dan die van prior Geoffrey, maar straalden dezelfde brede kennis uit, en een behoedzame geamuseerdheid. Mannen met zo'n blik waren met haar stiefvader goedmoedige discussies over de joodse wet komen voeren. Een Talmoedgeleerde, dacht ze, en ze was opgelucht; hij zou zorg dragen voor Simons lichaam op de manier die Simon zou hebben gewenst. En aangezien dat verboden was, zou hij niet toestaan dat er een lijkschouwing zou plaatsvinden, ondanks de inmenging van sir Rowley – en ook dat vond Adelia een opluchting.

Prior Geoffrey greep haar handen vast. 'Mijn beste meidje, wat een klap, wat een klap voor ons allemaal. Voor jou moet het wel een onschatbaar verlies zijn. Bij Gods gratie, wat was ik op die man gesteld. Ook al hebben we elkaar maar kort gekend, ik trof in meester Simon van Napels een goede ziel en zijn verscheiden bedroeft me.'

'Prior, hij moet worden begraven volgens de joodse wet, wat betekent dat hij vandaag ter aarde moet worden besteld.' Als je het lichaam van een jood langer dan vierentwintig uur boven de grond liet liggen, vernederde je het.

'Ah, wat dat aangaat...' Prior Geoffrey voelde zich ongemakkelijk. Hij wendde zich tot de belastinginner, net als de rabbi; dit waren mannenzaken. 'We zitten met een probleem, sir Rowley. Het verbaast me eigenlijk dat het niet eerder is gebeurd, maar het schijnt – gelukkig maar, natuurlijk – dat er in het jaar van hun opsluiting niemand van rabbi Gotsces mensen hier in het kasteel is overleden...'

'Dat zal dan wel door het eten komen.' Rabbi Gotsce had een donkere stem, en als hij al een grapje had willen maken, was dat aan zijn gezicht niet te zien.

'Daarom,' vervolgde de prior, 'en ik moet toegeven dat ik in dezen nalatig ben geweest, zijn er nog geen regelingen getroffen om...'

'In het kasteel is geen plek ingericht om joden te begraven,' zei rabbi Gotsce.

Prior Geoffrey knikte. 'Ik vrees dat vader Alcuin het hele terrein bestempelt als christelijke grond.'

Sir Rowley grimaste. 'Misschien kunnen we hem vanavond de stad in smokkelen.'

'Er is geen jodenbegraafplaats in Cambridge,' zei rabbi Gotsce.

Ze staarden hem allemaal aan, behalve de prior, die een beschaamd gezicht trok.

'Hoe is het dan gegaan met Chaim en zijn vrouw?' vroeg Rowley.

Met tegenzin zei de prior: 'Die zijn in ongewijde grond begraven, bij de zelfmoordenaars. Als we het anders hadden gedaan, waren er weer rellen uitgebroken.'

Achter de open deur van de toren waar ze allemaal voor stonden, was bedrijvigheid te ontwaren. Vrouwen met bekkens en doeken in hun armen renden de wenteltrap op en af terwijl in de hal een groepje mannen stond te praten. Adelia zag in hun midden Yehuda Gabirol staan, die naar zijn voorhoofd greep.

Zij deed dat ook, want naast alles wat er al speelde leed er verwarrend genoeg ook nog eens iemand pijn. Het gesprek van de prior, de rabbi en de belastinginner werd keer op keer onderbroken door de luide en diepe kreten die uit een van de bovenste ramen van de toren afkomstig waren, iets tussen een kreun en het gehijg van een kapotte blaasbalg in. De mannen lieten zich er niet door van de wijs brengen.

'Wie is dat?' vroeg ze, maar niemand reageerde.

'Waar brengen jullie je doden dan heen?' wilde Rowley van de rabbi weten.

'Naar Londen. De koning is zo goed geweest ons een begraafplaats ter beschikking te stellen vlak bij de Londense joodse wijk. Zo is het altijd gegaan.'

'Is dat de enige?'

'Ja. Of we nou in York sterven of aan de grens met Schotland, in Devon of in Cornwall, onze kist moet naar Londen worden gebracht. Daar moeten we natuurlijk een speciale tol voor betalen. En verder moet je honden inhuren om ons toe te blaffen als we door steden trekken.' Hij glimlachte vreugdeloos. 'Het kost een paar centen.'

'Dat wist ik niet,' zei Rowley.

De kleine rabbi maakte een beleefde buiging. 'Hoe had u dat ook kunnen weten?'

'We zitten in een impasse, ziet u,' zei prior Geoffrey. 'Het arme lichaam kan niet op het kasteelterrein begraven worden, maar ik heb er een hard hoofd in of we de stadsbewoners lang genoeg, of veilig genoeg, kunnen misleiden om het lichaam naar Londen te smokkelen.'

Londen? Smokkelen? Adelia's zielenleed groeide uit tot een woede die ze amper wist te beteugelen.

Ze stapte naar voren. 'Neem me niet kwalijk, maar Simon van Napels is geen ongemak waar we van af moeten zien te komen. Hij is hiernaartoe gestuurd door de koning van Sicilië om een moordenaar in jullie midden te pakken, en als die zich nu hier bevindt' – ze wees naar de belastinginner – 'dan is hij daarvoor gestorven. In naam van God, het minste wat jullie kunnen doen is wel hem een eervolle begrafenis geven.'

'Ze heeft gelijk, prior,' zei Gyltha. 'Hij was een bovenste best mannetje.'

De twee vrouwen brachten de heren in verlegenheid. En die verlegenheid werd nog groter toen uit het bovenraam alweer een kreun klonk, die overging in een onmiskenbaar vrouwelijk gekrijs.

Rabbi Gotsce voelde zich geroepen uitleg te geven. 'Vrouwe Dina.'

'De baby?' informeerde Adelia.

'Een tikje te vroeg,' liet de rabbi haar weten, 'maar de vrouwen hebben goede hoop dat hij veilig ter wereld komt.'

Ze hoorde Gyltha zeggen: 'De Here geeft en de Here neemt.'

Adelia vroeg niet hoe het met Dina ging, want op dat moment was dat duidelijk niet best. Adelia's schouders zakten een beetje nu haar woede deels vervloog. Er zou dus toch nog iets goeds gebeuren: iets nieuws, iets moois in een wereld vol slechtheid.

De rabbi zag het. 'Bent u joods, mevrouw?'

'Ik ben grootgebracht door een jood. Ik ben alleen maar Simons vriendin.'

'Dat heeft hij me verteld. Heb vrede, mijn dochter. Voor ons in deze arme kleine gemeenschap is de begrafenis van je vriend een geheiligde taak die ons allen is opgelegd. We hebben al de *tahara* uitgevoerd, het wassen en reinigen van zijn lichaam dat nu zijn reis naar een volgende fase begint. Hij is gehuld in de simpele witte lijkwade van de *tachrichiem*. Er wordt momenteel een kist van wilgentenen, zoals aanbevolen door de grote wijze Rabban Gamliel, voor hem in gereedheid gebracht. Zie je? Ik scheur mijn kleren voor hem.' In een gebaar van rituele rouw scheurde de rabbi de voorkant van zijn toch al sleetse tuniek.

Ze had het kunnen weten. 'Dank u, rabbi, dank u.' Maar er was nog één ding. 'Maar hij mag niet alleen worden gelaten.'

'Hij is niet alleen. De Oude Benjamin fungeert als *sjomeer* en waakt bij hem, hij zegt de geëigende psalmen op.' Rabbi Gotsce keek om zich heen. De prior en de belastinginner waren diep in gesprek. Hij dempte zijn stem. 'Wat die begrafenis betreft, wij zijn een flexibel volk, dat moet ook wel, en de Heer snapt heus wel dat sommige dingen onmogelijk voor ons zijn. Hij heeft er vast geen bezwaar tegen als we wat aanpassingen aanbrengen.' Zijn stemde daalde bijna tot een fluistering.

'We hebben vaak gemerkt dat ook de christelijke wetten flexibel zijn, zeker wanneer er geld aan te pas komt. We leggen het weinige bij elkaar dat we kunnen missen en kopen met z'n allen een plekje kasteelgrond waar onze vriend op eervolle wijze ter aarde kan worden besteld.'

Voor het eerst die dag glimlachte Adelia. 'Ik heb geld genoeg.'

Rabbi Gotsce stapte achteruit. 'Waar maken we ons dan zorgen over?' Hij pakte haar hand om de zegen over haar uit te spreken die voorgeschreven was voor hen die rouwden: *Gezegend zij de Eeuwige God, Heer der hemelen, de ware rechter.'*

Heel even voelde Adelia een dankbare vrede; misschien kwam het door de zegen, misschien kwam het doordat ze zich in het gezelschap van mannen met de beste bedoelingen bevond, misschien kwam het door de geboorte van Dina's baby.

Maar, bedacht ze, hoe ze hem ook zouden begraven, feit is wel dat Simon dood is; er is de wereld iets van grote waarde ontnomen. En jij, Adelia, zult erachter moeten zien te komen of hij nou door een ongeluk of door moord is omgekomen – dat kan niemand anders.

Ze voelde er nog steeds weinig voor Simons lichaam te onderzoeken, wat deels voortkwam, besefte ze, uit angst voor wat het haar zou kunnen vertellen. Als de onbekende schurk hem had vermoord, had hij niet alleen Simon met fatale gevolgen aangevallen, maar zou dat net zozeer een aanslag zijn op haar vastbeslotenheid om hun opdracht voort te zetten. Zonder Simon berustte de verantwoordelijkheid louter en alleen bij haar, en zonder Simon was ze een eenzame, gebroken en doodsbange zwakkeling.

Maar de rabbi, tegen wie sir Rowley druk had staan praten, was niet van plan haar bij het lichaam van Simon van Napels in de buurt te laten komen. 'Geen sprake van, en zeker niet een vrouw.'

'Dux femina facil,' merkte prior Geoffrey behulpzaam op.

'Sir, de prior heeft gelijk,' pleitte Rowley. 'In dit geval is de leider van onze onderneming een vrouw. De doden spreken tot haar. Ze vertellen haar wat de oorzaak is van hun dood, waar we uit kunnen opmaken wie die op zijn geweten heeft. We zijn het verplicht aan de overledene, aan het recht, om na te gaan of de moordenaar van de kinderen ook hem heeft vermoord. In godsnaam, man, hij zette zich in voor jullie volk. Als hij vermoord is, wilt u dan niet dat hij gewroken wordt?'

'Exoriare aliquis nostris ex ossibus ultor.' De prior probeerde nog steeds behulpzaam te zijn. 'Sta op, onbekende wreker, uit mijn dode botten.'

De rabbi maakte een buiging. 'Rechtvaardigheid is een goede zaak, my lord,' zei hij, 'maar we hebben geleerd dat die alleen in de wereld na deze wereld bereikt kan worden. U verzoekt dit in naam van God te mogen doen, maar hoe kunnen we de Heer behagen door Zijn wetten te overtreden?'

'Wat een koppige kerel,' merkte Gyltha hoofdschuddend tegen Adelia op. 'Hij is niet voor niets jood.'

Soms vroeg Adelia zich af hoe het ras en het geloof zich staande hadden kunnen houden ten overstaan van een bijna alomtegenwoordige en – in haar ogen – onverklaarbare vijandigheid. Het joodse volk had heel wat moeten meemaken: het had geen thuisland, werd vervolgd en vernederd, en men had het willen uitmoorden. Maar de joden klampten zich des te hardnekkiger aan hun joods-zijn vast. Tijdens de eerste kruistocht hadden christelijke legers, vol geloofsijver en met hun buik vol drank, het als hun evangelische plicht beschouwd om joden die ze onderweg tegenkwamen, te bekeren; ze hadden hun de keuze gegeven tussen doop en dood. Het antwoord was duizenden dode joden geweest.

Rabbi Gotsce was een redelijk man, maar hij zou nog liever ter plekke op de torentrap sterven dan zijn geloof verzaken en een vrouw het lijk van een man laten aanraken, hoe heilzaam die aanraking ook zou kunnen zijn.

Wat alleen maar aantoonde, bedacht Adelia, dat de drie grote religies het er in elk geval over eens waren dat haar sekse inferieur was. Een vrome jood dankte God immers elke dag dat hij niet als vrouw geboren was.

Terwijl er van alles in haar hoofd omging, was er een energiek gesprek ontstaan, waarin sir Rowley het hoogste woord voerde. Nu kwam hij naar haar toe. 'Ik heb in elk geval weten te bereiken,' zei hij, 'dat de prior en ik naar het lichaam mogen kijken. Jij blijft buiten staan en zegt ons wáár we naar moeten kijken.'

Het klonk bespottelijk, maar als iedereen zich erin kon vinden, en zijzelf ook...

Met aanzienlijke moeite hadden de joden het lichaam naar de kamer boven in de toren gebracht, de enige die vrij was, de kamer waarin Simon, Mansur en zij voor het eerst de Oude Benjamin en Yehuda hadden gesproken.

Alsof hij bang was dat ze er in een aanval van overmatige ijver toch naar binnen zou gaan, zei de rabbi tegen Adelia dat ze moest blijven wachten op de overloop van de trap eronder, met Wachter bij zich. Ze hoorde de deur van de kamer open gaan. Een snelle uitbarsting van de stem van de Oude Benjamin die *tehiliem* zei, dreef door het trappenhuis naar haar omlaag, waarna de deur weer dichtging.

Picot heeft gelijk, dacht ze. Simon mag niet zonder dat hij gehoord is onder de grond worden gestopt. Zijn geest zou het als een grotere ontheiliging hebben opgevat als niemand aandacht zou schenken aan wat zijn lichaam te vertellen had.

Ze ging zitten op de stenen trap en riep zichzelf tot de orde. Ze stuurde haar gedachten naar de verdrinkingsdood en hoe die in zijn werk ging.

Het viel niet mee. Nu ze geen stukje van de longen af kon snijden om te kijken of die waren opgezwollen en slib of plantenresten bevatten, zou ze voornamelijk een diagnose moeten stellen door andere doodsoorzaken uit te sluiten. In feite, ging het door haar heen, was de kans niet groot dat er iets op moord zou duiden. Ze kon waarschijnlijk wel nagaan dát hij verdronken was, en of Simon nog had geleefd of niet toen hij het water in viel, maar de vraag of hij was gevallen of geduwd was daarmee nog niet beantwoord.

De stem van de Oude Benjamin: *'Heer, U bent ons een toevlucht geweest van geslacht op geslacht...'* En het gedreun van de laarzen van de belastinginner die over de trap naar haar toe kwamen.

'Hij ziet er vredig uit. Wat moeten we doen?'

Ze zei: 'Zit er schuim om zijn mond en neusgaten?'

'Nee. Ze hebben hem gewassen.'

'Druk eens op zijn borst. Als er schuim omhoogkomt, moet je het wegvegen en nog eens drukken.'

'Ik weet niet of de rabbi dat wel goedvindt – dat wij als niet-joden dat doen.'

Adelia stond op. 'Je moet het hem niet vragen, maar het gewoon doen.' Ze was weer de dokter van de doden geworden.

Rowley haastte zich weer naar boven.

'De verschrikking van de nacht hoeft ge niet te vrezen, ook de pijl niet die overdag op ge af vliegt...'

Ze leunde op de driehoek van het schietgat naast haar en krauwde afwezig Wachter over zijn kop, terwijl ze het panorama in zich opnam dat ze al eerder had gezien: de rivier, de bomen en heuvels daarachter, een pastorale als van Vergilius.

Maar ik ben wél bang voor de verschrikking van de nacht, dacht ze.

Sir Rowley stond weer naast haar. 'Schuim,' zei hij kortweg. 'Beide keren. Rozig.'

Dus hij had nog geleefd toen hij het water in ging. Dat vermoedde ze althans, al was het geen bewijs; het kon ook zijn dat zijn hart het had begeven en dat hij daardoor in de rivier getuimeld was. 'Zijn er blauwe plekken?' vroeg ze.

'Ik zie er geen. Er zitten wel sneetjes tussen zijn vingers. De Oude Benjamin zei dat hij plantenstengels in zijn handen had. Duidt dat ergens op?'

Ook dit betekende dat Simon nog had geleefd toen hij te water ging; in de afgrijselijke minuut of zo voordat hij was gestorven had hij naar het riet en de plantengroei geklauwd, die hij nog vast had gehad toen zijn handen in een doodsstuip verkrampten.

'Kijk of hij blauwe plekken op zijn rug heeft,' zei ze. 'Maar leg hem niet op zijn gezicht; dat is tegen de wet.'

Ditmaal kon ze hem horen steggelen met de rabbi; Rowleys stem en die van rabbi Gotsce klonken allebei scherp. De Oude Benjamin trok zich van geen van beiden iets aan: *Hij laat mij rusten in groene weiden en voert mij naar vredig water.'*

Sir Rowley won. Hij keerde naar haar terug. 'Hier en daar ziet het blauwig,' zei hij, en hij legde zijn ene hand over zijn schouder en duidde met de andere een lijn over zijn bovenrug aan. 'Zou hij geslagen zijn?'

'Nee. Die dingen gebeuren soms. Door de worsteling om weer boven water te komen kunnen er spieren scheuren rond de schouders en nek. Hij is verdronken, Picot. Meer kan ik er niet over zeggen. Simon is verdronken.'

Rowley zei: 'Hij heeft één blauwe plek die nogal opvalt. Hier.' Ditmaal boog hij zijn arm achter zijn rug, wapperde met zijn vingers en draaide zich om, zodat zij ze kon zien. Hij wees een plek aan tussen de onderkant van de schouderbladen. 'Hoe kan die zijn ontstaan?'

Toen hij haar frons zag, spoog hij op de trap bij zijn voeten en knielde neer om een vochtig kringetje op het steen te tekenen. 'Zoiets. Rond. Het valt op, zoals ik al zei. Wat heeft dat te beduiden?'

'Ik zou het niet weten.' Ze gruwde hiervan. Met die kleingeestige wetten van ze, met hun angst voor de principiële onreinheid van de vrouw, met die ónzin van ze wierpen ze een barrière op tussen dokter en patiënt. Simon riep om haar en ze stonden niet toe dat zij naar hem luisterde. 'Neem me niet kwalijk,' zei ze.

200

Ze liep de trap op en beende de kamer binnen. Het lichaam lag op zijn zij. Het duurde maar heel even, en toen beende ze weer naar buiten.

'Hij is vermoord,' zei ze tegen Rowley.

'Een vaarboom?' vroeg hij.

'Waarschijnlijk wel.'

'Hebben ze hem daarmee onder water gehouden?'

'Ja,' zei ze.

11

De weergang was een gaanderij van waaraf boogschutters een aanval op het kasteel konden afweren, en tijdens de oorlog tussen Stephen en Matilda hadden ze dat ook gedaan. Vandaag was het er rustig en afgezien van een enkele wachter die zijn rondes maakte en de in mantel gehulde vrouw met hond die bij een van de schietopeningen stond en die hij zonder antwoord te krijgen groette, was er niemand.

Een mooie middag. De westenwind had de regen verder naar het oosten gedreven en verspreidde schapenwolkjes aan een fris blauwe lucht, zodat het aangename, bedrijvige tafereel waar Adelia naar omlaag keek er nog aangenamer en bedrijviger uit kwam te zien door de canvas daken van de marktstalletjes op te bollen, de zeilen van de schepen die bij de brug lagen aangemeerd op te blazen, de wilgentakken verder omlaag te zwiepen in een gesynchroniseerde dans, en het rivierwater op te zwepen tot glinsterende onregelmatige golfjes.

Ze had er geen oog voor.

Hoe heb je het gedaan? vroeg ze aan Simons moordenaar. Wat heb je tegen hem gezegd om hem ertoe te verleiden de positie aan te nemen waardoor jij hem in het water kon duwen? Het heeft vast niet veel kracht gekost om hem onder te houden door een vaarboom op zijn rug te zetten; je hebt er natuurlijk met je volle gewicht op geleund, zodat hij er niet onderuit kon komen.

Hij zou maar heel even hebben gesparteld als een tor, totdat het leven van complexiteit en goedheid uit hem was gevloden.

O, goeie hemel, wat moest hij niet hebben doorgemaakt? Ze zag slib opwolken rond de planten waarin hij helemaal verstrikt zat, keek toe hoe er in een laatste ademtocht luchtbellen naar het oppervlak opstegen. In plaatsvervangende paniek begon ze te hijgen alsof ze zelf water inademde, in plaats van de schone lucht van Cambridge.

Stop. Hier is hij niet mee geholpen.

Waarmee wel?

Ongetwijfeld als ze zijn moordenaar, die ook de kinderen had vermoord, voor het gerecht zou slepen, maar zonder hem zou dat een heel stuk moeilijker worden. 'Dat zal anders misschien wel nodig zijn voordat we deze zaak hebben afgerond, dokter. Denk zoals hij denkt.'

En daarop had ze geantwoord: 'Doe jij dat maar. Jij bent de man van de subtiliteiten.'

Nu moest ze proberen zich te verplaatsen in een geest die de dood als een uitkomst beschouwde – in het geval van de kinderen een aangename uitkomst.

Maar ze zag alleen maar wat erdoor verloren was gegaan. Ze was kleiner geworden. Ze besefte nu dat de woede die ze had gevoeld om de manier waarop de kinderen waren gemarteld die van een *deus ex machina* geweest was die was aangeroepen om de orde te herstellen. Simon en zij hadden een aparte plaats ingenomen, hadden boven de actie gestaan; zij zouden er een einde aan maken, het onmogelijk maken die voort te zetten. Voor haar was dat, veronderstelde ze, een vorm van superioriteit geweest, die nu door de moord op Simon niet meer bestond – volgens de spelregels mochten de goden geen hoofdrolspelers worden – wat haar tot een van de gewone spelers in Cambridge maakte, even onwetend en onthand als ieder van die piepkleine, verwaaide, door het lot heen en weer geblazen figuurtjes daar beneden.

In een democratisch leed was ze verbonden met Agnes, die onder haar voor haar bijenkorfhutje zat, met Hugh de jager, die om zijn nichtje tranen had geplengd, met Gyltha en alle andere mannen en vrouwen die een dierbare hadden verloren.

Pas toen ze bekende voetstappen over de borstwering hoorde naderen, wist ze dat ze daarop had gewacht. Het enige houvast waaraan ze zich in deze maalstroom kon vastgrijpen was de wetenschap dat de belastinginner net zo weinig schuld had aan de moorden als zij. Ze wilde zich graag, heel graag nederig voor hem verontschuldigen omdat ze hem had verdacht, ware het niet dat hij bijdroeg aan haar verwarring.

Tegenover iedereen behalve degenen die haar heel goed kenden, deed Adelia zich graag voor alsof ze niet van haar stuk te brengen was en zette ze graag het vriendelijke, maar afstandelijke gezicht op van iemand die gehoor gaf aan de roep van de god van de geneeskunst. Dat was een vernisje dat had geholpen impertinentie en overmatige vertrouwelijkheid op afstand te houden, en af en toe ook de regelrechte fysieke vrijmoedigheid die haar medestudenten en eerste patiënten tegenover haar aan den dag hadden gelegd. En ze zag zichzelf inderdaad als iemand die buiten de rest van de mensheid was geplaatst, een kalme en verborgen hulpbron waar je in noodgevallen een beroep op kon doen, hoewel ze haar eigen kwetsbaarheid daar geen rol in liet spelen.

Maar tegenover degene van wie de naderende voetstappen waren, had ze blijk gegeven van verdriet en paniek; ze had om hulp geroepen, gesmeekt; ze had zich op hem verlaten, was in haar nood zelfs dankbaar geweest dat hij bij haar was.

Dientengevolge was het gezicht dat Adelia sir Rowley Picot toewendde uitdrukkingsloos. 'Hoe luidde het vonnis?'

Zij was niet ingeschakeld om haar bewijzen uiteen te zetten tegenover de gezworenen die haastig bijeen waren gekomen voor het onderzoek van Simons lichaam. Sir Rowley was van mening geweest dat het niet in haar belang was, en ook niet in het belang van de waarheid, om haar op te voeren als deskundige inzake de dood: 'Om te beginnen ben je een vrouw, en bovendien een buitenlandse. Zelfs als ze je zouden geloven, zou je ongunstig bekend komen te staan. Ik zal ze de blauwe plek op zijn rug laten zien en uitleggen dat hij probeerde onderzoek te doen naar de financiën van de moordenaar van de kinderen, en daardoor slachtoffer is geworden van de moordenaar, hoewel ik betwijfel of de lijkschouwer of rechters – dat zijn allemaal ongelikte beren – zo slim zullen zijn dat ze al die verwikkelingen kunnen volgen.'

Nu zag ze aan zijn gezicht dat ze zo slim niet waren geweest. 'Volgens hen is hij door een toeval verdronken,' liet hij haar weten. 'Ze vonden me niet goed wijs.'

Hij legde zijn handen op de schietopening en liet zijn adem geërgerd ontsnappen in de richting van de stad die aan zijn voeten lag. 'Het enige wat ik heb weten te bereiken, is dat ze misschien een heel klein beetje gevoeliger zijn geworden voor de gedachte dat de moordenaar van de Kleine St.-Petrus en de anderen weleens een van hen zou kunnen zijn in plaats van een van de joden.'

Even roerde zich in Adelia's turbulente brein iets wat zijn afschuwelijke tanden ontblootte, maar toen zakte het weer terug en moest het wijken voor verdriet, teleurstelling en zorgelijkheid.

'En de begrafenis?' vroeg ze.

'Ah,' zei hij. 'Kom maar met me mee.'

Gedwee was Wachter in een mum van tijd op zijn spillepoten overeind gekomen en trippelde achter hem aan. Adelia volgde hen in een trager tempo.

Op de grote hof waren de bouwwerkzaamheden in volle gang. Het gekwetter van de verzamelde klerken werd overstemd door niet-aflatende, oorverdovende slagen van hamers op hout. In een hoek werd een nieuw schavot opgetrokken voor de driedubbele galg die gebruikt zou worden voor het assisenhof, wanneer de rondreizende rechters de gevangenissen van het land leeg lieten stromen en hun vonnis zouden uitspreken over de misdadigers die aan hen werden voorgeleid. Op ongeveer wat straks neushoogte zou zijn, werden naast de kasteelpoort een lange tafel en een bank neergezet, met een trapje te bereiken, zodat de rechters boven de toeschouwers verheven zouden zijn.

Het lawaai bedaarde enigszins toen sir Rowley Adelia en haar hond een hoek om leidde. Daar was dankzij zestien jaar vrede onder Angevijnse vorsten door de drosten van Cambridgeshire een overbrugging aangebracht, die vastzat aan hun vertrekken en van waaraf een trapje omlaag leidde naar deze verzonken, ommuurde tuin die van buitenaf toegankelijk was door een poort in een boog.

Toen ze de treetjes af liepen, was het daar nog stiller, en Adelia kon de eerste bijen van de lente gonzend de bloemen in en uit horen vliegen.

Een heel Engelse tuin, eerder aangelegd om er geneeskrachtige kruiden en zaaigoed op te kweken dan omwille van een fraaie aanblik. In deze tijd van het jaar had hij weinig kleur, behalve dan van het fluitenkruid dat opschoot tussen de stenen van de paden en een vage blauwzweem op de plek waar een groepje viooltjes onder aan een muur groeide. Het rook er fris en gronderig.

'Kan dit ermee door?' vroeg sir Rowley langs zijn neus weg.

Adelia staarde hem met stomheid geslagen aan.

Op overdreven geduldige toon zei hij: 'Dit is de tuin van de drost en zijn vrouw. Ze hebben toestemming gegeven om Simon hier te begraven.' Hij pakte haar arm en leidde haar over het pad naar een wilde kersenboom die tere witte bloesem over ongeknipt gras vol madeliefjes, liet neerdwarrelen. 'Hier, hadden wij zo gedacht.'

Adelia sloot haar ogen en zoog lucht in haar longen. Na een poosje zei ze: 'Daar moet ik ze natuurlijk voor betalen.'

'Natuurlijk niet.' De belastinginner was beledigd. 'Ik zeg wel dat dit de tuin van de drost is, maar ik kan beter zeggen dat het de tuin van de koning is, want uiteindelijk is alle grond in Engeland eigendom van de koning, behalve dan die van de Kerk. En aangezien Hendrik Plantagenet dol is op zijn joden, en aangezien ik voor Hendrik Plantagenet werk, hoefde ik drost Baldwin er alleen maar op te wijzen dat hij door de joden ter wille te zijn ook de koning zou gerieven, wat hij, in een andere betekenis, ook weldra zal doen, want Hendrik komt binnenkort op bezoek in het kasteel, en ook daar heb ik heer Baldwin op gewezen.'

Hij zweeg even en fronste. 'Ik zal er bij de koning op aandringen joodse begraafplaatsen te laten aanleggen in elke stad, want het is schandalig dat die er niet zijn. Ik kan gewoon niet geloven dat hij dat niet zou weten.'

Dus er kwam geen geld aan te pas. Maar Adelia wist wel bij wie ze in het krijt stond. Dit was het moment om die schuld te vereffenen, en goed ook.

Ze boog haar knie voor sir Rowley Picot en maakte een diepe buiging. 'Sir, ik ben je verplicht, niet alleen voor dit vriendelijke gebaar, maar ook omdat ik verdenking tegen je heb gekoesterd. Dat spijt me zeer.'

Hij keek naar haar omlaag. 'Wat voor verdenking?'

Met tegenzin trok ze haar gezicht in een grimas. 'Ik dacht dat jij misschien de moordenaar kon zijn.'

'Ik?'

'Je bent op kruistocht geweest,' legde ze uit, 'en de moordenaar ook volgens mij. Je was op de tijdstippen in kwestie in Cambridge. Je maakte deel uit van het gezelschap bij Wandlebury Hill op de avond dat de lijkjes van de kinderen werden verplaatst...' Goeie god, hoe meer ze haar theorie uitlegde, hoe redelijker die leek. Waarom zou ze zich er eigenlijk voor verontschuldigen? 'Hoe kon ik iets anders denken?' vroeg ze hem.

Hij leek wel een standbeeld en zijn blauwe ogen keken op haar neer. Hij stak één vinger in ongeloof naar haar uit, en toen naar zichzelf: 'Ik?'

Ze begon ongeduldig te worden. 'Ik snap wel dat het een onterechte verdenking was.'

'Dat was het verdomme zeker,' zei hij met zo veel kracht dat een roodborstje ervan schrok en opvloog. 'Vrouwe, je moet weten dat ik van kinderen hóú. Vermoedelijk lopen er ergens een paar van mezelf rond, al weet ik niet van hun bestaan. Wel allemachtig, ik zat juist achter die ellendeling aan, dat heb ik toch gezegd?'

'Dat had de moordenaar ook kunnen zeggen. Je hebt niet uitgelegd waarom.'

Hij dacht even na. 'O nee? Strikt genomen heeft ook niemand daar verder iets mee te maken en... gezien de omstandigheden...' Hij keek omlaag naar haar. 'Ik vertel je dit in vertrouwen, vrouwe.'

'Dat zal ik niet beschamen,' zei ze.

Verderop in de tuin was een grashelling waar jonge hopscheuten een wandtapijt weefden tegen de stenen van de muur. Hij leidde haar ernaartoe en kwam toen naast haar zitten, zijn samengevouwen handen om een knie geslagen.

Hij begon over zichzelf te vertellen. 'Je moet weten dat ik iemand ben die het erg getroffen heeft.' Hij had het getroffen met zijn vader, die zadelmaker was voor de heer van Aston in Hertfordshire en hem goed onderwijs had laten volgen; hij had het getroffen met zijn lichaamslengte en kracht, waardoor mensen hem zagen staan; hij had het getroffen met zijn scherpe verstand... 'Je moet ook weten dat ik heel goed ben in rekenkunde, evenals in talen...'

Hij had het ook erg met zichzelf getroffen, bedacht Adelia geamuseerd. Dat zinnetje had ze van Gyltha overgenomen.

De heer van zijn vader had al vroeg in de gaten gehad wat de jonge Rowley Picot allemaal in zijn mars had en had hem hier in Cambridge naar de School van Pythagoras gestuurd, waar hij Grieks en Arabische wetenschappen had gestudeerd en waar hij op zijn beurt weer door zijn leraren was aanbevolen in de gunst van Geoffrey van Luci, kanselier van Hendrik II, bij wie hij in dienst was getreden.

'Als belastinginner?' vroeg Adelia onschuldig.

'Als klerk op de kanselarij,' zei sir Rowley, 'om te beginnen. Uiteindelijk merkte de koning zelf me op, natuurlijk.'

'Natuurlijk.'

'Zal ik verder vertellen,' wilde hij weten, 'of zullen we maar over het weer gaan praten?'

Ze voelde zich berispt en antwoordde: 'Ga alsjeblieft verder, my lord. Echt, ik wil het graag horen.' Waarom plaag ik hem zo, vroeg ze zich af, en dat juist op een dag als vandaag? Omdat hij die met alles wat hij doet en zegt draaglijk voor me maakt.

O, lieve god, bedacht ze geschrokken, ik voel me tot hem aangetrokken.

Dat besef trof haar als een aanval, alsof het zich op een krap en geheim plekje in haar binnenste had verzameld en opeens te groot was geworden om zich nog langer schuil te kunnen houden. Aangetrokken? Haar knieën begonnen ervan te knikken, haar brein registreerde niet alleen een bedwelming, maar ook een soort ongeloof bij zoiets onwaarschijnlijks en protesteerde vanwege het ongemak dat dat met zich meebracht.

Hij is een maatje te klein voor mij; niet wat zijn postuur betreft, maar wel op het punt van *gravitas*. Dit is een bevlieging, een gekte die me overvalt vanwege deze tuin in de lente en zijn onverwachte vriendelijkheid. Of het komt doordat ik er op dit moment helemaal geen gat meer in zie. Het gaat wel weer voorbij; het móét voorbij gaan.

Hij zat geanimeerd over Hendrik II te praten. '... Ik ben voor de koning in alle opzichten zijn man. Vandaag zijn belastinginner, morgen – wat hij maar wil.' Hij wendde zich naar haar toe. 'Wie was Simon van Napels? Waar hield hij zich mee bezig?'

'Hij was...' Adelia probeerde haar verstand bij elkaar te garen. 'Simon? Nou... Hij werkte in het geheim voor de koning van Sicilië, onder andere.' Ze klemde haar handen in elkaar: hij mocht niet zien dat die trilden, dat mocht hij niet in de gaten krijgen. Ze concentreerde zich: 'Hij heeft me een keer verteld dat hij een soort dokter was van het onstoffelijke, dat hij situaties die niet klopten recht kon zetten.'

'Een probleemoplosser. "Maak je geen zorgen, Simon van Napels breit het wel recht."'

'Ja. Volgens mij was hij dat zeker.'

De man naast haar knikte en omdat ze nu heel graag wilde weten wie hij was, alles van hem wilde weten, begreep ze dat ook hij een oplosser was en dat de koning van Engeland, in zijn Angevijnse Frans, had gezegd: *'Ne vous en faites pas, Picot vat tout arranger.'*

'Merkwaardig, nietwaar,' zei de oplosser nu, 'dat het verhaal begint bij een dood kind?'

Een koninklijk kind, erfgenaam van de Engelse troon en het rijk dat zijn vader voor hem had opgebouwd. William Plantagenet, in 1153 geboren als zoon van koning Hendrik II en koningin Eleanor van Aquitanië. Gestorven in 1156.

Rowley: 'Hendrik gelooft niet in kruistochten. "Als je je omdraait en even niet oplet," zegt hij, "pikt een of andere ellendeling zo je troon in."' Hij glimlachte. 'Maar Eleanor wel; zij heeft er met haar eerste man een gemaakt.'

Waarmee ze een legende in het leven had geroepen die in de christen-wereld nog steeds werd verteld – hoewel niet in de kerken – en die bij Adelia beelden opriep van een amazone die met ontblote borst angst-wekkend oprukte door woestijnen en Lodewijk, de arme, vrome koning van Frankrijk, achter zich aan sleepte.

'Ook al was hij nog jong, William was een voorlijk kind en had ge-zworen dat hij op kruistocht zou gaan als hij later groot was. Eleanor en Hendrik hadden zelfs een klein zwaard voor hem laten maken, en toen de jongen was overleden, wilde Eleanor dat dat naar het Heilige Land gebracht zou worden.'

Ja, dacht Adelia geroerd. Ze had veel van dat soort mensen Salerno aan zien doen: een vader die het zwaard van zijn zoon droeg, een zoon met het zwaard van zijn vader, op weg naar Jeruzalem op een plaatsver-vangende kruistocht, om ergens boete voor te doen of een belofte ge-stand te doen, ofwel van henzelf, ofwel van een overledene, die moest worden nagekomen.

Misschien zou dit haar een dag of wat geleden nog niet zo hebben aangegrepen, maar het was net alsof Simons dood en deze nieuwe, on-verwachte hartstocht haar gevoelig hadden gemaakt voor de pijnlijke liefde van de hele wereld. Hoe deerniswekkend was die.

Rowley zei: 'Een hele tijd weigerde de koning iemand te laten gaan; hij ging ervan uit dat God een kind van drie jaar het paradijs niet zou weigeren omdat hij een belofte niet had ingelost. Maar de koningin wilde de zaak niet laten rusten, en dus koos hij – ik geloof inmiddels dat het bijna zeven jaar geleden is – Guiscard de Saumur, een van zijn Angevijnse ooms, om het zwaard naar Jeruzalem te brengen.'

Weer grijnsde Rowley bij zichzelf. 'Hendrik heeft altijd meer dan één reden voor wat hij doet. Lord Guiscard was een bewonderenswaardige keuze om het zwaard te gaan brengen: sterk, ondernemend en bekend met het Oosten, maar een heethoofd, zoals alle Angevijnen. Een twist met een van zijn vazallen dreigde de vrede in de Anjou te verstoren en de koning dacht dat de gemoederen wel weer zouden bedaren als Guis-card even weg was. Er zou een gardist te paard met hem meegaan. Hen-drik vond ook dat hij een van zijn eigen mannen met Guiscard mee moest sturen, een listig iemand met diplomatieke vaardigheden, of, zo-als hij het stelde: "Iemand die sterk genoeg is om die kerel uit de pro-blemen te houden".'

'Jij?' vroeg Adelia.

'Ik, ja,' zei Rowley zelfvoldaan. 'Hendrik sloeg me meteen maar tot ridder, omdat ik de zwaarddrager moest zijn. Eleanor gespte het in eigen persoon op mijn rug, en van die dag af aan totdat ik het terug zou brengen naar het graf van de jonge William, zou het me niet verlaten. Als ik het 's nachts afgordde, nam ik het mee naar bed. En zo trokken we allemaal naar Jeruzalem.'

De naam van de plaats daalde neer over de tuin en de twee mensen die zich daarin bevonden, en bezwangerde de lucht met de aanbidding en doodsstrijd van drie vijandige religies, als planeten die gonzend hun lieflijke lied zongen terwijl ze op een botsing afstevenden.

'Jeruzalem,' zei Rowley nogmaals, en hij haalde de koningin van Sheba aan: 'Let wel, de helft werd mij niet verteld.'

Als iemand die in een roes verkeerde had hij zijn voet gezet op de stenen die waren geheiligd door zijn Verlosser, op zijn knieën over de Via Dolorosa geschuifeld, zich ter aarde geworpen, tranen geplengd bij het Heilig Graf. Het had hem juist toegeschenen dat deze navel van alle deugdzaamheid werd gelouterd van heidense tirannie door de eerste kruisvaarders, zodat christelijke pelgrims het weer konden aanbidden zoals hij het aanbad. Hij was vol bewondering voor hen geweest.

'Zelfs nu weet ik nog steeds niet hoe ze het voor elkaar kregen.' Hij schudde zijn hoofd, nog steeds verbijsterd. 'Vliegen, schorpioenen, dorst, de hitte – je paard bezwijkt onder je; als je alleen maar je wapenrusting aanraakt, krijg je al blaren op je handen. En hun gelederen waren uitgedund en gingen ten onder aan ziekte. Nee, God de Vader moet wel met die vroege kruisvaarders zijn geweest, anders hadden ze het huis van Zijn Zoon nooit kunnen heroveren. Of zo keek ik er toen althans tegen aan.'

Er waren andere, profane pleziertjes. De afstammelingen van de oorspronkelijke kruisvaarders waren gewend geraakt aan het land dat ze Outremer noemden; het was nog niet eenvoudig hen te onderscheiden van de Arabieren wier levensstijl ze nu navolgden.

De belastinginner beschreef hun marmeren paleizen, hoven met fonteinen en vijgenbomen, hun baden – 'Ik zweer je, grote Moorse baden die waren verzonken in de vloer' – en in de kleine tuin was de rijke, doordringende geur van verleiding te bespeuren.

Van de hele groep ridders had vooral Rowley zich laten betoveren, niet alleen door de buitenlandse, exotische heiligheid van de plek, maar ook door alles wat er speelde en de complexiteit daarvan. 'Je hebt van tevoren geen idee hoe ingewikkeld het allemaal ligt. Het is niet gewoon een kwestie van christen tegenover heiden, dat is te zwartwit gedacht. Je zou denken dat iemand, met Gods welnemen, alleen al een vijand is omdat hij Allah aanbidt. En dat als, met Gods welnemen, iemand neerknielt voor een kruis hij dan een christen is en dus aan jouw kant moet staan – en hij ís ook een christen, maar dat wil nog niet zeggen dat hij aan jouw kant staat, want hij kan net zo goed een verbond hebben gesloten met een moslimprins.'

Zoveel was Adelia ook wel duidelijk geworden. Italiaanse handelsondernemingen hadden zonder problemen handelgedreven met hun moslimcollega's in Syrië en Alexandrië, al lang voordat paus Urbanus in 1096 opriep tot bevrijding van de Heilige Plaatsen van het mohammedaans bewind, en ze hadden de kruistocht verwenst, en die nogmaals verwenst in 1147, toen mannen van de tweede kruistocht wéér naar het Heilige Land trokken, zonder meer te snappen van het menselijke mozaïek waarin ze binnenvielen dan hun voorgangers, zodat de profijtelijke samenwerking die generaties lang tussen verschillende religies had bestaan, om zeep werd geholpen.

Toen Rowley een beschrijving gaf van een *melange* waar hij enthousiast voor was geworden, schrok Adelia ervan hoe snel haar laatste bedenkingen tegen hem oplosten. Ze deelde mensen altijd snel in hokjes in, had snel haar oordeel klaar, maar bespeurde bij deze man een brede visie die je bij kruisvaarders zelden aantrof. Niet doen, niet doen! Het moet afgelopen zijn met die bevlieging, ik kan het niet gebruiken dat ik bewondering voor je ga voelen. Ik wil niet verliefd worden.

Zonder iets in de gaten te hebben, vervolgde Rowley zijn verhaal. 'Eerst stond ik ervan te kijken dat joden en moslims net zo gehecht waren aan de Heilige Tempel als ik, dat die voor hen even heilig was.' Ook al stond hij niet toe dat dit besef twijfel bij hem zaaide over de juistheid van de zaak van de kruisvaarders – 'Die kwam later' – toch begon hij zich te ergeren aan de lawaaiige, dwingerige intolerantie van de meeste andere nieuwkomers. Hij gaf de voorkeur aan het gezelschap en de manier van leven van de kruisvaarders die van eerdere kruisvaarders afstamden en die zich aan de smeltkroes hadden geassimileerd. Dankzij hun gastvrijheid konden de aristocratische Guiscard en zijn gevolg daarvan genieten.

Ze zouden nog niet naar huis terugkeren, nog niet. Ze leerden Arabisch, ze baadden in met oliën geparfumeerd water, gingen met hun gastheren op jacht met de wilde kleine Barbarijse valken, droegen heerlijk losvallende kleding en genoten van het gezelschap van gewillige vrouwen, van sorbetijs, zachte kussens, zwarte bedienden en kruidig voedsel. Als ze ten strijde trokken, trokken ze over hun wapenrusting heen een boernoes aan tegen de zon, zodat ze op het kruis op hun schild na niet van de Saraceense vijand te onderscheiden waren.

Want ten strijde trekken deden Guiscard en zijn groepje wel degelijk, zo volledig waren ze van pelgrims in kruisvaarders veranderd. Koning Amalric had een dringende oproep doen uitgaan om alle Franken onder de wapenen te brengen, om te voorkomen dat de Arabische generaal Nur ad-Din, die Egypte was binnengevallen, de moslimwereld tegen de christenen zou verenigen.

'Een groot krijger, Nur ad-Din, maar ook een enorme boef. Zie je, we dachten toen dat we door het leger van de koning van Jeruzalem te verenigen, ook dat van de Koning der Hemelen zouden samenvoegen.'

Ze trokken op naar het zuiden.

Tot nu toe, merkte Adelia op, had de man naast haar een gedetailleerd verhaal verteld; hij had haar witte en gouden koepels geschetst, grote hospitalen, overvolle straten, de weidsheid van de woestijn. Maar het verslag van zijn kruistocht zelf bleef summier. 'Heilige gekte,' was het enige wat hij erover te zeggen had, hoewel hij daar nog aan toevoegde: 'Maar toch ging het er beleefd aan toe. Toen Amalric ziek werd, staakte Nur ad-Din de strijd tot hij beter was.'

Maar het christelijke leger werd gevolgd door het schuim van Europa. Door het pardon dat de paus zondaren en misdadigers schonk zolang ze maar het kruis oppakten, was Outremer volgestroomd met mannen die zonder onderscheid des persoons iedereen om zich heen doodden, in de overtuiging dat wat ze ook deden, Jezus hen in Zijn armen zou verwelkomen.

'Beesten waren het,' zei Rowley over hen. 'Ze stonken nog naar de boerderijen waar ze vandaan kwamen. Ze hadden aan dwangarbeid weten te ontsnappen, maar nu dorstten ze naar land en rijkdommen.'

Ze hadden Grieken, Armeniërs en Kopten van een ouder soort christendom dan het hunne, afgeslacht omdat ze meenden dat het heidenen waren. Joden, Arabieren die goed thuis waren in de Griekse en Romeinse filosofie en zeer ver ontwikkeld waren op het gebied van de wiskunde, geneeskunde en astronomie die de Semieten aan het Westen hadden geschonken, vonden de dood door toedoen van mannen die lezen noch schrijven konden, en daar ook geen noodzaak toe zagen.

'Amalric probeerde ze onder de duim te houden,' zei Rowley, 'maar ze waren niet te verjagen – net gieren. Als je je post hervatte, moest je constateren dat ze gevangenen de buik hadden opengereten omdat ze dachten dat moslims hun juwelen in veiligheid stelden door ze in te slikken. Vrouwen, kinderen, hun maakte het niks uit. Sommigen sloten zich niet eens bij het leger aan, maar zwierven in groepjes rond langs de handelsroutes, op zoek naar buit. Ze staken hun slachtoffers in brand en maakten ze blind, en als ze werden betrapt zeiden ze dat ze dat deden omwille van hun zielenheil. Misschien gebeurt dat nu nog steeds wel.'

Hij zweeg even. 'En onze moordenaar was een van hen,' zei hij.

Adelia draaide abrupt haar hoofd om hem aan te kijken. 'Ken je hem? Was hij erbij?'

'Ik heb hem nooit met eigen ogen gezien. Maar hij was erbij, ja.'

Het roodborstje was teruggekomen. Het fladderde op een lavendelstruik en tuurde even naar de twee zwijgende mensen op zijn territorium, waarna het weer wegvloog om een mus de tuin uit te jagen.

Rowley zei: 'Weet je wat die grote kruistochten van ons bewerkstelligen?'

Adelia schudde haar hoofd. Ontgoocheling was geen uitdrukking die op zijn gezicht thuishoorde, maar toch was die daar nu te zien, zodat hij er ouder uitzag, en ze vermoedde dat er onder al zijn jovialiteit misschien aldoor al bitterheid was schuilgegaan, als een fundament van steen.

'Dat zal ik je vertellen,' zei hij. 'Ze wekken zo veel haat op onder de Arabieren, die voorheen elkaar haatten, dat die met elkaar de grootste macht tegen het christendom inzetten die er maar op de wereld bestaat. En die macht heet de islam.'

Hij wendde zich van haar af om het huis in te gaan. Ze keek hem helemaal na. Nu had hij niets engelachtig-molligs meer – hoe had ze dat ooit kunnen denken? Zijn gestalte was massief.

Ze hoorde hem om bier roepen.

Toen hij terugkwam, had hij in elke hand een schenkkan. Hij stak er haar een toe. 'Daar krijg je dorst van, van al die bekentenissen.'

Kon je hier van bekentenissen spreken? Ze nam de kan aan en dronk ervan, niet in staat haar blik van hem af te wenden, terwijl ze met angst-

213

wekkende zekerheid wist dat ze, welke zonde hij ook zou bekennen, hem die zou vergeven.

Hij bleef naar haar omlaag staan kijken. 'Ik heb vier jaar lang het kleine zwaard van William Plantagenet op mijn rug gedragen,' zei hij. 'Ik droeg het onder mijn maliënkolder, zodat het tijdens gevechten niet beschadigd zou raken. Ik nam het mee gevechten in en weer gevechten uit. Het maakte zulke diepe littekens in mijn huid dat ik door een kruis ben getekend, net als dat wat Jezus Jeruzalem binnendroeg. Het enige litteken waar ik trots op ben.' Hij kneep zijn ogen tot spleetjes. 'Wil je het zien?'

Ze beantwoordde zijn glimlach. 'Misschien is dat nu beter van niet.'

Wat ben jij een lichtekooi, zei ze tegen zichzelf, om je te laten verleiden door het verhaal van een soldaat. Outremer, dapperheid, kruistocht – het is bedrieglijke romantiek. Herneem jezelf, mevrouwtje!

'Later dan maar,' zei hij. Hij sloeg zijn bier naar binnen en ging zitten. 'Waar was ik gebleven? O ja. Op een gegeven moment waren we op weg naar Alexandrië. We moesten zien te voorkomen dat Nur ad-Din schepen liet bouwen in de havens aan de Egyptische kust – niet, overigens, dat de Saracenen er al toe over zijn gegaan op zee oorlogen uit te vechten, maar er komt een moment dat ze dat wel gaan doen. Dus daar waren we dan, en we vochten ons een weg door de Sinaï heen.'

Zand, hitte, de wind die de moslims *khamsin* noemen en die je oogbollen verschroeit. Aanvallen vanuit het niets door Scythische bereden boogschutters – 'Het leken verdomme wel centauren, ze beschoten ons als een horde sprinkhanen met pijlen, zodat mannen en paarden op het laatst wel stekelvarkens leken.' Dorst.

En te midden van dat alles werd Guiscard ziek, heel ziek.

'Hij was vrijwel nog nooit van zijn leven ziek geweest en van het ene moment op het andere werd hij opeens doodsbang door zijn eigen sterfelijkheid; hij wilde niet sterven in een vreemd land. "Breng me naar huis, Rowley," zei hij. "Beloof me dat je me naar Anjou brengt." Dus dat beloofde ik hem.'

Namens zijn zieke heer was Rowley neergeknield voor de koning van Jeruzalem om hem dringend te verzoeken om verlof om naar Frankrijk terug te keren. 'Eerlijk gezegd was ik wel blij. Ik had genoeg van het moorden. Is Here Jezus hierom nou op aarde gekomen? vroeg ik me steeds maar af. En de gedachte aan die kleine jongen die in zijn graf lag te wachten op zijn zwaard begon me uit mijn slaap te houden. Maar toch...'

Hij dronk het laatste restje van zijn bier op en schudde toen vermoeid zijn hoofd. 'Maar toch voelde ik me schuldig toen ik afscheid nam... Ik voelde me een verrader. Ik zweer je: ik zou me nooit aan de strijd hebben onttrokken voordat die gewonnen was, ware het niet dat ik Guiscard naar huis moest brengen.'

Nee, dacht ze, dat zal vast niet. Maar waarom je daarvoor verontschuldigen? Je bent in leven, evenals de mannen die je zou hebben gedood als je gebleven was. Waarom zou je je er meer voor schamen om zo'n strijd te verlaten dan om eraan mee te doen? Misschien komt dat wel door dat wilde kantje in mannen – en, lieve hemel, het komt vast door míjn wilde kantje dat dit me allemaal zo aanspreekt.

Hij was begonnen regelingen te treffen voor de terugreis. 'Ik wist dat het niet makkelijk zou worden,' zei hij. 'We zaten een heel eind in de Witte Woestijn in een plaats die Baharia heette, een vrij grote nederzetting voor een oase, maar het zou me verbazen als God er ooit van heeft gehoord. Ik was van plan terug te rijden naar het westen, de Nijl op te gaan en naar Alexandrië te zeilen – daar was men ons toen nog goedgezind – en van daaraf over te steken naar Italië. Maar afgezien van de Scytische cavalerie, moordenaars die achter elk bosje verstopt zaten, en van vergiftigde bronnen, had je ook te maken met onze eigen christelijke lieverdjes die uit waren op buit, en in de loop der jaren had Guiscard zo veel relieken, juwelen en brokaat vergaard dat we met een bagagekaravaan van tweehonderd meter zouden moeten reizen, en dat was vragen om aanvallen.'

Dus had hij gijzelaars genomen.

Adelia's schenkkan maakte een schuiver in haar hand. 'Heb je gijzelaars genomen?'

'Natuurlijk.' Hij reageerde geïrriteerd. 'Zo gaat dat daar. Niet met de bedoeling losgeld te krijgen, zoals in het Westen. In Outremer dienen gijzelaars voor je veiligheid.'

Ze boden een garantie, zei hij, een contract, een levende vorm van goed vertrouwen, een belofte dat men zich aan een overeenkomst zou houden, vast onderdeel van de diplomatieke en culturele betrekkingen tussen verschillende rassen. Frankische prinsessen van nog maar vier jaar oud werden uitgeruild om een verbond te bezegelen tussen hun christelijke vaders en Moorse gevangennemers. De zonen van grote sultans woonden in Frankische huishoudens, soms wel jarenlang, als borg voor goed gedrag van hun familie.

215

'Gijzelaars voorkomen bloedvergieten,' zei hij. 'Het is helemaal geen gek idee. Stel dat een stad is belegerd en dat je een overeenkomst wilt sluiten met de bezetters. Nou, dan verzoek je om gijzelaars om ervoor te zorgen dat die boeven niet al verkrachtend en moordend binnen komen vallen en dat de overgave plaatsvindt zonder weerwraak. En stel dat je losgeld moet betalen, maar niet al het geld zo gauw bij elkaar krijgt, dan bied jij op jouw beurt gijzelaars aan in ruil voor het restant. Gijzelaars worden voor van alles en nog wat gebruikt. Toen keizer Nicepheros de diensten van een Arabische dichter nodig had voor zijn hof, gaf hij gijzelaars aan de kalief van de dichter, Harun al-Rashid, bij wijze van verzekering dat de man in goede orde terug zou keren. Het zijn net pandbriefjes.'

Ze schudde verbijsterd haar hoofd. 'En werkt dat?'

'Uitstekend.' Hij dacht erover na. 'Nou ja, in de meeste gevallen dan. Ik heb zolang ik daar was nooit iets vernomen over een gijzelaar die zijn straf moest ondergaan, hoewel de vroege kruisvaarders misschien wel een tikje overhaast te werk zijn gegaan.'

Hij wilde haar met alle geweld geruststellen. 'Het is een prima uitvinding, snap je. Het handhaaft de vrede en helpt beide partijen nader tot elkaar te komen. Neem nou die Moorse baden – wij westerlingen zouden daar nooit van hebben geweten als niet een van de hooggeboren gijzelaars had verzocht er een aan te leggen.'

Adelia vroeg zich af hoe het systeem de andere kant op werkte. Wat zouden de Europese ridders, van wier persoonlijke hygiëne ze toch al geen hoge pet ophad, op hun beurt aan hun gevangenen kunnen leren?

Maar ze besefte dat ze afdwaalden. Het verhaal verloor zijn vaart. Hij wil er niet aan, vermoedde ze. En ik wil ook niet dat hij erover vertelt. Het zal verschrikkelijk zijn.

'Dus nam ik gijzelaars,' zei hij.

Ze zag dat zijn vingers de tuniek op zijn knie in plooien trokken.

Hij had een afgezant naar Al-Hakim Biamrallah gestuurd in Farafra, een man die heer en meester was over het grootste deel van de route die hij zou moeten nemen.

'Hakim was van de Fatimiden-richting, zie je, een Shia, en de Fatimiden kozen onze kant tegen Nur ad-Din, die geen Fatimied was.' Hij gaf haar een knipoog. 'Ik zei je toch al dat het ingewikkeld in elkaar zat?'

De gezant had geschenken bij zich, en een verzoek om gijzelaars, om te zorgen voor een veilige doortocht van Guiscard, zijn mannen en zijn lastdieren naar de Nijl.

'Daar zouden we afscheid van ze nemen. Van de gijzelaars. Hakims mannen zouden ze daar weer komen ophalen.'

'Ik snap het,' zei ze heel zachtjes.

'Hij was een slimme ouwe vos, die Hakim,' zei Rowley vol bewondering, zoals de ene slimme vos over de andere praat. 'Een witte baard tot hier, maar met te veel vrouwen om met een stok in het gareel te krijgen. Hij en ik hadden elkaar al een paar keer gezien; we waren samen in het moeras gaan jagen. Ik mocht hem wel.'

Adelia keek nog steeds naar Rowleys handen – mooie handen, die konden grijpen zoals een roofvogel zich vastgreep aan een pols. 'En stemde hij ermee in?'

'O ja, hij stemde ermee in.'

De gezant was teruggekeerd zonder cadeaus en mét de gijzelaars; het waren er twee, allebei jongens. Ubayd, Hakims neef, en Jaafar, een van zijn zonen. 'Ubayd was bijna twaalf, geloof ik. Jaafar... Jaafar was acht, de lieveling van zijn vader.'

Er viel een stilte en de stem van de belastinginner kreeg een verre klank. 'Leuke jongens, goedgemanierd, zoals alle Saraceense kinderen. Ze vonden het prachtig dat ze gijzelaar mochten zijn voor hun oom en vader. Dat gaf ze status. Ze beschouwden het als een avontuur.'

De grote handen kromden zich, zodat Rowleys knokkels zich onder zijn huid aftekenden. 'Een avontuur,' zei hij nogmaals.

De poort naar de tuin van de drost kraakte en er kwamen twee mannen met schoppen aan, die met een rukje aan hun hoofddeksels langs sir Rowley en Adelia liepen, over het pad naar de kersenboom. Ze begonnen te graven.

Zonder iets te zeggen keerden de man en de vrouw op de grashelling hun hoofd om alsof ze beweging zagen heel in de verte, een beweging die niets met hen te maken had, alsof er iets op een volkomen andere plek gebeurde.

Rowley was opgelucht dat Hakim niet alleen muilezel- en kamelendrijvers had gestuurd om te assisteren met Guiscards bagage, maar ook een paar krijgers bij wijze van bewakers. 'Tegen die tijd waren de gelederen van onze eigen ridders behoorlijk uitgedund. James Selkirk en D'Aix waren gedood in Antiochië, Gerard de Nantes was omgekomen bij een ruzie in een taveerne. De enigen die van de oorspronkelijke groep nog over waren, waren Guiscard, Conrad de Vries en ik.'

Guiscard, die te zwak was om op een paard te zitten, werd vervoerd in een draagstoel die niet sneller kon dan de slaven die hem droegen konden lopen, dus was het een lange, trage karavaan die aan de reis door het uitgedroogde land begon – en Guiscards gezondheid verslechterde dusdanig dat ze niet verder meer konden.

'We waren halverwege, het was even ver om door te gaan als om terug te keren, maar een van Hakims mannen wist een oase, een kilometer of wat uit onze koers, dus brachten we Guiscard daarheen en sloegen daar ons bivak op. Het was maar een kleine plek en er was weinig te zien, alleen een paar dadelpalmen, maar wonder boven wonder was het water er zoet. En daar overleed hij.'

'Wat afschuwelijk,' zei Adelia. De droefheid die over de man naast haar neerdaalde, was bijna tastbaar.

'Ik vond het ook heel akelig.' Hij hief zijn hoofd op. 'Maar er was geen tijd om te treuren. Zeker jij weet wat er met lijken gebeurt, en in de hitte gaat dat snel. Tegen de tijd dat we bij de Nijl waren, zou het lichaam... Nou ja.'

Aan de andere kant was Guiscard een heer van Anjou geweest, de oom van Hendrik Plantagenet, en niet zomaar een of andere zwerver die je in een naamloos gat dat je in de stenige Egyptische grond groef, kon begraven. Zijn mensen zouden een deel van hem terug moeten krijgen om er een begrafenisplechtigheid voor te houden. 'Trouwens, ik had beloofd hem naar huis te brengen.'

Op dat moment, zei Rowley, beging hij een fout die hem zou achtervolgen tot in zijn graf. 'Moge God me vergeven, maar ik splitste onze krachten op.'

Om sneller vooruit te kunnen komen, besloot hij de twee jonge gijzelaars te laten waar ze waren, terwijl De Vries en hij met een paar bedienden met de overledene vlug terugkeerden naar Baharia in de hoop dat ze daar iemand konden vinden om het lichaam te balsemen.

'We waren tenslotte in Egypte, en Herodotus vertelt tot in alle onsmakelijke details hoe de Egyptenaren hun doden conserveren.'

'Heb je Herodotus gelezen?'

'Wat hij over Egypte heeft geschreven. Daar heeft hij aardig wat over te vertellen.'

Wat een man, dacht ze: iemand die door de woestijn rondtrekt met een gids van duizend jaar oud.

Hij ging verder: 'Ze hadden er geen problemen mee, die jongens, ze vonden het wel best. Ze hadden Hakims twee krijgers bij zich om hen te bewaken, en een heleboel bedienden, slaven. Ik liet de voortreffelijke vogel van Guiscard bij hen achter voor zolang wij weg waren, want allebei hielden ze van de valkenjacht. Ze hadden eten, water, onderdak voor de nacht. En ik deed wat ik kon; ik stuurde een van de Arabische bedienden naar Hakim om hem op de hoogte te brengen van wat er was gebeurd en waar de jongens waren, voor het geval mij iets zou overkomen.'

Allemaal om zichzelf te excuseren; hij moest die lijst wel duizend keer hebben doorgenomen. 'Ik dacht dat wij degenen zouden zijn die risico liepen, De Vries en ik, omdat wij maar met z'n tweeën waren. De jongens zouden volgens mij veilig zijn.' Hij wendde zich naar haar toe als om haar door elkaar te schudden. 'Het was verdomme hún land.'

'Ja,' zei Adelia.

Van achter uit de tuin waar de mannen Simons graf aan het graven waren, klonk het regelmatige geschraap en geplof, geschraap en geplof van aarde die werd opgeschept en opzij geworpen. Ze mochten zich dan op drieduizend kilometer afstand van de beproevingen van het hete zand bevinden, maar inmiddels kreeg ze amper nog adem.

Ze hadden een tuig gemaakt om de draagbaar met Guiscards lichaam erop te vervoeren tussen twee lastdieren in, en met niet meer dan twee muilezeldrijvers als gezelschap hadden sir Rowley Picot en zijn medeuitridder zo snel gereden als ze konden.

'Er bleek geen balsemer in Baharia te zijn, maar ik vond wel een oude sjamaan die het hart er voor me uit sneed en het in de pekel legde, terwijl de rest van het lichaam werd gekookt tot alleen de botten nog over waren.'

Dat had al met al langer geduurd dan Rowley had verwacht, maar uiteindelijk waren De Vries en hij met Guiscards gebeente in een zak en het hart in een afgesloten pot teruggereden naar de oase, waar ze acht dagen weg waren geweest.

'Al op vijf kilometer afstand zagen we de gieren. Het kamp was geplunderd. Alle bedienden waren dood. De krijgers van Hakim hadden zich kranig geweerd voordat ze in stukken waren gehakt, want er lagen drie lijken van de plunderaars. De tenten waren weg, de slaven, de spullen, de dieren.'

In de doodse stilte van de woestijn hadden de twee ridders gejammer gehoord dat uit een van de dadelpalmen kwam. Het was Ubayd, de oudste jongen, die nog leefde en ongedeerd was. 'De aanval was 's nachts gekomen, zie je, en in het donker waren een van de slaven en hij erin geslaagd in een boom te klauteren en zich tussen het gebladerte te verschuilen. De jongen had daar een dag en twee nachten gezeten. De Vries moest de boom in klimmen en zijn handen loswrikken om hem omlaag te krijgen. Hij had alles gezien en kon zich niet meer verroeren.'

De enige die ze niet konden vinden, was de achtjarige Jaafar.

'We waren nog steeds overal aan het zoeken, toen Hakim en zijn mannen arriveerden. Hem was ongeveer tegelijkertijd met mijn boodschap ter ore gekomen dat er een bende plunderaars rondtrok in het land. Hij was als de wiedeweerga naar de oase gereden.'

Rowleys grote hoofd ging omlaag, als om er gloeiende kolen op te laten stapelen. 'Hij nam mij niets kwalijk, Hakim. Geen woord, ook later niet toen we vonden... wat we vonden. Ubayd legde het uit, vertelde de oude man dat ik er niks aan kon doen, maar de laatste jaren weet ik wel wiens fout het was. Ik had hen nooit alleen moeten laten, ik had de jongens met me mee moeten nemen. Ze vielen onder mijn verantwoordelijkheid, snap je. Ze waren mijn gijzelaars.'

Adelia legde even haar vingers op de klauwende handen. Hij merkte het niet.

Toen Ubayd er uiteindelijk weer over kon praten, had hij hun verteld dat de roversbende uit vijfentwintig man had bestaan. Hij had verschillende talen horen spreken terwijl er aan zijn voeten een bloedbad werd aangericht. 'Voornamelijk Frankisch,' had hij gezegd. Hij had zijn neefje tot Allah om hulp horen roepen.

'We gingen achter ze aan. Ze hadden een voorsprong van zesendertig uur, maar we vermoedden dat ze met alle buit niet snel vooruit zouden komen. Op de tweede dag zagen we de hoefafdrukken van een eenzaam paard dat was losgebroken van de rest en naar het zuiden liep.'

Hakim stuurde een paar van zijn mannen achter de roversbende aan, terwijl Rowley en hij het spoor van de eenzame ruiter volgden.

'Achteraf snap ik niet waarom we dat deden; die man had er wel om tien verschillende redenen vandoor kunnen gaan. Maar ik denk dat we wel wisten waarom het was.'

Ze wisten het toen ze de gieren zagen rondcirkelen boven een van de zandheuvels. Het naakte kleine lichaam lag als een vraagteken opgekruld in het zand.

Rowley had zijn ogen gesloten. 'Hij had dingen met dat kind gedaan die geen mens ooit zou moeten zien of beschrijven.'

Ik heb ze wel gezien, dacht Adelia. Jij was boos toen ik ernaar keek in de hut van St.-Werbertha. Ik heb ze je beschreven, en dat spijt me. Ik heb ontzettend met je te doen.

'We hadden samen geschaakt,' zei Rowley, 'de jongen en ik. Onderweg. Hij was een slim ventje en versloeg me acht van de tien keer.'

Ze hadden het lichaam in Rowleys mantel gewikkeld en naar het paleis van Hakim gebracht, waar het die avond werd begraven onder geweeklaag van treurende vrouwen.

Toen was de jacht serieus begonnen. Het was een vreemde toestand, met een moslim als aanvoerder en een christelijk ridder, die de slagvelden afspeurden waar de halvemaan en het kruis strijd met elkaar leverden.

'Door die woestijn waarde de duivel rond,' zei Rowley. 'Hij stuurde zandstormen op ons af die sporen deden verwaaien, op rustplaatsen bleek geen water te zijn en ze waren ofwel door kruisvaarders, ofwel door Moren vernietigd, maar niets hield ons tegen en uiteindelijk haalden we het hoofdgezelschap in.'

Ubayd had gelijk gehad: het was uitschot.

'Deserteurs, voornamelijk. Weglopers, uitvaagsel uit de gevangenissen van de christenen. Onze moordenaar was hun kapitein geweest en toen hij de jongen had weggevoerd, had hij ook de meeste juwelen meegenomen en zijn mannen aan hun lot overgelaten, wat niet best was. Ze boden amper verzet; de meesten waren volkomen versuft door de hasjiesj en de rest ruziede over de rest van de buit. We ondervroegen ze stuk voor stuk voordat we ze doodden: waar is jullie leider naartoe? Wie is hij? Waar komt hij vandaan? Waar gaat hij naartoe? Niet één van hen wist veel te vertellen over de man bij wie ze zich hadden aangesloten. Hij was een meedogenloos leider geweest, zeiden ze. Een geluksvogel.'

Een geluksvogel.

'Nationaliteit zegt zulke schooiers niks; voor hen was hij gewoon de zoveelste Frank, wat betekent dat hij overal vandaan had kunnen komen, van Schotland tot de Baltische Zee. Aan hun beschrijvingen hadden we ook niet veel: hij was nu eens lang, dan weer van gemiddelde lengte, donker, blond – let wel: ze zeiden alles wat ze dachten dat Hakim wilde horen, maar het was alsof ze hem allemaal met andere ogen zagen. Eentje zei dat er hoorntjes uit zijn hoofd groeiden.'

'Had hij ook een naam?'

'Ze noemden hem Rakshasa. Zo heet een demon waar Moren hun kinderen de stuipen mee op het lijf jagen. Van Hakim begreep ik dat Rakshasi uit het Verre Oosten afkomstig waren, uit India geloof ik. De hindoes zetten ze vroeger in bij een of andere strijd tegen de moslims. Ze kunnen verschillende gedaantes aannemen en mensen 's nachts te pakken nemen.'

Adelia boog zich naar voren, plukte een lavendelstengel, wreef de bloempjes fijn tussen haar vingers en keek om zich heen om het Engelse groen goed tot zich door te laten dringen.

'Hij is slim,' zei de belastinginner, en toen corrigeerde hij zichzelf. 'Nee, niet slim. Maar hij heeft instinct; hij kan net als een rat ruiken dat er gevaar in de lucht hangt. Hij wist dat we achter hem aan zaten, ik weet zeker dat hij dat wist. Als hij naar de Boven-Nijl was gegaan, en we waren ervan overtuigd dat hij dat zou doen, hadden we hem kunnen pakken – Hakim had bericht gestuurd naar de Fatimir-stammen – maar hij sloeg af naar het noordoosten, terug naar Palestina.'

Ze pakten het spoor weer op in Gaza, waar ze tot de ontdekking kwamen dat hij vanuit de haven van Teda was afgevaren naar Cyprus.

'Hoe?' vroeg Adelia. 'Hoe konden jullie zijn spoor oppikken?'

'De juwelen. Hij had het grootste deel van Guiscards juwelen meegenomen. Die moest hij stuk voor stuk verkopen om ons voor te kunnen blijven. Elke keer dat hij dat deed, kwam dat de troepen van Hakim ter ore. We kregen een beschrijving van hem: een lange man, bijna net zo lang als ik.'

In Gaza was sir Rowley zijn metgezellen kwijtgeraakt. 'De Vries wilde in het Heilige Land blijven, in elk geval rustte op hem niet dezelfde plicht als op mij; Jaafar was niet zíjn gijzelaar geweest en híj had niet het besluit genomen waardoor de jongen om het leven was gekomen. En wat Hakim betreft... Die beste man, hij wilde wel met me mee, maar ik zei tegen hem dat hij daar te oud voor was, en dat hij trouwens op christelijk Cyprus net zo zou opvallen als een houri te midden van een groep monniken. Nou ja, die woorden gebruikte ik niet, maar dat was wel de strekking. Maar ik knielde daar voor hem neer en bezwoer bij God, bij de Drie-eenheid en bij Moeder Maria dat ik Rakshasa als het nodig was zou achtervolgen tot in het graf en dat ik zijn kop van zijn romp zou trekken en hem die zou sturen. En met Gods hulp zal ik dat ook doen.'

De belastinginner liet zich op zijn knieën vallen, nam zijn hoofddeksel af en bekruiste zich.

Adelia bleef doodstil zitten, in de war gebracht door de combinatie van afkeer en vertroosting die deze man haar inboezemde. Een deel van de eenzaamheid die over haar was neergedaald door Simons dood, was verdwenen. Toch was hij bepaald geen tweede Simon; hij was erbij geweest toen er plunderaars werden ondervraagd, had daar misschien zelf actief aan deelgenomen, en 'ondervragen' was ongetwijfeld een eufemisme voor marteling tot de dood erop volgde, iets wat Simon nooit had gedaan of had kunnen doen. Deze man had een eed gezworen aan Jezus, die vol van genade was, om wraak te nemen; hij zat daar nu voor haar om te bidden.

Maar toen ze haar hand op zijn klauwende knuist had gelegd, waren zijn tranen op haar handrug gedrupt en heel even was de leegte die Simon had achtergelaten, gevuld door iemand wiens hart net als dat van Simon kon breken om het kind van een ander ras en een ander geloof.

Ze hernam zich. Hij kwam overeind, om heen en weer te kunnen lopen terwijl hij haar de rest vertelde.

Zoals hij haar met elke stap die hij had gezet had meegevoerd over het braakliggende land van Outremer, zo voerde hij haar nu mee op zijn tocht door Europa, op jacht naar de man die Rakshasa werd genoemd, nog steeds met het stoffelijk overschot van de overledene bij zich.

Van Gaza naar Cyprus. Van Cyprus naar Rhodos – maar één boot achter hem, maar een storm had jager en gejaagde uiteengedreven, zodat Rowley pas op Kreta het spoor weer kon oppakken. Naar Syracuse en van daaraf naar de kust van Apulië. Naar Salerno...

'Was jij daar toen?' vroeg hij.

'Ja, ik was er.'

Naar Napels, Marseille en vervolgens over land Frankrijk door.

Niemand heeft ooit een merkwaardiger reis door een christelijk land gemaakt, vertelde hij haar, omdat de christenen er maar zo'n kleine rol in speelden. Hij kreeg assistentie van mensen zonder enig aanzien: van Arabieren en joden, van ambachtslieden in de juwelenindustrie, van snuisterijenmakers, pandjesbazen, geldschieters, arbeiders in steegjes waar christelijke heren en dames hun bedienden naartoe stuurden met spullen die gerepareerd moesten worden, van gettobewoners – het soort mensen tot wie een opgejaagde en wanhopige moordenaar die een sieraad te verkopen had, zich wel moest wenden als hij om geld verlegen zat.

'Het was niet het Frankrijk dat ik kende, want het leek wel alsof ik in een heel ander land terechtgekomen was. Ik was een blinde en zij waren mijn geknoopte geleidetouw. Ze vroegen me: "Waarom zit je achter die kerel aan?" En dan antwoordde ik: "Hij heeft een kind vermoord." Dat volstond. Ja, hun nicht, tante of de zoon van hun schoondochter had wel iets opgevangen over dat er in de volgende stad een vreemdeling rondzwierf die waardevolle spullen te verkopen had, en ook nog voor een habbekrats, want hij moest er snel vanaf.'

Rowley zweeg even. 'Wist je dat alle joden en Arabieren in de christenwereld elkaar lijken te kennen?'

'Ze moeten wel,' zei Adelia.

Rowley haalde zijn schouders op. 'Maar goed, hij bleef nooit ergens lang genoeg om hem te kunnen inhalen. Tegen de tijd dat ik in de volgende stad arriveerde, was hij alweer met de noorderzon vertrokken. Altijd noordwaarts. Ik wist dat hij ergens naar op weg was.'

In het geleidetouw zaten nog meer verschrikkelijke knopen. 'Voordat ik op Rhodos aankwam, had hij daar ook een moord gepleegd: een klein christenmeisje dat werd gevonden in een wijngaard. Het hele eiland was in rep en roer.' In Marseille was er weer een slachtoffer gevallen, ditmaal een bedelende jongen die van straat was geplukt; er waren hem dusdanige verwondingen toegebracht dat de autoriteiten, die zich meestal maar weinig aantrokken van het lot dat vagebonden trof, een beloning hadden uitgeloofd voor wie de moordenaar zou pakken.

In Montpellier weer een jongen, een kind van nog maar vier jaar oud.

Rowley zei: 'Aan hun daden herkent ge hen,' zegt de Bijbel. Ik herkende hem aan de zijne. Hij markeerde mijn kaart met kinderlijkjes; het was alsof hij er niet langer dan drie maanden buiten kon om zich aan hen te vergrijpen. Als ik het spoor bijster raakte, hoefde ik alleen maar te wachten tot ik in een of andere stad weer het geschreeuw van een ouder hoorde. Dan wendde ik mijn paard die kant op.'

Hij vond ook de vrouwen die Rakshasa in zijn kielzog achterliet: 'Joost mag weten waarom, maar vrouwen vinden hem aantrekkelijk, ook al behandelt hij hen niet goed.' Alle bont en blauw geslagen vrouwen die Rowley had ondervraagd, hadden geweigerd hem op zijn queeste bij te staan. 'Ze leken te verwachten en te hopen dat hij naar hen terug zou keren. Het deed er niet toe; inmiddels volgde ik de vogel die hij bij zich had.'

'Een vogel?'

'Een beo. In een kooi. Ik wist waar hij die had gekocht: in een soek in Gaza. Ik zou je zelfs kunnen zeggen hoeveel hij ervoor had betaald. Maar waaróm hij dat beest bij zich had... Misschien was het de enige vriend die hij had.' Er verscheen een vage glimlach op Rowleys gezicht. 'Daardoor viel hij op, godzijdank. Meer dan eens kreeg ik te horen dat er een lange ruiter met een vogelkooi langs was getrokken. En op het laatst vertelde die vogel me waar hij naartoe ging.'

Inmiddels naderden jager en gejaagde de Loire-vallei, en sir Rowley stond in dubio omdat Angers de plaats was waar hij Guiscards gebeente naartoe zou moeten brengen. 'Moest ik nou achter Rakshasa aan, zoals ik had gezworen, of mijn belofte aan Guiscard gestand doen en hem naar zijn laatste rustplaats brengen?'

In Tours, vertelde hij, voerde dit dilemma hem naar de kathedraal om te gaan bidden om leiding. 'En daar stak de Almachtige God, in Zijn wonderbaarlijkheid en genade, Zijn hand naar me uit, want Hij begreep wel dat ik streed voor een rechtvaardige zaak.'

Want toen Rowley door de grote westpoort de kathedraal verliet en knipperend met zijn ogen weer het zonlicht in kwam, hoorde hij het gesnerp van de vogel uit een steegje komen, waar zijn kooi voor het raam van een huis hing.

'Ik keek naar het beest omhoog. De vogel keek naar me omlaag en zei me in het Engels gedag. En ik dacht: de Heer heeft mij met een bepaald doel naar dit steegje geleid. Laat ik maar eens kijken of dit het troeteldier van Rakshasa is. Dus ik klopte aan en een vrouw deed open. Ik vroeg naar haar man. Ze zei dat die niet huis was, maar ik wíst dat hij er wel was en dat *hij* het was – ze gedroeg zich net zoals die andere vrouwen: alsof ze alle hoeken van de kamer had gezien en bang was. Ik trok mijn zwaard en wrong me langs haar heen, maar ze sprong op me af toen ik probeerde de trap op te gaan en hing aan mijn arm als een krijsende kat. Ik hoorde hem roepen uit de kamer boven, en toen klonk er een plof. Hij was uit het raam gesprongen. Ik draaide me om om weer naar beneden te gaan, maar de vrouw wilde me maar niet loslaten en tegen de tijd dat ik weer bij de steeg kwam, was hij er al vandoor.'

Rowley streek in wanhoop met zijn handen over zijn dikke krullen toen hij de vruchteloze jacht beschreef die daarop was gevolgd. 'Op het laatst ging ik terug naar het huis. De vrouw was weggegaan, maar in de kamer boven fladderde de vogel in zijn kooi, die op de grond was gevallen toen hij hem had omgegooid bij zijn sprong. Ik pakte de kooi op en de vogel vertelde me waar ik hem zou kunnen vinden.'

'Hoe dan? Hoe kon de vogel je dat vertellen?'

'Nou, hij noemde me niet zijn adres. Maar hij keek naar me met die brutale oogjes en die kop met halskwab van 'm en zei dat ik een mooie, slimme jongen was – de gebruikelijke riedel, maar hoe banaal ook, ik schrok wel toen ik besefte dat ik nu Rakshasa's stem hoorde. Hij had de vogel leren praten. Nee, wát de vogel zei was niet bijzonder, maar wel de manier waarop. Het was het accent. Hij sprak met een Cambridge-accent. De vogel had de tongval van zijn baasje overgenomen. Rakshasa kwam uit Cambridge.'

De belastinginner sloeg dankbaar een kruisje voor de God die zo goed voor hem was geweest. 'Ik liet de vogel zijn hele repertoire afwerken,' zei hij. 'Ik had nu tijd genoeg, ik kon Guiscard naar Angers brengen. Ik wist waar Rakshasa naar op weg was; hij zou naar huis gaan om zich te settelen met wat er nog over was van Guiscards juwelen. Dat heeft hij ook gedaan, en ditmaal krijg ik hem wis en waarachtig in mijn vingers.'

Rowley keek Adelia aan. 'Ik heb de kooi nog steeds,' zei hij.

'Wat is er met de vogel gebeurd?'

'Die heb ik de nek omgedraaid.'

De grafdelvers waren onopgemerkt vertrokken toen hun taak erop zat. De lange schaduw van de muur achter in de tuin kwam nu tot aan het grashellinkje waar ze zaten. Adelia, die rilde in de kilte van de vroege avond, besefte dat ze het al een tijdje koud had. Misschien viel er nog wel meer te zeggen, maar op dit moment kon ze niets bedenken. En hij evenmin. Hij stond op: 'Ik moet even kijken of alles goed gaat.'

Dat hadden anderen al voor hem gedaan.

Een drost, een Arabier, een belastinginner, een augustijner prior, twee vrouwen en een hond stonden boven aan de trap voor het huis toen Simon van Napels in zijn wilgentenen kist, voorafgegaan door toortsdragers en gevolgd door alle joodse mannen uit het kasteel, naar zijn rustplaats onder de kersenboom aan de andere kant van de tuin werd gedragen. Ze werden niet gevraagd dichterbij te komen. Onder de sikkel van een wassende maan leken de gestalten van de rouwenden heel donker en de kersenbloesem heel wit, als een sneeuwbui die boven de grond bleef hangen.

De drost schuifelde wat. Mansur legde zijn handen op Adelia's schouders en ze leunde met haar rug tegen hem aan, eerder luisterend naar de stortvloed van donkere klanken terwijl de rabbi psalm 91 reciteerde dan dat ze de woorden ervan kon onderscheiden.

Waar ze niet op lette en waar ze geen van allen aandacht aan besteedden, omdat ze gewend waren dat het in het kasteel lawaaiig was, was het geluid van opgewonden stemmen bij de hoofdpoorten, waar vader Alcuin, de priester, zijn misnoegen naar had verplaatst.

Nadat ze dat had aangehoord, had Agnes haar hutje in de steek gelaten en was ze de stad in gerend, en Roger van Acton had op de bewakers ingepraat dat hun kasteel werd ontheiligd doordat er op het terrein stiekem een jood werd begraven.

De rouwenden onder de kersenboom hoorden het; zij waren altijd gespitst op gevaar.

'*El maalee rachamiem.*' De stem van rabbi Gotsce haperde niet. '*Sjocheen bamarom...* Heer, vol van Moederlijk Mededogen, schenk onze broeder Simon onder de hoede van Uw beschermende aanwezigheid volledige en volmaakte rust onder de verhevenen, heiligen en zuiveren, stralend als het glanzende firmament, en aan de zielen van al diegenen van Uw volk die zijn gedood in en rond de landen waar onze voorvader Abraham zijn schreden zette...'

Woorden, dacht Adelia. Een onschuldige vogel kan de woorden van een moordenaar herhalen. Er kunnen woorden worden uitgesproken over de man die hij gedood heeft en ze kunnen dienen als balsem voor de ziel.

Ze hoorde de aarde die in het graf werd gegooid, op de kist neerploffen. Nu trok de stoet de tuin door om de poort uit te gaan, en hoewel zij geen jodin was, en trouwens toch maar een vrouw, schonk iedere man haar een zegen toen hij langs de trap kwam waar zij stond. '*Hamakom jenacheem etchem b'toch sjear avalee tsion wieroesjalajim.*' Moge God u troosten te midden van alle rouwenden van Zion en Jeruzalem.

De rabbi zweeg even en maakte een buiging voor de drost. 'We zijn u dankbaar voor uw welwillendheid, my lord, en dat u er maar niet door in de problemen moge komen.' Toen waren ze weg.

'Nou,' zei drost Baldwin, die zijn gewaad gladstreek. 'We moeten weer aan het werk, sir Rowley. Als ledigheid inderdaad des duivels oorkussen is, zal hij hier vanavond geen ledigheid aantreffen.'

Adelia sprak haar dankbaarheid uit. 'En mag ik morgen het graf bezoeken?'

'Dat denk ik wel, dat denk ik wel. Je zou señor dokter met je mee kunnen nemen. Van al die zorgen heb ik een fistel gekregen die het me onmogelijk maakte te gaan zitten.'

Hij wierp een blik in de richting van de poort. 'Wat is dat voor lawaai, Rowley?'

Aangevoerd door Roger van Acton kwamen er een man of tien gewapend met een keur aan huishoudelijke wapens, hooivorken en palingspiesen op hen af, allemaal razend van een te lang opgekropte woede; ze stormden de tuin in en brulden zo veel verschillende vloeken dat het even duurde voordat duidelijk werd dat ze het vooral hadden over een 'kindermoordenaar' en een 'jood'.

Acton kwam naar de trap, zwaaiend met een toorts in de ene hand en een hooivork in de andere. Hij brulde: 'Die jood heeft zijn eigen graf gegraven, want de Heer heeft ons nu verlost van zijn smerige praktijken. Maar wij komen hem verwijderen van ons erfgoed. O, vreest de naam van God, stelletje verraders!' Zijn speeksel sproeide in het rond. Achter hem stond een grote man die met een gemeen uitziende keukenhakbijl door de lucht maaide.

De andere mannen verspreidden zich om een zoektocht te beginnen en hij wendde zich naar hen toe: 'Zoek het graf, broeders, zodat we onze woede kunnen koelen op zijn karkas. Want er is jullie beloofd dat zij die de heidenen kastijden daar niet voor zullen worden bestraft.'

'Nee,' zei Adelia. Ze waren gekomen om hem op te graven. Om Simon op te graven. 'Nee!'

'Sloerie!' Acton kwam nu de trap op en de vork wees in haar richting. 'Jij loopt als een slet achter die kindermoordenaars aan, maar wij pikken die schande niet langer!'

Een van de mannen stond bij de kersenboom naar de anderen te roepen en te gebaren. 'Hier is het!'

Adelia ontdook Acton terwijl ze de trap af liep en naar het graf rende. Wat ze daar moest doen als ze er kwam wist ze niet precies; het enige waar ze aan kon denken was dat ze dit verschrikkelijke gedoe een halt moest toeroepen.

Sir Rowley Picot ging achter haar aan, met Mansur daar weer achter, met Roger van Acton op zijn hielen. De andere indringers schoten toe om hen te onderscheppen. Iedereen botste tegen elkaar, tierend, stompend, slaand, stekend en trappend. Adelia werd onder de voet gelopen.

Dit soort geweldsuitbarstingen kende ze niet. Het ging haar niet om de pijn, maar ze schrok zich wild van de plotselinge, razende kracht die in mensen kon opkomen. Een laars brak haar neus; ze bedekte haar hoofd terwijl boven haar de wereld aan stukken werd gescheurd.

Ergens klonk een stem, die met zijn vaste en gebiedende klank al het lawaai overstemde: de stem van de prior.

Beetje bij beetje vielen de brokstukken weg. Ze zag niets. Toen kreeg ze weer beeld en kwam ze wankelend overeind; ze zag gestaltes zich terugtrekken van de plek waar Rowley Picot op de grond lag met een hakbijl in zijn buik, terwijl het bloed opwelde om de rand van het in zijn vlees begraven blad.

12

'Ben ik dood?' vroeg sir Rowley aan niemand in het bijzonder. 'Nee,' liet Adelia hem weten.

Een zwakke, bleke hand tastte onder het beddengoed. Er klonk een rauwe doodskreet. 'O, jezus, god, waar is mijn pik?'

'Als je je penis bedoelt, die zit er nog. Onder de kompressen.'

'O.' De weggezonken ogen gingen weer open. 'Doet hij het nog?'

'Ik weet zeker,' zei Adelia helder, 'dat hij in alle opzichten naar behoren zal functioneren.'

'O.'

Hij zakte weer weg, getroost door de korte uitwisseling, zonder dat hij bewust besefte dat die had plaatsgevonden.

Adelia boog zich over hem heen en trok de deken recht. 'Maar het scheelde maar een haar,' vertelde ze hem zachtjes. Niet alleen had hij bijna zijn *membrum virilis* verloren, maar ook zijn leven. De bijl had een slagader doorgesneden en om te voorkomen dat hij doodbloedde had ze haar vuist op de wond moeten drukken terwijl hij naar binnen werd gebracht, voordat ze de naald en het borduurgaren van lady Baldwin had kunnen hanteren – en zelfs toen werd ze nog zo gehinderd door het gutsende bloed dat ze wist, als niet iedereen van de mensen die bezorgd om haar heen waren komen staan dat al wist, dat het een kwestie van stom geluk zou zijn als de hechtsteken op de juiste plaats terecht zouden komen.

Daarmee was de strijd nog maar voor de helft gestreden. Ze was erin geslaagd de stukken van de tuniek die door de bijl in de wond terecht waren gekomen eruit te halen, maar hoeveel vuil van het blad zelf er nog in was achtergebleven, viel niet te zeggen. Vreemde stoffen konden tot vergiftiging leiden, die weer tot de dood leidde, en vaak gebeurde dat ook. Ze had moeten denken aan de sectie op lichamen met koudvuur – en wist ook nog dat ze met afstandelijke nieuwsgierigheid naar de plek had gekeken van waaruit de fatale aandoening zich had verspreid.

Ditmaal was ze niet afstandelijk geweest. Toen Rowleys wond ontstoken raakte en hij begon te ijlen van de koorts, had ze nog nooit van haar leven zo naarstig gebeden terwijl ze hem baadde in koud water en verkoelende dranken tussen zijn lippen sprenkelde, die dun en bleek waren als die van een dode.

En waartoe had ze zich in haar gebed gericht? Tot wat dan ook dat maar luisteren wilde. Smekend, soebattend, eisend dat het haar zou helpen hem terug te halen naar de levenden.

Verdomme. Wat had ze gezworen aan alle goden op wie ze een beroep had gedaan? Dat ze zou geloven? Dan was ze dus nu niet alleen een volgeling van Hippocrates, maar ook van Jehova, Allah en de Drie-eenheid, en ze had geweend van dankbaarheid jegens hen allemaal toen het zweet uitbrak op het gezicht van haar patiënt en zijn ademhaling van een raspend geluid was overgegaan in een zacht en natuurlijk gesnurk.

De keer daarop dat hij wakker werd, zag ze dat zijn hand instinctief op verkenning uitging. Wat waren mannen toch primitieve wezens.

'Hij zit er nog.' Opgelucht sloot hij zijn ogen.

'Ja,' zei ze. Zelfs voor de poort van de dood konden ze hun seksualiteit niet vergeten. Pik, jawel – een heel agressief eufemisme.

De ogen gingen open. 'Ben jij er nog?'

'Ja.'

'Hoe lang?'

'Vijf nachten en...' Ze keek naar het raam, waarachter de middagzon in banen door de verticale raamstijlen heen op de grond scheen. 'Bijna zeven uur.'

'Zo lang? Allemachtig.' Hij probeerde zijn hoofd op te tillen. 'Waar ben ik?'

'Boven in de toren.' Kort na de operatie, die op de keukentafel van de drost was uitgevoerd, had Mansur de patiënt naar de bovenste kamer van de joden gedragen – een knap staaltje krachtsvertoon – zodat dokter en patiënt privacy en rust kregen, terwijl zij de strijd om zijn leven aanbond.

De kamer had geen toiletgelegenheid; anderzijds was Adelia gezegend met mensen in haar omgeving die graag bereid waren, om niet te zeggen gretig, heen en weer te lopen naar boven met kamergemakken; de meesten van hen waren joodse vrouwen die sir Rowley dankbaar waren omdat hij een joods graf had verdedigd. De redding van sir Rowley was wat je noemt een gemeenschappelijke inspanning geweest en als Adelia een groot deel van de hulp die was aangeboden had geweigerd, was dat alleen omdat ze Mansur en Gyltha niet voor het hoofd wilde stoten, die haar per se wilden bijstaan.

Door de glasloze ramen kwam een briesje naar binnen, zonder de kwalijke dampen die op een lager niveau van het kasteel en zijn open beerputten circuleerden, slechts bedorven door een vleugje van Wachters geur dat onder de deur naar de trap door kwam, waar hij naartoe verbannen was. Zelfs na een bad begon de vacht van de hond vrijwel onmiddellijk weer afgrijselijk te stinken. Zijn geur was het enige aan hem dat je aanviel; hij was opvallend afwezig geweest bij de mêlee in de tuin van de drost, waarin hij zich vanwege van zijn bazinnetje had moeten mengen.

De stem vanuit het bed vroeg nu: 'Heb ik die rotzak gedood?'

'Roger van Acton? Nee, hij maakt het goed, hoewel hij is opgesloten in de donjon. Je hebt Quincy de slager lam geslagen en Colin van St. Giles een slag in zijn nek toegebracht, en er loopt een aflaatverkoper rond die minder kans maakt op nageslacht dan jij, maar meester Acton heeft ongedeerd weten te ontsnappen.'

'*Merde.*'

Zelfs dit kleine gesprekje had hem al vermoeid; hij doezelde weg.

De paring als prioriteit nummer een, dacht ze. En vechten als nummer twee. En hoewel je nu aanzienlijk slanker bent, is duidelijk te zien dat je een schrokop bent, en tevens arrogant. Bij elkaar zijn dat zo'n beetje de hoofdzonden. Dus waarom zou van alle mensen uitgerekend jij nou de man voor mij zijn?

Gyltha had dat al wel geraden. Toen Rowleys koortsaanval op zijn hoogtepunt was en Adelia niet had gewild dat de huishoudster haar plaats bij het ziekbed innam, had Gyltha gezegd: 'Je houdt misschien wel van hem, wijfie, maar hij heeft er niks aan als je van je stokje gaat.'

'Van hem houden?' Het klonk als een schreeuw. 'Ik zorg voor een patiënt. Hij is niet... O, Gyltha, wat moet ik doen? Hij is helemaal mijn type niet.'

'Wat heeft type er nou verdorie mee te maken?' had Gyltha met een zucht geantwoord.

En inderdaad, Adelia moest bekennen dat het nergens op sloeg.

Oké, er was veel dat in zijn voordeel pleitte. Zoals hij de joden duidelijk had gemaakt, sprong hij onmiddellijk voor weerlozen op de bres. Hij was geestig, hij maakte haar aan het lachen. En in zijn koorts had hij keer op keer de zandheuvel bezocht waar het verscheurde lichaam van een kind lag – om wéér hetzelfde schuldgevoel en verdriet te doorleven. Zijn geest had achter de moordenaar aan gejaagd door een delirium dat even verschroeiend en verschrikkelijk was als de woestijn, totdat Adelia hem een opiaat had toegediend, uit angst dat zijn verzwakte lichaam er anders niet tegen bestand was.

Maar er viel evenveel tégen hem te zeggen. In dezelfde koortsdroom had hij waarderend gesproken over de lichamen van vrouwen die hij had gekend, en vaak had hij hun attributen verward met voedsel waar hij in het Oosten eveneens van had genoten. De kleine, slanke Sagheerah, zo teer als een asperge; Samina, die voldoende vlees op haar botten had voor een volledige maaltijd; Abda, zo zwart en rond als kaviaar. Het was niet zozeer een opsomming als wel een menu geweest. En wat Zabidah betreft... Adelia's beperkte kennis van wat mannen en vrouwen in bed uitspookten was tot haar schrik plots uitgebreid met een verslag van diens acrobatische capriolen.

Maar waar ze het nog kouder van kreeg, was dat Rowley gedreven bleek te worden door een felle ambitie. Toen Adelia voor het eerst luisterde naar de fantastische gesprekken die hij voerde met een onzichtbaar persoon, had ze zijn frequente gebruik van 'my lord' opgevat als iets wat gericht was tot zijn hemelse koning – totdat bleek dat hij het tegen Hendrik II had. Hij wilde niet alleen de koning van Engeland dienen, maar tegelijkertijd ook Rakshasa opsporen en straffen. Als hij Hendrik kon bevrijden van een lastpost die de thesaurier beroofde van zijn inkomsten van joden uit Cambridge, verwachtte Rowley niet anders dan koninklijke dankbaarheid en promotie.

En niet zo'n beetje promotie ook. 'Baron of bisschop?' vroeg hij ijlend, terwijl hij Adelia's hand vastpakte die hem probeerde te kalmeren, alsof die beslissing aan haar was. 'Een bisdom of een baronie?'

Het gouden vooruitzicht van een van die twee maakte hem nog geagiteerder – 'Hij beweegt niet, ik krijg er geen beweging in' – alsof de kruiwagen die hij in de koninklijke gunst had gevonden te zwaar bleek om hem op weg te helpen.

Zo zat hij dus in elkaar. Ongetwijfeld was hij dapper en met anderen begaan, maar ook een man die van lekker eten en van vrouwen hield, doortrapt was en verbeten achter status aan joeg. Onvolmaakt, losbandig. Geen man van wie Adelia verwachtte te gaan houden, en dat wilde ze ook zeker niet.

Maar dat deed ze wel.

Toen het gekwelde hoofd zich op het kussen had omgedraaid, zodat de lijn van zijn blote keel te zien was, en hij om haar had geroepen – 'Dokter, ben je daar? Adelia?' – waren zijn zonden, net als haar hart, weggesmolten.

Zoals Gyltha al had gezegd: wat voor type man hij was had er geen fluit mee te maken.

Maar dat zou wel moeten. Vesuvia Adelia Rachel Ortese Aguilar had zo haar eigen toekomstplannen. Ze was niet uit op rijkdommen, maar wilde een talent benutten dat haar was geschonken. Want een talent kon je het wel noemen, en het was niet samengegaan met de verplichting om leven te schenken zoals andere vrouwen deden, maar om meer over de aard van het leven te weten te komen en het aldus te redden.

Ze had altijd geweten, en wist dat ook nu, dat romantische liefde niets voor haar was; in dat opzicht was ze evenzeer aan kuisheid gebonden als willekeurig welke non die was gehuwd met God. Zolang ze dat kuise leven leidde binnen de muren van het medisch instituut van Salerno, had ze er geen problemen mee gehad zich voor te stellen dat het zo door zou gaan tot ze zoetjesaan oud en grijs geworden was, terwijl ze ondertussen – dat moest ze toegeven – neerkeek op vrouwen die toegaven aan hun passie.

Maar nu ze hier in deze torenkamer zat, verweet ze haar vroegere zelf domme onwetendheid: je had geen benul. Je kende die uitzinnigheid niet waardoor de geest tegen beter weten in van al zijn redelijkheid wordt beroofd.

Maar je moet wél redelijk zijn, vrouw. Redelijk.

De uren waarin ze alle mogelijke moeite had gedaan om de man te redden waren een voorrecht geweest; het was een voorrecht het leven van wie dan ook te redden, maar het zijne redden was voor haar een grote vreugde. Ze had zich node bij zijn sponde laten wegroepen om de patiënten te behandelen die de Matilda's naar het kasteel hadden verwezen, zodat Mansur en zij hen konden behandelen, ook al had ze het gedaan.

Nu werd het tijd voor gezond verstand.

Van een huwelijk zou geen sprake kunnen zijn, gesteld dat hij met een aanzoek kwam, wat niet waarschijnlijk was. Adelia was erg van haar eigen waarde overtuigd, maar ze betwijfelde of hij in staat was die te onderkennen. Hij had, om maar iets te noemen, getuige de beschrijvingen die hij in zijn meer wellustige ijldromen van schaamhaar had gegeven, een voorkeur voor brunettes. En verder kon ze zich niet – en zou ze zich ook niet – onder de gelederen scharen van Zabidah en consorten.

Nee, de kans dat een zedige vrouwelijke dokter met een alledaags gezicht hem zou aantrekken was niet groot; het verlangen dat hij in zijn koorts naar haar had getoond was alleen maar een kwestie geweest van verlichting zoeken.

In elk geval beschouwde hij haar als geslachtsloos, want anders zou het verslag van zijn kruistocht nooit zo openhartig zijn geweest en zou hij niet zo veel krachttermen hebben gebruikt. Zo sprak een man tegen een hem welgezinde priester; tegen prior Geoffrey misschien, maar niet tegen de dame op wie hij een oogje had.

Als hij een bisdom zou krijgen, zou hij trouwens helemaal niemand ten huwelijk vragen. Maar de maîtresse van een bisschop dan? Die waren er genoeg; sommigen openlijke, schaamteloze lichtekooien; anderen niet meer dan een gerucht, voorwerp van roddels en gegniffel, verstopt in een geheim tuinhuisje, volkomen afhankelijk van de grillen van hun bisschoppelijke minnaar.

Welkom aan de hemelpoort, Adelia, en hoe heb jij je leven besteed? Heer, ik was de hoer van een bisschop.

En als hij nou eens baron werd? Dan zou hij op zoek gaan naar een erfgename om zijn landerijen uit te breiden, zoals ze allemaal deden. Arme erfgename; die kreeg een leven gewijd aan de voorraadkast, kinderen, gasten ontvangen en de vertolking van de bloederige daden van haar echtgenoot in liederen wanneer hij terugkeerde van welk slagveld waar zijn koning hem ook maar heen had gestuurd. Terwijl voornoemde echtgenoot zich ongetwijfeld had ingelaten met andere vrouwen – brunettes in zijn geval – en bij hen bastaardkinderen had verwekt omdat ze tekeergingen als konijnen.

Uitgeput als ze was, werkte ze zich welbewust op tot een dusdanige verontwaardiging om de verondersteld overspelige sir Rowley Picot met zijn hypothetische en onwettige nakomelingen, dat toen Gyltha de kamer in kwam om een kom havermout voor hem te brengen, Adelia tegen haar zei: 'Zorgen Mansur en jij vanavond maar voor dat zwijn, ik ga naar huis.'

Yehuda wachtte haar onder aan de trap op om naar Rowley te informeren en om haar op te halen om naar zijn pasgeboren zoontje te komen kijken. De baby die aan Dina's borst lag was klein, maar alles leek erop en eraan te zitten, hoewel zijn ouders bang waren dat hij niet genoeg aankwam.

'We hebben met rabbi Gotsce afgesproken de *briet mila* tot na de acht dagen uit te stellen. Dat doen we wel als hij wat sterker is,' zei Yehuda bezorgd. 'Wat denkt u, meesteres?'

Adelia zei dat het waarschijnlijk verstandig was om het kind niet te besnijden voordat het wat groter was.

'Het zal toch niet aan mijn melk liggen?' vroeg Dina. 'Dat ik niet genoeg heb?'

Zuigelingen waren niet Adelia's specialisme; ze was op de hoogte van de hoofdlijnen, maar Gordinus had zijn studenten altijd voorgehouden dat je de praktijk beter kon overlaten aan vakvrouwen van wat voor denominatie dan ook, tenzij er sprake was van complicaties. Zijn overtuiging, die was gebaseerd op observatie, was dat er meer baby's in leven bleven wanneer ze door ervaren vrouwen werden gehaald dan door een mannelijke arts. Dat was geen opvatting waarmee hij zich geliefd maakte in de artsenij of bij de Kerk, die allebei het liefst zagen dat vroedvrouwen als heksen werden afgeschilderd, maar het sterftecijfer in Salerno, niet alleen onder baby's, maar ook onder kraamvrouwen die door een mannelijke arts waren geholpen, deed vermoeden dat Gordinus weleens gelijk kon hebben.

Niettemin was de baby inderdaad erg klein en hij leek aan de borst te zuigen zonder dat hem dat veel opleverde, dus vroeg Adelia: 'Heb je al eens over een min gedacht?'

'En waar zouden we die vandaan moeten halen?' vroeg Yehuda op Iberisch spottende toon. 'Heeft de menigte die ons hiernaartoe heeft gedreven er wel voor gezorgd dat we zogende moeders in ons midden hebben? Ik zou niet weten hoe het heeft kunnen gebeuren, maar daar hebben ze even niet op gelet.'

Adelia aarzelde en merkte toen op: 'Ik zou lady Baldwin kunnen vragen of er een in het kasteel is.'

Ze wachtte tot haar voorstel zou worden getorpedeerd. Margaret was oorspronkelijk haar eigen min geweest en Adelia kende wel andere christelijke vrouwen die als zodanig in joodse huishoudens in dienst werden genomen, maar of deze stijfkoppige kleine enclave zou willen overwegen zijn nieuwste boreling aan de borst van een gojse te leggen...

Dina verraste haar door te zeggen: 'Melk is melk, man van me. Ik vertrouw het lady Baldwin wel toe om een koosjere vrouw te zoeken.'

Yehuda legde zachtjes zijn hand op het hoofd van zijn echtgenote. 'Zolang ze maar begrijpt dat jij er niets aan kunt doen. Na alles wat je hebt meegemaakt, mogen we blij zijn dat we überhaupt een zoon hebben.'

O-ho, dacht Adelia, het vaderschap doet je goed, jongeman. En hoewel Dina nog zorgelijk keek, leek ze gelukkiger dan de laatste keer dat ze haar had gezien. Zou dit dan toch op een prettiger huwelijk uitdraaien dan het er bij aanvang naar had uitgezien?

Toen ze hen alleen liet, liep Yehuda met haar mee naar buiten. 'Dokter...'

Adelia draaide zich abrupt naar hem toe. 'Zo moet je me niet noemen. De dokter is meester Mansur Khayoun van Al-Amarah. Ik ben alleen maar zijn assistente.'

Kennelijk had het verhaal van de operatie in de keuken van de drost de ronde gedaan, maar ze had het al moeilijk genoeg zonder de onvermijdelijke oppositie die ze zou ondervinden van de dokters in Cambridge, laat staan van de Kerk, als iedereen zou weten wat haar ware beroep was.

Misschien dat ze de aanwezigheid van Mansur – hij had er tijdens de hele procedure naast gestaan – kon verklaren door te zeggen dat hij de supervisie hield. Ze zou kunnen zeggen dat het een heilige dag was voor moslims en dat Allah hem niet toestond op dat moment in contact te komen met bloed. Iets in die trant.

Yehuda boog. 'Meesteres, ik wil alleen maar zeggen dat we de baby Simon noemen.'

Ze pakte zijn hand. 'Dank je wel.'

Hoewel ze nog steeds moe was, had de dag voor haar een andere wending gekregen; het leven zelf nam een keer. Ze voelde zich letterlijk verheven door de naam die het kind zou krijgen; ze kreeg de bizarre sensatie op en neer te dansen.

Zo ging het nou als je verliefd was, besefte ze. De liefde, hoe gedoemd die ook was, kon drijvers vastmaken aan je ziel. Nog nooit hadden meeuwen zo zuiver tegen de eierschaalblauwe lucht gedreven, nog nooit waren hun kreten zo opwindend geweest.

Ze wilde nu een bezoek brengen aan de andere Simon, en onderweg naar de tuin van de drost zocht Adelia op de hof naar bloemen die ze op zijn graf zou kunnen leggen. Dit gedeelte van het kasteel was strikt functioneel en de ronddwalende kippen en varkens hadden de meeste plantengroei kaalgevreten, maar toch groeide er nog wat look-zonder-look boven op een oude muur en er bloeide een sleedoorn op het Saksische heuveltje waar de oorspronkelijke houten toren had gestaan.

Kinderen gleden op een houten plank de helling af en terwijl ze – niet zonder pijn – een paar twijgjes afplukte, kwamen er een klein meisje en een jongetje naar haar toe om een praatje te maken.

'Wat is dat?'

'Dat is mijn hond,' liet Adelia hun weten.

Ze dachten even na over die uitspraak en het dier. Toen: 'Die roetmop die bij je is, vrouwe, is dat een tovenaar?'

'Een dokter,' antwoordde ze.

'Maakt hij sir Rowley beter, vrouwe?'

'Hij is grappig, sir Rowley,' zei het kleine meisje. 'Hij zegt dat hij een muis in zijn hand heeft, maar eigenlijk heeft hij dan een duit in zijn hand, en die krijgen wij van hem. Ik vind hem aardig.'

'Ik ook,' zei Adelia hulpeloos, en het deed haar goed deze bekentenis te doen.

Wijzend zei de jongen: 'Dat zijn Sam en Bracey. Ze hadden ze niet binnen mogen laten, toch? Zelfs niet om de joden de nek om te draaien, zegt mijn papa.'

Hij wees naar een plek vlak bij de nieuwe galg, waar een dubbele schandpaal stond waaruit twee hoofden naar voren staken, kennelijk die van de bewakers die aan de poort hadden gestaan toen Roger van Acton en de stedelingen zich toegang tot het kasteel hadden verschaft.

'Sam zegt dat hij ze helemaal niet binnen wilde laten,' zei het meisje. 'Hij zegt dat die naarlingen hem onder de voet hebben gelopen.'

'O hemel,' zei Adelia. 'Hoe lang staan ze daar al?'

'Ze hadden ze niet binnen mogen laten, toch?' zei de jongen.

Het kleine meisje was meer vergevingsgezind. ''s Nachts mogen ze wel even los.'

Het was zo slecht voor je rug, de schandpaal. Adelia haastte zich ernaartoe. De mannen hadden allebei een bord om hun nek gekregen met de tekst: PLICHTSVERZAKER.

Terwijl ze zorgvuldig de vuiligheid vermeed die zich om de voeten van de schandpaalslachtoffers verzamelde, zette Adelia haar tas op de grond en tilde een van de borden op. Ze schikte het wambuis van de bewaker zo dat het een buffer vormde tussen zijn huid en het touw dat in zijn nek had gesneden. Bij de andere man deed ze hetzelfde. 'Ik hoop dat dit iets prettiger aanvoelt.'

'Dank u, vrouwe.' Allebei staarden ze strak voor zich uit.

'Hoe lang moeten jullie hier nog blijven staan?'

'Nog twee dagen.'

'O, hemel,' zei Adelia. 'Ik weet dat het vast niet makkelijk is, maar als jullie je gewicht af en toe laten rusten op je polsen en je benen naar achteren buigen, wordt je rug minder belast.'

Een van de mannen zei vlak: 'We zullen eraan denken, vrouwe.'

'Doe dat.'

In de tuin van de drost voerde diens echtgenote, die aan de ene kant toezicht stond te houden op de verdeling van wormkruidwortels, een schreeuwerig gesprek met rabbi Gotsce aan de andere kant, die zich over het graf boog.

'Stop ze in uw schoenen, rabbi. Dat doe ik ook. Wormkruid helpt tegen de koude koorts.' De stem van lady Baldwin reikte moeiteloos tot de borstwering.

'Beter dan knoflook?'

'Stukken beter.'

Aangenaam getroffen bleef Adelia ongezien dralen bij de poort, totdat lady Baldwin haar opmerkte. 'Daar ben je, Adelia. En hoe is het vandaag met sir Rowley?'

'Beter, dank u, vrouwe.'

'Mooi zo, mooi zo. Zo'n dappere strijder kunnen we niet missen. En die arme neus van je?'

Adelia glimlachte. 'Die is weer beter, en vergeten.' In de haast om Rowleys bloeding te stelpen was er nergens anders tijd voor geweest. Pas twee dagen later, toen Gyltha opmerkte dat haar neus gezwollen en blauw was, had ze gemerkt dat hij was gebroken. Toen de zwelling eenmaal afnam, had ze het bot weer zonder moeite op zijn plaats gekregen.

Lady Baldwin knikte. 'Wat een fraai boeket, zo groen en wit. De rabbi zorgt voor het graf. Ga er maar even kijken. Ja, de hond ook – als het tenminste een hond is.'

Adelia liep over het pad naar de kersenboom. Over het graf was een simpele houten plank gelegd. Daarin was de Hebreeuwse tekst voor

HIER RUST uitgesneden, gevolgd door Simons naam. Onderaan stonden de vijf letters voor 'Moge zijn ziel het eeuwige leven hebben'.

'Zo moet het voorlopig maar,' zei rabbi Gotsce. 'Lady Baldwin zal nog een steen zoeken, eentje die te zwaar is om op te tillen, zegt ze, zodat Simon niet ontheiligd kan worden.' Hij stond op en sloeg het stof van zijn handen. 'Ze is een bovenste beste vrouw.'

'Ja, dat is ze zeker.' Veel meer nog dan van de drost was dit de tuin van zijn echtgenote; haar kinderen speelden er en ze plukte er de kruiden om haar gerechten te kruiden en haar kamers te parfumeren. Het was geen gering offer geweest om er een deel van af te staan om er het lijk te begraven van een man die door haar geloofsgenoten werd veracht. Oké, aangezien dit uiteindelijk grond van de koning was, had ze die *force majeure* in de schoot geworpen gekregen, maar lady Baldwin had haar eigen gevoelens, welke dat ook waren, grootmoedig opzijgezet.

Beter nog: het principe dat geven even aangenaam is voor de gever als voor de ontvanger had ook een rol gespeeld, en lady Baldwin toonde zich bezorgd om het welzijn van de gemeenschap van vreemdelingen in haar kasteel. Ze had de babykleertjes van de laatste Baldwin-telg aan Dina gegeven en geopperd dat de gemeenschap ook een deel van de grote broodoven van het kasteel zou mogen gebruiken, in plaats van op eigen gelegenheid te bakken.

'Het zijn gewoon mensen zoals jij en ik,' had lady Baldwin Adelia voorgehouden toen ze de ziekenkamer bezochten met kalfspootgelei voor de patiënt. 'En die rabbi van ze weet een heleboel over kruiden, dingen die echt de moeite van het weten waard zijn. Blijkbaar nuttigen ze er met Pasen ruime hoeveelheden van, hoewel ze een voorkeur lijken te hebben voor bittere kruiderijen, zoals rettich en dergelijke. Waarom niet een beetje engelwortel, heb ik hem gevraagd. Voor het zoete tegenwicht?'

Met een glimlach had Adelia gezegd: 'Volgens mij hoort hun eten juist bitter te zijn.'

'Ja, dat zei hij ook.'

Toen haar gevraagd was of ze een min wist voor baby Simon, beloofde lady Baldwin dat ze er een zou zoeken. 'En niet een van die sletten uit het kasteel,' zei ze. 'Die baby moet respectabele christelijke melk te drinken krijgen.'

De enige die Simon in de steek had gelaten, bedacht Adelia toen ze haar boeketje neerlegde, was zijzelf. Zijn naam op de eenvoudige plank zou iets over moord moeten vermelden, in plaats van het te doen voorkomen of hij alleen maar was gestorven omdat hij zichzelf niet in acht had genomen.

'Help me, rabbi,' zei ze. 'Ik moet aan Simons familie schrijven en zijn vrouw en kinderen ervan op de hoogte stellen dat hij is overleden.'

'Schrijf maar,' zei rabbi Gotsce. 'Wij zorgen wel dat de brief wordt verstuurd, wij hebben mensen in Londen die met Napels corresponderen.'

'Dank u, dat zou heel fijn zijn. Maar daar gaat het niet om. Ik bedoel... wát moet ik schrijven? Dat hij is vermoord, maar dat zijn dood te boek is gesteld als een ongeluk?'

De rabbi bromde: 'Als jij zijn vrouw was, wat zou je dan willen horen?'

Onmiddellijk zei ze: 'De waarheid.' Toen dacht ze er nog eens over na. 'Ach, ik weet het niet.' Simons Rebecca zou beter kunnen treuren om een ongeluk waarbij hij was verdronken, dan keer op keer de laatste minuten uit zijn leven aan haar geestesoog voorbij te moeten zien trekken, zoals voor haarzelf gold. Het zou niet wenselijk zijn als haar rouw werd gekleurd door afgrijzen, zoals bij Adelia; als ze zo sterk verlangde naar gerechtigheid voor zijn moordenaar dat ze nergens meer rust kon vinden.

'Dan zal ik het ze maar niet vertellen,' zei ze, zich gewonnen gevend. 'Niet zolang zijn dood niet gewroken is. Als de moordenaar is gevonden en zijn straf heeft gekregen, misschien dat we hun dan de waarheid kunnen vertellen.'

'De waarheid, Adelia? Is het dan zo eenvoudig?'

'Vindt u dan van niet?'

Rabbi Gotsce slaakte een zucht. 'Voor jou misschien. Maar zoals de Talmoed ons vertelt, is de naam van de berg Sinaï afkomstig van ons Hebreeuwse woord voor "haat", *sinaï*, omdat mensen die de waarheid spreken, zullen worden gehaat. En Jeremia...'

O hemel, dacht ze. Jeremia, de wenende profeet. Geen enkele van de trage, wereldwijze, slimme joodse stemmen die in het zonverlichte atrium van de villa van haar stiefouders colleges hadden gehouden had ooit over Jeremia gesproken zonder kwaad te voorspellen. En het was zo'n mooie dag en de bloemen van de kersenbloesem waren zo fraai.

'... we moeten maar denken aan het oude joodse gezegde dat de waarheid de veiligste leugen is.'

'Dat heb ik nooit goed begrepen,' zei ze terwijl ze weer in het hier en nu terugkwam.

'Ik ook niet,' zei de rabbi. 'Maar als je het doortrekt, betekent het dat de rest van de wereld een joodse waarheid toch nooit helemaal gelooft. Adelia, denk jij dat vroeg of laat de echte moordenaar gevonden en veroordeeld zal worden?'

'Vroeg of laat,' zei ze. 'En ik hoop in Gods naam dat het vroeg is.'

'Amen. En op die blijde dag zullen de brave burgers van Cambridge zich huilend in een rij opstellen voor het kasteel, en jammeren dat het ze zo verschrikkelijk spijt dat ze twee joden hebben vermoord en de rest opgesloten hebben gehouden – geloof je dat soms ook? Dat het nieuws pijlsnel door de christenwereld de ronde zal doen dat joden helemaal geen kinderen kruisigen voor hun plezier – geloof je dat soms ook?'

'Waarom niet? Het is de waarheid.'

Rabbi Gotsce haalde zijn schouders op. 'Jouw waarheid en de mijne, en die van de man die hier ligt. Misschien hechten de mensen uit de stad er zelfs wel geloof aan. Maar de waarheid komt niet snel vooruit en wordt onderweg steeds zwakker. Passende leugens zijn sterker en verbreiden zich sneller. En dit was een passende leugen: de joden hebben het Lam Gods aan het kruis genageld, en daarom kruisigen ze kinderen – dat sluit prima aan. Een mooie, goed klinkende leugen van dat genre bereikt op een holletje alle christenen. Zullen de dorpen in Spanje de waarheid geloven als die helemaal daar naartoe weet te hinken? En de boeren in Frankrijk? Rusland?'

'Hou op, rabbi. O, hou op.' Het leek wel alsof deze man al duizend jaar op de wereld rondliep, en misschien was dat ook wel zo.

Hij bukte zich om wat bloesem van het graf te vegen en kwam weer overeind, waarna hij haar arm pakte en met haar naar de poort liep. 'Zoek de moordenaar, Adelia. Bevrijd ons uit dit Engelse Egypte. Maar als puntje bij paaltje komt, zullen het toch nog altijd de joden zijn die dat kind aan het kruis hebben genageld.'

Zoek de moordenaar, dacht ze toen ze de heuvel af liep. Zoek de moordenaar, Adelia. Ook al is Simon van Napels nu dood en is Rowley Picot uitgeschakeld, zodat alleen Mansur en ik nog over zijn. Mansur spreekt de taal niet en ik ben arts, geen bloedhond. Nog helemaal los van het feit dat wij de enigen zijn die denken dat er überhaupt een moordenaar gevonden kan worden.

Het gemak waarmee Roger van Acton mensen had weten te mobiliseren voor zijn aanval op de kasteeltuin toonde wel aan dat Cambridge nog steeds van mening was dat de joden voor de rituele moord verantwoordelijk waren, ook al zaten ze opgesloten toen drie van de moorden waren gepleegd. Logica speelde geen enkele rol; de joden werden gevreesd omdat ze anders waren, en voor de stadsbewoners waren ze dankzij die angst en dat anders-zijn begiftigd met bovennatuurlijke vermogens. De joden hadden de Kleine St.-Petrus gedood, ergo ze hadden de anderen ook gedood.

Desondanks, ondanks de rabbi en Jeremia, ondanks het verdriet om Simon, ondanks haar besluit om de vleselijke liefde af te wijzen en zich in kuisheid aan de wetenschap te wijden, wist ze waardering op te brengen voor de mooie dag.

Wat is dit? Ik ben uitgerekt, dun uitgespreid, gevoelig voor de dood en de pijn van andere mensen, maar ook voor het leven in zijn oneindige variatie.

De stad en zijn bewoners waren overgoten met een bleekgouden levendige gloed die deed denken aan de wijn uit de Champagne. Een groepje studenten tikte tegen hun hoed toen ze haar passeerden. De tol voor de brug werd haar kwijtgescholden toen ze zoekend in haar zak naar een halve penny tot de ontdekking kwam dat ze die niet had. 'O, ga maar door dan, en nog een goeiedag,' zei de tolman. Op de brug zelf hieven kardrijvers hun zweep bij wijze van groet. Voetgangers glimlachten.

Toen ze de langere weg langs de rivieroever nam naar het huis van de Oude Benjamin, streken wilgentwijgen haar vriendelijk in het gezicht en kwamen er vissen naar het oppervlak van de rivier, in een kring van hetzelfde soort belletjes dat ook in haar eigen aderen bruiste.

Er zat een man op het dak van het huis van de Oude Benjamin. Hij zwaaide naar haar. Adelia zwaaide terug.

'Wie is dat?'

'Gil, de rietdekker,' vertelde Matilda B haar. 'Zijn voet is beter en volgens hem was dat dak wel aan wat reparatie toe.'

'Doet hij dat voor niets?'

'Natuurlijk doet hij het voor niets,' zei Matilda met een knipoog. 'De dokter heeft immers zijn voet beter gemaakt?'

Adelia had het gebrek aan dankbaarheid van haar patiënten in Cambridge toegeschreven aan slechtgemanierdheid, want zelden gaven ze te kennen – eigenlijk nooit – dat ze blij waren met de behandeling die ze kregen van dokter Mansur en zijn assistente. Meestal vertrokken ze met een even bokkig gezicht als waarmee ze gekomen waren, wat in schril contrast stond met de patiënten in Salerno, die haar vijf minuten lang bleven staan prijzen.

Maar niet alleen werd het dak gerepareerd, ook was er eend bij het avondeten, afkomstig van de vrouw van de smid, wier voortschrijdende blindheid althans iets draaglijker was gemaakt doordat haar ogen niet langer etterden. Een pot honing, een stel eieren, een stuk boter en een aardewerk pot met een weerzinwekkend uitziend iets erin dat zeevenkel bleek te zijn, waren allemaal woordeloos bij de keukendeur neergezet, wat deed vermoeden dat de Cambridgenaren concretere manieren hadden om iemand te bedanken.

Er ontbrak iets belangrijks. 'Waar is Ulf?'

Matilda B wees naar de rivier, waar onder een vlier nog net de bovenkant van een smoezelige bruine pet boven het riet uitstak. 'Hij probeert forel te vangen voor het eten, maar zeg maar tegen Gyltha dat we een oogje op hem houden. We hebben tegen hem gezegd dat hij daar moet blijven zitten. Hij mag niet achter jujubes aan, of achter niemand niet.'

Matilda W zei: 'Hij heeft u gemist.'

'Ik hem ook.' En dat was waar. Zelfs in alle drukte om Rowley Picot te redden had ze het jammer gevonden dat ze niet bij de jongen kon zijn en had ze hem boodschappen gestuurd via Gyltha. Ze had bijna moeten huilen om het bosje sleutelbloemen met een touwtje eromheen dat hij haar via Gyltha had doen toekomen om zijn 'oprechte deelneming' kenbaar te maken. De nieuwe liefde die ze voelde straalde ze in al zijn fonkeling naar buiten toe uit. Na de dood van Simon viel de gloed op de mensen die, zo was ze gaan beseffen, noodzakelijk waren geworden voor haar welbevinden, niet in de laatste plaats de kleine jongen die op een omgekeerde emmer tussen het riet aan de Cam zat te foeteren met een zelfgemaakte vislijn in zijn groezelige handjes.

'Schuif eens op,' zei ze tegen hem. 'Maak eens plaats voor een dame.'

Met tegenzin gehoorzaamde hij en zij nam zijn plaats in. Te oordelen naar het aantal forellen dat in het tenen fuik spartelde, had Ulf een goed plekje uitgezocht. Hij zat niet aan de Cam zelf, maar bij een stroompje dat opwelde uit het riet en door het slik heen borrelde, zodat er een waterloop van aanzienlijke grootte was ontstaan die uitkwam in de rivier.

Vergeleken bij de King's Ditch aan de andere kant van de stad, een stinkend en vrijwel stilstaand watertje dat ooit had gediend om binnendringende Noormannen op afstand te houden, was de Cam zelfs schoon, maar de kieskeurige Adelia vertrouwde geen vis uit een rivier waarin op zijn kronkelende weg door de zuidelijke dorpen van het graafschap ook afvalwater van mensen en dieren geloosd werd, al kwam ze er niet onderuit die vis op vrijdag te eten.

Ze waardeerde het dat Ulf ervoor had gekozen zijn vistuig uit te werpen bij het water van een bron. Ze bleef een poosje zwijgend zitten kijken hoe de vissen zich in bochten krulden alsof ze door de lucht zwommen. Libellen flitsten als groene edelstenen tussen het riet.

'Hoe is het met Rowley-Powley?' Het klonk spottend.

'Beter, en sla alsjeblieft niet zo'n toon aan.'

Hij bromde iets en bepaalde zijn aandacht tot zijn vislijn.

'Wat voor wormen gebruik je?' vroeg ze beleefd. 'Ze zijn goed aas.'

'Deze?' Hij spoog. 'Wacht maar tot de ophangingen als het assisenhof begint, dán zie je nog eens wurmen kronkelen, die lust elke vis rauw.'

Ze was zo onverstandig om te vragen: 'Wat hebben ophangingen daarmee te maken?'

'De beste wormen vind je onder een galg als daar een rottend lijk aan hangt. Dat weet iedereen, dacht ik zo. Met die galgenwurmen vang je elke vis. Wist je dat niet?'

Ze had het inderdaad niet geweten, en wilde het helemaal niet weten ook. Hij wilde haar terugpakken.

'Je moet met me praten,' zei ze. 'Meester Simon is dood, sir Rowley ligt te bed. Ik heb iemand nodig die goed kan nadenken om me te helpen de moordenaar te vinden – en jij bent een denker, Ulf, dat weet je zelf ook wel.'

'Ja, da's verdomde waar.'

'En niet vloeken.'

Nog meer stilte.

Hij gebruikte een merkwaardige eigen uitvinding als dobber; zijn lijn liep door een grote vogelveer zodat het aas en de ijzeren vishaakjes op het wateroppervlak bleven drijven.

'Ik heb je gemist,' zei ze.

'Hmpf.' Als ze dacht dat hij zich daarmee liet verzoenen... Maar na een poosje zei hij: 'Denken we dat hij meester Simon heeft verzopen?'

'Ja, ik weet zeker dat hij dat heeft gedaan.'

Er zwom nog een forel naar een worm toe, en hij werd van de haak gehaald en in de fuik gestopt. 'Het is de rivier,' zei hij.

'Hoe bedoel je?' Adelia ging rechtop zitten.

Voor het eerst keek hij haar aan. Zijn gezichtje was helemaal vertrokken van concentratie. 'Het is de rivier. Díé neemt ze. Ik heb wat rondgevraagd...'

'Nee!' Ze schreeuwde het bijna uit. 'Ulf, wat je ook hebt gedaan... Dat moet je niet doen, doe het niet. Simon stelde ook vragen. Beloof het me, beloof het me!'

Vol verachting nam hij haar op. 'Ik heb alleen maar met wat familie gepraat. Dat kan geen kwaad, toch? Luisterde híj soms mee toen ik dat deed? Had hij zichzelf soms in een ka veranderd die op een tak kwam zitten?'

Een kraai. Adelia huiverde. 'Dat zou me niets verbazen.'

'Kletskoek. Wil je het nou weten of niet?'

'Ja, ik wil het weten.'

Hij trok aan zijn lijn en maakte die los van de hengel en dobber, schikte ze toen allebei zorgvuldig in de tenen doos die de bewoners van East Anglia een *frail* noemden, waarna hij in kleermakerszit tegenover Adelia plaatsnam, als een kleine boeddha die verlichting predikt.

'Peter, Harold, Mary, Ulric,' zei hij. 'Ik heb met hun familie gepraat, waar verder volgens mij niemand naar luistert. Allemaal, allemáál zijn ze voor het laatst aan de Cam gezien, of op weg ernaartoe.'

Ulf stak een vinger op. 'Peter? Bij de rivier.' Hij stak nog een vinger op. 'Mary? Ze was de dochter van Jimmer de vogeljager, het nichtje van Hugh de jager, en waar werd zij voor het laatst gezien? Ze ging eten brengen naar haar pa in de zegge langs de weg naar Trumpington.'

Ulf zweeg even. 'Jimmer was erbij toen ze de kasteelpoort binnen vielen. Hij geeft nog steeds de joden de schuld dat Mary is verdwenen, Jimmer.'

Dus Mary's vader had zich onder die vreselijke groep mannen bij Roger van Acton bevonden. Adelia herinnerde zich dat de man een bullebak was; door de joden aan te vallen probeerde hij waarschijnlijk zijn eigen schuldgevoel te sussen omdat hij zijn eigen dochter zo slecht behandeld had.

Ulf zette zijn opsomming voort. Hij wees met een duim stroomopwaarts. 'Harold?' Een gepijnigde frons. 'Harold, de zoon van de palingverkoper, was water gaan halen om de alen in te doen. Verdwenen' – Ulf boog zich voorover – 'toen hij op weg was naar de Cam.'

Haar ogen rustten in de zijne. 'En Ulric?'

'Ulric,' zei Ulf, 'woonde met zijn moe en zussies op Sheeps Green. Verdwenen op St.-Edwardsdag. En op welke dag viel die de laatste keer?'

Adelia schudde haar hoofd.

'Maandag.' Hij leunde weer naar achteren.

'Maandag?'

Hij schudde zijn hoofd om zoveel onbenul. 'Hou je me voor de gek? Wasdag, mens! Maandag is wasdag. Ik heb met z'n zus gepraat. Ze hadden geen regenwater meer om te koken, dus Ulric werd met een juk en twee emmers op pad gestuurd...'

'Naar de rivier,' maakte ze zijn zin fluisterend voor hem af.

Ze staarden elkaar aan, en draaiden toen allebei hun hoofd om naar de Cam te kijken.

Het water stond hoog. Het had die week flink geregend; Adelia had het raam van de bovenkamer dicht moeten doen om inregenen te voorkomen. Nu de zon erop scheen zag de rivier er heel onschuldig uit en lag de kronkelende stroom als een krullerig inlegwerk op gelijke hoogte met de walkanten.

Hadden anderen ook dit gemeenschappelijke element bij de dood van de kinderen opgemerkt? Dat moest haast wel, bedacht Adelia; zelfs de lijkschouwer van de drost was niet helemaal achterlijk. Maar het belang ervan zou hun kunnen zijn ontgaan. De Cam was de provisiekast van de stad, de waterweg en de wastobbe; de oevers leverden brandstof, dakbedekking en meubels; iedereen maakte er gebruik van. Dat alle kinderen waren verdwenen terwijl ze bij de rivier in de buurt waren, was net zo weinig verrassend als wanneer ze dat niet waren geweest.

Maar Adelia en Ulf wisten nog iets anders: Simon was met opzet in datzelfde water verdronken – wat wel ál te toevallig mocht heten.

'Ja,' zei ze. 'Het is de rivier.'

In de loop van de avond werd het drukker op de Cam; boten en mensen tekenden zich af tegen de ondergaande zon, zodat hun gelaatstrekken niet te zien waren. Mensen die naar huis gingen na een dag werken in de stad groetten degenen die van de velden terugkeerden naar het zuiden, of vloekten als ze met hun vaartuigen de doorgang belemmerden. Eenden verspreidden zich; de zwanen maakten een hoop drukte toen ze opvlogen. Een roeiboot vervoerde een pasgeboren kalf dat naast de haard met de hand gevoed moest worden.

'Harold en de anderen zijn zeker meegenomen naar Wandlebury?' vroeg Ulf.

'Nee. Daar is niets te vinden.'

Ze had inmiddels de heuvel afgeschreven als de plek waar de kinderen konden zijn vermoord; het was daar te open. Om hun de langdurige kwellingen aan te doen waaraan ze waren blootgesteld, zou de moordenaar meer privacy gehad moeten hebben dan de heuveltop te bieden had – een kamer, een kelder, ergens waar hij ze in kon stoppen en van waaruit hun geschreeuw niet te horen was. Wandlebury was weliswaar afgelegen, maar iemands doodsstrijd maakte veel lawaai en Rakshasa zou bang zijn geweest dat dat te horen was, zodat hij niet zijn gang kon gaan.

'Nee,' zei ze nogmaals. 'Hij heeft de lichamen er misschien naartoe gebracht, maar ze zijn...' Ze wilde zeggen: 'Ze zijn op een andere plek ter dood gebracht', maar deed er het zwijgen toe. Ulf was tenslotte nog maar een kleine jongen. 'En je hebt gelijk,' liet ze hem weten. 'Het moet op of vlak bij de rivier zijn geweest.'

Ze bleven kijken naar het veranderende patroon van mensen en boten.

Er kwamen drie vogeljagers aan, hun punter laag in het water door de stapels ganzen en eenden die erop lagen voor de dis van de drost. Daar ging de apotheker in zijn coracle – Ulf had gezegd dat hij een vriendin had in Seven Acres. Een dansbeer zat op een achtersteven, terwijl zijn baas naar hun krot bij Hauxton roeide. Er kwamen marktkoopvrouwen voorbij met lege kratten, die soepel voortboomden. Een bark met acht roeiers sleepte een andere achter zich aan vol kalk en mergel, op weg naar het kasteel.

'Waarom ben je meegegaan, Hal?' mompelde Ulf. 'Wie was het?'

Adelia dacht hetzelfde: waarom waren de kinderen stuk voor stuk meegegaan? Wie op die rivier had hen fluitend in de val gelokt? Wie had gezegd: 'Kom met me mee', waarna ze waren meegegaan? Ze konden niet alleen met jujubes zijn verleid; er moest ook iets van gezag, vertrouwen en vertrouwdheid een rol hebben gespeeld.

Adelia ging rechtop zitten toen er een in pij gehulde gestalte langs hen heen punterde. 'Wie is dat?'

Ulf tuurde het afnemende licht in. 'Dat? Dat is broeder Gil.'

Broeder Gilbert? 'Waar gaat die nou heen?'

'De kluizenaars eten brengen. In Barnwell zijn kluizenaars, net als bij de nonnen, en die wonen bijna allemaal stroomopwaarts langs de rivier in het bos.' Ulf spoog. 'Oma ziet ze helemaal niet zitten. Smerige ouwe vogelverschrikkers, die zich voor alles en iedereen afsluiten. Dat is niet christelijk, vindt oma.'

Dus de monniken van Barnwell maakten gebruik van de rivier om net als de nonnen kluizenaars te bevoorraden.

'Maar het is avond,' zei Adelia. 'Waarom gaan ze zo laat? Broeder Gilbert is vast niet op tijd terug voor de completen.'

Geestelijken leefden volgens het gebeier van de getijden. Voor het grote publiek in Cambridge fungeerden de kerkklokken als klok voor overdag; er werden afspraken op gebaseerd, zandlopers op omgekeerd, winkels geopend en gesloten; met de lauden vertrokken de arbeiders naar hun velden, met de vespers gingen ze weer naar huis. Maar bij gebeier in de avond voelden de niet-geestelijken alleen maar leedvermaak dat zij in bed mochten blijven terwijl de nonnen en monniken uit hun cellen en slaapzalen moesten komen om de vigilie te zingen.

Op Ulfs lelijke gezichtje brak een verbijsterend inzicht door. 'Dáárom is het,' zei hij. 'Dan kunnen ze er een nachtje tussenuit. Lekker slapen onder de sterren, de volgende dag een beetje vissen of jagen, misschien op bezoek bij een vriendinnetje, want dat hebben ze allemaal. Natuurlijk doen de nonnen er hun voordeel mee, zegt oma; iedereen weet wat ze in de bossen uitspoken. Maar...'

Opeens keek hij haar met samengeknepen ogen aan. 'Broeder Gilbert?'

Ze keek op dezelfde manier naar hem terug en knikte. 'Hij zou het gedaan kunnen hebben.' Wat waren kinderen toch kwetsbaar, bedacht ze. Als Ulf, met al zijn slimmigheid en kennis van de omstandigheden, al niet snel een bekende die standing had verdacht, dan moesten de anderen wel helemaal een gemakkelijke prooi zijn geweest.

'Die ouwe Gil is volgens mij een stuk chagrijn,' zei het kind met tegenzin, 'maar hij is aardig voor kinderen en hij is op kr...' Ulf sloeg zijn handen voor zijn mond en voor het eerst zag Adelia dat hij van zijn stuk was gebracht. 'O, jezus, hij is op kruistocht geweest!'

De zon was nu onder en op de Cam voeren minder bootjes. Bij degene die er nog waren brandde een lantaarn op de boeg, zodat de rivier veranderde in een rommelig halssnoer van lichtjes.

Het tweetal zat nog steeds op hun plekje. Ze hadden geen zin om op te stappen en voelden zich zowel tot de rivier aangetrokken als erdoor afgestoten nu ze zo dicht bij de zielen van de kinderen waren die hij had meegevoerd dat het wel leek alsof hun fluisteringen te horen waren in het ritselende riet.

Ulf gromde ernaar. 'Waarom stroom je niet de andere kant op, stomme idioot?'

Adelia sloeg haar arm om zijn schouders; ze kon wel om hem huilen. Ja, kon je de natuur en de tijd maar terugdraaien. Zodat ze weer naar huis konden.

De stem van Matilda W riep of ze binnen wilden komen voor hun avondmaal.

'Wat gaan we morgen doen?' vroeg Ulf toen ze naar het huis liepen. 'We zouden die zwartjoekel mee kunnen nemen. Die kan goed bomen.'

'Ik peins er niet over om zonder Mansur op pad te gaan,' zei ze. 'En als je hem geen respect betoont, blijf jij thuis.'

Evenals Ulf besefte ze dat ze de rivier zouden moeten verkennen. Ergens langs de oevers moest een bouwwerk staan, of een pad liggen dat naar een gebouw voerde, waar dermate afschuwelijke dingen hadden plaatsgevonden dat het daar vanzelf van zou getuigen.

Er stond vast geen bordje buiten waarop dat vermeld werd, maar zodra ze het zag, zou ze het weten.

Die nacht stond er een gestalte aan de overkant van de Cam.

Adelia zag hem vanuit het open raam van de bovenkamer toen ze haar haren borstelde, en ze schrok zo dat ze zich niet durfde te verroeren. Heel even keken de schaduw onder de bomen en zij elkaar net zo intens aan als geliefden die door een kloof van elkaar zijn gescheiden.

Ze stapte naar achteren, blies haar kaars uit en voelde achter haar naar de dolk die ze 's nachts op haar bedtafeltje had liggen, zonder haar blik te durven afwenden van het wezen op de andere oever, voor het geval het over het water zou springen, door het raam de kamer in.

Toen ze het staal in haar handen had, voelde ze zich beter. Belachelijk. Degene die daar stond zou vleugels of een lange ladder moeten hebben om bij de ramen van de Oude Benjamin te kunnen komen. Hij kon haar nu niet meer zien; het huis was in duisternis gehuld.

Maar ze wist dat ze werd gadegeslagen toen ze het glas-in-loodraam sloot. Ze voelde dat ogen zich door de muren boorden toen ze op blote voeten naar beneden trippelde om te controleren of alle grendels wel waren dichtgeschoven, met Wachter weerspannig achter zich aan.

Toen ze bij de hal kwam, hieven twee armen een wapen boven haar hoofd.

'Heidaar!' zei Matilda B. 'Ik schrik me wezenloos!'

'Ik schrik ook van jou,' antwoordde Adelia hijgend. 'Er staat iemand aan de overkant van de rivier.'

De meid liet de pook die ze in haar handen had zakken. 'Die staat daar elke avond sinds jullie naar het kasteel zijn geweest. Hij staat steeds maar te loeren. En de kleine Ulf is hier de enige man in huis.'

'Waar is Ulf eigenlijk?'

Matilda wees naar de trap die naar het souterrain liep. 'Die ligt veilig te slapen.'

'Weet je het zeker?'

'Heel zeker.'

Samen tuurden de twee vrouwen door een paneel in het rozetraam.

'Hij is weg.'

Dat de gestalte verdwenen was, was nog erger dan wanneer hij er nog had gestaan.

'Waarom heb je er niets over tegen me gezegd?' wilde Adelia weten.

'Het leek me dat u al genoeg te verstouwen had. Maar ik heb het wel tegen de nachtwacht gezegd. Alleen heb je daar ook niks aan. Zij hebben niemand of niets gezien, maar dat is niet zo gek als je stampend over de brug naar de overkant gaat. Ze hielden het op een gluurder.'

Matilda B liep naar het midden van de kamer om de pook terug te leggen. Heel even sloeg hij tegen de spijlen van het haardhek alsof de hand die hem vasthield te erg trilde om hem los te laten. 'Maar het is geen gluurder, hè?'

'Nee.'

De volgende dag bracht Adelia Ulf over naar de kasteeltoren, zodat hij bij Gyltha en Mansur kon blijven.

13

'Je gaat níét zonder mij,' zei sir Rowley, die probeerde zijn bed uit te komen, en ten val kwam. 'Au, au, moge Roger van Acton wegrotten in de hel! Geef me een bijl en ik hak hem zijn ballen af, om ze als aas te voeren aan de vissen, ik...'

Adelia en Mansur, die probeerden hun lachen in te houden, tilden hun patiënt van de vloer en legden hem weer in bed. Ulf zocht zijn slaapmuts en zette die terug op zijn hoofd.

'Met Mansur en Ulf is het veilig genoeg – en we gaan bij daglicht,' zei ze. 'Jij moest in plaats van mee te gaan maar eens wat lichte oefeningen doen. Tot meer dan een wandelingetje door de kamer om de spieren te sterken ben je niet in staat, snap je.'

De belastinginner liet een gefrustreerde kreet horen en stompte met zijn vuisten op zijn beddengoed – waardoor hij nog harder moest kreunen, ditmaal van pijn.

'Hou op met die fratsen,' zei Adelia tegen hem. 'Het was trouwens niet Acton die met die bijl heeft lopen zwaaien. Ik weet niet precies wie het wel was, want het was een enorme chaos.'

'Het kan me niet schelen. Ik wil dat hij opgehangen wordt voordat de assisenrechters zien dat hij een tonsuur heeft en hem laten gaan.

'Hij zou inderdaad gestraft moeten worden,' zei ze. Acton was in elk geval wel degene die verantwoordelijk was voor het ophitsen van de groep die naar binnen was gedrongen om Simons graf te ontheiligen. 'Maar ik hoop niet dat hij wordt opgehangen.'

'Hij heeft een koninklijk kasteel aangevallen, mens, hij heeft me zowat ontmand! Hij verdient het langzaam te worden geroosterd met een spies door zijn kont.' Sir Rowley ging verliggen en keek haar van opzij aan. 'Hebben jullie er weleens bij stilgestaan dat jij en ik de enigen waren die in alle tumult letsel hebben opgelopen? Afgezien dan van de kerels die ik buiten gevecht heb gesteld, natuurlijk.'

Dat had ze niet. 'In mijn geval verdient een gebroken neus nauwelijks de naam van letsel.'

'Het had stukken erger gekund.'

Dat was waar, maar het was een ongeluk geweest, in zekere zin haar eigen schuld omdat ze zich in de strijd had gemengd.

'Bovendien,' vervolgde Rowley, nog steeds sluw, 'is de rabbi ongedeerd gebleven.'

Ze raakte in de war. 'Doel je op de joden?'

'Natuurlijk niet. Ik wijs er alleen maar op dat die brave rabbi niet werd aangevallen. Wat ik wil zeggen, is dat nu Simon dood is er maar twee mensen over zijn die onderzoek doen naar de dood van de kinderen: jij en ik. En wij hebben letsel opgelopen.'

'En Mansur,' zei ze afwezig. 'Die is niet gewond geraakt.'

'Ze zagen Mansur pas toen hij zich met de vechtpartij bemoeide. Trouwens, híj heeft geen vragen gesteld, want daar is zijn Engels niet goed genoeg voor.'

Adelia dacht erover na. 'Ik volg je niet,' zei ze. 'Wil je beweren dat Roger van Acton de moordenaar van de kinderen is? Acton?'

Zijn lichamelijke zwakte maakte Rowley korzelig. 'Wat ik zeg, verdomme, is dat hij ertoe werd aangezet. Door een van zijn mannen werd hem ingefluisterd dat jij en ik jodenvrienden waren die beter dood konden zijn.'

'Voor hem kan iedere vriend van de joden maar beter dood zijn.'

'Er zit...' zei de belastinginner met opeengeklemde kaken. 'Er zit iemand achter ons aan. Achter ons, jou en mij.'

Achter jou, o lieve god, dacht ze. Niet achter 'ons', maar achter 'jou'. Jíj hebt vragen gesteld, Simon en jij. Op het feest heeft Simon met jou gesproken. *We hebben hem, sir Rowley.*

'Aha,' zei Rowley. 'Nú begint het te dagen. Adelia, ik wil dat je vertrekt uit het huis van Oude Benjamin. Je kunt hier voorlopig bij de joden komen wonen.'

Adelia dacht aan de gestalte die ze de vorige avond tussen de bomen had zien staan. Ze had Rowley niet verteld wat Matilda B en zij hadden gezien; hij kon er toch niets aan doen en het had geen zin hem nog gefrustreerder te maken dan hij al was.

Wie het ook was, hij had het op Ulf voorzien; hij was uit op nog een kind en had zijn oog op dit jongetje laten vallen. Ze had het gisteren geweten en nu wist ze het weer; daarom moest de jongen 's nachts in het kasteel blijven en overdag altijd Mansur bij zich hebben.

Maar lieve god, hoe kon die figuur zich nou bedreigd voelen door Rowley... Hij was zo uitgekookt... Hij beschikte over hulpmiddelen... Twee mensen van wie ze hield waren in gevaar.

Toen dacht ze: verdomme, Rakshasa krijgt wat hij wil, ten koste van ons, en krijgt het voor elkaar dat we allemaal in dat ellendige kasteel opgesloten moeten blijven. Op deze manier vinden we hem nooit. Ten minste ik moet me vrij kunnen bewegen.

Ze zei: 'Ulf, vertel sir Rowley eens over onze theorie over de rivier.'

'Nee. Dat vindt hij toch onzin.'

Adelia slaakte een zucht vanwege de ontkiemende rivaliteit tussen deze twee mannen in haar leven. 'Kom op nou.'

De jongen gehoorzaamde met tegenzin en zonder al te veel overtuiging.

Rowley sprak zijn bedenkingen uit. 'Iedereen in deze stad zit dicht bij de rivier.' Evenmin voelde hij er iets voor broeder Gilbert als verdachte aan te merken. 'Denk je dat hij Rakshasa is? Die slungel zou nog niet eens Cambridge Heath over komen, laat staan dat hij door de woestijn zou kunnen trekken.'

De argumenten gingen over en weer. Gyltha kwam binnen met Rowleys ontbijtblad en mengde zich erin.

Hoewel ze de gruwelen en verdenkingen de revue lieten passeren, werd Adelia er toch kalmer van. Ze waren haar dierbaar, deze mensen. Het was voor iemand die dat nooit deed zo prettig om een beetje met hen te kissebissen, zelfs over leven en dood, dat ze een steek van geluk voelde. *Hic habitat felicitas.*

Wat de grote, magische man in het bed betrof, die niet vrij was van feilen en die nu ham in zijn mond zat te proppen, hij was de hare geweest; zijn leven had in haar handen gelegen, en ze had het niet alleen weten te sparen door haar expertise, maar ook door de kracht die vanuit haar naar hem was gestroomd, een genade die was gezocht en verleend.

Hoewel zij er helemaal vol van was, kwam de liefde helaas maar van één kant en zou ze de rest van haar leven hierop moeten teren. Elk moment dat ze in zijn gezelschap doorbracht, bevestigde dat het rampzalig zou zijn als ze hem haar kwetsbaarheid zou tonen; hij zou daar misbruik van maken door haar af te wijzen, of erger nog: onheus te behandelen. Zijn belangen en de hare sloten elkaar wederzijds uit.

Het einde was trouwens al in zicht. Nu er een mooi korstje op de

wond kwam, weigerde hij die door haar te laten verbinden en vertrouwde hij in plaats daarvan op de bijstand van Gyltha of lady Baldwin. 'Het
is niet betamelijk voor een ongetrouwde vrouw om aan die lichaamsdelen van een man te gaan zitten frutselen,' had hij stuurs opgemerkt.

Ze had hem maar niet gevraagd hoe hij dacht dat het met hem gesteld zou zijn als zij niet aan hem had gefrutseld. Hij had haar niet langer nodig, ze moest zich terugtrekken.

'Maar hoe dan ook,' zei ze nu, 'we moeten de rivier verkennen.'

'Doe in godsnaam niet zo verschrikkelijk stom,' zei Rowley.

Adelia stond op; ze was bereid haar leven voor dit zwijn te geven,
maar ze liet zich niet beledigen. Terwijl ze het beddengoed nog wat beter om hem heen instopte, werd hij omhuld door haar geur: een men-
geling van de tinctuur van waterdrieblad die ze hem driemaal daags toediende en de kamille waarmee ze haar haren waste – een geur die al snel
werd overstemd door de stank die van de hond af kwam toen hij langs
het bed liep om met haar mee de kamer uit te gaan.

In de stilte die neerdaalde na haar vertrek keek Rowley om zich heen.
'Heb ik geen gelijk dan?' zei hij in het Arabisch tegen Mansur, en toen,
haperend omdat hij uitgeput was: 'Ik wil het niet hebben dat ze op onderzoek uit gaat bij die smerige rivier!'

'Waar zou u haar wél willen hebben, effendi?'

'Plat op haar rug, zoals haar betaamt.' Als hij niet zwak en humeurig
was geweest, zou hij dat niet hebben gezegd – althans niet hardop. Hij
keek zenuwachtig naar de Arabier, die naar hem toe kwam; hij was niet
in staat om met die kerel te gaan knokken. 'Dat meende ik niet,' zei hij
gauw.

'Mooi zo, effendi,' zei Mansur, 'want anders zou ik me genoodzaakt
zien uw wond weer open te rijten en hem nog wat groter te maken.'

Nu werd Rowley omhuld door een geur die hem terugvoerde naar de
soeks: een combinatie van zweet, verbrande wierook en sandelhout.

De Arabier boog zich over hem heen, legde vlak voor Rowleys gezicht
de vingertoppen en de duim van zijn linkerhand tegen elkaar, en raakte
ze aan met zijn rechterwijsvinger – een delicaat gebaar, dat niettemin
twijfel opriep aan sir Rowleys afkomst door te suggereren dat hij vijf vaders zou hebben.

Vervolgens stapte hij achteruit, maakte een buiging en ging de kamer
uit, gevolgd door het dwergachtige kind, dat ook een gebaar maakte:
simpeler, grover, maar even expliciet.

Gyltha pakte het dienblad met de ravage die zich daarop bevond op en ging hun achterna. 'Ik weet niet wat je hebt gezegd, buur, maar je had je vast beter uit kunnen drukken.'

O god, dacht hij, terwijl hij zich achterover liet zakken, ik begin kinderachtig te doen. Red me, Heer. Al is het wél waar. Dáár wil ik haar hebben: in bed, onder me.

En hij begeerde haar zo dat hij haar had moeten verbieden zijn wond te behandelen met dat groene goedje – wat was het? smeerwortel? – omdat zijn aanhangend lichaamsdeel zijn kracht had herwonnen en de neiging had omhoog te komen, elke keer wanneer ze hem aanraakte.

Hij maakte zijn God en zichzelf verwijten dat hij in deze situatie verzeild was geraakt; ze was helemaal niet het type vrouw waar hij normaal voor viel. Was ze bijzonder? Een buitengewonere vrouw bestond er niet; hij had zijn leven aan haar te danken. Bovendien kon hij met haar praten als met geen ander, man of vrouw. Toen hij haar had verteld over zijn jacht op Rakshasa, had hij haar meer over zichzelf onthuld dan toen hij er verslag over uitbracht aan de koning – en hij was bang dat hij haar in zijn ijlkoorts nog veel meer verschrikkelijks had prijsgegeven. Hij kon vloeken in haar bijzijn – hoewel hij niet tegen háár tekeer moest gaan, zoals haar vertrek uit de kamer zojuist had bewezen – wat haar zowel tot een prettige als tot een begeerlijke metgezel maakte.

Zou ze te verleiden zijn? Waarschijnlijk wel. Ze mocht dan op de hoogte zijn van alles wat met lichamelijk functioneren te maken had, maar ongetwijfeld had ze maar weinig benul van wat het hart sneller deed kloppen – en Rowley had geleerd vertrouwen te hebben in zijn aanzienlijke, hoewel slecht begrepen, aantrekkingskracht op vrouwen.

Echter, als hij haar zou verleiden, zou hij in één moeite door niet alleen haar kleren afrukken, maar haar ook haar eerbaarheid ontnemen en, uiteraard, dat wat haar zo bijzonder maakte, zodat ze gewoon de zoveelste vrouw in het zoveelste bed zou zijn.

En hij wilde haar zoals ze was: met haar 'hmms' als ze zich concentreerde, haar afschuwelijke smaak qua kleding – hoewel ze er heel leuk had uitgezien op het feest in Grantchester – het belang dat ze toekende aan de hele mensheid, zelfs het uitschot, helemáál aan het uitschot, de ernst die kon overgaan in een verbijsterende lach, de manier waarop ze haar schouders rechtte als ze zich uitgedaagd voelde, zoals ze die vreselijke medicijnen voor hem mengde, de zachte gebaren van haar handen

256

als ze de beker naar zijn mond bracht, haar manier van lopen, haar hele manier van doen. Ze bezat een kwaliteit die hij nooit had gekend: ze wás kwaliteit.

'O, verdomme nog aan toe,' zei sir Rowley tegen de lege kamer. 'Ik zal met die vrouw moeten trouwen.'

De tocht stroomopwaarts over de rivier leverde, ook al was het er nog zo mooi, niets op. Gezien het doel van de reis schaamde Adelia zich ervoor dat ze er zo van genoot een dag door te brengen met onder groene tunnels van overhangende takken door te varen, waarna ze weer in het zonlicht kwamen waar vrouwen even stopten met kleren wassen om te zwaaien en een groet te roepen; waar een otter krachtig voorbijzwom naast hun bootje, terwijl mannen en honden aan de overkant jacht op het dier maakten; waar vogelvangers hun netten uitspreidden; waar kinderen forel probeerden te vangen; waar de oever kilometers lang leeg was, afgezien van de woudzangers die vervaarlijk op het riet balanceerden terwijl ze hun lied zongen.

Wachter sjokte mismoedig langs de oever, want hij had ergens in liggen rollen dat zo stonk dat hij in de punter niet te harden was. Mansur en Ulf boomden om de beurt en probeerden elkaar te overtroeven in een vaardigheid die zo makkelijk leek dat Adelia vroeg of zij het niet eens mocht proberen, waarna ze als een aapje op een stokje in het water bleef zitten toen het bootje zonder haar verder voer en door Mansur gered moest worden, omdat Ulf slap van het lachen was.

Langs de rivier troffen ze volop keten, hutjes en schuilplaatsen van vogeljagers aan – stuk voor stuk verlaten voor de avond en allemaal zo afgelegen dat als je er een kreet slaakte, die alleen door wilde dieren gehoord zou worden – zo veel dat het een maand zou hebben gekost om ze allemaal te onderzoeken en een jaar om de veelbetreden paadjes en bruggetjes af te lopen naar andere hutjes tussen het riet.

In de Cam kwamen een heleboel zijriviertjes uit, sommige niet meer dan stroompjes, andere vrij groot en bevaarbaar. De grote vlaktes, besefte Adelia, waren dooraderd met waterwegen. Verhoogde voetpaden, bruggen en wegen werden slecht onderhouden en waren vaak nauwelijks toegankelijk, maar als je over een bootje beschikte, kon je overal komen.

Terwijl Wachter achter de vogels aan zat, aten de drie andere verkenners wat van het brood en de kaas, en dronken de helft van de cider op die Gyltha hun had meegegeven, gezeten op een ophoging bij het botenhuis van Grantchester, waar sir Joscelin zijn punters opsloeg,

Het water wierp kalme, deinende weerspiegelingen op de muren waaraan roeiriemen, vaarbomen en vistuig waren opgehangen. Niets sprak hier van de dood. In elk geval maakte een blik naar het hoofdgebouw in de verte duidelijk dat het landgoed van sir Joscelin dusdanig bewoond was dat er nooit onopgemerkt iets vreselijks zou kunnen plaatsvinden. Tenzij de melkmeisjes, koeherders, stalknechten, veldwerkers en de bedienden die in de hal sliepen allemaal medeplichtig waren aan de ontvoering van de kinderen, zou de kruisvaarder zich nooit in zijn eigen huis aan moord schuldig kunnen maken.

Toen ze de rivier weer af voeren naar de stad, spoog Ulf in het water. 'Dat was zonde van alle tijd.'

'Niet helemaal,' vond Adelia. Het tochtje had haar iets duidelijk gemaakt wat ze tevoren niet had geweten. Of ze nu vrijwillig met hun ontvoerder waren meegegaan of niet, de kinderen zouden gezien moeten zijn. Alle boten op deze wateren beneden de Grote Brug hadden weinig diepgang en lage zijkanten, zodat je iemand die groter was dan een baby onmogelijk verborgen zou kunnen houden, tenzij hij of zij plat onder de roeibanken lag. Dus de kinderen hadden zich ofwel verstopt, ofwel ze waren bewusteloos en er was voor de duur van de reis naar de plek van hun dood een jas, een zak of iets dergelijks over hen heen gelegd.

In het Arabisch en in het Engels bracht ze de anderen van haar theorie op de hoogte.

'Dan zal hij wel geen boot hebben gebruikt,' zei Mansur. 'Die duivel gooit ze over zijn zadel. En neemt een route door het land waarop hij niet wordt gezien.'

Dat was mogelijk; in dit gedeelte van Cambridgeshire woonden de meeste mensen aan het water, en het binnenland was afgezien van grazende dieren met gespleten hoeven vrijwel verlaten, maar toch dacht Adelia niet dat het zo was. De belangrijke rol die de rivier in de verdwijning van alle kinderen had gespeeld, pleitte daartegen.

'Dan moet er *thebaicum* aan te pas gekomen zijn,' opperde Mansur.

'Opium?' Dat was een stuk waarschijnlijker. Adelia had het heel goed gevonden dat de oosterse papaver in dit onwaarschijnlijke deel van Engeland op zo grote schaal werd gekweekt en dat de geneeskrachtige eigenschappen ervan zo alom beschikbaar waren, maar ze was er ook door gealarmeerd. James, de apotheker, de man die 's nachts bij zijn geliefde op bezoek ging, distilleerde papaver in alcohol en noemde het drankje 'St.-Gregory's Kruidenbitter'. Hij verkocht het aan iedereen, hoewel hij het onder de toonbank bewaarde zodat geestelijken het niet zagen, want die veroordeelden het mengsel als iets goddeloos omdat het in staat was pijn te verlichten, een eigenschap die alleen zou zijn voorbehouden aan de Heer.

'Dat is het,' zei Ulf. 'Hij geeft ze een slokje Gregory's.' Hij kneep zijn ogen half dicht en ontblootte zijn tanden: '"Neem hier maar lekker een slokje van, schatje, en kom maar met mij mee naar het paradijs."'

Het was een parodie op vleierige boosaardigheid die de warmte van de lente plots bekoelde

Adelia kreeg nog een koude huivering te verwerken toen ze de volgende morgen in het heiligdom van een boekhoudkantoor met glas-in-lood-ramen op Castle Hill zat. De kamer lag bomvol met paperassen en kisten die aan kettingen met hangsloten vastzaten, een mannelijke kamer met harde lijnen bedoeld om mensen die geld kwamen lenen te intimideren en waar vrouwen zich al helemaal niet op hun gemak voelden. Meester De Barque, van de Gebroeders De Barque, liet haar met tegenzin binnen en gaf een negatief antwoord op haar vraag om informatie.

'Maar de kredietbrief stond op naam van zowel Simon van Napels als mijzelf,' protesteerde Adelia, en ze hoorde dat haar stemgeluid werd geabsorbeerd door de muren.

De Barque stak een vinger uit en schoof een rol velijn met een zegel erop over de tafel naar haar toe. 'Lees het zelf maar, vrouwe, als u tenminste in staat bent Latijn te volgen.'

Ze las. Met veelvuldig gebruik van de woorden 'eertijds', 'dientengevolge' en 'vermits' beloofden de bankiers uit Lucca in Salerno, de uitgevers, uit te betalen namens de verzoeker, de koning van Sicilië, aan de Gebroeders De Barque uit Cambridge dusdanige sommen gelds als waarom Simon van Napels, de begunstigde, zou verzoeken. Er werd geen andere naam genoemd.

Ze keek op naar het dikke, ongeduldige, ongeïnteresseerde gezicht. Wat was je makkelijk te beledigen als je geldgebrek leed. 'Maar het was afgesproken,' zei ze. 'Ik was Simons gelijkwaardige partner in dezen. Daar was ik op uitgekozen.'

'Dat zal best, vrouwe,' zei heer De Barque.

Hij denkt dat ik ben meegekomen als Simons liefje. Adelia ging rechtop zitten en rechtte haar schouders. 'Bij de bank van Salerno of bij koning William op Sicilië kunt u het zelf navragen.'

'Zorg dan maar dat dat gebeurt, vrouwe. Tot die tijd...' Heer De Barque pakte een belletje op van de tafel en rinkelde daarmee om zijn klerk te roepen. Hij was een drukbezet man.

Adelia bleef zitten waar ze zat. 'Dat gaat maanden duren.' Ze had niet eens genoeg geld om de onkosten voor een brief te betalen. Toen ze was gaan kijken, had ze in Simons kamer alleen maar een paar losse penny's gevonden; ofwel hij was van plan geweest binnenkort naar deze bankiers te stappen om meer te gaan halen, ofwel hij had het geld dat hij bezat in zijn buidel bewaard die zijn moordenaar had gestolen. 'Kan ik een lening sluiten totdat...'

'Wij lenen niet aan vrouwen.'

Ze verzette zich toen de klerk haar bij de arm pakte om haar uitgeleide te doen. 'Wat moet ik dan doen?' Ze moest de rekening van de apotheker betalen, Simons grafzerk moest gegraveerd worden door een steenhouwer, Mansur had nieuwe laarzen nodig, zijzelf ook...

'Vrouwe, wij zijn een christelijk kantoor. Ik stel voor dat u een beroep doet op de joden. Zij zijn de woekeraars die de koning heeft uitverkoren en ik begrijp dat u hun na staat.'

Daar zag ze het, in zijn ogen: ze was een vrouw en een fan van de joden.

'De situatie van de joden is u bekend,' zei ze geërgerd. 'Momenteel kunnen ze niet bij hun geld.'

Heel even verscheen er een tevreden uitdrukking op het vlezige gezicht van De Barque. 'O nee?' zei hij.

Toen ze de heuvel op liepen, werden Adelia en Wachter gepasseerd door een gevangenenwagen met bedelaars; de bode van het kasteel pakte hen vast op om gevonnist te worden door het aanstaande assisenhof. Een vrouw schudde met broodmagere handen aan de tralies.

Adelia staarde haar na. Wat zijn we machteloos als we niet over middelen beschikken.

Nog nooit van haar leven had ze zonder geld gezeten. Ik moet naar huis. Maar dat kan ik niet, niet voordat de moordenaar is gevonden, en hoe zou ik zelfs dan weg kunnen gaan...? Ze probeerde de naam uit haar hoofd te zetten; vroeg of laat zou ze afscheid van hem moeten nemen... Hoe dan ook, ik kan niet eens reizen. *Ik heb geen geld.*

Wat te doen? Ze was een Ruth in den vreemde. Ruth had zichzelf gered door te trouwen, maar in haar geval was dat geen optie.

Kon ze het überhaupt wel redden? De patiënten waren doorverwezen naar het kasteel toen ze daar was, en tussen de zorgen voor Rowley door hadden Mansur en zij hen geholpen. Maar ze waren bijna allemaal te arm om contant te betalen.

Haar getob werd niet verlicht toen ze, nadat ze met Wachter de torenkamer van het kasteel was binnengegaan, constateerde dat sir Rowley op was en aangekleed; hij zat op het bed te kletsen met sir Joscelin van Grantchester en sir Gervase van Coton. Terwijl ze haastig op hem af liep, beet ze Gyltha toe, die als een schildwacht in een hoek stond: 'Hij hoort te rusten!' Ze negeerde de twee ridders die bij haar binnenkomst waren opgestaan – Gervase met tegenzin en alleen maar omdat zijn metgezel hem daartoe aanspoorde. Ze voelde aan de pols van haar patiënt. Zijn hart klopte regelmatiger dan het hare.

'Niet boos op ons zijn, vrouwe,' zei sir Joscelin. 'We komen sir Rowley alleen maar een hart onder de riem steken. Het was Gods genade dat de dokter en u in de buurt waren. Die ellendige Acton ook... We kunnen alleen maar hopen dat het assisenhof hem niet aan de strop laat ontkomen. We zijn het er allemaal over eens dat ophanging nog te goed voor hem is.'

'O ja?' beet ze hun toe.

'Vrouwe Adelia ziet niets in ophanging; zij houdt er wredere methodes op na,' zei Rowley. 'Zij dient alle misdadigers liever een flinke dosis hysop toe.'

Sir Joscelin glimlachte. 'Dát is nog eens wreed.'

'En zijn jullie methodes effectief?' vroeg Adelia. 'Liggen wij soms veiliger in ons bed als er mensen blind worden gemaakt en opgehangen en als hun handen worden afgehakt? Dood Roger van Acton en er bestaat geen misdaad meer?'

'Hij heeft een rel ontketend,' zei Rowley. 'Hij is een koninklijk kasteel binnengevallen, hij heeft me verdomme bijna ontmand. Persoonlijk zou ik het liefst zien dat hij een spit door z'n kont kreeg en boven een zacht vuurtje werd geroosterd.'

'En de moordenaar van de kinderen,' vroeg sir Joscelin vriendelijk, 'wat zou u met hem willen doen, vrouwe?'

Adelia wist daar niet meteen een antwoord op.

'Ze aarzelt nog,' zei sir Gervase vol walging. 'Wat is dit voor vrouw?'

Ze was een vrouw die de doodstraf beschouwde als onbeschaamdheid van degenen die hem oplegden – dat vonnis werd zo makkelijk uitgesproken, en vaak om zulke geringe redenen – omdat het leven voor haar, iemand die zich er sterk voor maakte het te redden, het enige ware wonder was. Ze was een vrouw die nooit naast de rechter zat of naast de beul stond, maar die zich altijd probeerde in te leven in de beschuldigde. Zou ik hier ook terechtgekomen zijn als ik in zijn of haar schoenen stond? Als ik eenzelfde achtergrond had als hij of zij, zou ik dan iets anders hebben gedaan? Als iemand anders dan de twee artsen uit Salerno de baby op de Vesuvius hadden opgepakt, zou die dan ineenkrimpen waar deze man of vrouw ineenkrimpt?

In haar optiek hoorde de wet het punt te zijn waarop er een einde kwam aan wrede primitiviteit, omdat daarmee de beschaving begon. We doden niet, omdat we ons sterk maken voor verbetering. Ze nam aan dat de moordenaar zou moeten sterven, en dat zou ook vast gebeuren – een wildebeest zou worden geveld – maar de arts in haar zou zich altijd blijven afvragen waarom dat beest zo dol was geworden en het betreuren dat ze daar niet achter kon komen.

Ze wendde zich van hen af om naar de medicijntafel te gaan en merkte voor het eerst op hoe strak Gyltha erbij stond. 'Wat is er?'

De huishoudster zag er afgetobd uit, oud opeens. Haar handen waren vlak uitgespreid en ondersteunden een rieten mand, op dezelfde manier waarop gelovigen gezegend brood van de priester in ontvangst namen voordat ze het in hun mond staken.

Rowley riep vanuit zijn bed: 'Sir Joscelin heeft wat snoepgoed voor me meegebracht, Adelia, maar van Gyltha mag ik het niet hebben.'

'Ik niet,' zei Joscelin. 'Ik ben het alleen maar komen brengen. Lady Baldwin vroeg me of ik het mee naar boven wilde nemen.'

Gyltha's blik hield die van Adelia vast, en toen keek ze omlaag naar de mand. Terwijl ze hem op één hand liet rusten, deed ze met de andere het deksel een stukje omhoog.

In de mand, op een paar mooie bladeren, lag als eieren in een nestje een assortiment gekleurde, geparfumeerde jujubes in ruitvorm.

De twee vrouwen staarden elkaar aan. Adelia voelde een golf van misselijkheid door zich heen slaan. Met haar rug naar de mannen mimede ze geluidloos: 'Vergif?'

Gyltha haalde haar schouders op.

'Waar is Ulf?'

'Mansur,' mimede Gyltha terug. 'Veilig.'

Langzaam zei Adelia: 'De dokter verbiedt sir Rowley gekonfijt snoepgoed.'

'Deel dan maar uit aan ons bezoek,' riep Rowley vanuit zijn bed.

We kunnen ons niet voor Rakshasa verstoppen, ging het door Adelia heen. We zijn doelwitten; waar we ook zijn, we zijn net zo onbeschermd als stropoppen waar hij op kan schieten.

Ze knikte naar de deur, draaide zich naar de mannen en wenste hun goedemorgen, terwijl achter haar Gyltha met de mand de kamer uit ging.

De medicijnen. Haastig controleerde Adelia ze. Alle stoppen zaten op hun plaats. De doosjes stonden net zo keurig op elkaar als Gyltha en zij ze altijd achterlieten.

Je ziet spoken, dacht ze bij zichzelf. Hij loopt buiten ergens rond; hij kan nergens mee hebben geknoeid. Maar het schrikbeeld van een Rakshasa met vleugels van de afgelopen nacht stond haar nog steeds helder voor de geest, en ze besefte dat ze elk kruid, elke siroop op de tafel eerst zou moeten vervangen voordat ze die toediende.

Loopt hij echt buiten rond? Is hij misschien hier geweest? Is hij hier nu?

Achter haar ging het gesprek inmiddels over paarden, zoals onder ridders zo vaak gebeurde.

Ze was zich ervan bewust dat Gervase op zijn stoel hing omdat ze merkte dat híj zich bewust was van háár. Hij bromde maar wat voor zich heen. Toen ze een blik op hem wierp, trok hij welbewust een spottend gezicht.

Moordenaar of niet, dacht ze, je bent hoe dan ook een bruut en je aanwezigheid is beledigend. Ze beende naar de deur en hield die open. 'De patiënt is vermoeid, heren.'

Sir Joscelin stond op. 'Jammer dat we Mansur niet hebben gezien, hè Gervase? Breng hem maar onze complimenten over, als je wilt.'

'Waar is hij?' wilde sir Gervase weten.

'Bij rabbi Gotsce om zijn Arabisch bij te spijkeren,' antwoordde Rowley hem.

Toen hij op weg de kamer uit langs haar heen liep, mompelde Gervase, alsof hij het tegen zijn metgezel had: 'Dat is sterk: een jood en een Saraceen in een koninklijk kasteel. Waarom zijn we in vredesnaam op kruistocht gegaan?'

Adelia sloeg de deur achter hem dicht.

Ontstemd zei Rowley: 'Verdomme, vrouw, ik probeerde net het gesprek de kant van Outremer op te sturen om erachter te komen wie waar wanneer was; uit het een zou iets op te maken kunnen zijn over het ander.'

'En was dat ook zo?' vroeg ze.

'Je hebt ze er verdomme te snel uit gegooid.' Adelia herkende de prikkelbaarheid van iemand die aan de beterende hand is. 'Maar gek genoeg heeft broeder Gilbert zich laten ontvallen dat hij ongeveer op het juiste moment op Cyprus is geweest.'

'Is broeder Gilbert hier geweest?'

En prior Geoffrey én drost Baldwin én de apotheker – met een drankje waarvan hij bezwoer dat het binnen een paar minuten wonden kon helen – én rabbi Gotsce. 'Ik ben een populair man. Wat is er?' Want Adelia had met een doos met klispoeder zo hard op de tafel geslagen dat het deksel eraf vloog, zodat er een wolk groen stof ontsnapte.

'Je bent niet populair,' zei ze met opeengeklemde kaken. 'Je bent een lijk. Rakshasa wilde je vergiftigen.'

Ze ging terug naar de deur en riep Gyltha, maar de huishoudster kwam al de trap op, nog steeds met de mand. Adelia griste die uit haar handen, maakte hem open en hield hem Rowley onder zijn neus. 'Wat zijn dit?'

'Allejezus,' zei hij. 'Jujubes.'

'Ik heb eens wat rondgevraagd,' zei Gyltha. 'Een klein meisje heeft ze aan een van de wachtposten gegeven; ze zei dat ze van haar vrouwe kwamen voor die arme meneer in de toren. Lady Baldwin wilde ze naar boven brengen, maar sir Joscelin wilde haar die moeite besparen. Hij is altijd beleefd, heel anders dan die andere kerel.'

Gyltha zag sir Gervase helemaal niet zitten.

'En dat kleine meisje?'

'De wachtpost is een van de mannen die de koning vanuit Londen heeft gestuurd om te helpen de joden te bewaken. Barney heet hij. Hij kende haar niet, zegt hij.'

Mansur en Ulf werden ontboden, zodat de kwestie gezamenlijk besproken kon worden.

'Ze zien eruit alsof het gewoon jujubes zijn,' zei Rowley.

'Zuig er maar eens op en kijk zelf,' voegde Ulf hem scherp toe. 'Wat denk jij, vrouwe?'

264

Adelia had er eentje opgepakt met haar pincet en rook eraan. 'Ik zou het niet weten.'

'Laten we de proef op de som nemen,' zei Rowley. 'Laten we ze met de hartelijke groeten naar de cellen sturen voor Roger van Acton.'

Dat was verleidelijk, maar Mansur nam ze mee naar beneden naar de hof om de mand in het smidsvuur te verbranden.

'Er komt hier geen bezoek meer boven,' instrueerde Adelia. 'En niemand van jullie, zeker Ulf niet, mag het kasteel uit of er in zijn eentje ronddwalen.'

'Verdomme, mens, zo vinden we hem nooit.'

Rowley had, kennelijk, vanuit zijn bed zelf een onderzoek ingesteld en had uit hoofde van zijn functie als belastinginner zijn bezoekers ondervraagd.

Van de joden had hij gehoord dat Chaim, volgens zijn beroepscode, nooit over zijn cliënten had gepraat en ook nooit had gezegd voor hoeveel ze bij hem in het krijt stonden. Zijn enige administratie bestond uit die welke was verbrand of van Simons lichaam was gestolen.

'Tenzij ze bij de staatskas in Winchester een lijst hebben bijgehouden, wat heel goed zou kunnen – ik heb mijn schildknaap eropuit gestuurd om dat uit te zoeken – zal de koning hier niet blij mee zijn; de joden genereren een groot deel van de inkomsten van zijn land. En als Hendrik niet blij is...'

Broeder Gilbert had laten weten dat hij nog liever zou branden in de hel dan de joden zou benaderen voor geld. De apotheker die op kruistocht was geweest, had evenals sir Joscelin en sir Gervase, hetzelfde gezegd, hoewel met minder overtuiging. 'Ze zouden het me natuurlijk niet zomaar vertellen als ze het wel hadden gedaan, maar alle drie lijken ze uitstekend zelf in hun onderhoud te kunnen voorzien.'

Gyltha knikte. 'Ze zijn niet onbemiddeld uit het Heilige Land teruggekomen. Toen John terug was, kon hij er zijn apotheek van opzetten. Gervase – als kind was hij een vervelende etter, en nu nog steeds – heeft meer land gekocht. En Joscelin had vroeger dankzij zijn pa geen nagel om zijn gat te krabben, maar van Grantchester heeft hij een paleisje gemaakt. Broeder Gilbert? Hij is gewoon broeder Gilbert.'

Ze hoorden iemand zwoegend ademhalen op de trap en lady Baldwin kwam binnen, met haar ene hand in haar zij en in de andere een brief. 'Ziekte. In het klooster. God sta ons bij. Als het de pest is...'

Achter haar aan kwam Matilda W naar binnen.

De brief was voor Adelia en was eerst afgeleverd bij het huis van de Oude Benjamin, waarvandaan Matilda W hem was komen brengen. Het was een stukje perkament dat uit een manuscript was gescheurd, waar wel uit bleek hoe dringend de boodschap was, maar het handschrift was krachtig en duidelijk leesbaar:

Priores Joan brengt haar groeten over aan vrouwe Adelia, assistente van dokter Mansur, over wie ze veel goeds heeft gehoord. Er is pestilentie onder ons uitgebroken en ik verzoek in de naam van Jezus en zijn goede Moeder of voornoemde vrouwe Adelia dit klooster van de gezegende St.-Radegunde wil komen bezoeken, daarvan verslag wil uitbrengen aan de goede dokter en zijn advies wil inwinnen over wat het lijden van de zusters zou kunnen verlichten, omdat dat zeer ernstig is en sommigen de dood nabij zijn.

In een postscriptum stond: 'Over betaling zal geen onenigheid ontstaan. Ga discreet te werk, om te voorkomen dat er paniek uitbreekt.'

In de hof beneden werd Adelia opgewacht door een knecht en een paard.

'Ik zal je wat van mijn runderbouillon meegeven,' zei lady Baldwin tegen Adelia. 'Joan is niet zo makkelijk van de wijs te brengen, dus moet het wel erg zijn.'

Dat zal best, dacht Adelia, want anders zou een christelijke priores niet zo snel de hulp inroepen van een Saraceense dokter.

'De ziekenzuster is er ook aan bezweken,' zei Matilda W – dat had ze gehoord van de knecht. 'Ze spugen en schijten zich helemaal kapot, het hele stelletje. God sta ons bij als het de pest is. Lijdt deze stad al niet genoeg? Wat stelt die Kleine St.-Petrus nou voor als de heilige zusters niet eens gespaard worden?'

'Je moet niet gaan, Adelia,' zei Rowley. Hij probeerde uit zijn bed te komen.

'Ik moet wel.'

'Ik vrees dat ze inderdaad moet gaan,' zei lady Baldwin. 'De priores laat geen man toe in het heilige der heiligen van de nonnen, al beweren boze tongen ook dat dat wel zo is. Er mag alleen een priester komen om hun de biecht af te nemen, natuurlijk. Nu de ziekenzuster *hors de combat* is, is vrouwe Adelia het op een na beste, iets heel goeds. Als ze een

266

teentje knoflook in elk neusgat steekt, wordt ze niet aangestoken.' Ze haastte zich weg om haar runderbouillon te gaan maken.

Adelia gaf Mansur uitleg en instructies. 'Goede vriend, zorg in mijn afwezigheid voor deze man, vrouw en jongen. Laat ze nergens alleen naartoe gaan. De duivel waart rond. Waak over hen in naam van Allah.'

'En wie moet er over jou waken, kleintje? De heilige vrouwen hebben vast geen bezwaar tegen de aanwezigheid van een eunuch.'

Adelia glimlachte. 'Het is dan wel geen harem, maar de vrouwen weren toch mannen uit hun tempel. Ik ben daar wel veilig.'

Ulf trok aan haar arm. 'Ik kan wel mee. Ik ben nog niet volwassen, ze kennen me bij St.-Raggy. En ik word nooit ziek.'

'Geen sprake van,' zei ze.

'Je gaat níét,' zei Rowley. Kreunend sleepte hij Adelia naar het raam, weg van de anderen. 'Het is een valstrik om je zonder bescherming te pakken te nemen. Rakshasa heeft hier de hand in.'

Nu hij weer op zijn benen stond, werd Adelia eraan herinnerd hoe groot hij was en wat het voor een man moest betekenen om machteloos te zijn. Het was bovendien nog geen moment bij haar opgekomen dat de moord op Simon een prelude zou kunnen zijn op de hare, zoals hij scheen te denken. Net zoals zij zich zorgen maakte om hem, zo maakte hij zich zorgen om haar. Ze was geroerd, dankbaar, maar er was werk aan de winkel: ze moest tegen Gyltha zeggen dat ze de medicijnen op de tafel moest vervangen, ze moest andere gaan halen bij Oude Benjamin... Ze had nu geen tijd voor hem.

'Jij bent degene die vragen heeft gesteld,' zei ze vriendelijk. 'Ik smeek je goed voor jezelf en mijn mensen te zorgen. In dit stadium heb je alleen nog verpleging nodig, geen dokter. Gyltha zorgt wel voor je.' Ze probeerde zich van hem los te maken. 'Je moet toch snappen dat ik erheen moet gaan.'

'In godsnaam!' riep hij, 'je kunt er toch wel één keer van afzien om de dokter te spelen?'

De dokter spelen. Speelde ze de dokter?

Hoewel zijn hand nog op de hare lag, zag ze hem alsof de grond tussen hen was weggezonken. Toen ze naar hem opkeek, zag ze zichzelf over de kloof heen: best een aardig vrouwmens, maar iemand die misleid was, die zichzelf alleen maar bezig probeerde te houden, een oude vrijster die de tijd probeerde door te komen totdat dat wat het vrouwenleven uitmaakte op haar pad zou komen.

Maar als dat zo was, hoe kon het dan dat er elke dag patiënten voor haar in de rij stonden? Hoe zat het dan met Gil de rietdekker, die nu weer in staat was ladders op te klimmen?

En jíj dan, dacht ze terwijl ze hem verbaasd in de ogen keek; jij had dood moeten bloeden, maar dat is niet gebeurd.

Ze wist op dat moment heel zeker dat ze nooit met hem zou moeten trouwen. Zij was Vesuvia Adelia Rachel Ortese Aguilar, die heel, heel eenzaam kon zijn, maar toch altijd dokter zou blijven.

Ze schudde zich van hem los. 'De patiënt kan weer overstappen op vast voedsel, Gyltha, maar ruil al die medicamenten even om voor verse,' zei ze voordat ze de kamer uit ging.

Trouwens, bedacht ze, dat geld dat de priores wil betalen heb ik hard nodig.

De kerk van St.-Radegunde en de bijgebouwen eromheen bij de rivier zagen er bedrieglijk uit; ze waren gebouwd nadat de Noormannen hun invallen hadden gestaakt en voordat het geld van de orde op was geraakt. Het hoofdgebouw van het klooster, de kapel en de woonvertrekken, waren groter en eenzamer, en stamden nog uit de tijd van Eduard de Belijder.

Het klooster bevond zich een stukje van de rivier af, verborgen tussen de bomen, zodat de langschepen van de Vikingen die stilletjes over de ondiepe zijriviertjes van de Cam gleden, het niet zouden vinden. Toen de monniken die er oorspronkelijk hadden gewoond allemaal gestorven waren, was de locatie toegewezen aan vrome vrouwen.

Dit alles werd Adelia verteld over de schouder van Edric heen, toen zijn paard, met Wachter achter zich aan, hen allebei naar het klooster-terrein voerde via een zijpoort in de muur, want de hoofdpoort was afgesloten voor bezoekers.

Evenals Matilda W nam de stalknecht aanstoot aan het falen van de Kleine St.-Petrus om zijn werk te doen. 'Het komt niet best over om de boel dicht te gooien nu het pelgrimsseizoen goed op gang komt,' zei hij. 'Nu is Moeder Joan helemaal onthand.'

Hij zette Adelia af bij een blok met stallen en kennels, de enige goed onderhouden gebouwen van het complex die ze tot nu toe had gezien, en wees haar een pad dat langs een omheinde wei liep. 'Dat God maar met u moge gaan, vrouwe.' Het was wel duidelijk dat dat niet zo zou zijn.

Maar Adelia was er niet toe bereid om zich van de buitenwereld te laten afsluiten. Ze gebood de man elke ochtend naar het kasteel te gaan om eventuele boodschappen over te brengen die ze zou moeten sturen, te vragen hoe het met de haren ging en met het antwoord terug te komen.

Met Wachter ging ze op weg. Het geroezemoes van de stad aan de overkant van de rivier vervaagde. Leeuweriken vlogen om haar heen op en barstten als uiteenspattende belletjes uit in gezang. Achter haar begonnen de honden van de priores te blaffen en ergens in het bos voor haar uit klonk het burlen van een reebok.

Hetzelfde bos, bedacht ze, waarin het landgoed van sir Gervase lag.

'Is hier iets aan te doen?' wilde priores Joan weten. Ze zag er verwilderder uit dan toen ze haar voor het laatst had gezien.

'Nou, het is niet de pest,' liet Adelia haar weten. 'En ook geen tyfus, godzijdank. Geen van de zusters heeft uitslag. Ik denk dat het cholera is.'

Omdat de priores wit wegtrok, voegde ze eraan toe: 'Een mildere vorm dan die in het Oosten, maar toch vrij ernstig. Ik maak me zorgen om uw ziekenzuster en zuster Veronica.' De oudste en de jongste. Zuster Veronica was de non die, biddend bij de reliek van de Kleine Petrus, Adelia een tafereel van onvergankelijke genade had geboden.

'Veronica.' De priores leek er met haar gedachten niet helemaal bij – en was Adelia er des te liever om. 'De zachtaardigste van allemaal, moge God haar bijstaan. Wat moeten we doen?'

Ja, wat? Adelia keek ontzet naar de andere kant van het klooster, waar achter de pilaren van de gaanderij zich iets verhief wat eruitzag als een reusachtige duiventil, met twee rijen van tien deurloze boogjes, die elk toegang boden tot een cel van nog geen anderhalve meter breed waarin een non ter aarde lag.

Er was geen ziekenzaal – 'ziekenzuster' leek niet meer dan een eretitel voor de oudere zuster Odilia, alleen maar omdat ze iets van kruiden wist. Er was ook geen slaapzaal; er was in feite geen plek waar de nonnen collectief konden worden verzorgd.

'De oorspronkelijke monniken waren asceten die de voorkeur gaven aan de afzondering van aparte cellen,' merkte de priores op toen ze Adelia's blik volgde. 'We houden ze in stand, omdat we nog geen geld hebben gehad om iets te laten bouwen. Zal het gaan lukken?'

269

'Ik heb wel hulp nodig.' Het zou op een ziekenzaal al moeilijk genoeg zijn om twintig vrouwen te verzorgen die ernstige last hadden van braken en diarree, maar als de verzorgster van cel naar cel moest, op en neer over een akelig smal laddertje zonder leuning dat naar de bovenste cellen leidde, zou ze er zelf aan onderdoor gaan.

'Ik vrees dat onze bedienden zijn weggevlucht toen de ziekte uitbrak.'

'Die hoeven dan ook niet meer terug te komen,' zei Adelia resoluut. Een blik op het kloosterhuis deed vermoeden dat degenen die het op orde hadden moeten houden al lang voordat er ziekte was uitgebroken de kantjes eraf hadden gelopen; misschien was de ziekte daar zelfs wel door ontstaan.

Ze zei: 'Mag ik vragen of u samen met uw nonnen de maaltijden gebruikt?'

'En wat mag dat te maken hebben met wat er hier aan de hand is, vrouwe?' De priores was beledigd, alsof Adelia haar beschuldigde van plichtsverzuim.

En ergens was dat ook wel zo. Ze herinnerde zich hoe moeder Ambrosius had gezorgd voor de lichamelijke en spirituele voeding van haar nonnen terwijl ze voorzat aan de maaltijden in de smetteloze refter van St.-Giorgio, waar voedzame kost vergezeld ging van lezen uit de Bijbel, waar het werd opgemerkt als er een non gebrek aan eetlust had, en daar iets aan werd gedaan. Maar ze wilde niet nu al een confrontatie en zei: 'Het zou iets te maken kunnen hebben met de vergiftiging.'

'Vergiftiging? Wil je soms beweren dat iemand ons probeert te vermoorden?'

'Niet met opzet, nee. Maar wel bij toeval. Cholera is een vorm van vergiftiging. Aangezien u er zelf aan lijkt te zijn ontsnapt...'

Het gezicht van de priores deed vermoeden dat ze er spijt van begon te krijgen dat ze Adelia had ingeschakeld. 'Toevallig beschik ik over mijn eigen vertrekken, en meestal heb ik het te druk met kloosterzaken om met de zusters samen te eten. Ik ben de afgelopen week in Ely geweest, om de abt te raadplegen over... over geloofszaken.'

Het ging om de koop van een van de paarden van de abt, had Edric gezegd.

Priores Joan vervolgde: 'Ik stel voor dat je je beperkt tot wat er hier speelt. Laat je dokter weten dat er hier niemand rondloopt die een ander wil vergiftigen, en vraag hem in Gods naam wat ons te doen staat.'

Wat hun te doen stond, was hulp inschakelen. Tevredengesteld dat de nonnen niet ziek waren geworden door de lucht die in het klooster hing – hoewel het er bedompt was en er een geur van rotting hing – liep Adelia terug naar de kennels en liet de knecht Edric de Matilda's halen.

Ze kwamen, en Gyltha kwam met hen mee. 'De jongen is veilig in het kasteel bij sir Rowley en Mansur,' zei ze toen Adelia begon te protesteren. 'Ik had zo gedacht dat jij me vast beter kon gebruiken dan hij.'

Dat was ongetwijfeld waar, maar het was gevaarlijk voor hen allemaal.

'Overdag zal ik blij zijn met jullie hulp,' zei Adelia tegen de drie vrouwen. 'Maar 's nachts moeten jullie niet blijven zolang de ziekte hier rondwaart, en jullie eten geen kloostervoedsel en drinken ook geen water van het klooster. Daar sta ik op. Bovendien moeten er emmers met brandewijn in het klooster worden neergezet, en nadat jullie de nonnen hebben aangeraakt, of hun kamergemakken, of iets anders van hun spullen, moeten jullie daarin je handen wassen.'

'Brandewijn?'

'Brandewijn, ja.'

Adelia hield er haar eigen theorie op na over ziektes zoals die welke de nonnen nu had getroffen. Zoals zoveel van haar theorieën kwam die niet overeen met die van Galenus of andere gangbare medische ideeën. Ze geloofde dat de vloed in gevallen zoals deze een poging van het lichaam was om zich te ontdoen van stoffen die het niet verdroeg. Er was een of ander gif in terechtgekomen, *ergo* kwam er ook weer gif uit. Water op zich was al zo vaak besmet – zoals in de armere wijken van Salerno, waar altijd ziekte heerste – dat ermee moest worden omgegaan alsof dat de bron van het oorspronkelijke vergif was, tenzij het tegendeel werd bewezen. Aangezien alles wat gedistilleerd was, in dit geval brandewijn, vaak voorkwam dat wonden gingen etteren, zou het ook weleens zijn uitwerking kunnen hebben op uitgestoten gif dat op de handen van een verpleegster terechtkwam en kunnen voorkomen dat zij daardoor zelf werd aangedaan.

Zo was Adelia's redenering, en daar handelde ze naar.

'Mijn brandewijn?' De priores sprak haar ontstemdheid uit toen het vat uit haar kelder werd leeggegoten in twee emmers.

'Verzoek van de dokter,' liet Adelia haar weten, alsof de boodschappen die Edric van het kasteel had gebracht instructies van Mansur behelsden.

'Maar besef je wel dat dit uitstekende Spaanse brandewijn is?' vroeg Joan.

271

'Des te beter.'

Aangezien ze op dat moment allemaal in de keuken waren, was Adelia in het voordeel ten opzichte van de priores; ze kreeg het vermoeden dat die er nog nooit een voet binnen had gezet. Het was er donker en het wemelde er van het ongedierte; toen ze waren binnengekomen, waren er diverse ratten weggevlucht – Adelia had Wachter nog nooit zo enthousiast gezien als toen hij ze blaffend achternaging. De stenen muren waren overdekt met vetkorsten. De nerven van de grenenhouten tafel, voor zover die te zien waren onder alle rommel die erop lag, waren dichtgeslibd met vuil. Er hing een zoete geur van rotting. In pannen die aan haken hingen zaten nog schimmelige restanten van maaltijden, meelpotten waren niet afgedekt en de inhoud leek te bewegen, wat ook gold voor de open vaten met kookwater – Adelia vroeg zich af of de nonnen in een hiervan het lichaam van de Kleine St.-Petrus hadden gekookt en of het daarna wel was schoongemaakt. Van sliertjes vlees die nog aan het lemmet van een mes plakten sloeg een lucht af als van pus.

Adelia rook eraan en keek toen op. 'Niemand die anderen vergiftigt, zei u? Uw koks zouden gearresteerd moeten worden.'

'Onzin,' zei de priores. 'Een beetje vuil heeft nog nooit iemand kwaad gedaan.' Maar ze trok wel aan de halsband van haar hazewind om te voorkomen dat hij op de grond aan een ondefinieerbaar restant likte. 'Ik betaal dokter Mansur om mijn nonnen beter te maken, niet om zijn ondergeschikte hier rond te laten spioneren,' foeterde ze.

'Dokter Mansur is van mening dat de patiënt pas te behandelen is als je diens omgeving behandelt.'

Adelia gaf op dit punt geen duimbreed toe. Ze had de ergste gevallen in de cellen een opiumpilletje gegeven tegen de kramp, maar verder viel er weinig voor de zieken te doen – behalve dan de rest wassen en slokjes gekookt water te drinken geven, waar Gyltha en Matilda W mee bezig waren – voordat de keuken gebruikt kon worden om voedsel voor hen te bereiden.

Adelia wendde zich tot Matilda B, wier herculische taak dit zou worden. 'Red je dit wel, kleintje – deze Augiasstal uitruimen?'

'Hebben ze hier ook paarden gehouden, dan?' Matilda B, die haar mouwen oprolde, keek om zich heen.

'Dat zou goed kunnen.'

Adelia maakte een inspectieronde, met de pruttelende priores achter zich aan. In een muurkastje in de refter stonden van een etiket voorziene potten waaruit duidelijk bleek hoeveel zuster Odilia van kruiden af wist, hoewel er ook een ruime voorraad opium aanwezig was – een beetje té veel volgens Adelia, die, omdat ze wist hoe krachtig dit medicijn was, zelf maar half zoveel in voorraad had met het oog op diefstal.

Het water in het klooster bleek goed te zijn. Vanuit een strokleurige, maar zuivere bron werd het door een leiding door de gebouwen gevoerd, eerst naar de keuken, waarna het naar de visvijver buiten liep en verder naar de wasruimte van de nonnen, het lavatorium, en ten slotte stroomde het geholpen door een helling onder de lange bank met vele gaten in het bijgebouwtje dat de toiletten vormde. De bank was redelijk schoon, hoewel er menige lange maand niemand de goot eronder had uitgeborsteld – een taak die Adelia voor de priores reserveerde, want ze zag geen reden waarom Gyltha of de Matilda's het zouden moeten doen.

Maar dat kwam later wel. Nu ze haar best had gedaan om ervoor te zorgen dat de toestand van haar patiënten er niet op achteruitging, richtte Adelia haar energie erop hun leven te redden.

Prior Geoffrey kwam hun zielen redden. Dat was een gul gebaar van hem, gezien de vete tussen hem en de priores. Het was ook dapper; de priester die meestal de zusters de biecht afnam, had geweigerd het risico van besmetting te lopen en stuurde in plaats daarvan een brief met een algemene absolutie voor eventuele zonden.

Het regende. Waterspuwers spogen het water van het dak van de kloosterommegang midden in de slecht onderhouden tuin. Priores Joan ontving de prior en bedankte hem op stijf beleefde toon. Adelia nam zijn natte mantel mee naar de keuken om te drogen.

Toen ze terugkwam, was prior Geoffrey alleen. 'Sapperloot,' zei hij, 'ik geloof dat die vrouw me ervan verdenkt dat ik probeer het gebeente van de Kleine St.-Petrus te stelen, terwijl zij het al zo moeilijk heeft.'

Adelia was blij hem te zien. 'Is alles goed met u, prior?'

'Redelijk.' Hij schonk haar een knipoog. 'Alles functioneert tot dusverre naar behoren.'

Hij was slanker dan eerst en zag er fitter uit. Daar was ze blij om, en ook met wat hij kwam doen. 'Hun zonden zijn heel gering, behalve in hun eigen ogen,' merkte ze over de nonnen op. Op hun meer zwartgallige momenten, als ze vreesden dat hun dood nabij was, hadden de meeste van haar patiënten haar verteld waarom ze bang waren voor het hellevuur. 'Zuster Walburga heeft een stukje van de worst gegeten die ze naar de kluizenaars aan de rivier moest brengen, maar als je ziet hoe druk ze zich maakt, zou je denken dat ze een ruiter van de Apocalyps en de hoer van Babylon ineen was.'

Adelia had de beschuldigingen die broeder Gilbert aan het adres van de nonnen had geuit, inderdaad al van de hand gewezen. Een arts kwam een heleboel geheimen te weten van iemand die door acute zieke was getroffen, en Adelia merkte op dat deze vrouwen dan misschien nonchalant, ongedisciplineerd en grotendeels ongeletterd mochten zijn – allemaal feilen die ze weet aan de onachtzaamheid van hun priores – maar niet immoreel.

'Christus zal haar vergeven wat ze met die worst gedaan heeft,' zei prior Geoffrey plechtig.

Tegen de tijd dat hij klaar was met de biecht van de zusters op de begane grond, was het al donker. Adelia stond op hem te wachten voor de cel van zuster Veronica, helemaal aan het eind, om hem bij te lichten als hij naar de verdieping erboven zou gaan.

Hij bleef even staan. 'Ik heb zuster Odilia de laatste sacramenten toegediend.'

'Prior, ik hoop haar nog te kunnen redden.'

Hij klopte haar op de schouder. 'Zelfs jij kunt geen wonderen verrichten, kindlief.' Hij keek over zijn schouder naar de cel waar hij zojuist uit naar buiten was gekomen. 'Ik maak me zorgen om zuster Veronica.'

'Ik ook.' De jonge non was veel zieker dan zou moeten.

'De biecht heeft haar niet gerustgesteld over haar zonden,' zei prior Geoffrey. 'Voor mensen zo vroom als zij kan het een kruis zijn om God te zeer te vrezen. Voor Veronica is het bloed van Onze Heer nog altijd niet opgedroogd.'

Nadat ze hem – onder veel gemopper – de trap op had geholpen die glad was van de regen, ging Adelia weer omlaag naar de cel van Odilia. De ziekenzuster lag erbij zoals ze er al dagen bij lag; haar magere, met aarde besmeurde handen plukten aan haar deken in een poging die van zich af te werpen.

Adelia dekte haar toe, veegde wat van de zalf weg die van haar voorhoofd druppelde en probeerde haar wat van de kalfsgelei van Gyltha te voeren. De oude vrouw drukte haar lippen op elkaar. 'Daar wordt u sterk van,' pleitte Adelia. Maar het had geen zin; Odilia's ziel wilde losbreken uit haar lege, uitgeputte lichaam.

Het voelde als desertie om haar alleen te laten, maar Gyltha en de Matilda's waren weggegaan, ook al was het met tegenzin, en nu alleen zijzelf en de priores nog over waren, moest Adelia zorgen dat de andere zusters te eten kregen.

Walburga, die Ulf 'zuster Dikkie' had genoemd, was nu een stuk magerder en zei: 'De Heer heeft me vergeven, de Heer zij geloofd.'

'Ik dacht wel dat Hij dat zou doen. Hier, doe uw mond maar open.'

Maar na een paar lepels begon de non zich weer zorgen te maken. 'Wie brengt onze kluizenaars nu eten? Het is verkeerd om te eten als zij honger lijden.'

'Ik praat wel met prior Geoffrey. Doe maar open. Een hapje voor de Vader. Goed zo. Een hapje voor de Heilige Geest...'

Zuster Agatha, naast haar, kreeg na drie lepels opnieuw een aanval van misselijkheid. 'Maak je maar geen zorgen,' zei ze terwijl ze haar mond afveegde. 'Morgen ben ik weer beter. Hoe is het met de anderen? Ik wil nu de waarheid weten.'

Adelia mocht Agatha wel, de non die dapper genoeg was geweest – of dronken genoeg – om op het feest op Grantchester broeder Gilbert uit te dagen. 'Met de meesten gaat het wat beter,' zei ze, en toen, in antwoord op Agatha's onderzoekende blik: 'Maar zuster Odilia en zuster Veronica maken het minder goed dan ik graag zou zien.'

'O, niet Odilia toch?' zei Agatha ontzet. 'Dat is zo'n best wijfie. Maria, Heilige Moeder Gods, doe een goed woordje voor haar.'

En Veronica? Was er voor haar geen goed woordje nodig? Het was gek dat ze haar niet ter sprake bracht. Als de andere nonnen informeerden naar hun zusters in Christus sloegen ze haar ook over; alleen Walburga, die ongeveer even oud was, had naar haar gevraagd.

Misschien koesterden ze een wrok omdat de vrouw jong en mooi was, plus dat ze overduidelijk de favoriete was van de priores.

Favoriete, wat heet, dacht Adelia. Toen Joan had gezien hoe Veronica eraan toe was, stond er een schrik op haar gezicht te lezen waaruit een grote liefde sprak. Omdat ze tegenwoordig gevoelig was voor de liefde in al zijn verschijningsvormen, had Adelia oprecht met de vrouw te doen, en ze vroeg zich af of de energie die ze aan de jacht besteedde haar manier was om een hartstocht te kanaliseren omwille waarvan ze als non, zeker als non met gezag, wel moest worden verteerd door schuldgevoel.

Was zuster Veronica zich ervan bewust geweest dat ze een voorwerp van verlangen was? Waarschijnlijk niet. Zoals prior Geoffrey zei, was het meisje niet helemaal van deze wereld en leidde ze een spiritueel leven van het soort dat in de rest van het klooster ver te zoeken was.

Maar de andere nonnen moesten ervan hebben geweten. De jonge non klaagde niet, maar de blauwe plekken op haar huid deden vermoeden dat ze lichamelijk was geïntimideerd.

Toen hij met de bovenste cellen klaar was, liet Adelia de prior zijn handen wassen in de brandewijn. Die maatregel bracht hem enigszins van zijn stuk. 'Meestal gebruik ik die inwendig. Maar ik zal niets meer van wat je mij wilt laten doen, ter discussie stellen.'

Ze lichtte hem bij onderweg naar de poort, waar een knecht met hun twee paarden op hem wachtte. 'Dit is een heidense plek,' zei hij terwijl hij nog even talmde. 'Misschien komt dat door de architectuur of door de barbaarse monniken die dit complex hebben gebouwd, maar ik ben me altijd sterker bewust van de Gehoornde dan van heiligheid als ik hier ben, en dan heb ik het nu eens niet over priores Joan. De schikking van die cellen alleen al...' Hij trok een grimas. 'Ik vind het niet prettig je hier achter te laten, en dan ook nog met zo weinig hulp.'

'Ik heb Gyltha en de Matilda's,' zei Adelia. 'En Wachter, natuurlijk.'

'Is Gyltha bij je? Waarom heb ik haar niet gezien? Dan hoef je je geen zorgen te maken. Die vrouw is in haar eentje in staat de krachten der duisternis af te weren.'

Hij gaf haar zijn zegen. De knecht nam de kist met zalfolie van hem aan, borg hem in de zadeltas, hielp hem op zijn paard, en weg waren ze.

De regen was gestopt, maar de maan, die vol had moeten zijn, was omfloerst door wolken. Adelia bleef even staan nadat ze waren verdwenen en luisterde naar het wegstervende hoefgeklepper in het donker.

Ze had de prior niet verteld dat Gyltha 's nachts niet bleef en dat ze in het donker bang was.

'Heidens,' zei ze hardop. 'Zelfs de prior voelt het.' Ze keerde terug naar het klooster, maar liet de poort open. Ze was niet bang voor dingen van buiten het klooster, maar van het klooster zelf; er was daar geen lucht, niets van Gods licht, zelfs geen ramen in de kapel, alleen maar schietspleten in de muren van zware, onafgewerkte stenen die spraken van de gewelddadigheid waartegen ze waren opgetrokken.

Maar die was toch naar binnen gekomen, bedacht Adelia. De foeilelijke oude tombe, met zijn kromme rug, in de kapel was versierd met snijwerk van wolven en draken die hun tanden in elkaar sloegen te midden van een wirwar aan mannelijke figuren. Festoenen op het altaar omlijstten een figuur met opgeheven armen, misschien Lazarus, hoewel het er in het kaarslicht duivels uitzag. Het bladwerk rondom de bogen van de cellen was een imitatie van het oprukkende bos en overwoekerde de steunberen met klimop en klimplanten.

Als ze 's nachts bij het bed van een non zat, merkte ze dat ze, hoewel ze niet in de duivel geloofde, toch luisterde of ze hem hoorde, waarop de roep van een uil haar antwoordde. In Adelia's ogen versterkten de twintig gapende gaten waarin de nonnen waren ondergebracht, tien beneden en tien boven, net als voor prior Geoffrey de indruk van barbaarsheid. Als ze naar een andere cel geroepen werd, moest ze zich vermannen om de akelige zwarte trap en de smalle richel die ernaartoe leidden, te trotseren.

Overdag, als Gyltha en de Matilda's terugkwamen en weer geluiden en gezond verstand meebrachten, stond ze zichzelf een uurtje of twee rust toe in de vertrekken van de priores, maar zelfs dan werd ze in haar uitgeputte hazenslaapjes geplaagd door het beeld van de twee rijen cellen, die haar leken te verwijten dat ze de graven vormden van overleden holbewoners.

Toen ze die avond langs de volle lengte van het klooster liep om een kijkje te gaan nemen bij zuster Veronica, kwamen in het flikkerende licht van haar lantaarn de lelijke koppen tot leven waarmee de bovenkant van de zuilen was versierd. Ze grimasten haar toe. Ze was blij dat er een hond met haar mee liep.

Veronica lag te woelen op haar brits en verontschuldigde zich tegenover God dat ze niet stervende was. 'Vergeef me, Heer, dat ik niet tot U kom. Schort Uw toorn om mijn zonden op, Lieve Heer, want als ik kon, zou ik tot U gaan...'

'Onzin,' zei Adelia tegen haar. 'God is volkomen tevreden over je en wil dat je blijft leven. Doe je mond open en neem wat van die lekkere kalfsgelei.'

Maar Veronica wilde, evenals Odilia, niet eten. Uiteindelijk gaf Adelia haar een opiumpil en bleef bij haar zitten tot die begon te werken. Dit was de kaalste cel van alle twintig; de enige versiering bestond uit een crucifix dat, net alle andere crucifixen die de nonnen aan de muur hadden hangen, uit gevlochten wilgentenen bestond.

Ergens in het moeras liet een roerdomp van zich horen. Het water druppelde buiten op de stenen, met een regelmaat die Adelia op de zenuwen werkte. Ze hoorde braakgeluiden uit de cel van zuster Agatha verderop en ging naar haar toe.

Om de kamerpot leeg te gooien, moest ze het klooster uit. Op de terugweg waren de wolken voor de maan een beetje weggetrokken en in het licht zag Adelia bij een van de zuilen van de gaanderij een mannengestalte staan.

Ze sloot haar ogen om hem niet te hoeven zien, deed ze toen weer open en liep verder.

Het was een gezichtsbedrog door de schaduw en het geglinster van de regen. Er was daar helemaal niemand. Ze legde haar hand tegen de zuil om er even tegenaan te leunen terwijl ze weer op adem kwam; de gestalte was gehoornd geweest. Wachter leek niets in de gaten te hebben gehad, maar wanneer had hij nu wél iets in de gaten?

Ik ben doodmoe, besefte ze.

Vanuit de cel van Odilia klonk de scherpe kreet van priores Joan...

Toen ze de gebeden hadden gezegd, wikkelden Adelia en de priores het lichaam van de ziekenzuster in een laken en droegen het tussen zich in naar de kapel. Ze legden het op een geïmproviseerde baar van twee tafels met een doek erover, en staken kaarsen aan voor aan het hoofd- en voeteneinde.

De priores bleef om een requiem te reciteren. Adelia keerde terug naar de cellen om bij Agatha te gaan zitten. Alle nonnen sliepen, waar ze dankbaar voor was; ze zouden nu pas de volgende ochtend van het sterfgeval op de hoogte hoeven te worden gebracht, als ze zich sterker voelden.

Dat wil zeggen, als op deze afschuwelijke plek de ochtend ooit zou aanbreken, bedacht ze bij zichzelf. Heidens, had de prior gezegd. Vanaf deze afstand klonk de krachtige, enkelvoudige contra-alt vanuit de kapel niet zozeer als een christelijk requiem, maar meer als de klaagzang voor een gesneuvelde krijger. Was de gehoornde figuur in het klooster tevoorschijn gekomen doordat Odilia was gestorven, of zat hij in de stenen waaruit het was opgetrokken?

Vermoeidheid, hield Adelia zichzelf nogmaals voor. Je bent moe.

Maar het beeld bleef, en om het van zich af te zetten verving ze het in haar verbeelding door een andere gestalte, een meer gevulde gestalte, iemand die grappiger was en van wie ze oneindig veel meer hield, totdat Rowley de plek van de griezelige schim had ingenomen. Terwijl zijn vertroostende aanwezigheid buiten de wacht hield, viel ze in slaap.

De nacht daarop overleed zuster Agatha. 'Het ziet ernaar uit dat haar hart domweg is opgehouden met kloppen,' schreef Adelia in een boodschap aan prior Geoffrey. 'Het ging de goede kant op met haar. Ik had dit niet verwacht.' En ze had er tranen om vergoten.

Dankzij rust en het voedzame eten van Gyltha kwamen de andere nonnen er weer snel bovenop. Veronica en Walburga, die jonger waren dan de anderen, waren veel vlugger weer op de been dan Adelia wenste, hoewel je aan hun opgetogenheid moeilijk weerstand kon bieden. Maar het was niet verstandig hen op hun herhaalde verzoeken de rivier op te laten gaan om de verwaarloosde kluizenaressen eten te brengen, zeker niet omdat, als ze voldoende voedsel en brandstof mee wilden nemen, één non het ene bootje zou moeten voortbomen en haar zuster in God het andere.

Adelia benaderde priores Joan met het verzoek hen ervan te weerhouden zichzelf zo uit te putten.

Doordat ze zelf uitgeput was, pakte ze het tactloos aan: 'Ze zijn nog steeds mijn patiënten. Ik kan het niet toestaan.'

'Ze zijn nog steeds mijn nonnen. En de kluizenaressen zijn mijn verantwoordelijkheid. Vooral zuster Veronica heeft van tijd tot tijd behoefte aan de vrijheid en de afzondering die bij hen te vinden zijn; als ze vroeg of ze erheen mocht, heb ik haar altijd toestemming gegeven.'

'Prior Geoffrey heeft toegezegd de kluizenaressen te bevoorraden.'

'De beloften van prior Geoffrey acht ik niet hoog.'

Het was niet de eerste keer, en ook niet de tweede of derde, dat Joan en Adelia tegenover elkaar waren komen te staan. De priores, die heel goed wist dat door haar veelvuldige afwezigheid zowel het klooster als de nonnen op de rand van de afgrond balanceerden, probeerde haar gezag te bewaren door het tegenover dat van Adelia te stellen.

Ze hadden geruzied over Wachter; de priores zei dat hij stonk, wat waar was – maar niet erger dan de onderkomens waarin de nonnen moesten leven. Ze hadden geruzied over de toediening van opium, waarover de priores besloten had zich op het standpunt van de Kerk te stellen. 'Pijn is afkomstig van God en alleen God kan die wegnemen.'

'Wie zegt dat? Waar in de Bijbel staat dat?' had Adelia willen weten.

'Er is me verteld dat die plant verslavend is. Straks kunnen ze niet meer zonder.'

'Dat gebeurt niet. Ze weten niet wat ze innemen. Het biedt tijdelijke verlichting, een bedwelmend middel om hun lijden te verzachten.'

Misschien moest ze omdat ze die discussie gewonnen had, nu het onderspit delven. De twee nonnen kregen van hun priores toestemming om de kluizenaressen te gaan bevoorraden – en Adelia, die vond dat ze nu niets meer kon doen, verliet het klooster twee dagen later.

En dat was op hetzelfde moment dat de assisen in Cambridge arriveerden.

Het lawaai was sowieso al groot, maar voor Adelia, wier oren gewend waren geraakt aan stilte, was het oorverdovend. Omdat ze haar zware medicijnenkoffer moest dragen, was het een zware wandeling geweest vanaf het klooster, en nu de stoet voorbijkwam stond ze, terwijl ze niets liever wilde dan terugkeren naar het huis van de Oude Benjamin en uitrusten, midden in de mensenmenigte aan de verkeerde kant van Bridge Street.

Eerst besefte ze helemaal niet dat dit het assisenhof wás; de optocht van muzikanten in livrei die op trompetten bliezen en op handtrommels sloegen deed haar denken aan Salerno, aan de week voor Aswoensdag, wanneer het *carnevale* naar de stad kwam, ondanks alle moeite die de Kerk deed om daar een stokje voor te steken.

Daar kwamen nog meer trommels – en ordebewaarders, in rijk versierde livrei, met gouden staven over hun schouder. En goeie hemel, gemijterde bisschoppen en abten op met sjabrakken getooide paarden, van wie er een paar zwaaiden. En een komische beul met een kap en een bijl...

Vervolgens drong het tot haar door dat de beul niet komisch bedoeld was; er hoorden geen acrobaten en dansende beren bij. Het blazoen met de drie luipaarden van de Plantagenets was overal en in de prachtige draagstoelen die op dat moment langskwamen, gedragen op de schouders van mannen in tabbaard, zaten de rechters van de koning om recht te spreken in Cambridge en, als Rowley gelijk had, tot de ontdekking te komen dat het recht vaak ver te zoeken was.

Maar de mensen om haar heen juichten alsof ze het lange tijd zonder vermaak hadden moeten stellen, alsof de processen en boetes en doodvonnissen nu in die lacune zouden voorzien.

Verdwaasd door alle drukte zag Adelia opeens Gyltha zich naar voren dringen in de menigte op straat, haar mond open, alsof ook zij juichte. Maar ze juichte niet.

Lieve God van Alle Mensen, laat haar het niet zeggen. Het is onzegbaar, ondraaglijk. Kijk niet zo.

Gyltha rende de straat op, zodat een ruiter vloekend zijn teugels moest aantrekken, waarbij zijn paard zenuwachtig naar één kant schoot om haar niet te vertrappen. Ze zei iets, keek, klampte mensen vast. Ze kwam naderbij en Adelia stapte achteruit om haar te ontwijken, maar de kreet drong overal doorheen. 'Heeft iemand van jullie mijn kleine jongen gezien?'

Ze leek wel blind. Ze trok aan Adelia's mouw zonder haar te herkennen. 'Hebt u mijn kleine jongen gezien? Hij heet Ulf. Ik kan hem nergens vinden.'

14

Ze zat aan de oever van de Cam, op dezelfde plek, op dezelfde omgekeerde emmer waarop Ulf had zitten vissen.

Ze keek naar de rivier. Alleen maar naar de rivier.

Achter het huis, waar ze met haar rug naartoe zat, was het op straat een drukte en lawaai van jewelste; deels hield dat verband met de assisen, maar voornamelijk met de zoektocht naar Ulf. Gyltha zelf, Mansur, de twee Matilda's, Adelia's patiënten, Gyltha's klanten, vrienden, buren, de baljuw en mensen die alleen maar bezorgd waren – allemaal zochten ze naar het kind, met stijgende wanhoop.

'De jongen werd rusteloos in het kasteel en wilde gaan vissen,' had Mansur Adelia verteld, zo onverstoorbaar dat hij bijna verstard leek. 'Ik ging met hem mee. En toen riep die kleine dikke' – hij doelde op Matilda B – 'me naar binnen om een tafelpoot te repareren. Toen ik weer buiten kwam, was hij verdwenen.' Hij weigerde haar aan te kijken, waaruit ze opmaakte dat hij erg van slag was. 'Zeg maar tegen de vrouw dat het me spijt,' had hij gezegd.

Gyltha had hem niets kwalijk genomen; ze had niemand iets kwalijk genomen. De schrik was te groot om in woede te kunnen omslaan. Haar gestalte kromp ineen tot die van een veel kleinere, oudere vrouw, en ze gunde zichzelf geen moment rust. Mansur en zij waren al op en neer gevaren over de rivier om iedereen die ze tegenkwamen te vragen of die de jongen gezien had; ze waren in andere boten gesprongen om dekkleden weg te trekken waaronder hij verborgen zou kunnen zijn. Vandaag ondervroegen ze handelaren bij de Grote Brug.

Adelia was niet met hen meegegaan. De hele nacht had ze voor het raam van de bovenkamer naar de rivier zitten kijken. Vandaag zat ze op de plek waar Ulf had gezeten en ze zette ze haar observaties voort, getroffen door een verdriet zo verschrikkelijk dat het haar verlamde, hoewel ze anders ook niet van de oever zou zijn geweken. *Het is de rivier*, had

Ulf gezegd, en in gedachten hoorde ze hem dat keer op keer herhalen, want als ze niet langer daarnaar zou luisteren, zou ze hem horen gillen.

Rowley kwam door het riet hinkend naar haar toe gestapt en probeerde haar weg te halen. Hij zei van alles, hield haar vast. Hij wilde kennelijk dat ze naar het kasteel ging, waar hij niet weg kon vanwege de drukte in verband met het assisenhof. Hij had het maar steeds over de koning. Ze hoorde amper wat hij zei.

'Het spijt me,' zei ze, 'maar ik moet hier blijven. Het is de rivier, snap je. De rivier voert ze mee.'

'Hoe kan de rivier ze nou meenemen?' Hij sprak op vriendelijke toon, dacht dat ze niet goed wijs was, wat ze natuurlijk ook niet was.

'Ik weet het niet,' zei ze tegen hem. 'En ik moet hier blijven tot ik het wel weet.'

Hij bleef aandringen. Ze hield van hem, maar niet genoeg om met hem mee te gaan; ze werd gedreven door een ander soort liefde, die meer eisen stelde.

'Ik kom terug,' zei hij ten slotte.

Ze knikte, en het viel haar nauwelijks op dat hij vertrok.

Het was een prachtige dag, zonnig en warm. Sommige mensen die in bootjes langskwamen en wisten wat er was gebeurd, riepen bemoedigende dingen naar de vrouw die op haar omgekeerde emmer op de oever zat met een hond naast haar. 'Maak je maar geen zorgen, meid. Misschien is hij gewoon ergens aan het spelen. Hij komt vanzelf wel weer opdagen.' Anderen wendden hun blik van haar af en zeiden niets.

Ze zag of hoorde hen ook niet. Wat ze zag, was Ulfs naakte, magere lichaampje dat worstelde in Gyltha's handen terwijl ze het boven de tobbe hield, klaar om hem in het water te laten zakken.

Het is de rivier.

Ze nam een besluit toen in de late namiddag zuster Veronica en zuster Walburga langskwamen in hun punter. Walburga zag haar en boomde naar de oever. 'Lees ons nu niet de les, meesteres. De prior heeft nog niet eens genoeg voorraden rivier opwaarts gestuurd om een jong katje te voeden, dus moeten we erheen om meer te gaan brengen. Maar we zijn weer sterk, hè zuster? Sterk in de kracht van God.'

Zuster Veronica maakte zich zorgen. 'Wat is er, meesteres? Je ziet er zo vermoeid uit.'

'Dat is ook zo gek niet,' zei Walburga. 'Het heeft haar uitgeput om voor ons te zorgen. Ze is een engel, ze zij gezegend.'

283

Het is de rivier.

Adelia stond op van haar emmer. 'Ik ga met jullie mee, als het mag.'

Aangenaam verrast hielpen ze haar in het bootje en ze nam plaats op de roeibank achterin, waar ze haar knieën tot haar kin moest optrekken omdat er een krat met kippen op de bodem stond. Ze lachten toen Wachter – 'Ouwe Stinkerd' noemden ze hem – humeurig aanstalten maakte met hen mee te lopen over het jaagpad.

Priores Joan, zeiden ze, vertelde de buitenwereld dat de Kleine St.-Petrus was gerehabiliteerd, want wanneer waren zovelen zo ziek geweest en waren er toch niet meer dan twee mensen gestorven, waarvan eentje nog tot de ouderen behoorde ook? De heilige was op de proef gesteld en had zich laten gelden.

De twee nonnen boomden om de beurt en wisselden elkaar zo vaak af dat wel duidelijk was dat ze nog niet geheel op krachten waren, maar daar deden ze niet moeilijk over. 'Gisteren was het lastiger,' zei Walburga, 'toen we allebei een eigen bootje moesten bomen. Maar we hebben de kracht van de Heer aan onze zij.' Zij kwam het verst voordat ze moest rusten; toch kon Veronica het best met de vaarboom overweg, was zij het meest efficiënt in haar bewegingen en bood de mooiste aanblik als ze met haar slanke armen op de vaarboom drukte en die ophief, waarbij ze amper het water in beroering bracht, dat amber kleurde in de ondergaande zon.

Ze voeren langs Trumpington. Grantchester...

Ze bevonden zich op een deel van de rivier dat Adelia op haar dag met Mansur en Ulf nog niet had verkend. Hier splitste hij zich in tweeën; de Cam stroomde naar het zuiden, de andere rivier voegde zich er vanuit het oosten bij.

De punter zette koers naar het oosten. Walburga, die de vaarboom bediende, beantwoordde Adelia's vraag – de eerste die ze had gesteld. 'Dit? Dit is de Granta. Hierlangs komen we bij de hutjes van de kluizenaressen.'

'En bij je tante,' zei Veronica met een glimlach. 'Zo komen we ook bij je tante, zuster.'

Walburga grijnsde. 'Inderdaad. Ze zal wel opkijken dat ze me twee keer in één week ziet.'

Het landschap veranderde mee met de rivier en ging over in een soort vlak hoogland, waar riet en vlierstruiken plaatsmaakten voor stevig gras en hogere bomen. In de schemering ontwaarde Adelia meer hagen en hekken dan walletjes. De maan, die als een dunne, ronde wafel aan de avondhemel had gestaan, nam vastere vorm aan.

Wachter was mank gaan lopen en Veronica vond dat het arme beest bij hen in de boot moest komen. Toen de kippen eenmaal hun protesten hadden gestaakt, werd de stilte alleen doorbroken door het laatste vogelgezang.

Walburga stuurde de punter naar een inham waarvandaan een pad naar een boerderij liep. Toen ze omstandig uitstapte zei ze: 'En nou ga je niet al die spullen in je eentje tillen, zuster. Vraag maar of die besjes je komen helpen.'

'Dat doen ze vast wel.'

'En je redt het wel om in je eentje terug te komen?'

Veronica knikte en glimlachte. Walburga maakte een buiginkje voor Adelia en zwaaide naar hen ten afscheid.

De Granta werd smaller en donkerder, en baande zich kronkelend een weg door een ondiep dal van waaruit hier en daar beekjes het riviertje in stroomden; Veronica moest bukken om niet in de takken te blijven haken. Ze hield even halt om een lantaarn aan te steken, die ze op de bodem aan haar voeten zette, zodat het water ongeveer een meter voor hen uit werd verlicht en de groene ogen van een of ander dier dat naar hen keek werden weerspiegeld, voordat ze zich afdraaiden in het kreupelhout.

Toen ze onder de bomen vandaan voeren, kwamen ze weer in het maanlicht, dat het landschap van weiden en hagen zwart-wit kleurde. Veronica boomde naar de linkeroever. 'De reis is volbracht, God zij geloofd,' zei ze.

Adelia tuurde voor zich uit en wees naar een gigantische afgeplatte vorm in de verte. 'Wat is dat?'

Veronica draaide zich om en keek. 'Dat? Dat is Wandlebury Hill.'

Ah, natuurlijk.

Het leek alsof er een klein twinkelend sterretje was neergestreken op de top van de heuvel, bedrieglijk zoals sterren kunnen zijn, want als je met je ogen knipperde zag je het niet meer, en als je nog eens knipperde was het weer terug.

Ze schikte op om Veronica het krat met kippen onder haar benen vandaan te laten pakken. 'Ik wacht hier wel,' zei ze.

De non keek haar twijfelend aan en wierp vervolgens een blik op de manden die nog in de boot stonden om naar de vooralsnog onzichtbare kluizenaarshutten te worden gedragen.

Adelia vroeg: 'Wil je de lantaarn bij mij laten?'

Zuster Veronica hield haar hoofd schuin. 'Bang in het donker?'

Adelia dacht over die vraag na. 'Ja.'

'Hou hem dan maar hier, en moge de Heer je bewaren. Ik ben zo terug.' De non hees een zak over haar schouder en nadat ze het krat in de andere hand had genomen, stapte ze weg over het maanverlichte pad tussen de bomen.

Adelia wachtte tot ze weg was, tilde Wachter op de oever, pakte de lantaarn, hield die omhoog om te kijken of de kaars nog even mee zou gaan, en toog op weg.

Een poosje slingerden de rivier en het bijbehorende pad zich grofweg in de richting die ze in wilde slaan, maar na zo'n anderhalve kilometer zag ze dat het haar te ver naar het zuiden zou voeren. Ze verliet het om door te steken naar het oosten, maar kwam daarbij obstakels tegen: grote stukken met braamstruiken, heuveltjes en dalen die glibberig waren van de regen, hekjes waar ze soms overheen en soms onderdoor moest kruipen, en die ze andere keren niet kon passeren.

Als er vanaf Wandlebury Hill iemand zou toekijken, zou hij een dansend lichtje door het donkere land zien gaan, nu eens de ene kant en dan weer de andere kant op, ogenschijnlijk doelloos, terwijl Adelia de ene horde na de andere probeerde te omzeilen. Af en toe stopte het lichtje omdat ze viel, en ongelukkig ook, doordat ze probeerde te voorkomen dat de lantaarn de grond raakte en zou doven. Wachter bleef bij haar staan tot ze weer overeind kwam.

Van tijd tot tijd werd ze opgeschrikt door een hert of een vos die ze niet had gehoord en die voor haar uit over het pad wegvluchtte; ze hijgde zo dat ze verder niets hoorde, hoewel ze niet zozeer hijgde van verdriet of uitputting als wel van de inspanning.

Maar de toeschouwer op Wandlebury Hill – als er een toeschouwer was – zou merken dat ondanks alle omzwervingen het lichtje dichterbij kwam.

En Adelia, die zich door haar vallei van schaduwen heen werkte, zag de heuvel langzaam groter worden, totdat hij haar blikveld geheel domineerde. De ster die op de top verstrikt was geraakt zond nu geen onderbroken licht meer uit, maar scheen gestaag.

Ze moest bijna overgeven terwijl ze voortging, misselijk van haar eigen stommiteit. *Waarom ben ik er niet meteen naartoe gegaan? De lichamen van de kinderen vertelden dat ik dat moest doen, ze hebben het gezegd.*

Kalk, zeiden ze. We zijn gedood op kalkgrond. De rivier hield me in zijn ban. Maar de rivier leidt naar Wandlebury Hill. Ik had het kunnen weten.

Onder de schrammen en bloedend, hinkend, maar met de lantaarn nog brandende, hees ze zichzelf omhoog, een plat oppervlak op, en ontdekte dat het de plek op de Romeinse weg was waar prior Geoffrey voorheen tegen iedereen die maar luisteren wilde had geroepen dat hij niet kon wateren.

Er was niemand te zien. Het was inmiddels laat geworden en de maan stond hoog aan de hemel, maar Adelia was ongevoelig voor het verstrijken van de tijd. Er bestond geen verleden waarin mensen leefden; er bestond geen kind dat Ulf heette, ze hoorde of zag hem niet meer. Er was alleen een heuvel en ze moest de top daarvan zien te bereiken. Met de hond op haar hielen sloeg ze het steile pad in, zonder terug te denken aan de eerste keer dat ze hier had gelopen; ze wist gewoon dat ze die weg moest gaan.

Toen ze op de top was aangekomen, moest ze zoeken naar het twinkelende lichtje, hogelijk verbaasd dat het haar vanuit de verte had geleid, maar nu niet meer te zien was. O god, laat het niet gedoofd zijn. In het donker en tussen al deze heuvelruggen zou ze de plek anders nooit vinden.

Ze zag het: een gloed achter wat struikgewas voor haar uit, en ze zette het op een lopen, waarbij ze vergat dat de grond vol kuilen zat. Ditmaal ging de lantaarn uit toen ze viel. Het gaf niet. Ze begon te kruipen.

Het was een merkwaardig soort licht, noch van een vuur, noch een gloed van kaarsen; het leek meer op een lichtbundel die omhoog was gericht. Toen ze ernaartoe krabbelde, greep ze in het niets en stortte voorover, zodat ze struikelde over een hobbel. Wachter keek recht voor zich uit, en daar was het dan, drie meter bij haar vandaan, in het midden van een komvormige laagte. Het was geen vuur of een lantaarn. Er was niemand te zien. Het licht kwam uit een gat in de grond. Het was de gapende muil van de hel, verlicht door de vlammen eronder.

Adelia moest alles wat ze geleerd had te hulp roepen, al haar kennis van natuurlijke historie, elke beproefde hypothese, alle gezond verstand dat redelijkheid van onredelijkheid scheidde om de gierende paniek te bestrijden die haar jammerend deed wegkruipen bij het gat. Ze bad om genade: 'Almachtige God, behoed mij voor de verschrikking van de nacht.'

'Het is de hellepoel niet,' zei een nuchter stemmetje in haar binnenste. 'Het is gewoon maar een vuur.'

Natuurlijk. Een vuur. Gewoon een vuur. En Ulf zat erin.

Ze begon naar voren te kruipen en stootte met haar knie tegen iets wat in het gras lag en dat een onderdeel van de grond had geleken, maar dat nu ze het met onderzoekende handen betastte door mensen gemaakt leek te zijn: een groot en stevig wiel. Ze klauterde eroverheen en ontdekte dat het met turf was overdekt.

Ze stak haar hand op om Wachter niet te dichtbij te laten komen en reikhalsde zo traag als een schildpad om over de rand van de kuil te kijken.

Het was geen kuil, maar een schacht van een kleine twee meter doorsnee en God mocht weten hoe diep – dat was door het licht dat vanaf de bodem scheen niet goed te zien, maar diep was hij wel. Er leidde een ladder omlaag de witheid in – wit, alles wit, zo ver haar oog reikte.

Kalk. Natuurlijk was het kalk, de kalk op de dode kinderen.

Rakshasa kon deze kuil niet gegraven hebben; een dergelijke operatie vergde een meer grootscheepse aanpak. Hij had de kuil aangetroffen en er gebruik van gemaakt. En hoe!

Waren al die kuilen in het heuveloppervlak dan soms de dichtgegooide ingangen tot mijnen? Maar wie had zo veel kalk nodig gehad?

Het doet er niet toe waar ze voor dienden. Ulf is daar beneden.

En de moordenaar ook. Hij heeft lichten ontstoken – dat zijn toortsen daar beneden; dat is het licht dat de schaapherder heeft gezien. Lieve god, we hadden dit moeten vinden; we hebben over deze ellendige heuvel lopen zoeken, in elke kuil gekeken die we tegenkwamen – hoe kon een open uitnodiging naar de onderwereld ons zijn ontgaan?

Omdat die niet open was geweest, bedacht ze. Het met turf overdekte wiel waar ze overheen was geklauterd was helemaal geen wiel, maar een afdichting, een putdeksel. Als het op zijn plek lag, zag deze kuil in de grond er net zo uit als alle andere.

Wat was die Rakshasa slim.

Maar Adelia's huiverende afgrijzen van de moordenaar luwde enigszins zodra ze bedacht dat Rakshasa in paniek was geraakt toen de wagen van Simon prior Geoffrey het pad Wandlebury Hill op had gebracht. Stiekem als hij was had hij de lichamen 's nachts de schacht uit gedragen en ze de heuvel af gebracht, zodat zijn hol geheim zou blijven.

Deze schacht is je plek, dacht ze, zo kostbaar dat hij je kwetsbaar maakt. Er straalt nu net zo'n gloed vanaf voor mij als voor jou, zelfs al zit het deksel erop. Het is de tunnel die je lichaam in voert, de ingang naar je rottende ziel, datgene wat je verraden zal. Voor jou is het bestaan ervan een noodkreet aan het adres van God, wiens toorn jij wekt.

En ik heb hem gevonden.

Ze spitste haar oren. De heuvel om haar heen ritselde van leven, maar uit de schacht klonk geen enkel geluid. Ze had niet alleen moeten komen. Goeie genade, dat was geen best idee geweest. Wat voor dienst bewees ze die kleine jongen nou door helemaal geen versterking mee te brengen en tegen niemand te zeggen waar ze naartoe ging?

Maar het was gewoon zo gelopen; ze kon niet bedenken wat ze anders had kunnen doen. Het was hoe dan ook zoals het was, en ze moest nu roeien met de riemen die ze had.

Als Ulf dood was, kon ze de ladder naar buiten trekken en het wiel op zijn plaats rollen, zodat de moordenaar levend werd begraven, en weglopen terwijl Rakshasa rondbeende in zijn eigen graf.

Maar ze ging ervan uit dat Ulf níét dood was, dat de andere kinderen levend in Rakshasa's provisiekast waren bewaard totdat hij aan hen toe was – een hypothese die ze baseerde op wat het lichaam van een dode jongen haar ooit had verteld. Een miezerig flintertje bewijs, een ragdunne overtuiging, maar toch had die haar ertoe aangezet bij de nonnen in de boot te stappen en dwars door het terrein naar dit hellegat te benen, zodat...

Zodat wat?

Terwijl ze languit, met haar hoofd over de kuil gebogen lag, dacht Adelia met de kille logica van de wanhoop over haar mogelijkheden na. Ze kon wegrennen om hulp te halen, maar gezien de tijd die dat zou vergen, was dat helemaal geen optie – het laatste teken van bewoning dat ze had gezien was de boerderij van zuster Walburga's tante – en nu ze zo dicht bij Ulf was kon ze hem niet alleen laten. Ze zou kunnen afdalen in de schacht en zich laten ombrengen, waar ze als puntje bij paaltje kwam toe bereid zou moeten zijn als Ulf op die manier zou kunnen ontsnappen.

Of – die mogelijkheid leek toch aantrekkelijker, bedacht ze – ze kon afdalen en de moordenaar vermoorden. Wat inhield dat ze een wapen zou moeten hebben. Ja, ze moest een stok of een steen zoeken, iets scherps...

Naast haar roerde Wachter zich plotseling. Een paar handen greep

Adelia's enkels vast en tilde ze op, zodat ze naar voren gleed. Toen gooide iemand haar met een grom van inspanning de kuil in.

De ladder was haar redding. Halverwege haar val omlaag kwam ze daartegenaan, waarbij ze een paar ribben brak, maar de rest van de weg naar beneden gleed ze over de onderste sporten. Ze kreeg de tijd – het leek vrij lang – om te denken: *Ik moet bij bewustzijn blijven*, voordat haar hoofd de grond raakte en ze het bewustzijn verloor.

Het duurde een hele poos voor ze weer bijkwam; langzaam baande ze zich een weg door een wazige menigte mensen die haar steeds maar vroegen zich te bewegen en aan haar sjorden en praatten, wat haar zo irriteerde dat ze, als ze niet zo'n pijn had gehad, zou hebben gezegd dat ze daarmee moesten ophouden. Geleidelijk aan vielen ze weg en nam het geluid van de stemmen af tot er nog maar eentje over was, die niet minder irritant bleek.

'Rustig nou,' zei ze, en ze opende haar ogen, maar dat deed zo'n pijn dat ze besloot nog een poosje bewusteloos te blijven, wat ook al niet mogelijk was, omdat haar en iemand anders een verschrikking wachtte, zodat haar brein, dat op niets anders gericht was dan haar overleving en die van die ander, zich niet liet sussen.

Hou je kalm en denk na. God, wat een pijn; het leek wel alsof haar schedel doorboord werd. Dat moest wel een hersenschudding zijn; hoe erg die was, was onmogelijk in te schatten als ze niet wist hoe lang ze buiten bewustzijn was geweest, want de duur daarvan hing samen met de ernst. Verdomme, het deed pijn. En haar ribben ook; misschien dat er twee gebroken waren, maar – ze nam de proef op de som door diep in te ademen – waarschijnlijk waren haar longen niet doorboord. Het hielp ook al niet dat ze met haar armen boven haar hoofd leek te staan, zodat haar borst werd samengedrukt.

Het doet er niet toe. Je verkeert in zulk groot gevaar dat je medische toestand er niet toe doet. Denk na en zie te overleven.

Zo. Dus ze was in de schacht. Ze herinnerde zich dat ze erboven had gelegen; nu was ze op de bodem: een snelle blik rondom leerde haar dat ze was ingesloten door witheid. Maar ze kon zich niet herinneren dat ze van het een naar het ander was gegaan, wat het natuurlijke gevolg was van de hersenschudding. Kennelijk was ze geduwd of gevallen.

En er was ook nog iemand anders gevallen, of naar beneden gebracht voor of na Adelia zelf, want toen ze had geprobeerd haar ogen open te doen, had ze een gedaante tegen de tegenoverliggende wand zien staan. Deze persoon was degene die onafgebroken van die irritante geluiden voortbracht.

'Red en bewaar me, Lieve Heer en Meester, en ik zal U altijd volgen. Ik werp mij aan Uw voeten. Straf mij met Uw gesels en schorpioenen om mij te bewaren...'

De stem was die van zuster Veronica. De non stond een meter of drie verderop aan de andere kant van de plafondloze ruimte die de bodem van de schacht uitmaakte. Haar kap was omlaag gerukt tot aan haar hals en haar haren hingen als flarden donkere mist over haar gezicht. Ze had haar handen boven haar hoofd geheven, waar ze net als die van Adelia aan een bout waren vastgeketend.

Ze was doods- en doodsbang. Er sijpelde speeksel over haar kin en haar lichaam trilde zo dat de ijzeren ketenen om haar polsen meerammelden met het gebed om verlossing dat haar niet-aflatend over de lippen rolde.

'Wees alsjeblieft stil,' zei Adelia geprikkeld.

Veronica's ogen werden groot van schrik en keken ook een beetje beschuldigend. 'Ik ben je gevolgd,' zei ze. 'Je was weggelopen en ik ben je achternagegaan.'

'Dat was niet zo slim,' liet Adelia haar weten.

'Het Beest is hier, Maria, Moeder Gods, bescherm ons, hij heeft me te pakken gekregen, hij is hier beneden, hij verslindt ons nog, o Jezus, Maria, red ons beiden, hij is *gehoornd.*'

'Dat kan wel wezen, maar zwijg alsjeblieft.'

Hoewel het pijn deed, draaide Adelia haar hoofd om en keek om zich heen. Haar hond lag met een gebroken nek languit onder aan de ladder.

Een snik maakte zich los uit haar keel. Niet nu, niet nu, hield ze zichzelf voor; daar is geen gelegenheid voor, je kunt nu niet treuren. Als je je vege lijf wilt redden, moet je kunnen nadenken. Maar o, Wachter...

De vlammen van twee toortsen die in houders op hoofdhoogte aan weerskanten van het vertrek waren gestoken, verlichtten ruwe, ronde witte muren die hier en daar waren doorschoten met groene algen, zodat het wel leek alsof Veronica en zij op de bodem van een enorme koker van dik, smerig verkreukeld papier stonden.

Ze stonden daar alleen; er was geen spoor te bekennen van het Beest waar de non het over had, hoewel er aan beide kanten een tunnel de heuvel in liep. De opening van die links van Adelia was klein, een ruimte waarvoor je je moest bukken en die werd afgesloten door ijzeren tralies. De rechtertunnel werd verlicht door onzichtbare fakkels en was zo groot dat er een mens door kon zonder te hoeven bukken. Doordat er een bocht in zat kon ze niet zien hoe lang hij was, maar vlak achter de ingang stond, tegen de wand en het kalksteen ertegenover weerspiegelend, een verweerd, gepolijst schild waarin het kruis van de kruisvaarders was gegraveerd.

En op de ereplek, midden in deze martelkamer, halverwege haarzelf, Veronica en de dode hond, bevond zich het altaar van het Beest.

Het was een aambeeld. Niets ongewoons als het op zijn rechtmatige plaats had gestaan, maar hier was het iets vreselijks; een aambeeld dat was ontvreemd uit de rietgedekte warmte van een smidse, zodat er hier kinderen op konden worden doorboord. Het wapen lag erbovenop, glanzend te midden van de vlekken: een speerpunt. Die was in facetten geslepen, evenals de wonden die ermee waren toegebracht.

Vuursteen, lieve god, vuursteen. Vuursteen dat in kalk voorkwam, in lagen. Oeroude duivels hadden gezwoegd om deze mijn te graven om bij het vuursteen te komen, dat ze een dusdanige vorm gaven dat ze ermee konden doden. Rakshasa, die even primitief was als zij, maakte gebruik van een vinding van duistere mensen uit duistere tijden.

Ze sloot haar ogen.

Maar de bloedvlekken waren dof; er was op dat aambeeld kortgeleden niemand omgebracht.

'Ulf,' riep ze uit terwijl ze haar ogen opendeed. 'Ulf!'

Links van haar, uit het verre donker van de linkertunnel, klonk, gedempt door het poreuze kalksteen, maar toch nog net hoorbaar, een mompelend gekreun.

Adelia draaide haar gezicht omhoog naar de cirkel van lucht boven haar hoofd en dankte God. De misselijkheid van de hersenschudding, de benauwdheid die ontstond door de geur van uitgegraven kalk en de stank van wat voor soort hars het ook mocht wezen waar de toortsen op brandden, maakten plaats voor een golf frisse lucht. Meilucht. De jongen leefde.

Oké. Daar, op het aambeeld, slechts een paar meter bij haar vandaan, lag een wapen te wachten tot zij het zou vastpakken.

Wat ze op kon maken uit de situatie waarin zuster Veronica verkeerde, die wel op dezelfde manier geketend moest zijn als zij, was dat de boeien die hun armen omhooghielden vastzaten aan een bout die in de ruwe kalk was geslagen. En kalk was kalk; het gesteente verkruimelde en je kon er net zomin iets in vastzetten als in zand.

Adelia kromde haar ellebogen en trok aan de bout boven haar hoofd. O god, o hel. De pijn doorkliefde als een gloeiende metaaldraad haar borst. Het kon niet anders of deze keer was er een long doorboord geraakt. Hijgend hing ze te wachten tot er bloed in haar mond zou stromen. Na een poosje realiseerde ze zich dat dit niet zou gebeuren, maar als die verrekte non niet ophield met jammeren...

'Hou op met dat gebazel!' riep ze de jonge vrouw toe. 'Kijk, trekken. Trek dan, verdomme. De bout. In de muur. Die schiet eruit als je eraan trekt.' Hoewel ze pijn had, voelde ze toch dat er boven haar in de kalk iets meegaf.

Maar Veronica kon en wilde het niet begrijpen; haar ogen waren groot en verwilderd, als die van een hert dat tegenover jachthonden komt te staan. Ze bleef bazelen.

Het komt op mij neer.

Ze moest niet nóg een harde ruk geven, maar door haar ketenen te bewegen zou ze de bout voldoende kunnen verschuiven om het gat groter te maken, zodat hij eruit kon worden gelicht.

Verwoed begon ze met haar handen omhoog en omlaag te wrikken, met nu alleen nog aandacht voor het stuk ijzer, alsof ze zelf net als de bout gevangenzat in kalk. Ze kreeg er stukje bij beetje beweging in; het deed pijn, erge pijn, maar ze *zag* het dichtstbijzijnde uiteinde van de protesterende bout zich losmaken van...

De non slaakte een kreet.

'Stil!' riep Adelia terug. 'Ik probeer me te concentreren.'

De non bleef schreeuwen. 'Hij komt eraan!'

Aan de rechterkant was even een flits van beweging geweest. Met tegenzin draaide Adelia haar hoofd om. Vanwege de bocht van de tunnel, die Veronica kon zien, kon Adelia, tegenover haar, het wezen zelf niet zien, maar ze zag het weerspiegeld in het schild. Het oneffen, bolle oppervlak weerspiegelde donker vlees, tegelijkertijd verkleind en monsterlijk. Het wezen was naakt en keek naar zichzelf. Als om zich op te knappen raakte het zijn geslachtsdelen aan en toen het toestel op zijn hoofd.

De dood maakte zich op om zijn entree te maken.

In haar opperste nood raakte Adelia helemaal de kluts kwijt. Als ze zich op haar knieën had kunnen laten zakken, zou ze naar de voeten van het wezen gekropen zijn: neem de non, neem de jongen, laat mij ongedeerd. Als ze haar handen vrij had gehad, zou ze een sprong hebben gewaagd naar de ladder en Ulf hebben achtergelaten. Ze verloor haar moed, haar verstand, alles behalve haar instinct tot zelfbehoud.

En spijt. Dwars door de paniek heen voelde ze spijt, en ze kreeg geen visioen van haar Schepper, maar van Rowley Picot. Ze zou op een weerzinwekkende manier sterven, zonder dat ze had kunnen houden van een man in het enige soort gezondheid dat er bestond.

Het wezen kwam de tunnel uit; het was lang, en nog langer door het gewei op zijn hoofd. Een deel van een met vacht beklede hertenkop bedekte de bovenhelft van zijn gezicht en neus, maar het lichaam was dat van een mens, met donker haar op de borst en schaamstreek. Zijn penis was opgericht. Hij wees fier naar Adelia en drukte zich tegen haar aan. Op de plek waar hertenogen hadden moeten zitten, waren gaten waardoorheen blauwe mensenogen haar knipperend aankeken. De mond grijnsde. Ze kon het dier ruiken.

Ze braakte.

Toen het wezen terugdeinsde om niet ondergespat te worden, bewoog het gewei en zag ze de touwtjes waarmee de tooi op Rakshasa's hoofd vastzat, hoewel niet strak genoeg om niet heen en weer te wiegen als hij een plotselinge beweging maakte.

Wat vulgair. Verachting en woede overspoelden haar; ze had wel iets beters te doen dan zich hier te laten bedreigen door een malloot met een zelfgemaakte hoofdtooi.

'Stinkende rothond,' zei ze tegen hem. 'Mij maak je niet bang.' Op dat moment vond ze hem inderdaad nauwelijks angstaanjagend.

Ze had hem van zijn stuk gebracht; de ogen achter het masker schoten heen en weer, een gesis ontsnapte tussen zijn tanden. Toen hij zich terugtrok, zag ze dat zijn penis was verslapt.

Maar terwijl hij zijn blik op Adelia gericht hield, tastte hij met één arm achter zich. Zijn hand vond het lichaam van zuster Veronica en kroop daarlangs omhoog, totdat hij bij de hals van haar habijt kwam en het tot aan haar middel openscheurde. Ze slaakte een gil.

Nog steeds naar Adelia kijkend wankelde het wezen even, waarna het zich omdraaide en Veronica in haar borst beet. Toen het zich weer naar Adelia wendde om te kijken hoe die reageerde, stond zijn penis weer fier overeind.

Adelia begon te schelden; taal was het enige projectiel waarover ze beschikte en ze bombardeerde hem ermee. 'Wat dacht jij nou helemaal, smerig misbaksel, stinkende pummel, om vastgebonden vrouwen en kinderen te pijnigen?! Kun je op een andere manier soms niet aan je trekken komen? Je mag je nog zo mooi aankleden als een lekker hapje voor de honden, ziek zwijnengebroed, daaronder schuilt heus geen echte kerel, maar alleen een verwend moederskindje!'

Degene die dit allemaal riep kende Adelia niet, en ze wilde haar ook niet kennen. Die vrouw zou worden gedood, maar ze zou niet vernederd sterven zoals Veronica; ze zou scheldend en tierend ten onder gaan.

Godallemachtig, ze had precies de juiste toon getroffen, want weer had het wezen geen erectie meer. Hij siste en terwijl hij nog steeds naar haar keek, trok hij de kleding van de non tot aan haar kruis omlaag.

Arabisch, Hebreeuws, Latijn en Gyltha's Saksische Engels – Adelia gebruikte het allemaal, en het vuil uit onbekende goten kwam haar nu goed van pas.

Ze noemde hem een slappe zak, een slijmbal, een kontlikkend, geitenneukend, ruftend misbaksel dat stonk uit zijn bek, een dikke vette hufter: *homo insanus*.

Al tierend hield ze de penis van het wezen in de gaten; die was een vlag, een signaal van haar of van zijn overwinning. Door te doden zou hij aan zijn gerief komen, wist ze, maar om daartoe in staat te zijn, had het Beest de angst van zijn slachtoffer nodig. Er bestonden wezens... Haar stiefvader had haar erover verteld... Reptielen die mensen onder water trokken en ze daar bewaarden tot hun vlees zacht genoeg was voor een lekker hapje. Voor dit monster was doodsangst de malsmaker. 'Vuile... vuile *corkindrill*!' slingerde ze het in het gezicht. Rakshasa leefde van angst; die vormde zijn opwinding, zijn soep. Onthield je hem angst, dan kon hij – God zij genadig – niet doden.

Ze ging als een dolle tegen hem tekeer: hij was een zak van een jager die niets voor elkaar kreeg, een zwijn met een hersens van een garnaal en een lulletje als een alikruik; frambozen hadden grotere ballen.

Geen tijd om zich over zichzelf te verbazen. Overleven. Hem honen. Zorg dat jou het bloed door de aderen blijft stromen en dat het in de zijne stolt. Bij elk woord wrikte ze aan de ijzeren boeien om haar polsen – en de bout in de kalk kwam steeds een stukje losser te zitten.

Er zat bloed op Veronica's buik; ze was zo verschrikkelijk bang dat haar lichaam slap bleef onder wat het wezen haar aandeed. Ze had haar hoofd achterovergeworpen en haar ogen gesloten, haar mond vertrokken in de starre grijns van een doodshoofd.

Adelia bleef razen en tieren.

Maar nu trok Rakshasa zelf de boeien van de non uit de muur. Hij stapte naar achteren om de jonge vrouw een klap op haar mond te geven en pakte haar vervolgens bij haar nekvel om haar mee te nemen naar de kleine tunnel, waar hij haar met klappen op haar knieën dwong. Met één ruk had hij het traliehek verwijderd. Hij wees. 'Ga halen,' zei hij.

Adelia's gescheld verstomde. Nu zou hij zich vergrijpen aan het kind en de jongen bezoedelen.

Veronica, op haar knieën, keek haar kweller verbijsterd aan. Rakshasa schopte haar in haar rug en wees naar de opening, maar hij keek naar Adelia. 'Ga de jongen halen.'

De non kroop de tunnel in en het gerinkel van de boeien om haar polsen klonk steeds gedempter naarmate ze verder kwam.

Adelia bad een stil gebed: Almachtige God, neem mijn ziel tot U, ik kan niet meer verdragen.

Rakshasa had het lijk van Wachter opgepakt. Hij gooide het op het aambeeld, zodat het op zijn rug lag. Nog steeds met zijn blik op Adelia gericht reikte hij naar het vuurstenen mes en liet de punt bij wijze van proef over de bovenkant van zijn pols gaan. Hij hield zijn arm omhoog om haar het bloed te laten zien.

Hij wil dat ik bang ben, dacht ze. En dat ben ik ook.

Het gewei wiebelde toen hij, voor de eerste keer, zijn blik van Adelia afwendde en omlaagkeek. Hij hief zijn mes...

Ze sloot haar ogen. Het was een heropvoering en ze kon er niet naar kijken. Hij snijdt me misschien mijn oogleden af, maar ik zál er niet naar kijken.

Maar ze moest wel aanhoren hoe het mes toestootte in het vlees en een zuigend geluid maakte, waarna er bot versplinterde. En nog eens, en nog eens.

Ze had nu geen scheldwoorden meer over, haar vermogen om hem uit te dagen was weg, haar handen waren bewegingloos. Als er een hel bestaat, dacht ze dof, neemt hij daarin een eigen plek in.

De geluiden stopten. Ze hoorde zijn voetstappen naderen, rook zijn stank. 'Kijk,' zei hij.

Ze schudde haar hoofd en voelde een klap op haar linkerarm, waardoor haar ogen openschoten. Hij had haar gestoken om haar bij de les te houden. Hij was humeurig. 'Kijk!'

'Nee.'

Ze hoorden het allebei: geritsel in de kleine tunnel. Onder het hertenmasker werden tanden zichtbaar. Hij keek naar de ingang, waar Ulf naar buiten strompelde. Adelia keek met hem mee.

God beware hem, de jongen was zo klein, zo gewoontjes, maar al te werkelijk, te *normaal* tegenover het monsterlijke tafereel dat het wezen voor hem had geënsceneerd; hij wist het zo te versieren dat Adelia zich schaamde dat ze er in zijn aanwezigheid deel van uitmaakte.

Ulf was volledig gekleed, maar wankelde en was half bewusteloos, en zijn handen waren voor zijn lichaam vastgebonden. Er zaten vlekken rond zijn mond en neus. Laudanum. Die over zijn gezicht was gehouden. Om hem mak te maken.

Zijn ogen bewogen zich langzaam over de kapotgestoken rommel op het aambeeld en werden groot.

Ze riep: 'Niet bang zijn, Ulf!' Het was geen aansporing, maar een bevel: laat geen angst blijken, jaag hem niet op stang.

Ze zag dat hij probeerde zich te concentreren. 'Ben ik niet,' fluisterde hij.

Adelia vatte weer moed. En ze voelde haat. En een woeste razernij. Geen pijn ter wereld zou haar nog tegen kunnen houden. Rakshasa had zich half van haar af gewend in Ulfs richting. Ze gaf een ruk met haar handen en de bout kwam los uit de muur. In een en dezelfde beweging bracht ze haar armen omlaag, zodat ze de ketting die de boeien met elkaar verbond om Rakshasa's nek kon slaan en hem ermee kon wurgen.

Maar ze was niet lang genoeg en de ketting raakte verstrikt in het gewei. Ze gaf er zo'n slinger aan dat de hoofdtooi potsierlijk naar achteren en naar opzij schoof, waardoor de touwtjes onder Rakshasa's neus en over zijn ogen strak werden getrokken.

Heel even werd hij verblind en bracht de aanval hem uit zijn evenwicht. Zijn voet gleed weg en hij viel, waarbij hij Adelia met zich meenam – midden in de stukken darm van de hond die de vloer glibberig maakten.

Er klonk een kreun, uit haar mond of uit die van Rakshasa. Ze bleef hangen, want ze kon niets anders, ze zat met de ketting in het gewei vast, waar hij met touwtjes aan vastzat. Ze waren met elkaar verbonden, zijn lichaam was gebukt onder het hare en ze had haar knieën op zijn uitgestrekte arm met het mes gezet. Vanuit zijn onhandige positie probeerde hij haar van zich af te werpen, zodat hij met zijn arm naar achteren kon uithalen, maar ze worstelde zo dat hij haar niet van haar plek kon krijgen om haar te doden. Ondertussen riep ze maar steeds: 'Ga weg hier, Ulf! De ladder! Ga naar buiten!'

De rug onder haar kwam omhoog; zij steeg mee en ging weer omlaag toen Rakshasa nogmaals uitgleed. Het mes viel uit zijn hand in de drab. Met Adelia nog steeds boven op zich kroop hij erachteraan; daarbij stootte hij tegen Ulf en Veronica, zodat ze allemaal boven op elkaar vielen. Met z'n vieren rolden ze als een dichte kluwen door de vuiligheid op de grond.

Ergens vandaan verscheen een nieuw element. Een geluid. Het was niet van belang; Adelia was blind en doof. Haar handen hadden het gewei gevonden en sjorden er onhandig aan om te proberen een punt in Rakshasa's schedel te drijven. Het nieuwe geluid was niet van belang, haar eigen doodsangst was niet van belang. Draaien! Zijn hersens in! Draaien! Hij mag me niet van zich af stoten. Ik mag niet loslaten. Draaien! Hem doden!

Het touw van de hoofdtooi brak, zodat ze het in haar handen hield. Het lichaam dat eronder had gezeten kronkelde zich van haar weg en hurkte neer ter voorbereiding op een sprong.

Heel even stonden ze tegenover elkaar, terwijl ze allebei hijgden en elkaar dreigend aankeken. Het geluid klonk nu hard; het kwam van boven uit de schacht, een combinatie van bekende geluiden die zo slecht met deze worsteling te combineren waren dat Adelia er geen aandacht aan besteedde.

Maar voor het beest betekenden ze wel degelijk iets. Zijn blik veranderde; daarin zag ze een verdoffing, de alerte vreugde van het moorden verdween eruit. Het wezen was nog steeds een beest met ontblote tanden, maar hij hield zijn hoofd geheven, snuffelend, nadenkend – Rakshasa was bang.

Lieve god, dacht ze, en durfde ze bijna niet te denken. Dat is het. Mooi, o, wat mooi: hoorngeschal en het geblaf van honden.

Het jachtgezelschap kwam op Rakshasa af.

Op haar mond vormde zich een grijns die even beestachtig was als de zijne. 'Nu ga je eraan,' zei ze.

Er riep iemand vanboven af de schacht in: 'Hallooo...' Heerlijk, o, wat heerlijk: het was de stem van Rowley. En Rowleys grote voeten kwamen de ladder af.

De ogen van het wezen schoten alle kanten op en zochten verwoed naar het mes. Adelia zag het als eerste liggen. 'Nee!' Ze stortte zich erbovenop en onttrok het aan het zicht. Mooi dat je dat niet krijgt!

Rowley, met zijn zwaard in zijn hand, naderde nu de onderste sporten, maar hij kon niet helemaal afdalen doordat de lichamen van Ulf en Veronica hem de weg versperden.

Vanaf de grond reikte Adelia omhoog om Rakshasa in het voorbijgaan bij zijn hiel te grijpen, maar die glibberde uit haar vingers. Toen Rakshasa naar de grote tunnel sprintte, werd Adelia's uitzicht op zijn benen en billen geblokkeerd doordat Rowley hem achterna rende. Ze zag Rowley vallen, met zijn armen maaien toen hij over het schild struikelde; ze hoorde hem vloeken – en weg was hij weer.

Ze kwam tot zithouding overeind en keek omhoog. Het geblaf van de honden klonk nu hard; over de rand van de schacht heen zag ze hun snuiten en tanden. De ladder schudde: er klom iemand anders overheen naar beneden.

Er was geen plekje in haar lichaam dat geen pijn deed. Het zou heel fijn zijn om in te storten, maar dat durfde ze nog niet. Het was nog niet afgelopen – het mes was verdwenen.

Evenals Veronica en het kind.

Rowley kwam de tunnel uit en trapte het schild weg, zodat het een zwieperd maakte en tegen het aambeeld vloog. Hij griste een toorts van de muur en verdween daarmee weer de tunnel in.

Ze zat in het donker; de andere toorts was weg. In een flikkering van licht zag ze een wolk kalkstof en de zoom van een zwart habijt de tunnel in verdwijnen waar Ulf uit vandaan gekomen was.

Adelia kroop erachteraan. Nee. Nee, niet nu! We zijn gered. Geef hem aan mij.

Het was een wormgat, een tunnel ter verkenning die niet verder was uitgegraven, want in de dansende vlam van Veronica's fakkel zag ze er als een soort lambrisering een ruwe, glinsterende laag vuursteen doorheen lopen. De tunnel maakte samen met de laag gesteente een bocht, zodat ze werd afgesneden van het licht en achterbleef in een duisternis zo diep dat het wel leek of ze blind geworden was. Maar ze ging verder.

Nee. Niet nu. Niet nu we gered zijn.

Ze kroop schuins voort, want de kracht verdween uit haar linkerarm op de plek waar Rakshasa had gestoken. Moe, zo moe. Moe van het bang zijn. Geen tijd om moe te zijn, nee. Niet nu. Brokjes kalk verkruimelden onder haar rechterhand naarmate haar handpalm haar ver- der naar voren werkte. Ik pak hem van je af. Geef hem aan mij.

Ze haalde hen in in een kleine ruimte, waar ze als een stel konijnen bij elkaar gekropen zaten. Ulf hing slap in de greep van de non, met ge- sloten ogen. Zuster Veronica hield de toorts met één hand hoog; in de andere, die ze om het kind heen had geslagen, had ze het mes.

De mooie ogen van de non stonden peinzend. Ze was bij haar ver- stand, hoewel er speeksel uit haar mondhoek sijpelde. 'We moeten hem beschermen,' liet ze Adelia weten. 'Het Beest mag dit kind niet te pak- ken krijgen.'

'Dat gebeurt ook niet,' zei Adelia behoedzaam. 'Hij is weg, zuster. Ze zitten achter hem aan. Geef het mes nu maar aan mij.'

Er lagen een paar vodden naast een ijzeren staak die diep in de grond was gestoken; er zat een hondenhalsband aan die net groot genoeg was voor een kindernekje. Ze bevonden zich in Rakshasa's provisieruimte.

De rondlopende muren kleurden rood door het flakkerende toorts- licht. De tekeningen die erop waren aangebracht, leken te bewegen. Adelia, die haar blik niet durfde af te wenden van die van de non, zou er toch niet naar hebben gekeken; in deze obscene baarmoeder hadden de embryo's niet gewacht op hun geboorte, maar op hun dood.

Veronica zei: 'Wie een van die kleintjes iets aan durft te doen, ver- dient het dat er een molensteen om zijn nek wordt gehangen.'

'Ja, zuster,' zei Adelia. 'Dat is zo.' Ze kroop naar voren en pakte het mes uit de hand van de non.

Tussen hen in sleepten ze Ulf door het wormgat. Toen ze naar buiten kwamen, troffen ze Hugh de jager, die met een lantaarn in zijn hand verdwaasd om zich heen keek. Vanuit de andere tunnel dook Rowley op. Hij ging ontzettend tekeer. 'Ik ben hem kwijt; er zijn daar verderop tientallen van die rottunnels en mijn toorts ging verdomme uit. Die on- verlaat weet de weg, maar ik niet.' Hij draaide zich naar Adelia alsof hij kwaad was op haar – hij wás kwaad op haar. 'Is er nog ergens een schacht?' Bij nader inzien voegde hij eraan toe: 'Zijn de dames gewond? Hoe is het met de jongen?'

Hij hielp hen de ladder op en nam Ulf onder zijn arm.

Voor Adelia leek er aan de klim geen einde te komen; elke sport was een prestatie die gepaard ging met veel pijn en een flauwte waardoor ze weer op de bodem gevallen zou zijn als Hughs hand haar niet een steuntje in de rug had gegeven. De pijn vlijmde door haar arm op de plek waar het wezen haar had gestoken en ze begon nu bang te worden dat er van vergiftiging sprake zou kunnen zijn. Wat belachelijk om nu het loodje te leggen. Sprenkel er brandewijn op, hield ze zichzelf voor, of veenmos is ook goed. Ik mag nu niet sterven, niet als we gewonnen hebben.

En toen haar hoofd boven de schacht uitstak en de frisse lucht haar in het gezicht blies: we hébben gewonnen... Simon, Simon, we hebben gewonnen!

Ze hield zich vast aan de bovenste sport en keek omlaag naar Rowley. 'Nu zullen ze weten dat de joden het niet hebben gedaan.'

'Inderdaad,' zei hij. 'Schiet eens op.' Veronica klampte zich huilend en bazelend aan hem vast. Toen Adelia met enige moeite van de ladder af stapte, werd ze besnuffeld door honden, die kwispelden van vreugde alsof ze een grootse prestatie hadden geleverd. Hugh riep iets naar ze en ze trokken zich terug. Toen Rowley tevoorschijn kwam, zei Adelia: 'Vertel jij het hun maar. Zeg ze maar dat de joden het niet hebben gedaan.'

Vlak in de buurt stonden twee paarden te grazen.

Hugh zei: 'Is onze Mary dáár gestorven, daar beneden? Wie heeft het gedaan?'

Ze vertelde het hem.

Hij bleef even stil staan, terwijl de lantaarn zijn gezicht van onderaf verlichtte, zodat het werd vertekend door groteske schaduwen.

Rowley, die zich verbeet van frustratie en besluiteloosheid, schoof Ulf in Adelia's armen. Hij had mannen nodig voor de jacht in de tunnels onder hun voeten, maar geen van de twee vrouwen kon die in deze toestand gaan halen en hij durfde niet zelf te gaan of Hugh te sturen.

'Iemand moet deze schacht bewaken. Hij zit onder deze rotheuvel, en vroeg of laat moet hij er als een stom konijn uit komen, maar misschien is er ergens anders nog een andere uitgang.' Hij griste Hughs lantaarn uit diens handen en beende ervandoor over de heuveltop in wat, zo wist hij zelf en zo wisten ze allemaal, een vergeefse poging zou zijn die uitgang te zoeken.

Adelia legde Ulf op het gras boven de rand van de kuil en trok haar mantel uit om die als kussen onder zijn hoofd te leggen. Vervolgens ging ze naast hem zitten en ademde de geur van de nacht in – hoe kon het nog steeds nacht zijn? Ze ving het aroma op van meidoorn en jeneverbes. Het zoetgeurende gras herinnerde haar eraan dat ze vies was van het zweet, het bloed en de urine – misschien wel van haarzelf – en de

301

stank van Rakshasa's lichaam, die, ook al zou ze haar hele leven in bad zitten, nooit meer echt uit haar neusgaten zou verdwijnen.

Ze was uitgeput, alsof ze helemaal was leeggezogen en er alleen een trillend omhulsel van huid was achtergebleven.

Naast haar kwam plotseling Ulf tot zithouding overeind; met diepe teugen ademde hij de verfrissende buitenlucht in en hij had zijn vuisten gebald. Hij keek om zich heen, naar het landschap, de lucht, naar Hugh, de honden, naar Adelia. Het kostte hem moeite woorden te vormen. 'Waar... ben ik? Ben ik buiten?'

'Je bent buiten, en veilig,' zei ze tegen hem.

'Hebben ze... hem gepakt?'

'Ze krijgen hem nog wel.' Met Gods welnemen.

'Hij... Hij maakte mij heus niet bang,' zei Ulf terwijl hij begon te trillen. 'Ik heb met die boef gevochten... tegen hem geschreeuwd... nog meer gevochten.'

'Dat weet ik,' zei Adelia. 'Ze moesten je kalm krijgen met papaversap. Je was te dapper voor ze.' Ze sloeg haar armen om zijn schouders toen hem de tranen in de ogen sprongen. 'Maar nu hoef je niet meer dapper te zijn.'

Ze wachtten.

Een vleugje grijs in de lucht in het oosten duidde erop dat de nacht weldra ten einde zou lopen. Aan de andere kant van de laagte zat zuster Veronica op haar knieën gebeden te fluisteren die klonken als het geritsel van bladeren.

Hugh stond met één voet op de bovenkant van de schachtladder, zodat hij het zou voelen als die bewoog, en zijn ene hand rustte op het jachtmes aan zijn gordel. Hij suste zijn honden, noemde zachtjes hun namen en zei tegen ze dat ze moedig waren.

Hij wierp een blik op Adelia. 'Die beesten van me hebben uw geurspoor de hele tijd gevolgd,' zei hij.

De honden keken alsof ze beseften dat hij het over hen had. 'Sir Rowley maakte zich ontzettend ongerust. "Ze is de jongen gaan zoeken," zei hij. "En de kans is groot dat ze daarbij zelf om zeep wordt geholpen." In zijn woede had hij een paar niet zulke fraaie namen voor u. Maar ik zei tegen hem: "Dat ouwe mormel van haar stinkt een uur in de wind, mijn beesten vangen die geur wel op." Was hij dat daar beneden?'

Adelia schrok op. 'Ja,' zei ze.

'Wat akelig. Maar hij heeft zijn werk goed gedaan.'

De stem van de jager klonk beheerst, dof. Ergens in de tunnels onder hun voeten rende het wezen rond dat zijn nichtje had afgeslacht.

Er ritselde iets, zodat Hugh naar het mes aan zijn gordel greep, maar het was slechts een langorige uil die opvloog om voor het laatst die nacht te gaan foerageren. Toen de kleine vogels wakker werden, klonk er een slaperig gekwetter. Inmiddels was Rowley zelf te zien, en niet alleen maar zijn lantaarn: een grote, druk heen en weer bewegende gestalte die zijn zwaard als stok gebruikte om in de grond te porren. Maar elke struik op de begroeide, oneffen bodem wierp in het maanlicht een schaduw die een meer sinistere duisternis daaronder wist te camoufleren.

De lucht in het oosten vertoonde inmiddels opvallende, lage en dreigende rode banen, met strepen gerafeld zwart ertussendoor.

'Morgenrood,' zei Hugh. 'De dageraad van de duivel.'

Lusteloos keek Adelia ernaar. Naast haar was Ulf al even onverschillig.

Hij is beschadigd, bedacht Adelia, net als ik. Wij zijn op plaatsen geweest die elke ervaring te boven gaan en zijn erdoor getekend. Misschien dat ik er wel tegen kan, maar hij? Vooral hij is verraden.

Bij die gedachte keerde haar energie terug. Met pijn en moeite kwam ze overeind en liep langs de rand van de laagte naar waar Veronica geknield zat, haar handen zo hoog geheven dat het toenemende daglicht ze bescheen, haar sierlijke hoofd in gebed gebogen, net zoals toen Adelia haar voor het eerst had gezien.

'Is er nog een uitgang?' vroeg Adelia.

De non verroerde zich niet. Haar lippen verstilden alleen even, waarna ze haar gefluisterde Onzevader hervatte.

Adelia gaf haar een duw met haar voet. 'Is er een andere uitgang?'

Er klonk een raspend protest van Hugh.

Ulfs blik, die Adelia had gevolgd, ging naar de non. Zijn hoge jongensstem schalde over Wandlebury Hill. 'Zíj was het!' Hij wees naar Veronica. 'Ze is een slechte, slechte vrouw.'

Hugh fluisterde geschrokken: 'Stil, jongen.'

De tranen stroomden over Ulfs lelijke gezichtje, maar daar was niettemin de uitdrukking van intelligentie, vastbeslotenheid en bittere woede op teruggekeerd. 'Zij was het! Toen ze me te pakken nam, stak ze iets in mijn gezicht. Zij werkt met hem samen!'

'Dat weet ik,' zei Adelia. 'Zij heeft me de schacht in gegooid.'

De non staarde haar smekend aan. 'De duivel was te sterk voor mij,' zei ze. 'Hij kwelde me – je hebt hem gezien. Ik wílde het helemaal niet doen.' Ze verplaatste haar blik en haar ogen gloeiden rood op toen ze de dageraad achter Adelia's rug weerspiegelden.

Ook Hugh en Ulf hadden zich abrupt naar het oosten gewend. Adelia draaide om haar as. De lucht vlamde alsof het hele halfrond in brand stond en op hen af kwam om hen allemaal te verzwelgen. En daar, alsof dat zíjn werk was, zagen ze de duivel er in eigen persoon zwart tegen afgetekend, naakt en rennend als een hertenbok.

Rowley, die een meter of vijftig verderop was, vloog op hem af om hem te onderscheppen. De gestalte maakte een paar sprongen en veranderde vervolgens van richting. De toeschouwers hoorden Rowley brullen: 'Hugh! Hij ontsnapt! Hugh!'

De jager knielde neer en fluisterde iets tegen zijn honden. Hij liet ze los. Met de souplesse van hobbelpaarden schoten ze weg in de richting van de zonsopkomst.

De duivel rende. God, wat rende hij, maar nu waren ook de silhouetten van de honden tegen dezelfde lucht te zien.

Eén moment bleef de toeschouwers bij als een detail van de hel in een verlucht manuscript, zwart op rood goud: de honden midden in een sprong en de man met zijn handen geheven alsof hij de lucht in wilde klimmen, voordat de meute zich op sir Joscelin van Grantchester stortte en hem aan stukken scheurde.

15

A delia en Ulf werden op een van de paarden geholpen waarmee Rowley en de jager naar de heuvel waren gereden. Hugh hees de non op het andere dier. Met de teugels in de hand zochten de mannen zich een weg de heuvel af; ruige stukken omzeilden ze om Adelia niet te veel door elkaar te husselen.

Ze gingen in stilte voort.

In zijn vrije hand droeg Rowley een zak die hij van zijn mantel had gemaakt. Het voorwerp dat erin zat was rond en trok de aandacht van de honden, totdat Hugh 'Af!' riep. Na er een eerste blik op te hebben geworpen, vermeed Adelia ernaar te kijken.

De regen waarmee de dageraad had gedreigd brak los toen ze bij de weg kwamen. Boeren die onderweg waren naar hun werk zetten hun kappen op en tuurden daaronder vandaan naar de bescheiden stoet met zijn gevolg van honden met roodgekleurde kaken.

Toen ze langs moerasland kwamen, bracht Rowley het paard tot stilstand en zei iets tegen Hugh, die de weg afzocht en terugkeerde met een handvol veenmos.

'Is dit de rommel die je op wonden wilde doen?'

Adelia knikte en drukte wat vocht uit de veenmosspons, waarna ze hem aanbracht op haar arm.

Het zou nu wel heel onzinnig zijn om te sterven door verontreiniging, hoewel ze op dat moment geen gevoel meer overhad om zich af te vragen waarom precies.

'Je kunt maar beter ook wat op je oog doen,' zei Rowley, en op dat ogenblik drong tot haar door dat er nog een andere pijn was en dat haar linkeroog steeds verder dicht ging zitten.

Het paard met de non erop had hen ingehaald. Adelia zag zonder enige belangstelling dat de jonge vrouw haar gezicht verborgen hield in de mantel waarin Hugh haar fatsoenshalve had gewikkeld.

Rowley zag haar kijken. 'Kunnen we nu verdergaan?' vroeg hij, alsof zij degene was die voor oponthoud had gezorgd. Zonder op een antwoord te wachten trok hij aan de teugels.

Adelia schrok op. 'Ik heb je nog niet bedankt,' zei ze tegen hem, en ze voelde de druk van Ulfs hand op haar schouders. 'Wíj danken je...' Er waren geen woorden voor.

Het leek wel of ze een steen uit een dam had losgehaald.

'Waar dacht je in godsnaam dat je mee bezig was? Weet je wel wat ik om jou heb moeten doorstaan?'

'Het spijt me,' antwoordde ze hem.

'Spijt? Is dat een verontschuldiging? Verontschuldig je je? Heb je wel enig idee...? Ik kan je zeggen dat het Gods genade was dat ik vroeg bij de assisen weg kon. Ik ging op weg naar het huis van de Oude Benjamin, omdat ik met je te doen had in je verdriet. Verdriet? Heilige Maria, hoe voelde ík me wel niet toen ik zag dat je vertrokken was?'

'Het spijt me,' zei ze nogmaals. Ergens diep in de door uitputting veroorzaakte gevoelloosheid die haar in zijn greep had, vond een kleine verschuiving plaats, een subtiele beweging.

'Matilda B zei dat je waarschijnlijk naar de kerk was gegaan om te bidden. Maar ik wist wel hoe het zat, o ja, dat wist ik wel. Ze heeft zitten wachten tot die vermaledijde rivier haar iets zou vertellen, zei ik. En nu is dat gebeurd. Ze is dat geboefte achterna, hersenloze vrouw die ze is.'

De beweging breidde zich uit en kreeg gezelschap van nog meer bewegingen. Ze hoorde Ulf gnuiven, zoals hij altijd deed als hij geamuseerd was. 'Zie je...' zei ze.

Maar Rowley kende geen genade, want zijn grieven zaten te diep. Hij had Hugh op zijn hoorn horen blazen op de andere oever en was die ellendige rivier door gewaad om zich bij hem te voegen. Terstond had de jager voorgesteld dat ze Adelia zouden opsporen door het geurspoor van Wachter te volgen.

'Hugh zei dat prior Geoffrey dat mormel om precies die reden aan je had gekoppeld, omdat hij zich zorgen maakte om je veiligheid in een vreemde stad en geen enkele andere hond zo'n stank verspreidde. Ik heb me altijd afgevraagd waarom je die luizenbol overal met je meenam, maar hij was tenminste zo goed om een spoor na te laten, wat van jou niet gezegd kon worden.'

Goeie hemel, wat was hij kwaad. Adelia keek omlaag naar de belastinginner en liet zijn magie tot zich doordringen.

Hij was het huis van de Oude Benjamin binnen gestormd en was regelrecht naar Adelia's kamer gegaan, vertelde hij. Hij had de mat waar Wachter op sliep meegegrist en had die toen hij weer beneden was onder de snuiten van Hughs honden geduwd. De paarden had hij verkregen door ze af te pakken van onschuldige en protesterende ruiters die hij onderweg was tegengekomen.

Hij was het jaagpad over gegaloppeerd... Had het spoor gevolgd langs de Cam, en vervolgens de Granta. Buiten de stad waren ze de geur bijna kwijtgeraakt... 'Dat zou ook daadwerkelijk zijn gebeurd als die hond van je niet stonk als de hel. En dat zou me jaren van mijn leven hebben gekost bovendien, leeghoofdige feeks. Weet je wel wat ik heb moeten doorstaan?'

Ulf zat nu openlijk te gniffelen. Adelia, die amper adem kreeg, dankte de Almachtige God op haar blote knieën voor een man als hij. 'Ik hou van je, Rowley Picot,' wist ze uit te brengen.

'Dat heeft er niets mee te maken,' zei hij. 'En het is al helemaal niet om te lachen.'

Ze soesde weg en bleef alleen in het zadel zitten dankzij de druk van Ulfs handen op haar schouders – het was te pijnlijk voor hem om haar om haar middel vast te houden.

Later zou ze zich herinneren dat ze door de grote poort van de priorij van Barnwell gingen, terwijl ze dacht aan de laatste keer dat Simon, Mansur en zij daardoorheen waren gereden in een marskramerskar, als pasgeboren baby's nog geheel onwetend van wat voor hen in het verschiet lag. *Ze zullen het nu weten, Simon. Iedereen zal het weten.*

Daarna gingen de dutjes die ze deed over in een langdurige uitschakeling van haar bewustzijn, waarin ze alleen nog vagelijk Rowleys stem hoorde, als tromgeroffel dat een verklaring en orders gaf, en die van prior Geoffrey, die verbijsterd was maar eveneens bevelen uitvaardigde. Het allerbelangrijkste zagen ze echter over het hoofd en Adelia werd lang genoeg weer wakker om het hardop te zeggen – 'Ik wil in bad' – voordat ze weer in slaap viel.

'... en in godsnaam, blíjf daar,' voegde Rowley haar toe. Een deur sloeg dicht.

Ulf en zij waren alleen op een bed in een kamer en ze keek omhoog naar de balken en gordingen van een plafond dat ze eerder had gezien. Kaarsen. Kaarsen? Was het dan geen dag? Jawel, maar de luiken waren gesloten tegen de regen, die erop neer roffelde.

'Waar zijn we?'

'In het gastenverblijf van de prior,' zei Ulf.

'Wat gebeurt er?'

'Kweenie.'

Hij zat naast haar met opgetrokken knieën in het luchtledige te staren.

Wat ziet hij? Adelia sloeg haar niet-verwonde arm om hem heen en drukte hem dicht tegen zich aan. Hij is mijn enige metgezel, dacht ze, zoals ik de zijne ben. Ze hadden met z'n tweeën een reis overleefd waar niemand levend uit zou zijn gekomen; alleen zij wisten hoe groot de afstand was die ze hadden afgelegd en hoe lang ze erover hadden gedaan, en ook hoe ver ze nog te gaan hadden. Doordat ze waren blootgesteld aan diepe duisternis waren ze zich van dingen bewust geworden, niet in de laatste plaats van zichzelf, waar ze liever geen weet van hadden gehad.

'Vertel het maar.'

'Er valt niets te vertellen. Ze kwam naar me toe varen toen ik zat te vissen en zei: "O, Ulf, ik geloof dat mijn punter lek is." Poeslief. Even later zat er iets tegen mijn gezicht en werd ik meegevoerd. Toen ik wakker werd, zat ik in de kuil.'

Hij wierp zijn hoofd achterover en een kreet die sprak van voorgoed verloren onschuld schalde door de kamer. 'Waarom?'

'Ik zou het je niet kunnen zeggen.'

In zijn wanhoop wendde de kleine jongen zich tot haar. 'Zij was een zuiver mens. Hij was een kruisvaarder.'

'Ze waren zonderlingen. Je merkte niks aan hen, maar toch waren ze zonderlingen die elkaar hebben gevonden. Ulf, van ons soort zijn er veel meer dan van hun soort. Oneindig veel meer. Hou je daaraan vast.' Ze probeerde zich daar zelf aan vast te houden.

Het kind keek haar strak in de ogen. 'Je bent achter me aan gegaan.'

'Jou mochten ze niet te pakken krijgen.'

Daar dacht hij een poosje over na, en in het lelijke gezichtje keerde iets terug van zijn oude zelf. 'Ik heb je wel gehoord. God, wat kun jij tekeergaan. Ik heb nog nooit iemand zo horen schelden, zelfs niet toen de soldaten naar de stad kwamen.'

'Als je dat ooit aan iemand verklapt, gooi ik je terug die kuil in.'

Gyltha stond in de deuropening. Evenals Rowley, die achter haar aan kwam en boven haar uittorende, was ze woedend van opluchting. De tranen stroomden over haar gezicht. 'Kleine dondersteen!' riep ze tegen Ulf, 'had ik het je niet gezegd? Je verdient een pak ransel!'

Snikkend rende ze naar haar kleinzoon toe, die een zucht van tevredenheid slaakte en zijn armen naar haar uitstak.

'Wegwezen jullie,' zei Rowley tegen hen. Achter hem stonden bedienden te wachten die van alles in hun handen hadden; Adelia zag het bezorgde gezicht van broeder Swithin, de gastheer van de priorij.

Toen Gyltha met Ulf in haar armen naar de deur liep, bleef ze even staan om aan Rowley te vragen: 'Weet u zeker dat ik niets voor haar kan doen?'

'Ja. Wegwezen nu.'

Gyltha talmde nog steeds, met een blik op Adelia. 'Geprezen zij de dag dat jij naar Cambridge kwam,' zei ze. Na die woorden verliet ze de kamer.

Er kwamen mannen binnen met een grote zinken badkuip, waar ze dampende kannen water in leeg begonnen te gieten. Eentje droeg een stapel stugge, oude kapotgescheurde lakens die in het klooster voor handdoeken doorgingen, met daarbovenop staven gele zeep.

Adelia sloeg de voorbereidingen vol verlangen gade; al kon ze de smerigheid waarmee de moordenaars haar geest hadden bezoedeld niet wegwassen, ze kon in elk geval haar lichaam schoon boenen.

Broeder Swithin was niet helemaal tevreden over de gang van zaken. 'De vrouwe is gewond, ik zou de ziekenbroeder moeten halen.'

'Toen ik de vrouwe aantrof, rolde ze over de grond in gevecht met de krachten der duisternis; ze redt het wel.'

'Er moet ten minste een helpster bij komen...'

'Eruit,' zei Rowley. 'Naar buiten nu.' Hij spreidde zijn armen en dreef zo het hele stelletje de deur uit, die hij achter hen dichtdeed. Hij was een forse man, besefte Adelia. Het vet waar ze de spot mee had gedreven was minder geworden; hij was nog steeds zwaar, maar bleek over grote spierkracht te beschikken.

Toen hij log naar haar toe was gekomen, stak hij zijn handen onder haar oksels en tilde haar op, totdat ze op de grond stond. Vervolgens begon hij haar uit te kleden; hij trok haar smerige kleren met verrassende behoedzaamheid uit.

Ze voelde zich heel kleintjes. Was dit verleiding? Hij zou toch wel stoppen als hij bij haar hemd kwam?

Het was geen verleiding, en hij stopte niet. Dit was zorgzaamheid. Toen hij haar naakte lichaam oppakte en het in het bad neerliet, keek ze op naar zijn gezicht. Dat stond net zo aandachtig als dat van Gordinus wanneer hij met een lijkschouwing bezig was.

Ik zou me moeten generen, bedacht ze. Zo zou het horen, maar ik generer me niet.

Het bad was warm en ze dompelde zich erin onder. Voordat ze zich helemaal onder water liet zakken, greep ze nog een van de stukken zeep mee, waarmee ze naarstig begon te schrobben, genietend van het schurende gevoel tegen haar huid. Ze kon haar armen moeilijk optillen, dus kwam ze lang genoeg weer boven om hem te vragen of hij haar haren wilde wassen. Ze voelde zijn sterke vingers over haar schedel gaan. De bedienden hadden kannen vers water achtergelaten, die hij leeggoot over haar haren om ze uit te spoelen.

Ze kon zich niet zonder pijn buigen om bij haar voeten te komen, dus waste hij die ook – ingespannen, met zorg voor elke teen.

Terwijl ze hem gadesloeg, dacht ze: ik zit in een bad, naakt in een bad zonder schuim, en ik word gewassen door een man. Van mijn reputatie is nu niets meer over, maar het kan me niks schelen. Ik ben in de hel geweest en het enige wat ik wilde was in leven blijven omwille van deze man. Die me eruit heeft gehaald.

Het was net alsof Ulf en zij, zij allemaal, een wereld hadden bezocht waar zelfs nachtmerries hen niet op hadden kunnen voorbereiden, maar die toch parallel aan de gewone wereld bestond, zo dichtbij dat je er onbedoeld in verzeild kon raken als je een stap verkeerd zette. Het was het einde van alles, of misschien het begin, een barbaarsheid vergeleken waarbij, hoewel ze die hadden overleefd, alle conventie een illusie bleek. De draad van haar leven was zo na aan knappen toe geweest dat ze er nooit meer op durfde te vertrouwen dat ze nog een toekomst had.

En op dat moment had ze deze man begeerd. Ze begeerde hem nog steeds.

Adelia, die had gedacht dat ze bekend was met alle gesteldheden van het lichaam, was hier niet mee vertrouwd. Ze voelde zich glibberig van de zeep, zowel vanbinnen als vanbuiten, gesmeerd. Het was net alsof ze uitbotte: haar huid kwam omhoog in zijn richting uit verlangen door hem aangeraakt te worden – de man die op dat moment geen aandacht had voor haar borsten, maar voor de blauwe plekken op haar arme gekneusde ribben.

'Heeft hij je pijn gedaan? Je écht pijn gedaan, bedoel ik?' vroeg hij.

Ze vroeg zich af wat hij dacht dat de blauwe plekken en verwondingen op haar arm, en aan haar oog, voorstelden. Toen dacht ze: ah, ben ik verkracht? Dat is voor hen van belang. Maagdelijkheid is hun heilige graal.

'En als ik nou ja zeg?' vroeg ze op milde toon.

'Dan is dat een kwalijke zaak,' zei hij. Hij knielde nu neer naast het bad, zodat hun hoofden op gelijke hoogte waren. 'Onderweg naar de heuvel zag ik de hele tijd voor me wat hij je zou kunnen aandoen, maar zolang je het maar zou overleven kon het me niet schelen.' Hij schudde zijn hoofd toen hij eraan terugdacht. 'Bezoedeld of in stukken, ik wilde je terug. Je was van mij, niet van hem.'

O, o... 'Hij heeft me niet aangeraakt,' zei ze. 'Behalve dan hier, en hier. Dat geneest wel weer.'

'Mooi,' zei hij bruusk, en hij stond op. 'Nou, er is werk aan de winkel. Ik kan niet blijven rondhangen bij vrouwen die in bad zitten. Er moeten dingen geregeld worden, niet in de laatste plaats voor onze bruiloft.'

'Bruiloft?'

'Ik praat wel met de prior, natuurlijk, en dan praat die wel weer met Mansur. Dat soort zaken moet je correct afhandelen. En dan is er de koning... Morgen, misschien, of overmorgen, wanneer het allemaal voor elkaar is.'

'Bruiloft?'

'Je moet nu met me trouwen, vrouw,' zei hij verrast. 'Ik heb je in je bad gezien.'

Hij maakte aanstalten de kamer uit te gaan.

Ze hees zichzelf moeizaam uit bad en pakte een van de handdoeken. Er zou geen morgen komen, begreep hij dat dan niet? Morgens waren vol vreselijkheden. Vandaag, nú, was waar het om ging. Er was geen tijd voor plichtplegingen.

'Laat me niet alleen, Rowley. Ik kan er niet tegen om alleen te worden gelaten.'

Dat was waar. Nog niet álle krachten der duisternis waren overwonnen; er was er nog eentje hier ergens in het gebouw; andere zouden altijd door haar herinnering blijven spoken. Alleen hij kon ze op afstand houden.

Kreunend sloeg ze haar armen om zijn hals en voelde de warme, vochtige zachtheid van haar huid tegen de zijne.

Voorzichtig maakte hij ze los. 'Snap je het nou niet, vrouw? Als wij trouwen, moet dat gebeuren in overeenstemming met de heilige wet.'

311

Wat een slecht moment, ging het door haar heen, om zich zorgen te maken over de heilige wet. 'Er is geen tijd, Rowley. Achter die deur is geen tijd meer.'

'Jawel, die is er wel. Ik heb een hele hoop te regelen.' Maar hij hapte nu naar adem. Ze stond met haar blote voeten op zijn laarzen; de handdoek was weggegleden en elke centimeter van haar lichaam die daarvoor in aanmerking kwam drukte ze tegen het zijne.

'Je maakt het me heel moeilijk, Adelia.' Zijn mond vertrok. 'Op meer dan één manier.'

'Dat weet ik.' Ze kon het voelen.

Hij deed alsof hij een zucht slaakte. 'Het wordt vast niet makkelijk om de liefde te bedrijven met een vrouw met gebroken ribben.'

'Probeer het maar,' zei ze.

'O, jezus christus,' zei hij scherp. En hij droeg haar naar het bed. En waagde een poging. En bracht het er goed vanaf. Eerst wiegde hij haar en fluisterde tegen haar in het Arabisch, want noch het Engels, noch het Frans kon uitdrukken hoe mooi hij haar vond, blauw oog of niet; en daarna liet hij zijn gewicht op zijn armen rusten om haar niet te verpletteren.

En ze wist zich mooi in zijn ogen, zoals hij mooi was in de hare, en dit was seks – toch? – deze kloppende, gesmeerde rit naar de sterren en weer terug.

'Kun je het nog een keer?' vroeg ze.

'Goeie god, vrouw. Nee, dat kan ik niet. Althans, nog niet. Het is een zware dag geweest.' Maar na een poosje probeerde hij het nogmaals en het verliep al even probleemloos.

Broeder Swithin was niet gul met zijn kaarsen en ze gingen uit, zodat de kamer in halfduister werd gehuld doordat de regen nog steeds tegen de luiken sloeg. Ze lag opgekruld in de armen van haar minnaar en ademde de verrukkelijke geur in van zeep en zweet.

'Ik hou heel veel van je,' zei ze.

'Huil je?' Hij ging overeind zitten.

'Nee.'

'Jawel, dat doe je wel. De bijslaap heeft die uitwerking op sommige vrouwen.'

'Dat zul jij wel weten.' Met de rug van haar hand veegde ze over haar ogen.

'Lieve schat, het is voorbij. Hij is weg, zij zal... Nou ja, we zullen wel zien. Ik zal de beloning krijgen die ik verdien, en jij ook – niet dát je iets verdient, trouwens. Hendrik zal me een mooie baronie geven waar we allebei goed van kunnen leven en tientallen schattige, dikke baronnetjes kunnen grootbrengen.'

Hij ging het bed uit en zocht zijn kleren.

Zijn mantel is er niet, bedacht ze. Die ligt ergens buiten deze kamer, met Rakshasa's hoofd erin. Achter die deur wachten louter verschrikkingen. De enige volvoering die jij en ik ooit zullen kennen vindt hier en nu plaats.

'Ga niet,' zei ze.

'Ik kom terug.' In gedachten had hij al afstand van haar genomen. 'Ik kan hier niet de hele dag blijven om tegen mijn wil onverzadigbare vrouwen te bedienen. Er is werk aan de winkel. Ga maar slapen.'

En weg was hij.

Met nog steeds een blik op de deur bedacht ze kwaad: ik zou hem voor altijd kunnen hebben. Ik had hem kunnen hebben, en onze kleine baronnen. Wat stelt doktertje spelen nou voor vergeleken bij een dergelijk geluk? Niets. Wie denken de doden wel dat ze zijn om me van mijn leven te beroven?

Toen ze daaruit was, ging ze achteroverliggen en sloot haar ogen, geeuwend, verzadigd. Maar toen ze indommelde gold haar laatste samenhangende gedachte de clitoris en wat voor verrassend en wonderbaarlijk orgaan dat was. De volgende keer dat ik een vrouwenlichaam ontleed, moet ik daar meer aandacht aan besteden.

Altijd op en top de dokter.

Ze kwam bij, protesteerde tegen het feit dat iemand herhaaldelijk haar naam noemde, vastbesloten in slaap te blijven. Ze snufte bij de scherpe geur van kleren die met polei ertussen werden bewaard tegen de motten.

'Gyltha? Hoe laat is het?'

'Nacht. En tijd om op te staan, wijfie. Ik heb schone kleren voor je meegenomen.'

'Nee.' Ze was stijf en haar kneuzingen deden pijn; ze wilde in bed blijven. Ze deed een concessie door één oog open te doen. 'Hoe is het met Ulf?'

'Die slaapt de slaap der rechtvaardigen.' Gyltha legde haar ruwe hand even tegen Adelia's wang. 'Maar je moet opstaan. Er zitten verderop hoge pieten te vergaderen die hun vragen beantwoord willen zien.'

'Dat zal best,' zei ze vermoeid. Ze waren snel met hun proces. Haar getuigenis en die van Ulf zouden van het grootste belang zijn, maar sommige dingen kon je maar beter niet oprakelen.

Gyltha ging eten halen: plakken bacon die ronddreven in een verrukkelijk bonenbrouwsel, en Adelia had zo'n honger dat ze zichzelf tot zithouding overeind hees. 'Ik kan zelf wel eten.'

'Nee, dat kun je verdomme niet.' Aangezien ze niet zo goed met woorden overweg kon, kon Gyltha haar dankbaarheid om de veilige terugkeer van haar kleinzoon het best uiten door overvolle lepels in Adelia's mond te steken alsof ze een jong vogeltje was.

Tussen alle bacon door moest er één vraag worden gesteld. 'Waar hebben ze...?' Ze kon zichzelf er niet toe zetten de naam van de krankzinnige vrouw te noemen. En ik neem aan, dacht Adelia met nog grotere vermoeidheid, dat ik juist omdát ze een krankzinnige is moet zien te voorkomen dat ze haar martelen.

'In de kamer hiernaast. Ze wordt op haar wenken bediend.' Gyltha trok haar lippen samen alsof ze iets zuurs proefde. 'Ze geloven het niet.'

'Wat geloven wie niet?'

'Wat ze allemaal gedaan heeft... samen met hém.' Gyltha kon het al evenmin opbrengen de namen van de moordenaars te noemen.

'Ulf kan het ze vertellen. En ik ook. Gyltha, ze heeft me in de schacht gegooid.'

'Heb je haar dat zien doen? En wat is Ulfs woord waard? Een onnozel joch dat samen met zijn onnozele ouwe grootmoeder paling verkoopt?'

'Zij heeft het gedaan.' Adelia spoog het eten uit, omdat de paniek haar naar de keel vloog. Het was één ding om de non martelingen te besparen, maar iets heel anders om haar vrij te pleiten. De vrouw was krankzinnig; ze zou het weer kunnen doen. 'Peter, Mary, Ulric... Natúúrlijk zijn ze met haar meegegaan, want ze vertrouwden haar. Een heilige zuster? Die hun jujubes aanbood die ze van een kruisvaarder had leren maken? En dan de laudanum die hun onder de neus geduwd werd – geloof mij maar: in het klooster hebben ze daar een ruime voorraad van.' Opnieuw zag Adelia voor zich hoe de delicate handen die geheven waren in gebed in de boeien werden geslagen. 'Almachtige God...' Ze wreef over haar voorhoofd.

Gyltha haalde haar schouders op. 'De nonnen van St.-Raddy doen zulke dingen kennelijk niet.'

'Maar het was de *rivier*. Ik wist het, daarom stapte ik ook bij haar in de boot. Ze had de vrijheid om de rivier op en neer te varen – naar Grantchester, naar hém. Ze was een bekende figuur; mensen zwaaiden naar haar of schonken geen enkele aandacht aan haar. Een heilige non die kluizenaressen gaat bevoorraden? Niemand ging haar gangen na, en zeker priores Joan niet. En Walburga – als zij bij haar was ging ze altijd naar haar tante. Wat dachten ze dat ze uitspookte als ze de hele nacht wegbleef?'

'Ik weet het, en Ulf weet het. Maar zie je' – Gyltha speelde voor advocaat van de duivel – 'ze heeft bijna evenveel letsel opgelopen als jij. Ze hebben een van de zusters laten komen om haar in bad te doen, omdat ik die helleveeg met geen vinger wilde aanraken, maar ik ben wel even gaan kijken. Ze zit onder de blauwe plekken en beten, en net als bij jou zit haar ene oog dicht. De non die haar waste moest huilen toen ze zag hoe het arme mens eraan toe was, en dat allemaal omdat ze jou te hulp wilde komen.'

'Ze... genoot ervan. Ze vond het lekker dat hij haar pijn deed. Dat is echt zo.' Want Gyltha had zich teruggetrokken, met een frons van onbegrip. Hoe moest ze haar uitleggen, wie dan ook uitleggen, dat de verschrikte kreten van de non tijdens de aanval van het beest vermengd waren geweest met kreten van krankzinnige, opperste vreugde?'

Gyltha kon zich bij zo veel perversiteit niets voorstellen, bedacht Adelia in wanhoop, en ik snap er zelf ook niks van. Op matte toon zei ze: 'Zij heeft hem die kinderen geleverd. En ze heeft Simon omgebracht.'

De kom gleed uit Gyltha's hand en rolde de kamer door, terwijl de inhoud over de brede iepenhouten vloerplanken wegstroomde. 'Meester Simon?'

Adelia was weer terug in Grantchester op de avond van het feest en zag voor haar geestesoog Simon van Napels aan het uiteinde van de hoofdtafel opgewonden praten met de belastinginner, met de administratie in zijn buidel, slechts een paar plaatsen van de stoel waarop de gastheer zetelde die ze als schuldige aanmerkten, en even verderop de vrouw die de moordenaar zijn slachtoffers had aangeleverd.

'Ik heb hem tegen haar zien zeggen dat ze Simon moest vermoorden.' En nu zag ze hen weer voor zich, zoals ze samen dansten: de kruisvaarder en de non, terwijl de een de ander instructies gaf.

Lieve god, ze had het toen door moeten hebben. De prikkelbare broeder Gilbert die zo'n hekel aan vrouwen had, had het haar zonder zich van het belang van zijn woorden bewust te zijn op een presenteerblaad-je aangereikt: *Ze blijven de hele nacht donderjagen. Ze geven zich over aan zonde en wellust. In een fatsoenlijk klooster zouden ze bont en blauw gege-seld worden, maar waar is de priores? Die is uit jagen.*

Simon die vroeg vertrok, om de administratie waar hij de hand op had weten te leggen te bestuderen en uit te zoeken wie een financieel motief had om de joden de moorden in de schoenen te schuiven. Na een korte afwezigheid was zijn gastheer weer vanuit de tuin naar binnen gekomen, waar hij zijn handlangster op weg had geholpen.

'Ze is vroeg van het feest, van Grantchester, weggegaan. Volgens mij heb ik de andere nonnen later nog gezien, maar haar niet. Of toch wel? Nee, ik weet zeker van niet. En de priores bleef nog langer.'

En verder? De zachtaardigste en meest engelachtige van de zusters...? *Het is een eind lopen op zo'n donkere avond, meester Simon, zal ik u niet met de boot naar huis brengen? Ja hoor, er is plek genoeg, ik ben alleen, en blij met uw gezelschap.*

Adelia dacht aan de donkere, met wilgen begroeide stukken van de Cam en een slanke gestalte met polsen zo sterk als staal die de vaarboom in het water staken en hem omlaag drukten op een man als op een ge-spietste vis, terwijl hij spartelde en verdronk.

'Hij heeft haar opgedragen Simon te vermoorden en zijn tas te stelen,' zei Adelia. 'Ze deed wat hij haar had gezegd, ze was zijn slavin. In de kuil moest ik Ulf van haar afpakken. Volgens mij wilde ze hem ver-moorden, zodat hij haar niet zou kunnen verraden.'

'Dat weet ik toch?' vroeg Gyltha, ook al maakte ze met haar handen duwende gebaren alsof ze zich tegen die kennis verzette. 'Ulf heeft me toch verteld wat ze heeft gedaan? En ik weet wel wat ze allebei nog meer van plan waren geweest als de goede God jou niet had gestuurd om ze tegen te houden. Wat ze met de anderen hebben gedaan...' Ze kneep haar ogen tot spleetjes en stond op. 'Laten jij en ik naar hiernaast gaan en een kussen op haar gezicht drukken.'

'Nee. Iedereen moet weten wat ze heeft gedaan, wat híj heeft gedaan.'

Rakshasa was aan het recht ontsnapt. De afschuwelijke manier waar-op hij aan zijn einde was gekomen – Adelia sloot zich af voor het visioen dat zich tegen de zonsopkomst had afgetekend – had met recht niets te maken gehad. Het feit dat het wezen was verwijderd van de aardbodem die hij bezoedelde woog niet op tegen het spoor van jonge lichamen dat hij op zijn terugtocht uit het Heilig Land achter zich had gelaten.

Ook al zouden ze hem gepakt hebben, naar de assisen hebben gesleept, hem hebben laten veroordelen en het vonnis ten uitvoer hebben gebracht, dan nog zou de balans niet in evenwicht zijn gebracht voor diegenen wier kinderen hun waren ontnomen, maar dan zouden de mensen tenminste wel geweten hebben wat hij had gedaan en hem ervoor hebben zien boeten. De joden zouden publiekelijk worden gerehabiliteerd. En het belangrijkste: de Wet die orde bracht in de chaos, die de beschaafde mensheid onderscheidde van de dieren, zou in stand zijn gebleven.

Terwijl Gyltha haar hielp met aankleden, ging Adelia bij zichzelf te rade om te onderzoeken of ze nog steeds tegen de doodstraf was. Ja, daar was ze nog steeds tegen; dat was een principe. Gekte moest aan banden worden gelegd, dat wel, maar niet tot de dood veroordeeld worden. Rakshasa was aan een proces ontkomen, maar met zijn handlangster mocht dat niet gebeuren. Haar daden moesten voor iedereen breed worden uitgemeten, zodat het evenwicht in de wereld werd hersteld.

'Ze moet veroordeeld worden,' zei Adelia.

'Denk je dat ze dat laat gebeuren?'

Er werd op de deur geklopt; het was prior Geoffrey. 'Mijn beste meidje, ik dank God voor je moed en je redding.'

Ze wees zijn gebeden van de hand. 'Prior, de non... Ze was in alles zijn medeplichtige. Zij moordde net zo goed als hij; ze zag er geen been in om Simon van Napels om te brengen. Gelooft u dat?'

'Ik vrees dat ik niet anders kan. Ik heb naar Ulfs verhaal geluisterd, en ook al praat hij verward door het bedwelmende middel dat ze hem heeft gegeven, wat het ook geweest mocht zijn, het staat buiten kijf dat ze hem heeft ontvoerd naar de plek waar zijn leven gevaar liep. Ik heb ook geluisterd naar wat sir Rowley en de jager te vertellen hadden. Deze avond nog ben ik met hen dat gat gaan bezoeken...'

'Bent u naar Wandlebury Hill geweest?'

'Inderdaad,' zei de prior op vermoeide toon. 'Hugh heeft me erheen gebracht en ik ben nog nooit zo dicht bij de hel in de buurt geweest. Allemachtig, wat we daar niet allemaal aantroffen aan uitrusting. Je mag blij zijn dat de ziel van sir Joscelin eeuwig zal branden. Joscelin...' De nadruk die hij de naam meegaf moest hem helpen zichzelf te overtuigen. 'Een man hier uit de streek. Ik had hem op het oog als toekomstige drost van het graafschap.' In de vermoeide ogen van de prior lichtte even een vonk van verontwaardiging op. 'Ik had zelfs een schenking voor onze nieuwe kapel uit die snode handen aanvaard.'

317

'Jodengeld,' zei Adelia. 'Hij was het schuldig aan de joden.'

Hij slaakte een zucht. 'Dat zal wel, ja. Nou, onze vrienden in de toren zijn tenminste van verdenking ontheven.'

'En wordt de stad duidelijk gemaakt dat ze niet langer worden verdacht? Adelia gebaarde weinig elegant met haar duim naar de kamer waarin de non was ondergebracht. 'Komt zíj voor de rechter?' Ze begon rusteloos te worden; in de antwoorden van de prior klonk af en toe een voorbehoud door, een vaagheid.

Hij liep naar het raam en opende krakend het luik. 'Er was regen voorspeld, want de dageraad was rood. Nou ja, de tuinen kunnen het wel gebruiken na zo'n droog voorjaar.' Hij sloot het luik. 'Ja, bij het assisenhof – God zij gedankt dat het nog bezig is – zal luid en duidelijk worden verkondigd dat de joden geen schuld hebben. Maar wat betreft de... vrouw... heb ik een convocatie laten uitgaan naar alle betrokkenen om de zaak eens goed te onderzoeken. Momenteel komen zij bij elkaar.'

'Een convocatie? Waarom geen rechtszaak?' En waarom zo laat op de avond?

Alsof ze niets had gezegd merkte hij op: 'Ik had gerekend op een bijeenkomst in het kasteel, maar de klerk van de assisen vond dat een onderzoek beter hier gedaan kon worden, zodat de rechtsgang niet in de war zou raken. En hier zijn de kinderen tenslotte begraven. Nou, we zullen zien, we zullen zien.'

Wat was hij een goed mens; haar eerste vriend in Engeland, en ze had hem nog niet eens bedankt. 'Prior, aan u heb ik mijn leven te danken. Als u me geen hond had gegeven, God zegene hem... Hebt u gezien wat hem is aangedaan?'

'Ik heb het gezien.' Prior Geoffrey schudde zijn hoofd en glimlachte toen behoedzaam. 'Ik heb opdracht gegeven zijn stoffelijk overschot bij elkaar te garen en het mee te geven aan Hugh, die broeder Gilbert ervan verdenkt dat hij stiekem zijn honden op het kerkhof van de priorij begraaft als er niemand in de buurt is. Wachter kan net zo goed bij andere dieren komen te liggen die minder trouw waren.'

Het was maar een klein verdriet geweest te midden van al het andere, maar niettemin was het verdriet. Adelia voelde zich getroost.

'Maar goed,' vervolgde de prior, 'zoals jij en ik allebei weten, heb je je leven bovendien te danken aan iemand die er meer recht op kan doen gelden, en ik ben hier deels namens hem.'

Maar haar gedachten waren teruggekeerd naar de non. Ze laten haar gaan. Niemand van ons heeft haar iemand zien ombrengen: Ulf niet, Rowley niet, ik niet. Ze is een non; de Kerk vreest een schandaal. Ze zullen haar laten gaan.

'Ik wil het niet hebben, prior,' zei ze.

De mond van prior Geoffrey wilde woorden vormen die hem overduidelijk genoegen deden, maar die bleven hem halverwege in de keel steken. Hij knipperde met zijn ogen. 'Dat lijkt me een ietwat overhaaste beslissing, Adelia.'

'De mensen moeten weten wat er is gebeurd. Ze moet voor de rechter komen, ook al oordeelt die dat ze te krankzinnig is om veroordeeld te worden. Omwille van de kinderen, omwille van Simon, omwille van mij; ik heb hun hol gevonden en dat kostte me bijna het leven. Ik wil dat het recht zegeviert en dat er alles aan wordt gedaan om dat mogelijk te maken.' Niet uit bloeddorstigheid, niet eens uit wraaklust, maar omdat, als er niet een duidelijke afsluiting zou zijn, de nachtmerries van te veel mensen een open einde zouden krijgen.

Toen pas drong tot haar door wat de prior zojuist had gezegd. 'Neem me niet kwalijk, prior?'

Prior Geoffrey zuchtte en begon opnieuw. 'Voordat hij zich genoodzaakt zag terug te keren naar de assisen – de koning is gearriveerd, weet je – heeft hij mij benaderd. Aangezien er niemand anders is, beschouwt hij mij kennelijk als *in loco parentis...*'

'De koning?' Adelia kon het even niet volgen.

De prior slaakte wederom een zucht. 'Nee, sir Rowley Picot. Sir Rowley heeft me gevraagd je een verzoek over te brengen – zijn manier van doen deed vermoeden dat de uitkomst voor hem al vaststond – namelijk het verzoek of je met hem wilt trouwen.'

Dit paste helemaal bij deze tumultueuze dag. Ze was afgedaald in de Kuil en was er weer uit gekomen. Er was een man aan stukken gescheurd. In de kamer naast haar zat een moordenares. Ze had haar maagdelijkheid verloren, op glorieuze wijze, en de man die daar verantwoordelijk voor was nam nu zijn toevlucht tot de etiquette en maakte gebruik van de diensten van een surrogaatvader om haar hand te vragen.

'Ik moet eraan toevoegen,' zei prior Geoffrey, 'dat het wel een aanzoek is tegen een zekere prijs. Op het assisenhof heeft de koning sir Rowley het bisdom St. Albans aangeboden, en ik heb Picot zelf die positie horen afwijzen, met als reden dat hij vrij wilde blijven om in het huwelijk te treden.'

Wil hij me zo graag hebben?

'Daar was koning Hendrik niet blij mee,' vervolgde de prior. 'Hij wil onze bovenste beste belastinginner graag de zorg voor St. Albans toevertrouwen, en bovendien is hij er niet aan gewend om een negatief antwoord te krijgen. Maar sir Rowley was niet tot andere gedachten te brengen.'

Nu was het Adelia's mond die aarzelde het antwoord te geven waarvan ze wist dat ze het moest uitspreken, maar ze kreeg het niet over haar lippen.

Tegelijk met de golf van liefde die door haar heen sloeg kwam de angst dat ze ja zou zeggen omdat ze dat zo ontzettend graag wilde, omdat Rowley deze morgen de geestelijke schade die bij haar was aangericht had goedgemaakt en haar daarvan had gelouterd. En daar school natuurlijk een gevaar in. *Hij heeft zich zo'n opoffering voor me getroost; is het dan niet meer dan vanzelfsprekend, en ook mooi, als ik voor hem iets vergelijkbaars doe?*

Opoffering.

Prior Geoffrey zei: 'Hij mag koning Hendrik dan teleurgesteld hebben, maar hij heeft mij opgedragen je te zeggen dat hij nog steeds in aanzien staat en een hoge positie tegemoet kan zien, zodat jij geen nadeel van de verbintenis zult ondervinden.' Toen Adelia nog steeds geen antwoord gaf, ging hij verder: 'Ik moet zeggen dat het mijzelf een groot genoegen zou doen als jullie je met elkaar zouden verbinden.'

Verbinden.

'Mijn beste Adelia...' Prior Geoffrey pakte haar hand. 'De man verdient een antwoord.'

Dat verdiende hij inderdaad. Ze gaf het.

De deur ging open. Broeder Gilbert stond op de drempel, waardoor het tafereel voor hem – zijn superieur in het gezelschap van twee vrouwen in een slaapkamer – de schijn van ondeugd kreeg. 'De heren zijn bijeen, prior.'

'Dan moeten we naar ze toe.' De prior hief Adelia's hand op en kuste die, maar het ondeugende school slechts in zijn knipoog naar Gyltha.

De bijeengeroepen heren waren verzameld in de refter van het klooster en niet in de kerk, zodat de monniken daar gewoon net als anders de vigilie konden houden; en omdat de heren al gegeten hadden en er pas uren later zou worden ontbeten, hoefden de monniken de vergadering ook niet te onderbreken.

Of zelfs maar te weten dat die plaatsvond, bedacht Adelia.

Ze noemden het een convocatie, maar in feite was het een rechtszitting. Maar níét over de jonge non die, naar behoren gechaperonneerd, tussen haar priores en zuster Walburga in stond, haar hoofd bescheiden gebogen en haar handen gedwee gevouwen.

De beschuldigde was Vesuvia Adelia Rachel Ortese Aguilar, een buitenlandse, die volgens een woedende priores Joan die uit haar bed was gehaald, een uit de lucht gegrepen, obscene, duivelse beschuldiging had geuit aan het adres van een onschuldig en goddelijk lid van de heilige orde van St.-Radegunde, en daarvoor gestraft moest worden.

Adelia stond in het midden van de zaal en de ondeugden die de balken van het plafond sierden keken grijnzend op haar neer. De lange tafel met bijbehorende banken was tegen een muur geschoven, zodat de rij stoelen aan de overkant waarin de rechters zetelden, uit het midden stond, waardoor de anders zo aangename afmetingen van het vertrek voor haar vertekend werden en er nog een grotere aanslag werd gedaan op haar zenuwen, die toch al strak gespannen waren van ongeloof, woede, en – ze kon er niet omheen – regelrechte angst.

Want tegenover haar zaten drie van de reizende rechters die naar Cambridge waren gekomen voor het assisenhof: de bisschoppen van Norwich en Lincoln, en de abt van Ely. Zij representeerden het Engelse wettelijk gezag. Zij konden hun beringde vuisten ballen en Adelia fijnknijpen als een pomander. Ook zij waren ontstemd omdat ze uit hun slaap waren gehaald die ze na de lange hoorzittingen voor het assisenhof van die dag zozeer verdienden, en omdat ze in het donker in de stromende regen van het kasteel naar St.-Augustinus hadden moeten komen. En ze waren boos op haar. Ze voelde dat ze een vijandigheid uitstraalden die zo fel was dat ze het stro dat op de grond lag ermee weg konden blazen tot het in een berg aan haar voeten lag.

Het vijandigst van allemaal was de aartsdiaken van Canterbury, die geen rechter was maar iemand die zichzelf beschouwde als de spreekbuis voor wijlen de heilige Thomas à Becket – en kennelijk door anderen ook zo werd gezien – en die van mening leek dat elke aanval op een lid van de Kerk – en Adelia's beschuldiging van Veronica, zuster van St.-Radegunde, was zo'n aanval – vergelijkbaar was met wat de ridders van Hendrik II hadden gedaan toen ze Beckets hersens over de vloer van zijn kathedraal hadden uitgestrooid.

Het feit dat ze allemaal mannen van de Kerk waren, had prior Geoffrey uit het veld geslagen. 'Mijne heren, ik had gehoopt dat er ook een paar wereldlijk leiders aanwezig zouden zijn.'

Ze brachten hem tot zwijgen; ze waren tenslotte in spirituele zin zijn superieuren. 'Dit is louter een kerkelijke aangelegenheid.'

Bij hen was een jonge man in een niet-klerikale uitmonstering, die het hele gebeuren licht geamuseerd aanzag en op een draagbaar schrijf-tafeltje aantekeningen maakte op een stuk perkament. Adelia kwam alleen maar te weten hoe hij heette doordat de anderen hem aanspraken met 'Hubert Walter'.

Achter hun stoelen stond een aantal assisendienaren opgesteld: twee klerken, van wie er een stond te slapen, een krijgsman die was vergeten zijn slaapmuts af te zetten voordat hij zijn helm had opgezet, en twee gerechtsdienaren met boeien aan hun gordel, allebei met een goedendag in de hand.

Adelia stond alleen in de ruimte, al had Mansur een poosje naast haar gestaan.

'Wat is... dat, prior?'

'Hij is de bediende van vrouwe Adelia, my lord.'

'Een Saraceen?'

'Een Arabisch arts van naam, my lords.'

'Ze heeft geen dokter of bediende nodig. En wij ook niet.'

Mansur was de kamer uit gestuurd.

Prior Geoffrey stond samen met drost Baldwin aan één kant van de rij stoelen, met achter hen broeder Gilbert.

Hij had zijn best gedaan, dat moest gezegd; het vreselijke verhaal was verteld; de rol die Adelia en Simon erin hadden gespeeld was toegelicht; het verhaal van hun ontdekkingen en Simons dood was gedaan; het bewijs, dat prior Geoffrey met eigen ogen had gezien, van wat er onder Wandlebury Hill schuilging was geleverd; en hij had de aanklacht tegen zuster Veronica uiteengezet.

Hij had expres geen melding gemaakt van Adelia's onderzoek van de kinderlijkjes, noch van haar deskundigheid in dezen – een omissie waarvoor ze God op haar blote knieën dankte. Ze besefte dat ze al genoeg in de problemen zat om ook nog eens van hekserij te worden beschuldigd.

Hugh de jager was naar de refter ontboden met zijn tienders, de mannen die, onder de Engelse wet, instonden voor zijn eerlijkheid. Hij had met zijn hoed tegen zijn hart gedrukt staan vertellen dat hij, toen hij in de schacht omlaag keek, een bloederige, naakte gestalte had gezien die hij had herkend als sir Joscelin van Grantchester. Dat hij later in de tunnels was afgedaald. Dat hij het vuurstenen mes had onderzocht. Dat hij de hondenhalsband had herkend die in de baarmoederachtige kamer aan de ketting zat vastgemaakt...

'Het was die van sir Joscelin, my lords. Ik heb tientallen keren gezien dat zijn eigen hond hem vroeger droeg – zijn zegel was in reliëf op het leer aangebracht.'

De hondenhalsband werd tevoorschijn gehaald en het zegel werd onderzocht.

Er was geen twijfel mogelijk dat sir Joscelin de kinderen had vermoord. De rechters waren volkomen verbijsterd. 'Joscelin van Grantchester zal worden uitgeroepen tot minderwaardig misdadiger en moordenaar. Het stoffelijk overschot van zijn lichaam zal worden opgehangen op het marktplein van Cambridge, zodat iedereen het kan zien, en het zal geen christelijke begrafenis krijgen.'

Wat zuster Veronica betreft...

Tegen haar waren geen directe bewijzen, omdat het Ulf niet was toegestaan die te leveren.

'Hoe oud is het kind, prior? Hij zal voor zijn twaalfde geen lid kunnen worden van een tiendgemeenschap.'

'Negen, my lord, maar het is een opmerkzame en eerlijke jongen.'

'Wat is zijn stand?'

'Hij is een vrije, my lords, en geen lijfeigene. Hij werkt voor zijn grootmoeder en verkoopt paling.'

Op dat moment kwam broeder Gilbert ertussen, die verraderlijk iets in het oor van de aartsdiaken fluisterde en daar een bijzonder vergenoegd gezicht bij trok.

Ah, de grootmoeder was ongetrouwd, was nooit getrouwd geweest, en had mogelijk onwettige kinderen voortgebracht. De jongen was dus waarschijnlijk een bastaard, zonder ook maar enige stand. 'De wet erkent hem niet.'

Dus werd Ulf, evenals Mansur, naar de keuken verbannen die achter de refter lag, en Gyltha moest haar hand over zijn mond leggen om te voorkomen dat hij van alles en nog wat begon te roepen, terwijl ze allebei luisterden naar de geluiden aan de andere kant van de open halfdeur waardoor een aroma van spek en bouillon naar buiten dreef, dat zich vermengde met de geur van het weelderige, door de regen nat geworden hermelijnbont waarmee de mantels van de rechters waren afgezet, terwijl rabbi Gotsce, die ook in de keuken was, voor hen in het Engels vertaalde wat er werd gezegd, want de rechters spraken Latijn.

Het hof had veel aanstoot genomen aan zijn aanwezigheid.

'Wilt u een jood aan ons voorgeleiden, prior Geoffrey?'

'My lords, de joden in deze stad is groot onrecht aangedaan. Er kan worden aangetoond dat sir Joscelin een van hun belangrijkste debiteuren was en het maakte deel uit van zijn vuige plannen om ervoor te zorgen dat ze werden beschuldigd van moord en dat hun administratie werd verbrand.'

'Bezit de jood daar bewijs van?'

'De administratie is vernietigd, my lord, zoals ik al zei. Maar zeker, de rabbi is ertoe gerechtigd om...'

'De wet erkent hem niet.'

De wet erkende evenmin dat een non wier zuiverheid van ziel uit haar gezicht sprak in staat was tot datgene wat Adelia haar had zien doen.

Haar priores sprak in haar naam...

'Evenals St.-Radegunde, onze dierbare stichtster, werd zuster Veronica geboren in Thüringen,' zei ze. 'Maar haar vader, een koopman, vestigde zich in Poitiers, waar ze op haar derde jaar bij het klooster werd aangemeld. Toen ze nog klein was werd ze naar Engeland gestuurd, ook al was ze op die leeftijd God en Zijn heilige Moeder al zeer toegewijd en is ze dat altijd gebleven.'

Priores Joan had haar stem getemperd; haar eeltige handen – door het vasthouden van de teugels – had ze in haar mouwen gestoken. Ze was op en top het hoofd van een goed georganiseerd huis van God. 'My lords, ik sta in voor de bescheidenheid en gematigdheid van deze non, en voor haar toewijding aan de Heer – als de andere zusters recreatie hadden, lag zuster Veronica menigmaal op haar knieën naast onze gezegende kleine heilige, Peter van Trumpington.'

Vanuit de keuken klonk een gesmoorde kreet.

'Die ze de dood in heeft gelokt,' zei Adelia.

'Houd uw mond, vrouwe,' voegde de aartsdiaken haar toe.

De priores wendde zich tot Adelia, met een priemende vinger en een stem als een jachthoorn. 'Rechter, my lords, oordeelt u zelf tussen dát daar, addergebroed dat laster spreekt, en háár, een voorbeeld van heiligheid.'

Het was jammer dat de japon die Gyltha voor haar had meegenomen uit het huis van de Oude Benjamin dezelfde was als die Adelia naar het feest op Grantchester had gedragen: die had een te diep decolleté en een te felle kleur om een goede vergelijking mogelijk te maken met het glad naar beneden vallende zwart-wit van de non. Jammer ook dat Gyltha in haar blijdschap over Ulfs terugkeer vergeten had een sluier of hoofdbedekking mee te nemen en dat Adelia, wier vorige hoofddeksel ergens onder Wandlebury Hill lag, zodoende een onbedekt hoofd had zoals een lichtekooi.

Niemand, behalve prior Geoffrey, nam het voor haar op.

Sir Rowley Picot ook niet; hij was niet aanwezig.

De aartsdiaken van Canterbury kwam overeind, zijn voeten nog steeds in pantoffels gestoken. Hij was een kleine man op leeftijd, heel energiek. 'My lords, laten we deze kwestie snel afhandelen, zodat we weer naar ons bed kunnen, en laten we als hier boze opzet in het spel is' – het gezicht dat hij naar Adelia toe draaide was dat van een boosaardige aap – 'diegenen die daar verantwoordelijk voor zijn naar de geselpaal zenden. Nu...'

Een voor een werden de bouwstenen waaruit Adelia haar zaak had opgebouwd onderzocht en terzijde geschoven.

Zou een bruid van Christus veroordeeld moeten worden om wat een palingverkopend minderjarig bastaardkind over haar beweerde?

Het feit dat de vrouwe zo vertrouwd was met de rivier? Maar wie was er níét bekend met stuurmanskunst in deze van water vergeven stad?

Laudanum? Kon je dat niet gewoon overal bij elke apotheek krijgen?

Bleef ze af en toe een nachtje uit het klooster weg? Nou...

Voor de eerste keer liet de jonge man die Hubert Walter heette zijn stem horen en hief hij zijn hoofd op van zijn aantekeningen. 'Misschien vergt dat enige toelichting, my lord. Het is... ongebruikelijk.'

'Als ik iets zeggen mag, heren...' Priores Joan stapte weer naar voren. 'Het bevoorraden van onze kluizenaressen is een daad van naastenliefde die zuster Veronica's krachten uitput – ziet u maar hoe broos ze is. Daarom heb ik haar toestemming gegeven om dergelijke nachten in rust en bezinning door te brengen bij een van onze kluizenaressen voordat ze weer naar het klooster terugkeert.'

'Prijzenswaardig, prijzenswaardig.' De ogen van de rechters bleven waarderend op de ranke gestalte van zuster Veronica rusten.

Wélke kluizenares, vroeg Adelia zich af, en waarom werd zíj niet voor deze rechtbank gehaald om de vraag te beantwoorden hoeveel nachten zij en de broze Veronica samen in stille bezinning hadden doorgebracht?

Geen één, wil ik wedden.

Maar er was geen redden aan; de kluizenares zou toch niet komen, juist omdát ze kluizenares was. Als Adelia zou eisen dat ze gehaald werd, zou dat alleen maar bevestigen hoeveel drukte ze ervan maakte, vergeleken met het respectvolle stilzwijgen dat Veronica in acht nam.

Waar ben je, Rowley? Ik wil met je trouwen, ik kan hier niet alleen staan. Rowley, ze laten haar gaan!

Het afbraakproces werd voortgezet. Wie had Simon van Napels zien sterven? Had de lijkschouwing niet uitgewezen dat de jood per ongeluk verdronken was?

De muren van de grote zaal kwamen naar elkaar toe. Een gerechtsdienaar bestudeerde de boeien die hij bij zich droeg alsof hij wilde beoordelen of ze wel klein genoeg waren voor Adelia's polsen. Boven haar hoofd zaten de waterspuwers zich te verkneukelen en de ogen van de rechters stroopten het vel van haar lijf.

De aartsdiaken vroeg nu waarom ze eigenlijk reden had gehad om naar Wandlebury Hill te gaan. 'Wat heeft haar naar die beruchte plek toe geleid, my lords? Hoe wist ze wat daar aan de hand was? Mogen we niet aannemen dat zíj degene was die samenwerkte met de duivel van Grantchester, en niet de heilige zuster die ze beschuldigt – wier enige misdaad kennelijk was dat ze haar uit zorg om haar veiligheid achternaging?'

Prior Geoffrey deed zijn mond open, maar werd afgekapt door de klerk Hubert Walter, die nog steeds geamuseerd was. 'Ik geloof dat we moeten accepteren, my lords, dat alle vier de kinderen waren gestorven voordat dit vrouwmens voet in Engeland zette. De moord op hen kunnen we haar in elk geval niet in de schoenen schuiven.'

'O nee?' De aartsdiaken was teleurgesteld. 'Desondanks hebben we bewezen dat ze een kwaadspreekster is, en volgens eigen zeggen had ze weet van de kuil en de omstandigheden daar. Dat vind ik merkwaardig, my lords, ik vind het verdacht.'

'Ik ook.' De bisschop van Norwich liet zich horen, geeuwend. 'Breng dat stomme mens naar de geselpaal en klaar zijn we.'

'Is dat het vonnis van uw allen?'

Dat was het.

Adelia slaakte een kreet, niet voor zichzelf, maar voor de kinderen van Cambridgeshire. 'Laat haar niet gaan, ik smeek het u. Ze zal nieuwe moorden begaan.'

De rechters luisterden niet en letten niet op haar. Hun aandacht werd opgeëist door iemand die de refter in kwam vanuit de keuken, waar hij een kom speksoep had gepakt, die hij nu leeg at.

Hij keek de vergadering met samengeknepen ogen aan. 'Een rechtszitting, als ik het wel heb?'

Adelia wachtte tot deze in eenvoudig leer geklede man terug zou worden gedirigeerd naar waar hij vandaan kwam. Achter hem waren een paar honden mee naar binnen geslopen – hij was dus een jager, die per ongeluk hier verzeild was geraakt.

Maar de rechters stonden op. Ze bogen. Bleven staan.

Hendrik Plantagenet, koning van Engeland, hertog van Normandië en Aguitanië, graaf van Anjou, hees zich op de reftertafel, liet zijn benen bungelen en keek om zich heen. 'Nou?'

'Het is geen rechtszitting, my lord.' De bisschop van Norwich was nu klaarwakker en fladderde als een leeuwerik. 'Een convocatie, niet meer dan een voorbereidend onderzoek naar de zaak van de kinderen die in deze stad zijn vermoord. De moordenaar is opgespoord, maar die...' Hij wees in de richting van Adelia. 'Die vrouw legt deze non van St.-Radegunde medeplichtigheid ten laste.'

'Ah, zo...' zei de koning op vriendelijke toon. 'Ik dácht al dat onze geestelijk leidsmannen hier een tikje oververtegenwoordigd waren. Waar is De Luci? De Glanville? Waar zijn de wereldlijk leiders?'

'We wilden hun nachtrust niet verstoren, my lord.'

'Heel attent,' zei Hendrik, nog steeds minzaam, ook al raakte de bisschop ontmoedigd. 'En wil het een beetje vorderen?'

Hubert Walter was van zijn plaats gekomen en naast de koning gaan staan; hij stak hem zijn perkament toe.

Hendrik pakte het aan en zette zijn kom soep neer. 'Ik hoop dat niemand er bezwaar tegen heeft dat ik me in deze zaak verdiep – die heeft me wat problemen bezorgd, snap je. Mijn joden uit Cambridge zijn omwille hiervan opgesloten in de kasteeltoren.'

Hij zei het heel vriendelijk, maar wederom schuifelden de rechters onrustig heen en weer. 'En ik heb navenant verlies aan inkomsten geleden.'

Terwijl hij zijn ogen over het perkament liet gaan, bukte hij zich en pakte een handvol stro van de vloer. Zolang hij las bleef het stil, behalve dan dat de regen tegen de hoge ramen sloeg en dat een van de honden onder tafel een bot gevonden had en daar nu vergenoegd luidruchtig op knaagde.

327

Adelia's benen trilden zo dat ze er niet op durfde te rekenen dat ze haar overeind zouden houden; deze eenvoudige man met zijn terloopse manier van doen had in de refter een algehele schrik teweeggebracht.

Hij begon te mompelen en hield het perkament bij een kandelaar die op tafel stond om de tekst beter te kunnen zien. 'De jongen zegt dat hij is ontvoerd door de non... wordt wettelijk niet erkend... Hmm.' Hij legde een van de strootjes die hij vasthield neer naast het licht. Afwezig zei hij: 'Lekker soepje, prior.'

'Dank u, my lord.'

'De non kende de rivier goed en bevoer die geregeld...' Hij legde nog een strootje naast het eerste. 'Een verdovend middel...' Ditmaal legde hij het strootje dwars op de andere twee. 'De hele nacht bidden bij een kluizenares...' Hij keek op. 'Is de kluizenares opgeroepen als getuige? Ach nee, ik vergat even dat dit geen rechtszitting was.'

Adelia's knieën knikten nog erger, nu omdat ze voorzichtig een heel klein sprankje hoop begon te voelen. De strootjes van Hendrik Plantagenet, die keurig op elkaar gestapeld lagen alsof hij een spelletje mikado ermee wilde gaan spelen, vermenigvuldigden zich bij elk stukje bewijs dat ze tegen Veronica had ingebracht.

'Simon van Napels... verdronken terwijl hij de administratie onder zich had... weer de rivier... een jood, natuurlijk – nou ja, wat kun je ook anders verwachten...' Hendrik schudde zijn hoofd om de nonchalance van de joden en las verder.

'De verdenkingen van de lekenvrouw... Wan-dle-bu-ry Hill... houdt vol dat ze in een kuil gegooid is... heeft niet gezien door wie... geworstel... lekenvrouw en non... allebei gewond... kind gered... door toedoen plaatselijke ridder...'

Hij keek op, toen omlaag naar de stapel strootjes en vervolgens naar de rechters.

De bisschop van Norwich schraapte zijn keel. 'Zoals u ziet, my lord, hebben de beschuldigingen die tegen zuster Veronica zijn ingebracht geen grond. Niemand kan haar iets ten laste leggen, want...'

'Behalve die jongen, natuurlijk,' onderbrak Hendrik hem, 'maar aan zijn getuigenis kunnen we geen wettelijk gewicht toekennen, toch? Nee, ik ben het ermee eens... Het zijn allemaal alleen maar indirecte bewijzen.'

Hij wierp nogmaals een blik op zijn strootjes. 'Een heleboel indirecte bewijzen, dat wel, maar...' De koning zoog zijn wangen vol lucht, blies die met kracht uit en de strootjes vlogen alle kanten op. 'En wat hadden jullie besloten te doen met deze kwaadspreekster – hoe heet ze, Adèle? Je hebt wel een beroerd handschrift, Hubert.'

'Mijn excuses, my lord. Ze heet Adelia.'

De aartsdiaken begon onrustig te worden. 'Het is onvergeeflijk dat ze dergelijke lasterpraat rondstrooit over een kloosterlinge; dat mogen we niet laten passeren.'

'Nee, zeker niet,' beaamde Hendrik. 'Denkt u dat we haar maar moeten ophangen?'

De aartsdiaken zwoegde verder. 'Die vrouw is een buitenlandse; ze kwam zomaar uit de lucht vallen, in het gezelschap van een jood en een Saraceen. Moeten we het over onze kant laten gaan dat ze de Heilige Moederkerk door het slijk haalt? Welk recht heeft ze daartoe? Wie heeft haar gestuurd en waarom? Om tweedracht te zaaien? Ik ben van mening dat de duivel haar tot ons heeft gebracht.'

'Om eerlijk te zijn was ik dat,' zei de koning.

Er daalde een stilte over de zaal neer alsof een sneeuwlawine alle geluiden had gesmoord. Vanachter de deur die zich achter de rechters bevond waren schuifelende, plassende voetstappen te horen: de monniken van Barnwell die zich door de regen ijlings van het klooster naar de kerk repten.

Hendrik keek voor de eerste keer naar Adelia en ontblootte in een grijns zijn meedogenloze, kleine tanden. 'Dat wisten jullie niet, hè?'

Hij wendde zich naar de rechters, die, omdat hun niet was verzocht weer te gaan zitten, nog steeds stonden. 'Ziet u, my lords, er verdwenen kinderen uit Cambridge, en mijn inkomsten liepen eveneens terug. Joden in de toren. Problemen op straat. Zoals ik tegen Aaron van Lincoln zei – u kent hem wel, bisschop; hij heeft u geld geleend voor uw kathedraal. Aaron, zei ik, met Cambridge moet iets gebeuren. Als de joden kinderen afslachten voor hun rituelen, moeten we ze ophangen. Zo niet, dan moet er iemand anders hangen. Wat me eraan doet denken...' Hij verhief zijn stem. 'Kom maar binnen, rabbi, ik heb net te horen gekregen dat dit geen rechtszitting is.'

De deur van de keuken ging open en rabbi Gotsce kwam behoedzaam binnen; hij boog veelvuldig, waaraan af te lezen was hoe zenuwachtig hij was.

De koning besteedde geen aandacht meer aan hem. 'Hoe dan ook, Aaron ging weg om erover na te denken, en nadat hij had nagedacht keerde hij terug. Hij zei dat de man die we nodig hadden een zeker Simon van Napels was – nog een jood, vrees, ik, my lords, maar een onderzoeker van naam. Bovendien stelde Aaron voor Simon te vragen een meester in de kunst des doods mee te nemen.' Hendrik vergunde de rechters nog een van zijn glimlachjes. 'Jullie vragen je nu vast af: en wat mag een meester in de kunst des doods dan wel zijn? Dat vroeg ík me in elk geval af. Een dodenbezweerder? Een soort verfijnde beul? Maar nee, het blijkt dat dit gekwalificeerde mensen zijn die lichamen kunnen lezen, en in dit geval zou zo iemand uit de manier waarop de kinderen van Cambridge waren vermoord, kunnen opmaken wie de dader zou kunnen zijn. Is er nog wat van dit heerlijke brouwsel?'

De overgang was zo abrupt dat het even duurde voordat prior Geoffrey opstond en als een man die droomde de halfdeur door liep. Helemaal vanzelf, leek het, reikte een vrouwenhand hem een dampende kom aan. Hij pakte die aan, liep terug en presenteerde hem de koning met een gebogen knie.

De koning had van het intermezzo gebruikgemaakt om een praatje aan te knopen met priores Joan. 'Ik hoopte vanavond op zwijnenjacht te gaan. Maar het is nu te laat, denkt u niet? Zouden ze niet zijn teruggekeerd naar hun leger?'

De priores wist niet wat ze hiervan moest denken, maar was gecharmeerd. 'Nog niet, my lord. Mag ik u aanbevelen uw honden de kant op te sturen van Babraham, waar de bossen...' Toen ze besefte waar ze mee bezig was, maakte ze haar zin niet af. 'Ik geef u alleen maar door wat ik heb gehoord, my lord. Ik heb zelf weinig tijd voor de jacht.'

'O ja, vrouwe?' Hendrik leek lichtelijk verrast. 'Ik heb anders horen zeggen dat u een echte Diana zou zijn.'

Een hinderlaag, vermoedde Adelia. Het drong tot haar door dat ze toekeek bij een oefening, en of die nu succes had of niet, listigheid werd erdoor tot een kunstvorm verheven.

'Dus...' zei de koning al kauwend. 'Dank u, prior. Dus vroeg ik Aaron: "Waar kan ik in vredesnaam een meester in de kunst des doods vinden?" En hij zei: "Niet in vredesnaam, my lord, maar in Salerno..." Hij mag graag geestigheden debiteren, onze Aaron. Er schijnt in Salerno een uitstekend medisch instituut te zijn waar mensen vandaan komen die zich in die obscure kunst hebben bekwaamd. Dus om een lang verhaal kort te maken, ik schreef naar de koning van Sicilië...' Stralend keek hij de priores aan. 'Hij is mijn neef, weet u. Ik verzocht hem in

330

mijn brief om de diensten van Simon van Napels en een meester in de kunst des doods.'

De koning had de soep te snel doorgeslikt en begon nu te hoesten; Hubert Walter moest hem op zijn rug slaan.

'Dank je, Hubert.' Hij wreef in zijn ogen. 'Nou, er zijn twee dingen misgegaan. Om te beginnen was ik niet in Engeland toen Simon van Napels hier aankwam, omdat ik die ellendige Lusitanen in het gareel moest brengen. En verder schijnt het dat ze in Salerno ook vrouwen geneeskunde laten studeren – kunt u dat geloven, my lords? – en een of andere gek die Adam niet van Eva kan onderscheiden stuurde niet een *meester* in de kunst des doods, maar een *meesteres*. En daar is ze dan.'

Hij keek naar Adelia, hoewel verder niemand dat deed; ze keken naar de koning, steeds naar de koning. 'Dus ik vrees, my lords, dat we haar niet kunnen ophangen, hoe graag we dat misschien ook zouden willen. Ze is niet van ons, ziet u, ze is onderdaan van de koning van Sicilië en neef William zal willen dat ze ongedeerd bij hem terugkeert.'

Hij was inmiddels van de tafel af gekomen, ijsbeerde over de vloer en peuterde tussen zijn tanden alsof hij in diep gepeins verzonken was. 'Wat hebt u daarop te zeggen, my lords? Denkt u, gezien het feit dat deze vrouw en een jood met z'n tweeën hebben weten te voorkomen dat er nog meer kinderen een gruwelijke dood zouden sterven in de handen van een heer wiens hoofd op dit moment is ingelegd in de pekelemmer van het kasteel...' Hij zuchtte niet-begrijpend en schudde zijn hoofd. 'Kunnen we haar wel straffen?'

Niemand zei iets; dat was ook niet de bedoeling.

'Om eerlijk te zijn, my lords, zal neef William het niet goed opnemen als meesteres Adelia een haar wordt gekrenkt en als wordt geprobeerd haar hekserij of kwade praktijken ten laste te leggen.' De stem van de koning was een gesel geworden. 'En ik ook niet.'

Ik zal u al mijn levensdagen dienen. Adelia voelde zich helemaal slap worden van dankbaarheid en bewondering. *Maar kun jij, zelfs jij, grote Plantagenet, zorgen dat de non een open proces krijgt?*

Rowley was nu in de zaal; met zijn grote lijf maakte hij een buiging voor de veel kleinere Hendrik, en hij overhandigde hem het een en ander. 'Het spijt me dat ik u heb laten wachten, my lord.' Ze wisselden een blik en Rowley knikte. Ze hadden een verstandhouding, de koning en hij.

Hij liep de refter door en stelde zich op naast prior Geoffrey. Zijn mantel was donker van de regen en hij rook naar frisse buitenlucht; hij wás frisse buitenlucht, en ze was opeens dolblij dat haar lijfje laag uitgesneden was en dat haar hoofd onbedekt was als dat van een lichtekooi; ze zou zich zó weer voor hem hebben uitgekleed. *Ik ben je lichtekooi wanneer je maar wilt, en ik ben er trots op.*

Hij zei iets. De prior gaf instructies aan broeder Gilbert, die het vertrek uit ging.

Hendrik was teruggekeerd naar zijn plekje op de tafel. Hij wenkte de dikste van de drie nonnen in het midden van de ruimte naar zich toe. 'U, zuster. Ja, u. Komt u eens bij me.'

Priores Joan keek argwanend toe toen Walburga aarzelend naar de koning toe stapte. Veronica hield haar blik neergeslagen; haar handen waren nog even bewegingloos als tevoren.

Vriendelijker nu zei de koning – en elk woord was duidelijk verstaanbaar: 'Vertelt u eens, zuster, wat u zoal doet in het klooster. Spreek vrijuit, ik beloof dat u niets zal overkomen.'

Ze vertelde het, aanvankelijk aarzelend, maar als Hendrik aardig deed, konden maar weinigen hem weerstaan, en Walburga behoorde daar niet toe. 'Ik denk na over het Woord Gods, my lord, net als de anderen, en zeg de gebeden van onze stichtster. En ik breng met de boot leeftocht naar de kluizenaressen...' Een lichte aarzeling.

Het kwam Adelia voor dat Walburga, met haar wankele Latijn, zo in de war werd gebracht door de kerkelijke rituelen dat ze de meeste uit de weg was gegaan.

'En we bidden de getijden, bijna altijd in elk geval...'

'Eet u goed? Krijgt u wel genoeg vlees binnen?'

'O, ja, my lord.' Walburga had weer vaste grond onder de voeten en haar zelfvertrouwen groeide. 'Moeder Joan brengt vaak een bok of wat mee terug van de jacht en mijn tante kan goed boter en room maken. We eten er goed van.'

'Wat doet u verder zoal?'

'Ik poets de reliek van de Kleine St.-Petrus en ik vlecht aandenkens die pelgrims kunnen kopen, en ik...'

'U bent vast de beste vlechtster van het hele klooster.' Heel joviaal.

'Nou, ik kan er goed mee uit de voeten, my lord, hoewel ik dat niet van mezelf zou mogen zeggen, maar zuster Veronica en die wijlen zuster Agnes, de arme ziel, konden er ook wat van.'

'Jullie hebben zeker ieder een eigen stijl?' Toen Walburga met haar ogen knipperde, herformuleerde Hendrik zijn vraag. 'Stel dat ik een aandenken zou willen kopen uit een hele stapel, zou u dan kunnen zeggen welke door u waren gemaakt en welke door Agnes of Veronica?'

Mijn god. Adelia's huid prikte. Ze probeerde Rowleys blik te vangen, maar hij keek haar niet aan.

Walburga grinnikte. 'Dat zou niet hoeven, my lord. Voor u zou ik er gratis eentje maken.'

Hendrik glimlachte. 'Nou, stel ik heb sir Rowley gestuurd om er eentje voor me te gaan halen.' Hij stak een van de kleine voorwerpen – sommige poppetjes, andere matjes – naar voren die Rowley hem had gegeven. 'Hebt u dit gemaakt?'

'O nee, die maakte zuster Odelia voor haar overlijden.'

'En deze?'

'Die is van Magdalene.'

'Deze?'

'Van zuster Veronica.'

'Prior.' Het klonk als een bevel.

Broeder Gilbert was terug. Prior Geoffrey bracht andere voorwerpen waar Walburga naar kon kijken. 'En deze, mijn kind?' Ze lagen op zijn uitgestoken handpalm, biezen sterren, fraai en ingewikkeld gevlochten in een vijfpuntige vorm.

Walburga vond het een leuk spelletje. 'Nou, die zijn ook van zuster Veronica.'

'Weet u het zeker?'

'Zo zeker als maar kan, my lord. Ze heeft er plezier in. Die arme zuster Agnes zei dat het misschien niet goed was, omdat het er heidens uitziet, maar wij zagen er geen kwaad in.'

'Geen kwaad,' zei de koning. 'Prior?'

Prior Geoffrey keek de rechters aan. 'My lords, deze voorwerpen waren achtergelaten op de Wandlebury-kinderen toen we hen aantroffen. Deze non heeft ze zojuist geïdentificeerd als vervaardigd door de beschuldigde zuster. Moet u zien.'

In plaats daarvan keken de rechters naar zuster Veronica.

Adelia hield haar adem in. Het is geen definitief bewijs; ze kan wel honderd excuses aanvoeren. Het is slim bedacht, maar bewijs is het niet.

Voor priores Joan gold het wel als bewijs; ze staarde haar beschermelinge in grote nood aan.

Voor Veronica was het ook bewijs. Even bleef ze zwijgen. Toen slaakte ze een kreet en hief haar hoofd en haar twee trillende handen. 'Bescherm mij, my lords. U denkt dat hij door honden werd verscheurd, maar hij is daar boven. Daarboven.'

Aller oogden volgden de hare naar de plafondbalken waar de waterspuwers vanuit de schaduwen naar hen teruglachten, en toen weer omlaag naar Veronica. Die had zich op de grond laten vallen en lag te kermen. 'Hij zal u pijn doen. Hij doet mij ook pijn als ik hem niet gehoorzaam. Het deed pijn toen hij bij me naar binnen ging. Hij brengt pijn toe. O, red me van de duivel.'

16

De lucht in de kamer werd warm en zwaar. De oogleden van de mannen zakten half dicht, hun monden vielen open en hun lichamen verstijfden. Veronica kronkelde rond te midden van het stro op de vloer; ze trok aan haar habijt, wees tussen haar benen en jammerde dat de duivel daar, dáár bij haar naar binnen was gegaan.

Het was alsof de vederlichte aandenkens een definitief gewicht hadden gegeven aan een schuld zo groot en zwaar dat ze aannam dat nu alles openlag. Er was een deur opengebroken en daardoor kwam iets stinkends naar buiten.

'Ik heb gebeden tot de Moeder... red me, red me, lieve Maria... maar hij reeg me aan zijn hoorn, hier, híér. Wat deed dat pijn... Hij had een gewei... Ik kon niet... Lieve Zoon van Maria, ik moest van hem toekijken als hij dingen deed... vreselijke dingen, afschuwelijk... Er was bloed, zo veel bloed. Ik dorstte naar het bloed van de Heer, maar was de slavin van de duivel... Hij deed me pijn, pijn... Hij beet in mijn borsten, hier, híér, hij kleedde me helemaal uit... sloeg me... Hij stak zijn hoorn in mijn mond... Ik bad dat de barmhartige Jezus zou komen... maar hij is de Prins der Duisternis... Zijn stem in mijn oren zei me dat ik dingen moest doen... Ik was bang... Hou hem tegen, laat hem niet...'

Gebeden, betuigingen van deemoed. Er kwam geen eind aan.

Maar aan je verbintenis met het beest ook niet, bedacht Adelia. Die ging ook maar door en door, maandenlang. Je leverde het ene kind na het andere, keek toe hoe het gemarteld werd, en deed geen enkele poging om jezelf te bevrijden. Dat is geen slavernij.

Terwijl Veronica haar ziel blootlegde, gaf ze tevens haar jonge lichaam prijs: haar rok was tot boven haar enkels opgeschoven en door de scheuren in haar habijt was de lichte zwelling van haar borsten te zien.

Het is een toneelstukje; ze geeft de duivel de schuld; ze heeft Simon gedood; ze geniet hiervan. Het is pure seks, niets meer en niets minder.

Een blik op de rechters maakte duidelijk dat die helemaal in haar ban waren, of erger nog: de hand van de bisschop van Norwicht rustte op zijn kruis en de oude aartsdiaken hijgde. Hubert Walter kwijlde. Zelfs Rowley likte langs zijn lippen.

Toen Veronica even zweeg om adem te halen, zei een bisschop, bijna eerbiedig: 'Bezetenheid door de duivel. Zo'n duidelijk geval heb ik nog nooit meegemaakt.'

De demonen hadden het gedaan. De zoveelste poging van de Prins der Duisternis om de Moederkerk onderuit te halen; een betreurenswaardig, maar begrijpelijk incident in de oorlog tussen zonde en heiligheid. Alleen de duivel droeg schuld. In haar wanhoop keek Adelia op, naar het gezicht van de enige man in het vertrek die het tafereel met sardonische bewondering gadesloeg.

'Zij heeft Simon van Napels omgebracht,' zei Adelia.

'Dat weet ik.'

'Zij heeft geholpen de kinderen te doden.'

'Dat weet ik,' sprak de koning.

Veronica kroop nu over de vloer en zocht zich als een worm een weg naar de rechters. Ze omklemde de pantoffels van de aartsdiaken en haar zachte, donkere haar stroomde over zijn voeten. 'Red me, my lord, laat hem mij niet weer dwingen. Ik dorst naar de Heer, geef me mijn Verlosser terug. Stuur de duivel heen.' Buiten zinnen en verfomfaaid als ze was, was haar onschuld verdwenen, en seksuele schoonheid was ervoor in de plaats gekomen, ouder en meer gekneusd dan wat eraan vooraf was gegaan, maar niettemin was het schoonheid.

De aartsdiaken reikte nu naar haar omlaag. 'Kom, kom, mijn kind.'

De tafel schudde toen Hendrik eraf sprong. 'Houdt u varkens, heer prior?'

Prior Geoffrey maakte zijn ogen van het tafereel los. 'Varkens?'

'Varkens, ja. En laat iemand die vrouw overeind helpen.'

Er werden instructies gegeven. De twee krijgers tilden Veronica op, zodat ze tussen hen in hing. 'Ziezo, vrouwe,' zei Hendrik tegen haar. 'U kunt ons wellicht helpen.'

In Veronica's ogen die ze naar hem opsloeg, was heel even iets van berekening te zien. 'Geef mij terug aan mijn Verlosser, my lord. Laat mij mijn zonden wegwassen met het bloed van de Heer.'

'Verlossing is te vinden in de waarheid, en daarom moet u ons vertellen hoe de duivel de kinderen ombracht. Op welke manier. U moet het ons laten zien.'

'Is dat de wens van de Heer? Er was bloed, heel veel bloed.'

'Hij dringt erop aan.' Hendrik stak een waarschuwende hand naar de rechters op, die waren opgestaan. 'Zij weet het. Ze heeft toegekeken. Ze zal het ons laten zien.'

Hugh kwam naar binnen met een varkentje, dat hij aan de koning toonde, die knikte. Toen de jager het dier langs haar heen naar de keuken bracht, ving een verbijsterde Adelia een glimp op van een kleine, ronde, snuffelende snuit. Ze rook een boerderijgeur.

Een van de krijgers leidde Veronica dezelfde kant op, gevolgd door de andere man, die plechtig een bladvormig mes op zijn uitgestoken handpalmen droeg: het vuurstenen mes, hét mes.

Wil hij dat het zich nu voltrekt? God helpe ons, God helpe ons allen.

De rechters, iedereen, de geschokt kijkende Walburga incluis, stroomde naar de keuken. Priores Joan wilde eerst niet meekomen, maar koning Hendrik pakte haar bij de elleboog.

Toen Rowley langs haar heen liep, zei Adelia: 'Ulf mag dit niet zien.'

'Ik heb hem naar huis gestuurd, met Gyltha.' Toen was ook hij weg en stond Adelia in een lege refter.

Was het van tevoren zo gepland? Hier zat meer achter dan het bewijzen van Veronica's schuld; Hendrik wilde de Kerk een hak zetten, die hem had veroordeeld vanwege Becket.

Ook dat was iets afschuwelijks: een slimme koning die een val had gezet, niet alleen voor het wezen dat er al dan niet in zou kunnen trappen, afhankelijk van hoe listig het was, maar ook om zijn grotere vijand op zijn eigen zwakte te wijzen. En hoe min het wezen ook was waar de val voor werd gezet, een val was en bleef een val.

Door al het heen-en-weer geloop was de deur van het klooster open blijven staan. De dag brak aan en de monniken reciteerden; ze hadden de hele tijd al gereciteerd. Terwijl Adelia luisterde naar hun koor van stemmen dat de orde en goedheid herstelde, voelde ze dat de nachtlucht de tranen op haar wangen deed afkoelen, waarvan ze niet eens had geweten dat ze er waren.

Vanuit de keuken hoorde ze de stem van de koning: 'Leg maar op het hakblok. Heel goed, zuster. En laat ons nu maar eens zien wat hij deed.'

Ze drukten het mes in Veronica's hand...

Gebruik het niet, dat is nergens voor nodig... Vertel het ze maar gewoon.

De stem van de non klonk helder door de halfdeur heen: 'Word ik dan verlost?'

'De waarheid is verlossing.' Hendrik, onverbiddelijk. 'Laat maar zien.' Stilte.

Weer de stem van de non: 'Hij vond het niet prettig als ze hun ogen dichtdeden, ziet u.' Het varken slaakte zijn eerste kreet. 'En dan...'

Adelia hield haar oren dicht maar kon niet voorkomen dat ze het varken nogmaals hoorde krijsen, en toen nog een keer, schriller nu, en nog een keer... en de vrouwenstem die erbovenuit klonk: 'Zo ging het, en dan zo. En vervolgens...'

Ze is krankzinnig. Als ze tevoren nog enigszins doortrapt was geweest, dan was het de sluwheid van een krankzinnige. Maar zelfs dat beetje had haar nu verlaten. Lieve god, hoe ziet het er in haar bovenkamer uit?

Gelach? Nee, het was gegiechel, een manisch geluid, dat aanzwol en het leven wegzoog uit het wezen dat het het leven benam. Veronica's stem kreeg iets onmenselijks en klonk uit boven de doodskreten van het varkentje, tot hij schetterde, een geluid dat verband hield met grote, met gras bevlekte tanden en lange oren. Het klonk op in de nacht en deed alles wat daar vertrouwd aan was in scherven uiteenvallen.

De stem brulde van het lachen.

De krijgers brachten haar terug naar de refter en wierpen haar op de grond, waar het varkensbloed dat op haar habijt zat, in het stro trok. De rechters liepen met een grote boog om haar heen en de bisschop van Norwich streek afwezig over zijn besmeurde gewaad. Mansur en Rowley keken strak voor zich uit. Rabbi Gotsce was tot en met zijn lippen doodsbleek. Priores Joan liet zich op de bank neerzakken en begroef haar hoofd in haar armen. Hugh leunde tegen de deurstijl en staarde in het luchtledig.

Adelia haastte zich naar zuster Walburga toe, die wankelend was gevallen en in de lucht klauwde. Ze sloeg haar hand stevig over de mond van de non. 'Kalm maar. Langzaam ademhalen. Met kleine teugjes, oppervlakkig.'

Ze hoorde Hendrik zeggen: 'Nou, my lords? Het ziet ernaar uit dat ze de duivel haar medewerking heeft verleend.'

Afgezien van de paniekerige ademhaling van Walburga was het stil in het vertrek.

Na een poosje nam iemand, een van de bisschoppen, het woord: 'Ze krijg natuurlijk een proces voor het kerkelijk hof.'

'U bedoelt dat de clerus zich coulant tegen haar zal opstellen,' zei de koning.

'Ze is nog steeds een van de onzen, my lord.'

'En wat denkt u met haar te gaan doen? De Kerk kan niet iemand ophangen, kan geen bloed vergieten. Het enige wat uw hof kan doen is haar excommuniceren en haar de lekenwereld in sturen. Wat gebeurt er dan als een volgende keer een moordenaar fluit dat ze moet komen?

'Plantagenet, pas op.' Dat was de aartsdiaken. 'Wou u soms de heilige St.-Thomas betwisten? Moet hij opnieuw sterven door de handen van uw ridders? Zou u zijn eigen woorden ter discussie willen stellen? "De clerus erkent alleen Christus als koning en onder de Koning der Hemelen worden ze door hun eigen wet geregeerd." De klok, het boek en de kaars zijn de grootste dwangmiddelen die er bestaan; deze verachtelijke vrouw zal haar ziel verliezen.'

Dit was de stem die had weerklonken door een kathedraal waarvan de trappen waren bezoedeld met het bloed van een aartsbisschop. Hij weergalmde nu door een refter in de provincie, waar het bloed van een varken in de stenen drong.

'Haar ziel is ze toch al kwijt. Moet Engeland soms nog meer kinderen verliezen?' Dat was de andere stem, degene die tegen Becket de seculiere rede in stelling had gebracht. Hij klonk nog steeds redelijk.

Óf misschien ook niet. Hendrik pakte een van de krijgslieden bij de schouders en schudde hem heen en weer. Vervolgens bewerkte hij de rabbi, en toen Hugh. 'Zien jullie nou? Zie je het? Dít was de strijd tussen Becket en mij. Hou jullie rechtszittingen maar, zei ik, maar overhandig mij de schuldige om die te straffen.' De mannen werden als ratten door de kamer geslingerd. 'Ik heb verloren. Ik heb verloren, zien jullie nou? Moordenaars en verkrachters lopen in mijn land los rond omdat ik verlóren heb.'

Hubert Walter klampte zich smekend aan een van zijn armen vast en werd gewoon gesleept. 'My lord, my lord... bedenk toch... Bedenk toch...'

Hendrik schudde hem van zich af en staarde op hem neer. 'Ik sta het niet toe, Hubert.' Hij haalde zijn hand over zijn mond om het speeksel weg te vegen. 'Horen jullie me, heren? Ik sta het niet toe!'

Hij was nu enigszins gekalmeerd en stond tegenover de sidderende rechters. 'Probeer het maar, vel jullie vonnis, neem haar ziel weg, maar ik zal niet toestaan dat de adem van dat mens mijn rijk vergiftigt. Stuur haar maar terug naar Thüringen, naar het verre Indië, waar dan ook naartoe, maar ik ben niet van plan nog meer kinderen te verliezen, en ik zweer bij mijn eigen zielenheil dat als dat mens over twee dagen nog steeds de lucht van Plantagenet inademt, ik de wereld kenbaar zal maken dat de Kerk in dezen heeft gefaald. En u, vrouwe...'

Het was de beurt van priores Joan. De koning trok haar hoofd aan haar sluier omhoog van de tafel en maakte haar kap los, zodat haar weerbarstige grijze haar zichtbaar werd. 'En u... Als u uw zusters ook maar met de helft van de discipline in het gareel had gehouden die u voor uw honden aanwendt... Ze vertrekt, begrijpt u? Zij vertrekt, of ik haal uw klooster steen voor steen neer, met u erin. En nu wegwezen hier, en neem die stinkende made met jullie mee.'

Het was een ordeloze aftocht. Prior Geoffrey stond bij de deur en zag er oud en ziek uit. Het was opgehouden met regenen, maar in de kille, vochtige ochtendlucht was grondmist ontstaan en de in mantel en kap gehulde gestaltes die op hun paard stegen of in hun draagstoelen stapten, waren moeilijk te onderscheiden. Maar het ging er stilletjes aan toe, behalve dan het geklepper van hoeven op de keien, het gesnuif van de paarden, het gezang van een vroege lijster en het kraaien van een jonge haan in het kippenhok. Niemand zei iets. Ze leken allemaal wel slaapwandelaars, zielen die dolen door een niemandsland.

Alleen het vertrek van de koning was met lawaai gepaard gegaan: jachthonden krioelden door elkaar en ridders galoppeerden naar de poorten en het open land.

Adelia meende twee gesluierde gedaantes te zien die door krijgslieden werden weggeleid. Misschien was de gebogen gestalte met een hoed op die in zijn eentje naar het kasteel stiefelde, de rabbi. Alleen Mansur bevond zich aan haar zijde, God zegene hem.

Ze liep naar Walburga toe, die helemaal vergeten was, en sloeg haar arm om haar heen. Vervolgens wachtte ze op Rowley Picot. En wachtte maar.

Ofwel hij kwam niet, ofwel hij was al weg. Nou, goed dan...

'Het ziet ernaar uit dat we moeten gaan lopen,' zei ze. 'Gaat het wel?' Ze maakte zich zorgen om Walburga; de jonge vrouw had een verontrustende polsslag gehad nadat ze in de keuken getuige was geweest van iets wat ze nooit had mogen zien. De non knikte.

Samen waadden ze door de mist, met Mansur naast hen. Twee keer draaide Adelia zich om om te kijken waar Wachter bleef; tweemaal her- innerde ze zich wat er met hem was gebeurd. Toen ze zich voor de derde keer omdraaide... 'O nee, lieve god, nee!'

'Wat is er?' vroeg Mansur.

Achter hen liep Rakshasa, zijn voeten gingen schuil in de mist.

Mansur trok zijn dolk en stak die vervolgens weer half in de schede. 'Het is die andere. Blijf hier.'

Nog steeds happend naar adem van de schrik keek Adelia hem na toen hij op Gervase van Coton af liep, wiens gestalte zo sterk leek op die van de dode, een Gervase die nu gekrompen leek te zijn en onka- rakteristiek timide. De Arabier en hij liepen samen het pad af en ver- dwenen uit het zicht. Hun stemmen klonken als gemompel.

Mansur kwam in zijn eentje terug. Met z'n drieën vervolgden ze hun weg. 'We zullen hem een pot duizendknoop sturen,' zei Mansur.

'Hoe dat zo?' Maar toen moest Adelia opeens grinniken, omdat er van de normale werkelijkheid niets meer over was. 'Heeft hij... Mansur, heeft hij syfilis?'

'Andere doktoren hebben hem niet kunnen helpen. Die arme man heeft al die dagen geprobeerd me te consulteren. Hij beweert dat hij het huis van de jood in de gaten heeft gehouden om te zien of ik terug- kwam.'

'Ik heb hem gezien. Hij heeft me de stuipen op het lijf gejaagd. Ik zal hem die ellendige duizendknoop wel geven. Ik zal er peper in doen; dan leert hij het wel af om aan rivieroevers rond te hangen. Hij met zijn syfilis!'

'Je bent arts,' zei Mansur verwijtend. 'Hij maakt zich zorgen, hij is bang voor wat zijn vrouw zal zeggen. Moge Allah medelijden met hem hebben.'

'Dan had hij haar maar trouw moeten zijn,' zei Adelia. 'Ach, nou ja, het zal vanzelf wel blijken of het gonorroe is.' Ze grijnsde nog steeds. 'Maar dat moet je maar niet tegen hem zeggen.'

Het was lichter geworden toen ze bij de stadspoorten kwamen en ze konden de Grote Brug al zien. Er wandelde een kudde schapen over- heen, op weg naar de slacht. Een paar studenten strompelden na een nachtje stappen naar huis.

Hijgend zei Walburga opeens vol ongeloof: 'Maar ze was de beste van ons allemaal, de meest heilige. Ik bewonderde haar, omdat ze zo goed was.'

'Ze had een tik van de molen,' zei Adelia. 'Daar is verder geen verklaring voor.'

'Waar zou die vandaan gekomen zijn?'

'Ik zou het niet weten.' Misschien was hij er altijd al geweest, in onderdrukte vorm. Vanaf haar derde jaar was ze gedoemd tot kuisheid en gehoorzaamheid. Misschien dat ze toevallig een man had ontmoet die zijn macht liet gelden. Rowley had immers verteld over Rakshasa's aantrekkingskracht op vrouwen: 'Joost mag weten waarom, maar vrouwen vinden hem aantrekkelijk; hij behandelt hen niet goed.' Was de non gestoord geraakt door die magneetkracht van razernij? Misschien, misschien. 'Ik zou het niet weten,' zei Adelia nogmaals. 'Oppervlakkig ademhalen. Kalm aan nu.'

Toen ze de voet van de brug naderden, kwam er een ruiter aangalopperen. Sir Rowley Picot blikte naar Adelia omlaag. 'Krijg ik nog een verklaring, vrouwe?'

'Ik heb tegen prior Geoffrey een verklaring afgelegd. Ik voel me dankbaar en vereerd door je voorstel...' O, dit ging helemaal mis. 'Rowley, ik had graag met je willen trouwen, met niemand liever, maar...'

'Heb ik je vanochtend soms niet lekker geneukt?'

Hij sprak met opzet Engels en Adelia voelde dat de non naast haar ervan schrok dat hij het oude Angelsaksische woord gebruikte. 'Jawel,' zei ze.

'Ik heb je gered. Ik heb je gered van dat monster.'

'Ook dat is waar.'

Maar de ontdekking op Wandlebury Hill was te danken aan de mengelmoes van vermogens die Simon van Napels en zij met z'n tweeën bezaten, ondanks haar eigen bijna fatale misrekening om daar in haar eentje naartoe te gaan.

Diezelfde vermogens hadden ertoe geleid dat Ulf was gered en de joden waren bevrijd. Hoewel alleen de koning er iets over had gezegd, was hun onderzoek een staaltje koel, logisch redeneren geweest en ook... nou ja, ook een beetje intuïtie, maar dan wel intuïtie die was gebaseerd op kennis – zeldzame vaardigheden in deze bijgelovige tijden, te zeldzaam om verdronken te worden zoals die van Simon waren verdronken, te waardevol om te worden begraven, zoals de hare begraven zouden raken als ze zou trouwen.

Adelia had hier met smart haar gedachten over laten gaan, maar om de uitkomst kon ze niet heen. Hoewel ze verliefd geworden was, was er verder helemaal niets in de wereld veranderd. Dode lichamen zouden nog steeds om haar roepen. Het was haar plicht om aan die roep gehoor te geven.

'Ik ben niet vrij om met je te trouwen,' zei ze. 'Ik ben een dokter van de doden.'

'Veel plezier daarmee dan maar.'

Hij gaf zijn paard de sporen en stuurde het naar de brug, zodat zij alleen en merkwaardig wrokkig achterbleef: hij had Walburga en haar minstens naar huis kunnen brengen.

'Heidaar,' riep ze hem na. 'Ik neem aan dat je Rakshasa's hoofd naar het Oosten wilt sturen, naar Hakim?'

Zijn antwoord dreef naar haar terug: 'Ja, dat ben ik verdomme zeker van plan.'

Hij maakte haar altijd aan het lachen, ook al moest ze huilen. 'Mooi zo,' zei ze.

In Cambridge gebeurde die dag een heleboel.

De rechters van het assisenhof luisterden naar gevallen van diefstal, muntenroverij, straatruzies, een gestikte baby, overspel, onenigheid over land, bier dat te slap was, broden die te kort waren, betwiste testamenten, deodandums, landloperij, bedelarij, onenigheid tussen reders, vuistgevechten tussen buren, brandstichting, weggelopen erfgenamen en leerlingen die kattenkwaad hadden uitgehaald – en velde daar een vonnis over.

's Middags was er een onderbreking. Roffelende trommels en schallende trompetten riepen de menigten naar de binnenhof van het kasteel. Een heraut stond op het podium voor de rechters en las een tekst voor van een rol met een stem die reikte tot in de stad.

'Hierbij maak ik bekend dat voor het aangezicht van God en tot genoegen van de rechters hier aanwezig de ridder genaamd Joscelin van Grantchester de vuige moordenaar is gebleken van Peter van Trumpington, Harold van de parochie van de Heilige Maria, Mary, dochter van Bonning de vogeljager, en Ulric uit de parochie van St.-Johannes, en dat voornoemde Joscelin van Grantchester is overleden tijdens zijn gevangenneming vanwege zijn misdaden, en dat hij door honden is verscheurd.

Tevens maak ik bekend dat de joden van Cambridge zijn vrijgesproken van deze moorden en alle verdenking daarvan, zodat hun nu niets meer in de weg staat om terug te keren naar hun rechtmatige woningen en zaken. Aldus in de naam van Hendrik, koning van Engeland onder God.'

Er werd niets gezegd over een non. De Kerk sprak zich over die kwestie niet uit. Maar Cambridge gonsde van de geruchten, en in de loop van de middag ontmantelde Agnes, de vrouw van de palingverkoper en de moeder van Harold, het bijenkorfachtige hutje voor de kasteelpoort dat sinds de dood van haar zoon haar onderkomen was geweest, sleepte het bouwmateriaal de heuvel af en bouwde het weer op voor de poorten van het klooster van St.-Radegunde.

Dit gebeurde allemaal open en bloot.

Andere dingen voltrokken zich in het geheim en in het duister, hoewel niemand ooit te weten kwam wie er precies de hand in had gehad. In elk geval kwamen heren die een hoge functie bekleedden in de gelederen van de Heilige Kerk achter gesloten deuren bijeen, waar een van hen smeekte: 'Wie zal ons bevrijden van die schandelijke vrouw?', zoals Hendrik II ooit had uitgeroepen dat hij bevrijd wilde worden van de oproerige Becket.

Wat er vervolgens achter deze gesloten deuren gebeurde is minder zeker, want er werden geen aanwijzingen gegeven, hoewel er misschien wel toespelingen werden gemaakt, als muggen zo licht, zodat je er niet de vinger op kon leggen; er werden wensen uitgesproken in een code die zo ondoorgrondelijk was dat alleen degenen die de sleutel ervan in handen hadden, hem konden vertalen. Dit alles met het doel, wellicht, om het onmogelijk te maken met zekerheid te stellen dat de mannen – en zij waren geen geestelijken – die onder dekking van de duisternis Castle Hill af liepen naar het klooster van St.-Radegunde, handelden op iemands bevel.

Je kon niet eens zeggen dát ze handelden.

Mogelijk wist Agnes ervan, maar zij gaf nooit iets prijs.

Deze dingen, die zowel transparant als in schaduwen gehuld waren, voltrokken zich zonder dat Adelia er iets van wist. Op bevel van Gyltha sliep ze de klok rond. Toen ze wakker werd, trof ze over heel Jesus Lane een rij patiënten aan die wachtten op een consult met dokter Mansur. Ze handelde de ernstigste gevallen af en nam toen een pauze om Gyltha te raadplegen.

'Ik zou naar het klooster moeten gaan om even bij Walburga te kijken. Ik heb mijn plichten verzaakt.'

'Je moest eerst zelf beter worden.'

344

'Gyltha, ik wil er niet heen.'

'Ga dan niet.'

'Ik moet wel; als ze nog zo'n aanval krijgt, houdt haar hart er misschien mee op.'

'De kloosterpoorten zijn gesloten en niemand doet open. Zeggen ze. En dat, dat méns...' Gyltha kon zichzelf er nog steeds niet toe zetten de naam uit te spreken. 'Ze is weg. Zeggen ze.'

'Weg? Nu al?' Niemand talmt wanneer de koning een bevel geeft, dacht ze. *Le Roy le veult.* 'Waar is ze heen gestuurd?'

Gyltha haalde haar schouders op. 'Gewoon weg. Zeggen ze.'

Adelia voelde de opluchting neerdalen over haar ribben, waar die er bijna van genazen. Plantagenet had de lucht in zijn koninkrijk zodanig geklaard dat ze die weer in kon ademen.

Hoewel hij daarmee wel de lucht in een ander land heeft bedorven, ging het door haar heen. Wat zullen ze daar met haar doen?

Adelia probeerde niet te denken aan hoe de non had liggen kronkelen op de vloer van de refter, en nu zou kronkelen in vuiligheid, in het duister en geketend, maar ze kon het beeld niet van zich af zetten. Ze kon er ook niets aan doen dat ze bezorgdheid voelde; zij was arts, en echte artsen velden geen oordelen, maar stelden alleen diagnoses. Ze had de wonden en ziekten van mannen en vrouwen behandeld die ze als mens afstotelijk vond, maar beroepsmatig gezien niet. Karakters stootten af, niet het lijdende, nooddruftige lichaam.

De non was krankzinnig; het was een dienst aan de samenleving om haar haar leven lang op te sluiten. Maar... 'De Heer zal erbarmen met haar hebben en haar goed behandelen,' zei Adelia.

Gyltha keek haar aan alsof zij ook niet goed snik was. 'Ze heeft haar verdiende loon gekregen,' zei ze flegmatiek. 'Dat wordt althans beweerd.'

Ulf was, wonder boven wonder, met zijn boeken in de weer. Hij was rustiger en ernstiger dan tevoren. Volgens Gyltha had hij gezegd dat hij jurist wilde worden. Dat was allemaal leuk en aardig, maar toch miste Adelia de oude Ulf.

'De kloosterpoorten zijn kennelijk gesloten,' liet ze hem weten, 'maar toch moet ik naar binnen om bij Walburga te gaan kijken. Ze is ziek.'

'Wat, zuster Dikkie?' Opeens was Ulf weer helemaal de oude. 'Kom maar met mij mee, mij kunnen ze toch niet buiten houden.'

De zorg voor de overige patiënten kon ze wel aan Gyltha en Mansur overlaten. Adelia ging naar haar medicijnenkabinet; venusschoentje was een prima middel tegen hysterie, paniek en angsten. En rozenolie ter kalmering.

Ze toog met Ulf op weg.

Op de borstwering van het kasteel herkende een belastinginner die na het assisenhof van een welverdiende rust genoot, twee ranke gestaltes tussen de vele die beneden hem de Grote Brug overstaken; hij zou de grootste van de twee, met een onaantrekkelijk hoofddeksel op, uit duizenden herkennen.

Dit was het moment, nu ze niet thuis was. Hij riep om zijn paard.

Waarom sir Rowley Picot het nodig vond om in zijn zielennood raad te vragen aan Gyltha, palingverkoopster en huishoudster, had hij zelf niet kunnen zeggen. Misschien omdat Gyltha de beste vriendin was die de liefde van zijn leven in Cambridge had. Of misschien omdat ze hem had verzorgd toen hij gewond te bed lag, of omdat ze over een uitstekend boerenverstand beschikte, of misschien vanwege de indiscreties uit haar verleden... Hoe dan ook, hij wilde haar advies inwinnen, en het kon hem niet schelen wat daarvan de achterliggende reden was.

Mismoedig zat hij een van Gyltha's pasteien weg te kauwen.

'Ze wil niet met me trouwen, Gyltha.'

'Natuurlijk niet. Dat zou zonde zijn. Ze is...' Gyltha probeerde een vergelijking te trekken met een of ander fabelwezen, maar kwam niet verder dan 'eenhoorn', en koos uiteindelijk voor: 'Ze is een bijzonder mens.'

'Ik ben ook een bijzonder mens.'

Gyltha reikte omhoog om sir Rowley op het hoofd te kloppen. 'Je bent een prima kerel en er valt niets op je aan te merken, maar zij is...' Wederom kon ze geen geschikte vergelijking bedenken. 'Nadat de Lieve Heer haar had gemaakt, heeft hij de mal vernietigd. We hebben haar nodig, wij allemaal, niet jij alleen.'

'En ik zal haar verdomme niet krijgen zeker, of wel soms?'

'Misschien niet als echtgenote, maar er zijn nog wel andere manieren om een kat te villen.' Gyltha had al lang geleden besloten dat de kat in kwestie, ook al was die dan nog zo bijzonder, wel wat grondig, gezond en gedurig vilwerk kon gebruiken. Een vrouw kon haar onafhankelijkheid bewaren, net zoals zij, en toch herinneringen koesteren die haar winternachten konden verwarmen.

'Goeie god, vrouw, bedoel je soms...? Ik had... heb... alleen maar eerzame bedoelingen ten aanzien van vrouwe Adelia.'

Gyltha, die eerbaarheid voor een man en een jonge vrouw in de lente nooit een vereiste had gevonden, slaakte een zucht. 'Dat is heel mooi. Maar je komt er niet ver mee, of wel soms?'

Hij boog zich naar voren en zei: 'Goed dan. Hoe pak ik het aan?' En het verlangen dat van zijn gezicht af straalde, had een hart dat meer van steen was dan dat van Gyltha nog laten smelten.

'Goeie help, voor een slimme vent ben je behoorlijk stom. Ze is toch dokter, niet dan?'

'Ja, Gyltha.' Hij deed zijn best zijn geduld te bewaren. 'Dat is volgens mij ook de reden waarom ze me niet wil accepteren.'

'En wat doen dokters zoal?'

'Die behandelen hun patiënten.'

'Inderdaad, en volgens mij zou deze dokter voor sommige patiënten wel eens extra zachtzinnig kunnen zijn, omdat ze bang is dat het niet helemaal goed met hem gaat en die patiënt haar zeer ter harte gaat.'

'Gyltha,' zei sir Rowley ernstig, 'als ik me niet ineens zo beroerd was gaan voelen, zou ik jóú nog ten huwelijk vragen.'

Toen ze de brug over waren en de wilgen op de oever achter zich hadden gelaten, zagen ze een mensenmassa voor de kloosterpoorten staan. 'Lieve help,' zei Adelia. 'Het gerucht heeft wel snel de ronde gedaan.' Ze zag Agnes en haar hutje, als een merkteken van de moord.

Het viel te verwachten, nam ze aan; de woede van de stedelingen had nu een andere uitlaatklep gevonden en er dromde nu een menigte samen tegen de nonnen zoals eerst tegen de joden.

Maar het was niet echt een menigte. Er waren genoeg mensen, voornamelijk handwerkslieden en marktkooplui, en woede was er ook genoeg, maar die werd onderdrukt en was vermengd met... Met wat? Met opwinding? Ze zou het niet kunnen zeggen.

Waarom gingen deze mensen niet wilder tekeer, zoals ze tegen de joden hadden gedaan? Misschien schaamden ze zich. Gebleken was immers dat de moordenaars geen deel uitmaakten van een verachte groep, maar dat het twee mensen waren uit hun midden, van wie de een in aanzien stond en de ander een getrouwe vriendin was naar wie ze bijna elke dag zwaaiden. Goed, de non was weggestuurd naar een plek waar ze niet gelyncht kon worden, maar ze zouden het priores Joan toch zeker zwaar moeten aanrekenen dat ze zo nonchalant was geweest om een krankzinnige vrouw de verschrikkelijke vrijheid toe te staan die ze zo lang had genoten.

Ulf stond te praten met Coker, de rietdekker wiens voet Adelia had weten te sparen, en allebei spraken ze in het dialect waarvan de Cambridgenaren zich onderling bedienden en dat Adelia nog steeds onbegrijpelijk vond. De jonge rietdekker meed haar blik; anders begroette hij haar meestal hartelijk.

Ook Ulf keek haar niet aan toen hij terugkwam. 'Je moet daar niet naar binnen gaan,' zei hij.

'Dat moet ik wel. Walburga is mijn patiënte.'

'Nou, ik ga niet mee.' Het gezicht van de jongen zag er ineens smalletjes uit, zoals altijd gebeurde als hij van streek was.

'Ik begrijp het.' Ze had hem niet mee moeten nemen; voor hem was het klooster het thuis geweest van een helleveeg.

Het deurtje in de solide houten poorten ging open en twee werkmensen die onder het stof zaten, klommen eruit. Adelia zag haar kans schoon en met een 'Neem me niet kwalijk' stapte ze naar binnen voordat ze het konden sluiten. Ze deed het achter zich dicht.

Onmiddellijk overviel haar niet alleen stilte, maar ook een merkwaardige sensatie. Iemand, waarschijnlijk een van de werkmensen, had houten planken schuin over de kerkdeur getimmerd – de deur die zich ooit had geopend voor pelgrims die naar binnen dromden om te bidden voor de schrijn van de Kleine St.-Petrus van Trumpington.

Wat vreemd, dacht Adelia, dat van de vermeende status van heilige van de jongen niets meer over was nu hij niet door de joden, maar door de christenen bleek te zijn geofferd.

Vreemd was ook dat het wanordelijk opgeschoten onkruid, waar de priores niets aan deed, al zo snel een sfeer van verval had geschapen.

Terwijl ze het pad insloeg naar het kloostergebouw kon Adelia zich niet aan de gedachte onttrekken dat de vogels hun gezang hadden gestaakt. Dat was niet zo, maar – ze huiverde – ze zongen anders. Zo leek het althans als je verbeelding je parten speelde.

De stallen en schuren van de priores waren verlaten. De deuren van de lege paardenboxen hingen open.

Bij de onderkomens van de zusters was het stil. Toen ze bij de ingang van het klooster was gekomen, bespeurde Adelia bij zichzelf een tegenzin om verder te gaan. In de voor de tijd van het jaar onkarakteristieke grauwheid deden de pilaren rondom het open gras nog nauwelijks denken aan de nacht waarin ze een gehoornde en boosaardige schaduw in het midden ervan had gezien, alsof het perverse verlangen van de non die had opgeroepen.

In godsnaam, hij is dood en zij is weg. Er valt niets te zien.

Maar dat was er wel. Een gesluierde gestalte zat te bidden in de zuidomloop, even stil als de stenen waarop ze was neergeknield.

'Priores?'

De gestalte verroerde zich niet.

Adelia ging naar haar toe en raakte haar arm aan. 'Priores...' Ze hielp haar overeind.

De vrouw was in korte tijd heel veel ouder geworden. Haar grote, gladde gezicht vertoonde diepe rimpels en had veel weg van de kop van een waterspuwer. Langzaam draaide ze haar hoofd om. 'Wat is er?'

'Ik kom om...' Adelia verhief haar stem, want het was net alsof ze tegen een dove praatte. 'Ik kom wat medicijnen brengen voor zuster Walburga.' Ze moest het herhalen; ze dacht niet dat Joan wist wie ze was.

'Walburga?'

'Ze was ziek.'

'O ja?' De priores wendde haar blik af. 'Ze is hier niet meer. Ze zijn allemaal weg.'

Dus de Kerk had zich er toch mee bemoeid.

'Dat spijt me zeer,' zei Adelia. En dat was ook zo; het had iets heel akeligs om te moeten aanzien dat een menselijk wezen er zo slecht aan toe was. En niet alleen dat; het stervende klooster was ook heel akelig, alsof het dreigde in te storten. Ze had de indruk dat het naar opzij overhelde. Het rook er anders, de contouren waren anders.

En een bijna onhoorbaar geluid, als het gegons van een insect dat gevangenzit in een fles, alleen klonk dit hoger.

'Waar is Walburga naartoe gegaan?'

'Wat?'

'Zuster Walburga – waar is ze?'

'O.' Een poging om zich te concentreren. 'Naar haar tante, geloof ik.'

Er viel hier dus niets te doen. Ze kon hier weggaan. Maar Adelia talmde. 'Kan ik iets voor u doen, priores?'

'Wat? Ga weg. Laat me met rust.'

'U bent ziek, laat me u helpen. Is er hier verder nog iemand? Wat is dat toch in vredesnaam voor geluid?' Het was zwak, maar het klonk even irritant als oorsuizen. 'Hoort u het niet – een soort vibratie?'

'Dat is een geest,' zei de waterspuwer. 'Het is mijn straf om ernaar te luisteren tot het ophoudt. Ga nu. Laat mij nu maar luisteren naar de kreten van de doden. Zelfs jij kunt een geest niet helpen.'

Adelia trok zich terug. 'Ik stuur wel iemand naar u toe,' zei ze, en voor het eerst van haar leven rende ze van een zieke weg.

Prior Geoffrey. Hij zou wel iets kunnen doen, haar daar weghalen, ook al zouden de geesten die Joan achtervolgden, haar overal waar ze ging vergezellen.

Ze vergezelden Adelia toen ze wegrende, en in haar haast om naar buiten te komen tuimelde ze bijna door het poortdeurtje heen.

Toen ze weer overeind krabbelde, stond ze oog in oog met de moeder van Harold en kon ze niet doen alsof ze haar niet zag. De vrouw staarde haar aan alsof ze samen een groot geheim deelden.

Zwakjes zei Adelia: 'Ze is weg, Agnes. Ze hebben haar weggestuurd. Ze zijn allemaal weg, alleen de priores is er nog...'

Het was niet genoeg; er was een zoon gestorven. Agnes' onheilspellende blik maakte haar duidelijk dat er meer aan de hand was. Ze wist het, ze wisten het allebei.

Toen wist ze het echt. Alle losse stukjes voegden zich samen tot één groot geheel. De geur – die was zo uit zijn verband gerukt dat ze de zure lucht van verse mortel niet had herkend. God, God, alstublieft. Ze had het gezien, vanuit haar ooghoeken had ze tot haar ongenoegen een onbalans bespeurd die veroorzaakt werd door de asymmetrie van de nonnencellen, waarvan er twee rijen van tien boven elkaar zouden moeten zijn, maar het waren er tien op negen geweest: een blinde muur waar de onderste tiende cel had moeten zijn.

De stilte met zijn vibratie... als het gegons van een insect dat gevangenzit in een fles: "de kreten van de doden".

Zonder iets te zien, wankelde Adelia door de menigte heen en braakte.

Er trok iemand aan haar mouw, er werd iets tegen haar gezegd. 'De koning...'

De prior. Hij kon hier een einde aan maken. Ze moest prior Geoffrey zien te vinden.

Er werd harder aan haar mouw getrokken. 'De koning gebiedt uw aanwezigheid, meesteres.'

In Christus' naam, hoe konden ze in Christus' naam?

'De koning, meesteres...' Een of andere kerel in livrei.

'De koning kan naar de hel lopen,' zei ze. 'Ik moet de prior zien te vinden.'

Iemand greep haar om haar middel en zwaaide haar op een paard. Dat stapte voort en de boodschapper van de koning liep er met soepele stappen naast, de teugels in zijn hand. 'U kunt koningen beter niet naar de hel wensen, vrouwe,' zei hij op beminnelijke toon. 'Meestal zijn ze daar al geweest.'

Ze waren de brug over en gingen de heuvel op, de kasteelpoorten door, over de binnenhof. Ze werd van het paard getild.

In de tuin van de drost, waar Simon van Napels begraven lag, zat Hendrik II, die de hel had bezocht en was teruggekeerd, met gekruiste benen op dezelfde graswal waar zij had zitten luisteren naar Rowley Picot, toen die over zijn kruistocht vertelde. Hij zat een jachthandschoen te repareren met naald en twijndraad terwijl hij aan Hubert Walter, die naast hem neerknielde met een draagbaar schrijftafeltje om zijn nek, een tekst dicteerde.

'Ah, meesteres...'

Adelia liet zich neer aan zijn voeten. Een koning zou tenslotte iets moeten kunnen uitrichten. 'Ze hebben haar ingemetseld, my lord. Ik smeek u: maak daar een einde aan.'

'Wie is er ingemetseld? Waar moet ik een einde aan maken?'

'De non, Veronica. Alstublieft, my lord, alstublieft. Ze hebben haar levend ingemetseld.'

Hendrik keek naar zijn laarzen, waarop tranen neerdruppelden. 'Tegen mij hebben ze gezegd dat ze haar naar Noorwegen hadden gestuurd. Ik vond het al vreemd. Wist jij hiervan, Hubert?'

'Nee, my lord.'

'U moet haar eruit laten, het deugt niet, het is iets verschrikkelijks. O, mijn god, mijn god, ik kan hier niet mee leven! Ze is krankzinnig. Het is de waanzin die haar boosaardig maakt.' In haar nood sloeg Adelia met haar handen op de grond.

Hubert Walter tilde het schrijftafeltje van zijn nek, hees vervolgens Adelia tot zithouding overeind en praatte op een vriendelijke toon tegen haar alsof ze een paard was. 'Kalm maar, meesteres, rustig aan. Goed zo, goed zo, bedaar maar.'

Hij reikte haar een met inkt bevlekte zakdoek aan. Adelia, die uit alle macht probeerde zichzelf weer in de hand te krijgen, snoot er haar neus in. 'My lord... my lord, ze hebben haar ingemetseld in haar cel in het klooster, daar zit ze binnenin. Ik heb haar horen roepen. Wat ze ook heeft gedaan, dit mag niet... mag niet worden toegestaan. Het is een misdaad tegen de Hemel.'

'Het lijkt mij een krasse oplossing, moet ik zeggen,' zei Hendrik. 'Maar zo gaat dat nou eenmaal met de Kerk. Ik zou haar alleen maar hebben opgehangen.'

'Nou, maak er een einde aan!' riep Adelia hem toe. 'Als ze geen water krijgt... Zonder water kan het menselijk lichaam nog drie of vier dagen overleven, maar dan lijdt het wel.'

Hendrik toonde belangstelling. 'Dat wist ik niet. Wist jij dat, Hubert?' Hij pakte de zakdoek uit Adelia's vuist en veegde haar gezicht ermee af. Ze was inmiddels weer bedaard. 'Je snapt toch wel dat ik daar niets tegen kan uitrichten?'

'Nee, dat snap ik niet. De koning is toch de koning?'

'En de Kerk is de Kerk. Heb je gisteravond wel geluisterd? Luister anders nu dan maar naar mij, meesteres.' Hij gaf een klopje op haar hand toen ze haar hoofd afdraaide en nam hem toen in de zijne. 'Luister naar me.' Hij bracht allebei hun handen omhoog, zodat ze in de richting van de stad wezen. 'Daar loopt een doorgedraaide voddenbaal rond die ze Roger van Acton noemen. Een paar dagen geleden hitste die ellendeling de mensen op om dit kasteel aan te vallen, dit koninklijke kasteel, mijn kasteel, en in het tumult dat daarop volgde raakte jouw en mijn vriend Rowley Picot gewond. En daar kan ik niets aan doen. Weet je waarom niet? Omdat die naarling een tonsuur draagt en het Onzevader kan bidden, wat hem tot een dienaar van de Kerk maakt en hem de bescherming geeft die geestelijken genieten. Kan ik hem straffen, Hubert?'

'U hebt hem een schop onder zijn kont gegeven, my lord.'

'Ik heb hem een schop onder zijn kont gegeven, en zelfs voor die daad neemt de Kerk me onder handen.'

Adelia's arm ging op en neer terwijl de koning zijn woorden met gebaren kracht bijzette. 'Toen die verrekte ridders mijn woede opvatten als een opdracht en uitreden om Becket te vermoorden, werd het vuur me door alle leden van het kapittel van de kathedraal van Canterbury na aan de schenen gelegd. Alleen door me te laten vernederen, door mijn rug te ontbloten voor hun gesels, was te voorkomen dat de paus over heel Engeland een interdict uitsprak. Geloof mij maar, al die rotmonniken weten er wel weg mee.' Hij slaakte een zucht en liet Adelia's hand los. 'Op een goeie dag zal er als God het wil in dit land een einde komen aan de paapse heerschappij, maar nu nog niet. En niet door mijn toedoen.'

Adelia luisterde niet langer; ze registreerde misschien de teneur van zijn verhaal wel, maar niet de woorden. Ze stond op en sloeg het tuinpad in naar de plek waar ze Simon van Napels hadden begraven.

Hubert Walter, geschrokken door zulke *lèse majesté*, wilde achter haar aan gaan, maar werd daarvan weerhouden. Hij zei: 'U doet wel veel moeite voor die ongelikte en recalcitrante vrouw, my lord.'

'Nuttige mensen kan ik goed gebruiken, Hubert. Fenomenen zoals zij vallen me niet elke dag in de schoot.'

Mei werd ten slotte toch nog wat de lentemaand moest zijn, en de zon was tevoorschijn gekomen om de door de regen verfriste tuin te beschijnen. Lady Baldwins boerenwormkruid liep uit, de bijen gonsden rondom de sleutelbloemen.

Een roodborstje dat op het graf zat hipte weg toen ze naderbij kwam, maar bleef in de buurt. Adelia bukte zich en veegde met de zakdoek de vogelpoep weg.

We bevinden ons te midden van barbaren, Simon.

De houten plank was vervangen door een mooie plaat marmer, waar zijn naam in was gebeiteld, samen met de tekst: MOGE ZIJN ZIEL HET EEUWIGE LEVEN HEBBEN.

Maar wel vriendelijke barbaren, zei Simon nu tegen haar. Ze voeren strijd tegen hun eigen barbarij. Denk maar aan Gyltha, aan prior Geoffrey, aan Rowley, aan die vreemde koning...

Maar toch, vertelde Adelia hem, kan ik er niet tegen.

Ze draaide zich om en liep nu, weer helemaal beheerst, terug over het pad. Hendrik was verdergegaan met zijn handschoenreparatie en keek op toen Adelia hem naderde. 'En?'

Met een buiging zei Adelia: 'Ik dank u voor uw gunsten, my lord, maar ik kan hier niet langer blijven. Ik moet terug naar Salerno.'

Met zijn sterke kleine tanden beet hij de draad door. 'Nee.'

'Pardon?'

'Ik zei: nee.' Hij trok de handschoen aan en Hendrik wriggelde met zijn vingers om de reparatie te bewonderen. 'Ach, wat ben ik toch knap. Dat heb ik zeker van de dochter van de leerlooier. Wist je dat ik een leerlooier onder mijn voorvaderen heb, meesteres?' Glimlachend keek hij haar aan. 'Ik zei: nee. Je kunt niet gaan. Ik heb behoefte aan je bijzondere talenten, dokter. Er zijn een heleboel doden in mijn rijk waarvan ik graag zou willen dat er naar hen geluisterd werd, nou en of, en ik wil weten wat ze zeggen.'

Ze staarde hem aan. 'U kunt me hier niet houden.'

'Hubert?'

'Ik vrees dat u zult ontdekken dat hij dat wel kan, meesteres,' zei Hubert Walter verontschuldigend. '*Le Roi le veut.* Op dit moment ben ik in opdracht van mijn heer bezig met een brief aan de koning van Sicilië, om te vragen of we u nog een poosje langer mogen lenen.'

'Ik ben geen ding!' riep Adelia uit. 'Jullie kunnen me niet lenen. Ik ben een menselijk wezen.'

'En ik ben een koning,' zei de koning. 'Ik mag dan de Kerk misschien niet onder controle hebben, maar, bij de verlossing van mijn ziel, ik heb wel zeggenschap over elke haven in dit land. Als ik zeg dat je moet blijven, dan blijf je.'

Op zijn gezicht lag toen hij haar aankeek een uitdrukking van vriendelijke desinteresse, zelfs in zijn gespeelde kwaadheid, en ze begreep dat zijn aimabele manier van doen en die zo charmante oprechtheid alleen maar instrumenten waren om hem te helpen zijn rijk te regeren, en dat ze voor hem niets meer betekende dan een speeltje waar hij op een goede dag zijn voordeel mee zou kunnen doen.

'Dan moet ik vast ook ingemetseld worden,' zei ze.

Hij trok zijn wenkbrauwen op. 'Ik neem aan van wel, ja, hoewel ik hoop dat je in je gevangenschap een wat grotere en aangenamere ruimte tot je beschikking zult krijgen dan... Nou ja, laten we het er maar niet over hebben.'

Niemand is bereid het erover hebben, dacht ze. Het insect zal blijven gonzen in zijn fles tot het stilvalt. En ik moet de rest van mijn leven naar dat geluid luisteren.

'Ik zou haar eruit laten als het in mijn vermogen lag,' zei Hendrik.

'Ja. Dat weet ik.'

'In elk geval, meesteres, ben je me je diensten verschuldigd.'

Hoe lang moet ik gonzen voordat je míj eruit laat, vroeg ze zich af. Het feit dat deze fles me dierbaar is geworden, heeft er niets mee te maken.

Maar dat was wel zo.

Ze herstelde zich nu en kon weer nadenken, waar ze uitgebreid de tijd voor nam. De koning wachtte – wat, zo kwam haar voor, leek te bewijzen hoeveel waarde ze voor hem had. Heel goed, laat ik daar dan maar gebruik van maken. Ze zei: 'Ik weiger in een land te blijven dat zo achterlijk is dat de joden maar één begraafplaats in Londen toegewezen is.'

Hij geloofde zijn oren niet. 'Bij Gods tanden, zijn er dan geen andere?'

'U weet vast wel dat dat niet zo is.'

'Eerlijk gezegd wist ik dat niet,' zei hij. 'Wij koningen hebben veel aan ons hoofd.' Hij knipte met zijn vingers. 'Schrijf het op, Hubert. De joden moeten begraafplaatsen krijgen.' En tegen Adelia: 'Ziezo. Het is voor elkaar. *Le Roi le veut.*'

'Dank u wel.' Ze keerde terug naar de kwestie waar het om ging. 'Gewoon uit nieuwsgierigheid, Hendrik, maar in welke zin sta ik bij je in het krijt?'

'Je bent me een bisschop verschuldigd, meesteres. Ik had gehoopt dat sir Rowley zich sterk voor me zou maken in de Kerk, maar hij heeft mijn aanbod afgewezen omdat hij vrij wilde zijn om te trouwen. Jij bent, neem ik aan, het voorwerp van zijn huwelijksplannen.'

'Ik ben helemaal geen voorwerp,' zei ze vermoeid. 'Ik heb hém afgewezen. Ik ben arts, geen echtgenote.'

'O nee?' Hendriks gezicht klaarde even op, waarna somberheid hem overviel. 'Ach, maar ik vrees dat we hem geen van tweeën zullen krijgen. De arme man is stervende.'

'Wat?!'

'Hubert?'

'Dat hebben wij ervan begrepen, meesteres,' zei Hubert Walter. 'De wond die hem werd toegebracht tijdens de aanval op het kasteel is weer opengegaan en een medicus uit de stad zegt dat...'

Hij sprak tot het luchtledige – alweer *lèse majesté*. Adelia was ervandoor gegaan.

De koning keek naar de poort die werd dichtgeslagen. 'Ondanks alles is ze een vrouw van haar woord, en voor mij is het maar goed dat ze niet met hem wil trouwen.' Hij kwam overeind. 'Ik heb zo'n idee, Hubert, dat we sir Rowley Picot als bisschop van St. Albans zullen kunnen benoemen.'

'Hij zal daar bevrediging in vinden, my lord.'

'Volgens mij ook – en wel binnenkort, de geluksvogel!'

Drie dagen na deze gebeurtenissen hield het insect op met gonzen. Agnes, de moeder van Harold, brak haar bijenkorfhutje voor de laatste maal af en keerde terug naar huis, naar haar man.

Adelia hoorde de stilte niet. Dat gebeurde later pas. Op het moment zelf lag ze in bed met de kandidaat-bisschop van St. Albans.

Epiloog

Daar gaan ze dan, het assisenhof. Ze nemen de Romeinse weg vanuit Cambridge naar de volgende stad waar rechtgesproken moet worden. Trompetten schallen, gerechtsdienaren schoppen naar opgewonden kinderen en blaffende honden om de weg vrij te maken voor de in sjabrak gehulde paarden en draagstoelen; bedienden drijven ezels voort die beladen zijn met dichtbeschreven vellen velijn; klerken krabbelen nog steeds op hun leien; honden reageren op het suizen van de zweep van hun baas.

Weg zijn ze. De weg is verlaten, op de dampende hopen uitwerpselen na. Het schoongeveegde en versierde Cambridge slaakt een zucht van verlichting. In het kasteel trekt drost Baldwin zich met een vochtige doek over zijn hoofd terug in bed, terwijl op het binnenhof de lichamen aan de galg heen en weer bungelen in het meibriesje dat als een zegening bloesem over hen uitstrooit.

We hebben het te druk gehad met onze eigen besognes om het assisenhof in actie te zien, maar als we wel hadden gekeken, zouden we getuige zijn geweest van iets nieuws, iets heel moois, een moment waarop de Engelse wet een hoge vlucht nam en uit het duister en het bijgeloof een sprong maakte naar het licht.

Want tijdens de rechtszittingen is er niemand in een vijver gegooid om na te gaan of hij onschuldig of schuldig was aan de ten laste gelegde misdaad. (Als je zinkt ben je onschuldig; ben je schuldig, dan blijf je drijven.) Geen enkele vrouw heeft gesmolten ijzer in haar hand gekregen om te bewijzen of ze al dan niet diefstal, een moord en dergelijke had begaan. (Als de brandwond binnen een bepaald aantal dagen geneest, gaat ze vrijuit. Zo niet, dan verdient ze straf.)

Ook zijn onenigheden over land niet beslist door de God van de Strijd. (Voor elke partij treedt een krijger naar voren, die met elkaar vechten totdat de een of de ander gedood wordt dan wel 'Ik geef me over!' roept en zijn zwaard in overgave neergooit.)

356

Nee. De God van de Strijd, van water of van heet ijzer is niet zoals anders ingeschakeld om Zijn oordeel te achterhalen. Hendrik Plantagenet gelooft niet in hem.

In plaats daarvan zijn de bewijzen van misdaden of onenigheid door twaalf mannen bestudeerd, die vervolgens aan de rechter meedeelden of de zaak naar hun mening al dan niet gegrond was.

Deze mannen worden een jury genoemd. Dat is iets nieuws.

Er is nog meer nieuw. In plaats van de aloude, rommelige overgeërfde wetten aan de hand waarvan iedere baron of grootgrondbezitter een vonnis kon vellen over degenen die hem kwaad doen, en hen naar believen al dan niet kon laten ophangen, heeft Hendrik II zijn Engelsen een ordelijk rechtsstelsel uit één stuk geschonken, dat voor zijn hele koninkrijk geldt. Dat heet het gewoonterecht.

En waar is hij, deze slimme koning die de beschaving vooruit heeft geholpen?

Hij heeft zijn rechters alleen gelaten om de dingen te doen die ze moeten doen, en is gaan jagen. We kunnen zijn honden op de heuvels horen blaffen.

Misschien weet hij, zoals wij ook weten, dat hij onder het gewone volk alleen herinnerd zal worden vanwege de moord op Thomas à Becket.

Misschien weten zijn joden – zoals wij dat weten – dat, hoewel ze ter plaatse zijn vrijgesproken, hun nog steeds het stigma aankleeft van rituele kindermoord en dat ze daar door de eeuwen heen voor zullen worden gestraft. Zo gaan die dingen nu eenmaal.

Moge God ons allemaal zegenen.

Opmerking van de auteur

et is vrijwel onmogelijk een begrijpelijk verhaal te vertellen dat zich in de twaalfde eeuw afspeelt zonder althans voor een deel anachronistisch te zijn. Om verwarring te voorkomen heb ik moderne namen en termen gebruikt. Zo heette Cambridge tot de veertiende eeuw, tot ver na de stichting van de universiteit, Grentebridge of Grantebridge. Ook werden medici geen 'dokter' genoemd; de titel 'doctor' was voorbehouden aan docenten in de logica.

Maar de operatie die in hoofdstuk 2 beschreven wordt, is geen anachronisme. Moderne lezers krimpen misschien in elkaar bij de gedachte een rietstengel te gebruiken als katheter om de druk te verlichten op een blaas die door de prostaat in de verdrukking is gekomen, maar een vooraanstaand professor in de urologie heeft me verzekerd dat een dergelijke procedure door de eeuwen heen zo is uitgevoerd – op antieke Egyptische muurschilderingen zijn er afbeeldingen van te zien.

Het gebruik van opium als anaestheticum wordt voor zover ik weet niet in medische manuscripten uit die tijd beschreven, waarschijnlijk omdat de Kerk daartegen in opstand zou zijn gekomen, want die geloofde in lijden als een vorm van verlossing. Maar opium was al vroeg in Engeland beschikbaar, zeker in de veenlanden, en het is waarschijnlijk dat minder vrome en meer zorgzame artsen het op dezelfde wijze zouden hebben toegepast als sommige scheepschirurgijnen uiteindelijk deden (zie *Rough Medicine* van Joan Druett).

Hoewel ik er een paar vermiste kinderen bij verzonnen heb en het gebeuren in Cambridge heb gesitueerd, is mijn verhaal over de Kleine St.-Petrus van Trumpington min of meer ontleend aan het werkelijke mysterie dat het leven van de achtjarige William van Norwich omgaf, wiens dood in 1144 ertoe leidde dat de joden van Engeland van rituele moord werden beschuldigd.

Ook al bestaat er geen verslag van een zwaard dat zou hebben toebehoord aan de eerstgeborene van Hendrik II dat zou zijn meegenomen naar het Heilige Land, werd dat van zijn tweede zoon, alweer een Hendrik, bekend als de Jonge Koning, daar na zijn dood door William de Maarschalk wel naartoe gebracht, zodat hij postuum een kruisvaarder werd.

Onder Hendrik II kregen de joden van Engeland voor het eerst eigen lokale begraafplaatsen – een gunst die hun in 1177 werd verleend.

Het is niet waarschijnlijk dat er in het kalk van het fort op Wandlebury mijnen zijn, maar wie weet? Neolithische mijnwerkers die vuursteen dolven voor messen en bijlen vulden de kuilen die ze hadden gegraven met puin wanneer ze er klaar mee waren, zodat er alleen verlagingen in het gras zijn achtergebleven die erop duiden waar ze ooit zijn geweest. Aangezien Wandlebury in de achttiende eeuw een particuliere renstal werd (het is nu eigendom van de Cambridge Preservations Society), zouden die kunnen zijn geëgaliseerd tot een gladde ondergrond voor de paarden.

Dus voelde ik me wel gerechtigd om omwille van het verhaal een van de circa vierhonderd schachten die zijn ontdekt bij Grime's Graves, in de buurt van Thetford in Norfolk, naar Cambridgeshire te verplaatsen. Zelfs deze verbazingwekkende werken – het publiek mag de tien meter lange ladder afdalen die in een ervan naar beneden voert – werden pas laat in de negentiende eeuw herkend voor wat ze waren; de laagtes in de bodem hadden de overtuiging doen postvatten dat het graven waren, vandaar de naam.

Tot slot waren er in het twaalfde-eeuwse Engeland minder episcopale bisdommen dan tegenwoordig, en ze waren enorm. Zo viel Cambridge een tijdlang onder het diocees van Dorchester in het verre Dorset. Het bisdom van St. Albans is dus verzonnen.